Markus Heitz
Die Magie des Herrschers

Zu diesem Buch

Der fünfte Roman der großen »Ulldart«-Saga, bisher nur stark gekürzt im Band »Die Stimme der Magie« enthalten, erstmals in der langerwarteten ungekürzten Originalfassung! Nach langen Jahren des Krieges reifen in Lodrik, dem Kabcar von Tarpol, Pläne für ein geeintes, friedvolles Reich heran. Damit weckt er die Missgunst seines durchtriebenen Beraters Mortva Nesreca; um die Dunkle Zeit einzuläuten, schreckt dieser nicht davor zurück, Lodriks Kinder Govan und Zvatochna zu seinen Werkzeugen zu machen. Aber auch die letzten Widerständler, die Kensustrianer und Rogogarder, stemmen sich gegen den übermächtigen Kabcar und machen sich im Kampf die Magie zu Nutze. Derweil raubt eine rätselhafte Kraft die aldoreelischen Klingen, die mächtigsten Waffen der Ritter. Noch ahnt niemand, was sich hinter diesen mysteriösen Vorfällen verbirgt. Und auch Lodric erkennt die Gefahr zu spät ...

Markus Heitz, 1971 geboren, studierte Germanistik und Geschichte und lebt als freier Autor in Zweibrücken. Sein aufsehenerregender Debütroman »Schatten über Ulldart«, der Auftakt zum Epos »Ulldart – Die Dunkle Zeit«, wurde mit dem Deutschen Phantastik Preis ausgezeichnet. Seit den sensationellen Bestsellern »Die Zwerge« und »Der Krieg der Zwerge« gehört Markus Heitz zu den erfolgreichsten deutschen Fantasy-Autoren. Weiteres zum Autor: www.mahet.de und www.ulldart.de

Markus Heitz

Die Magie des Herrschers

ULLDART – DIE DUNKLE ZEIT 5

Piper München Zürich

Zu den lieferbaren Büchern von Markus Heitz bei Piper
siehe Seite 544.

Dieses Taschenbuch wurde auf FSC-zertifiziertem Papier gedruckt.
FSC (Forest Stewardship Council) ist eine nichtstaatliche, gemeinnützige Organisation, die sich für eine ökologische und sozialverantwortliche Nutzung der Wälder unserer Erde einsetzt
(vgl. Logo auf der Umschlagrückseite).

Originalausgabe
1. Auflage März 2005
7. Auflage Oktober 2007
© 2005 Piper Verlag GmbH, München
Umschlagkonzept: Büro Hamburg
Umschlaggestaltung: Nele Schütz Design, München
Umschlagabbildung: Ciruelo Cabral, Barcelona
Autorenfoto: Steinmetz
Karten: Erhard Ringer
Satz: Schaber Satz- und Datentechnik, Wels
Papier: Munken Print von Arctic Paper Munkedals AB, Schweden
Druck und Bindung: Clausen & Bosse, Leck
Printed in Germany   ISBN 978-3-492-28532-2

www.piper.de

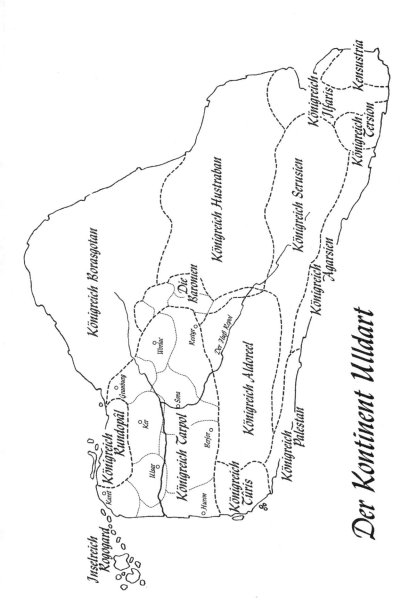

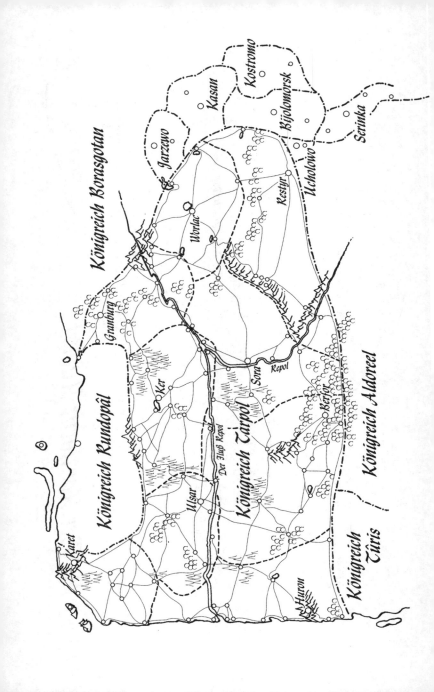

DRAMATIS PERSONAE

LODRIK BARDRI¢: Kabcar von Tarpol
NORINA MIKLANOWO: Brojakin
ALJASCHA RADKA BARDRI¢: Großcousine Lodriks, Vasruca von Kostromo und Kabcara Zvatochna, Krutor und Govan: Lodriks Kinder
MORTVA NESRECA: Berater des Kabcar
HEMERÒC: Handlanger Nesrecas
PAKTAÏ: Handlangerin Nesrecas
SINURED: legendärer Kriegsfürst
CHOS JAMOSAR: Hof-Cerêler in Ulsar
TCHANUSUVO: tarpolischer Adliger
DORJA BALASY: Magd am Hof Lodriks
TOKARO: ihr Sohn
ROVO: Anführer einer Räuberbande

MEISTER HETRÁL: Bogenschütze und Kommandant von Windtrutz
NERESTRO VON KURASCHKA: Mitglied des Ordens der Hohen Schwerter, Verehrer des Gottes Angor; Großmeister
HERODIN VON BATASTOIA: Vertrauter Nerestros, Mitglied des Ordens der Hohen Schwerter, Verehrer des Gottes Angor, Seneschall
KALEÍMAN VON ATTABO: Mitglied des Ordens der Hohen Schwerter
ALBUGAST: Knappe

KÖNIG PERDÓR: Herrscher von Ilfaris
FIORELL: Hofnarr und Vertrauter Perdórs
MOOLPÁR DER ÄLTERE UND VYVÚ AIL RA'AZ: kensustrianische Botschafter

FARRON UND OLLKAS: zwei kensustrianische Astronome
TOBÁAR AIL S'DIAPÁN: Anführer der Kriegerkaste
SOSCHA: tarpolisches Medium
SABIN: tersionischer Minenarbeiter und Magiefähiger
STOIKO GIJUSCHKA: einstiger Vertrauter Lodriks
ALANA II.: Regentin von Tersion

LECONUC: Vorsitzender der »Versammlung der Wahren«
LAKASTRE (BELKALA): Mitglied in der »Versammlung der Wahren«
ESTRA: ihre Tochter
PASHTAK: Sumpfkreatur, Versammlungsmitglied, Inquisitor
SHUI: Pashtaks Gefährtin
KÌÌGASS: Versammlungsmitglied
BOKTOR: ehemaliger Vorsitzender der »Versammlung der Wahren«
BOKTAR: Bruder des Boktor
OZUNOPOPP: Obrist in Braunfeld
WOGOCA: Soldat in Braunfeld
DOKALUSCH: Verwalter des Schädelhauses in Braunfeld

TORBEN RUDGASS: rogogardischer Freibeuter
VARLA: Piratenkapitänin
NEGIS: Maat von Rudgass
JONKILL: Hetmann Rogogards
COMMODORE LUCARI BARALDINO: Befehlshaber der *Güldenstern*
COMMODORE HAMANDO NELISSO: Offizier an Bord der *Schalmei*
FORKÚTA: Magodan (tzul. Befehlshaber) der *Schalmei*

LORIN: Norinas Sohn
WALJAKOV: ehemaliger Leibwächter, Lorins Waffenlehrmeister
MATUC: Mitglied des Ulldrael-Ordens
FATJA: borasgotanische Schicksalsleserin und Geschichtenerzählerin

AKRAR: Schmied
BLAFJOLL: Walfänger
KALFAFFEL: Cerêler (Bürgermeister)
STÁPA: Stadtälteste
JAREVRÅN: Stápas Enkelin
ARNARVATEN: Geschichtenerzähler
KIURIKKA: Kalisstra-Priesterin
SOINI: Pelzjäger
RANTSILA: Führer der Bürgermiliz
BYRGTEN: Fischersohn

PROLOG

**Kontinent Kalisstron, Jökolmur,
Winter 457/58 n. S.**

Torben Rudgass schwebte und schwebte. Die Luft strich ihm übers Gesicht, er fühlte sich so leicht wie eine Feder. Grinsend breitete er die Arme aus und wedelte damit. *Ich kann fliegen! Das ist wunderschön! Endlos fliegen und schweben. Ich ...*

Dann schlug er in kaltes Wasser ein. Jäh kehrte sein Verstand zurück, und während er noch mit den Armen ruderte, um an die Oberfläche zu gelangen, zog man ihn mithilfe eines Seiles, das um seinen Oberkörper geschlungen war, in die Höhe.

Prustend tauchte er aus den eisigen Fluten auf, spuckte Salzwasser und spie Verwünschungen gegen die Unbekannten aus, die ihm eine solche Behandlung angedeihen ließen.

Von irgendwo über sich hörte er vielfaches raues Gelächter. Die Planken eines Schiffes huschten an seinen Augen vorbei, als er am Seil hinaufgezogen wurde. Und mit jeder Planke kehrte ein Stück Erinnerung zurück. Jedenfalls Bruchstücke von Erinnerungen.

Er sah den Schankraum vor sich, die Kanne mit dem Kräutersud, die er in einem Zug geleert hatte ... Von dem Augenblick an war er nur mehr in der Lage, Schemenhaftes aus seinem Gedächtnis abzurufen.

»Da haben wir ja den neuen Kalisstragläubigen«, rief ihm Varla von der Reling aus zu. »Los, an Bord mit dir, du Njossfass.« Sie fasste ihn unter den Achseln und half ihm, über das Geländer zu klettern. Noch fühlte Torben sich recht unsicher auf den Beinen.

Die Kapitänin bugsierte ihn in die Kajüte, wo er sich abtrocknen und frische Kleidung anziehen konnte.

»Was ist denn geschehen?«, fragte Torben vorsichtig, als er das Hemd zuknöpfte. »Ich weiß nicht mehr viel ...« Angestrengt dachte er nach. »Ich bin hinter einem Mann hergelaufen ... Verdammtes Njosszeugs!«

Varla lachte leise. »Wir sind alle gespannt, welche Geschichten man hier von dir erzählen wird. Ich hatte dir vor der Kneipe gesagt, du sollst den Sack festhalten.«

»Ja, genau«, rief Torben, und ein Strahlen ging über sein wettergegerbtes Gesicht. »Und dann kam jemand, der ihn mitnehmen wollte. Ich glaube, ich habe ihn nicht loslassen wollen, und bin einfach mitgegangen.«

»Raffiniert, du Pirat. Das wird das erste Mal in deinem Leben gewesen sein, dass du getan hast, was man dir aufgetragen hat«, grinste Varla. »Als ich zurückkam, warst du jedenfalls verschwunden. Ich habe alle Mann nach dir suchen lassen. Einer der Einwohner gab uns schließlich einen Hinweis, wo wir dich finden könnten. Du lagst völlig erschöpft in einem Hauseingang und unterhieltest dich mit der Klinke ... Übrigens habe ich einen kleinen Vorrat an Njoss an Bord bringen lassen, falls du mal wieder das Bedürfnis haben solltest, Kalisstra deine Ehrfurcht zu erweisen.«

»Ich werde dieses Gebräu nie wieder anrühren«, schwor er und ließ sich ins Bett fallen. »Varla, ich habe das Gefühl, als hätte sich unterwegs etwas ereignet, was mir ziemlich wichtig war.« Er schloss die graugrünen

Augen und seufzte. So sehr er sich konzentrierte, es wollte ihm nicht einfallen.

»Ich habe schon von den seltsamsten Begebenheiten gehört, die Leuten mit einem ausgewachsenen Njossrausch widerfahren sind. Haben vielleicht die Pflastersteine mit dir gesprochen? Oder haben sich die Wände um dich herum in Butter verwandelt und verlangt, dass du sie ableckst? Das würde deinen Mundgeruch erklären«, zog sie ihn feixend auf. Dann drückte sie ihm einen Kuss auf die Stirn und zupfte an seinen geflochtenen Bartsträhnen. »Ruh dich aus. Ich lasse die Segel setzen und ablegen. Den Kurs nach Tarvin kenne ich besser als du. Die Dharka wird wie von selbst in meine Heimat finden, da brauche ich keinen berauschten Piraten auf der Brücke. Also schone dich.« Mit diesen Worten verließ sie die Kabine.

Bald darauf hörte Torben die gedämpften Befehle über das Deck hallen. Die Schritte der Besatzung polterten auf den Planken, und das Rasseln der Ankerkette klingelte in seine Ohren. Eine leichte Bewegung ging durch das Schiff; die Dharka stach in See und war im Begriff, Jökolmur zu verlassen. In Torbens Innerem begehrte alles gegen den Aufbruch auf, gerade so als wüsste sein Unterbewusstsein sehr wohl, was sein Geist nicht abrufen konnte.

Gib dir Mühe, Rudgass, spornte er sich selbst an und klopfte sich mit den Fäusten gegen den Schädel, doch vergebens. Benommen von den letzten Auswirkungen des Krätersuds, sank er schon bald in einen dämmrigen Halbschlaf.

Er sah Gassen, eine so ähnlich wie die andere, die Gesichter von lachenden Menschen, die an ihm vorbeigingen, Unterwäsche, die über ihm im Wind flatterte. Dann erinnerte er sich an seinen verrückten Tanz unter der Wäscheleine. Er hatte eine Melodie gehört. Eine seltsam vertraute Melodie …

Natürlich! Mit einem Schlag wurde er wach und stand auf, um Varla von seinen Erinnerungen zu berichten. Als er das Deck erreichte, erkannte er mit Schrecken, dass der Zweimaster unter Vollzeug über das Wasser glitt und längst Kurs auf das offene Meer nahm.

»Varla!«, rief er zum Steuer hinauf, wo seine Gefährtin Posten bezogen hatte. »Dreh um! Wir müssen auf der Stelle zurück. Norina ist dort.«

»Du bist zu schnell aufgestanden«, meinte sie. »Du hast noch immer einen Rausch.«

»Nein«, begehrte er auf und erklomm die Stufen, die hinauf zum Ruder führten. »Ich weiß wieder, was passiert ist. Ich hatte Norina damals vor unserer Abfahrt aus Rundopâl eine Spieluhr geschenkt, und es war genau dieselbe Melodie, die ich in der Gasse gehört habe!« Er blickte sehnsüchtig zurück zu der immer kleiner werdenden Stadt. Nur zu gut erinnerte er sich an die Frau, die er vor der Rache des Herrschers von Tarpol hatte in Sicherheit bringen wollen. Wieder hatte er die Seeschlacht vor Augen und sah sein sinkendes Schiff; er sah Norina mitsamt dem Neugeborenen in den Schrankkoffer steigen, und er sah, wie der Koffer mit der Brojakin und dem Kind über Bord ging. *Sie hat überlebt. Sie muss überlebt haben!* »Ich bin mir sicher, dass Norina dort ist.«

»Und wenn es nur eine Eingebung deines Rausches war?«, hakte Varla nach, während sie hinauf in die Wanten schaute. »Es würde unsere Reisepläne noch mehr durcheinander bringen, wenn wir umkehrten.«

»Selbst wenn es nur ein vager Verdacht wäre, Norina ist es wert«, hielt Torben dagegen und weckte damit das Misstrauen und die Eifersucht der Tarvinin. Doch sie sagte nichts. »Bitte, lass das Schiff umkehren. Vielleicht finden wir auch die anderen bei ihr.«

»Und wo genau sollen wir sie suchen?«, hakte Varla unwirsch nach. »Hast du dir in deinem berauschten Gemüt merken können, welche Straße es war? Und würdest du sie im wachen Zustand wieder finden?«

»Für mich gibt es keinen triftigen Grund, es nicht wenigstens auf einen Versuch ankommen zu lassen«, widersprach Torben.

»Meinetwegen«, gab die Kapitänin auf und befahl der Mannschaft die Rückkehr nach Jökolmur. »Dennoch solltest du den eigentlichen Grund unserer Reise nicht vergessen«, sagte sie an Torben gewandt und blickte ihn ernst an. »Deine Heimat führt Krieg gegen einen beinahe übermächtigen Feind, und du, Torben Rudgass, sollst Verbündete suchen. Wenn sich diese Frau wirklich in der Stadt aufhält, ist sie sicherer als deine Landsleute.« Mit diesen Worten kehrte sie ihm den Rücken zu und ging ihren Leuten zur Hand.

Torben schaute ihr verwundert hinterher. »Natürlich vergesse ich das nicht«, antwortete er verspätet, ohne dass sie ihn hören konnte. Dann ging ihm ein Licht auf. *Sie ist eifersüchtig! Kein Wunder, so wie ich einst von Norina geschwärmt habe.*

Heimlich fragte er sich, ob die Gefühle, die er vor vielen Jahren für die Brojakin empfunden hatte, für immer erloschen waren oder ob sie wieder hervorbrechen könnten – trotz der glücklichen Verbindung mit Varla. *Pah, so weit kommt es noch. Ich, der Held der Freibeuter, und mich von Frauenzimmern verwirren lassen ...* Eilig kehrte er in die Kajüte zurück, streifte die restlichen Kleider über und bereitete sich auf den Landgang vor. Er hatte keine Ahnung, wo er seine Suche beginnen sollte. *Möge Taralea die Allmächtige meine Schritte in die richtige Richtung lenken,* betete er und trat hinaus.

Torben suchte tagelang in den Gassen der Stadt, die sich ihm – zumindest seiner Ansicht nach – aus purer Bosheit viel größer als in seinem berauschten Zustand präsentierte.

Schon nach dem ersten Tag hatte er sich einen handzahmen Esel gemietet, um seine Füße zu schonen. Da er nicht einmal selbst genau wusste, worauf er zu achten hatte, machte er sich allein auf den Weg; doch für einen Einzelnen schien diese Aufgabe beinahe unlösbar. Und natürlich bewegten ihn dabei die unterschiedlichsten Gedanken.

Zum einen wusste er nicht, ob es zwangsläufig eine Spur von Norina war, die er entdeckt hatte. Spieluhren gab es viele, wenn auch die Wahrscheinlichkeit, ausgerechnet in Kalisstron auf eine solche mit einer tarpolischen Melodie zu stoßen, sehr gering war.

Seine Hoffnung aber erstarb trotz scheinbar erfolglos verlaufender Suche nicht. Am vierten Tag endlich meinte er, die Gasse oder zumindest die richtige Wäscheleine gefunden zu haben.

Der Rogogarder umrundete das dreistöckige Haus, das auf den ersten Blick einen recht wohlhabenden Eindruck machte. Wer auch immer darin lebte, er würde der Brojakin einen angemessenen Lebensstil bieten können. *Vielleicht will sie ja gar nicht mehr zurück?*, durchfuhr es ihn beim Anblick der beeindruckenden Fassade.

Seine Hand näherte sich dem Türklopfer. Was sollte er überhaupt sagen? »Guten Tag, ich will der Besitzerin der Spieluhr meine Aufwartung machen und sie samt der Dose mitnehmen«? Mit Wucht schlug er den Eisenring gegen das Holz. *Mir wird schon etwas einfallen,* sagte er sich. *Verdammt, ich kann kein Kalisstronisch!*

Als sich die Eingangstür öffnete, starrte der Freibeuter in das übel gelaunte Gesicht eines Angorjaners. Seine

Statur erinnerte ihn an einen Gewichtheber, wie er sie von den Märkten her kannte. Gekleidet war er in einen aufwändig geschneiderten Rock nach palestanischem Vorbild; auf dem Kopf thronte eine weiße Lockenperücke, die einen scharfen Kontrast zu der schwarzen Haut bildete. Der Mann sagte nichts.

»Taralea sei mit Euch«, stammelte Torben völlig überrumpelt auf Ulldart. »Ist denn der Hausherr da?«

»Ich bin der Hausherr«, schnaubte der Angorjaner mit palestanischem Akzent. »Was willst du, Bursche?« Seine Augen verengten sich. »Du siehst aus wie ein Rogogarder.«

»Äh«, machte der Freibeuter und schielte über die Schulter ins Innere des Hauses, wo er die Gestalt Norinas zu entdecken hoffte. »Kann ich mit Euch sprechen?«

»Was denkst du, was du gerade tust?« Der Angorjaner verschränkte die Arme vor der Brust.

»Ich suche eine Frau«, begann Torben, der sich allmählich wieder fing.

»Dann bist du bei mir falsch«, fiel ihm der Mann ins Wort. »Ich handele nicht mit Sklaven, nur mit Strandgut.« Er wollte die Tür ins Schloss werfen, aber der Rogogarder setzte den Fuß in den Spalt.

»Nein, Ihr versteht mich falsch. Ich habe neulich die Melodie einer Spieluhr gehört, und ich denke, ich kenne die Besitzerin.«

Der Angorjaner blickte auf den Schuh, der die Tür blockierte. »Aha. Und wer soll das sein?«

Innerlich atmete Torben auf. »Sie heißt Norina Miklanowo und stammt aus Tarpol. Sie war mit mir zusammen an Bord meines Schiffes, als es sank. Ich suche sie und ihre Freunde schon seit Jahren. Nun scheine ich sie wohl gefunden zu haben.« Er legte eine Hand an die Tür und wollte sie aufdrücken. »Darf ich sie sehen?«

»Bursche, ich kenne niemanden, der diesen Namen trägt. Du nimmst sofort deine Zehen von der Schwelle, oder ich quetsche sie dir zu Muß«, drohte der Angorjaner. »Die Besitzerin der Spieluhr ist in meinen Diensten und verrichtet gute Arbeit.«

»Ihr habt sie angestellt? Sie ist eine Brojakin, eine Großbäuerin, eine Dame von Rang!«, empörte sich Torben und verstärkte den Druck. »Es ist wohl das Beste, ich nehme sie gleich mit. Sie ist zu schade, um Euch die Klinken zu putzen.«

»So, so, eine Dame von Rang?«, meinte der Angorjaner abschätzend. »Ich mache dir einen Vorschlag. Du zahlst mir die doppelte Summe, die ich den Lijoki gegeben habe, und darfst sie mitnehmen. Na, was hältst du davon?« Er drückte die Tür nach vorn und quetschte Torbens Fuß unangenehm zusammen. »Oder warte … Wenn sie eine so hoch gestellte Persönlichkeit in Tarpol ist, wird man gern noch mehr Münzen auf den Tisch legen, vermute ich.«

»Gebt sie frei, und wir trennen uns in aller Freundschaft«, keuchte Torben, der sich mit aller Kraft gegen die Tür stemmte. Seine Zehen klemmten inzwischen fest, sodass er den Fuß nicht mehr zurückziehen konnte. »Oder Ihr werdet es bereuen.«

»Das ist wirklich sehr geschickt von dir, dem Mann zu drohen, in dessen Tür du gerade deinen Fuß stecken hast«, lachte der Angorjaner. Torben glaubte, ein Knirschen aus seinem Stiefel gehört zu haben. »Verschwinde, Rogogarder.« Er gab den Eingang frei, damit der ungebetene Gast seinen Fuß in Sicherheit bringen konnte. Einen Lidschlag später krachte die Tür zu und hätte dem Freibeuter mit Sicherheit einen oder mehrere Knochen gebrochen, hätte er nicht rechtzeitig reagiert.

Wütend trat Torben gegen das Holz. »Gebt sie frei!«, rief er. »Das ist gegen das Gesetz!«

Über ihm öffnete sich ein Fenster, und das schwarze Gesicht des Hauseigentümers erschien.

»Verschwinde, bevor ich den Kalisstri sage, was da durch die Gassen strolcht.« Der Inhalt eines Nachttopfs verfehlte den Rogogarder um Haaresbreite, dann klappten die Flügel des Fensters lautstark zu.

Nun gut, von mir aus, dachte Torben und kratzte sich am Bart. *Dann eben anders.*

Im nächtlichen Jökolmur schlichen zehn schwarz gekleidete Gestalten durch die Gassen, um sich vor dem Haus zu sammeln, an dem Torben an diesem Tag bereits vergeblich vorgesprochen hatte.

Bitte lass sie fest genug sein, flehte der Freibeuter und beförderte den Enterhaken mit Schwung in die Höhe, wo er sich in den Wäscheleinen verfing.

Einer ersten Belastung hielten die dünnen Seile stand. Ganz vorsichtig, ohne größere Pendelbewegungen zu verursachen, zog sich Torben in die Höhe. An den Wäscheleinen hangelte er sich bis zum Fenster des dritten Stockwerks, aus dem er die Töne der Spieluhr damals vernommen hatte, und fuhr mit einem dünnen Metallstift zwischen den Rahmen entlang, um die innere Verriegelung der Fenster nach oben zu drücken.

Als das Fenster sich öffnen ließ, winkte er seinen Begleitern zu und verschwand leise im Inneren des Hauses. Die anderen sollten auf ihn warten und ihm den Rücken freihalten, falls es zu unvorhergesehenen Schwierigkeiten käme.

Er schien auf Anhieb das richtige Zimmer gefunden zu haben. Im Bett erkannte er im schwachen Schein der Monde einen schwarzen Haarschopf, der nur der Brojakin gehören konnte. Allerdings musste sie während der letzten Jahre durch die harte Arbeit ein breiteres Kreuz bekommen haben. Leise pirschte er sich heran.

»Norina?«, wisperte er.

Die Gestalt im Bett ruckte hoch, die Haare fielen zu Boden. »Wusste ich es doch, dass du zurückkommen würdest«, rief der Angorjaner und warf sich auf den verdutzten Freibeuter.

Beide Männer gingen zu Boden und rollten miteinander ringend auf den Dielen hin und her.

»Dir zeige ich, was Stehlen bedeutet«, drohte der Schwarze und prügelte auf Torben ein, der sich mit aller Kraft zur Wehr setzte. Doch der Hausherr packte ihn am Kragen und schleuderte ihn durch das Fenster nach draußen.

Im letzten Augenblick gelang es dem Rogogarder, nach den Wäscheleinen zu greifen, die den Sturz in die Tiefe auffingen.

»Seht, da hängt ein schmales Handtuch zum Trocknen«, rief der Angorjaner vom Fenster aus. »Dann bringen wir dich mal wie ein Fähnchen zum Flattern.« Mit beiden Händen rüttelte er an den Seilen, sodass sein Opfer wüst durchgeschüttelt wurde.

»So leicht wirst du mich nicht los!« Mit einer Hand zog Torben seinen Dolch und kappte das Seil hinter sich. »Ich komme wieder!«

Er schwang nach vorn und krachte durch das Fenster des zweiten Stockwerks, was ihm eine kleine Schnittwunde an der Schulter einbrachte. Der Aufprall auf das Pflaster aber hätte ihm mit Sicherheit das Leben gekostet.

Leicht benommen rappelte er sich auf und sah auch schon den rasenden Hausherrn auf sich zustürmen.

Mit einer Bewegung, die dem tarpolischen Tänzerfigürchen aus der Spieluhr würdig gewesen wäre, wich er aus, schnappte sich einen Stuhl, den er zufällig zu fassen bekam, und zertrümmerte das Möbelstück auf dem Rücken des tobenden Angorjaners. Dieser brach mit einem Schnauben zusammen und rührte sich nicht mehr.

»Du wolltest es so«, sagte Torben schwer atmend zu dem Bewusstlosen, ließ den Stuhl fallen und lauschte dann. Doch im Haus blieb alles still.

Der Freibeuter durchforstete das zweite Stockwerk, ohne auf Widerstand zu stoßen. Im ersten Zimmer des obersten Stocks hörte er ein verräterisches Rumpeln aus einem Wandschrank. Grinsend öffnete er ihn. »Norina! Endlich habe ich Euch gefunden …«

Der Besenstiel krachte ihm gegen den Schädel, und vor seinen Augen tanzten kleine Sterne. Schon prasselte der Griff des Kehrwerkzeugs ein weiteres Mal auf ihn nieder, da erkannte Torben durch die zum Schutz erhobenen Arme die Brojakin, die mit erboster Miene auf ihn eindrosch.

Irgendwann gelang es ihm, den Stiel zu fassen. Dafür bekam er einen Tritt in die Weichteile, gefolgt von einem Haken gegen die Nase. Stöhnend sank er auf den Boden.

»Verdammt, Norina, ich bin es«, nuschelte er. »Torben Rudgass, erinnert Ihr Euch? Der Kapitän der *Grazie*, die Euch und die anderen aus Tularky brachte …«

»Ich weiß nicht, wovon du sprichst, Halunke«, erwiderte sie. »Verschwinde! Auf der Stelle. Die Miliz wird dich in Ketten legen, wenn sie dich erwischt.«

Verwirrt betrachtete Torben die Frau, weil er fürchtete, einer Verwechslung aufgesessen zu sein. Aber er hatte sich nicht getäuscht. Die hoch gewachsene Großbäuerin war ein wenig älter geworden, aber das Gesicht mit den hohen Wangenknochen hatte sich nicht verändert; noch immer trug sie das schwarze Haar lang, und zudem machte sie die Narbe an ihrer Schläfe unverwechselbar. Die braunen Mandelaugen ruhten aufmerksam auf ihm.

»Wenn Ihr nicht Norina Miklanowo seid, wer seid Ihr dann?«, erkundigte er sich und stand vorsichtig auf.

Nun wurde der Blick der Frau unsicher. »Ich bin ... ich weiß nicht ... Die Leute nennen mich Tenka.«

»Und seit wann seid Ihr hier?«

»Ich bin ...« Sie griff sich mit einer Hand an die Schläfe. »Die Lijoki haben mich hierher gebracht.« Sie schaute ins Nichts und schwieg unvermittelt, während ihre Lippen sich lautlos bewegten.

Von draußen war ein lang gezogener Pfiff zu hören, das Warnzeichen, falls die Stadtwachen auftauchen sollten.

»Wir müssen gehen. Wo ist Euer Kind?«, fragte Torben ungeduldig und nahm ihre Hand. »Wir haben keine Zeit mehr.«

Hastig warf er einige ihrer Kleider und etwas Wäsche in einen großen herumliegenden Sack, packte noch ein paar Wertgegenstände als Ausgleich für seinen erlittenen Schaden ein und rannte, die seltsam apathische Brojakin im Schlepptau, die Treppen hinunter.

Widerstandslos ließ sie sich aus dem Haus führen und lief zusammen mit den Männern im Schutz der Dunkelheit zum Hafen. Ihr abwesender Blick wurde nicht klarer.

Kurz nach ihrer Ankunft legte der Zweimaster ab, und als der Angorjaner in Begleitung der Milizionäre den Hafen erreichte, fand er lediglich eine leere Mole vor.

I.

Die Seherin spürte, dass der Zweifler ihr keinen Glauben schenkte. ›Ich sehe noch etwas‹, sagte sie zu ihm. ›Ein Mann in einer goldenen Robe will, dass du stirbst. Er hat Meuchelmörder ausgesandt, die auf dem Weg nach Tscherkass sind, um dich dort zu erwarten und dich umzubringen. Ein Geheimnis soll geschützt werden. Dein Tod soll verhindern, dass jemals irgendjemand dem Oberen auf die Spur kommt. Niemand soll beweisen können, dass er dich gesandt hatte, den Kabcar zu töten.‹

Und weil sie von Dingen sprach, die sonst niemand wissen konnte, glaubte ihr der Zweifler endlich.«

BUCH DER SEHERIN
Kapitel IX

Kalisstron, Bardhasdronda,
Winter 457/58 n. S.

Kalisstra hat ihre Gnade endgültig von uns genommen. Nur die Fremdländler sind daran schuld«, hörte Lorin einen Mann zu Akrar, dem Schmied, sagen. »Und du hast den Jungen auch noch bei dir in die Lehre genommen.«

»Beruhige dich«, versuchte Akrar den Unbekannten zu beschwichtigen.

»Nein, ich denke nicht daran«, empörte sich der Mann. »Ihretwegen sind die Fischströme ausgeblieben, und die Pelzjäger klagen ebenfalls. Sie sagen, dass die Zobel und Schneemarder weniger geworden sind als in den Jahren zuvor.«

»Wenn ich wie Soini von morgens bis abends in der Kneipe säße und mich lieber am Feuer herumdrückte, als nach meinen Fallen zu schauen, hätte ich auch keine Pelze, die ich verkaufen könnte«, hielt der Schmied dagegen. »Wir wissen beide, dass Soini ein faules Stück ist, dem der Vorwand nur recht kommt, oder?«

»Aber die Fische sind weg!« Der für Lorin unsichtbare Sprecher blieb hartnäckig. »Da, nimm die Münzen und gib mir die Nägel, die ich bestellt habe.«

Der Knabe kam aus der Werkstatt, den Beutel mit den Nägeln in der Hand. »Hier, werter Herr. Da habt Ihr Eure Ware. Dreißig lange Nägel.«

Der Mann, offensichtlich ein Angehöriger der Zimmermannszunft, warf ihm einen bösen Blick zu. »Da haben wir ja den Grund für die schlechte Lage der Stadt.« Unfreundlich nahm er Lorin das Säckchen aus der Hand und prüfte einen der Eisenstifte. Zufrieden packte er ihn zurück. »Gute Arbeit, Akrar.«

»Die hat der Junge gemacht«, meinte der Schmied tonlos. »Er ist geschickt, wenn es um die Feinarbeit geht.«

Der Zimmermann wog die Nägel abschätzend in der Hand, dann steckte er sie ein. Grußlos stapfte er hinaus und kämpfte sich durch den Neuschnee, der knöchelhoch in den Gassen und Straßen von Bardhasdronda lag.

»Würde die Bleiche Göttin uns Fische ebenso großzügig wie dieses weiße Zeug aus den Wolken schicken, könnten wir ein Jahrhundert lang von Trockenfisch leben«, seufzte Akrar und fuhr Lorin mit der breiten, schwieligen Hand über den Kopf. »Hör nicht auf die Leute. Sie suchen einfach jemanden, dem sie die Schuld geben können.«

»Das sagt Arnarvaten auch«, meinte der Junge und ging hinüber zur Esse, um dem Farbenspiel der glühenden Kohlestücke zuzusehen. Für ihn wirkten sie, als wären sie und das Feuer, das sie entfachten, lebendig. »Aber sie werfen immer noch unsere Scheiben ein, sogar jetzt, nachdem wir in den Hafen umgezogen sind. Matuc traut sich schon gar nicht mehr, die Läden zu öffnen. Und Geld für neues Glas haben wir auch keines mehr.« Er betätigte den Blasebalg; mit einem Fauchen erwachten die kleinen Flammen zum Leben, eine Funkenwolke stob auf und tanzte den Schlot des Kamins empor.

»Den Menschen hängt der Magen in den Kniekehlen, da werden sie schnell ungerecht«, versuchte der Schmied das Verhalten seiner Landsleute zu erklären. »Aber wenn die neuen Getreidelieferungen ankommen, werden sie ganz schnell wieder friedlich, du wirst schon sehen.« Er reichte ihm ein langes Stück Eisen. »Komm, ich zeige dir, wie man ein Messer schmiedet.

Man muss das richtige Gespür dafür haben, und so wie es aussieht, hast du mehr Begabung für die wirklich feinen Arbeiten.«

Unter Akrars Anleitung formte Lorin nach und nach ein recht akzeptables Schneidewerkzeug aus der Rohform. Danach setzte er sich an den Schleifstein, um dem Stahl die richtige Schärfe zu geben.

Stolz präsentierte er seinem Meister die vollbrachte Arbeit, und Akrar nickte anerkennend.

»Dein erstes Messer ist dir ordentlich gelungen, Lorin.« Er schaute dem eher schmächtigen Jungen in die blauen Augen. »Ich denke, du wärst ein viel besserer Schmuckmacher als ein Schmied. Die Feinarbeit liegt dir mehr. Zumal du – ohne es böse zu meinen – für den schweren Hammer wohl nicht unbedingt geschaffen bist.«

Das Gesicht seines Lehrlings wurde lang. »Dann tauge ich also nichts?«

»Doch, doch«, beeilte sich Akrar zu versichern. »Du wärst wahrscheinlich ein guter Schmied, aber du müsstest für die schweren Arbeiten wie das Beschlagen von Pferden immer einen Gehilfen haben.« Er klopfte dem Jungen auf die Schulter. »Natürlich kannst du weiter bei mir bleiben. Aber wenn du möchtest, höre ich mich um, ob einer der Gold- und Silberschmiede dich aufnehmen würde.«

»Ha, ja sicher, Akrar«, winkte Lorin ab. »Den kleinen Fremdländler, der den Kalisstra-Gamur getötet hat und schuld an allem Unglück ist, das in der Stadt geschieht, den wollen bestimmt alle in ihrer Werkstatt haben.«

Der Schmied musste lachen. »Sei nicht so schwarzseherisch. Und nun lauf nach Hause und zeige Matuc und Fatja das Messer.«

»Ja, gut. Bis morgen, Akrar.« Lorin warf sich die Winterjacke über und lief hinaus.

Er dachte nicht im Traum daran, auf das Hausboot zu gehen. Zuerst wollte er seinen neuen Strandsegler ausprobieren, den er zusammen mit Blafjoll gebaut hatte.

Das Gefährt war viel besser als das, welches ihm Byrgten zertrümmert hatte. Gerne hätte er es in einem Rennen gegen andere Jungs aufgenommen, aber niemand wollte ihn dabeihaben. Sein Ruf, allem und allen Unglück zu bringen, wurde in Bardhasdronda mittlerweile schon legendär.

Der Großteil des Hafens lag in einer Eisschicht gefangen; nur ein Stück der künstlich geschaffenen Bucht blieb befahrbar, und jeden Morgen sorgten der Hafenmeister und seine Angestellten dafür, dass es so blieb. Die Getreideschiffe, die vom Süden heraufkamen, benötigten Platz zum Anlegen.

Ansonsten wirkten die Piers seltsam verwaist. Die kleineren Kähne waren aus dem Wasser gehoben worden, und die langen Walfangboote lagen unter einer dicken Schicht Schnee begraben.

Die Fischer hatten nichts zu tun, außer in den Bootshäusern ihre Netze zu flicken und neue zu knüpfen, in der Hoffnung, die Bleiche Göttin werde endlich die Fische schicken, auf die die Bevölkerung so dringend angewiesen war. Die Schornsteine der Räuchereien ragten in den Himmel, ohne Qualm und den typischen, köstlichen Geruch in der Umgebung zu verbreiten.

Lorin fühlte sich ein wenig schuldig, wenn er die trostlosen, menschenleeren Plätze sah. Er wusste nicht mehr, wie oft er gebetet hatte, anfangs nur zu Kalisstra, dann irgendwann auch zu Ulldrael dem Gerechten und zu Taralea, der allmächtigen Göttin. Aber offensichtlich schien keine der Gottheiten gewillt zu sein, etwas Gutes geschehen zu lassen.

Vielleicht würde es besser werden, wenn wir die Stadt wirklich verließen?, fragte er sich gewiss zum hundertsten Mal. Seit sie gehört hatten, dass eine seltsame Frau, deren Beschreibung auf Paktaï passte, an Bord eines Schiffes gegangen war, das nach Tarpol segelte, lebten sie etwas angstfreier. Dennoch blieb die Sorge, was wohl als Nächstes von Nesreca und seinen Helfern drohte. Auch fragten sie sich, ob Paktaï ihren Aufenthaltsort vor ihrer Abreise in Erfahrung gebracht hatte. Und ob sie zurückkehren würde.

Matuc hatte einen Ortswechsel schlichtweg abgelehnt. Er fühlte sich berufen, dem Glauben an den Gerechten im schicksalsträchtigen Bardhasdronda zum Durchbruch zu verhelfen.

Seine große Schwester wollte bei Arnarvaten bleiben, und Waljakov hatte mit einem Brummen deutlich gemacht, dass er keinen Grund sehe, die »Flucht vor ein paar Kleingläubigen zu ergreifen« – wie er es nannte.

In Gedanken versunken schob der Junge den Strandsegler hinaus auf den vereisten Sand und tauschte die Rollen gegen die Kufen aus, die bei den derzeitigen Witterungsverhältnissen angebrachter waren.

In einiger Entfernung sah er bereits andere Gefährte über den Schnee und das Eis zischen. Er wickelte sich den Schal mehrmals ums Gesicht, ließ nur einen winzigen Spalt für die Augen frei und hopste in den schmalen Sitz. Kaum füllte sich das Segel mit Wind, sauste Lorin auch schon los. Die Stadt und seine Sorgen blieben zurück.

Dank seines geringen Eigengewichtes und der hohen

Geschwindigkeit, die der Neubau erreichte, gehörte er zu den Wenigen, die es in voller Fahrt versuchen konnten, sich mit den breiten Kufen für wenige Augenblicke aufs Wasser zu wagen. Trotzdem war dieses Manöver gefährlich, denn wenn die Böe nur geringfügig nachließ, würde er in dem eisigen Meer untergehen.

Aber Lorin fand diesen Reiz ungeheuer aufregend. Er war der Einzige, der es schaffte, mehr als 100 Schritte über Wasser zu flitzen. Dabei verbot er sich selbst, mithilfe seiner magischen Fertigkeiten einzugreifen. Er nutzte sie lediglich, um sich die Steuerung des Strandseglers zu erleichtern. Wenn andere an den Seilen ziehen mussten, konzentrierte er sich kurz, und schon korrigierte sich die Leinwand wie von selbst.

Die anderen Kinder bemerkten ihn und lenkten ihre Gefährte in einem Bogen zurück zum Hafen.

Umso mehr Platz für mich, dachte er grimmig und schwenkte das Segel mit seinen magischen Fertigkeiten so, dass es sich voll in den Wind legte. Eisiger Wind peitschte ihm entgegen, aber er jauchzte nur freudig.

So lange wie selten zuvor raste Lorin den verschneiten Strand entlang; hin und wieder schweifte sein Blick dabei zu den Feuertürmen, die alle fünf Meilen auf den Klippen wie Zeigefinger drohend nach oben in das Grau des Himmels wiesen.

Dort saßen Wachmannschaften, die beobachteten, ob und wann sich Schiffe oder Wracks nahe der Küste zeigten. Mithilfe von Rauch- oder Feuerzeichen, die von Stadt zu Stadt unterschiedlich waren und des Öfteren geändert wurden, signalisierten sie, was auf die Siedlungen zukam oder ob es fette Beute zu machen galt.

Von diesem steinernen Thron herab hatte man damals auch das Wrack seines Ziehvaters und seiner großen Schwester entdeckt. Ihnen verdankte er es also in gewissem Maße, dass er überhaupt noch am Leben war. *Und dafür habe ich euch nur Unheil gebracht.*

Als er bei der nächsten Gelegenheit die schroffen Felsabhänge hinaufsah, bemerkte er eine kleine Rauchsäule, die vom Turm aufstieg, aber sofort wieder erlosch.

Das war ungewöhnlich.

Lorin wusste, dass jede Mannschaft nur aus den zuverlässigsten Männern bestand, die sich mit der Handhabung der Signalvorrichtungen bestens auskannten. Fehler wie das zufällige Auslösen eines Signals kamen einfach nicht vor.

Er verlangsamte die Fahrt, schwenkte seinen Segler und steuerte ihn zu den Stufen, die beinahe senkrecht in die Klippen gehauen worden waren.

Behutsam machte er sich an den Aufstieg. Ein falscher Tritt bedeutete einen Sturz, den man kaum überleben würde. Je höher er kam, desto vorsichtiger wurde er. Der Wind zerrte an ihm, die trotz der Handschuhe steif gefrorenen Finger spürte er kaum mehr. Doch umkehren wollte er nicht, dafür hatte er sich schon zu weit nach oben gekämpft.

Mühsam erklomm er die letzten Treppen und ließ sich in den Schnee plumpsen, um zu Atem zu kommen. In zweihundert Schritt Entfernung stand der Feuerturm, das Ziel seiner kurzen, aber anstrengenden Kletterpartie. Lorin erhob sich ungelenk und bahnte sich einen Weg durch den hohen Schnee. Hier oben auf den Felsen kam es ihm noch kälter vor als am Strand, und er beeilte sich, um hinter die schützenden Mauern des runden Gebäudes zu kommen.

Auf der Aussichtsplattform erschien eine Gestalt, und Lorin winkte ihr fröhlich zu.

Etwas zögernd erwiderte der Mann den Gruß und verschwand im Innern des Turmes. Als der Junge die Tür erreichte, wurde sie ihm auch schon geöffnet. Ein typischer Kalisstrone mit grünen Augen und dem ausrasierten Bärtchen hielt den Vorhang hinter der Tür zur Seite und bat ihn freundlich herein.

»Du hast den Aufstieg bei dem Wetter gewagt?«, fragte er erstaunt.

»Ja«, bibberte Lorin, und seine Zähne schlugen aufeinander. Dankbar nahm er den Becher mit Tee entgegen, den der Mann ihm reichte.

»Und das hast du ganz allein geschafft?« Der Junge nickte; sein Gesicht fühlte sich an, als wäre es zu Eis erstarrt. »Wie heißt denn der tapfere Mann?«

»Lorin«, stotterte er und erwartete, dass die Freundlichkeit des Mannes erstarb. Doch zu seinem Erstaunen änderte sich nichts im Verhalten des Wärters.

»Willst du später auch einmal ein Türmler werden?«, erkundigte er sich und beobachtete den Tee trinkenden Jungen aufmerksam.

»Gern. Noch lieber würde ich zur Miliz. Sie werden mich aber nicht lassen.«

»Wieso denn das? Ein so mutiger Junge wie du hätte es schon verdient. Oder sind deine Augen womöglich zu schwach?«

Nun war Lorins Misstrauen geweckt. Seinen Namen kannte jeder in der Stadt, und spätestens jetzt hätte der Wärter wissen müssen, dass er als Fremdländler niemals die Erlaubnis für den Dienst in der Bürgerwehr erhalten würde. Irgendetwas stimmte hier ganz und gar nicht.

»Was war denn vorhin mit dem Feuer los?«, wollte er wissen.

Das Gesicht des Mannes verriet plötzlich aufkommende Anspannung. »Wieso? Hat man die Rauchsäule weit sehen können?«

»Ich weiß es nicht«, log der Knabe und ließ den Blick durchs Zimmer schweifen. Es schien soweit alles in Ordnung zu sein. »Vielleicht haben sie schon den Alarm weitergegeben.«

»Verdammt«, entfuhr es dem Wärter. »Ich meine, das wäre verdammt schlecht. Ich bin aus Versehen gegen die Schale mit dem Öl gekommen, als ich meine Runden auf der Plattform drehte, und bevor ich etwas tun konnte, entstand ein bisschen Qualm.«

»Dann schickt doch einfach das Entwarnungssignal hinterher«, schlug Lorin vor. »Die drei kurzen Punkte.«

»Gute Idee, Kleiner. Das sollte ich wohl tun, was?« Hastig erhob sich sein Gastgeber und lief die Stufen hinauf. »Nimm dir Tee, so viel du möchtest.«

Der Junge dachte nicht daran. Das Zeichen, das er dem Wärter genannt hatte, bedeutete »Alarm«. Und die Tatsache, dass der Mann die einfachsten Signale nicht kannte, verhieß nichts Gutes.

Schnell stellte er den Becher auf den Tisch und folgte dem falschen Wärter.

Nach gut dreißig Stufen kam ihm ein dünnes, rotes Rinnsal entgegen. *Blut?*, dachte Lorin erschrocken. Er tastete nach seinem Messer, das er unter der dicken Felljacke trug, und zerrte es hervor.

In einer Mischung aus Angst, Neugier und nie gekannter Aufregung schlich er die restlichen Stufen nach oben. Das Herz pochte ihm bis zum Hals.

Der Mann stand mit dem Rücken zu ihm, vor sich die große überdachte Feuerschale, in der keine Flammen züngelten, und versuchte, die verloschenen Kohlestücke wieder zum Brennen zu bringen. Rechts und links von ihm lagen drei Tote, deren warme Blutlachen in der klirrenden Kälte dampften.

Lorin hielt sich den Mund zu, um den Schrei zu unterdrücken. Was sollte er nur tun?

Das Feuer erwachte mit einem Fauchen zum Leben. Die Hand des Mörders wanderte zur Kette, die den Mechanismus mit dem Klappdach und dem Ölgefäß verband.

Lorin würgte leise, und der Mann wandte sich um.

»Da ist wohl jemand neugierig geworden, was?« Er zog seinen Dolch unter der Jacke hervor und kam auf ihn zu. »Dein Pech, Kleiner.«

Der Junge drehte sich auf dem Absatz um und hastete die Stufen hinunter, rannte zur Tür und riss sie auf. Dann sprang er hinter den Vorhang in Deckung.

Sein Verfolger flog an seinem Versteck vorbei, fiel auf die List herein und hastete ins Freie.

Lorin schlug die Tür zu. Die schweren Riegel legten sich krachend vor den Eingang. *Ich muss die Stadt warnen, was auch immer der Mann beabsichtigt hat!*

Keuchend lief er die Treppe hinauf und warf zunächst einen Blick von der Plattform die Klippen hinab.

Den Teil des Strandes hatte er auf seiner Fahrt nicht einsehen können, und so erstarrte er, als er die vielen Schiffe sah, die sich weit unter ihm versammelt hatten.

Das müssen Lijoki sein, durchzuckte es ihn. Allem Anschein nach waren die Strandräuber gerade dabei, mehrere plump wirkende Wassergefährte, die mit dem Kiel auf dem Sand lagen, ihrer Fracht zu berauben.

Als einer der Säcke ein wenig aufriss, verstand er, was die Lijoki da unrechtmäßig zu ihrem Eigentum machten. Wertvolle Körner rieselten in die See. *Sie haben die Getreidelieferung in einen Hinterhalt gelockt! Ich muss die Miliz benachrichtigen!*

Als Lorin sich umwandte, stand der Mörder der Türmler mit gezückter Waffe vor ihm und stieß zu.

Der Knabe unterlief den Stich, wie es ihm Waljakov gezeigt hatte, und rutschte dem Mann durch die Beine.

Dann sprang er auf und zog an der Kette, um einen Schwall Öl in die Flammen zu gießen. Es ging längst nicht mehr darum, eine konkrete Nachricht auf den Weg zu schicken; die anderen Feuertürme sollten nur aufmerksam werden. Er hakte den Zug fest, sodass unentwegt brennbare Flüssigkeit in die Schale floss.

Eine gewaltige schwarze Wolke stieg auf, die größer und größer wurde.

Fluchend kam der Lijoki auf Lorin zu. Der Absatz des Knaben traf den Angreifer wuchtig auf den Spann. Mit seinen magischen Fertigkeiten versetzte er ihm einen Stoß, dass er gegen das Ölbehältnis taumelte. Seine rechte Seite war mit dem Brennstoff befleckt.

Mit der Messerspitze nahm der Knabe ein Kohlestück auf und schleuderte es gegen den Mann.

Augenblicklich stand dessen Jacke in Flammen. Kopfüber sprang der Strandräuber über die Zinnen des Turmes, um das Feuer im hohen Schnee zu löschen.

Lorin entdeckte den Wurfhaken und das Seil, mit dem der Lijoki offenbar auf den Turm gekommen war und die Wärter überrascht hatte. Kurzerhand zog er das Tau in die Höhe, während sich der qualmende Strandräuber im Schnee wälzte.

Auch am Strand war man auf die schwarze Wolke aufmerksam geworden, das Umladen ging nun hektischer vonstatten. Von den anderen Feuertürmen wuchsen ebenfalls Rauchsäulen in den Himmel. Man verlangte eine Erklärung und löste gleichzeitig Warnzeichen aus.

Vor seinem geistigen Auge sah Lorin, wie die Mannschaftsstrandsegler mit Milizionären besetzt wurden und die kleine Streitmacht aufbrach.

Und er sah voraus, dass die Kalisstri ihn für das Geschehen verantwortlich machen würden.

Dennoch erfüllte ihn der Stolz darüber, dass er es war, dem die Aufdeckung des schändlichen Überfalls und die Rückeroberung des Feuerturmes gelungen waren. Damit sollte aber jede weitere Beteiligung von seiner Seite abgeschlossen sein. Eingreifen konnte er von dem Aussichtsturm nicht, und so musste er tatenlos mit ansehen, wie die Lijoki ihre Boote bemannten und sich mit der Beute aus dem Staub machten, während die ersten Segel der Gleiter am Strand auftauchten.

Die Miliz kam zu spät. Lediglich der Mörder der Turmwächter, der seinen Abstieg nicht rechtzeitig begonnen hatte, konnte festgenommen werden.

Bürgermeister Kalfaffel umrundete mit sorgenvoller Miene die verbliebenen fünfzig Säcke mit Getreide, die von der Miliz in dem städtischen Lagerhaus abgeladen worden waren. »Das wird niemals ausreichen, um alle Bewohner durch den Winter zu bringen«, schätzte der Cerêler bitter. »Es kommt aber auch wirklich alles zusammen.«

Rantsila, der Führer der Bürgerwehr, machte ein verärgertes Gesicht. »Als ob die Lijoki genau gewusst hätten, wann die Lieferung ankommen soll.« Er trat gegen einen der Säcke. »Vermutlich wussten sie es auch, weil ihnen jemand aus der Stadt Bescheid gegeben hatte.«

»Verrat?«, fragte der kleinwüchsige Heiler ungläubig. »Bei allem Respekt, aber ich glaube wirklich nicht daran, dass auch nur einer der Städter so etwas tun würde. Schließlich sitzen wir alle in einem Boot.«

»Wir müssen nur nachschauen, in welchem Haus in

den nächsten Wochen kein Hunger ausbrechen wird, und ich bin mir sicher, wir haben den Schuldigen entdeckt.« Rantsila schüttelte den Kopf. »Ohne einen Hinweis auf den Tag der Lieferung wäre den Lijoki dieser Überfall niemals geglückt. Sie haben alles genau geplant, einschließlich der Ermordung der Türmler.«

Kiurikka wollte den Mund öffnen, aber Kalfaffel hob die Hand. »Hohepriesterin, wenn Ihr nun sagen wollt, dass das alles nur wegen der Lästerung der Fremdländler geschehen sei, so spart Euch Euren Atem. Ausnahmsweise dürfte eine Person aus Bardhasdronda an unserer Lage schuld sein. Ihr werdet das auch nicht wegdiskutieren können, dafür seid Ihr zu schlau und zu einsichtig. Betet lieber, dass wir innerhalb der nächsten Tage von irgendwoher etwas zu essen bekommen.«

Die drei Menschen schauten sich in der leeren Lagerhalle um. Sie hätte inzwischen voller Getreide sein sollen, aber nun stand die Stadt vor der schlimmsten Katastrophe der letzten Jahrzehnte.

»So wie ich die Sache sehe, werden die Einwohner zunächst ihre Haustiere essen müssen«, überlegte die Hohepriesterin laut. »Danach schicken wir die Milizionäre auf Rattenfang. Sollte uns das Ungeziefer ausgegangen sein, bevor Hilfe eintrifft, dann wisst Ihr, was Bardhasdronda bevorsteht.« Unheilvoll hallte ihre Stimme durch das fast leere Gebäude. Sie stieß das Ende ihres Stabes auf den Boden. »Auch wenn Ihr es nicht hören wollt, Bürgermeister, die Fremdländler haben Ulldrael und damit den Zorn Kalisstras auf uns gebracht. Mag sein, dass sie nichts mit dem Überfall zu schaffen haben. Ich kann mir aber gut vorstellen, dass sie allein aus Bosheit mit den Strandräubern gemeinsame Sache gemacht haben. Bedenkt, wer zuerst da draußen war und das Geschehen meldete, als es bereits zu spät war.«

Der Cerêler schaute sie böse an. »Ihr werdet solche Äußerungen schön für Euch behalten. Eure Vermutungen sind derart verworren, dass selbst ein kleines Kind sie als Unsinn erkennen würde.«

»Ich bin mir sicher, dass viele Menschen in der Stadt anders denken«, widersprach die Hohepriesterin schneidend. »Im Übrigen ist mir aufgefallen, dass keiner der Fremdländler den Winter über hungern musste, obwohl sie kaum Geld haben dürften, während bei manch anderen dank der Rationierung des Getreides die Kleider vom dürren Leib fallen.«

»Zu schade, dass die Cerêler nichts gegen Hunger machen können«, bedauerte Rantsila. »Aber vielleicht sollten wir das Boot der Fremdländler wirklich durchsuchen. Wenn wir bei ihnen Getreidesäcke finden, haben wir wenigstens Schuldige, die wir dem Volk zeigen können.«

»Ihr macht es Euch alle sehr einfach, wenn es um die Suche nach dem oder den Verrätern geht, wie?«, schalt Kalfaffel sie aufgebracht. »Es wäre zu schön, die passenden Sündenböcke parat zu haben, ich weiß. Aber findet Euch damit ab, dass die Verantwortlichen aus unseren eigenen Reihen stammen und wahrscheinlich mit Hingabe über die Fremdländler schimpfen, während sie schon an den Kuchen und das Brot denken, das sie sich in aller Heimlichkeit backen werden. Es soll ihnen im Halse stecken bleiben!«

Nach dem Ausbruch des Bürgermeisters wagte keiner der Anwesenden etwas zu sagen.

Der tosende Wind strich um das Gebäude, wackelte und rüttelte am Gebälk, brachte weiteren Frost und noch mehr Schnee mit sich. Innerhalb der nächsten

Stunden würde die Stadt restlos im Weiß versunken sein.

»Ich bleibe dabei, Bürgermeister«, beharrte Kiurikka schließlich. »Beraumt eine Untersuchung an, weshalb die drei im Winter niemals zu darben brauchen, obwohl sie kaum Geld haben. Ihr werdet bald sehen, dass sie die Verräter sind. Und dann nehme ich Eure Entschuldigung gern an.«

Das Tor zur Halle wurde geöffnet, und Matuc und Lorin traten ein, dick mit Pelzen behangen, um sich gegen den tobenden Schneesturm zu schützen.

»Das passt ja hervorragend«, murmelte Rantsila durch die Zähne und richtete sich ein wenig auf. »Damit haben wir uns einen Weg gespart.«

»Meinen Gruß, werte Dame und meine Herren. Ulldrael der Gerechte möge Eure Schritte behüten und Euch Nahrung geben«, rief der Geistliche von weitem, während er auf sie zu humpelte. Lorin lächelte schüchtern dem Bürgermeister zu, der sein Lächeln erwiderte. »Mein Ziehsohn hat mir von seinem Abenteuer berichtet.«

»Durch deine Schuld«, zischte Kiurikka Matuc an, »ist die Stadt dem Untergang geweiht, es sei denn, Kalisstra wird durch ein Opfer versöhnlich gestimmt.«

»Was wäre, wenn Ulldrael denn ein Wunder geschehen ließe?«, entgegnete der Mönch freundlich.

»Du und der Gerechte tragt doch die Verantwortung für all das«, schmetterte die Hohepriesterin ihn ab, aber der Cerêler war aufmerksam geworden.

»Ich vermute, Matuc«, begann er, »dass dein Weg dich nicht nur zufällig in dieses Gebäude geführt hat.«

»So ist es, Bürgermeister.« Matuc schaute in die Runde. »Als Lorin mir erzählte, die Getreideladung sei an die Lijoki verloren gegangen, wusste ich, dass meine

Gelegenheit gekommen ist zu zeigen, wie Ulldrael in seiner Güte uns alle retten kann.«

»Und wie sollte er das bewerkstelligen?«, verlangte Kiurikka zu wissen. Ihre grünen Augen spuckten Gift und Galle in Richtung des Geistlichen, der die Unfreundlichkeit großzügig überging. »Lässt er Korn regnen oder es auf den Dächern wachsen?«, höhnte sie.

Als Antwort nahm Matuc seine Rechte aus der Manteltasche und bot eine birnengroße Frucht mit dunkelbrauner Schale auf der ausgestreckten Handfläche dar. »Ulldrael der Gerechte war mit mir, schon seit letztem Jahr.«

»Was soll das sein?«, fragte der Führer der Miliz und nahm die Frucht in die Hand. »Es ist hart.« Vorsichtig roch er an der Schale. »Und es riecht nach nichts.« Er reichte es an den Bürgermeister weiter. »Erklärt uns das.«

»Als wir vor vielen Jahren durch Ulldraels Gnade an Land gespült wurden, hatten wir beinahe unser vollständiges Hab und Gut verloren«, erzählte Matuc. »Außer unserem Leben konnten wir einen Sack mit etwas retten, das es in Kalisstron nicht gab. Ihr haltet es gerade in Euren Fingern. Das, was so unscheinbar aussieht, ist eine Süßknolle.«

»Und?«, meinte Kiurikka mürrisch und beäugte das Gewächs.

»Wenn man sie in Salzwasser kocht, schmeckt sie hervorragend und vertreibt den Hunger«, erklärte Matuc mit einem Strahlen im Gesicht. »Stellt Euch vor, aus einer dieser Knollen, wie wir sie schon seit Jahrhunderten in Tarpol anbauen, erhält man zehn bis zwanzig neue.«

»Zum Pflanzen wird es wohl ein wenig zu spät sein«, meinte Rantsila spitz. »Und eine Knolle reicht kaum aus, um alle Städter zu ernähren. Das Messer müsste schon sehr scharf sein, um solch dünne Scheiben zu schneiden.«

»Der Vorteil der Süßknolle ist, dass sie selbst im eisigsten Klima gedeiht. Sie braucht kein Licht, nur ein wenig Erde.« Der betagte Mann konnte sich die triumphierende Miene nicht verkneifen. »Die alte Stápa hat mir all ihr Land überlassen, um die Süßknollen zu pflanzen, und keiner von Euch hat jemals etwas bemerkt. Jahr für Jahr habe ich angebaut, und als ich im Sommer hörte, dass die Fische ausblieben, ging ich ein Wagnis ein.« Matuc setzte sich auf einen kleineren Stapel Säcke. »Ich habe alle meine Knollen gesetzt. Sie müssten nun reif sein, der Frost hat sie haltbar gemacht. Alles, was wir tun müssen, ist die Erde aufzutauen und die Knollen auszugraben. Ulldrael der Gerechte hat uns gerettet.«

Kiurikka schwieg, Kalfaffel blinzelte den Geistlichen überrascht an, und Rantsila schaute zur Hohepriesterin, als wollte er etwas sagen.

»Das ist der Grund, weshalb Ihr keinen Hunger leiden müsst, richtig?«, vermutete der Cerêler erleichtert. »Ihr hattet Süßknollen eingelagert.«

Der Knabe nickte. »Auch wenn uns das Geld an allen Ecken und Enden fehlt, die Ernte gab genügend her, dass wir von der Rationierung nicht betroffen waren. Ich habe unseren Anteil immer dem Kalisstratempel gespendet, damit die Armen etwas zu essen haben.«

Die Gesichtszüge der Hohepriesterin entgleisten, und sie senkte beschämt den Blick.

Der Führer der Miliz trat vor und reichte dem verdutzten Geistlichen die Hand. »Auch wenn Ihr es vorhin nicht hören konntet, so sprach ich schlecht über Euch. Nehmt dafür meine Entschuldigung an.« Die grünen Augen des Milizionärs blickten aufrichtig und ehrlich.

»Das tue ich mit Freude«, schlug Matuc ein und erhob sich von den Säcken. »Ich habe mir noch etwas überlegt.«

»Nur zu«, nickte Kalfaffel. »Ich weiß gar nicht, wie ich und die Stadt Euch danken sollen.«

»Herr Rantsila hat mich auf eine Idee gebracht. Wenn etwas von den Knollen übrig wäre, könnte man sie doch neu anpflanzen.« Matuc stampfte mit dem Holzbein auf den Hallenboden.

Der Cerêler begriff. »Wir schaffen die aufgetaute Erde in die Halle und setzen ein paar von den Knollen?« Er klatschte begeistert in die Hände. »Wir könnten uns einen nachwachsenden Vorrat anlegen. Aber wie schnell gedeihen sie?«

»Sie brauchen zum Ausreifen zwei bis drei Monate«, schätzte Matuc. »Aber wenn wir es schaffen, die Temperatur in dem Gebäude in die Höhe zu treiben, könnte es uns schneller gelingen. Es käme auf einen Versuch an.«

»Dann sollten wir es wagen«, lachte Kalfaffel. »Das ist ein historischer Augenblick auf Kalisstron. Zum ersten Mal zeigt eine andere Gottheit ihre Gnade. Es ist eine glückliche Fügung, dass ausgerechnet Bardhasdronda in diesen Genuss kommt.«

»Ich denke, dass der Gerechte an der Stadt noch etwas gut zu machen hatte.« Der Mönch wiegte den Kopf hin und her. »Eine Bedingung stelle ich aber.«

»Und die wäre?«, fragte der Bürgermeister vorsichtig.

»Kein Geld, nein, das wäre nicht rechtens«, beruhigte Matuc den Mann. »Ich verlange lediglich, dass die Menschen erfahren, durch wen sie die Süßknollen bekamen und dass es Ulldrael der Gerechte war, der sie vor dem Hungertod bewahrte. Das soll auch schon alles sein.«

»Ich sorge dafür«, nickte der Milizionär. »Kiurikka wird sicher nichts dagegen haben«, meinte er und wandte den Kopf zur Seite.

Doch die Hohepriesterin war in aller Stille gegangen.

»Das war übrigens sehr tapfer, was du getan hast«, sagte Rantsila und beugte sich zu Lorin hinunter.

»Darf ich denn dann zur Miliz, wenn es so weit ist?«, traute sich der Knabe zu fragen, um die günstigen Umstände auszunutzen.

Der Mann wechselte einen schnellen Blick mit dem Cerêler. »Nein, junger Mann. So weit würde ich nicht gehen. Die Bestimmungen sagen, dass kein Fremdländler in die Reihen der Verteidiger treten darf, egal wie beliebt oder unbeliebt er ist.«

»Gibt es denn keine Möglichkeit?« Enttäuscht kniff Lorin die Lippen zusammen. »Ich wünsche es mir so sehr.«

»Vielleicht ließe sich etwas machen«, meinte Kalfaffel geheimnistuerisch. »Wärst du mit einem Posten als Türmler einverstanden?« Rantsila schaute ihn nachdenklich an. »Die Statuten beschränken sich nur auf die Miliz, wenn ich mich recht erinnere«, erklärte er. »Und da er sich schon einmal als sehr aufmerksam erwiesen hat, wäre diese Aufgabe seiner würdig, denke ich.« Er blickte zu Lorin. »Na, junger Mann, wie sieht es aus? Ist das eine Sache, die dir entgegenkommt?«

»Es ist zwar nicht die Miliz«, meinte der Knabe, den die Vorstellung aufmunterte, »aber es würde mich freuen. Oder, Matuc? Bitte, sag ja. Und Waljakov frage ich auch. Wir wären ein tolles Gespann, das über die Stadt wacht und die Bewohner vor allen Gefahren warnt.«

Der Geistliche lächelte. »Aber sicher, Lorin.«

Der Junge warf sich seinem Ziehvater an den Hals. »Danke. Ich kann auch schon alle Zeichen auswendig, die man als Türmler wissen muss.« Wie ein Wasserfall zählte er die Signale auf, bis Rantsila ihn bremste.

»Ja, ja, ich sehe schon. Das wird einer der besten Wächter, den wir jemals auf einem der Türme sitzen hatten«, lachte der Mann. »Aber mehr ist nicht drin, Lorin. Den Wunsch nach der Miliz werden wir dir nicht erfüllen können.«

Kalfaffel klappte die Aufschläge seines Mantels nach oben. »Ich kehre ins Rathaus zurück und lasse gleich die Ausrufer durch die Stadt eilen. Es muss ja einiges organisiert werden, wenn wir die …«

»Süßknollen«, half Matuc lächelnd.

»Genau, die Süßknollen vom Acker bringen wollen.« Der Bürgermeister war völlig aus dem Häuschen. »Matuc, ich sah die Stadt bereits ein zweites Mal untergehen, aber nun wird sie durch Eure Vorsehung bewahrt.«

»Und die Gnade des Gerechten, die wir bei aller Freude nicht vergessen wollen«, fügte der Mönch hinzu. »Ich begleite Euch und erkläre, wie ich mir die Anpflanzung in der Halle vorgestellt habe.«

Kurz bevor sie den Ausgang erreichten, wandte sich der Cerêler um. »Ich möchte Euch keine falschen Hoffnungen machen, Matuc. Ihr dürft wahrscheinlich mit nur wenig Dank rechnen. Kiurikka sorgt mit Sicherheit dafür, dass die Gaben Ulldraels bald schon als Kalisstras Gnade angesehen werden.«

»Ich bin zuversichtlich, Bürgermeister, dass immerhin einige der Städter in Erinnerung behalten werden, wem sie ihr Leben zu verdanken haben. Und diese wenigen reichen mir aus, das Wort des Gerechten nach ganz Kalisstron zu tragen.«

»Ich sehe schon, Ihr habt viel vor«, meinte Kalfaffel. »Ich respektiere Eure Absichten, aber ich zweifle an ihrem Gelingen.« Seine kleine Gestalt verschwand nach wenigen Schritten in den wirbelnden Flocken des Schneegestöbers.

Wir werden sehen, dachte Matuc gelassen. *Der Glaube wird Früchte tragen, ganz wie die Süßknollen. Bekehre ich nur einen der Kalisstri, wird er zehn weitere auf die Seite von Ulldrael dem Gerechten bringen, und das voller Überzeugung.*

»Woher wussten die Lijoki eigentlich, dass die Ladung mit dem Getreide kommen sollte?«, fragte Lorin Rantsila, als dieser gerade die Halle verlassen wollte.

»Du bist doch ein aufgeweckter Bursche«, gab der Milizionär zurück. »Was denkst du?«

Der Knabe überlegte einen Moment, dann richtete er seine blauen Augen auf den Mann. »Es wird ihnen wohl jemand gesagt haben.«

»Das denken wir auch. Hoffentlich finden wir den Kerl, bevor er eines Nachts die Stadttore für die Halsabschneider öffnet und sie uns im Schlaf die Gurgeln durchschneiden.«

»Matuc, weißt du was? Du missionierst die Kalisstri, und ich finde zusammen mit Waljakov den Verräter«, verteilte Lorin die Aufgaben neu, was den Mönch sehr amüsierte. »Wenn ich erst den Überläufer ausgemacht und Bardhasdronda gerettet habe, werden mich die Leute ganz von selbst in die Bürgerwehr stecken.«

»So einen Helden müssten wir natürlich in unsere Reihen aufnehmen«, lachte Rantsila. »Und nun pass auf, dass der Wind dich halbe Portion nicht davonträgt. Sag deiner Schwester einen schönen Gruß von mir.« Der Anführer der Miliz verschwand. Lorin aber glaubte gesehen zu haben, wie der Mann einen roten Kopf bekam.

»Das wird Arnarvaten aber gar nicht gefallen«, murmelte er feixend. »Das Schwert gegen die Verse. Das wird noch lustig werden.«

»Komm schon, du vorlauter Lausebengel«, befahl ihm Matuc. »Wir müssen deiner Schwester die guten Neuigkeiten erzählen.«

Großreich Tarpol, Königreich Barkis (ehemals Tûris), Verbotene Stadt, Frühjahr 458 n. S.

Pashtak eilte zielstrebig durch die Straßen der Stadt, ohne einen Blick nach rechts und links zu werfen, wie er es sonst tat, um sich am Fortschritt zu erfreuen.

Der innere Kreis der Stadt Sinureds war vollständig wieder aufgebaut worden. Die Gebäude übertrafen sich förmlich an Pracht; alte Ornamente, die von den Eroberern vor mehr als 450 Jahren in mühsamer Arbeit zerschlagen worden waren, prangten an den Wänden, und der Tempel zu Ehren Tzulans reckte sich in voller Schönheit empor.

Doch Pashtak widmete auch der polierten Fassade aus schwarzem, rot geäderten Blutstein von Sinureds Palast und den mächtigen Granitmauern der auferstandenen Festung des »Tieres« keine Aufmerksamkeit. Grübelnd, den Kopf gesenkt, marschierte er schnurstracks zur »Versammlung der Wahren.« Der Grund, weshalb sich die Tzulani und die Sumpfkreaturen trafen, blieb mit schöner Regelmäßigkeit der gleiche.

Immer zwei Stufen auf einmal nehmend, hastete er die Treppen zum Versammlungsgebäude hinauf und betrat schwungvoll den Raum, in dem sich bereits die übrigen Mitglieder des Gremiums eingefunden hatten.

»Verzeiht, aber ich musste dem Jüngsten noch schnell die Windeln wechseln«, murmelte er eine Entschuldigung und warf sich in seinen Sessel.

Der Vorsitzende, ein Tzulani namens Leconuc, nickte ihm zu und setzte seine Rede fort. »Alle anderen Fortentwicklungen in der Stadt bringen nur wenig, wenn diese Morde weitergehen. Wir haben den Sumpf zu einem großen Teil trocken gelegt, wir haben die Fläche der Stadt ausgedehnt und gerodet, um Getreide anbauen zu können. Wir gewinnen Torf, den wir in der näheren Umgebung verkaufen können, und auch unsere Salben und Tinkturen erfreuen sich einer gewissen Beliebtheit. Wir sind dank des Kabcar sogar rechtlich gleich gestellt.« Er deutete auf die Kleidungsstücke, die auf dem Tisch lagen. »Aber jedes Mal, wenn ein Mensch einem Mord zum Opfer fällt oder in der Nähe unserer Stadt verschwindet, gehen die Geschäfte auf Null zurück. Und es kostet uns einen Monat oder mehr, um ein paar Wagemutige zu finden, die sich in die Mauern wagen.«

»Diese Morde müssen endlich ein Ende finden«, rief einer aus dem Gremium in den Raum. »Wir sollten die Nymnis endlich zur Verantwortung ziehen. Ihre Lügen können wir nicht länger dulden.«

Die anderen murmelten ihre Zustimmung, außer Pashtak und Lakastre, die den Ausführungen des Vorsitzenden aufmerksam gelauscht hatten.

»Korrigiert mich, wenn ich etwas verpasst habe, aber die Nymnis kommen für die Taten nicht infrage«, meinte Pashtak leise und pulte sich mit dem Nagel des kleinen Fingers ein Stückchen Fleisch aus den spitzen Fangzähnen. »Sicher, es sind gefräßige Mitbewohner, aber gleichzeitig von erschreckend geringem Geist. Sie würden die Knochen der Opfer herumliegen lassen oder sich bei jeder passenden Gelegenheit anderen gegenüber verraten. Bisher haben wir jedoch kaum Hinweise auf die Morde, außer vereinzelte Blutspuren oder ein Kleidungsstück. Es muss eine andere, listigere Kreatur am Werk sein.« Alle Augen richteten sich auf ihn. »Was seht ihr mich so an? Ich habe mir nur meine Gedanken gemacht.«

»Das sehe ich, Pashtak. Und offensichtlich mehr als der hoheitliche Beamte, der die Fälle im Namen des Kabcar untersuchen soll«, sagte Leconuc. »Wie wäre es, wenn du ihm zur Hand gehen würdest?«

»Nein, danke. Ich muss mich schon um den Wiederaufbau der Bibliothek kümmern«, erwiderte er und hob abwehrend eine der klauenbewehrten Hände, während ihm ein leises Grummeln entfuhr.

»Es wäre wirklich das Beste, wenn sich einer aus unseren Reihen der Sache annehmen würde«, unterstützte Kiìgass den Vorschlag. »Pashtak kennt sich in der Stadt aus, er weiß um die Eigenarten der verschiedenen Mitbrüder und -schwestern, und er gehört zu denen, die von Anfang an den Aufbau geleitet haben. Ich stimme dafür, dass er unsere eigene Kommission leitet, die parallel zu den Untersuchungen des Obristen ermittelt.«

Die Arme der anderen schnellten zustimmend in die Höhe. Lakastre warf Pashtak ein schadenfrohes Grinsen zu.

»Angenommen«, verkündete Leconuc. »Ich werde mich mit der Bibliothek beschäftigen.« Eindringlich schaute er Pashtak in die gelben Augen mit der roten Pupille, die wenig Begeisterung über die neue Aufgabe verrieten. »Hiermit verleihe ich dir den Titel Inquisitor.

Es ist sehr wichtig, dass wir bald zu einem Ergebnis gelangen. Die Entlarvung des Mörders hat Vorrang vor allem anderen. Ich möchte nicht, dass sich die Menschen aus den Städten der Umgebung zusammenschließen und voller Empörung hier einfallen. Da würden sich die Soldaten des Kabcar vermutlich eher ihnen anschließen, als uns zu verteidigen.«

Die »Versammlung der Wahren« löste sich auf, ohne dass auf die Proteste Pashtaks eingegangen wurde. Seine Arme sanken herab.

»Wie soll ich das Shui erklären?«, seufzte er und stützte die knochigen Wangen in beide Hände. Unglücklich schaute er aus dem Fenster, doch auch der Anblick des Säulenmonuments zu Ehren des Gebrannten Gottes mit der Kugel obenauf – eine architektonische Meisterleistung – vermochte seine Laune nicht zu heben. Etwas reflektierte die gleißenden Strahlen der Sonnen, und er schloss geblendet die Augen.

Sie haben es mit dem Polieren der Granitkugel wohl etwas übertrieben, befand er und erhob sich, um seiner Gefährtin seine neue Stellung zu beichten. Um ein Haar wäre er dabei in Lakastre hineingerannt, die unbemerkt neben ihm gestanden hatte.

»Hoppla«, meinte er und blinzelte. »Entschuldigung, ich bin noch ein wenig blind.« Er rieb sich die Augen. »Ich sollte nachts unterwegs sein.«

»Das wirst du bestimmt in nächster Zeit sehr oft sein. Ich wollte dir zu deiner neuen Stellung gratulieren«, sagte sie freundlich. »Inquisitor. Das klingt sehr gewichtig.«

»Mal sehen, was Shui davon halten wird.« Pashtak musterte die Witwe Boktors. »Du siehst hervorragend aus, Lakastre.«

»Das macht der Frühling«, erklärte sie. »Ich halte es

ganz wie die Natur. Ich blühe auf, wenn die Sonnen wieder öfter vom Himmel herabstrahlen und uns mit ihrer Wärme verwöhnen.« Das Bernsteinfarbene ihrer Augen glomm schelmisch. »Zu schade, dass du wenig davon haben wirst. Die Nächte sind immer noch sehr kalt.«

»Wer sagt denn, dass der Mörder im Dunkeln unterwegs ist?«, widersprach Pashtak. »Oder war das eben beinahe ein Geständnis?« *Etwas an ihr ist anders als sonst*, sagte er sich im Stillen.

Die Frau lachte, ihre scharfen Eckzähne wurden sichtbar. »Nun übertreibe es nur nicht mit deinen Verdächtigungen.«

Pashtak lächelte ebenfalls; die bedrohliche Ansicht seines Kiefers und der entblößten Beißwerkzeuge erzielte jedoch keinerlei einschüchternde Wirkung bei Lakastre. »Wie geht es deiner Tochter? Hat sie den Tod ihres Vaters überwunden?«

Die Frau wurde ernst, das warme Feuer um ihre Pupillen erlosch. »Dass Boktor ausgerechnet jetzt, wo wir die Sümpfe beinahe ausgerottet haben, wie sein Bruder Boktar am Fieber sterben musste, ist schon mehr als grausame Ironie. Das versteht sie nicht. Doch dass man den Tod nicht umgehen kann, hat sie inzwischen akzeptiert.«

»Dein Mann hat in dir eine würdige Nachfolgerin in der Versammlung«, lobte er sie und nickte ihr zu. »Du bist eine echte Ausnahme, wie ich finde. Keine bekennende Tzulani, keine von uns, und dennoch bedenkst du alles, was der Stadt zum Vorteil gereichen kann.«

»Ich versuche, das Zünglein an der Waage zu sein und auf Gerechtigkeit zu achten«, gab sie zurück. »Wir beide machen eine hervorragende Arbeit, Pashtak.« Sie legte ihre verätzte Linke kurz auf seine Schulter und wandte sich zum Gehen. »Ich wünsche dir den Erfolg, den wir alle benötigen. Wenn du Unterstützung bei deinen Ermittlungen brauchst, so weißt du, wo du mich findest.«

Nachdenklich schaute er ihr nach. Die schwarzen Haare wehten leicht in der lauen Frühlingsbrise. Was war an ihr anders als sonst? Er hatte sie noch lange nicht von der Liste der Verdächtigen gestrichen, denn jener Anblick von damals, als sie ihn in völlig veränderter Gestalt vor den herabstürzenden Bauteilen beim Monument zu Ehren Tzulans gerettet hatte, ging ihm nicht aus dem Gedächtnis. Sie hatte etwas Unheimliches, Zügelloses an sich gehabt und eine Wildheit offenbart, die sie heute vor den Bewohnern der Stadt verbarg.

Obgleich sie erst seit drei Monaten in dem Gremium saß, richteten sich alle Tzulani bewusst oder unbewusst nach ihrer Meinung. Doch das fiel eigenartigerweise wohl nur ihm auf. Die Ausdünstungen der Männer, wenn sie Lakastre sahen, waren erfüllt von Lockstoffen und Begierde nach Paarung. Ein Blick ihrer Augen, und es herrschte Einigkeit bei den männlichen Nackthäuten.

Der eigentümliche Geruch hat gefehlt, dämmerte es ihm. Der Geruch des Todes. *Nun ja, es wird eben Frühjahr. Sie wird aufblühen. Von der Stinkmorchel zur betörenden Rose.*

Einerseits fühlte sich Pashtak durch die Ernennung zum Inquisitor geschmeichelt, traute man ihm doch die Aufklärung der Morde zu, andererseits bedeutete das Amt wahrscheinlich noch mehr Arbeit und Aufwand als die Betreuung der Bibliothek, die er vorher wahrgenommen hatte.

Band für Band tauchten die uralten Bücher auf, die

einst in der Hauptstadt Sinureds gelagert hatten und die nun von den zurückkehrenden Kreaturen mitgebracht wurden. Über Generationen mussten sie an geheimen Orten aufbewahrt worden sein.

Der Zustand der Schriftstücke versetzte die Hand voll Tzulani, die als Bibliothekare fungierten, abwechselnd in Tobsuchts- und Ohnmachtsanfälle; die Restaurierung der Seiten würde wahrscheinlich ebenso lange dauern, wie ein Abschreiben in Anspruch genommen hätte.

Pashtak liebte es, in den alten Schriften zu blättern. Nachdem man ihm das Lesen und Schreiben beigebracht hatte, verschlang er die Folianten, Nachschlagewerke, Berichte und Geschichten geradezu. Diese Passion war es auch gewesen, die ihm die Betreuung der Bibliothek eingebracht hatte. Das hatte jedoch vorerst ein Ende. Nun mussten seine geistigen und realen Spürsinne zum Einsatz kommen.

Auf dem Weg nach Hause erstand er vorsichtshalber ein schönes Stück frisches Fleisch, das er seiner Gefährtin als »Opfergabe« anbieten wollte.

Kaum öffnete er die Tür, fielen seine vier Töchter und drei Söhne über ihn her und redeten alle gleichzeitig auf ihn ein.

Der frisch ernannte Inquisitor erfuhr zugleich von den neuesten Abenteuern seiner Sprösslinge, von den Ungerechtigkeiten, die ihnen widerfahren waren, von siegreichen Prügeleien, erfolglosen Jagderlebnissen und überstandenen Krankheiten.

Vorsichtig schob er sich durch die Behausung, während die Kinder wie Kletten an ihm hingen und an ihm zerrten. Lächelnd hielt er Shui das Fleischstück hin und schnurrte.

Argwöhnisch schaute sie ihn von der Seite an. »Was hast du angestellt, Pashtak?«

Sofort herrschte Stille.

Gebannt erwarteten die Jungs und Mädchen die Antwort ihres Vaters, der ins unbarmherzige mütterliche Verhör genommen wurde – ganz so wie sie es des Öfteren erfuhren.

»Ich? Natürlich nichts.« Die Köpfe der Kinder ruckten gespannt hinüber zur Mutter.

Shui prüfte das Fleisch, roch daran und knallte es auf die Anrichte. »Dann freut es mich umso mehr.«

Erleichtert atmete Pashtak auf. »Ich bin zum Inquisitor ernannt worden. Ich soll die Mordfälle an den Nackthäuten lösen.«

Mit kraftvollen Bewegungen trennte seine Gefährtin das Gewebe vom Knochen. Fasziniert beobachtete er, wie die Muskeln an ihren Armen arbeiteten; die Schneide des Messers rutschte nicht einmal ab oder ging fehl.

»Und das bedeutet, dass du mir wahrscheinlich noch weniger im Haushalt helfen kannst als bisher, richtig?«

Er hatte den lauernden Unterton in der harmlosen Frage durchaus bemerkt. Sein Schnurren verstärkte sich, um seine Gefährtin zu beschwichtigen. »Das kann man so nicht sagen«, druckste er herum, um sich nicht festlegen zu müssen.

Shui wandte sich ihm zu, das Messer drohend in seine Richtung gereckt. »Ich kann dir sagen, liebster Gefährte, dass, wenn du mir nicht zur Hand gehst, ich jemanden in deiner unmittelbaren Nähe kenne, die zur Mörderin wird. Wir haben sieben bezaubernde Kinder, und ich habe nicht vor, sie allein großzuziehen.«

»Ich werde da sein«, versprach er ihr. »Ich kann mir die Zeit einteilen.« Er witterte in ihre Richtung. »Du riechst übrigens sehr aufregend«, gurrte er und nahm sie in die Arme.

»Nimm dir eine Nase voll am Hintern deines Jüngsten«, stieß sie ihn feixend von sich. »Dann vergeht dir, woran du eben in deinem frühlingshaften Kopf gedacht hast. Wickel ihn, und dann komm zu Tisch. Bis du fertig bist, habe ich das Essen zubereitet.«

Wie auf einen unausgesprochenen Befehl hin lärmten seine Sprösslinge von neuem los.

Es hätte schlimmer kommen können, dachte er sich und machte sich seufzend an die Arbeit, umringt von seinen lieben Kleinen.

Nach dem Essen brachte er zusammen mit Shui die Kinder der Reihe nach ins Bett, bevor er sich mit drei Markknochen auf das Flachdach seines Hauses zurückzog, um die Sterne zu betrachten und nachzudenken.

Eine kurzer, kräftiger Biss, und der Knochen brach entzwei. Genussvoll sog er das vom Kochen noch warme Mark heraus und ließ es auf der Zunge zergehen, während sich seine Augen nach oben richteten. Die Gestirne waren in Aufruhr, die beiden roten Doppelgestirne wurden größer und größer.

Ob sie wohl auf Ulldart herabstürzen werden?, fragte Pashtak sich insgeheim. *Und was haben sie wohl zu bedeuten?*

Die Versammlung vertrat die Ansicht, dass Tzulan mit diesem Zeichen seine Wachsamkeit signalisieren wolle, als Drohung für all jene, die es wagen sollten, eine Hand gegen die Stadt zu erheben.

Die hartgesottenen Tzulani verfolgten die Auffassung, dass der Gebrannte Gott sein Kommen ankündige und die Dunkle Zeit damit ihrem Höhepunkt zusteuerte.

Wenn sie Recht behielten, erfreute das den Inquisitor

keineswegs. Er war zufrieden mit den Verhältnissen, so wie sie sich gestalteten. Mensch und Sumpfkreatur begegneten sich nach wie vor mit Misstrauen und Reserviertheit, aber die Zahl der Übergriffe sank rapide. Der Frieden tat beiden Seiten gut, man lernte im Wechsel voneinander.

Der Weg zu einem halbwegs normalen Miteinander war nicht mehr fern, und das Letzte, was Pashtak sich wünschte, war ein nach Tod, Blut, Verderben und Vernichtung geifernder Tzulan, der seine Anhänger zum sinnlosen Kampf aufrief.

Echte Eiferer fand man glücklicherweise nur selten innerhalb der Mauern, die meisten beschränkten sich auf Selbstverstümmelungen in den Tempeln oder grausame Tieropferungen.

Sinured, zu dessen Ehren die Stadt aufgebaut wurde, hatte sich bislang zweimal sehen lassen. Seine Kampfkraft und sein erschreckendes Äußeres wurden vom Kabcar an der Front im Süden benötigt.

Als die Versammlung der Wahren dem »Tier« die Stadt gezeigt hatte, hatte Pashtak den Eindruck gewonnen, dass sich der vom Meeresgrund zurückgekehrte Kriegsfürst amüsierte. Er hatte die Arbeiten in der Weise gelobt, wie es Erwachsene bei ihren Kindern tun, wenn diese ein paar aufmunternde Worte für ihre schiefen Bauklotztürme erwarteten. Sinured hatte ihm damals das Gefühl vermittelt, dass er nur wenig für die Siedlung übrig habe, die einem Gast so wenig von der Düsternis vermittelte, die sie vor mehr als 450 Jahren besessen hatte. Genau das schien Sinured zu vermissen.

In hohem Bogen flog die ausgelutschte Hälfte des Markknochens vom Dach. *Dann wollen wir uns mal um unseren Mörder kümmern ...*

Pashtak kehrte zu seiner eigentlichen Aufgabe zurück und entzündete eine Anzahl von Kerzen, ehe er ein Blatt Papier herausnahm und sich Aufzeichnungen machte.

Dreiundachtzig Menschen waren seit 444 verschwunden oder gestorben. Angefangen hatte es mit den drei Kaufleuten, die zum Handel in die Stadt gekommen waren, fünfzig weitere waren auf Nimmerwiedersehen gefolgt.

Der Inquisitor ging davon aus, dass sie alle Opfer ein und desselben Mörders geworden waren; ein »Verschwinden«, wie Leconuc es beschönigend nannte, kam für ihn nicht infrage. Als ob er es geahnt hätte, dass man ihn mit den Untersuchungen betraute, hatte er sich die Daten der Morde genau aufgeschrieben. Nun fügte er den Fundort der Kleidungsstücke zu.

Nur in insgesamt vier Fällen war etwas entdeckt worden, meistens blutige Unterwäsche. Das sprach dafür, dass der Mörder seine Opfer auszog, bevor er sie entsorgte. *Oder was auch immer er mit ihnen anstellt.*

Ehe er sich darüber den Verstand zermartern wollte, suchte er in den Daten nach einem möglichen Hinweis. *Es könnten Ritualhandlungen gewesen sein, Opferungen zu Ehren einer Gottheit vielleicht*, grübelte er und knackte den nächsten Knochen auf. Doch aus dem Stegreif fielen ihm keine überirdischen Wesen ein, die er mit den Taten in Verbindung bringen konnte.

Es starben immer nur Menschen, umgebracht in loser Reihenfolge; anfangs drei auf einen Schlag, danach nur noch einzelne, der letzte Unglückliche gestern. Ihre Berufe reichten von Jäger über Torfstecher bis hin zu Händlern. Angefangen hat alles in der Nacht, als Lakastre mir das Leben rettete. Und wie es bisher aussieht, ist und bleibt sie meine Hauptverdächtige. Aber welches Motiv könnte sie haben?

Auf Spekulationen allein wollte er sich nicht verlassen. *Ich bin Inquisitor, ich muss mir Beweise besorgen.*

Gleich am folgenden Tag wollte er die Tatorte aufsuchen und sich ein wenig umsehen. Danach beabsichtigte er, in die Bibliothek zu gehen, um in den alten Aufzeichnungen zu schmökern. Abgesehen davon, dass es ein sehr guter Vorwand war, um ein bisschen zum Lesen zu kommen, würde er unter Umständen einen Hinweis darauf entdecken, ob es in der Vergangenheit der Stadt ähnliche Begebenheiten gegeben hatte.

Vielleicht suche ich ja in einer völlig falschen Richtung. Lakastre als Mörderin zu verdächtigen ist mir zu einfach, sinnierte er, den Markknochen im Mundwinkel und leise daran nuckelnd. *Es würde mich nicht wundern, wenn da etwas aus den dunklen Ruinen der Stadt gekrochen wäre, was schon früher sein Unwesen getrieben hat.*

Großreich Tarpol, Königreich Hustraban, Südgrenze zu Ilfaris, Eispass, Frühsommer 458 n. S.

Die Festung Windtrutz erhob sich majestätisch und unbesiegt über dem Eispass und sicherte den einzigen Durchgang von Norden her über die Bergkette gegen jegliche Einmarschversuche.

Seit dem missglückten Ansturm im frühen Winter verhielten sich die Streitkräfte des Kabcar ruhig. Es wäre ein Ding der Unmöglichkeit gewesen, sich bei den Temperaturen einen neuerlichen Feldzug gegen die Burganlage zu leisten. Die Soldaten wären erfroren, ehe sie nur ein einziges Katapult errichtet hätten.

Nun aber, mit Ausbruch des Tauwetters und der Passierbarkeit der schmalen, steilen Steinstraßen, die zur Festung führten, rechneten die zwölfhundert Mann Besatzung von Windtrutz mit der nächsten Welle von hoheitlichen Truppen.

Das Frühjahr nutzte der Staatenbund, um sämtliche entstandenen Schäden am Mauerwerk auszubessern, wobei die angereisten Handwerker kurzerhand auf die Steine zurückgriffen, die von den zerstörten Türmen herrührten. Das Baumaterial diente ihnen dazu, die Schutzwälle zusätzlich zu stabilisieren.

Mit der Schneeschmelze wurden außerdem dreißig Bombarden aus Kensustria herbeitransportiert, und auch das Ungeheuer von Feuergeschütz, das die hoheitlichen Truppen bei ihrem Rückzug zurückgelassen hatten, eigneten sich die Verteidiger an. Die Schmiede entfernten den Kopf des Gebrannten Gottes und feilten die Sprüche zu Ehren Tzulans aus dem Lauf, um sie durch Loblieder auf Ulldrael den Gerechten zu ersetzen. Selbst die Matafundae ragten pünktlich zum ersten Frühsommertag im Burghof in das strahlende Blau.

Die nächsten Angreifer würden Schwierigkeiten haben, auch nur näher als einen Warst an die Festung heranzukommen. Überstanden sie die Salven aus den Bombarden, blieben immer noch die Repetierkatapulte und Schleudern.

Entsprechend entspannt gestaltete sich die Lage innerhalb der Mauern. Keiner der Soldaten rechnete damit, dass dieses Bollwerk jemals fallen würde.

Hetrál stand im Hof, eine Hand an einen mächtigen Stützbalken der Matafunda gelegt, und betrachtete »seine« Festung.

Obwohl es allmählich Sommer wurde, war die Luft noch immer empfindlich frisch. Einem Vergleich mit den unsäglichen Graden des Winters hielt sie allerdings nicht stand. Noch vor wenigen Monaten hatte es so ausgesehen, als schlüge das letzte Stündlein der Festung wie auch Hetráls. Aber er ließ sich von der Hochstimmung seiner Leute anstecken und zweifelte nicht einen Lidschlag daran, dass das Gute auf ewig das Böse in Schach zu halten vermochte.

So wie es sich abzeichnete, zeigte sich dieses Böse in Form neuer Truppen wenig einsichtig, wie die neuesten Berichte besagten. Mit zwanzigtausend Bewaffneten, davon achttausend Kavalleristen, rollte das nächste Heer auf den Eispass zu. Dabei vernichtete es, sozusagen zum Aufwärmen, die zweitausend eigenen Soldaten, die sich im unmittelbar angrenzenden Hustraban einen angenehmen Winter gemacht und die Gehöfte und Städte heimgesucht hatten. Es schien, dass mit dem Tod von Osbin Leod Varèsz jegliche Disziplin gleich einer Fessel von den Überlebenden abgefallen war und diese sich nun am brutalen, sinnlosen Abschlachten erfreuten.

Angeblich führte Mortva Nesreca persönlich die Streitmacht an, die gegen Windtrutz ritt. Dessen Brillanz, was die Strategie anbelangte, war bereits im Jahr 443 im Verlauf der Schlacht von Dujulev erkennbar geworden.

Komm nur, du silberhaariger Dämon, dachte Hetrál grimmig und legte die Rechte an den Griff der aldoreelischen Klinge. *Ich zeige dir, was mein Schwert vermag. Es ist das passende Mittel, dich zu Tzulan zu schicken.*

Der Kommandant war umsichtig genug, sich nicht allein auf die starken Mauern und die Macht der eigenen Bombarden zu verlassen. Er hatte Späher ausschwärmen lassen, die den Aufstieg vom Pass überwachten. Der Turît traute dem Konsultanten des Kabcar jede Hinterlist zu, und bevor dieser mit irgendeiner neuen mörderischen Erfindung erschien, würde er verschiedene Stellen des Bergübergangs sprengen lassen und die Hohlwege unpassierbar machen. Der Weg nach Süden blieb ihnen immer noch offen.

Hetrál nickte den drei Ordensrittern zu, die sich ständig in seiner Nähe aufhielten und als seine Leibwache dienten. Sie waren das Abschiedsgeschenk Nerestros von Kuraschka, der sich inzwischen wohl wieder in seiner eigenen Burg befinden musste.

Die Nachricht, dass eine unbekannte Macht die wertvollen aldoreelischen Klingen stahl und die Besitzer umbrachte, beunruhigte den Meisterschützen im Augenblick wenig. So sicher wie er war außer dem Kabcar wahrscheinlich niemand sonst auf Ulldart. Selbst Hemeròc, jenes seltsame Wesen, das durch die Schatten kommen und gehen konnte, wie es ihm gefiel, flüchtete vor dem Schwert, das sogar magische Angriffe zurückschlug.

Was sollte mir schon passieren?, beruhigte sich der Kommandant, während er auf den Wehrgang hinaufstieg, um den Eispass von oben zu betrachten. Und dennoch fühlte er seit Tagen ein unerklärliches Kribbeln im Magen, das seiner Erfahrung nach nichts Gutes bedeutete.

Als ob er es geahnt hätte ... Kaum befand er sich über dem Tor, sah er einen Reiter heranpreschen. Sogleich hastete er die Stufen wieder hinab und befahl die Offiziere in die große Halle des Hauptgebäudes. Der Bote berichtete ihnen, dass sich der Zug von zwanzigtausend hoheitlichen Soldaten die ersten Schritte des Passes hinaufwand. Im Tross hätten sie fünfzig kleinere Bombarden auf Lafetten, die ·lediglich von acht Pferden gezogen werden müssten.

Die Nachricht sorgte für unterschiedliche Vorschläge. Manche stimmten dafür, die Truppen bis vor die Festung kommen zu lassen, um sie mit all ihren Fernwaffen ein zweites Mal auszurotten. Andere plädierten dafür, umgehend die Durchgänge sprengen zu lassen, denn die Übermacht von zehn zu eins könnte durchaus gefährlich werden.

»Nesreca muss etwas mit sich führen, was ihn sicher macht, uns im Handumdrehen besiegen zu können«, sagte einer der Ordensritter an Hetráls statt. »Bedenkt, dass er mit zwanzigtausend Menschen und mehr als achttausendvierhundert Pferden in eine Gegend zieht, die keinerlei Nahrung bietet. Dass die Verproviantierung über den Pass für uns leicht zu unterbrechen ist, müsste ihm klar sein.«

»Er wird sich auf die Überlegenheit seiner Fußtruppen verlassen«, steuerte einer der Offiziere bei. »Ich möchte Tzulans Namen nicht beschreien, aber selbst unsere Munition ist begrenzt. Und er hat fünfzig Bombarden dabei.«

»Meiner Meinung nach«, sagte der Bote, »sind sie aber viel zu klein, um etwas gegen die Mauern ausrichten zu können. Selbst wenn sich immer vier oder fünf auf eine Stelle in der Umschanzung konzentrierten, würde es zu lange dauern und wir könnten das Feuer erwidern.«

Der Kommandant dachte nach. »Kann es sein, dass er ein Invasionsheer mit sich führt? Wir wissen, dass die Dinge in Ilfaris nicht zum Besten stehen und dass die übrigen Truppen im Westen und Osten einmarschieren. Es ergibt keinen Sinn, achttausend Reiter gegen eine Festung dieser Größe auszusenden. Auch die Bombarden sind eher für einen schnellen, leichten Einsatz gedacht und nicht für die Belagerung einer

Burganlage, wie er sie vor sich hat.« Hetrál spielte mit seinen goldenen Ohrringen, seine Entscheidung war gefallen. »Sprengt den Pass. Die Sache ist mir zu gefährlich. Nesreca ist sich zu sicher, dass er an uns vorbeikommt. Sollten es Teile seines Heeres überleben, schießen wir sie eben von oben zu Klump. Und ich will die Mannschaften in Alarmbereitschaft haben. Tag und Nacht. Die Zeit des Wartens ist vorüber.«

Die Offiziere verschwanden, und der Bote lief zu seinem Pferd, um die Order zu überbringen.

Wenig später grollte künstlicher Donner die Berghänge hinab.

»Kommandant, kommt und seht Euch das an!« Eine der Wachen rüttelte Hetrál aus dem Schlummer. »Da steht ein Unterhändler vor dem Tor.«

Aha, die Überlebenden wollen um ihr Leben feilschen, dachte Hetrál und verließ leicht verschlafen sein Nachtlager. Schnell warf er sich in seine Lederrüstung und lief zum Wehrgang.

Das Licht der aufgehenden Sonne umspielte einen schlanken Mann in der grauen Uniform der hoheitlichen Truppen. Lange silberne Haare lagen auf seinem Rücken und schmiegten sich dicht an den Stoff. Die Hände nach hinten verschränkt, wartete er ruhig darauf, dass er einen Gesprächspartner bekam. Von weiteren Soldaten fehlte jede Spur. Nesreca war allein gekommen.

Als spürte er die Anwesenheit des Turîten, hob er den Kopf. Seine unterschiedlich farbigen Augen funkelten belustigt, und das ansprechende Gesicht war eine Maske falscher Freundlichkeit.

»Ich grüße Euch, Meister Hetrál. Für einen fahnenflüchtigen Abtrünnigen, der die Befehle seines Kabcar missachtet hat, habt Ihr es weit gebracht.« Er deutete auf die Mauern. »Ihr seid schon wieder ein Kommandant geworden. Mal sehen, ob Ihr Euer Amt ein weiteres Mal so schlecht erfüllt wie in Tûris.«

»Zu schade, dass die Steine Euch nicht zusammen mit Euren Leuten erschlagen haben«, ließ Hetrál hinabrufen. Am liebsten hätte er allen Katapulten der Burg das Signal zum Schießen erteilt, aber wahrscheinlich würde es dem Konsultanten nicht viel ausmachen. *Ich sollte es ausprobieren. Bei Ulldrael, wenn er mich zu sehr reizt, begrabe ich ihn unter einem Berg von Pfeilen und dekoriere das Ganze mit unlöschbarem Feuer, gekrönt von einem tausend Pfund schweren Stein.*

»Welche Steine denn?«, erkundigte sich Nesreca gespielt erstaunt. »Ach so, Ihr meintet die Stümper, die das Feuer nicht schnell genug an die Lunte bekamen? Wir haben sie, mit Verlaub, aus den Hängen geschossen. Die neuen Präzisionsbüchsen sind hervorragende Waffen und durchschlagen selbst auf hundertfünfzig Schritt noch eine Rüstung. Um Euch in falscher Sicherheit zu wiegen, haben wir ein paar Fässer in einer Schlucht gezündet. Wir verderben Euch den Tag noch früh genug.«

»Hört auf, Euch selbst zu beweihräuchern, und sprecht«, ließ der Kommandant ausrichten. *Verdammt, wir waren uns einfach zu sicher,* dachte er bei sich.

Der Konsultant lachte leise. »Dass ausgerechnet Ihr von ›sprechen‹ redet, finde ich amüsant.« Vorsichtig nahm er die Hände vom Rücken und faltete sie vor dem Bauch. »Ich bin hier, um Euch einen Vorschlag zu unterbreiten: Gebt Windtrutz auf und lasst uns in aller Ruhe passieren, oder Eure Vernichtung wird unabwendbar sein. Gefangenschaft oder Tod, Ihr habt die Wahl.«

»Hier war schon einmal ein Feldherr, der Sprüche klopfte und kurz darauf seinen Kopf verlor«, brüllte Hetráls Übersetzer wütend nach unten. Der Mann fühlte sich durch Nesrecas überhebliche Art offensichtlich herausgefordert. »Aber der Großmeister ...«

Hastig trat Hetrál ihm auf den Fuß, sodass der Mann aufschrie und seinen Vorgesetzten groß anblickte. Dann verstand er, welchen Fehler er beinahe begangen hätte. »Wir werden uns nicht ergeben, sondern alle Versuche mit Ulldraels Beistand ebenso zurückschmettern, wie wir das bei Varèsz getan haben«, verkündete er Hetráls Erwiderung.

»Und wenn Ulldrael der Gerechte aber ausgerechnet heute, so schade es für Euch wäre, etwas anderes zu tun hätte?«, erkundigte sich Nesreca galant. »Zufällig weiß ich, dass er dringend an einem anderen Ort gebraucht wird, und da ist mein Angebot an Euch wirklich mehr als ein Entgegenkommen. Der Kabcar hätte Verwendung für die Festung und würde es bedauern, wenn er sie ausradieren müsste.«

»Sag deinem Kabcar – diesem verwünschten Tzulan-Günstling –, dass wir uns niemals ergeben werden. Damit ist jedes weitere Wort überflüssig.«

»Dann wird es mich freuen, den Mann seiner gerechten Strafe zuzuführen, der er sich seit Jahren immer wieder entzogen hat. Kommandant Hetrál«, nickte der Konsultant, wandte sich mit einer geschmeidigen Drehung um und schlenderte in Richtung des Passes. »Ihr wollt doch wohl nicht etwa auf einen unbewaffneten Unterhändler feuern lassen?«, sagte er laut, während er sich entfernte.

Bei dir mache ich eine Ausnahme. Der Arm des Meisterschützen ruckte in die Höhe, und ein Repetierkatapult spie eine Reihe von Geschossen aus.

Elegant drehte sich Nesreca zur Seite, sodass die Speere wirkungslos auf das Felsgestein aufschlugen.

Im nächsten Augenblick riss die Sehne der Fernwaffe und schlug dem Katapultisten ins Gesicht. Schreiend ging er zu Boden; zwischen den Fingern, die er sich vor die getroffene Stelle hielt, quoll Blut hervor.

Als die Aufmerksamkeit sich wieder nach draußen richtete, fehlte von dem silberhaarigen Mann jede Spur.

Hetrál verließ den Wehrgang nicht mehr. Er wollte mit eigenen Augen sehen, was sich der Konsultant einfallen ließe, um Windtrutz in die Knie zu zwingen. Nach wie vor bezweifelte er, dass eine Waffe mächtig genug war, den Wall einzureißen. Und selbst wenn, die eigenen Geschütze reichten ebenso weit.

Am Ende des kleinen Plateaus erschienen am Nachmittag zwei Gestalten, die sich gemütlich näherten.

Eine davon erkannte der Kommandant als Nesreca, die zweite, wesentlich kleinere war ein Junge von geschätzten vierzehn Jahren. *Jetzt versteckt er sich schon hinter Kindern, dieser Bastard.*

Die Sehhilfe zeigte ihm, dass der Knabe durchaus eine hoheitliche Uniform trug, und wenn er sich recht erinnerte, waren die Insignien auf der Brust und auf den Schulterpolstern die eines Tadc.

Hetrál fühlte sich an die Zeit in Granburg erinnert, als er den Kabcar noch als Thronfolger kennen gelernt hatte. Der Junge da unten hatte jedoch nur eine entfernte Ähnlichkeit mit seinem Vater, die Züge seiner Mutter traten deutlicher hervor. Voller Schrecken fiel ihm ein, dass man sich erzählte, der Konsultant bilde den Tadc in der Kunst der Magie aus.

Weitere Erinnerungen stiegen in ihm auf. Nach der Schlacht von Telmaran hatte er versucht, den Kabcar zu töten. Doch Lodrik hatte ihn bemerkt und mit magischen Blitzen beschossen, die ihn um ein Haar das Leben gekostet hätten. Hetrál fühlte sich äußerst unwohl bei der Erinnerung daran. Doch reichte diese Kunst aus, um die gewaltigen Mauern einzureißen? Was hatten sie vor?

Er ließ eine der Bombarden einen Warnschuss abfeuern. Die Kugel krachte zehn Schritt links von dem Duo in den Fels und zersprang.

»Das ist nahe genug«, ließ er rufen.

Govan zuckte zusammen, als das Geschütz in ihre Richtung feuerte; unbewusst umfasste er Nesrecas Hand.

»Ihr müsst keine Angst haben, hoheitlicher Tadc«, beruhigte ihn der Konsultant. »Sie können Euch nichts anhaben. Ihr tragt Kräfte in Euch, die allem überlegen sind, was sie Euch entgegenstellen.«

Der Junge atmete schnell. »Ich bin sehr aufgeregt, Mortva.« Seine braunen Augen schweiften über die Mündungen der Bombarden, die sich drohend gegen ihn reckten. Er sah die Katapulte und die vielen, vielen Soldaten, die auf den Zinnen standen und feindselig auf ihn herabstarrten. »Ich bekomme Zweifel, ob es mir gelingen wird. Wenn ich nun etwas falsch mache?«

»Ich kann Euch verstehen, hoheitlicher Tadc. Es ist immerhin eine Art Feuertaufe für Euch.« Der Mann mit den silbernen Haaren setzte den Weg fort. »Kommt, wir gehen noch ein wenig näher heran. Ich beschütze Euch. Ihr kümmert Euch einzig und allein um die Vernichtung der Festung, einverstanden?« Das grüne und das graue Auge richteten sich beruhigend auf ihn. »Tut es für Euren Vater.«

»Nein, Mortva.« Entschlossen folgte Govan ihm. »Ich tue es für dich.«

In zweihundert Schritt Abstand blieben sie stehen und sprachen sich ab, dann stellte sich Nesreca hinter den Knaben und legte ihm beide Hände auf die Schultern.

Der Thronfolger senkte den Kopf, dann bewegten sich seine Hände. Nach wenigen, vermeintlich wirren Fuchteleien, formten die Finger ein leuchtendes Muster bei jeder Geste.

Feuert alles, was wir haben, auf die beiden ab.

Der Offizier schaute den Kommandanten irritiert an. »Habe ich eben eines Eurer Zeichen falsch verstanden? Meintet Ihr ...«

Hetrál schlug nur auf die Zinne und starrte seinen Untergebenen an.

»Es ist ein Kind, Kommandant«, wagte dieser einen letzten Widerspruch. »Ich kann mir nicht vorstellen, dass ...«

Auf der Stelle!, gestikulierte der Turît und wünschte sich einmal mehr, eine Stimme zu haben. *Das ist kein Kind. Das ist womöglich unser Untergang.*

Der blasse Offizier schwenkte verstört die Fackel, und alles, was die Festung an Fernwaffen zu bieten hatte, entlud sich in einem ohrenbetäubenden Donnern, Dröhnen und Rumpeln.

Als die beiden Fässer mit unlöschbarem Feuer der Matafundae auf den Mann und den Jungen niedergingen, verschwanden ihre Gestalten in lodernden Feuerbällen.

Govan sah die brennenden Behälter zielgenau auf ihn zukommen und wandte sich zur Flucht. Doch die Hände seines Mentors, die sich wie Klammern unbarmherzig um seine Oberarmgelenke schlossen, verhinderten ein Entkommen vor dem tödlichen, alles zu Asche verwandelnden Regen, der sogleich auf ihn herabprasseln würde. Vor Angst schreiend, presste er die Lider zusammen, und die Gesten, mit denen er eben noch eine magische Reaktion in Gang hatte setzen wollen, erstarrten in ihrer Bewegung.

Dumpf krachte es. Govan spürte die verderbliche Hitze, die sich mehr und mehr steigerte.

Aber er verbrannte nicht.

Zögerlich öffnete er die Augen und fand sich inmitten einer schützenden Sphäre wieder, an deren irisierenden Wänden das zähflüssige Gemisch aus Pech, Schwefel und anderen Zutaten langsam herablief. Mit offenem Mund schaute er in die Flammen, in deren Mittelpunkt er stand, ohne zu vergehen.

»Es gibt wahrscheinlich niemanden auf diesem Kontinent«, hörte er die sanfte Stimme Nesrecas, »der inmitten einer solchen Hölle gestanden und überlebt hat.«

»Kann ich das auch, Mortva?«, flüsterte Govan fasziniert und legte eine Hand an die Hülle. Sie fühlte sich heiß an, aber sie hielt der Kraft des Feuers stand.

»Ja. Ihr wisst nur noch nicht, wie.«

Ein großer Schatten senkte sich auf sie herab. Instinktiv duckte sich der Tadc, doch der mehr als eintausendvierhundert Pfund schwere Steinbrocken prallte gegen die Halbkugel und zerbarst in kleine Teile.

Govan lachte auf. »Damit sind wir unbesiegbar, Mortva!«

»Bis zu einem gewissen Maß«, schränkte der Mann mit den silbernen Haaren ein, und seine Stimme klang etwas angestrengt. »Es ist auf Dauer sehr ermüdend. Würdet Ihr, hoheitlicher Tadc, bitte fortfahren?«

Hetrál schaute zufrieden auf das Inferno, in dem Nesreca und der Thronfolger versunken waren. Die Flammen loderten so hoch, dass er nichts erkennen konnte.

Dann, auf einen Schlag, erlosch das Feuer.

Umgeben von gesprungenen Bombardenkugeln und zertrümmerten Steingeschossen, standen die beiden Gestalten unversehrt in einem Kreis unverbrannten Gesteins, während sich der Fels um sie herum schwarz gefärbt hatte. Nicht einmal ihre Uniformen wirkten angesengt.

Ein erschrockenes Raunen lief durch die Reihen der Verteidiger.

»Du hättest das Angebot von Mortva annehmen sollen«, rief der Knabe hochmütig. »Die Waffen, die ihr habt, schrecken uns nicht.« Während er redete, nahmen seine Hände das Gestikulieren auf. »Aber wir haben etwas, dem ihr nicht standhalten könnt. Ihr habt eure Wahl getroffen.«

Die Arme fielen herab, der Thronfolger schloss die Augen.

Es wird nur eine Möglichkeit geben, eine Niederlage abzuwenden. Hetrál zog seine aldoreelische Klinge und stürmte den Wehrgang hinab. *Ich schicke dich zu Tzulan, Nesreca. Mitsamt dem Jungen.*

Als der Kommandant den ersten Treppenabsatz erreichte, erbebten die Steine unter seinen Füßen. Ein Riese schien sich einen unterirdischen Weg durch den Berg zu bahnen und erschütterte mit seinem Graben die gesamte Burganlage. Es folgten mehrere rasche, harte Stöße hintereinander, die Hetrál stürzen ließen. Kopfüber polterte er die restlichen Granitstiegen hinunter, während sich der Fels wieder beruhigte.

Vereinzelt waren Katapulte gekippt oder hatten sich selbstständig entladen, mehrere Bombarden waren aus den Wiegen gesprungen, und die Kugeln rollten umher.

Ächzend stemmte Hetrál sich in die Höhe. Dabei fiel

sein Blick auf eine Pfütze. Unmerklich zitterte das Wasser darin, die Dreckpartikel schwammen auf der unruhigen Oberfläche hin und her.

Die Schwingungen des Bodens nahmen wieder zu. Wie die Körner auf einem Rüttelsieb hüpfte und tanzte bald alles in der Festung, das nicht irgendwie festgemacht war. Hetrál lag auf dem Boden, umgeben von springenden Fässern. Im letzten Augenblick wich er einem Katapult aus, das vom Wehrgang herabfiel und krachend neben ihm zerbarst.

Das Rütteln hielt an, erste Ziegel lockerten sich an den Gebäuden und zerschellten auf dem Pflaster des Innenhofs. Dann fielen die letzten Reste der zerschossenen Türme in sich zusammen.

Wie ein Betrunkener taumelte Hetrál zum Haupttor, um durch das kleine Türchen hinauszutreten und sich den beiden gefährlichen Angreifern zu stellen, auf die Macht seiner aldoreelischen Klinge vertrauend. Die Ordensritter waren plötzlich an seiner Seite, Schilde und Schwerter gezückt.

Mit Mühe gelang es den vier Männern, den Balken vor dem Eingang zu entfernen. Staub und kleine Steinstücke regneten auf sie herab. Lange würde die Mauer den Erschütterungen nicht mehr standhalten, die zermürbender waren als alle Bombardenschüsse auf einen Schlag.

In hundert Schritt Entfernung verharrten der Mann und der Junge, harmlos, unbewaffnet.

Die Erde stand unvermittelt still.

Der Kommandant schnaubte und setzte zu einem Spurt an, als der Boden dreißig Schritt vor ihm aufbrach und einen breiten Spalt schuf, der das gesamte Plateau entlanglief und durch den das lose Gestein in die Tiefe stürzte.

Staub schoss in die Höhe. Die kleine Ebene löste sich in Richtung der Festung immer mehr auf und brach in Tausende kleine Splitter auseinander. Bald klaffte eine Lücke von acht Manneslängen auf, die sich schneller und schneller verbreiterte.

Hetrál wandte sich um und deutete als Zeichen des Rückzugs für die gesamte Burgbesatzung nach hinten. Die zwölfhundert Mann verließen ihre Posten, rannten ans andere Ende von Windtrutz.

Ihr Kommandant dagegen schlug einen anderen Weg ein, der ihn wieder auf die Zinnen der Außenmauer führte.

Die entfesselten magischen Energien frästen den Fels Stück für Stück weg und kamen unaufhaltsam näher.

Hetrál deutete auf ein gestürztes Katapult und richtete es zusammen mit den Ordenskriegern auf. Achtlos warf er das Magazin mit den Speeren zur Seite. Die Männer ruckten die Sehne mit einem Spannhebel nach hinten, bis sie endlich am Haltehaken einrastete.

Aufmerksam verfolgte der Konsultant die Vorgänge auf der Mauer. Noch beunruhigte ihn nichts.

Der Turît richtete den Lauf auf die beiden aus.

Ein guter Schuss, und wir sind zwei Sorgen mit einem Schlag los, hoffte er und visierte über den Speer die Gegner an. *Wenn ihr so stehen bleibt, dürft ihr Tzulan gleich ins Angesicht schauen. Durch die Macht Angors.*

Er nahm das herkömmliche Geschoss aus der Vertiefung, zog die aldoreelische Klinge und legte sie in den Lauf. Noch ein letztes Mal vergewisserte er sich, dass das Katapult sorgfältig arretiert war, und blickte mit einem Fernglas zu seinen Zielen.

Jetzt glaubte er, etwas wie Angst in Nesrecas Gesicht zu sehen. Er sagte ein einzelnes Wort.

Hemeròc, las Hetrál entsetzt von den Lippen des Beraters ab, dann fiel ein Schatten über ihn.

Der Stoß in den Rücken warf ihn gegen den Metallpanzer eines Ordensritters. Das Okular des Fernglases drückte sich schmerzhaft gegen seine Augen, sodass ihm die Tränen in Strömen die Wangen herabliefen. Halb blind tastete er nach der aldoreelischen Klinge, doch sie steckte nicht mehr im Lauf.

Als er endlich wieder etwas sehen konnte, erkannte er durch den salzigen Schleier hindurch einen Ritter, der sterbend vor ihm auf dem Wehrgang lag, ein klaffendes, blutendes Loch im Rücken. Ein Zweiter hockte benommen am Fuß des Aufgangs, vom Dritten fehlte jede Spur.

Er hat sich nicht einmal die Mühe gemacht, mich zu töten, dachte Hetrál und schaute die Zinnen hinunter, wo er den fehlenden Ordensritter in einer grotesken Haltung am Fuß der Mauer liegen sah. Dann erreichte die Bruchkante des magischen Spalts die Leiche. Der leblose Körper rutschte ab und verschwand, um die eigene Achse wirbelnd, in der Schwärze.

Ulldrael der Gerechte muss wirklich an einem anderen Ort sein, dachte Hetrál und starrte wie hypnotisiert in den Schlund.

Nesreca beobachtete zufrieden, wie sein Helfer die aldoreelische Klinge raubte und durch den nächsten Schatten so schnell verschwand, wie er über die vier Männer hereingebrochen war. Er selbst hätte, so unangenehm es ihm war, in diesem Augenblick nicht einschreiten können, weil er den unsichtbaren Schutz für Govan aufrechterhalten musste. Daher hatte er Hemeròc zu Hilfe gerufen.

Der Mann mit den silbernen Haaren frohlockte

innerlich. Die Kräfte des Knaben mussten gewaltig sein, mächtiger noch als die seines Vaters. Soeben rauschte der vordere Teil der Festung in die Tiefe, und der Innenhof lag ungeschützt da.

Nichts schien den Energien ein wirkliches Hindernis zu sein. Das Bollwerk, errichtet vor hunderten von Jahren, wurde nun innerhalb kürzester Zeit von vorn nach hinten abgetragen und für die zwölfhundert Mann zur tödlichen Falle, aus der es kein Entkommen geben würde.

Govans Körper fühlte sich durch den Stoff der Uniform immer wärmer an. Schweiß perlte von seiner Stirn, aber auf seinem Gesicht lag ein glückselig-grausames Lächeln.

Mit einem wilden Schrei riss er die Arme unvermittelt nach oben und schob sie mit geöffneten Handflächen nach vorn, als wollte er etwas Unsichtbares von der Stelle bewegen.

Gleichzeitig schossen die vernichtenden, unsichtbaren Ströme vor und gruben die Standfläche von Windtrutz ab.

Mauern, Häuser, Türme und Menschen sackten nacheinander in die Tiefe und verschwanden. Schließlich erhob sich am nackten Berghang nichts mehr, was an die Befestigungsanlage erinnert hätte.

Eine Staubwolke schwebte über dem Loch. Noch hörte Nesreca das leise, weit entfernte Rauschen von abrutschendem Geröll und Steinmassen.

Dann trat Stille ein.

»Das hat Spaß gemacht.« Govan öffnete die Augen und schaute über die Schulter zu seinem Mentor. Mit einer Hand wischte er sich den Schweiß von der Stirn. »Bist zu zufrieden, Mentor?«

»Besser hätte es selbst Tzulan nicht machen können«, lobte der Konsultant ehrlich beeindruckt und schritt zu der Bruchkante, um hinunterzublicken. Nichts Lebendiges würde aus diesem Abgrund hervorsteigen; Mensch und Tier lagen dort unter den Trümmern der Festung begraben, die einst Schutz und Zuflucht gewährt hatte. »Euer Vater wird stolz auf Euch sein, hoheitlicher Tadc.«

»Die Gefühle meines Vaters sind mir egal«, antwortete der Thronfolger leichthin. Er trat neben den Mann mit den silbernen Haaren und stieß einen kleinen Stein mit der Fußspitze in die Schwärze. »Von mir aus hätte er in der Festung sein können.« Abrupt wandte er sich ab, um zurück zu dem wartenden Tross zu gehen. »Und nun vorwärts, Mortva. Wir müssen Ilfaris erobern.«

»Das wird ein Kinderspiel«, prophezeite Nesreca. »Aber überlasst es den Soldaten. Wir beide kehren in den Palast nach Ulsar zurück, um Euren großartigen Erfolg zu verkünden.«

»Nein«, sagte Govan fest. »Ich werde den Feldzug begleiten. Vielleicht benötigen die Männer meine Unterstützung.«

Der Konsultant verzog den Mund. »Und wie soll ich das Eurem Vater erklären? Er wird kein Verständnis dafür haben, dass sich der Thronfolger an vorderster Front aufhält und sich in Gefahr begibt.«

»Ich erwähnte es schon einmal, Mortva«, entgegnete der Tadc. »Die Ansichten und die Gefühle meines Vaters sind mir gleichgültig. Was soll mir schon geschehen? Mit der Magie und dir zusammen bin ich unverwundbar.«

»Tut mir den Gefallen und begleitet mich zurück nach Ulsar«, versuchte es Mortva erneut. »Die Schlacht in Ilfaris wird schnell geschlagen sein, und dann stehen wir vor Kensustria, der eigentlichen Herausforderung für uns. Alles, was wir bisher erlebt haben, lief im Vergleich mit den Grünhaaren unter ›Ringelpietz‹. Ich kann für Eure Sicherheit nicht garantieren, hoheitlicher Tadc.«

Missmutig schaute Govan zu den zwanzigtausend Mann, die in einiger Entfernung angerückt kamen, um den höchsten Punkt des Eispasses zu überqueren. »Ich wäre so gern dabei gewesen.«

»Ein anderes Mal wieder«, vertröstete ihn Nesreca. »Es werden sich bestimmt noch genug Gelegenheiten ergeben.«

II.

Nur du kannst eines Tages verhindern, dass die Dunkle Zeit für immer auf Ulldart Einzug hält. Und sich auf andere Kontinente ausdehnt‹, sagte die Seherin zu dem Zweifler.

Und der Gedanke daran, dass Ulldart wieder unter die Knute eines furchtbaren Wesens fallen könnte, erschreckte sie sehr und drückte auf ihr Gemüt.

Bald schon fürchtete sie sich vor ihren Visionen und vermochte sie nicht mehr klar zu erkennen.«

Buch der Seherin
Kapitel X

Großreich Tarpol, Hauptreich Tarpol, Provinz Ulsar, Frühherbst 458 n. S.

Ruhig, Treskor!« Tokaro klopfte dem Hengst auf den Hals und wandte den Blick dem Torwächter zu, der abwartend von der kleinen Mauer herunterschaute. »Hier bin ich wieder. Mit dem versprochenen Wein als Dank. Sag es deinem Herrn.«

»Ah, ja!«, rief der Mann, und seine Miene klarte auf. »Der junge Kaufmannssohn, den wir gesund gepflegt haben.« Er verschwand von seinem Aussichtsposten. Kurz darauf öffnete sich knarrend das Tor zu dem eindrucksvollen Anwesen, und der Wärter winkte ihn herein.

Der Junge ritt auf seinem Hengst voran; ihm folgten zwei Bewaffnete und ein rumpelnder Karren, beladen mit nicht weniger als zwanzig mittelgroßen Weinfässern.

»Immer geradeaus, Herr«, wies ihn der Mann an, »man wird Euch erwarten.« Das Rufhorn wanderte an seine Lippen, und eine schnelle Abfolge von Tönen schallte durch die Luft. »Ich folge Euch sogleich.«

Das Hauptanwesen, eher eine kleine Burg als ein Wasserschlösschen, lag einen viertel Warst vor ihnen. Die Zugbrücke senkte sich langsam für die Gäste herab.

»Und du bist dir sicher, dass der Trick funktioniert?«, zischte einer von Tokaros Begleitern unsicher.

»Es sieht auf alle Fälle danach aus«, raunte der ehemalige Rennreiter des Kabcar und rückte den aufwändigen Rock sowie die weiße Langhaarperücke zurecht, die vom letzten Beutezug stammten. Die Waffenröcke seiner Wächter wirkten bei näherer Betrachtung ebenfalls schon etwas getragen.

»Und wenn dich einer nach dem dunklen Fleck fragt: Es war Rotwein«, gab Tokaro Anweisung.

»Glaubst du wirklich, ich würde sagen, dass er vom Blut des vormaligen Besitzers herrührt?«, schnaubte sein Begleiter. »Ich bin doch nicht dämlich.«

Wollen wir es hoffen. Als Tokaro den Schimmel ins Innere des Wasserschlösschen gelenkt hatte, ratterte die Zugbrücke hinter dem Karren wieder in die Höhe. Ihn beschlich ein unangenehmes Gefühl. *Wenn etwas schief gehen sollte, sitzen wir wie die Ratten in der Falle.*

Da stürmte der Besitzer des Anwesens die Freitreppe herab, die Arme ausgebreitet, das Gesicht lachend. »Mein lieber Fjodosti, wie schön, Euch gesund zu sehen!«

Tokaro rutschte aus dem Sattel und machte einen Kratzfuß vor dem Neuadligen. »Nun, wohlan, ich verdanke mein Wohlergehen einzig und allein den Künsten Eures Heilkundigen, der mich nach dem arg rabiaten Überfall durch diese unverschämte, verlauste ...«, er wandte sich zu seinen Begleitern um, deren Schultern vor unterdrückter Heiterkeit bebten, »niederträchtige und besonders hässliche Räuberbande wieder bestens präparierte.«

»Ja, fürwahr, mein Heiler ist schon ein Meister seines Faches«, antwortete der Besitzer geschmeichelt. »Und das?« Er beäugte das Gefährt mit den Fässern.

»Ist der versprochene Lohn für die überaus große Güte, mein lieber Tchanusuvo«, ergänzte Tokaro. »Ihr müsst meinem Vater die Knauserei nachsehen, dass es nur 20 Fass des besten Rotweines wurden. Aber die Ernte fiel schlecht aus, die Winzer waren Trottel.«

»Das kenne ich«, nickte der Adlige traurig. »Meine Leibeigenen ...«, schnell legte er die Hand auf den Mund und spielte den Ertappten, »hoppla, wenn das der Kabcar gehört hätte! Ich meine natürlich, meine ›freien Pächter‹, leisten auch viel zu wenig, seitdem der Herrscher ihnen das Gold in den Arsch schiebt.« Er lachte lauthals, und der einstige Rennreiter fiel höflich mit ein. »Nun, ich nehme mir das Gold schon auf irgendeine Weise wieder zurück, und mein Arm ist lang. Alle haben Schulden, alle.« Er tippte dem Jungen gegen die Brust. »Und Ihr habt die Eurigen soeben beglichen.«

»Ich Glücklicher, wo Ihr doch sogar anderen mit Eurem langen Arm in den Arsch langt, um an das Gold zu kommen, nicht wahr?«, lachte ihm Tokaro ins Gesicht, obwohl er ihm am liebsten eine Ohrfeige verpasst hätte, dass sein falscher Schönheitsfleck bis nach Ulsar geflogen und das Puder aus der Perücke aufgestäubt wäre. »Ihr müsst meinen Leuten nur zeigen, wohin sie die Fässer rollen sollen, den Rest erledigen sie.«

»Das ist sehr aufmerksam.« Vasruc Tchanusuvo winkte seinen Kellermeister herbei und gab entsprechende Anweisungen.

Der ehemalige Rennreiter nahm ein großes, fast mannslanges Paket vom Wagen und klemmte es sich mit einiger Anstrengung unter den Arm. »Ein Präsent, das ich Euch später zeigen möchte«, erklärte er knapp.

»Sehr schön. Immer her damit. Man kann ja nie genug haben, nicht wahr?«, meinte Tchanusuvo. Dann fasste er seinen Gast am Ellenbogen und geleitete ihn zu seinem Anwesen. Durch eine verschwenderisch ausgestattete Eingangshalle ging es die Treppe hinauf in den Salon, wo Tokaro sich in einem Sessel niederlassen musste.

»Ihr wohnt sehr schön, wie mir einmal mehr auffällt«, begann er. »Während ich genas, hatte ich keinen rechten Blick für den Luxus, der Euch umgibt.«

»Ja, ja«, sagte Tchanusuvo selbstgefällig. »Ich bin

zwar erst seit kurzem im Rang eines Adligen, aber ich weiß schon, wie man es sich gemütlich macht. Die Kabcara geruhte, mich in ihren erlauchten Kreis aufzunehmen.«

»Und wie war Euch das möglich?«, erkundigte sich Tokaro. »Vielleicht möchte mein Vater auch zu den Auserwählten gehören.«

Das Gesicht des frisch gebackenen Vasruc wurde argwöhnisch. »Hat Euer Vater denn so viel Geld, dass er sich den Titel kaufen kann? Fünfzigtausend Waslec?«

Tokaro schaute nachdenklich zur dunklen Holzdecke hinauf und hoffte, dass der Mann sein Erstaunen nicht bemerkte. »Das wäre doch ein wenig viel. Meine Hochachtung, Tchanusuvo. Dann seid Ihr nun vermutlich knapp bei Kasse, wie?«

»Aber nicht im Geringsten«, winkte der Adlige hochnäsig ab. »Das Doppelte liegt in meinem Tresor.«

Ein Glückstreffer!, jubilierte Tokaro.

»In Ulsar, natürlich. Hier wäre mir das zu gefährlich. Und seit diese Räuberbande ihr Unwesen treibt, Ulldrael schicke sie zu Tzulan, habe ich keine ruhige Minute mehr.«

»Ja, ja, die Pest über Euch«, murmelte Tokaro ärgerlich, weil er den Reichtum wieder verloren sah.

»Bitte, lieber Fjodosti?«, räusperte sich der Vasruc ungläubig.

»Ich sagte, die Pest über das Zeug. Das Räuberzeug«, verbesserte sich der Junge lächelnd und kratzte sich unter seiner Perücke. »Man sagt, sie geben den einfachen Leuten etwas von ihren Beutezügen ab. Ich vermute, mein schönes Geld dient irgendeinem Schweinehirten, Euch die Pacht zu bezahlen.«

»Dann verdiene ich ja doppelt an Euch, werter Fjodosti.« Der Augen des Adligen hefteten sich an die Jacke des Jungen. »Ihr hattet da wohl eine Motte in Eurem Schrank«, bemerkte er und deutete auf das Loch im Rock.

»Ach, das?!« Tokaro fuhr mit der Rechten unter das Kleidungsstück und streckte den Finger von der anderen Seite hindurch. »Nein, nein. Das ist ein Einschussloch.«

»Guter Ulldrael, wie kommt denn das dahin?«, rief Tchanusuvo entsetzt und schlug die Hände über dem Kopf zusammen. »Wurdet Ihr etwa schon wieder ein Opfer der Räuber?«

»Ich nicht. Aber der Träger des Wamses«, grinste der Junge und langte nach dem Paket.

Der Vasruc wirkte irritiert. »Ich verstehe nicht, mein lieber Fjodosti ...«

»Ich zeige Euch Euer Präsent, und Ihr werdet sehen, die Klarsicht kommt von ganz allein.« Er entfernte das Papier mit einem einzigen Ruck und richtete den Lauf der Büchse auf die Brust des Adligen. »Seht Ihr, aus diesem Lauf kommt ein Geschoss, eine Bleikugel, so dick wie Euer stinkend reicher Ringfinger. Und sie durchschlägt einfach alles.«

»Ihr seid ein Räuber!«, schrie Tchanusuvo auf und fasste sich mit der Linken ans Herz. »Das überlebe ich nicht!«

»Das hängt allein von dir reichem Sack ab«, meinte Tokaro drohend und hielt ihm die Mündung unter die Nase. »Krachbumm, und dein Kopf verteilt sich im ganzen Salon.«

»Nein, nicht. Meine schönen Teppiche«, jammerte der Adlige. Dann kehrte sein Mut zurück. Die Augen verengten sich zu Schlitzen, die Zunge fuhr über die Lippen. »Aber du wirst nicht lebend rauskommen.

Meine Diener und Angestellten sind zahlreich, Bürschchen. Wenn ich jetzt um Hilfe rufe, bist du im Nu überwältigt. Pass auf!«

Der Junge ließ ihn rufen und rufen, bis der Adlige heiser wurde.

»Das liegt bestimmt am Wein, dass sie nicht erscheinen«, schätzte Tokaro lächelnd. »Er hat eine Wirkung, die selbst den Stärksten von den Beinen holt.« Die Tür flog auf, und vier Männer mit gezückten Säbeln stürmten in den Raum. »Wie auf Bestellung, meine Herren. Darf ich vorstellen, Tchanusuvo, das sind ganz hervorragende Jahrgänge. Ein 421er Ulsarer, zwei 423er Kareter, allesamt Gossenlage. Ohne Sonne, viel Abwasser und wenig Waslec. Der da ist ein 438er Köhlerhütte, starker, rauchiger Geschmack.« Die Männer lachten bei der Vorstellung. »Die und sechzehn andere Jahrgänge habe ich dir mitgebracht, einer besser als der andere und tausendmal mehr wert als du.«

»Eine verdammte List!«, tobte der Vasruc.

Tokaro erhob sich und stützte sich auf den Lauf der Büchse. »Die sich aber gelohnt hat, wie ich deinen Ausführungen entnommen habe. Und die die ganzen Schläge und Blessuren entschädigt, die ich mir zur Täuschung verpassen lassen musste.«

Späße machend, trieben sie den Adligen durch die Gänge hinunter zu den anderen Gefangenen, die man kurzerhand in die nun leeren Weinfässer steckte.

»Das könnt ihr nicht machen!«, protestierte Tchanusuvo, als der Deckel aufgenagelt werden sollte. Tokaro zündete die Lunte an, zog den Hahn nach hinten und schwenkte den Lauf der Büchse in seine Richtung. Flugs zog der zeternde Mann den Kopf ein. »Man wird euch alle fangen und am nächsten Baum aufknüpfen«, kam es dumpf aus dem behelfsmäßigen Gefängnis.

»Dafür sterben wir reich und mit dem Wissen, dass die einfachen Menschen uns mögen«, meinte der Anführer der Räuberbande, ein breiter, untersetzter Mann namens Rovo, klopfte die Nägel ins Holz und setzte den Gutsbesitzer damit fest.

Ein Fass nach dem anderen rollten die Gesetzlosen durch den Hof, um die Gefangenen gehörig durchzuwirbeln. Aus dem runden Behältnis des Vasruc drangen leise Würgegeräusche. Tokaro musste sich den Bauch vor Lachen halten.

»Genug gespielt«, rief Rovo sie zur Ordnung. »Wir suchen uns das Beste aus und verschwinden, bevor wir entdeckt werden.

In dem Augenblick rauschte die Zugbrücke herab und knallte auf den Boden. Mit einem Schrei preschte ein Reiter seitlich aus dem Torhaus und gab dem Pferd die Sporen. Ungezielte Armbrustbolzen zischten hinter dem Mann her.

Der Anführer der Räuberbande brüllte Anweisungen, während Tokaro zum Ausgang lief, sich niederkniete und in aller Ruhe die Zielhilfen am Lauf der Büchse nach oben klappte, ehe er den Flüchtenden, den er als den Torwächter erkannte, ins Visier nahm.

»Du musst ihn erwischen«, sagte Rovo eindringlich. »Wenn er die nächste Garnison erreicht, müssen wir sofort aufbrechen und haben den Überfall umsonst gemacht.«

»Stell dich hinter mich«, antwortete Tokaro knapp und peilte das einzige große Ziel an, das er an dem Mann, der sich aus dem Sattel erhoben hatte, ausmachen konnte.

Grinsend, die Wange fest an den Kolben der Büchse gepresst, drückte er mit seinem Zeigefinger den Stecher nach hinten. Die Feuerwaffe entlud sich krachend und warf den Knaben durch die Wucht des Rückstoßes nach hinten, wo ihn Rovos Beine vorm Umfallen bewahrten.

Der Reiter zuckte zusammen und schrie auf. Eine Hand auf den Hintern gelegt, stürzte er vor Schreck aus dem Sattel und überschlug sich mehrfach. Das Pferd trabte zurück zum Tor und fing an zu grasen. Die Gesetzlosen aber schütteten sich aus vor Heiterkeit.

Tokaro blies den Rauch von der Mündung und lud nach. Diese langwierige Prozedur war einer von zwei Schwachpunkten an der ansonsten überragenden Waffe, die er sich vor knapp einem Jahr gestohlen hatte und die an Reichweite und Durchschlagskraft alles übertraf. Doch während er nachlud und einen zweiten Schuss abgeben konnte, feuerte ein geübter Schütze mit dem Bogen sechs Pfeile ins Ziel. Ein kräftiger Regenguss machte zudem das Pulver unbrauchbar. Wenn man diese Umstände beachtete und sie niemals vergaß, leistete die Büchse unschätzbare Dienste. Allein schon der Lärm reichte aus, um die meisten Gegner zur Aufgabe zu bewegen.

»Guter Schuss, Junge«, schlug ihm Rovo auf die Schulter. »Das Tzulanding ist mir immer noch unheimlich.«

»Es ist nur eine Büchse, ausgedacht und gemacht von Menschen«, feixte der einstige Rennreiter und löschte die glimmende Lunte, um nicht versehentlich einen Schuss abzufeuern. »Genau wie die Bombarden des Kabcar, nur eben kleiner.«

»Die Bombarden sind mir genauso unheimlich«, schüttelte sich der Anführer und schickte seine Leute zurück zum Plündern.

Innerhalb einer Stunde stapelten sich allerlei Reichtümer auf dem Karren, vor den die Räuber noch zwei zusätzliche Pferde spannten. Acht weitere Vierbeiner samt Sattelzeug gingen ebenso in den Besitz der Vogelfreien über, die übrigen Männer liefen neben dem Gefährt her.

In einem fröhlichen Zug verließen sie das Wasserschlösschen und machten sich auf den Weg zu ihrem Versteck. Sicherheitshalber schickten sie einen Späher voraus, um in Erfahrung zu bringen, ob ihnen Soldaten des Kabcar entgegenkamen. Derweil beriet man, wie viel Gold an welche Familien verteilt werden sollte.

Der Kundschafter kehrte schon bald zurück und meldete eine Kutsche, bewacht von fünfzehn Reitern, die ihnen auf der Straße in wenigen Meilen begegnen würden.

»Heute meint es das Schicksal aber gut mit den einfachen Leuten, oder, Männer?«, rief Rovo ausgelassen. »Jetzt kommen die Reichen schon zu uns, um sich berauben zu lassen.«

»Oder sie haben unseren Schatz gerochen«, meinte einer der Räuber und klopfte gegen den Karren. »Die Reichen raffen und raffen.«

»Stellt unser Vehikel quer auf die Straße«, befahl Rovo, »damit sie nicht passieren können. Vier bleiben hier, verstecken die Waffen und tun so, als wäre etwas kaputt. Der Rest ab in die Büsche.« Er sah zu Tokaro. »Und du hältst dich vollständig im Hintergrund. Versteck dich im Dickicht und schieß einen der Begleiter um, wenn sie sich zu sehr wehren. Aber bleib, wo du bist. Wir können es uns nicht leisten, dich zu verlieren.«

Tokaro lenkte den Hengst in das dichte Unterholz, machte ihn am Baum fest und rutschte auf dem Bauch bis an den breiten Weg heran.

Aus der Ferne hörte er das Rattern der Kutschräder, kurz darauf polterte das Gefährt an ihm vorbei, auf dessen Seite die Insignien des Kabcar gemalt waren. *Na, hoffentlich geht das gut aus,* durchfuhr ihn eine düstere Vorahnung.

Behutsam schob er sich ein Stück weit aus der Deckung, um das Geschehen mit verfolgen zu können.

Die Kutsche hatte in einigem Abstand zu dem Hindernis angehalten, eine der Wachen sprach mit dem Räuber. Der Mann packte die Zügel des Pferdes und stieß einen Pfiff aus. Plötzlich sprangen die übrigen Gesetzlosen aus dem Wald, während die Soldaten ebenfalls zum Angriff übergingen.

Die Wachen des Kabcar wehrten sich ausgesprochen überlegen und glichen ihre Unterzahl recht schnell aus. Ein Armbrustbolzen schoss einen der Begleiter aus dem Sattel, doch im Nahkampf war ihnen fast nicht beizukommen. Zwei Diener, die hinten auf dem Gefährt saßen, holten ebenfalls Armbrüste hervor und sandten die Geschosse gegen die Gesetzlosen.

Tokaro pirschte lautlos auf gleiche Höhe mit den Livrierten und zielte auf den Oberschenkel eines der Männer. Er schwenkte den Lauf so weit zur Seite, dass er möglichst nicht den Knochen, sondern nur das Fleisch träfe. Bei der geringen Distanz würde eine Kugel ausreichen, beide Gegner zu verwunden.

Der Knabe löste die Büchse aus. Beinahe gleichzeitig schrien die Diener auf und fielen aus ihrem Hochstand hinter der Kutsche auf die Straße. Die weißen Strümpfe an ihren Waden färbten sich rot.

Nach dem lauten Knall geriet der Kampf ins Stocken, und der entsetzte Ruf einer Frau drang aus der Fahrgastkabine. Diesen Augenblick der Ablenkung nutzten die Räuber für sich. Schließlich wussten sie im Gegensatz zu ihren Opfern, woher dieser infernalische Lärm rührte.

Tokaro lud in voller Konzentration nach, setzte anschließend den Langdolch in die Halterung unter den Lauf und stürmte aus dem Dickicht, genau auf den ungeschützten hinteren Teil der Kutsche zu. Unterwegs zog er sich das Halstuch vors Gesicht. Mit einem Satz war er auf dem Trittbrett, um nach den hoch gestellten Passagieren zu sehen. Wie gern hätte er das Gesicht von diesem Nesreca erspäht, um es mit einem Schuss aus der Büchse in Brei zu verwandeln. Es wäre das erste Mal, dass er mit den Kugeln töten würde.

Doch zu seinem Erstaunen entdeckte er eine ältere Frau, die sich schützend über ein Mädchen legte und um Gnade jammerte.

Der Knabe senkte die Stimme, um gefährlicher zu wirken, und reckte den Dolch gegen den gewaltigen Busen der älteren Frau. »Gebt mir all Eure Wertsachen, und es wird Euch nichts geschehen. Die einfachen Leute von Ulsar werden es Euch danken, dass Ihr sie so fürstlich beschenkt.«

»Wage es nicht«, keifte sie und packte in einem Anfall von Todesmut den Lauf der Büchse, »Hand an uns zu legen.« Die kräftigen Finger schlossen sich um das Metall und rissen daran. »Gib deinen Spieß her, Halunke!«

»Weib, du bist verrückt«, keuchte Tokaro und zerrte auf der anderen Seite. »Weißt du nicht, was das ist?« Er nahm eine Hand vom Kolben und griff nach einer Laterne, die seitlich an der Kutsche hing, um sie der Frau an den Schädel zu schlagen, bevor sie aus Versehen die Büchse abfeuerte und sich selbst tötete.

Besinnungslos sank sie auf die Polster und gab den Blick auf ihre Begleiterin frei, die der ehemalige Rennreiter des Kabcar nur zu gut kannte.

Er schaute in das betörende Antlitz von Zvatochna. Und er glaubte, sein Herz werde aussetzen.

»Zurück, Räuber!«, schrie sie und hielt ein Stilett in beiden Händen. Ein kurzer Schwenk mit dem Lauf der Büchse, und der montierte Langdolch schlug ihr die zierliche Waffe aus den Fingern. Ihre Hände bewegten sich, und dunkel erinnerte sich Tokaro daran, dass ihr Bruder und sie die Kunst der Magie beherrschten.

»Augenblicklich hört Ihr damit auf!«, herrschte er sie an und richtete die Mündung gegen ihren Unterleib. »Die Kugel fliegt zu schnell, als dass Ihr sie aufhalten könntet.«

Sie erstarrte. Ihre braunen Augen ruhten forschend auf seinem maskierten Gesicht. »Ich kenne dich doch.« Ihre Stimme klang wie süßer Honig in seinen Ohren und verklebte die klaren Gedanken. Seine Hand wurde unsicher. »Wer bist du?«

»Nein, Tadca, Ihr kennt mich nicht. Ich bin ein Räuber, ein Dieb. Wie solltet Ihr mich da kennen, wo Ihr Euch nur in bester Gesellschaft aufhaltet?«, lachte er bitter und senkte die Büchse.

»Du scheinst noch sehr jung zu sein«, meinte sie abschätzend. Ihre schönen Züge wurden sanft, bittend. »Wenn du dich jetzt meinen Männern ergibst, kann ich dafür sorgen, dass du nur lebenslange Haft bekommst anstelle der Todesstrafe.« Ihr Vorschlag klang überraschenderweise ebenso verlockend für ihn wie ihre Stimme. »Sei nicht dumm. Wie ist dein Name?«

Schon öffnete sich sein Mund, und wie benebelt wollte er ihn nennen, als ihn der warnende Ruf von Rovo aus der geistigen Benommenheit riss. »Da kommen noch mehr Reiter! Los, weg hier!«

Tokaro schüttelte sich und sah Zvatochna verunsichert an. Dann fiel seine Aufmerksamkeit auf etwas Blinkendes, das sie um den Hals trug.

Das Amulett! Es gehört mir. Ein schneller Griff nach

der Kette, und er hatte das Gesicht des Mädchens zu sich herangezogen. Durch das Tuch hindurch drückte er ihr einen Kuss auf die verführerischen Lippen und erfreute sich an dem Ausdruck in ihren aufgerissenen braunen Augen.

Im nächsten Moment fühlte er einen immensen Schlag, der durch seinen Körper fuhr und ihn rückwärts vom Trittbrett warf. Der Verschluss des Anhängers riss, und das Amulett verblieb in seinen Fingern.

Der Junge warf einen letzten Blick auf das von langen schwarzen Haaren umrahmte Antlitz, bevor er sich aufraffte und Hals über Kopf ins schützende Unterholz eintauchte.

Das Donnern zahlreicher Hufe war zu hören. Die Pferde der unvermittelt auftauchenden Gegner trampelten an ihm vorbei und machten sich an die Verfolgung der Räuber.

Tokaro atmete in den Stoff seines Ärmels, damit er sich durch sein erregtes Luftholen nicht verriet. Noch war er viel zu dicht an der Straße.

»Ist mit Euch alles in Ordnung, hoheitliche Tadca?«, hörte er einen Mann fragen. Ein Pferd schnaubte.

»Ja, ich denke schon«, sagte sie leise. »Meine Begleiterin scheint er jedoch getroffen zu haben.«

»Ihr blutet, hoheitliche Tadca«, sagte die tiefe Stimme. Metall rieb an Metall.

»Das ist nur ein Kratzer. Es war der Verschluss meines Anhängers, den der unverschämte Kerl mir raubte. Er ist in den Wald geflüchtet.«

»Ich werde ihn Euch zurückbringen, hoheitliche Tadca.« Die Zweige des Unterholzes brachen, als der unbekannte Reiter sein Pferd auf die Spur des Knaben lenkte.

Auch das noch. Aber was einmal mein war, gebe ich nicht

wieder her. Tokaro steckte das Amulett ein, sprang auf und rannte los, um zu Treskor zu gelangen. Wenn er den Schimmel erreichte, würde er jedem Verfolger entkommen.

Der Hengst schnaubte glücklich, als er seinen Herrn sah. »Du musst einmal mehr fliegen wie der Wind. Jemand ist hinter uns her«, raunte er dem Tier zu und schwang sich in den Sattel. Die Feuerwaffe verstaute er in dem eigens angefertigten Halter neben den Packtaschen. Um das Schicksal der Räuber kümmerte er sich derzeit nicht, nun galt es, den eigenen Hals retten. Nachdem er das Schmuckstück der Tadca gestohlen hatte, rechnete er nicht mehr damit, dass sie sich für ihn einsetzen würde. *Und der Tod wäre mir tausendmal lieber als mein restliches Leben im Kerker.*

Tokaro ging das Wagnis ein und ritt in einem kleinen Bogen auf die Straße, wo Treskor seine volle Geschwindigkeit auszuspielen vermochte. Dem Hengst machte das Galoppieren Freude, wiehernd griff er aus und steigerte das Tempo Schritt um Schritt.

Doch bei der nächsten Biegung musste Tokaro seinen Schimmel hart zügeln. Unmittelbar vor ihm lieferten sich die gestellten Gesetzlosen einen Kampf mit den Wachen des Kabcar und mehreren altertümlich gerüsteten Kriegern, die der Junge sofort als die Hohen Schwerter erkannte.

Fluchend riss er Treskor auf der Hinterhand herum. Durch die Menge wollte er aus Angst um sein Pferd nicht preschen, der Wald war zu dicht. Also musste er zurück.

Tokaro kehrte um und galoppierte los, als eine schimmernde Gestalt auf einem Pferd rund zweihundert Schritt vor ihm aus dem Unterholz trabte.

Das Herz des Jungen pochte wild in seiner Brust,

und das Blut rauschte ihm in den Ohren, als der Ritter, auf dessen geschlossenem Helm ein Schweif aus schwarzem und weißem Rosshaar wehte, seinen Schild hob und das Schwert aus der Scheide zog.

»Räuber!«, schallte die Stimme die Straße entlang. »Ich bin Nerestro von Kuraschka, Großmeister des Ordens der Hohen Schwerter. Ergib dich mir oder stirb.«

Der Knabe riss die Präzisionsbüchse aus dem Halfter, klappte das Visier hoch und richtete die Mündung auf den Ritter. »Das hier ist eine Waffe, die selbst Eure Rüstung durchschlägt, Großmeister«, schrie er zurück. »Gebt den Weg frei und lasst mich passieren.«

»Niemals«, lehnte der Ritter ab und drückte seinem Pferd die Fersen in die Flanken. Das Schwert nach vorn gereckt und den Körper hinter den Schild geduckt, jagte der gepanzerte Mann heran.

Tokaro schluckte schwer, als er den Kopf des Großmeisters im Mittelpunkt des Zielrähmchens zentrierte.

Das kannst du nicht tun. Es wäre dein erster Mord, und dazu noch an einem Mann, der dich zu deinem Knappen machen wollte, sagte eine Stimme in ihm. Näher und näher preschte der imposante Krieger. Die Diamanten am Griff der aldoreelischen Klinge funkelten auf. *Aber wenn ich ihn nicht erwische, verliere ich irgendein Körperteil. Schlimmstenfalls meinen Schädel. Ach, was soll's.*

Im letzten Augenblick riss er den Lauf zur Seite, die Büchse sandte die Kugel rauchend und krachend auf die Reise.

Das Blei durchschlug die polierte Metallpanzerung der Schulter und stanzte ein fingerdickes Loch in den Stahl. Doch nichts schien den Ordensritter aufhalten zu können. Hätte Tokaro den Einschuss, aus dem Blut sickerte, nicht gesehen, hätte er geglaubt, sein Ziel verfehlt zu haben.

Schnell duckte er sich seitlich an den Leib seines Hengstes, um dem kommenden Hieb zu entgehen und danach die Flucht nach vorn zu ergreifen. Bis der Ritter gewendet hätte, wäre er schon längst über alle Berge.

Doch die kompromisslose Strategie seines Gegners machte ihm einen Strich durch die Rechnung.

Aus vollem Lauf prallte das gerüstete Pferd des Großmeisters gegen Treskor und warf den Hengst zu Boden. Das Schwert zuckte durch die Luft und kappte die hervorstehende Präzisionsbüchse um die Hälfte ihrer Länge.

Tokaro stürzte zusammen mit seinem Schimmel vom breiten Weg in den Graben. Moos dämpfte den Aufprall von Mensch und Tier.

Als sich der Knabe nach einem Augenblick der Orientierungslosigkeit erheben wollte, sah er die Gravuren auf dem Schild rasend schnell näher kommen, bevor sie mit einem dumpfen Laut an seinen Kopf knallten. Tokaro wurde ohnmächtig.

»Diese Waffe wird einmal der Untergang unseres Ordens sein, Großmeister. Wenn es nun schon Kindern gelingt, mit dieser Erfindung einen Ritter aus dem Sattel zu holen ...«

»Er hat mich nicht aus dem Sattel geholt. Er hat mich nur verwundet.«

»Und wenn diese Kugel, die Euch durch den Arm fuhr, das Gelenk getroffen hätte? Oder den Helm? Dann müssten wir einen neuen Großmeister wählen. Diese ... Büchsen, oder wie auch immer man den knallenden Stock nennt, sollte man allesamt zerstören. Sie übertreffen die Armbrust um Längen.«

Eine gedämpfte Unterhaltung drang in Tokaros Bewusstsein. Mit geschlossenen Augen erkannte er, dass er auf einem Feldbett lag und man ihm so ziemlich alle

Kleidungsstücke ausgezogen hatte bis auf den Unterleibswickel. Um seinen Oberkörper lag ein Verband. Als er sich bewegen wollte, spürte er einen Stich in seiner rechten Seite.

»Du hast dir bei deinem Sturz drei Rippen gebrochen«, sagte die Stimme des Großmeisters. »Du kannst uns ansehen, wir wissen, dass du wach bist.«

Gehorsam hob der Knabe die Lider und schaute in das vertraute Gesicht von Nerestro mit der goldenen Bartsträhne. Der Anblick des jüngeren Mannes dahinter kam ihm vage bekannt vor. »Bin ich im Gefängnis?«, fragte er zögerlich.

»Nein, Tokaro«, sagte der Großmeister ernst. »Du bist in unserem Packzelt, in das dich meine Knechte geschafft haben. Du warst nach dem Treffer mit dem Schild ohne Besinnung.«

»Und warum liege ich hier und nicht im Kerker in Ulsar?«, wagte der Junge nachzuhaken. Seine blauen Augen hefteten sich an die Bandage, die der Oberste der Ordensritter um die Schulter trug. »Werde ich abgeholt, oder bringt Ihr mich in die *Verlorene Hoffnung*?«

»Nichts würde ich lieber tun«, knurrte der andere Ritter.

»Danke mir nicht für meine Milde.« Nerestros Gesicht verlor seine Strenge nicht. »Der Mann neben mir ist mein treuer Senneschall, Herodin von Batastoia. Seiner Ansicht nach solltest du in der Tat eine dem Gesetz entsprechende Bestrafung erhalten. Aber Rodmor von Pandroc und ein paar andere Recken haben mich gebeten, dir eine neuerliche Gelegenheit zu geben, um deine Wertigkeit unter Beweis zu stellen. Daher habe ich mich entschieden, dich für tot erklären zu lassen. Der Räuber und Dieb Tokaro Balasy starb ein paar Warst von hier auf der Landstraße, niedergestreckt durch Nerestro von Kuraschka, merk es dir.« Prüfend begutachtete er das Gesicht des Jungen. »Wenn wir dir erst einmal die Haare abrasiert haben, siehst du ohnehin ganz anders aus. Die Reifung lässt dich zu einem Mann werden, wie ich sehe. Und in deinem Alter kann sich ein Gesicht in ein, zwei Jahren stark verändern. Ich werde dich zu meinem Knappen machen und dich in aller Eile, aber durchaus gewissenhaft ausbilden. Rodmor war der Meinung, dass man ein solches Reittalent nicht verschleudern sollte.« Er pochte auf den glänzenden Knauf seines Schwertes. »So, wie aus unansehnlichen Steinen Diamanten werden, so schleife ich dich zurecht, Tokaro. Das Überschüssige wird unter meinen Fingern verschwinden, ich bringe alle deine Facetten zum Strahlen, mein Junge. Rodmor von Pandroc ist der Meinung, dass du der beste Reiter des Ordens sein wirst, den es jemals gegeben hat.«

»Und wenn ich nicht will?«, erkundigte sich der einstige Rennreiter, der sich seinen Fall und den rasanten Aufstieg noch nicht erklären konnte.

»Der Diamant möchte auch nicht geschliffen werden, aber dennoch strahlt er, wenn der Handwerker mit ihm fertig ist.« Die Augen des Großmeisters ruhten auf ihm. »Ich kann aus dem Märchen über deinen Tod jederzeit die Wahrheit werden lassen. Niemand würde um dich trauern, außer vielleicht deine unglückselige Mutter. Die Zukunft, die dir bevorsteht, ist wertvoller als dein gesamtes bisheriges Leben, Junge.«

»Wieso lasst Ihr mich nicht einfach laufen?«, machte Tokaro einen Gegenvorschlag. »Es hat mich niemand gefragt, ob ich das nicht lieber möchte.«

»Wenn das alles ist.« Der Ritter zückte sein Schwert, die Spitze senkte sich an die Kehle des Knaben. »Wähle, Tokaro Balasy. Märchen oder Wahrheit?«

»Ich werde Euer Knappe sein, Großmeister«, beeilte sich Tokaro zu versichern. »Ich mag Märchen.«

Ohne eine Regung zu zeigen, verstaute der gewaltige Mann seine Waffe wieder. »Eine gute Entscheidung, die hoffentlich keiner von uns beiden bereuen wird. Und nun erhole dich. Ich möchte bald mit deiner Ausbildung beginnen.«

»Wie geht es Treskor?«, rief der Junge ihm nach und verzog das Gesicht, als er sich unachtsam von seinem Lager aufrichtete.

»Dein Hengst ist gesund und munter«, sagte der Ritter im Gehen und verließ das Zelt.

»Wer ist eigentlich dieser Rodmor von Pandroc?« Tokaro wandte sich an den Seneschall, der an einer Zeltstange lehnte und ihn unfreundlich ansah.

»Ein Freund aus alten Tagen, mit dem er gelegentlich spricht«, lautete die knappe Antwort. Herodin kam auf den Jungen zu. »Wenn es nach mir gegangen wäre, säßest du im Verlies, wo du hingehörst. Du hast großes Glück. Nutze die Gunst des Augenblicks. Doch wehe, du wagst es, das Vertrauen des Großmeisters zu enttäuschen.« Er tippte ihm auf die Schulter. »Du wirst ihm beweisen, dass du dieses Brandzeichen nicht verdient hast, Bursche.« Seine Hände schlossen sich um die beiden Teile der Büchse. »Von diesen schrecklichen Waffen gibt es nur ein paar. Angor möge ihre Baupläne vernichten.«

»Ich fand sie ganz praktisch«, murmelte der Knabe und streckte die Linke nach der Büchse aus. »Lasst sie mir. Vielleicht kann man sie reparieren. Ein guter Schmied wäre bestimmt dazu in der Lage.«

»Da bin ich mir sicher«, bestätigte Herodin und legte die Teile auf den Boden. Seine aldoreelische Klinge schnitt die Präzisionsbüchse in winzige Trümmer. »Und das sollte man verhindern.« Mit offenem Mund starrte Tokaro auf die Reste seiner geliebten Waffe. »Du wirst sie ohnehin nicht mehr nutzen können. Sie würde dich als den Jungen verraten, der aus dem Kerker entkam und eine der ersten Büchsen stahl. Diese Vergangenheit gibt es für dich nicht mehr.« Grußlos verließ Herodin das Packzelt.

Mal sehen, wie lange ich bei euch Blechsoldaten bleibe, sann der Junge und machte es sich auf dem Feldbett bequem, so weit es ihm möglich war. *Wenn ihr meint, ihr habt einen Dummen gefunden, der alles mit sich machen lässt, seid ihr einmal zu viel mit dem Kopf voraus vom Pferd gefallen.* Er legte einen Arm unter seinen Haarschopf und schaute zum Stoffdach. *Wozu sich mit Schwertern abplagen, wenn die Zukunft den Büchsen und Pistolen gehört? Ihr seid veraltet und sterbt aus. Aber vielleicht kann ich tatsächlich noch etwas von euch lernen.*

Seine Gedanken schweiften zu seiner Mutter nach Ulsar. *Wie sie wohl meinen ›Tod‹ verkraftet? Oder hat sie sich für ihren Sohn geschämt und ist glücklich, dass diese Last von ihr genommen wurde?*

Dann sah er das liebliche Antlitz von Zvatochna vor sich. Eilig tastete er in seine Hosentasche und fand das Amulett, das er sich mehr oder weniger unabsichtlich angeeignet hatte. Zufrieden grinste er; seine Beute war ihm nicht abgenommen worden.

Die Vorstellung, dass er eines Tages als Ritter in schimmernder Rüstung vor sich hin reiten und ihr lachend das Kleinod als Zeichen seines Triumphes unter die Nase halten würde, gefiel ihm.

Und dann werde ich einfach wieder davongaloppieren. Seine Finger schlossen sich um das kühle Metall des Schmuckstücks. *Das hier bekommst du nicht mehr wieder, Tadca. Es sei denn, du holst es dir.*

Großreich Tarpol, Königreich Barkis (ehemals Tûris), Verbotene Stadt, Frühherbst 458 n. S.

Ich finde es wenig vertrauensfördernd, wenn wir unsere Stadt weiterhin als ›Verbotene Stadt‹ bezeichnen«, gab Pashtak in der Versammlung zu bedenken. »Sie ist nun mal eben nicht mehr verboten.«

»Aber die Menschen selbst nennen sie doch so«, hielt Kiìgass dagegen. »Und der Name erinnert daran, wie sie uns verfolgten, bevor der Kabcar uns gleichstellte.«

»Dann sollten wir den Namen daran anlehnen«, schlug der Inquisitor vor. »Wie wäre es mit Stadt der Zuflucht, der Hoffnung, des Neubeginns, der Gemeinschaft?«

Die Versammlung schwieg. Jeder der Anwesenden brütete über einen passenden Namen nach, wobei das Problem darin bestand, dass die verschiedenen Gruppierungen jede für sich bereits eine Bezeichnung gefunden hatten. Doch es musste endlich ein Name her, mit dem auch die anderen Bewohner des Reiches etwas anfangen konnten.

In der Stille schweifte Pashtak gedanklich zu seiner eigentlichen Aufgabe. Erstaunlicherweise hatte sich der Mörder, den er im Auftrag der Versammlung stellen sollte, in den letzten Monaten bedeckt gehalten.

Nicht, dass er diesen Umstand bedauern würde. Weniger Tote bedeuteten weniger Gerede bei den Nackthäuten. Aber so konnte er den Verantwortlichen unmöglich fassen.

Schuld gab der Inquisitor allein den anderen Mitgliedern des Gremiums, die entgegen seiner Bitte die

Ernennung nicht geheim gehalten hatten. Die Nachforschungen gestalteten sich für ihn dadurch wesentlich schwieriger, der Übeltäter war gewarnt. Bei seinem nächsten Verbrechen würde er vorsichtiger zu Werke gehen, schlimmstenfalls verwischte er nachträglich verräterische Spuren.

»Wie wäre es mit Ammtára?«, warf Lakastre leise ein. »Es bedeutet ›Freundschaft‹.«

»In welcher Sprache?«, fragte einer aus der Versammlung erstaunt nach. »Und wer garantiert uns, dass es auch wirklich diese Bedeutung hat?«

Pashtak beobachtete die schwarzhaarige Frau in der weiten, sandfarbenen Robe genau. Sie war wie immer freundlich, besonnen und höflich. Nichts verriet die zweite Natur, die in ihr wohnte und die anscheinend nur er kannte. Insgeheim zweifelte er daran, dass selbst Boktor als ihr langjähriger Gatte diese Seite an ihr jemals zu Gesicht bekommen hatte.

»Ich garantiere es dir«, gab sie friedlich zurück. »Ich habe die alten Sprachen studiert, die vor dem einheitlichen Ulldart von den Menschen gesprochen wurden. Es ist ein Dialekt aus dem südlichen Kontinent, datiert auf das Jahr 60 nach Sinured. Ich kann dir die Aufzeichnungen gern zeigen, wenn du darauf bestehst.«

»Aber ich bitte dich, Lakastre«, kam ihr eine Nackthaut zu Hilfe. »Wir glauben dir.«

Leconuc nickte. »Es ist ein klangvoller Name, dem ich nicht widersprechen kann.«

Kein Wunder, so wie du nach Paarungsbereitschaft duftest. Pashtak musste grinsen und zeigte die spitzen Zähne.

»Wenn es keine Einwände dagegen gibt, lasse ich die Bezeichnung gleich verbreiten«, beschloss der Vorsitzende und richtete die Augen auf den Inquisitor. »Gibt es etwas von unserem Mörder? Ich habe gehört, du verbringst viel Zeit in unserer neuen Bibliothek?«

Pashtak seufzte laut auf und erhob sich von seinem Stuhl. Er spürte sehr wohl, dass Boktors Witwe plötzlich stocksteif und aufmerksamer an ihrem Platz saß als vorher. Ihre bernsteinfarbenen Augen hefteten sich an seine gedrungene Gestalt. »Wenn mich meine Ohren nicht im Stich gelassen haben, hat sich in den vergangenen Monaten niemand aus den Städten darüber beschwert, dass es unnatürliche Tode gäbe, die auf uns zurückgingen. Die Nackthäute«, ein paar Kreaturen schmunzelten, sofern es ihnen möglich war, »bringen sich im Augenblick gegenseitig um.«

»Wenn es in der Verbotenen ... in Ammtára ruhig bleibt, hat sich das Einsetzen eines Inquisitors ja schon bezahlt gemacht«, freute sich Leconuc.

Pashtak knurrte. »Ein momentaner Erfolg, mehr nicht, fürchte ich.«

»Weshalb so pessimistisch?« Lakastre stützte die Ellbogen auf die Tischplatte und legte ihr Kinn auf die gefalteten Hände.

Der Inquisitor zögerte, offen zu sprechen. Noch immer zählte er die schöne Witwe des einstigen Vorsitzenden der Versammlung zu den Verdächtigen. »Meine bisherigen Nachforschungen lassen diesen Schluss zu.«

»Du machst immer ein so großes Geheimnis aus deinen Ermittlungen«, warf Kiìgass ein.

Pashtaks Augen wurden schmal. »Das liegt nur daran, weil niemand in diesem Gremium eine Neuigkeit für sich behalten kann. Daher arbeite ich weiter wie bisher und präsentiere euch allen hoffentlich bald den Mörder.« Scheinbar zufällig blickte er dabei zu Lakastre. »Hinweise habe ich schon, aber Näheres zu sagen wäre unklug.«

»Meinetwegen«, gab Leconuc sichtlich unzufrieden auf. »Wir tagen wie gewohnt nächste Woche. Es wird Zeit, dass wir die Winterplanung in Angriff nehmen, damit keiner zu hungern braucht.«

Die Mitglieder des Gremiums erhoben sich nacheinander und verließen den Raum, bis nur noch Lakastre und der Inquisitor übrig waren.

Schließlich stand sie auf und kam zu ihm.

»Du verdächtigst mich, nicht wahr?«

Pashtak fühlte sich unwohl in seiner Haut, die Nackenhaare stellten sich ein wenig auf. »Ich verdächtige viele in der Stadt. Es gibt genügend von uns, die Grund haben, die Nackthäute zu töten, entweder um sich zu rächen oder weil sie einfach ihr Fleisch zu lecker finden, als dass sie darauf verzichten wollten.« Er sortierte seine Unterlagen und begab sich dann in Richtung des Ausgangs. »Aber wenn es dich beruhigt, du stehst nicht oben auf meiner Liste«, log er. »Die Nymnis sind meine Favoriten.«

»Da bin ich aber beruhigt«, meinte sie wenig erfreut. »Aber was ist, wenn dein Verdacht sich nicht bestätigt und es doch jemand anders sein sollte?« Sie stellte sich ihm in den Weg, betrachtete ihn von oben. »Jemand, der viel schlauer ist als die Nymnis? Jemand, der weiß, wie sehr du dich um deine Familie und deine Frau sorgst? Jemand, der dieses Wissen ausnutzen würde, um dich zum Schweigen zu zwingen?« Das durchsichtige, warme Braun um ihre Pupillen flackerte, und für einen Lidschlag sah er das grelle Gelb durchschimmern, das er von ihrem ersten Zusammentreffen her kannte. Ihr Körpergeruch erinnerte ihn nach langer Zeit plötzlich wieder an Aas.

Der Inquisitor fühlte sich bedroht, und ein dumpfes, warnendes Grollen stieg aus seiner Kehle. Ein gutturaler

Laut, den Lakastre instinktiv richtig einordnete. Sie tat einen Schritt nach hinten, um keine heftigeren Reaktionen hervorzurufen.

»Wenn das der Fall wäre, würde ich der Versammlung den stinkenden Kadaver des Mörders zeigen«, knurrte Pashtak. »Der Übeltäter sollte aufhören, solange ich ihm noch nicht auf die Schliche gekommen bin. Oder aber lieber die Gelegenheit nutzen und sich aus dem Staub machen, wenn er sich nicht mehr sicher fühlt. Das ist mein Ratschlag.« Er ging an ihr vorbei. Seine Sinne sagten ihm, dass die Frau ihn mit ihren Blicken verfolgte, aber er drehte sich absichtlich nicht um. *Wenn sie der Verbrecher ist, nach dem ich suche, hat sie genügend Hinweise von mir erhalten, was sie tun sollte.*

Der dunkle Himmel kündigte einen drohenden Regenguss an, und so beschleunigte er seine Schritte. Er hatte noch eine Verabredung mit einem Toten, die er unbedingt wahrnehmen wollte, bevor das Wasser aus den Wolken seinen schädlichen Einfluss auf den Leichnam ausdehnen konnte.

Zu Hause hielt er sich nicht lange auf, sondern kramte einen Spaten aus dem Abstellraum und suchte über Umwege die Begräbnisstätte des Mannes auf, den er unbedingt untersuchen wollte. Dass die Dämmerung und die Wolken zunahmen und die Umgebung verdunkelten, störte ihn nicht. Er sah immer noch genug.

Grübelnd machte er sich an die Arbeit und trug Schippe für Schippe den Sand vom vorletzten Opfer des Mörders ab.

Anhand des »Sterbekalenders«, den er sich angefertigt hatte, hatte er etwas Merkwürdiges herausgefunden. Nach der Überprüfung aller Todestage war ihm aufgefallen, dass von den einhundertdreiunddreißig Opfern immerhin neunzig zu solchen Zeiten verschwunden oder gestorben waren, die er einem kultischen Fest zu Ehren der Zweiten Götter zuordnen konnte. Damit rückte es durchaus in den Bereich des Möglichen, dass jemand den Geschöpfen Tzulans Menschenleben anbot, um sie gnädig zu stimmen. Blieben aber weiterhin dreiundvierzig Nackthäute, deren Ableben oder Verschwinden mit keinem besonderen Tag übereinstimmte. Und das fand er seltsam.

Die Schaufel stieß auf Widerstand. Knackend zerbrach der Schädel unter der Wucht, mit der Pashtak das Blatt seines Grabwerkzeugs führte. *Tut mir Leid. Ich hoffe, es hat dir nicht wehgetan.* Vorsichtig legte er die Reste des Toten frei und überprüfte die verwesenden Leichenteile, ohne mit der Wimper zu zucken.

Der unbekannte Täter hatte dem Unglücklichen die Kehle mit einem scharfen Messer durchtrennt und ihn verbluten lassen. Ansonsten fehlte jede Spur von Gewalteinwirkung.

Mittlerweile konnte er zwei Arten von Opfern unterscheiden.

Einigen wenigen, deren Verwesungsstadium noch nicht zu weit fortgeschritten war, sodass er sie hatte untersuchen können, hatte man einfach nur die Kehle durchgeschnitten. Den anderen fehlten zudem große Teile des Fleisches. Anhand der Wunden schätzte Pashtak, dass die Brocken mit einer glatten Schneide vom Knochen gelöst worden waren. Weiterhin existierten Fälle, wo zwar der Hals nach dem gleichen Muster durchgeschnitten worden war, aber auch Fleisch in größerem Ausmaß fehlte.

Der Inquisitor kam immer mehr zu dem Urteil, dass es sich womöglich um zwei unterschiedliche Verbrecher handeln könnte. Dann aber stellte sich die schwierige Frage, ob sie zusammenarbeiteten oder ob der eine den anderen bei seinem Tun beobachtete, um sich nachträglich vom Fleisch zu nehmen.

Erste Tropfen klatschten auf Pashtak herab, die Vorboten eines starken Regengusses, der kurz darauf einsetzte. Einigermaßen ordentlich legte der Inquisitor die Leichenteile wieder an die richtigen Stellen und schaufelte die Grube zu.

Der Regen wusch den Dreck und den Geruch des Todes von ihm, der sich in seiner Nase festgesetzt hatte und nur allmählich wich. Pashtak bedauerte außerordentlich, dass es ihm nicht vergönnt war, an den Tatorten neue Erkenntnisse zu finden, aber dafür lagen die Verbrechen alle schon zu weit zurück. Sonst wäre es ihm sicher möglich gewesen, die Witterung des Mörders aufzunehmen, denn auf seinen im wahrsten Sinne des Wortes richtigen Riecher konnte er sich verlassen.

Pashtak schulterte das Grabwerkzeug und schlenderte durch den Regen. Die Tropfen perlten von seinem Fell ab, sodass er nicht wirklich nass wurde. Aber da er das anklagende Gesicht von Shui bereits vor sich sah, die den Geruch der Leiche monieren würde, nahm er sich die Zeit und schrubbte sich im Platzregen gehörig ab.

Einer plötzlichen Eingebung folgend, lenkte er seine Schritte in Richtung des imposanten Mausoleums, in dem alle bedeutenden Einwohner der Stadt bestattet wurden, angefangen bei den Versammlungsmitgliedern bis hin zu den Tzulanipriestern. *Wenn einer der Mörder einfach nur das Fleisch der Nackthäute wollte, konnte er es sich auch auf einfachere Art und Weise besorgen als durch einen Mord.*

Angst verspürte der Inquisitor keine, als er die marmorne Halle betrat, in deren Wände die Grabkammern eingelassen worden waren. Er hatte so viele Tote gesehen, dass sie ihm nichts mehr ausmachten. *Wovor sollte ich mich fürchten? Ich bin doch selbst ein Ungeheuer.*

Zudem ging von den Toten keinerlei Gefahr mehr aus, einmal abgesehen vom Ungeziefer, das in den sich zersetzenden Körpern lebte und sich wehrte, wenn er zu tief in den Leibern bohrte. Ein Biss in Verbindung mit Leichengift könnte gefährlich werden.

Mit einem Ruck zog er die Deckplatte von Boktors Grabkammer auf, die sich direkt neben dessen Bruder Boktar befand, und zerrte die Bahre mit dem Leichnam hinaus.

Sein Verdacht bestätigte sich. Der Unbekannte hatte dem ehemaligen Vorsitzenden der Versammlung der Wahren sorgsam das Fleisch von den Knochen geschält, der Schnitt durch die Kehle fehlte jedoch.

Eine Überprüfung der anderen Kadaver ergab, dass etliche von ihnen, deren Tod nicht allzu lange zurücklag, eine ähnliche Behandlung erfahren hatten wie Boktor. Nur die Leichen, die schon zu verwest waren, waren unangetastet. Pashtak vermutete, dass auch die wenigen Menschen, die ihr Leben in Ammtára auf natürliche Weise verloren hatten, ihr Fleisch nachträglich hatten einbüßen müssen.

Doch er wollte sichergehen. Als er die blanken Knochen von älteren Skeletten näher betrachtete und sorgsam abtastete, spürte er gelegentliche Scharten in den Gebeinen.

Damit muss ich also nach jemandem suchen, der sich schon seit längerer Zeit von Menschenfleisch ernährt, folgerte er, während er Boktor in seine Unterkunft hievte und die Kammer verschloss. *Ich wäre bereit darauf zu wetten, dass ich solche Kerben in allen Knochenresten seit 444 finde.* Als er den Deckel mit einem letzten Ruck in die Öffnung drückte, bemerkte er einen dünnen Streifen beigefarbenen Stoffs, den er nach einer kurzen Begutachtung an sich nahm. *Das ist doch schon mal etwas.*

Seine Vermutung, dass Lakastre einen gewissen Anteil an den Geschehnissen hatte, wurde für ihn immer mehr zur Gewissheit. Dennoch fehlten ihm die Beweise.

Gleich morgen mache ich mich auf in die Bibliothek, um nachzuschlagen, ob es ähnliche Vorfälle schon einmal gab. Und um den nächsten Zeitpunkt eines möglichen Mordes zu bestimmen. Einer der Zweiten Götter wird bald wieder bereit zur Anbetung sein, schätze ich.

Aber wie sollte er den Mord, von dem er sich sicher war, dass er geschehen würde, verhindern? Sollte er sämtliche Nackthäute warnen? Welchen Eindruck würde das machen? *Wir wollen in Frieden mit euch leben, aber wir haben da eine Bande von Wahnsinnigen in Ammtára sitzen, die euch lieber opfern, als mit euch zu handeln. Stört euch nicht weiter daran ...*

Ohne Helfer würde es eine nicht lösbare Aufgabe werden, sollte der Zufall ihm nicht zu Hilfe kommen. Und im Augenblick wusste er nicht, welche der beiden verdächtigen Gruppen zuerst losschlagen würde, Lakastre oder die anderen. Noch hatte er nicht herausgefunden, nach welchem Muster Boktors Witwe mordete und in welchem Ausmaß sie Menschenfleisch benötigte.

Es wird Zeit, dass ich mir einen Gehilfen zulege, beschloss Pashtak und verließ das Mausoleum. Er watete durch die Pfützen und wusch sich erneut im Regen den Geruch der Toten aus dem Pelz. *Aber ich komme meinem Ziel immer näher.*

Großreich Tarpol, Hauptreich Tarpol,
Provinz Ulsar, Spätherbst 458 n. S.

Erschöpft lehnte sich Lodrik auf seinem Stuhl zurück und rieb sich die Augen. Wieder hatte er zu lange über seinen Papieren gesessen. *Ein wenig Bewegung wäre gut*, dachte er sich.

Langsam stand er auf, streckte sich und gähnte herzhaft, während sein Blick über die weitläufigen Gartenanlagen schweifte. Die trüben Wolken verschonten die Hauptstadt derzeit mit Regen.

Der Kabcar warf sich den Uniformrock über, den er achtlos mitten im Raum auf den Boden hatte fallen lassen, schnallte den Säbel um, steckte die beiden Pistolen in den Gürtel und trat hinaus in den Schein der aufgehenden Sonnen.

Leibwächter benötigte er innerhalb des Palastes keine mehr, er verließ sich voll und ganz auf die intuitive Anwendung seiner magischen Fertigkeiten. Und die waren besser als alle Soldaten zusammen. Nur noch bei Massenveranstaltungen griff er auf die Bewaffneten zurück, die dazu dienten, die Menschen auf Abstand zu halten, damit er sich nicht zu bedrängt fühlte. Doch innerhalb der Mauern genoss er seine Freiheit.

Die ganze Nacht hatte er über der neuen Herrschaftsform gebrütet, die er schon bald einzuführen gedachte.

Und er war ehrlich gespannt, wie die Menschen seines Großreiches darauf reagieren würden. Missbräuche der Freiheit durch die Mächtigen und Reichen würde er mithilfe seiner Truppen unterbinden. Nichts und niemand sollte seinen Untertanen, die er zu freien Staatsbürgern machen wollte, im Weg stehen. Seine eigenen

Erfahrungen mit Königen und Herrschern bestätigten ihn in seinem Entschluss. Im Grunde verwirklichte er das, worüber Norina mit ihm vor vielen, vielen Jahren auf dem Weg zum Gut ihres Vaters gesprochen hatte. *Kein Einzelner darf so viel Macht besitzen.*

Etwas angeschlagen von der Müdigkeit spazierte er zwischen den Baumreihen entlang. Laub fiel von den Zweigen, die Natur bereitete sich auf den kommenden Winter vor.

Das Sterben vor dem Neubeginn, überlegte er und blieb stehen. *Wie alle anderen Reiche sterben müssen, bevor ich etwas Besseres, Gerechteres daraus gestalten kann. Schon bald wird es wahr werden.*

Seine Truppen hatten nach dem Fall von Windtrutz ganz Ilfaris erobert und umklammerten das verbliebene Kensustria nun von allen Seiten. Die Kämpfe würden verlustreich werden, aber am Ende bliebe den Grünhaaren nichts anderes übrig als die Kapitulation. *Dann wird auch dort Gerechtigkeit herrschen. Keine Kasten mehr, wenn meine Pläne aufgehen.*

Lodrik beabsichtigte, die Kensustrianer zu diesem Zweck auf dem gesamten Kontinent zu verteilen und sie mit der übrigen Bevölkerung zu vermischen; diese Maßnahme würde seiner Ansicht nach die letzten Kastenschranken spätestens nach zwei Generationen aufheben.

Kaum Verständnis hatte er für die Haltung der Aufständischen in der Provinz Karet und den Querulanten auf Rogogard. Sie mussten überzeugt werden, daran führte kein Weg vorbei. *Die kommenden Jahre werden ihnen beweisen, dass ich niemals die Dunkle Zeit bringe.* Oft musste er über diese Prophezeiung lachen; doch es war ein bitteres Lachen, denn die Weissagung hatte viel Blut in Ulldarts Erde versickern lassen. *Das wird nie wieder geschehen, wenn ich meine Visionen umgesetzt habe. Wenn es jemand vollbringen kann, allen Menschen den währenden Frieden zu bringen, dann bin ich es.*

Plötzlich blieb er stehen. Der Kabcar glaubte, ein leises Weinen gehört zu haben. Vorsichtig ging er vorwärts, darauf bedacht, seine Schuhsohlen leise aufzusetzen.

Am kleinen Teich saß eine Frauengestalt in einfacher Bedienstetenkleidung, den Oberkörper nach vorn gebeugt, das Gesicht in die Hände vergraben. Ihre Schultern bebten unter der Macht der Gefühle. Gebannt beobachtete Lodrik, wie eine glitzernde Träne von ihrer Hand perlte und auf die Oberfläche des Gewässers traf. So klein der Tropfen war, er schlug Wellen; kreisförmig breiteten sich die schwachen Schwingungen aus, ehe sie sich totliefen. Der Herrscher spürte Mitleid.

»Was kann ich für dich tun?«, fragte er sanft.

Erschrocken fuhr die Frau herum, und Lodrik erkannte zu seinem eigenen Erstaunen Dorja Balasy, die Mutter seines einstigen Rennreiters. »Verzeiht mir, hoheitlicher Kabcar, dass ich mich ...«

Beschwichtigend hob er die Hand. »Es ist schon gut.« Er ahnte, weshalb sie sich in ihrer Trauer hierher geflüchtet hatte. Schweigend setzte er sich neben die Frau, die knapp vier Jahre älter war als er, und schaute auf das mit Seerosen bewachsene schwarze Wasser.

»Man erzählt sich, dass Euer einstiger Rittmeister ein Räuber geworden sei«, schluchzte sie leise. »Die Leute sagen, der Großmeister der Hohen Schwerter hätte ihn bei einem Überfall getötet.« Ihre geröteten Augen schauten ihn flehend von der Seite an. »Sagt, hoheitlicher Kabcar, ist es wahr?«

Lodrik musste schlucken, wandte sich aber Dorja

nicht zu. »Es wurde mir berichtet. Ein Bote der Ordenskrieger hat meine Tochter, die dein Sohn zusammen mit der Bande überfallen hat, nach Ulsar begleitet und ausführlichen Bericht erstattet.« Seine Wangenmuskulatur arbeitete. »Er starb durch die aldoreelische Klinge des Großmeisters. Es war ein schneller, gnädiger Tod, der ihm am Strick nicht vergönnt gewesen wäre.«

Die Magd stöhnte auf und weinte bitterlich.

»Es hätte viel aus ihm werden können«, sagte der Kabcar nach einer Weile. »Aber er war ein Gesetzloser. Ein Dieb, ein Räuber.«

»Er hat den Armen immer einen Anteil zukommen lassen«, schniefte Dorja. »Hoheitlicher Kabcar, es ist kein Unrecht, diejenigen zu bestehlen, die sich einen Dreck um ihre Schutzbefohlenen kümmern. Und er hat niemals jemanden getötet.« Erneut trat ein Strom von Tränen aus ihren Augenwinkeln. »Es war nicht rechtens.«

Lodrik atmete schwer ein und legte zögernd eine Hand um die Schulter der Magd, die ihre Anstellung am Hof wieder angenommen hatte. »Ich wollte nicht, dass es so kommt. Seine Zukunft wäre wundervoll gewesen, wenn er diese unseligen Diebstähle nicht begangen hätte.« *Wenn er seine unselige Halbschwester nicht getroffen hätte.* »Aber ich konnte nicht anders, vor all den Leuten.«

Weinend warf sich Dorja an seine Brust, alle Standesunterschiede vergessend. Mit einem tiefen Seufzer schloss er sie in die Arme und vergrub sein Gesicht in ihren Haaren. Gemeinsam teilten sie den Schmerz.

»Was war denn das für eine rührende Szene vorhin?«, begrüßte ihn Aljascha, als er ins Arbeitszimmer zurückkehrte. Sie stand an seinem Schreibtisch und hielt einige seiner Aufzeichnungen, die sie wohl durchgesehen hatte, in ihren schlanken Händen. Wie immer saß ihr Kleid tadellos an ihrem Körper. »Der Kabcar und eine einfache Magd, umschlungen, verträumt am Teich?« Die grünen Augen blitzten höhnisch auf. »Nein, wie verbunden der Herrscher doch mit dem gemeinen Volk ist.«

»Nicht jetzt. Tu mir den Gefallen und schweig«, sagte Lodrik kalt, streifte den Mantel ab und ging zum Schrank, um sich einen Schnaps einzugießen. »Leg meine Papiere wieder hin. Du verstehst sie sowieso nicht.«

»Säufst du schon wieder oder immer noch?«, ignorierte sie die Anweisung ihres Gemahls. »Wenn ich mir deine Ideen so ansehe, komme ich zu dem Schluss, dass du ständig betrunken sein musst.« Sie hielt ihm die Unterlagen entgegen. »Wie kommst du nur auf diesen Unsinn, Lodrik? Über was sollen meine Kinder später einmal regieren? Bald gehört uns der gesamte Kontinent, doch du wirst ihnen nichts hinterlassen außer ein paar Häusern und Burgen. Keine Macht, nichts.« Der Kabcar stürzte unterdessen das dritte Glas hinunter. »Ich habe mir das alles lange genug angesehen, und ich muss sagen, ich werde deinen Plänen nicht zustimmen.«

Hart knallte das Glas auf den Tisch. »Schweig, Aljascha.« Der Blick des Mannes wurde starr.

Sie hob den Kopf leicht an und legte jenen überheblichen Ausdruck auf ihr hübsches Antlitz, der alle Verachtung gegenüber ihrem Mann zum Ausdruck brachte. »Ich bin die Kabcara, Lodrik. Du wirst dir anhören, was ich zu sagen habe. Wenn du tatsächlich dieses wirre Vorhaben in die Tat umsetzen willst, trenne ich meine Großbaronie ab. Lieber herrsche ich über ein kleines Territorium als über gar nichts.«

»Das geht nicht.« Lodrik musste all seine Beherrschung aufbringen, um sie nicht anzuschreien. *Ausgerechnet jetzt kommt sie mit ihren Sticheleien.* »Alle Länder müssen mitmachen, damit das Vorhaben gelingt. Die Gleichbehandlung ist wichtig.«

»Es wird niemals gelingen!« Sie lachte ihm silberhell ins Gesicht und schleuderte die Blätter hoch in die Luft. »Da, sieh nur! Alles nur Traumgespinste, die bloß in deiner Fantasie existieren. Die Menschen – deine geliebten Untertanen – werden sich einen Dreck um deine Anweisungen scheren.« Ein Luftzug erfasste die Schriftstücke und wirbelte sie im Raum umher. »Es regnet Unsinn, Lodrik. Du wirst scheitern, und unseren Kindern wird nichts bleiben.«

Lodriks blaue Augen blitzten auf. »Weißt du, was ich nicht fassen kann? Dass ich dich wirklich einmal geliebt habe.« Langsam setzte er sich in Bewegung und stellte sich direkt vor sie, die Augen auf ihr Gesicht geheftet. Als Aljascha den Alkoholdunst roch, wandte sie sich angewidert ab. Der Herrscher schnaubte enttäuscht. »Aber du hast mich niemals ins Herz geschlossen. Ein dummer Junge, dessen Macht du anziehend fandest. Deshalb lagst du all die Jahre mit mir im Bett.« Er packte ihr Kinn und zwang sie, ihn anzublicken. Ihre Abscheu hätte offensichtlicher nicht sein können. »Weißt du, dass du nichts Besseres bist als eine Hure? Nur ist deine Bezahlung besser.«

Ihr Schlag erfolgte ansatzlos. Die Wucht ließ seinen Kopf zur Seite schnappen.

Lodrik ließ ihr Kinn los und überlegte kurz. Blaue Blitze glitten an seinen Knöcheln entlang und konzentrierten sich an seinem Siegelring. Dann schlug er mit der geballten Faust zurück, sodass ihre roten Locken durcheinander wirbelten. Fast ohnmächtig brach die Kabcara zusammen.

»Ich lasse mich nicht länger von dir täuschen, Aljascha. Von mir aus soll es wieder so sein wie früher. Geh, du läufige Hündin, und amüsiere dich mit allen Männern, denen du auch nur begegnest. Ich werde dir jede Zärtlichkeit ersparen. Dieser Schlag war die letzte Berührung, die du von mir erhalten hast. Der Lohn für die Falschheit.« Ohne Bedauern stieg Lodrik über sie hinweg und sammelte die zerstreuten Papiere ein. Er hatte sie nicht nummeriert, also musste er sie aus dem Zusammenhang der Worte neu sortieren. Eine Arbeit, die Tage in Anspruch nehmen würde.

Aljascha zog sich stöhnend in die Höhe und tastete nach ihrem Mundwinkel. »Blut!«, schrie sie auf. »Du hast mich geschlagen, dass ich blute!« Sie rannte zum nächsten Spiegel, und ein beinahe animalischer Laut des Leidens entfuhr ihr. Über ihren linken Unterkiefer lief ein roter Riss, den der Siegelring des Kabcar hinterlassen hatte.

In einem Anfall von blinder Wut packte sie die Flasche mit dem Schnaps und warf sie auf den Boden. Das Glas zersplitterte, der hochprozentige Alkohol verteilte sich über die Notizen und verwischte die Tinte. Mit einer triumphalen Geste schleuderte sie eine brennende Kerze hinterher und verließ das Zimmer.

Augenblicklich schossen die Flammen in die Höhen. Verzweifelt versuchte der Kabcar zunächst, das Feuer auszutreten, dann schlug er mit dem Uniformrock auf die Brandherde ein. Schließlich eilten Diener herbei, um ihrem Herrn zu helfen und zu verhindern, dass das Zimmer lichterloh brannte.

Verzweifelt kroch Lodrik am Boden umher, raffte die größtenteils vernichteten Schriftstücke zusammen und schüttelte nur fassungslos den Kopf. *Die Arbeit von Monaten, Jahren einfach in Rauch aufgegangen.* Wie ein Kleinkind hockte er inmitten des Durcheinanders, die Finger und die Kleidung schwarz vom Ruß; letzte Aschereste schwebten durch die Luft und ließen sich auf der Einrichtung nieder.

Er stemmte sich in die Höhe und rannte hinaus in den Garten. Seit langer, langer Zeit war er im Begriff, die Beherrschung zu verlieren. Die angestaute Wut und der Zorn auf seine Gemahlin entluden sich in Furcht erregender Magie, die in allen Farben des Spektrums schillerte.

Lodrik richtete die durchgedrückten Arme auf den Boden. Gleißende Energieströme jagten aus seinen Händen und brannten ein Loch in die Erde. Ein orangefarbener Kreis aus Magie wurde um ihn herum sichtbar, das pulsierende Leuchten nahm an Intensität mehr und mehr zu und schien sich bis zu einem gewissen Punkt aufzuladen.

»Aljascha!«, schrie er voller Abscheu. In einem Funkenregen stob die grelle, blendende Magie auseinander.

In der Hauptstadt des tarpolischen Großreiches bebte die Erde.

Alle Einwohner von Ulsar spürten die anhaltende Erschütterung, die Teller und Besteck zum Klappern und Tanzen brachte. Erst nach einer Weile beruhigte sich der Boden wieder, und das Beben verebbte.

Lodrik schloss die Augen und sammelte sich. Nun, da er seinen Fähigkeiten erlaubt hatte, mit aller Macht zu wirken, fühlte er sich unendlich gefasst und tief befriedigt. Aber die maßlose Enttäuschung über seine Gattin war nicht weniger geworden.

Indessen suchte die Dienerschaft nach ihm, um sich nach seinem Befinden zu erkundigen und ob er das Beben unverletzt überstanden habe.

»Lasst es gut sein«, beruhigte er die Livrierten und kehrte in sein Arbeitszimmer zurück. »Mir ist nichts geschehen.«

»Hoheitlicher Kabcar, es erwartet Euch eine Delegation aus Kensustria«, erinnerte ihn einer der Männer. »Sie wurden unter den strengsten Sicherheitsvorkehrungen eskortiert.«

»Sag ihnen, ich komme in einer halben Stunde. Ich werde mich rasch umziehen und mich dann in den Audienzsaal begeben. Und sag Mortva Bescheid, er soll ebenfalls dabei sein.«

»Soweit ich weiß, unterrichtet er gerade den Tadc«, erklärte der Diener.

»Er ist nicht das Kindermädchen, er ist immer noch mein Konsultant. Um meinen Sohn kann er sich später kümmern.«

In aller Eile zog er sich um und machte sich auf den Weg in den Saal, in dem schon so viele Unterredungen stattgefunden hatten. Die wenigsten waren zu seinen Gunsten verlaufen.

Sein Konsultant war bereits anwesend. Der Platz des Herrschers war frei, daneben saß die Kabcara, das Gesicht hinter einem weißen Schleier verborgen, um die Verletzung zu verbergen.

Ohne sich lange aufzuhalten, ließ sich Lodrik in die Polster sinken und betrachtete die Gesichter der Kensustrianer.

Die beiden Männer, die auf sein Zeichen hin ihm gegenüber Platz nahmen und ihn mit ihrem Gehabe ein wenig an verschreckte Hühner erinnerten, gehörten augenscheinlich nicht zur Kriegerkaste, wie unschwer an den bestickten Roben und ihrem Auftreten zu erkennen war.

»Könnte mir einer der Herrschaften erklären, was Ihr hier wollt?«, begann Lodrik unwirsch.

Der Ältere der beiden erhob sich schüchtern von seinem Platz. »Mein Name ist Ollkas. Und das«, er deutete auf den jüngeren, glatt rasierten Mann mit dem typischen dunkelgrünen Haar der Kensustrianer, »ist mein inzwischen geschätzter Kollege Farron. Wir beide sind Astronomen und beobachten den Sternenhimmel über Ulldart.«

»Sterngucker«, gluckste Aljascha verächtlich.

»Wissenschaftler, hoheitliche Kabcara«, verbesserte Farron mit hochrotem Kopf und stand ebenfalls auf. »Hoheitlicher Kabcar, Ihr müsst wissen, dass Betos zwölf und Ketos einhundertdreiundsechzig Abweichungen in ihrer letzten Konstellation von mehr als einem viertel Grad hatten.«

»Eurem Gesicht und Tonfall nach zu urteilen muss das ja ein äußerst gravierendes Ereignis sein«, meinte der Konsultant, der seine Belustigung über die beiden Gelehrten nicht verbarg. »Es klingt schon ein wenig nach Weltuntergang.«

»Damit sind sie weiter aus ihrer Bahn gewichen und machen Arkas und Tulm Platz«, fuhr Farron aufgeregt fort. »Ihr nennt sie die ›Augen Tzulans‹. Sie kommen immer näher und näher.«

»Es kann mir gewiss niemand nachsagen, dass ich nicht für viele Dinge Interesse zeige, aber dieser Schnelldurchgang in Sachen Sternenkunde ist mir ein wenig zu hoch.« Der Herrscher schaute von dem einen Kensustrianer zum nächsten. »Was wollt Ihr von mir?«

Ollkas wirkte ein wenig hilflos, weil er und sein Begleiter die Dringlichkeit ihres Anliegens offenkundig nicht vermitteln konnten. Er hob den Zeigefinger, griff hinter sich und förderte eine halb eingerissene Karte zu Tage, die er mithilfe von Farron entrollte und umständlich zu glätten versuchte. »Diesen Atlanten des Nachthimmels, die seit Jahrhunderten kaum eine Veränderung erfuhren, mussten wir seit 442 immer wieder Korrekturen aufmalen.« Er deutete hektisch hin und her. »Rote und schwarze Striche zeigen die Planetenverschiebungen an. Wie Ihr seht, sind alle Gestirne in Aufruhr geraten.« Seine Hand fiel auf das Doppelgestirn. »Zentrum der Wanderschaften und des Driftens bilden ohne Zweifel Tulm und Arkas. Das hat sogar so weit geführt, dass die restlichen Sterne die Umrisse eines Gesichts um die Augen gebildet haben.«

Lodrik versuchte, etwas auf der für einen Laien unleserlichen Karte zu erkennen. »Das alles haben wir selbst auch am Himmel gesehen. Dafür brauche ich keine Astronomiemeister aus einem Land, das ich noch erobern werde. Wenn Ihr Euch noch ein wenig geduldet hättet, wäre ich mir Eure Entdeckung in Eurem Observatorium selbst anschauen gekommen.«

»Ja, aber seht Ihr es denn nicht?«, beharrte Farron.

»Nein, Herrschaften, ich sehe es nicht«, gab der Herrscher ungeduldig zurück. »Erklärt es mir bitte.«

Die Kensustrianer wechselten einen schnellen Blick. »Die Veränderungen führen dazu, dass sich nicht nur das Gesicht eines Mannes gebildet hat.« Ollkas nahm eine Schreibfeder zur Hand und zog die Linien nach, die ihm wichtig waren. Es entstand das skizzenhafte Abbild eines Mannes.

»Tzulan«, wisperte Lodrik fasziniert und legte den Kopf ein wenig schief. »Er zeigt sich in seiner vollständigen Gestalt. Und es scheint, als wollte er mit der rechten Hand nach Ulldart greifen. Das sieht doch sehr nett aus.«

Ollkas ließ die Karte fallen. »Als Astronom kann ich mich nur wundern, dass die Schiffskapitäne es nachts überhaupt noch wagen abzulegen. Die Navigation dürfte unter diesen Umständen kaum mehr möglich sein. Auch fürchte ich, dass wir als Auswirkung der Verschiebung in nächster Zeit mit einer Anzahl von Meteoriten zu rechnen haben. Wenn Ihr aber einen guten Astrologen zur Hand habt, hoheitlicher Kabcar, so wird Euch dieser vermutlich großes Unheil voraussagen.« Der Astronomiemeister packte die Karte und hielt sie in die Höhe. »Tzulan greift nach Eurem Reich.«

»Euer Auftritt ist sehr dramatisch. Doch ich gebe nichts mehr auf solche Zeichen, seit sie sich bei mir nicht bewahrheitet haben.« Lodrik zuckte mit den Achseln und bedeutete den Livrierten, den Tee zu kredenzen. »Eine Änderung der Sternenkonstellation bedeutet mir lediglich eine Abwechslung am Himmel, nicht mehr und nicht weniger.«

»Wir waren nur der Meinung, Ihr solltet es wissen«, murmelte Farron beinahe schon als Entschuldigung. »Jemand, der sich nicht so intensiv mit den Sternen beschäftigt wie wir, kann vermutlich unseren Eifer nicht nachvollziehen.«

»In der Tat«, erhob Nesreca die Stimme. »War das alles, oder seid Ihr noch aus einem anderen Grund hierher gekommen?«

Ollkas setzte sich, sein Kollege folgte seinem Beispiel. »Wir sind sozusagen die Unterhändler für sämtliche Kasten Kensustrias, einmal abgesehen von den Kriegern. Als Sprachrohr aller Kensustrianer bitten wir Euch, von einem Angriff auf unser Land abzusehen. Oder es wird ein schreckliches Blutvergießen geben.«

»Also so läuft das.« Die Augen des Kabcar wurden zu Schlitzen. »Zuerst wollt Ihr mir mit dem Märchen vom Sternentzulan Angst einjagen, und anschließend droht Ihr mir. Nein, Ollkas. Ich habe eine Vision von einem neuen Ulldart, und dazu gehört, dass ich vor der

Neuordnung zuerst alle Menschen des Kontinents auf eine gemeinsame Basis bringe.« Aljascha rührte ihm etwas Zucker in den Tee und stellte die Tasse neben ihn. *Falls das ein Friedensangebot sein soll, hättest du es dir sparen können.* »Wenn die Kensustrianer nicht erobert werden wollen, haben sie immer noch die Möglichkeit, den Kontinent zu verlassen.«

»Das wäre eine Lösung, die wir gern in Anspruch nähmen«, nickte der ältere Astronomiemeister. »Wenn Ihr uns Zeit lasst, alle, die sich nicht in einem aussichtslosen Kampf gegen Euch opfern wollen, von Ulldart zu bringen, käme uns das gelegen.«

Verblüfft schaute Lodrik den Mann an. »Ich hatte das eigentlich mehr im Scherz gemeint.«

»Wir nicht.« Farron nahm ein Blatt Papier hervor. »Das ist eine genaue Aufstellung, wie viel Zeit notwendig ist, uns zu evakuieren. Unsere Habe mit eingeschlossen.« Er drehte die Liste so, dass der Herrscher und sein Berater sie lesen konnten.

»Zwei Jahre?«, fragte der Mann mit den silbernen Haaren.

»Unmöglich!« Das Gesicht des Kabcar verdunkelte sich. »So lange will ich nicht warten. Meine Truppen stehen bereit und sind in der Lage, innerhalb eines halben Jahres Eure Streitkräfte zu vernichten, wenn es sein muss. Eure Krieger kämpfen sehr gut, aber meine Erfindungen, die Bombarden, die Präzisionsbüchsen, die Handbomben, all das wird sie rasch mürbe schießen.«

»Täuscht Euch nicht«, warnte Ollkas skeptisch. »Die Ingenieure der Kriegerkaste sind erfinderischer, als Ihr es ahnt. Immerhin haben sie die Bombarden vor Euch erfunden, dass solltet Ihr nicht vergessen.«

»Ein kleiner technischer Vorsprung, den wir inzwischen dreifach überholt haben«, warf Nesreca ein. »Unsere Neuerungen machen Staub aus Euren Festungen. Und Sinureds Macht ist niemand gewachsen, ganz zu schweigen von den exorbitanten magischen Fähigkeiten des Tadc.« Er lehnte sich nach vorn. »Dagegen gibt es kein Mittel, wie Meister Hetrál und die gesamte Besatzung der Festung Windtrutz feststellen durften.«

»Um genau zu sein«, sagte der Kabcar, »verfügen mein Sohn, meine Tochter und ich über diese Eigenschaften. Und wenn Eure Krieger zu verbohrt sind, das zu verstehen, sagt es ihnen. Habt Ihr das Erdbeben vorhin bemerkt? Nun, das war ich.« Nesrecas Augenbrauen schossen in die Höhe, die beiden Kensustrianer fielen vor Entsetzen beinahe von den Stühlen. »Und ich kann noch Schlimmeres bewirken, darauf gebe ich Euch mein Wort.«

Farron räusperte sich. »Wir werden es der Kriegerkaste ausrichten. Aber soweit ich weiß, hat sie unser Heimatland von der Lage bereits in Kenntnis gesetzt. Ich weiß nicht, was ...«

»Du redest zu viel«, befand Ollkas und unterbrach ihn in seiner Erzählung.

»Meinetwegen können sie den gesamten kensustrianischen Götterhimmel zu Hilfe rufen. Es wird sich nichts daran ändern, dass Kensustria in meine Hand gelangt«, sagte Lodrik hart. »Eure Drohungen mit Eurem Heimatland bewirken bei mir nichts. Die Seeblockade steht, und ich lasse alles versenken, was sich gegen meinen Willen meinem Kontinent nähert. Sagt das nur den Kriegern! Wenn sie sich fügen, werden sie bald in einer neuen Form des friedlichen Miteinanders zusammenleben.«

»Ihr kennt unsere Krieger nicht«, erwiderte Ollkas verzweifelt.

»Und Ihr kennt meine Truppen nicht«, hielt Lodrik dagegen. »Wenn Ihr nun bitte gehen würdet.« Unangenehmerweise verspürte er ein Brennen in den Eingeweiden. »Eure Audienz ist beendet.«

Die beiden kensustrianischen Gelehrten erhoben sich verschreckt und verließen im Rückwärtsgang das Audienzzimmer.

»Haben sie das eben getan, weil sie uns zutrauen, dass wir ihnen in den Rücken schießen, oder sollte das die Ehrerbietung vor dem neuen Herrscher Kensustrias sein, der Ihr schon bald sein werdet, Hoher Herr?«, spottete Nesreca.

»Sie werden mir dankbar sein, wenn ich sie von der Unterjochung der Krieger befreie.« Ein heißes Pieken im Magen sorgte dafür, dass der Kabcar zusammenzuckte. *Ich muss etwas gegessen haben, was mir nicht bekommen ist.* »Was machen meine Kinder?«

»Oh, Govan ist in Sachen Magie praktisch unschlagbar geworden. Ich finde es schade, dass Ihr Euer Potenzial so lange verheimlicht habt«, meinte sein Konsultant. »Ein solches Erdbeben erfordert gewaltige Mengen an Magie.« Er schaute zur Kabcara, deren Gesichtsausdruck er hinter dem weißen Gazestoff nicht erkennen konnte. Ihre Körperhaltung erschien ihm etwas verkrampft. »Zvatochna hat ein Talent, das wir beide zufällig entdeckt haben.«

»Ach?« Der Kabcar nahm einen Schluck Tee, um seinen Verdauungsapparat zu beruhigen. Augenblicklich schien flüssiges Feuer durch ihn zu rinnen. Ein erster Verdacht keimte in ihm auf, der ungeheuerlicher nicht sein konnte und den er ganz zu Beginn seines Herrscherdaseins schon einmal gegen seine Cousine und Gemahlin gehegt hatte.

Der Mann mit den silbernen Haaren zauberte ein

Lächeln auf seine Lippen. »Ich glaube, wir haben einen Ersatz für Varèsz gefunden.«

»Dann stellt mir den Mann vor, Vetter.« Lodrik senkte die halb volle Tasse und stellte sie ab. Am Tee selbst schmeckte er nichts Außergewöhnliches. Er konzentrierte sich auf seine geschärften Sinne und glaubte, einen schwachen Geruch von Angst wahrzunehmen, der von seiner Gemahlin ausging.

»Kein Mann, Hoher Herr. Es ist Eure Tochter. Ich dachte es mir beinahe schon, denn ihre rasche Auffassungsgabe ist offensichtlich. Ich brachte ihr vor zwei Tagen das Schachspiel bei, und vorhin hat sie mich bereits geschlagen.« Nesreca legte die Finger zusammen. »Ich habe ihr geraten, doch einmal die Bücher über Taktik und Feldstrategie durchzulesen. Aber leider scheinen diese sie nicht zu fesseln. Ihre Mutter steuert dagegen.«

»Ist das so, Aljascha?«, wollte der Herrscher wissen und legte eine Hand auf den Bauch, als könnte er das Brennen damit lindern.

»Zvatochna soll sich ihr schönes Gesicht nicht ruinieren, was im Lauf einer Schlacht sehr schnell passieren kann«, antwortete sie eisig und schlug den Schleier zurück. Die Narbe an ihrem linken Unterkiefer leuchtete schwach rötlich. »Da, seht, was ein einziger Schlag mit einem Ring verursachen kann.« Ihr Körper bebte. »Meine Schönheit ist dahin, Lodrik. Nicht nur, dass meine Tochter mir den Rang bereits abläuft. Mein eigener Gatte richtet mich zu wie eine Dirne aus der Gosse.«

»Dann geh zu Jamosar und lass dir die Narbe behandeln, solange sie noch heilbar ist«, empfahl er ihr. Wieder zuckte er zusammen, als es einen Stich in ihm tat. Ein leichtes Schwindelgefühl erfasste ihn. Sein Konsultant sah ihn besorgt an.

Die Kabcara sprang auf und warf den Hut zu Boden. »Ich war bereits beim Cerêler«, schrie sie ihn hasserfüllt an. »Er kann nichts weiter tun, weil du deine verdammte Magie eingesetzt hast.« Sie brachte ihr verunstaltetes Antlitz ganz dicht vor seine Augen. »Sie wird bleiben, du Narr. Du hast mich entstellt. Auf ewig.«

Lodrik musste lachen. »Wenn Waljakov noch lebte, wäre er zutiefst befriedigt. So hast du nach Jahren Gleiches mit Gleichem vergolten bekommen.« Die nächste Schmerzwelle rollte heran. Keuchend krümmte er sich zusammen und fiel vom Sitz.

»Noch etwas Tee, mein Gemahl?«, sagte sie gehässig von oben herab und schüttete den letzten Rest ins Gesicht des Liegenden. »Er wurde nur für dich zubereitet. Ich hatte es satt zu warten, bis einem Fanatiker endlich das gelingt, worauf ich seit dem ersten Tag unserer Hochzeit warte. Diese Narbe war zu viel.«

Der heiße Tee lief dem Herrscher in Augen und Nase, wo es sofort zu brennen begann. »Was ist das?«, presste er mühsam hervor. »Elende Giftmischerin! Ich ...«

»Du wunderst dich, weshalb deine Magie dir nicht hilft, ist es nicht so?«, triumphierte sie. »Die Antwort ist ganz einfach: Ich habe dich mit Magie vergiftet.«

Nesreca, der außerhalb von Lodriks Gesichtsfeld saß, wagte ein anerkennendes Nicken. *Jetzt kannst du nur hoffen, dass er wirklich stirbt. Tut er es nicht, werde ich dir gewiss nicht beistehen.*

»Dein Hofcerêler hat mir schon manche Gefälligkeit erwiesen. Er hat einen tödlichen Stoff für mich mit Kräften behandeln lassen, ähnlich wie Heilsteine entstehen. Da deine Magie nichts Gutes bewirken kann, dachte ich mir, dass etwas Gift mit einem Schuss grüner Magie bestimmt tödlich wirken wird.« Aljascha betrachtete ihn. »Und nun schaue ich dir beim Sterben zu.« Sie spuckte ihm ins Gesicht. »Du wirst dein viertes Kind nicht mehr sehen, das schwöre ich dir. Der Thron gehört mir.«

Der Konsultant trug einen schweren Kampf mit sich aus. Stellte er sich nicht auf die Seite des Kabcar, könnte ihm das später – falls Lodrik überlebte – zum Nachteil gereichen. Griff er aber ein und der Herrscher starb trotzdem, wäre Aljaschas Vertrauen dahin.

Dann regle ich das diplomatisch. Er setzte eine Verschwörermiene auf, blinzelte der Kabcara zu und sagte laut: »Ich hole Hilfe, Hoher Herr. Haltet durch!« Mit einem unauffälligen Zeichen gab er der rothaarigen Frau zu verstehen, dass er dies nicht wirklich beabsichtigte, und lief hinaus.

Sie hat Recht, dachte Lodrik dämmrig. *Ich kann nichts Gutes mit meiner Magie bewirken. Es wäre mir nie aufgefallen, hätte sie es nicht ausgesprochen.* Er riss sich zusammen und stemmte sich hoch. *Aber heilen kann ich mich selbst.*

Als er seine Fertigkeiten bündelte, schienen Feuer und Wasser in seinen Innereien aufeinander zu treffen. Fast erwartete er, dass seine Bauchdecke barst und sich die Gedärme auf dem Boden verteilten. Aber nichts dergleichen geschah. Nur seine Körpertemperatur stieg, und der Schweiß brach ihm aus.

»Stirb endlich«, kreischte Aljascha ihn an. »Du wirst nicht weiterleben. Ich bin endlich an der Reihe. Der Kontinent gehört mir. Und ich regiere ihn, wie es mir gefällt.« Sie nahm ein Stilett hervor und rammte es ihrem Gatten in die Seite. Lodrik stöhnte auf. »Ha! Deine Magie versagt.« Noch zweimal stieß sie zu, bis das Blut zu Boden troff.

So wird es nicht enden. Diesen Sieg lasse ich ihr nicht. Mit ungeheurer Willenskraft sammelte er alles an Magie, was er in sich trug. Als seine Gattin wie eine Furie nach seiner Kehle zielte, prallte das Stilett gegen einen unsichtbaren Schild.

»Nein!«, rief sie entsetzt. »So mächtig bist du nicht.« Sie wich zurück, das Stilett fiel klirrend auf den Marmor. »So mächtig darfst du nicht sein!«

»Doch«, sagte er schwach und richtete sich auf. »Du hast mich schon immer unterschätzt. Heute aber ein letztes Mal.« Die Wunden schlossen sich, das Brennen in seinen Innereien erstarb.

Lodrik fühlte sich ermattet, ausgelaugt und miserabel. Doch der Tod hatte ihn nicht bekommen. Zitternd nahm er eine Pistole aus dem Gürtel und richtete sie gegen seine Gemahlin.

Die Tür flog auf, und sein Konsultant stürmte zusammen mit mehreren Dienern in den Raum. Mit einem Blick erfasste er die Situation. »Nehmt die Wahnsinnige fest. Sie hat versucht, den hoheitlichen Kabcar umzubringen.«

Die Livrierten zögerten nicht, sondern ergriffen die Herrscherin, die sich wehrlos ihrem Schicksal ergab.

Der Arm des Herrschers senkte sich nicht; sein Zeigefinger ruckte nach hinten und berührte den Abzug.

Rote Locken wirbelten durcheinander, als das Blei durch sie hindurchfuhr und ein paar Strähnen ausriss. Die Kugel verfehlte Aljaschas Gesicht um die Breite eines Nagels.

»Ich verdamme dich«, sagte Lodrik dumpf. »Kraft meines Amtes als Kabcar verdamme ich dich aus Ulsar.« Die rauchende Mündung senkte sich langsam. »Du hast den Tod verdient, Aljascha Radka Bardri¢. Meine Ärzte werden dich untersuchen, ob du tatsächlich schwanger bist. Stimmt das, verdankst du dem Kind dein Leben und wirst morgen in aller Frühe aus der Hauptstadt gebracht, ohne Aufsehen, ohne Geld, ohne Dienerschaft. Ich werde der Eskorte einen Brief für den Gouverneur in Granburg mitgeben. Er wird angewiesen, dich in der Stadt in einem bescheidenen Haus unter Bewachung festzusetzen.« Auch wenn seine Knie wackelten und sie nachzugeben drohten, Lodrik blieb stehen. Er warf die abgefeuerte Waffe auf den Tisch. »Du erhältst alle Hilfe, die du brauchst. Dir wird ein monatlicher Haushalt von 500 Waslec und eine Dienerin zugebilligt, mehr nicht. Du hast Hausarrest, solange du lebst.« Gleichgültig schaute er in ihre hellgrünen Augen. »All deine Rechte sind hiermit verloren, du bist weder Kabcara noch Vasruca der Großbaronie Kostromo. Das Kind erhält keinerlei Ansprüche auf den Thron. Und du wirst meine Kinder nie wieder sehen. Solltest du jemals einen Fuß außerhalb deines Hauses setzen, werden die Wachen dich erschießen.«

»Du solltest mich besser gleich töten«, zischte sie und warf sich nach vorn. Doch die Diener hielten sie fest. »Ich werde mir etwas ausdenken, Gemahl, das dich zu Fall bringt. Wenn ich den Thron nicht haben kann, sollst du ihn auch nicht haben.«

»Unter diesen Umständen untersage ich dir zusätzlich jeglichen Besuch. Deine Dienerin wird stumm und taub sein und weder lesen noch schreiben können, damit sie für deine Intrigen nicht anfällig ist.« Er nickte zur Tür. »Schafft sie hinaus.«

Nesreca stand plötzlich neben ihm und stützte ihn. »Es hat so kommen müssen, Hoher Herr«, schätzte er leise. *Improvisation ist alles.*

»Ich muss mich ausruhen«, sagte Lodrik schwach. »Berichtet meinen Kindern, was geschehen ist. Keine unnötigen Ausschmückungen, keine Beschönigungen, nur die Wahrheit, Mortva. Der Cerêler soll verhaftet und verhört werden.«

»So soll es geschehen«, sagte der Konsultant ergeben.

»Da wäre noch etwas.« Gestützt von der Dienerschaft, wankte er in Richtung Ausgang. »Lasst den Angriff auf Kensustria auf Eis legen.«

»Bis Eure Tochter sich weiter mit den strategischen Büchern beschäftigt hat?«, vermutete Nesreca beflissen und folgte dem Herrscher.

»Erstens das, und dann muss ich meine Aufzeichnungen über das Zusammenleben aller Völker auf Ulldart überarbeiten. Aljascha hat sie zerstört. Ich werde von vorn beginnen müssen. Besucht mich morgen und berichtet mir.« Mit diesen Worten verschwand er in seinen Gemächern.

»Aber wir könnten den Kontinent doch zuerst in unsere Hand bringen«, rief Nesreca durch die Tür. »Wer weiß, wie viel Zeit der Krieg mit den Grünhaaren in Anspruch nimmt? Arbeitet doch parallel dazu an Euren Dokumenten.«

Die Tür wurde aufgerissen, Lodriks müdes Gesicht erschien. »Möchtet Ihr auch einen Disput mit mir beginnen, Mortva? So ähnlich fing auch der Streit mit Aljascha heute Morgen an. Ich habe jedoch keinen Bedarf an einer Wiederholung der Ereignisse. Oder wollt Ihr meiner einstigen Kabcara nach Granburg folgen?«

Die Tür knallte in den Rahmen, der Luftzug ließ die silbernen Haare des Konsultanten leicht wehen.

Wie vom Donner gerührt stand Nesreca auf dem Korridor. »Na, ganz hervorragend!«, stieß er hervor. *Zuerst dreht dieses Weib durch, und jetzt kommt auch noch der Krieg ins Stocken.* Die Hände auf den Rücken gelegt, stürmte er aufgebracht davon. *Er hat ewig gebraucht, bis er den wirren Unsinn zu Papier gebracht hatte. O Tzulan, wenn er nun wieder so lange benötigt? Vorher leite ich einen Thronwechsel ein.*

Doch zunächst galt es, etwas anderes überprüfen zu lassen. Noch sehr genau erinnerte er sich an die Worte des Offiziers vor den Mauern von Windtrutz. Wenn er sich nicht sehr täuschte, war der Großmeister der eigentliche Held, der unglückseligerweise den brillanten Varèsz getötet hatte. *Wenn ich dafür Beweise finde, ist der Ritter geliefert. Und dann kann ich Hemeròc endlich zu seinem verdienten Spaß kommen lassen.* Seine Laune hob sich ein wenig. *Abgesehen davon bringt es mir eine weitere aldoreelische Klinge.*

Kalisstron, Bardhasdronda, Spätherbst 458 n. S.

Das Boot neigte sich nach Steuerbord, so schwer war das Gewicht des Netzes, das Blafjoll aus dem Wasser zog. Glitzernde Fischleiber zappelten in den prall gefüllten Maschen, die Salzwassertropfen flogen durch die Luft und trafen auch Lorin, der mit einem breiten Grinsen den Fang betrachtete. Beherzt griff er in die dünnen Schnüre und half seinem Freund, das Netz vollständig ins Innere des Bootes zu zerren. Seine eigene Muskelkraft kombinierte er dabei mit etwas Magie, um sich die Arbeit zu erleichtern.

»Ha«, meinte er, »von wegen, dass Kalisstra und Ulldrael sich nicht verstehen. Schau dir das an. Mehr hätte gar nicht hineingepasst.«

»Ja«, nickte der Walfänger und schlug dem Knaben sachte auf die Schulter. »Da wird Kiurikka Augen machen. Wie wird sie das wohl erklären, dass die Süßknollen gedeihen und die Fische zurückgekommen sind?« Vorsichtig balancierte er zum Heck des Bootes, setzte sich auf die Ruderbank und legte sich in die Riemen, um den kleinen Kahn zurück in den Hafen zu bringen. »Die beiden Göttergeschwister scheinen sich ausgezeichnet zu verstehen.«

»Mir fällt ein ganzer Steinbrocken vom Herzen«, lachte Lorin leise, während er die Umrisse der Stadt betrachtete. Die Schlote der Räuchereien qualmten wie selten zuvor, alle Menschen, die auch nur entfernt mit der Fischerei zu tun hatten, hatten Arbeit. Deshalb hielt sich der Junge mit Erlaubnis von Akrar bei Blafjoll auf, der eine tüchtige Hand an Bord gebrauchen konnte. Inzwischen nahm er die Fische fast so schnell aus wie der Walfänger. *Wenn ich jetzt noch den Diamanten aus der Halskette der Priesterin finde, wird alles gut.*

»Was macht denn deine kleine Freundin?«, grinste Blafjoll ihn an.

Lorin schoss die Röte ins Gesicht. »Sie ist nicht meine Freundin«, antwortete er knapp. »Wir verstehen uns nur gut.«

»Ja, ja«, meine Blafjoll vieldeutig. »Die Enkelin von Stápa ist auf dem besten Wege, eine junge Dame zu werden.«

»Wirklich?«, gab Lorin betont beiläufig zurück.

»Das müsste dir doch auffallen, so oft, wie ihr zusammensteckt«, feixte der Kalisstrone, dem die Stichelei Spaß bereitete.

»Im Gegensatz zu den anderen Kindern von Bardhasdronda gibt sie sich eben mit mir ab, das ist auch schon alles«, meinte Lorin leichthin und widmete sich den Fischen, die zu klein und nicht für den Verkauf zu verwenden waren. Lieber gab man sie dem Meer zurück, damit sie wachsen konnten.

»Du treibst dich in letzter Zeit oft außerhalb der Stadt herum«, meinte Blafjoll nach einer Weile. »Du solltest aufpassen, dass du Soini nicht in die Arme läufst. Er lässt keine Gelegenheit aus, sich darüber zu beschweren, dass die Pelzsaison immer schlechter wird, seit du hier bist. Er ist ein schlechter Mensch, aber ein zielsicherer Schütze.«

»Du meinst, er würde mich erschießen?«, fragte der Knabe verblüfft.

»Erinnerst du dich noch an seine Drohung, dass er dir das Fell über die Ohren ziehen will? Wenn er darin eine Möglichkeit sähe, die Zobel und Nerze zurückzuholen, würde er sie wahr machen.«

»Ich bin nur unterwegs, weil ich die Gegend näher erkunden möchte«, erklärte Lorin und deutete hinüber zum nächsten Feuerturm, der auf diese Entfernung wie ein astloser Baum am Rand der Steilklippen wirkte. »Wenn ich da bald meinen Dienst antrete, möchte ich mich auch im Hinterland auskennen. Es wäre doch möglich, dass die Lijoki sich eines Tages von hinten an Bardhasdronda anschleichen.«

»Die Lijoki, mein phantasievoller kleiner Freund, haben in der Vergangenheit eine Stadt nur selten und wenn, dann ausschließlich von See aus angegriffen«, erwiderte Blafjoll, um die Bedenken des Jungen zu zerstreuen. »Und das würde ihnen bei uns schlecht bekommen. Überfälle auf Getreideschiffe, das Setzen von falschen Leuchtzeichen und die Plünderung von Gestrandeten, das ist schon mehr nach ihrem Geschmack. Aber einen offenen Angriff gegen eine befestigte Stadt, nein.« Er stand auf und setzte sich zu ihm. »Du wirst da oben mit Waljakov sitzen und dich zu Tode langweilen, hoffe ich. Und nun leg du dich in die Riemen. Du musst dir noch Muskeln anarbeiten.«

Gehorsam tauschte Lorin den Platz mit dem Kalisstronen und legte sich in die Riemen, dass ihm der Schweiß von der Stirn rann und in seinen blauen Augen brannte. »Ich brauche keine Muskeln. Ich mache bei Akrar nur die Feinarbeit; für alles andere habe ich meine Magie, auch wenn es der griesgrämige Glatzkopf nicht einsehen möchte.«

»Seit wann hat Akrar denn eine Glatze?«, wunderte sich Blafjoll.

»Nein, ich meine doch Waljakov«, keuchte Lorin. »Er mag es nicht, wenn ich meine Kräfte im Kampf einsetze. Aber gegen den Lijoki wäre ich ohne sie bestimmt verloren gewesen. Inzwischen bin ich viel besser geworden.«

»Ich bin gespannt, ob sich Rantsila wirklich an seine Zusage hält, dich auf dem Feuerturm Dienst versehen zu lassen.« Der Waljäger schirmte die Augen gegen das Licht der Sonnen ab und spähte in Richtung der Hafeneinfahrt. »Ganz schön was los. Wir müssen aufpassen, dass wir nicht mit den größeren Schiffen zusammenstoßen.«

Die Ruder hoben sich und verharrten, der Kahn verlor an Fahrt. »Wie meinst du denn das?«, verlangte Lorin eine Erklärung.

»Er ist ein netter, junger Kerl, aber er ist nur der Anführer der Miliz. Wenn Kiurikka die anderen Bewohner entsprechend aufstachelt, wird angesichts zweier Fremdländler, die auf einem Feuerturm über das Wohl der Stadt wachen sollen, nicht eben Begeisterung laut werden.«

»Kalfaffel hat doch sogar selbst den Vorschlag gemacht«, widersprach der Junge gereizt. »Ich habe mich so darauf gefreut, und ich will dieses Amt in ein paar Monaten übernehmen.«

»Ich habe nicht gesagt, dass du es nicht bekommst«,

beruhigte ihn sein Freund. »Zudem hat es Rantsila auf deine große Schwester abgesehen, wenn ich mich nicht sehr täusche. Bei den Geschenken, die er ihr gemacht hat.«

Jetzt musste Lorin lachen und nahm das Rudern wieder auf. »Der arme Arnarvaten weiß gar nicht, was er dagegen unternehmen soll. Seit das Wetter täglich schlechter wird, fürchtet er schon, der Milizionär könne Fatja jeden Abend zum Märchenerzählen zu sich bestellen.«

»Das wäre nicht der schlechteste Trick«, schätzte Blafjoll und steuerte das Boot geschickt durch die Einfahrt an die Mole, an der sein Bootshaus lag.

Zusammen luden sie die Fische in Tragekörbe um und verstauten diese auf einem kleinen Handkarren, mit dem sie ihren Fang zur Räucherei transportierten.

»Das reicht für heute, Lorin«, sagte Blafjoll und entließ den Freund aus der Pflicht. Er nahm ein faustgroßes Stück Walbein hervor und reichte es ihm. »Hier, versuche dich mal daran, wie ich es dir gezeigt habe. Du hast lange genug mit Holz geübt, jetzt ist wertvolleres Material an der Reihe.« Überrascht nahm der Junge das Geschenk an. »Du könnest etwas für deine Kleine schnitzen. Frauen mögen es, wenn Männer sich um sie bemühen.«

Ein weiteres Mal wurde Lorins Kopf so rot wie gekochter Krebs. »Danke schön, Blafjoll.«

»Keine Ursache«, wehrte der Mann ab. »Du hast hart gearbeitet, das ist der Lohn dafür. Und morgen bist du wieder mit dabei.«

Der Knabe rannte los, nahm sich von zu Hause sein Schnitzwerkzeug sowie sein hölzernes Übungsschwert mit und lief zum Stadttor hinaus in Richtung des Waldes, der in knapp einer Stunde Entfernung lag.

Einem ausdauernden Läufer wie ihm machte die Distanz wenig aus. Am Waldrand angelangt, zwängte er sich durch das Unterholz und wich den niedrigen Ästen der Tannen, Kiefern und Fichten aus, um nach einer weiteren halben Stunde zu seinem Lieblingsplatz zu gelangen. Es war eine dick mit Moos bewachsene Steingruppe, die auf einer kleinen Tannenlichtung stand.

Um diese Zeit schienen die Sonnen genau in den Mittelpunkt der freien Fläche und tauchten sie in warmes, weiches Licht. Staub und Pollen flirrten in der trüben Helligkeit, ein leichter Nebelschleier stieg auf, entstanden aus der Wärme und der Feuchtigkeit, die sich in der Nacht zuvor im Moos gesammelt hatte und nun verdampfte.

Vorsichtig machte sich Lorin an den Aufstieg und saß bald auf dem größten der eiförmigen Felsbrocken, der viermal so hoch war wie er. Gedankenversunken begann er mit dem Schnitzen.

Er hätte gegenüber Blafjoll niemals zugegeben, dass er etwas für Jarevrån empfand. Stápas Enkelin mit dem klassischen Aussehen einer Kalisstronin schien die Neugier und die Offenheit ihrer Großmutter geerbt zu haben. Auch schreckte sie nicht vor seinen magischen Fertigkeiten zurück. Ganz im Gegenteil, sie bedauerte außerordentlich, dass sie selbst nicht zu so etwas in der Lage war.

Mit ihr streifte er durch Bardhasdronda und zeigte ihr auch die geheimsten Eckchen und Fleckchen, die er schon seit langem kannte. Bald würde er sie auch zu dieser Stelle im Wald mitnehmen, die er ein wenig als sein kleines Heiligtum ansah. Den fehlenden Spuren nach zu urteilen verirrte sich sonst niemand hierher.

Vielleicht sage ich ihr dann, dass ich sie gern habe, überlegte er. Allein der Gedanke sorgte für Bauchkribbeln, und die Vorstellung, allein mit dem Mädchen zu sein, machte ihn aufgeregt und freudig zugleich.

Währenddessen hatten seine Hände die groben Strukturen eines Fisches aus dem Walbein herausgeformt, und die Späne des harten Materials verteilten sich um ihn herum. Erschrocken zuckte er zusammen, als er unter sich ein unterdrücktes Husten hörte. Wer auch immer die Lichtung betrat, er hatte es sehr geräuschlos getan.

Einer Ahnung folgend, verhielt er sich still und drückte sich ganz flach an den Stein. Er wagte es nicht, sich an den Rand des runden Brockens zu bewegen, denn er wollte keinen Absturz riskieren und auch den Besucher nicht aufmerksam auf sich machen. Alle Sinne aufs Äußerste gespannt, lag er auf der Lauer.

Kurz darauf raschelte es im Unterholz, und vier weitere Männer kamen heraus, die Lorin anhand der Leder- und Pelzkleidung als Jäger einstufte. Nur waren es keine aus Bardhasdronda, also hatten sie eigentlich nichts auf dem Land verloren, das zur Stadt gehörte. Das war eine eherne Regel, an die sich die Jagdgemeinschaften gewöhnlich hielten.

»Gut, dass ihr gekommen seid«, hörte er die Stimme des für ihn unsichtbaren Mannes, die ihm bekannt vorkam. »Wir müssen uns über das Geschäft unterhalten.«

»Deshalb haben wir ja den Weg aus Vekhlathi hierher gemacht«, gab offenbar der Anführer der Fremden zurück. »Dein Auftraggeber möchte etwas gefangen haben?«

»Genau. Und dazu benötige ich eure Hilfe, weil das Vieh einfach zu schlau ist.«

»Und was genau soll das sein?«, wollte der Unbekannte wissen.

»Ein Schwarzwolf, der in diesen Wäldern lebt. Die Bezahlung ist sehr gut.«

Die Jäger sahen sich an. »Ein heiliges Tier? Und wir sollen es töten?«, fragte der Wortführer ungläubig.

»Mein Auftraggeber benötigt es lebend«, kam die Antwort. »Ich bin ehrlich. Allein ein so gefährliches Tier zu fangen ist nicht meine Sache. Lieber gebe ich etwas von dem Lohn ab und bin mir dafür sicher, dass ich es überlebe.«

»Die Hälfte«, verlangte einer der Jäger aus Vekhlathi.

»Ihr bekommt vierzig Teile von dreitausend, denn durch mich seid ihr erst an diesen Auftrag gekommen. Auf weitere Verhandlungen lasse ich mich nicht ein. Die anstehende Winterzeit wird uns den Wolf in die Arme treiben, wenn wir die Jagd geschickt angehen.« Die Fremden berieten sich leise, schließlich willigten sie in die Abmachung ein. »Gut. Dann treffen wir uns in einem Monat genau an dieser Stelle. Der erste Schnee müsste bis dahin gefallen sein. Ihr organisiert die notwendigen Käfige, ich suche die besten Orte aus, an denen man die Fallen aufbauen kann.« Eine Hand reckte sich in Lorins Gesichtsfeld, die einen Zettel an die Männer aus der Nachbarstadt übergab. »Das sind die notwendigen Sachen, die ihr zu besorgen habt. Bei Lieferung erhaltet ihr dann das Geld von mir.«

Der Anführer der Fremden überflog die Zeilen und nickte. »Das sollte machbar sein. Wir werden das Viech schon fangen.«

»Und wenn wir uns dadurch den Zorn Kalisstras zuziehen?«, warf einer der vier unsicher ein.

Ein leises Lachen ertönte. »Wir haben in Bardhasdronda ein paar Fremdländler, denen man alle Schuld in die Schuhe schieben kann. Das mache ich schon die ganze Zeit über.«

Soini! Jetzt erkannte Lorin die Stimme des Kalisstronen unter sich, und seine Finger gruben sich ins Moos.

So ein verfluchter Verräter. *Ich wette, er hat auch den Lijoki gesagt, dass wir die Lieferung mit Getreide erwarten.*

Der grüne Teppich unter ihm geriet in Bewegung, eine ganze Moossode drohte unter seinem Gewicht abzureißen. Unaufhaltsam rutschte er nach links.

»Dass ihr keinem etwas sagen dürft, versteht sich von selbst«, fügte Soini hinzu. »Wir sehen uns in einem Monat wieder. Dann erhaltet ihr eine Anzahlung auf euren Anteil.«

Mit einem knappen Gruß zogen sich die Vekhlathis zurück, während Lorin verzweifelt nach Halt auf dem glatten Stein suchte. Mit Soini wollte er sich unter diesen Umständen nicht anlegen, Magie hin oder her.

Weil er nun etwas schräg hing, sah er den Pelzjäger mit dem Rücken zu sich stehen, der sich eine Pfeife stopfte und umständlich in Brand steckte.

Die rechte Hand des Knaben klammerte sich ins Moos, der Arm zitterte unter der Belastung.

Soini gab einen Laut des Erstaunens von sich und betrachtete den Boden. Langsam ging er in die Hocke, hob etwas auf und hielt es betrachtend vor die Augen. Er hatte einen Walbeinspan gefunden, der von Lorins Schnitzerei stammte.

Er wollte sich gerade umwenden, als ein lang gezogenes Wolfsheulen in nicht allzu großer Entfernung ertönte.

Dem Jäger entfuhr ein Fluch. »Jetzt sollst du nicht hier erscheinen, verdammter Wolf.« Eilig löschte er die Pfeife, nahm den Bogen von der Schulter und einen Pfeil aus dem Köcher, bevor er sich von der Lichtung entfernte.

Im nächsten Augenblick verlor das Moosstück den letzten Halt.

Für Lorin ging es ruckartig abwärts, wie eine Kugel

hüpfte er von Stein zu Stein, bis er endlich im weichen Moos am Fuß der Felsbrocken aufschlug.

Ulldrael und Kalisstra sei es gedankt, dass es eben erst passierte. Grinsend stemmte sich Lorin in die Höhe. *Nun gut. Jetzt haben wir den Verräter.* Wieder hörte er das Heulen eines Wolfes. *Und weil du mich gerettet hast, werde ich dafür sorgen, dass sie dich nicht erwischen. Die Schuld, dass du deinen Pelz lassen musstest, wird uns nicht in die Schuhe geschoben werden, darauf gebe ich dir mein Wort.*

Sein Blick wanderte hinauf zu dem Felsen, von dem er abgerutscht war. Anstelle des grünen Bewuchses zeigte sich nun schwarzes, poliertes Gestein.

Neugierig kletterte der Junge hinauf, um sich den Felsen näher anzusehen. Mithilfe seines Schnitzmessers entfernte er weitere Soden, bis er obenauf eine große Stelle vollständig freigelegt hatte.

Behutsam tastete er den Stein ab. *Scheint so, als hätte man den wirklich glatt geschliffen,* wunderte er sich. Vorsichtig klopfte er mit dem Griff seines Messers dagegen. Zu seinem Erstaunen erklang ein gedämpfter, dunkler Ton.

Lorin war sich nicht sicher, was er nun tun sollte. Auf der einen Seite würden das Abschälen des Mooses und die nackten Steine zwangsläufig die Aufmerksamkeit möglicher Besucher auf sich ziehen. Andererseits wollte er unbedingt herausfinden, was es mit seiner Entdeckung auf sich hatte. Die Wissbegierde siegte.

Mit dem Einsatz des Übungsschwertes gelang es ihm, zügig einen Stein nach dem anderen von dem teppichartigen Moos zu befreien. All die eiförmigen Felsstücke unterschiedlicher Größe zeigten die gleichen Eigenschaften wie der größte von ihnen. Als er gegen den kleinsten schlug, ertönte ein heller Klang, der lange nachhallte.

Schnell fand er heraus, dass man eine bestimmte Anzahl von Tönen anschlagen konnte, die sich variieren ließen, indem man die Fingerspitzen dämpfend auf den Stein legte. Ein wenig Übung, und es würde ihm möglich sein, ganze Lieder zu spielen.

Sollte das hier ein Ort sein, an dem die Kalisstri früher Musik gemacht haben? Er würde Jarevrån nicht eher hierher führen, bis er eine Melodie für sie komponiert hatte. *Damit werde ich sie bestimmt überraschen können. Und es ist mit Sicherheit etwas Einmaliges.*

Als er die Moossoden sah, die sich um die Steine herum türmten, befielen in Zweifel, ob er richtig gehandelt hatte. Doch er vertraute darauf, dass der fallende Schnee seine Tat verbergen würde. Sorgsam schichtete er die Stücke so auf, dass er sie als Treppe benutzen konnte, da er sich nun nicht mehr an dem Bewuchs auf die Steine ziehen konnte.

Er war gerade fertig, als er ein leises Grollen vernahm.

Lorin musste sich nicht umdrehen, um zu wissen, wer da hinter ihm aufgetaucht war. Mit ganz behutsamen Bewegungen kletterte er auf seinen Hochsitz; dann erst wagte er, einen Blick nach unten zu werfen.

Ein neuer Besucher belagerte die Lichtung. Und zwar nicht irgendeiner, sondern ausgerechnet eines der meistgefürchteten Raubtiere in der Gegend von Bardhasdronda.

Der Schwarzwolf, auf den es Soini und seine Kumpane abgesehen hatten, kauerte im Moos und beobachtete den Knaben. Wie den Gamur und den Hornwal betrachteten die Kalisstri das Tier als heilig, da es seine leuchtenden weißen Augen der Legende nach von der Bleichen Göttin höchstselbst erhalten hatte.

Das war dem Jungen im Augenblick jedoch herzlich

gleichgültig. Unpassenderweise erinnerte er sich ausgerechnet jetzt an die Geschichten von Arnarvaten, in denen die Schwarzwölfe äußerst selten eine menschenfreundliche Haltung einnahmen.

»Und was machen wir jetzt, mh?«, fragte Lorin das heilige Tier. »Frisst du mich, oder lässt du mich nach Hause gehen?«

Der Wolf gähnte, legte den Kopf zwischen die Vorderpfoten und machte es sich bequem. Mächtige Muskeln zuckten unter dem dichten Fell. Der Anblick war faszinierend.

»Das wird also eine Belagerung«, schloss der Junge aus dem Verhalten des Wolfs. »Ich sage dir was. Soini und vier andere wollen deinen Pelz, wenn ich sie richtig verstanden habe, also solltest du auf ihn Acht geben. Ich habe mit der Sache nichts zu tun, hörst du?«

Hörbar witterte der Wolf in seine Richtung, die Ohren neugierig aufgestellt.

»Ich tue dir nichts, und du tust mir auch nichts«, verhandelte Lorin, als hätte er es mit einem Menschen zu tun. *Hoffentlich hat es sich nicht herumgesprochen, dass ich den Gamur getötet habe, sonst glaubt mir der Wolf nie.*

Als die Sonnen hinter den Bäumen versanken, wurde es schlagartig eisig und dunkel im Wald. Eine ganze Nacht würde er in dieser Bekleidung wohl nur mit viel Glück ohne größeren Schaden überstehen.

»Ich finde, dass du einen recht friedlichen Eindruck machst«, verkündete Lorin und begann vorsichtig mit dem Abstieg. Das mulmige Gefühl im Bauch verdrängte er, um sich auf seine Kletterpartie konzentrieren zu können. Der Wolf hob den Kopf. »Ich komme jetzt herunter, gehe ganz vorsichtig an dir vorbei und bringe dir das nächste Mal einen Knochen mit.« Seine Füße setzten auf dem Waldboden auf. Wie auf rohen Eiern gehend, schritt er mit pochendem Herzen und einer gehörigen Portion Angst im Nacken über die Lichtung, wobei er absichtlich keinen Blick nach hinten warf, aus Furcht, der Schwarzwolf könne sich dadurch provoziert fühlen.

Kaum hatte er das Unterholz erreicht, spurtete er los. In einer neuen Bestzeit hetzte er durch das Dickicht auf die Straße und weiter nach Bardhasdronda.

Wie ein Wirbelwind stürmte er in den großen Raum des Hausbootes, das erste Wort von seinem Abenteuer bereits auf den Lippen. Beinahe wäre er in die kleine Ansammlung von Gläubigen gerannt, die sich hier eingefunden hatten.

»Oh, Verzeihung, ich wollte nicht stören«, rief Lorin, riss sich die Mütze vom Kopf und drückte sich an der Hand voll Gläubigen vorbei, die sich mehr oder weniger geheim bei Matuc trafen, um Ulldrael mit stillen Gebeten zu ehren. Der Geistliche gestattete mit Rücksicht auf seine junge Gemeinde eine solche leise Art der Verehrung, weil er die Kalisstri nicht den täglichen Anfeindungen ihrer Mitmenschen aussetzen wollte. Aber eines Tages, so sagte er immer wieder, wäre die Zeit der Geheimnistuerei vorüber. Jetzt aber nickte er Lorin freundlich zu und fuhr fort, die Lehren Ulldraels über die Landwirtschaft zu verkünden.

Lorin suchte Fatja, die am Herd in der kleinen Kochnische stand und abwesend in einem Topf rührte. Der Junge warf einen schnellen Blick in das Gefäß. Enttäuscht verzog er das Gesicht. »Seit wann muss man denn kochendes Wasser rühren?«

Fatja schien aus einem Traum aufzuwachen und schaute ihren kleinen Bruder verunsichert an. »Wo habe ich bloß meine Gedanken?«, ärgerte sie sich und streute Teeblätter ins sprudelnde Wasser, schob den

Topf von der Platte und setzte sich. »Das kommt nur wegen euch Männern.«

Lorin feixte und reckte sich. »Hat dir jemand den Kopf verdreht?«

»Fang du auch noch an, kleiner Bruder«, fauchte sie und sprang in die Höhe.

Überrascht machte Lorin einen Schritt rückwärts. »Ich wollte nicht ...«

»Dass das mir passieren muss«, schimpfte Fatja weiter, während sie die aufgequollenen Blätter abgoss und den Tee in Becher füllte. »Es hat die ganzen Jahre so gut ausgesehen, ich habe mich mit ihm wunderbar verstanden, und kein anderer kam für mich infrage.« Wütend warf sie einen Topflappen gegen die Wand. »Und dann kommt dieser Wichtigtuer Rantsila daher und macht mich völlig durcheinander mit seinen Geschenken.« Sie stemmte die Arme in die Seiten und funkelte Lorin an.

»Ich bin nicht Rantsila«, verteidigte er sich rasch, weil er fürchtete, seine Schwester könnte die Wut an ihm auslassen.

»Aber du bist ein Mann«, schnaubte sie, und ihre Augenbrauen zogen sich drohend zusammen. Dann musste sie lachen. »Na ja, fast.« Sie umarmte ihn. »Nein, kleiner Bruder, du kannst nichts dafür. Oh, die Männer mögen verflucht sein.«

»Weiß Arnarvaten denn, dass der Milizionär deine Gunst sucht?«, erkundigte Lorin sich vorsichtig. »Übrigens könntest du bei Rantsila ein gutes Wort für mich einlegen, weil ich doch bald auf den Feuerturm möchte.« Aus ihrer Umarmung wurde ein Würgegriff. »Nein, nein, es war doch nur Spaß«, beeilte er sich zu versichern. Schnell schlüpfte er aus ihren Armen und trug die Becher mit dem heißen Tee nach draußen zu den Gläubigen. Als er in die Küche zurückkehrte, goss Fatja erneut ein.

»Du wolltest doch vorhin irgendetwas erzählen«, meinte sie versöhnlich und reichte ihm einen Becher.

Eifrig nickte Lorin. »Ich war im Wald ...«

»Mit Jarevrån?«, grinste Fatja ihm über den Rand ihres Gefäßes hinweg zu.

»Nein, allein«, gab er schnippisch zurück. »Aber ich habe ...« Der Junge stockte. Er wollte lieber allein für die Aufklärung von Soinis Machenschaften sorgen. Seine Schwester würde sich bestimmt zu einer unpassenden Gelegenheit verplappern, wenn er sie einweihte. Dann würde sich der Milizionär, den er doch beeindrucken wollte, der Sache annehmen. Seinen eigenen Ruhm und die Anerkennung konnte er dann vergessen. »... einen Wolf gesehen«, rettete er den Satz. »Einen Schwarzwolf.« Weit breitete er die Arme aus. »So groß war das Vieh und beinahe so hoch wie ich.«

Erheitert blickte die Schicksalsleserin in seine blauen Augen. »Du hast ihn doch hoffentlich nicht umgebracht? Das wäre ein weiteres heiliges Tier auf deiner Liste. Der Gamur ist allen noch in bester Erinnerung, kleiner Bruder.« Aber sie begriff sehr rasch, dass es Lorin ernst war. »Du hast einem Schwarzwolf gegenübergestanden?«

»Das sage ich doch«, meinte der Knabe. »Aber sie sind gar nicht so gefährlich, wie Arnarvaten und du immer in den Märchen erzählen. Wir haben ein Abkommen getroffen.«

Anerkennend nickte sie. »So lobe ich mir das. Mein kleiner Bruder schließt endlich Freundschaft mit den Wesen der Bleichen Göttin. Wenn du das Kiurikka berichtest, wirst du sofort als Hohepriester eingesetzt.« Fatja stellte die Tasse ab. »Nun aber ohne Flachs. Du solltest den Wald in Zukunft meiden, wenn ein solches Untier sein Unwesen dort treibt. Ich werde den Jägern Bescheid geben. Es wundert mich, dass es noch keiner bemerkt hat.«

Mich nicht. »Ach«, winkte er leichtfertig ab. »Solange ich ihm immer etwas mitbringe, werden wir uns prächtig verstehen. Aber erzähle es bitte niemandem, sonst laufen alle in den Wald und wollen den Wolf sehen.«

Unschlüssig blickte sie ihn an. »Das glaubst du doch selbst nicht. Oder hast du die Kalisstri eine Hand ins Wasser stecken sehen, wenn ein Gamur in der Nähe auftaucht? So weit geht die Verehrung der heiligen Tiere auch wieder nicht, dass man ihnen ein Stück von sich selbst abtritt.« Fatja fuhr ihm über den schwarzen Schopf. »Also gut. Man wird ihn sowieso früher oder später entdecken. Und versprich mir, dass du immer auf einen Baum steigst, sobald du sein Heulen hörst.«

Matuc gesellte sich zu ihnen, die Gläubigen waren gegangen. Ächzend ließ er sich auf einen Stuhl sinken und rieb sich die Stelle am Bein, wo der Stumpf in der Prothese saß. »Es wird ein harter Winter, wenn ich meine Narben so zu mir sprechen höre. Aber dank der Gnade von Kalisstra und Ulldrael dem Gerechten kann es den Menschen in Bardhasdronda gleichgültig sein. Die Süßknolle bietet allen Nahrung.«

Fatja gab dem betagten Mann einen Kuss auf das schüttere graue Haar. »Das hast du gut gemacht.«

»Der Dank gebührt dir gleichermaßen«, erwiderte der Geistliche, fasste ihre Hände und drückte sie. »Wenn du damals den Sack mit den wenigen Knollen nicht gepackt hättest, wäre unser Schicksal anders verlaufen. Der Gerechte hat dir die Jute im rechten Augenblick zwischen die Finger geraten lassen.« Matuc ließ sie los, um den von Lorin dargebotenen Tee anzunehmen. »Und du, junger Mann, tätest gut daran, dich mehr mit Ulldrael zu beschäftigen, als durch die Wälder zu springen. Überlass das den Eichhörnchen. Bald sind die Kalisstri gläubiger als du.« Er strahlte in die Runde. »Neunzehn Männer und Frauen haben sich zu ihm bekannt. Welch ein Erfolg. Noch vor einem Jahr haben sie uns geschmäht.«

»Das Blatt kann sich ganz schnell wenden«, warnte Fatja. »Die Hohepriesterin hat es ja auch erreicht, dass man das Wunder der Süßknollen weniger dem Gerechten als dem Zufall anrechnet.«

»Und Soini gibt uns immer noch die Schuld daran, dass die Pelztiere nicht zu fangen sind«, krähte Lorin dazwischen.

»Die wahren Gläubigen haben die Gnade Ulldraels erkannt«, entgegnete Matuc. »Und sie sind es auch, die mit Hingabe in den beiden Pflanzhäusern die gesetzten Knollen hegen und pflegen. Bardhasdronda wird schon bald so weit sein, dass wir die Erdfrüchte an andere verkaufen können. Nahrung und Reichtum, und das alles nur durch eine einzige Pflanze.« *Und mit der Knolle verbreitet sich ein neuer Glaube.* »Ich sollte sie eigentliche Ulldraelknolle nennen«, überlegte er laut. »Damit streuen wir den Namen des Gerechten bis in die entlegensten Winkel des Kontinents.«

»Und was ist mit dem anderen Land?«, wollte Lorin wissen, zückte sein Schwert und übte ein paar Schläge. »Meiner Heimat? Gehen wir da eines Tages auch wieder hin?«

Matuc und Fatja wechselten einen schnellen Blick.

»Wir sind uns nicht sicher, wann wir mit dir zurückkehren sollen«, gab die Frau zur Antwort. »Wir bekommen kaum Nachricht von Ulldart. Und der Zeitpunkt, tja ...« Sie hob die Achseln. *Eine Vision wäre nicht schlecht.*

»Waljakov hat erzählt, er habe gehört, wie sich zwei Palestaner darüber unterhalten haben, dass sie bald zusammen mit den Truppen des Kabcar ein Land erobern wollen und dann unendliche Reichtümer und Geheimnisse besitzen werden«, teilte er die Neuigkeiten mit.

»Kensustria«, seufzte Matuc und erhob sich, um in den Hauptraum zu wechseln. »Jetzt fallen sogar die Grünhaare unter die Knute deines Vaters. Ich hätte niemals gedacht, dass er es schafft.«

Arnarvaten betrat nach kurzem Anklopfen das Boot und wurde von allen freudig begrüßt. Die Liebkosung von Fatja fiel etwas knapp aus, was er mit einem Stirnrunzeln wahrnahm.

Sie bemerkte ihren Fehler, schaute auf die Dielen, schob sich aus seinen Armen und verschwand in die Küche, um Tee für den Gast zu holen.

Am besorgten Gesicht des Geschichtenerzählers erkannte Lorin, dass der Kalisstrone sehr wohl etwas von dem erahnte, was im Herzen der jungen Frau vorging.

Schon allein deswegen muss ich ihn ein bisschen ablenken, dachte er und stellte sich mit einem gewinnenden Lächeln vor den Mann. »Ich habe eine Frage«, eröffnete er dem Geschichtenerzähler. »Auf dem Markt unterhielten sich zwei Männer darüber, dass im Wald seltsame Steine stehen sollen, die Töne machen, wenn man dagegen schlägt.«

Arnarvaten sah noch einen Augenblick hinüber zur Küche, ehe er aus seinem Mantel schlüpfte und auf einem Stuhl Platz nahm.

»Oh, das ist keine Legende. Sie gibt es wirklich. Irgendwo.« Er tat sich schwer, in die richtige Erzähllaune zu kommen, rutschte auf der Sitzfläche hin und her und ließ den Durchgang zu der Kochnische nicht aus den Augen. »Vor mehr als fünfhundert Jahren entdeckten die Menschen aus Bardhasdronda die ›Klingenden Steine‹ auf einem freien Feld. Und sie entdeckten auch, welche Eigenschaften die merkwürdigen Steine hatten, von denen keiner wusste, wer sie dort abgelegt hatte. Nur die wenigsten konnten ihnen richtige Töne entlocken; bei den meisten schepperte und krachte es nur.« Der Kalisstrone fuhr sich über das Kinnbärtchen. »Irgendwann gab es niemanden mehr, der sie zum Klingen bringen konnte; der Wald wuchs, man vergaß sie. Ende der Geschichte.«

»Du hast keine große Lust heute Abend, Geschichten zu erzählen, was?«, schätzte Lorin.

»Nein, wirklich nicht.« Arnarvaten seufzte und sank in sich zusammen. Dann stand er unsicher auf und langte nach dem Mantel. »Richte deiner Schwester aus, dass ich noch etwas nachlesen muss. Bald steht ein neuer Vortragswettbewerb an. Das kostet Vorbereitung.« Beinahe fluchtartig hastete er zur Tür und riss sie auf. »Bis dann.« Krachend fiel die Tür ins Schloss.

»Ist er weg?«, fragte Fatja aus der Küche, und ihre Stimme klang erstickt.

»Ja. Er muss sich noch auf den Wettbewerb vorbereiten«, gab Lorin die Ausrede des Geschichtenerzählers weiter.

Er hörte, wie seine Schwester leise schluchzte und sich die Nase schnäuzte. Dann klirrten die Tassen, eine davon zerschellte am Boden. Die Scherben flogen bis in den Gemeinschaftsraum.

Lorin half der schniefenden Frau, die Tonsplitter einzusammeln. »Keine Sorge, große Schwester«, meinte er aufmunternd und drückte sie an sich.

»Oh, hört, wie er spricht, der Mann, der schon so viele Abenteuer hinter sich hat, wie Schneeflocken aus dem Himmel fallen«, zog sie ihn gutmütig auf. »Danke für deinen Beistand, kleiner Bruder. Und nun ab ins Bett. Du musst morgen bestimmt wieder mit Blafjoll zum Fischen ausfahren.«

Matuc stand abseits des Geschehens. Erinnerungen an alte Zeiten stiegen bei dem Namen »Kensustria« aus den hintersten Winkeln seines Gedächtnisses auf. Er dachte an die Reise zu dritt, die er vor vielen, vielen Jahren unternommen hatte. Vor sich sah er das Gesicht von »Ritter Aufbraus«, wie er in seiner typisch herablassenden Art »Dankt mir nicht für meine Milde« sagte.

Fast schon gegen seinen Willen kehrte auch die Erinnerung an Belkala zurück. Noch immer wusste er genau, wie sie aussah. So viel war damals geschehen, in Granburg, in Ulsar, das nun in weiter, weiter Ferne lag, beinahe so, als wäre er in einem anderen Leben dort gewesen. Aber der Vergangenheit würde er nicht entfliehen können, zumal sie ihm in Gestalt von Waljakov gefolgt war.

»Ha«, entfuhr es ihm halblaut, »ein halber und ein ganzer Greis, die einen Jungen unterschiedlicher nicht erziehen könnten.«

Matuc trat zum Fenster, stemmte sich gegen die Fensterbank und ließ den Blick über den Himmel schweifen. Die Sterne spiegelten sich schwach in der ruhigen, tiefschwarzen See des Hafenbeckens. Nebel zog auf und umspielte das Hausboot ebenso wie die anderen Schiffe, die an den Molen vertäut lagen.

Ulldrael wird mir ein Zeichen senden, wenn die Zeit zur Rückkehr kommt. Und ich bete inständig, dass ich sie noch erleben darf.

Drei Wochen später war das Land von einer Lage Schnee bedeckt.

Acht Tage lang waren dicke, große Flocken aus den

Wolken gewirbelt; danach sanken die Temperaturen, dass der Atem in der Luft zu feinen Eiswölkchen gefror.

Mensch und Tier suchten die behagliche Wärme in Haus und Stall, etliche wilde Waldbewohner zog es in Richtung der Stadt. Mehr als einmal musste die Wache die Tore schließen, weil sich Bären, angelockt von den Gerüchen, vor den Mauern herumtrieben.

Unter diesen Umständen war es Lorin nur schwer möglich, Ausflüge zu den Klingenden Steinen zu wagen. Aber bis zum Frühjahr wollte er nicht mehr warten, dafür brannte er zu sehr darauf, Jarevrån seine Überraschung zu zeigen.

Zu seiner eigenen Verwunderung stellte er fest, dass der Schnee nicht auf den blanken Steinen liegen blieb. Als wären die eiförmigen, glatten Felsen von innen gewärmt, schmolz jeder weiße Kristall, der sich auf sie senkte. Doch die Oberfläche fühlte sich kalt an, und die Steine schwangen wie immer, wenn er sie mit einem Ast anschlug.

Lorin hatte sich bei seinen beschwerlichen Ausflügen durch den tiefen Schnee seine Gedanken gemacht, weshalb die vergessenen Steine ausgerechnet bei ihm diese wunderschönen Töne erzeugten, anstatt wie in der Vergangenheit entweder ihren Dienst zu verweigern oder die Menschen durch Scheppern in die Flucht zu schlagen. *Ob es mit meiner Magie zusammenhängt, dass ich die Steine klingen lassen kann?*

Eines Abends, kurz bevor er die Lichtung völlig durchgefroren verlassen wollte, kam ihm ein Einfall.

Vorsichtig erteilte er dem größten der Steine mit seinen Fertigkeiten einen leichten Schlag, so als wollte er einen Kieselstein wegschnippen.

Das Resultat war überwältigend. Nicht nur, dass der

Ton klarer und reiner über die waldfreie Fläche hallte, der Stein glomm dunkelblau auf.

»Bei allen Göttern!« Behutsam wiederholte er seinen Versuch und hielt den magischen Reiz auf den Stein aufrecht. Der Ton wurde lauter, je länger er seine Fertigkeiten auf das Gestein einwirken ließ, und das Leuchten intensiver.

Dann wollen wir mal sehen, wie viele ich auf einen Schlag zum Klingen bringen kann. Es bedurfte starker Konzentration, um alle Steine anzusprechen, aber es gelang. Ein wunderschönes, vielstimmiges Konzert hob an, begleitet von einem beruhigenden Schimmern.

Lorin konnte sich des wohligen Schauders, der ihm über den Rücken lief, nicht erwehren. Im Zustand des völligen Hochgefühls machte er sich kurz vor Einbruch der Dämmerung auf den Rückweg. Auch wenn die Sonnen auf halber Strecke verschwunden waren, die reflektierende Schneefläche sorgte dafür, dass es nicht richtig dunkel wurde.

In leichtem Dauerlauf trabte der Knabe auf das verschlossene Stadttor zu und trat in den Schein der aufgestellten Fackeln.

»Wer da?«, rief ein Wächter von oben. »Ach, der kleine Fremdländler ist es.« Der riesige rechte Flügel schwang zurück.

Rantsila erschien in dem breiten Durchgang und winkte Lorin herein. Sein Gesicht wirkte nicht besonders freundlich, die grünen Augen ruhten forschend auf ihm. »Du bist spät dran, Lorin. Was gibt es denn im Wald so Besonderes, dass man sich bis nach Einbruch der Nacht dort herumtreiben muss?«

»Nur ein paar Bäume und hungrige Eichhörnchen«, sagte der Junge flüchtig und wollte schleunigst an dem Milizionär vorüber.

Doch dessen Hand legte sich auf Lorins Schulter. »Komm mit ins Wachhaus.«

»Aber Matuc und Fatja warten«, begehrte er auf.

»Du machst dich nicht bei meiner großen Schwester beliebt, wenn ich ihr sagen muss, dass ich deinetwegen so spät nach Hause komme.«

»Das ist mir egal.« Rantsila schob ihn ins Warme der kleinen Stube, in der sich die Ausrüstung der Wärter befand, die später ihren Dienst versehen würden. Der Mann bugsierte Lorin etwas unsanft auf einen Stuhl, zog die dicke Pelzjacke aus und betrachtete ihn. »Und nun erzähle, was du wirklich da draußen machst.«

»Ich füttere Eichhörnchen und dressiere sie.« Lorin blieb hartnäckig bei seiner Lüge und verschränkte die Arme trotzig vor der Brust; seine Augen wichen Rantsilas forschendem Blick aus. Er wollte das Geheimnis der Klingenden Steine nicht preisgeben. Nicht bevor er es Jarevrån gezeigt hatte.

Der Mann rieb sich nachdenklich den schwarzen Kinnbart. »Du bist sehr oft bei den Eichhörnchen. Die Wachen sagen, dass sie dich mehrmals in der Woche dabei beobachten, wie du Bardhasdronda verlässt.« Rantsila legte den Kopf ein wenig schief und holte Luft. »Wir beide kennen uns, Lorin, und ich würde dir niemals etwas zutrauen, was unsere Stadt in Gefahr bringt. Aber die Wachen werden misstrauisch. Manche vermuten, du würdest dich mit Jägern aus Vekhlathi treffen, um ihnen unsere besten Wildstellen zu zeigen. Die alte Nurna hat sie ganz in der Nähe gesehen, als sie im Wald war, um Feuerholz sammeln.« Gespannt wartete er auf eine Reaktion des Knaben, den er mehr oder weniger einem Verhör unterzog.

Das wird ja immer schöner, dachte Lorin verzweifelt. *Soini macht gemeinsame Sache mit der Nachbarstadt, und ich kassiere die Schelte dafür.* »Unsinn«, erwiderte er knapp. Sein Verstand arbeitete hektisch. Wenn er den Pelzjäger jetzt anschwärzte, hätte er keine Beweise für seine Behauptungen. Dem Wort eines Fremdländlers würde vielleicht Kalfaffel vertrauen, nicht aber der Rest der Stadt, so unbeliebt Soini bei vielen auch war.

»Geht das ein wenig ausführlicher?«, versuchte der Milizionär ihm mehr zu entlocken.

»Völliger Unsinn«, erhöhte Lorin und blickte zur Seite.

»Es kann noch schlimmer kommen«, warnte Rantsila vorsorglich. »Andere nennen die Lijoki in einem Atemzug mit dir. Manche fanden es absonderlich, dass du damals das Signal erst gabst, als die Räuber schon beinahe fertig waren.«

»Jetzt stecke ich auch noch mit denen unter einer Decke? Und sie treffen sich mit mir und den Vekhlathi im Wald? Ist das das Neueste?«, brauste der Junge auf.

»Ich sage doch nur das, was man mir zuträgt«, sagte Rantsila, bemüht, den Zorn des Knaben zu dämpfen.

»Was dir Kiurikka zuträgt, oder?«, konterte Lorin, ein wenig erstaunt über seinen eigenen Mut, so mit dem Befehlshaber der Miliz zu reden. »Sie steckt doch hinter allem, weil sie es nicht ertragen kann, dass Matuc mit seinem Glauben an Ulldrael keinen Schiffbruch mehr erleidet.« Er stand auf. »Ich gehe jetzt nach Hause. Und morgen gehe ich wieder in den Wald und dressiere Eichhörnchen. Und übermorgen auch. Solange es mir passt. Und die hetze ich auf die Stadt.« Aufgebracht ging er zur Tür. »Aber vielleicht schmiede ich zusammen mit den Lijoki geheime Pläne, wie man Bardhasdronda dem Erdboden gleich machen kann. Und die Jäger aus Vekhlathi ziehen den Einwohnern die Haut ab, so haben dann alle etwas davon.«

»Lorin ... Unter diesen Umständen wirst du deinen Posten als Türmler nicht antreten können.« Rantsilas Stimme klang nicht glücklich über die Neuigkeit. »Ich habe mit Kalfaffel gesprochen, und er sieht es genauso. Kein Einwohner Bardhasdrondas hat es gern, dass zwei Fremdländler – von denen manche fürchten, sie könnten mit den Feinden gemeinsame Sache machen – in einem Feuerturm über das Schicksal der Stadt wachen. Es würde die Menschen zu sehr aufregen, wenn du ein Wärter wärest.«

Dem Jungen war, als wiche alles Blut aus seinem Kopf und schösse in den Magen. Die Klinke schon in der Hand, wandte er sich mit bleichem Gesicht um. Allein schon wegen der ungerechten Vorwürfe würde er nun nicht mehr die Wahrheit sagen. »Das ist gemein, Rantsila.«

Der Milizionär sah ihn gleichgültig an und nickte als Zeichen, dass er entlassen war.

Schnell verließ Lorin die Stube, die Enttäuschung ließ ihn verstummen. Als er auf dem Hausboot angekommen war, weinte er heiße Tränen der Wut in sein Kissen, ehe er endlich einschlief.

Tags darauf unterhielt Lorin sich mit Waljakov während seiner Übungsstunden über die Absage, die er von dem Milizionär erhalten hatte. Der kahle Leibwächter grummelte nur etwas in den kurzen silbernen Bart. »Wir werden sehen«, war alles, was aus seinem Mund kam.

Eine knappe Woche später verabredete er sich mit Jarevrån, um sie mit in den Wald zu nehmen. Er hatte ein großes Geheimnis aus seinem Vorhaben gemacht und ließ sich nicht dazu überreden, ihr einen Hinweis auf die Überraschung zu geben, die auf sie wartete.

Proviant nahm er genügend mit, weil er bis zum Eintritt der Dunkelheit mit seiner Vorführung warten wollte.

Lorin staunte nicht schlecht, als sie mit einem Hundeschlitten auftauchte, um ihn abzuholen. Die Konstruktion des Schlittens ermöglichte es, vier Holzräder auszuklappen, mit denen man notfalls und auf kurzen Strecken ohne Schnee über Straßen fahren konnte.

Das Mädchen grinste ihn an, ihre Augen blitzten auf. Dass sie mit dem Fremdländler umherzog, provozierte die Städter, und genau das machte ihr Spaß.

Am Stadttor wurden die Räder unter den Augen der Wächter umgebaut. Auf Metallkufen ging es über den Schnee, Lorin auf dem Sitz, Jarevrån stehend hinter ihm, um die Hunde und das Gefährt nach seinen Anweisungen zu lenken.

Absichtlich führte er sie fern seiner üblichen Route an den Waldrand heran. Sie pflockten die Leinen der Hunde mithilfe von langen Metallhaken im Schnee fest und verschwanden im Unterholz.

Der Knabe kannte sich bestens aus und führte das Mädchen auf Umwegen durch den Wald, um ihr kurz vor dem Ziel die Augen zu verbinden. Sorgsam postierte er sie hinter einer großen Tanne.

»Du wartest hier«, befahl er ihr. »Ich rufe dich dann. Du musst nur einen Schritt machen und dann geradeaus laufen.« Jarevrån nickte zögerlich.

Lorin wollte gerade aus dem Schutz eines überhängenden Astes treten, als auf der anderen Seite der Schneise mehrere mit weißen Pelzen bekleidete Gestalten zwischen den Bäumen hervorkamen.

Augenblicklich wurde er sich seines Fehlers gewahr und huschte zurück unter die Tanne, warf sich zu Boden und zog Jarevrån zu sich herunter.

»Lorin, lass das. Es ist viel zu kalt für so etwas«, protestierte sie leise, aber nicht ganz ernsthaft. »Musste ich deshalb durch den Wald laufen, um neben einer Tanne von dir ...«

Schnell legte er ihr eine Hand auf den Mund. »Bitte, Jarevrån, sei still. Es ist nicht das, wonach es aussieht.«

Sie nahm sich das Tuch von den Augen. »Eigentlich schade«, grinste sie ihn an. »Aber es wäre mir wirklich zu kalt.« Dann wälzte sie sich zur Seite und folgte seinem Blick. »Hoppla! Du hast die Klingenden Steine gefunden?«

»Nicht nur die«, nickte er nach vorn, um sie auf die im Schnee fast nicht erkennbaren Jäger aufmerksam zu machen.

»Vekhlathi!«, kam es über ihre Lippen. »Was haben die denn hier zu suchen?«

Skeptisch schaute der Junge seine Begleiterin von der Seite an. »Sag jetzt nicht, du denkst auch, dass ich ihnen unsere besten Wildstellen zeige.«

»Ach?«, meinte Jarevrån erstaunt. »Sagt man das?«

Lorin entspannte sich. »Ich habe sie belauscht, aber vergessen, dass sie sich heute hier wieder mit ...«

»Soini«, ergänzte das Mädchen verblüfft.

»Woher weißt du das?«

»Weil er eben gerade zu ihnen getreten ist.« Sie deutete auf die baumfreie Fläche. Der Junge richtete seine Aufmerksamkeit nun ebenfalls wieder auf die Lichtung, wo der Mann aus Bardhasdronda mit einer großspurigen Geste seine Kumpane begrüßte. »Begreifst du, was sie vorhaben? Es sieht nicht so aus, als wollten sie nur Hirsche jagen.«

»Sie haben es auf einen Schwarzwolf abgesehen«, erklärte er ihr. »Jemand aus der Stadt hat Soini damit beauftragt, das Tier lebend zu fangen. Und weil er sich nicht allein getraut hat, suchte er sich Helfer aus Vekhlathi, der Feigling.«

Von ihrer Position aus konnten sie nicht hören, was die Männer besprachen. Abwechselnd hielten sie verschiedene Fallen in die Höhe, um sich anscheinend über die Art der Vorrichtungen zu einigen, die man einsetzen konnte, ohne das Raubtier schwer zu verletzen.

Lorin lachte leise. »Das ist alles nur Kinderspielzeug. Der Wolf wird sie einfach zu Eisenspänen zerkauen.«

»Hast du denn schon einen Schwarzwolf gesehen, du Angeber?«, wollte Jarevrån wissen.

»Aber ja«, gab der Junge genüsslich zurück und schielte zur Seite, um ihre Reaktion zu sehen. »Wir haben uns da vorn bei den Steinen getroffen. Ich saß auf dem größten der Felsen, und er belauerte mich.«

»Sicher, Lorin.« Sie griff in den Schnee und bewarf ihn damit. »Kühle deine Phantasie!«

Das puderige Weiß rieselte eiskalt seinen Nacken hinab und verteilte sich in Nase und Ohren. »Lass den Unsinn«, wies er sie zurecht, während er sich die Augen frei wischte. »Sonst bemerken sie uns.«

»Sie sind gegangen«, meldete sie. »Glaube ich zumindest. In den Pelzen sind sie im Schnee so gut wie unsichtbar.« Jarevrån stand vorsichtig auf und pirschte auf die Lichtung; sie sah sich um und gab ihm schließlich mit einem Zeichen zu verstehen, dass die Jäger gegangen waren.

Lorin hörte nicht auf die mahnende Stimme in seinem Innern, die ihm sagte, dass die Männer jederzeit zurückkehren könnten; sein Übermut und die Verliebtheit waren stärker als jede Vernunft. Mit seinen magischen Fertigkeiten zupfte er an einem überhängenden, mit Schnee beladenen Ast, unter dem das Mädchen stand, und ließ die kalte Last auf sie herniederrutschen.

Quiekend versuchte Jarevrån, dem Schnee zu entrinnen, aber der Angriff war zu heimtückisch und zu schnell erfolgt. Weiß von Kopf bis Fuß stand sie neben den Steinen und schnaubte.

Schadenfroh nahm Lorin den Korb und etwas trockenes Holz und folgte ihr. »Das war die Rache für vorhin.«

»Ein bisschen übertrieben«, zitterte Jarevrån und schlang die Arme um sich. »Wenn ich krank werde, stecke ich dich an.«

»Dagegen müssen wir unbedingt etwas tun. Wärme soll helfen.« Mithilfe einer Zunderbüchse und den Ästen entfachte er ein kleines Feuer, das er rasch mit weiteren Holzstücken nährte.

Das Mädchen trat an ihn heran und schmiegte sich an ihn. »Du hast Recht. Wärme tut gut.«

Verunsichert erstarrte Lorin. »Ich meinte das Feuer.«

»Aber das wird nicht ausreichen, fürchte ich«, lächelte sie und legte seinen Arm um sich. »Schon viel besser.«

Steh nicht rum wie ein Idiot, sagte er zu sich selbst. Aber die Nähe zu Jarevrån, von der er in manchen Nächten geträumt hatte, brachte ihn völlig durcheinander. Scheu suchte er den Augenkontakt mit dem Mädchen. »Ich ... ich ... bin nicht besonders ... ich habe keine ... die anderen.«

Die Kalisstronin gab ihm einen schnellen Kuss. »Wolltest du das sagen, Lorin?«, fragte sie ihn erwartungsvoll. Ihr Gesicht hatte sich vor Aufregung ein wenig gerötet.

»Ich glaube, ja«, stimmte er abwesend zu und spürte die Berührung immer noch.

Jarevrån schluckte. »Dann sage ich es noch einmal in aller Deutlichkeit«, raunte sie, drückte die Lippen behutsam auf die seinen und ließ sie lange dort.

»Ja, ja!«, rief er überschwänglich. »Genau das war es!« Er jauchzte vor Glück.

»Nicht so laut«, versuchte sie ihn zu zügeln. »Die anderen ...«

»Warum? Es ist doch keiner hier.« Er umfasste sie, hob sie mehr mit Magie als mit seinen eigenen Körperkräften an und drehte sich ganz schnell um die eigene Achse, dass beiden schwindlig wurde und sie lachend in den weichen Schnee fielen. »Siehst du? Es hat sich niemand beschwert.«

»Wozu auch?«, fragte eine bekannte Stimme hinter ihnen. »Ich fand das Paarungsgehabe eines Fremdländlers lustig.« Erschrocken sprangen die beiden auf und entdeckten Soini, der sie schmierig angrinste. »Na, Zwerg? Was tust du hier? Ist das nicht die falsche Jahreszeit, um die Mädchen von Bardhasdronda zu verführen?«

»Immerhin lassen sie sich von ihnen verführen, aber gewiss nicht von den Dummköpfen, die in der Stadt herumlaufen«, giftete Jarevrån zurück, die grünen Augen erbost zu Schlitzen verengt.

»Dein Vater wird sich freuen, wenn er davon hört«, meinte der Pelzjäger gehässig. »Eine schöne Schande.«

»Verschwinde, Soini«, schaltete sich Lorin ein, dem bewusst wurde, dass er nur sein selbstgemachtes Jagdmesser als Waffe mit sich führte. »Geh und setz dich ins Warme. Aber vergiss nicht, mir die Schuld daran zu geben, dass die Zobel nicht da sind, wo du sitzt.«

Der Pelzjäger zog die Nase hoch und spuckte in den Schnee. »Du erinnerst dich doch hoffentlich an mein Versprechen?« Er näherte sich dem Jungen, der die Kalisstronin zum Schutz hinter sich schob. »Wenn ich innerhalb des Winters nicht wenigstens vier Dutzend von den Viechern fange, weiß ich, wer durch seine

Schmähungen die Bleiche Göttin verärgert hat. Die Fische sind zurück, aber das ist mir herzlich egal.« Er tippte auf seine Kleidung. »Pelze, alles andere zählt für mich nicht.« Er stapfte los, der Schnee knirschte unter seinen Sohlen.

»Versuch es doch mit Ratten«, rief ihm der Junge nach. »Dann kannst du dir selbst das Fell über die Ohren ziehen.«

Soini blieb stehen. Dann nahm er blitzartig den Bogen von der Schulter, legte einen Pfeil auf die Sehne und drehte sich um. Die Spitze des Geschosses zielte auf das Herz des Knaben. »Wer sollte verhindern, dass ich dich jetzt töte, Zwerg?«

»Der Schwarzwolf hinter dir?«, schlug Lorin in einem Geistesblitz vor.

Der Pelzjäger zuckte fluchend herum, um sich der drohenden Gefahr zu stellen. Da rannte der Junge auch schon los und warf sich gegen seinen Rücken. Beide Kontrahenten fielen in den Schnee; der Pfeil schwirrte von der Sehne und verschwand ziellos im Wald.

Doch Soini war wendig. Er zückte ein langes Messer und stieß es dem Jungen aus der Drehung bis zum Heft in das Schultergelenk. »Es macht keinen Unterschied, ob ich dich jetzt oder am Ende des Winters häute.«

Die Schmerzen und die Wut entfachten die magischen Fertigkeiten Lorins von selbst. Ein bläuliches Flimmern legte sich um seine geballten Fäuste, und schon beim ersten Hieb, der Soini am Unterkiefer traf, knackte der Knochen. Die zweite schimmernde Faust brach ihm das Riechorgan so gründlich, dass es fast nicht mehr als solches zu erkennen war, sondern als undefinierbarer, blutender Klumpen mitten im Gesicht des Pelzjägers saß. Die geborstenen Reste des Nasenbeins ragten als Splitter durch die Haut.

Kreischend sprang der Kalisstrone auf und rannte davon, eine Spur roter Tropfen hinter sich her ziehend.

Jarevrån hastete an die Seite des Jungen und starrte auf die klaffende Schulterwunde. »Bei Kalisstra, wir müssen unbedingt zurück. Du verblutest mir sonst noch.«

Mit verzerrtem Antlitz wehrte Lorin sie ab. »Warte kurz«, presste er durch die Zähne hervor und schloss die Augen. Nach einer Weile entspannte sich sein Gesicht.

»Und?«, wollte das besorgte Mädchen wissen. »Los, auf die Beine, sonst bist du in …«

Er legte ihr die Hand auf den Mund und öffnete seine Jacke, um ihr zu zeigen, was er getan hatte. Dampfend stieg die Körperwärme in die Luft. Die Haut war rot vor Blut, doch seine Begleiterin entdeckte nirgends eine Einstichstelle. Fragend schaute sie ihn an.

»Es ist die Magie. Ich heile mich damit selbst.« Vorsichtig schloss er seine Kleidung.

»Aber es hat nicht grün geflimmert, wie es das bei den Cerêlern tut«, wunderte sich Jarevrån und schüttelte sich. »Weißt du, dass ein normaler Mensch wahrscheinlich an der Verletzung gestorben wäre? Was ist das nur für eine Magie, und woher kommt sie?« Sie winkte ab. »Vergiss meine Fragen. Viel wichtiger ist: Hast du Schmerzen? Bist du sicher, dass es dir einigermaßen gut geht?«

»Mir ist nur ein wenig schwindelig«, gestand er. »Man bekommt eben nicht jeden Tag ein Messer in die Schulter.«

Das Mädchen legte alle Scheite in die Flammen, um das Feuer höher brennen zu lassen. Nachdenklich starrte sie in den flackernden Schein. »Was wird Soini wohl meinem Vater erzählen?«

»Er wird Lügen verbreiten. Und nachdem ich ihm die Nase gebrochen habe, habe ich mir seine Feindschaft wohl endgültig zugezogen, egal ob die Zobel kommen oder nicht.« *Er wird mich hassen, wenn ich ihm auch noch die Wolfsjagd vermiese.* Ein böses Grinsen stahl sich auf sein Gesicht.

»Wir sollten zurück«, meinte Jarevrån ein wenig besorgt. »Bitte, ich will meinen Vater gleich die Wahrheit sagen, noch bevor Soini sein Schandmaul öffnen kann.« Sie warf Schnee auf die Flammen, um das Feuer zu löschen. »Bist du mir sehr böse?«

»Nein, es ist mir auch lieber«, log er. »Die Kleidung wird nass, und das Blut klebt wie Harz.« Doch seine Enttäuschung über den raschen Rückzug von der Lichtung konnte er nur schwer verbergen.

Die Kalisstronin spürte die Stimmung des Jungen und schenkte ihm ein bezauberndes Lächeln. »Es war eine sehr schöne Überraschung, dass du mir die Klingenden Steine gezeigt hast. Ich denke, es weiß sonst niemand in der Stadt davon, mal abgesehen von dem Idioten Soini.«

Eigentlich hatte Lorin warten wollen, bis es noch dunkler geworden war. Aber er musste ihr seine Entdeckung zeigen. »Dreh dich um und schau auf die Steine«, bat er sie.

Sie sah ihn spitzbübisch an und kam seiner Aufforderung langsam nach. »Ja, und?«

Er begann die Melodie mit dem dunkelsten Ton, den er erzeugen konnte. Kaum verebbte dieser, brandete eine Symphonie aus Licht und Tönen auf und jagte einen Schauer der Faszination über die Körper der beiden jungen Menschen.

Lorin konnte nicht sagen, wie lange er die magischen Ströme aufrechterhielt, um das unbeschreibliche Erlebnis für Jarevråns Augen und Ohren möglichst ausgiebig zu gestalten. Aber irgendwann entglitten ihm die Ströme, und in einem letzten Ton und mit einem immer schwächer werdenden Glimmen des kleinsten Steines endete das Konzert.

Die Kalisstronin wandte sich mit großer Überwindung von der Gesteinsformation ab, ihr Gesicht drückte unglaubliche Freude und Rührung aus. Zum Dank gab sie dem Jungen, der sich geistig völlig verausgabt hatte, einen gefühlvollen Kuss. Dann nahm sie ihn bei der Hand und lief schweigend mit ihm zurück zum Schlitten.

Obwohl sie die Strecke zurücklegten, ohne ein Wort zu wechseln, fühlte Lorin sich Jarevrån so unsagbar nah wie noch nie zuvor.

Endlich erreichten sie den Hundeschlitten. Lorin saß nicht einmal richtig auf dem Sitz, da verfiel er in einen dämmerigen Halbschlaf, in dem er die Reise nach Bardhasdronda wie im Traum erlebte.

»Hast du den Schwarzwolf gesehen, der am Waldrand stand? Ich hatte den Eindruck, als hätte er auch zugehört«, sagte Jarevrån, als sie das Stadttor erreichten. »Und das Seltsamste ist: Ich verspürte keine Angst. Alles war so friedlich.«

Der Knabe konnte nur nicken. Mit Mühe schaffte er es, sich aus dem Sitz zu wuchten, während das Mädchen das Gefährt für die Stadt umbaute.

Vor dem Hausboot angekommen, half sie ihm beim Aufstehen und umarmte ihn innig.

»So etwas Schönes hat kein Kalisstri seit mehr als beinahe tausend Jahren mehr erlebt«, raunte sie ihm zu, bevor sie ihn losließ. »Magie ist etwas Wundervolles.«

Ein wenig verlegen zog Lorin die Nase hoch. »Das

war noch gar nichts. Warte, bis ich mich richtig gut mit den Steinen verstehe.«

»Kuriere dich erst einmal aus.« Jarevrån schwang sich auf den Schlitten, winkte ihm und verschwand bald zwischen den Gebäuden des Hafens.

Ein wenig wackelig auf den Beinen betrat er die Planken des Hausbootes. In Gedanken hörte er immer noch das Lied der Klingenden Steine.

Damit er keine unbequemen Fragen beantworten musste, schlich er sich am schnarchenden Matuc vorbei und zog sich die blutigen Kleider aus, um sie in einer mit Salzwasser gefüllten Schale einzuweichen.

Behutsam wusch er sich und betastete die nackte Stelle, an der Soinis langes Jagdmesser in die Schulter eingedrungen war. Ein sanftes Brennen und eine trockene Kruste verkündeten ihm, dass der Heilungsprozess noch nicht vollständig abgeschlossen war. *Je stärker die Verletzung, desto schwieriger wird es also für die Magie,* sagte er sich. *Nur schade, dass ich niemanden heilen kann.*

Er hatte den Wolf nicht bemerkt, die Steuerung der Steine hatte ihn zu sehr in Anspruch genommen. Aber Lorin sah es als gutes Zeichen, dass ein heiliges Tier der Bleichen Göttin sich nicht Hals über Kopf auf ihn warf und ihn verschlingen wollte. Von nun an würde er noch öfter in den Wald gehen, um die Fallen der Pelzjäger zu sabotieren, ganz gleich, was Rantsila und die anderen von ihm dachten.

Die können mir alle gestohlen bleiben. Sollen sie doch sehen, wer auf die Stadt aufpasst, sagte er sich, drehte sich in seinem Bett auf die Seite und zog die Decke über sich.

III.

Die Seherin begleitete den Zweifler und traf die Mutter des Seskahin. Das Schicksal führte sie zusammen und wollte, dass sie die Geschicke der Mutter des Seskahin erkundete.

›Ich sah ein Schiff, einen Sturm und unbekannte Schiffe, die ein anderes angriffen. Ich sah Euch, wie Ihr in einer kargen Hütte saßt, zusammen mit Matuc. Er kümmerte sich um ein Kind.‹ Und die Seherin deutete auf den Bauch mit dem ungeborenen Leben darin. ›Dieses Kind. Das Kind des Kabcar.‹«

BUCH DER SEHERIN
Kapitel XI

Kontinent Ulldart, Meddohâr, Südostküste Kensustrias, Winter 458 n. S.

Exquisit, ganz exquisit«, lobte Perdór leise. »Vanille, zartbittere Schokoladenstückchen«, erriet er die Zutaten des kleinen Törtchens, das ihm zum heißen, mit Sahne dekorierten Kakao gereicht worden war. Genussvoll biss er ab und stieß auf die Johannisbeermarmelade, die sich im Inneren befand. Er verdrehte glücklich die Augen. »Ich werde gleich ohnmächtig, Fiorell! Die feinschmeckerische Verzückung überwältigt mich.« Er wandte sich zu einem seiner Diener, die er aus Ilfaris mitgebracht hatte. »Woher stammt diese Rezeptur?«

»Soweit ich weiß, hat der Koch eine alte Sammlung einer Vielzahl solchen Kleingebäcks ausfindig gemacht«, erstattete der Livrierte Bericht. »Die Verfasserin des Büchleins trägt den seltsamen Namen Tann'i Linde.«

»So seltsam ist der Name nun auch wieder nicht. Klingt höchstens ein wenig nach Wald. Vermutlich ist sie ein echtes Naturkind.« Der schlanke Hofnarr, der sein Rautentrikot gegen bunte, aber nicht weniger auffällige Kleidung ausgetauscht hatte, beobachtete seinen Herrn. »Ihr stopft die Süßigkeiten in Euch hinein, dass es an ein Wunder grenzt, wenn die Konditoren mit dem Nachschub nicht in Verzug geraten.«

»Jeder trauert auf eine andere Weise«, gab der ilfaritische König zurück, das Kauen wurde langsamer. »Meister Hetrál liegt irgendwo zusammen mit meinen Männern und den Resten der Festung am Eispass, mein Reich wird Schritt für Schritt von den Truppen des Kabcar erobert ...« Weit öffnete sich die königliche

Mund und verschlang das halbe Törtchen mit einem einzigen Bissen.

»Und Ihr habt mir einst zum Vorwurf gemacht, ich würde alles in mich hineinstopfen.« Fiorell schüttelte den Kopf.

»Das waren andere Zeiten«, nuschelte Perdór, der den Einspruch nicht gelten lassen wollte. »Ich sitze im Exil und kann nur darauf vertrauen, dass die Kensustrianer ihr eigenes Land verteidigen. Die Angorjaner haben jedenfalls nicht viel getaugt und sind schneller zurückgewichen, als die Tarpoler angreifen konnten.« Seufzend fischte er ein weiteres der Gebäckstücke vom Tablett. »Aber wozu hätten sie auch kämpfen sollen? Tersion ist schon lange in der Hand des Kabcar.«

Fiorell nahm sich ebenfalls ein Törtchen und betrachtete es, als lägen die Lösungen aller Probleme zwischen schwarzen Vanillekörnchen und dunkelbraunen Schokoladenstückchen versteckt. »Und selbst wenn es ihnen gelingt, die erste Welle des Großreichs abzuhalten, was kommt danach? Sich auf den Nachschub aus dem Heimatland zu verlassen, wo immer es auch liegen möge, ist keine besonders kluge Taktik gegen einen Feind, der über weitaus mehr Möglichkeiten verfügt.«

Gequält verzog Perdór das Gesicht. »Wenn mir jemand gesagt hätte, dass es der Herrscher fertig bringt, die Schwarze Flotte mit seinen Geschützträgern zu versenken, ich hätte ihm ins Gesicht gelacht.«

»Sicher ist, dass nichts und niemand durch die Blockade bricht, die Bardriç um Kensustria gezogen hat«, fasste Fiorell die Tatsachen zusammen. »Wenn er die Palestaner nicht auf seiner Seite hätte, wäre ihm das niemals geglückt.«

Als der ilfaritische Herrscher die Zähne in sein Törtchen schlug, entfuhr ihm ein Laut der Überraschung.

»Sieh nur, sie haben eine Nougatpraline in die Mitte eingebacken.« Er hielt das abgebissene Stück seinem Hofnarren hin. Dabei löste sich ein Stückchen Teig und plumpste in die Tasse, wo es neben einem Klumpen Sahne einschlug. Kurz darauf tauchte es auf der anderen Seite des kleinen weißen Berges auf, bevor es sich voll saugte und versank.

Schweigend hatten die beiden Männer das triviale Schauspiel verfolgt, dann hoben sie gleichzeitig die Köpfe und schauten sich an.

»Denkst du das Gleiche wie ich?«, erkundigte sich Perdór.

»Ich kann nicht den ganzen Tag über nur Essen im Sinn haben«, grinste Fiorell. »Aber wenn Ihr das Aufsehen erregende Geschehen in Eurer Tasse meintet, Majestät, ich glaube, ja.«

Probehalber warf der Herrscher ein zweites Stückchen Teig in den Kakao, um das Experiment zu wiederholen. Es gelang. »Man müsste also auf die Schnelle ein Fahrzeug entwickeln, das unter den Feinden durchtaucht«, überlegte er halblaut und schob sich den Rest des Törtchens in den Mund. »Dann könnte man ganz bequem ihre Schiffsrümpfe anbohren, sie versenken und mit einem Konvoi ihre Linie durchbrechen. Oder sie alle der Reihe nach versenken. Sie schwimmen ja wie die Enten auf dem Teich; es müsste ein Leichtes sein, sie alle zu erwischen.« Gedankenverloren spielte er mit seinen grauen Bartlocken und ließ die gedrehten Strähnen auf und ab hüpfen.

»Auch wenn ich denke, dass die Ingenieure der Kriegerkaste schon lange auf diese Ideen gekommen sind, vorschlagen sollte man es Moolpár unbedingt.« Fiorells Gesicht zeigte erste Spuren von leichter Zuversicht. »Vorausgesetzt, es ist noch nicht zu spät.«

»Wir sollten uns gleich auf den Weg zu ihm machen«, beschloss der gewichtige König und erhob sich. »Dabei kann ich noch einmal einen Blick auf die wunderbare Architektur von Meddohâr werfen. Wenn dieser Krieg zu Ende ist, möchte ich auch ein paar solcher Bauwerke in meinem Land haben.«

Fiorell kippte mitsamt dem Stuhl nach hinten, rollte sich ab, drückte sich in den Handstand und stellte sich dann ganz langsam hin. »Den Architekten möchte ich sehen, der nicht aus Kensustria stammt und Euch diese seltsam anmutende Pacht baut, ohne dass sie nach drei Tagen in sich zusammenbricht.«

»Kannst du nicht mehr aufstehen wie ein normaler Mensch?«, wunderte sich Perdór.

»Ich könnte schon, aber ich will nicht.« Fiorell bleckte die Zähne. »Der Unterschied ist, dass Ihr es nicht könntet, selbst wenn Ihr wolltet.« Er warf sich auf den Rücken und imitierte das mögliche Verhalten seines Herrn. »Zu Hilfe, zu Hilfe! Ich kann mich nicht mehr bewegen.« Ansatzlos federte er in die Höhe. »Wie ein pummeliger Maikäfer würdet Ihr herumrollen, Majestät.«

»Die Törtchen sind mir zu schade, um sie nach dir zu werfen«, knurrte der ilfaritische Herrscher böse und watschelte zum Ausgang. Ein lachender Fiorell folgte mit gebührend Abstand, um nicht nachträglich das Opfer eines Racheaktes zu werden.

Der Anblick von Meddohâr fesselte den rundlichen König jedes Mal aufs Neue.

Die Kensustrianer hatten so manche Bauwerke erschaffen, die scheinbar jeglichen Naturgesetzen zu widersprechen schienen.

Mächtige, massive Obergeschosse, die von filigranen Säulen getragen wurden, gehörten zu den kleineren

Beweisen überlegener Architekturkunst der »Grünhaare«. Farbenfrohe Mauern, erbaut aus unterschiedlich bunten Steinen, bildeten den Kontrast zu weißen und schwarzen Wänden. Eine einheitliche gestalterische Linie gab es selten, und dennoch favorisierten die Kensustrianer mehrstöckige quadratische Wohnhäuser mit hellen Flachdächern, um die Hitze der Sonnen zu reflektieren. Zwischen den Stockwerken spannten sich Brücken, die mehrere Häuser miteinander verbanden. Was Perdór beim ersten Betrachten für Aquädukte gehalten hatte, entpuppte sich bei näherem Hinsehen als mehrstöckig angeordnete Geh- und Fahrwege, die Meddohâr zu einer Stadt mit mehreren Ebenen werden ließen.

Am absonderlichsten und gewagtesten stellten sich die Tempeldistrikte des Volkes dar, das erst im Jahre 66 nach Sinured auf Ulldart angekommen war. Sechsundfünfzig verschiedene Kultstätten zählte Perdór, eine prächtiger bemalt und gestaltet als die andere. Atemberaubende Fresken, Statuen und Malereien, die Einbeziehung von Wasserspielen und Pflanzen – nichts war den Erbauern unmöglich.

Manche der Innenhöfe glichen üppig blühenden Gärten, andernorts hatte man künstliche Wasserfälle angelegt, und wiederum andere Heiligtümer zierten mit Spiegeln, Diamanten oder Edelsteinen gepflasterte Arkaden, die sich beim richtigen Stand der Sonnen in ein überdimensionales Kaleidoskop verwandelten.

Perdór kam sich inmitten der Pracht vor wie ein staunendes Kind, so verschiedenartig präsentierte sich ihm das Land, das in unmittelbarer Nachbarschaft zu seinem eigenen Territorium lag.

»Wir hätten schon viel früher längere Reisen durch diese wunderschöne Land machen sollen«, sagte der ilfaritische König bedauernd, als er auf der obersten Stufe der breiten weißen Treppe stand und den Blick über Meddohâr schweifen ließ.

»Vor ein paar Jahren hätte Euch das allerdings noch den Kopf gekostet«, erinnerte Fiorell ihn, denn die Kriegerkaste war Fremden gegenüber einst weniger aufgeschlossen. »Danach kamen die Priester, und nun regiert wieder das Schwert über das Land.« Er begann mit dem Abstieg der steilen Stufen. »Aber sie haben gelernt, oder?«

»In der Tat«, bestätigte Perdór lächelnd, als er an die Eigenarten der Kämpfer dachte. »Sie warten nun immerhin ab, bis man den ersten Satz gesprochen hat, bevor sie zuschlagen.« Gemächlich kletterte er hinab, weil er aufgrund seiner geringen Körpergröße und der kurzen Beine leichte Schwierigkeiten hatte, die auf kensustrianische Kriegermaße ausgelegte Treppe zu begehen. »Aber den Flüchtlingen gegenüber haben sie sich sehr großzügig verhalten.« Er stakste mehr, als dass er majestätisch schritt, was seinen Hofnarren, der schon lange am Fuß der Treppe angelangt war, zu einem unverhohlenen Grinsen veranlasste.

»Eine Gams ist ein tölpelhaftes Schaf gegen Euch«, begrüßte er ihn.

»Diese verdammten Stufen«, schimpfte der Herrscher und schaute missmutig zurück. »Wenn ich bedenke, dass ich da wieder hinauf muss.«

»Erinnert Euch an die Törtchen, die Ihr zurückgelassen habt«, empfahl der Spaßmacher. »Dann werdet Ihr vermutlich vor mir oben ankommen.« Er winkte einem der bereitstehenden Gefährte zu, die von den Untersten des Kastensystems, den Unfreien, gezogen wurden.

Jeweils zwei Leute standen bereit, um die kleinen

einachsigen Kutschen, »Sharik« genannt, in leichtem Trab vorwärts zu bewegen. Perdór hatte darauf bestanden, dass er während seines Exils keinerlei herausragende Privilegien erhielt, außer einem eigenen kleinen Häuschen mit großer Küche. Ansonsten bewegte sich der Herrscher von Ilfaris in Meddohâr wie alle anderen Kensustrianer auch, und die schnellste und einfachste Methode, in den voll gestopften Straßen sein Ziel zu erreichen, waren diese Karren.

»Wie wäre es, wenn Ihr einmal mit den beiden Kerlen tauschen und das Gefährt ein wenig ziehen würdet?«, schlug Fiorell vor, verschränkte die Arme hinter dem Kopf und lehnte sich zurück. »Es würde Eurer Figur gewiss gut tun.«

»Das ist eine hervorragende Idee«, nickte Perdór. »Ich werde das gern tun.« Er rückte sein leichtes, helles Wams zurecht, genoss den Fahrtwind, der ein wenig Abkühlung verschaffte, und bewunderte die Bauten, die sie recht zügig passierten. »Aber nur, wenn du dich in die Speichen des Rades flechten lässt. Dann ziehe ich die Sharik rund um Meddohâr, lieber Fiorell. Du wärst überrascht, welche Ausdauer ich hätte.« Der Hofnarr lehnte dankend ab.

Die Einwohner der Stadt kümmerten sich nicht sonderlich um das merkwürdige Gespann, das sich durch die Straßen kutschieren ließ. Der König fühlte sich in seinem Eindruck bestätigt, dass einzig und allein die Kriegerkaste die fremdenfeindlichen Zeitgenossen des Landes aufbot.

Die Sharik hielt vor einer Pforte an, die angesichts der Mauer, in die sie eingebettet war, eher wie ein Mauseloch denn wie ein Einlass wirkte, durch den zwei Mann nebeneinander eintreten konnten.

Nach einem kräftigen Klopfen und einer kurzen

Wartezeit wurden Perdór und Fiorell von einer Eskorte ins Innere der Festung gebracht, die den Hauptsitz der Kriegerkaste in Meddohâr darstellte und in der der »König« der Kensustrianer residierte. Der ilfaritische Herrscher hatte inzwischen verstanden, dass diese Bezeichnung nur bedingt zutraf, doch es gab keine angemessene Übersetzung für den kensustrianischen Titel in Ulldart. Auch die Rechte und Pflichten des hiesigen »Königs« unterschieden sich weit von denen eines Amtskollegen eines anderen ulldartischen Reiches.

Daher war auch der Begriff »Königreich« nur teilweise zutreffend. Der Mann symbolisierte die Kriegerkaste und leitete die Geschicke des gesamten Reiches. Dennoch war es legitim, wenn die anderen Kasten, abgesehen von den Unfreien, ebenfalls Verhandlungen mit anderen Reichen aufnahmen. Den Anweisungen des »Königs« mussten sich im Zweifelsfall jedoch alle unterwerfen.

Da in einer Zeit wie dieser das Wissen der Krieger so notwendig wie wohl noch nie in der Geschichte Kensustrias war, gab es keinerlei Reibungspunkte innerhalb des gesellschaftlichen Miteinanders – was schon einmal anders gewesen sein musste, wie Perdór aus Andeutungen von Moolpár herausgehört hatte. Dabei fiel ihm ein, dass die Krieger schon einmal als Retter des Kontinents fungiert hatten. Im Jahre 135 nach Sinured hatten sie einen K'Tar Tur namens Braggand vernichtet, der sich Ulldart hatte aneignen wollen. Nun setzte man ähnliche Hoffnungen in sie, nur dass die Vorzeichen diesmal wesentlich ungünstiger standen als damals.

Die Krieger hielten vor einer weiteren Pforte an, an der man sich bücken musste, um hindurchzugelangen. Der Raum dahinter war klein und leicht mit ein paar

Mann zu verteidigen. Danach folgte ein enger Gang, durch den nur eine Person schreiten konnte. Andere Eingänge ins Herz der Bastion gab es nicht, Effektivität ging über Etikette. Mögliche Angreifer erhielten gar keine Gelegenheit, die Festung ebenerdig in einem Sturmangriff zu nehmen, und der Weg über die Mauern wäre verlustreich.

Bei der letzten Pforte mussten Perdór und Fiorell beinahe auf Händen und Füßen rutschen. Dann passierten sie einen letzten schmalen Gang und standen endlich in einer großen, hohen Halle, die wohl als Versammlungsort der Kaste gedacht war.

Licht fiel durch schießschartengroße, bunte Glasfenster herein, ein paar Kohlebecken und Petroleumfackeln verbreiteten einen warmen Schein. Säulen ragten bis zur Decke hinauf und trugen das schwarze Kuppeldach.

In der Mitte der Halle erhob sich ein langes, mannshohes Steinrechteck, zu dem Stufen hinaufführten. Dort oben saßen neun Kriegerinnen und zehn Krieger, die Beine übereinander geschlagen, die Augen geschlossen und scheinbar in Trance versunken.

Sie waren noch größer als alle den Ilfariten bekannten Kensustrianer. Ihre Rüstungen unterschieden sich sichtlich von denen der Eskorte und der von Moolpár oder Vyvú ail Ra'az. Sie wirkten aufwändiger gestaltet, bestanden weitestgehend aus einem schimmernden, nachtgrünen Metall und zeigten keine der üblichen Holz- und Lederkomponenten. Auf der Brustseite aller Panzerungen prangten goldene Intarsien in einem fremdartigen Muster. Jeweils zwei Schwerter lagen vor ihnen, deren Schneiden in der Hülle nach unten zeigten. Ein unscheinbarer Stab ruhte hinter ihnen am Boden.

Einer der Kensustrianer wandte den Kopf den Ankömmlingen zu und bedeutete ihnen, nach oben zu kommen.

Zögerlich und äußerst beeindruckt von der gesamten Szenerie, folgten der König und sein Narr der Aufforderung. Die übrigen Kämpfer veränderten ihre Haltung nicht, sie schienen keinerlei Notiz zu nehmen. Aus der Nähe erkannten die beiden Ilfariten, dass die dunkelgrünen, offen getragenen Haare der Krieger von schwarzen Strähnen durchzogen waren.

»Setzt Euch.« Der Kensustrianer deutete auf die beiden Kissen, die in der Mitte der Steinplatten lagen. Seine Stimme klang voll und tief. Perdór erkannte, dass das Rechteck ein einziges Mosaik bildete, das wohl religiöse Symbole und Zeichen darstellte. »Ich bin Tobáar ail S'Diapán. Es freut mich, den Herrscher von Ilfaris von Angesicht zu Angesicht kennen zu lernen.« Die bernsteinfarbenen Augen waren von einem sanften inneren Feuer erhellt und lenkten ein wenig von den gefährlich aussehenden Eckzähnen ab, die dem König Respekt einflößten.

Moolpárs Exemplare waren weitaus weniger gefährlich, bildete er sich ein. Amüsiert bemerkte er, dass auch die unerschütterlich frohe Natur seines Hofnarren in dieser recht düsteren Umgebung einen Dämpfer erhalten hatte. *Werden sie nicht im Norden des Kontinents für Vampire gehalten?* Ihn überlief ein Schauder. *Wenn auch nur ein Tarpoler oder Borasgotaner in diesen Mauern säße, er würde schreiend das Weite suchen und alle Götter um Beistand bitten.* Perdór deutete eine Verbeugung an. »Auch ich fühle mich geehrt, mich mit Euch zu unterhalten. Soweit ich weiß, bin ich das erste Staatsoberhaupt Ulldarts, das mit Euch spricht.«

Der Kensustrianer nickte langsam. »Außer Euch gibt

es derzeit auch nur ein weiteres. Und ich hoffe sehr, dass es nicht hier ankommt«, scherzte er und lachte leise. »Das ist auch der Grund, weshalb wir uns treffen.«

»Ich dachte eigentlich, ich sollte zu Moolpár gebracht werden«, wunderte sich der dickliche König. »Wie komme ich zu der Ehre, mit dem Herrscher von Kensustria zu parlieren?«

»Ich kenne Euch schon sehr lange, Perdór«, eröffnete Tobáar mit seiner tiefen, beruhigend wirkenden Stimme. »Jedenfalls aus Berichten, die man mir zutrug. Und ich dachte, es sei an der Zeit, dass wir uns begegnen. Vielleicht haben wir nie mehr die Gelegenheit dazu, je nachdem, was uns die Zukunft bringt. Ilfaris und Kensustria sind seit dem Jahr 136 eng miteinander verbunden. Und wir schulden Eurem fernen Vorgänger Dank, dass er uns eine Bleibe gab, hier auf Ulldart. Das alles waren Gründe, warum wir uns dem Staatenbund des Südens angeschlossen haben.«

»Und schon seid Ihr der einzige Staat im Bund«, grinste der Hofnarr verwegen. »Ihr hättet ...«

Der Kensustrianer wandte sein schmales Gesicht langsam zu Fiorell und musterte ihn. Das Bernsteinfarbene um seine Pupillen glomm auf. »Ihr seid also der Spaßmacher, von dem mir Moolpár berichtete. Ich glaube, er hat bis heute nicht verstanden, weshalb die Menschen des Humors bedürfen, wie ihn ein Hofnarr verbreitet. Ich habe mit den Jahren gelernt und verstehe den Grund.« Der warme, bräunliche Farbton seiner Augen wechselte zu grellem Gelb, das sich in Fiorells Blick zu brennen schien. Die Aura von Ruhe um Tobáar schlug um, der Oberste der kensustrianischen Kriegerkaste verbreitete von einem Lidschlag auf den anderen unsägliche Furcht. »Ich habe aber nicht gesagt, dass ich jetzt Euren Frohmut benötige. Haltet Euch im Zaum.«

Mit größter Körperbeherrschung brachte Perdór seine Beine dazu, nicht loszulaufen, auch wenn jede einzelne Faser in ihm nach Flucht verlangte.

»Was genau wolltet Ihr mit Moolpár besprechen?«, richtete der Kensustrianer seine Worte an den ilfaritischen Herrscher.

Perdór legte stockend seine Vorstellung von einem Gefährt dar, das in der Lage war, unter den Feinden hindurchzutauchen, um sie auf diese Weise zu versenken.

»Das klingt vernünftig«, nickte Tobáar. »Noch ist es nicht zu spät. Die Kriegerkaste wird sich den Angreifern stellen, sollten sie noch so zahlreich sein.« Ein böses Lächeln huschte über sein Gesicht und entblößte seine Reißzähne. »Ich danke Euch für Eure Anregung, Majestät.«

»Ich mache mir große Sorgen um das weitere Schicksal des Kontinents«, sagte der dickliche Herrscher. »Mit Verlaub, ich kann mir nicht vorstellen, bei allem Respekt vor den Möglichkeiten, über die Ihr verfügt, wie Ihr das Böse aufhalten wollt. Ans Zurückschlagen wage ich nicht zu denken.«

Tobáar senkte die Lider. »Ich erkläre Euch, was wir beabsichtigen. Die Kriegerkaste wird sich nicht ergeben. Wir werden so lange wie möglich Widerstand leisten. Wir werden angreifen, wenn wir die Schwächen des Gegners erkennen. Wir werden keine Gnade gewähren. Alle anderen Kasten, außer den Unfreien, werden unser Reich verlassen und in unsere Heimat zurückkehren. Es müssen nicht mehr sterben als notwendig.«

»Könnten sie nicht bei der Verteidigung helfen?«, entschlüpfte es Fiorell.

»Nur den Besten steht es zu, Kensustria gegen die

Angreifer zu behaupten«, erklärte Tobáar. »Mit Gebeten haben sich die Truppen aus dem Norden nicht aufhalten lassen; nun müssen wir unser Zögern teuer bezahlen. Die anderen werden das Land verlassen, bis in zwei Jahren wird die Evakuierung abgeschlossen sein. Und bis dahin wird niemand ohne unsere Erlaubnis einen Fuß auf unser Gebiet setzen. Oder falls doch, so verliert er ihn.«

»Und der Kabcar hat zugestimmt, dass Ihr Eure Leute in Sicherheit bringt?« Perdór mochte das Gehörte nicht so recht glauben. »Immerhin hat er auch die Schwarze Flotte versenkt.«

»Warum sollte er etwas dagegen haben?«, hielt der Kensustrianer dagegen. »Soweit ich weiß, wollen sich die ersten unbewaffneten Schiffe heute auf den Weg machen. Ich wünsche ihnen Glück.«

»Ihr meintet, dass Ihr Kensustria verteidigen wollt«, hakte der ilfaritischer Herrscher nach. »Wie lange?«

»Bis wir geschlagen sind«, lautete die lakonische Antwort. »Wir weichen nicht von dem Stück Land, das wir rechtmäßig erworben und kultiviert haben. Nichts von all dem, was wir geschaffen haben, wird ihnen zugute kommen. Wir lassen uns weder den Willen anderer aufzwängen, noch schenken wir ihnen etwas von dem, was wir erschaffen haben.« Tobáars sandfarbenes Antlitz glich dem einer Statue. »Mit dem Tod des letzten Kriegers endet Kensustria, vorher nicht.«

Der letzte Satz tönte noch lange zwischen den hohen Mauern nach. Es lag etwas Unumstößliches, etwas Endgültiges darin, das die beiden Ilfariten ergriffen schweigen ließ. Perdór erhob sich ungelenk und deutete eine Verneigung an, Fiorell folgte seinem Beispiel, dann verließen sie die Halle durch den Eingang, durch den sie gekommen waren.

Erst als sie aufatmend vor den gewaltigen Mauern im Schein der strahlenden südlichen Sonnen standen, fiel die feierliche Beklemmung von den Männern ab.

»Tobáar hat uns soeben den Untergang der kensustrianischen Kultur verkündet«, fasste Perdór betreten zusammen. »Die Krieger werden alles vernichten, was an die Grünhaare erinnert.« Tief sog er die frische Luft ein. »Die ganze Pracht der Städte, die Bauwerke, alles dahin. Verflucht, ich hätte Zeichner anstelle von Köchen mitnehmen sollen, damit die Nachwelt weiß, was sie verloren hat.«

»Dadurch, dass die Grünhaare nie sonderlich gastfreundlich waren, weiß die Nachwelt es glücklicherweise nicht«, kommentierte Fiorell wenig bedauernd. »Ich empfinde nicht unbedingt Mitleid, Majestät. Wenn sie sich früher eingeschaltet hätten, stünde der Kabcar lange nicht so mächtig da, wie er es heute tut.«

Sie schlenderten die Straße entlang und ließen sich vom Verkehr treiben, jeder in Gedanken versunken. Dabei näherten sie sich immer mehr dem Hafen.

»Ich komme seit Jahren nicht darauf«, ärgerte sich Perdór irgendwann. »Ich komme einfach nicht darauf, zu welchem Zeitpunkt wir hätten handeln müssen, um das ganze Unglück zu verhindern.«

»Das ist einfach«, meinte der Hofnarr, der mit ein paar gefundenen Steinen jonglierte. »Wenn Arrulskhán seinen dämlichen Streit nicht begonnen hätte, lebten wir aller Wahrscheinlichkeit nach noch in Ruhe und Frieden.« Achtlos ließ er die Kiesel zu Boden fallen. »Aber es ist müßig. Um mich Eurer Welt zu bedienen: Der Kuchen ist verbrannt.«

»Backen wir einen neuen, oder versuchen wir zu retten, was zu retten ist?«, grübelte der Herrscher. »Bezeichnen wir die Kensustrianer einmal als das Mehl, so ist es schwer, einen Kuchen zu backen, wenn man nur Mehl im Haus hat.«

»Einen neuen backen ... Der war gut, pralinige Hoheit. Vielleicht hat Ulldrael der Gerechte irgendwo noch das Rezept für Ulldart herumliegen«, alberte Fiorell wenig glücklich.

Sie flanierten am Pier entlang und hingen den düsteren Visionen von der Zukunft des Kontinents nach. Perdór erstand eine Tüte fangfrischer Meereskrabben, die er sich schälte und recht zügig verspeiste, immer wieder die Farbe, das Aroma und den einzigartigen Geschmack des Imbisses lobend.

Der Spaßmacher dagegen beobachtete das rege Treiben, das auf dem Wasser herrschte. Rund ein Dutzend großer Schiffe hatte Kurs aufs offene Meer genommen. Anscheinend befanden sich an Bord die von Tobáar erwähnten kensustrianischen Kastenzugehörigen, die lieber den Rückzug in das geheimnisvolle Herkunftsland antraten.

Weil dem König die Füße schwer wurden, rasteten sie im Schatten eines kleineren Ladens, in dem Perdór die Gelegenheit nutzte, weitere Köstlichkeiten aus den Tiefen der See zu erstehen. Eine dieser Errungenschaften sah aus wie ein mit Stacheln gespickter Ball.

Seine Rast auf einem Stapel mit leeren Säcken verwandelte sich recht bald in lautstarkes Schnarchen. Die Hände hatte er auf dem Bäuchlein zusammengefaltet, den Nacken an die hölzerne Wand des Geschäfts gelehnt.

Fiorell grinste, als er den schlummernden Herrscher inmitten des pulsierenden Meddohârs betrachtete; gelegentlich zuckte sein Gesicht, wenn er ein aufdringliches Insekt verscheuchen wollte.

»Tja, wer hätte das gedacht, dass wir auf unsere

alten Tage in einem Land sitzen, dass uns näher und fremder zugleich nicht sein könnte, was, Dickerchen?«, meinte der Hofnarr leise und flocht mit behutsamen Bewegungen die Reste der Krabbenschalen in die grauen Locken. Danach schaute er sich wieder um, denn er wollte so viel wie möglich vom kensustrianischen Leben aufnehmen.

Die Idylle währte nicht lange.

Einer der wuchtigen Signaltürme an der Einfahrt des Hafenbeckens blinkte mithilfe eines Spiegels Botschaften stadteinwärts. Der Hofnarr bemerkte das grelle Flackern, das nicht mehr enden wollte, und vermutete, dass die Nachricht der Kriegerkaste galt.

Fiorell strengte seine Augen an. An einer dünnen Rauchfahne, die am Horizont entstand, blieb sein Blick hängen. Der Qualm war wohl der Grund, weshalb die Mannschaften auf den Türmen Meldung erstatteten. Gespannt wartete der Ilfarit darauf, was geschehen würde.

Eine Reaktion erfolgte umgehend. Die Schiffe, die vorhin noch mit Kurs aufs offene Meer abgelegt hatten, kehrten nach Meddohâr zurück. Jeder, der sich in der Nähe des Hafens aufhielt und das Geschehen auf dem Meer mitbekommen hatte, lief zu den Molen und wollte von der aufgeregten Besatzung der zurückkehrenden Schiffe wissen, was sich ereignet hatte.

Perdór schnarchte ungerührt weiter, der steigende Lärmpegel drang nicht bis zu den Ohren des erschöpften Mannes durch.

Fiorell mischte sich unter die besorgten Kensustrianer und hoffte, der Sprache ein paar verständliche Brocken entnehmen zu können. Seine Kenntnisse der Vokabeln und der Grammatik ließen noch sehr zu wünschen übrig. Was er jedoch verstand, war, dass ein Schiff weniger nach Meddohâr zurückkehrte, als insgesamt ausgelaufen waren. Fiorell erahnte ungefähr, was sich draußen auf hoher See abgespielt hatte. Eilig kehrte er zu seinem immer noch selig schlafenden Herrn zurück und rüttelte an seiner Schulter.

Ungerührt schnarchte der Herrscher weiter.

Der Spaßmacher schritt entschlossen in das Geschäft, nahm sich etwas von dem Eis, mit dem die verderblichen Fische gekühlt wurden, und stopfte es dem König in den Wamskragen.

Wie von der Wespe gestochen, hopste Perdór in die Höhe, wedelte mit den Armen und vollführte die seltsamsten Verrenkungen, um mit seinen kurzen Fingern irgendwie unter sein Wams zu kommen, damit er das Eis entfernen konnte. Dabei drangen aus seinem Mund die komischsten Töne und Rufe.

Aber er bekam das Eis nicht zu fassen, und als er diesen Umstand endlich einsah und zudem bemerkte, dass er von neugierigen Kensustrianern umlagert war, die ihm nach dem Tanz kräftigen Applaus und Kleingeld spendeten, blieb er ruhig stehen, während eisige Tropfen an seinem Rücken hinabrannen. Minutenlang bewahrte er die Fassung, während sich Fiorell vor Lachen nicht mehr beruhigen wollte.

»Ich hoffe, du hattest einen guten Grund, mich auf diese Weise zu wecken«, sagte Perdór tonlos.

»Keiner zeigt den Paarungstanz des ilfaritischen Drommbümplers besser als Ihr«, prustete der Hofnarr. »Ihr macht dem stolzen, fetten Vogel alle Ehre. Das Publikum liebt Euch.« Er wischte sich die Heiterkeitstränen aus den Augenwinkeln. »Der Anlass ist aber gar zu ernst.« Schlagartig kehrte seine Besonnenheit zurück. »Wenn ich es richtig verstanden habe, haben die Truppen des Kabcar soeben ein Schiff der Kensustrianer versenkt, die das Land verlassen wollten.«

»Ich habe es mir fast gedacht.« Perdór tastete auf seinem Rücken herum, um nach nassen Stellen zu suchen. »Hoffentlich setzen die Ingenieure diese Unterwasserschiffe bald in die Tat um. Wenn es so weitergeht, melde ich mich freiwillig, um gegen die Truppen dieses verblendeten Mannes in die Schlacht zu ziehen. Komm, lass uns nach Hause gehen, um zu sehen, ob Soscha und Stoiko Fortschritte gemacht haben. Wenn Sabin nicht bald besser wird und die Magie beherrscht, kann er genauso gut im sicheren Kensustria bleiben, weil er ansonsten sogleich vom Kabcar oder seinem Nachwuchs zu Kleinholz verarbeitet wird.« Ohne eine weitere Bemerkung klaubte er die Krabbenpanzer aus den Haaren. »Aber vielleicht lässt sich die Magie des armen Kerls irgendwie anders einsetzen.« Der König winkte sich eine Sharik herbei und stieg ein.

Als Fiorell sich in das Gefährt setzen wollte, schob ihm Perdór rasch den eingewickelten Stachelfisch unter den Hintern.

Kreischend schnellte der Spaßmacher vom Sitz in die Höhe und knallte mit dem Kopf gegen das Dach. Während er sich noch benommen Gesäß und Schädel abwechselnd rieb, bedeutete ein zufriedener Herrscher den beiden erschrockenen Kensustrianern loszulaufen.

»Ich kann es nicht«, seufzte Sabin. »Ich weiß nicht, warum ich ständig versage.« Er schlug die Augen beschämt nieder. »Alle erwarten von mir, dass ich mit meiner Magie das erreiche, was der Kabcar und sein Sohn können. Und ich enttäusche euch nur.«

Mit einem Schnalzen klappte Soscha das Visier ihres Lederhelms auf, den sie als Schutz bei allen magischen Experimenten trug. Ob er etwas bringen würde, wusste sie nicht. Aber er vermittelte ihr ein Gefühl von Sicherheit.

»Du versagst nicht, Sabin. Du beherrschst die Kräfte lediglich noch nicht so gut. Es wird kommen.« Sie winkte die Diener bei, die sie aus der dicken Lederrüstung schälten. Schnell streifte sich die junge Frau einen weiten Rock über. »Wir machen Schluss für heute«, beschied sie und legte einen Arm um den niedergeschlagenen Mann. »Lass den Kopf nicht hängen. Die Magie zu beherrschen erfordert vermutlich Jahre der Übung, die der Kabcar und seine Kinder sich genommen haben. Du bist besser als sie.« Sabin schenkte ihr ein schiefes Lächeln. »Oder zumindest arbeiten wir daran, dass du besser wirst.«

»Ich danke dir für deinen Beistand.« Müde stand er auf und schaute in ihre braunen Augen. »Aber wenn wir ehrlich sind, wissen wir beide, dass ich keine große Hilfe im Kampf gegen die anrückenden Truppen oder etwaige magische Gegner sein werde.« Er hob die Hand kraftlos zum Gruß und verließ das kleine Zimmer, in dem er und die Ulsarin seit Wochen schon versuchten, dem Geheimnis der Zauberkunst auf die Schliche zu kommen. Zwar gelang es ihnen zunehmend, aber der Nutzen, der von der Theorie kam, ließ sich in der Praxis nicht umsetzen.

Was nützt es, dass ich Magiefarben unterscheiden kann?, ärgerte sich Soscha, fasste die halblangen braunen Haare zu einem Zopf zusammen und verließ den Raum, um sich ein wenig auf der Terrasse des kleinen Hauses auszuruhen, in dem sie, Sabin und Stoiko zusammen mit drei Dienern aus Ilfaris untergebracht worden waren. *Was nützt es zu wissen, dass, je stärker ein Farbton ist, desto intensiver, größer die Wirkung der Magie ist?*

Auf dem Weg durch ihr Zimmer ließ sie ihre Kleider zu Boden fallen, griff im Vorbeigehen den Stapel Unterlagen, in denen jeder Versuch akribisch genau aufgezeichnet war, und setzte sich in Unterwäsche auf einen Liegestuhl, der auf die untergehenden Sonnen ausgerichtet war.

Die Ulsarin genoss die Wärme Kensustrias; selbst zu dieser Jahreszeit empfand sie als Kind des Ostens die Temperaturen noch als äußerst angenehm. Die Bewohner Meddohârs sahen das anders und hatten ihre Garderobe längst auf wärmere Kleidung umgestellt.

Soscha blätterte die Unterlagen durch. Sabin, ein Mienenarbeiter aus Tersion, konnte seine Magie noch immer nicht wirklich kontrolliert einsetzen. Unterbewusste Sperren, so vermutete die Frau, verhinderten eine bessere Ausnutzung seines magischen Potenzials, das sie als ein blaues Leuchten um ihn herum registrierte.

Zurzeit experimentierten sie, ab welchem Alkoholpegel diese geistige Barriere am leichtesten zu durchbrechen war. Mit starken Gefühlen – einer anderen Möglichkeit, das mentale Hindernis zu überwinden – hatten sie keine guten Erfahrungen gemacht. Die zerstörerischen Energien, die Sabin aus dem Affekt heraus aus den Fingerspitzen sandte, zuckten ungezielt durch die Gegend und sorgten für wahllose Zerstörung. Das war aber nicht Sinn der Sache.

Mehrmals täglich verbrachten sie Zeit damit, dass er Energien freisetzte und sie ihn überwachte. Anhand des veränderten Leuchtens versuchte sie ihm Ratschläge zu erteilen. Aber entweder begriff er die Anweisungen nicht, oder die Magie hatte ihren eigenen Verstand, und der schien äußerst eigenwillig zu sein. Soscha hatte den ehemaligen Minenarbeiter als »Intuitiven« eingestuft, der nach dem gleichen Prinzip »funktionierte« wie die Cerêler: Sie gebrauchten weder Worte noch Gesten, um ihre Fertigkeiten anzuwenden.

Und dennoch machte Sabin Fortschritte, allerdings ungewollt. Sein herkömmliches blaues Schimmern war kräftiger, intensiver geworden. Das zeigte, dass seine Kraft als solche an Stärke zugenommen hatte. Von nun an bedeutete jeder Versuch mit der Magie eine größere Gefahr für ihr eigenes Leben und sämtliche Einrichtungsgegenstände um den Tersioner herum. Zu allem Überfluss, so meinte sie zu spüren, hatte sich der Mann in sie verliebt. Sie aber empfand nichts weiter für ihn.

Verärgert über sich selbst, da sie sich nicht konzentrieren konnte, kleidete sie sich an und machte einen Spaziergang durch Meddohâr, um innerlich zur Ruhe zu kommen.

Die Sonnen wanderten in Richtung des Meeres, und die weißen Häuser badeten in den Farben eines wundervoll anzusehenden Sonnenuntergangs.

Soscha betrat die kaleidoskopischen Arkadengänge des Tempels zu Ehren von Ioweshbra, einer Gottheit, die eine nicht geringe Anzahl eher niedrig gestellter Kensustrianer für alles Unerklärliche verantwortlich machten. Auch sie hatte sich mit Ioweshbra angefreundet, weil sie Magie nach wie vor für etwas Unerklärliches hielt. Das verwirrende, sich ständig verändernde Durcheinander von geometrischen Mustern und bizarren Färbungen faszinierte sie stets von neuem.

Als die Stadt schon in tiefer Finsternis lag, trat Soscha den Heimweg auf der untersten Ebene an. Nur wenige Bewohner Meddohârs begegneten ihr. Im Gegensatz zu Ulsar musste eine Frau hier keine Angst haben, nachts allein durch die Straßen zu gehen. Auch wenn die Kensustrianer seltsam anzuschauen waren, primitive Kriminalität war ihnen in der Art, wie man sie in Ulldart allerorten traf, unbekannt. Zudem sorgten Nachtwächter für zusätzliche Sicherheit, die in erster Linie zur Verhinderung von Bränden ihre Runden drehten.

Soscha spazierte die Häuser entlang, nahm den Geruch der ungewöhnlichen Bäume, Sträucher und Pflanzen auf, der in der Luft lag und schmeckte die Nachtluft mit all ihren Nuancen auf der Zunge.

Verdutzt blieb sie stehen, als sich von vorn eine seltsam anmutende, intensive Lichtquelle näherte, die ihren Schein weit voraus warf. Sie schimmerte in einer Farbe, für die Soscha keinen Ausdruck kannte, und kam rasch näher. Nun hörte sie Geräusche, wie sie ihr aus der Zeit in der »Verlorenen Hoffnung« noch in bester Erinnerung waren. Ein Tross Gerüsteter bewegte sich auf sie zu.

Die Ulsarin wusste nicht, warum sie so handelte. Vielleicht entstand es aus der Abneigung gegenüber Bewaffneten heraus. Sie huschte in den Torbogen eines Hausdurchgangs, um aus dem Schutz der Dunkelheit heraus die Krieger, die man tagsüber kaum in den Straßen zu sehen bekam, genauer zu betrachten.

Als die Angehörigen der Kriegerkaste ihr Versteck schweigend passierten, erkannte sie ihren Fehler. Es war keine Laterne, die sie gesehen hatte. Das undefinierbare Leuchten umgab einen eindrucksvollen Kensustrianer, der wie alle anderen in einer nachtgrünen Rüstung mit goldenen Brustintarsien steckte.

Sie legte eine Hand auf den Mund, um ihr überraschtes Keuchen zu unterdrücken. Alle anderen der neun Kriegerinnen und neun Krieger, die einen üblichen hoch gewachsenen Kensustrianer an Größe noch übertrafen, schimmerten in der gleichen Farbe, wenn auch nicht so intensiv. Daher war ihr das Phänomen zunächst nicht aufgefallen.

Der Zug war an ihr vorüber. *Bei Ioweshbra und Ulldrael, was sind denn das für welche? Wir wollen doch mal sehen, wohin sie gehen.*

Doch so sehr sie sich auch anstrengte, ihre Füße und ihr restlicher Körper gehorchten ihr nicht. Wie mit dem Erdboden verwachsen, stand Soscha als lebendes Denkmal in dem Durchgang.

Panisch versuchte sie, die Hand von ihrem Mund zu nehmen, um auf sich aufmerksam zu machen. Nichts tat sich. Sie bemerkte nur, dass sie selbst von einem schwachen, unergründlichen Glimmen bedeckt war, das sich langsam verlor. Als es endete, erhielt sie die Kontrolle über ihre Glieder zurück und musste sich erst einmal setzen.

»Was war das?«, sagte sie zu sich selbst. *Ich werde viel zu Ioweshbra beten müssen, damit er mir hilft, dem Unerklärlichen auf die Spur zu kommen.*

Langsam erhob sie sich und beeilte sich, die restliche Strecke zur Unterkunft zügig zurückzulegen. Allem Anschein nach trug ein Teil der Kensustrianer magisches, wahrscheinlich intuitives Potenzial in sich, das sie auch anwandten. Die unnatürliche Lähmung, die sie ergriffen hatte, diente als Schutz vor unliebsamen Verfolgern. Es blieb die Frage, ob sie von dem Anwender der Kräfte bemerkt worden war oder ob die Magie von selbst reagierte und sie an einen Fleck bannte.

Aufgekratzt stürmte sie ins Haus und lief hinauf in ihr Arbeitszimmer, um augenblicklich ihre Eindrücke und Gedanken zu notieren. Wenn die Kensustrianer den Umgang mit den Energien beherrschten, würden sie ihr und Sabin bei der Ausbildung unter Umständen behilflich sein.

Die Feder flog nur so über das Papier, und Soscha vergaß alles um sich herum. Deshalb bemerkte sie den Tersioner, der sich ihr näherte, viel zu spät. Schwer fiel die kräftige Hand des einstigen Minenarbeiters auf ihre Schulter.

»Ich habe auf dich gewartet«, lallte er, und eine Alkoholwolke hüllte sie ein.

Erschrocken schrie sie auf. Die Spitze des Kiels schrammte quer über das Pergament und brach. Schwarz ergoss sich die restliche Tinte aus der Feder und rann über die Schrift.

»Wo warst du?«, sagte er langsam, um von der Ulsarin verstanden zu werden. »Ich habe mir Sorgen gemacht.«

Soscha nahm seinen Arm von ihrer Schulter, stand auf und wandte sich zu ihm um. In der Linken hielt er eine fast leere Branntweinflasche, seine Augen waren rot geädert und trübe. Die feuchten Bahnen auf seinen Wangen verrieten, dass er geweint hatte. »Sabin, du bist betrunken. Geh zu Bett. Ich werde dir morgen alles berichten.« Sanft schob sie ihn zur Tür.

Der Tersioner wischte sich mit dem Ärmel die Tränen aus dem Gesicht und stieß sie weg. »Nein«, sagte er trotzig, den Kopf leicht gesenkt. Sein Körper schwankte gefährlich. »Erst musst du zuhören.«

»Morgen, Sabin«, versuchte es Soscha erneut. »Ich rufe die Diener, damit sie dir helfen.«

»Nein!«, rief er und schüttelte den Schädel übertrieben heftig. Seine freie Hand schlug gegen den Brustkorb. »Erst muss ich dir meine Liebe gestehen. Meine ewige Liebe. Danach kann die Welt untergehen.« Seine Augen verengten sich. »Liebst du mich auch, Soscha?«

Sie spähte in Richtung der Treppe, ob sich bereits einer ihrer Angestellten sehen ließ, um ihr Beistand zu gewähren. »Aber natürlich«, beschwichtigte sie ihn und tätschelte seine Wange. »Und nun ab ins Bett mit dir.«

Der Tersioner stierte sie an. »Ich glaube dir nicht. Du musst es mir beweisen.« Er nahm einen Schluck aus der Flasche. »Auf der Stelle.« Soscha konnte sich des Eindrucks nicht erwehren, dass die Lage sich zuspitzte. »Ha! Ich weiß es, du willst nichts mit einem Versager zu tun haben, nicht wahr? Das ist es doch«, brabbelte er schwer.

Seine Beine gaben nach. Sabin plumpste auf einen Stuhl und setzte die Flasche an, doch sie polterte auf den Boden, wo sie splitternd zerbarst.

Soscha versuchte an ihm vorüberzueilen, um die Diener zu benachrichtigen, damit sie ihr den unzurechnungsfähigen Mann vom Hals schafften, der sich in ein paar Stunden gewiss nicht mehr an seine Taten würde erinnern können. Doch die muskulöse Rechte des Tersioners ruckte vor und schloss sich unsanft um ihr Handgelenk, während seine Linke ungeschickt nach dem anderen Arm grabschte. »Komm her, Soscha«, nuschelte er und zog sie zu sich heran.

Die Ulsarin erinnerte sich deutlich an die Unterrichtsstunden in der »Verlorenen Hoffnung« und an jeden Punkt des menschlichen Körpers, an dem die richtige Berührung immense Schmerzen verursachte. Dieses Wissen wandte sie nun gegen Sabin an, der daraufhin mit einem Stöhnen zu Boden sank und in die Glasscherben fiel. Sie bohrten sich durch seine Haut, zerschnitten sie und ließen den Mann fluchend in die Höhe fahren.

Soscha erkannte mit Schrecken, dass Sabin ein intensives Leuchten umgab. Die Magie würde jeden Augenblick losbrechen.

Alkohol und verletzte Gefühle, die schlimmste Kombination, die ich mir vorstellen kann. Beschwichtigend hob sie die Hände, sprach langsam und betont. »Sabin, nein. Beruhige dich. Ich wollte dir nicht wehtun. Alles wird gut. Atme langsam.«

»Versager«, stammelte der Tersioner und starrte auf seine blutenden Unterarme und Hände. Sein hölzerner Blick richtete sich auf die junge Frau. Urplötzlich brüllte er auf. Wie ein Freudenfeuer in der tiefsten Schwärze, so empfand Soscha das blaue Aufglühen der Magie um Sabin herum. Kurz darauf entluden sich die Energieströme ungezügelt in den Raum.

Unterschiedlich dick traten sie aus dem Tersioner aus, durchschlugen Möbel, frästen schwarze Bahnen in die Wände und brachten Gegenstände zum Zerspringen.

Gleich mehrere der zuckenden Strahlen erfassten Soscha, die dem Unheil nicht mehr ausweichen konnte. Lava schien durch sie hindurchzuschießen, sie fühlte sich aufgebläht und fürchtete, unter dem Ansturm der ungebändigten Kraft wie ein übervoller Weinschlauch zu bersten. Kreischend fiel sie auf den Boden und zuckte verkrampft.

Die knisternden Blitze aus Sabins Körper wurden schwächer und schwächer, nur die blauen Bahnen zwischen ihm und ihr rissen nicht ab. Im Gegenteil, sie bündelten sich zu einem einzigen Band, und das Knistern wurde zu einem aggressiven Zischen.

Langsam ging er auf sie zu, jeder Schritt kostete ihn Mühe und Anstrengung. Bei der jungen Frau angelangt, brach er in die Knie und sank mit einem Stöhnen nach hinten um. Wie ein einfarbiger Regenbogen stand die blaue Magie über den beiden Menschen, die Enden jeweils in den Leibern versenkt.

Abrupt riss der Strahl ab.

Beißende Qualmwolken schwebten im Raum, in den nun die verschreckten Diener und Stoiko in ihren Schlafgewändern stürmten, um nach dem Rechten zu sehen. Der Gestank im Zimmer ließ alle würgen.

Der erste der Bediensteten fiel ansatzlos in Ohnmacht, als er den Blick auf den Tersioner richtete. Anstelle des kräftigen Minenarbeiters lag der modrige, halb eingefallene Leichnam eines Greises im Zimmer, an dem nur die Reste der verschmorten Kleider einen Hinweis darauf gaben, um wen es sich in Wirklichkeit handelte.

Stoiko eilte zu der apathischen Soscha, deren Lider nur halb geöffnet waren und die nicht auf seine Ansprechversuche reagierte.

Ihr Kleid war in Höhe des Bauches weggebrannt, die verkohlten Ränder glommen und qualmten noch leicht. Die Haut darunter zeigte jedoch keinerlei Spuren von Verletzungen. Ihren Puls konnte er kaum mehr tasten. Auf der Stelle schickte er einen der Diener los, um Hilfe zu holen.

»Meine Güte, Mädchen, was ist bloß geschehen?«, fragte er ratlos und hielt ihre schlaffe, kalte Hand. Schaudernd sah er zu Sabins Kadaver, strich sich fahrig über den Schnauzer und betrachtete das Chaos aus Trümmern im Zimmer, das nur magischen Ursprungs sein konnte.

Wände und Decke zeigten faustgroße Löcher und fingerdicke Risse, Kalk und Gesteinsstaub rieselten leise herab. *Sabins Kraft war wohl gefährlicher, als wir alle angenommen haben.* Voller Sorge betrachtete er die leblos wirkende junge Ulsarin. *Ulldrael, lass sie nur nicht sterben!*

Der bewusstlose Livrierte kam wieder zu sich und

wankte würgend hinaus, fürsorglich gestützt von dem verbliebenen Diener.

Der einstige Vertraute des Kabcar war allein mit Soscha, nur im Stande, ihre Hand zu halten und Beistand zu geben, bis endlich die richtigen Heiler kämen. Er wagte nicht, sie zu bewegen, aus Angst, eine mögliche innere Verletzung noch schlimmer zu machen.

»So kalt«, schnarrte der scheinbare Leichnam leise und qualvoll in die Stille.

Stoiko entfuhr ein Laut des Entsetzens. »Sabin?«, flüsterte er erschüttert. »Bei Ulldrael …«

»So leer.« Ein letzter Ruck ging durch den Körper des sterbenden Tersioners, den sie für tot gehalten hatten, und er hauchte sein Leben mit einem langen Stöhnen aus.

Kontinent Kalisstron, Bardhasdronda, Winter 458/59 n. S.

Lorin hastete mit den Schneeschuhen so schnell vorwärts, wie es ihm die Umstände erlaubten. Er hatte noch zwei weitere Standplätze der Pelzjäger ausfindig gemacht, die er bis zum Ende des Tages überprüfen musste. Und das Laufen bereitete große Anstrengung.

Bisher hatte er mehr als acht Fallen sabotiert, sodass die Unternehmungen von Soini und seinen Kumpanen aus Vekhlathi schon im Vorfeld zu einer mühseligen und teuren Angelegenheit wurden. Der Junge hoffte, dass die Männer durch die erlittenen Verluste irgendwann von selbst aufgaben, bevor der Schwarzwolf ihnen in die Eisen tappte.

Nach Luft ringend, lehnte er sich gegen den Stamm einer Tanne, schob sich ein wenig Schnee in den Mund und ließ das getaute Wasser die Kehle hinablaufen.

Verdursten würde man in den Wäldern um Bardhasdronda kaum, aber das Erfrieren geschah wesentlich schneller. Auch wenn es etwas wärmer geworden war, was Lorin wegen des ständigen leichten Schneefalls begrüßte, der seine Spuren verwischte. Dennoch wäre ein unvorsichtiger Mensch, der sich zwischen den Bäumen verirrte, vermutlich schneller zu einem Eiszapfen erstarrt, als ihn die weißen Flocken bedecken konnten.

Der Junge wartete ein wenig, bis sich seine Atmung beruhigte, und stapfte weiter. Die nächste Falle war nicht weit entfernt, und daher wollte er so wenig Geräusche wie möglich von sich geben.

Im Schutz einer Schneeverwehung robbte er auf hundert Schritt an die Vorrichtung heran, die aus einem geschickt getarnten Käfig mit etwas Fleisch darin bestand.

Umständlich kramte Lorin ein Fernrohr aus seinem Rucksack hervor, das er sich aus Blafjolls Beständen geliehen hatte, und betrachtete den von Menschen geschaffenen Hinterhalt. Wie immer suchte er den Auslösemechanismus, der an dem Köder verborgen war, und nutzte seine Kräfte, um den dünnen, feinen Draht nach vorne zu ziehen.

Ratternd schloss sich das Gatter, die Arbeit des Jungen war erledigt. Für größere Beschädigungen fehlte ihm heute die Zeit. Grinsend schob er das Fernrohr zusammen, stemmte sich hoch und machte sich auf den Weg zu der verbliebenen Falle.

Ermüdet erreichte er nach einer Stunde sein Ziel. *Wenn es so weitergeht, werde ich Jarevrån wirklich um Hilfe bitten müssen,* dachte er. *Allein kann ich die Fallen nicht schnell genug kontrollieren.*

Im nächsten Augenblick hörte er ein lautes Heulen, das direkt aus der Falle kam. Siedend heiß überlief es den Jungen. Ohne größere Vorsicht walten zu lassen, näherte er sich der Stelle, warf sich auf den Bauch und rutschte auf den Ellenbogen unter dem herabhängenden Ast einer Kiefer hindurch, um sich einen Eindruck aus nächster Nähe zu verschaffen.

Den Pelzjägern war tatsächlich ein Wolf auf den Leim gegangen, allerdings nur ein herkömmliches Exemplar.

Erleichtert atmete Lorin auf, aber gönnen wollte er Soini den Fang trotzdem nicht. Die Schwierigkeit bestand darin, dass er mit seinen magischen Kräften zum einen die Verriegelung des Gitters öffnen und zugleich das schwere Falltor hochziehen musste. Bereits bei seinem ersten Versuch erkannte er, dass seine Konzentration nicht ausreichte; er war zu müde und hatte zu viele Einsätze dieser Art hinter sich.

Der Wolf jaulte herzzerreißend in seinem Gefängnis.

Seufzend betrachtete Lorin die Umgebung durch das Fernrohr und erhob sich, um das Gitter von Hand zu öffnen. Nur schnell, bevor die Vekhlathi dein Wehklagen hören und nach dem Rechten sehen. In leichtem Trab näherte er sich dem Käfig.

Der Schnee zu seinen Füßen flog jäh in die Höhe. Zwei mächtige Kiefer schlossen sich mit einem metallischen Schnappen um Lorins linken Unterschenkel. Zuerst dachte er, ein Ungeheuer falle ihn an, doch dann verstand er trotz der Schmerzen, die durch sein Bein rasten, dass er in eine Fußangel getreten war.

Lorin stürzte vor Schreck in den Schnee. Wieder schnappte ein Fangeisen zu, verfehlte seinen Kopf um Haaresbreite und umschloss stattdessen seine Schulter.

Nun wagte es Lorin nicht mehr, sich zu bewegen. Zu groß erschien ihm die Gefahr, dass sich sein Hals plötzlich zwischen den Eisen befinden könnte. Stöhnend versuchte er, mit einer Hand und seinen magischen Fertigkeiten wenigstens die stahlharte Klammer um seine Schulter zu öffnen. Doch es wollte ihm nicht gelingen.

Matt legte er den Kopf auf die Seite, nachdem er zuvor den Schnee zur Seite geblasen hatte, um zu sehen, ob sich noch eine Falle darunter befand. Der Wolf, der das Geschehen durch die Stäbe aufmerksam verfolgt hatte, jaulte wieder. Lorin hätte gern eingestimmt.

Die Nacht senkte sich herab, es wurde bitterkalt. Die Wunden am Oberkörper und Bein pulsierten leicht, und Lorin wurde müder und müder.

Er riss sich zusammen, sang, heulte mit dem Wolf zusammen, erzählte ihm Geschichten und versuchte alles, nur damit ihn der Schlaf nicht übermannte. Sollten ihm die Augen zufallen, würde er sie nie wieder öffnen, das wusste er. *Andererseits, wer weiß schon, dass ich hier draußen bin? Wie sich das Erfrieren wohl anfühlt?*

Ein leises Hecheln ließ ihn aufmerksam werden. Gedrungene dunkle Schatten auf vier Pfoten huschten im Schutz von Stämmen hin und her, blieben stehen, witterten in seine Richtung und liefen kreisend weiter.

»Sag deinen Freunden, dass ich dir nichts getan habe«, meinte er müde und bibbernd in Richtung des gefangenen Wolfes, der sich in dem Gefängnis wie toll gebärdete. *Na, wenigstens tauge ich als Mahl für die Wölfe.*

Die Raubtiere nahmen sich Zeit. Sie hatten begriffen, dass ihnen die Beute nicht entkommen konnte, nun berieten sie sich – so hatte es zumindest für den immer schwächer werdenden Lorin den Anschein –, wer welches Stück von dem Leckerbissen erhalten sollte.

Vorsichtig schnuppernd wagte einer der Wölfe den

Anfang und folgte den Spuren des Menschen. Im Gegensatz zu ihm vermutete das Tier andere Fallen und nahm daher den Weg, der ihm am ungefährlichsten erschien.

Warm drang die Luft aus der Schnauze des Wolfes in seinen Nacken und streifte sein Gesicht. Knurrend schlug er die Fänge von hinten in die dicke Jacke des Knaben, der aufschrie und aus dem Affekt heraus mit der freien Hand rückwärts nach dem Tier drosch. Ohne loszulassen, hopste das Tier grollend zur Seite.

Im gleichen Augenblick klackte es laut, der bedrohliche Laut aus der Kehle des Wolfes schlug in ein helles Winseln um. Vor Beutegier musste er wohl in eine Falle getreten sein.

Bellend, jaulend und winselnd sprang er umher, eine weitere Angel löste aus. Nach einem hässlichen Knirschen ging das Wehklagen in Gurgeln über und erstarb schnell.

Lorin wusste nicht so recht, ob er sich über den Tod des Wolfes freuen sollte. Ihm war damit nicht geholfen, und das unweigerliche Ende zögerte sich damit nur umso länger hinaus. In seiner Verzweiflung nahm er den Dolch heraus und setzte die Spitze auf das Herz, um sich selbst zu töten und sich die Schmerzen zu sparen, sollten die Wölfe nicht von ihrem Vorhaben absehen.

Die Artgenossen des gestorbenen Räubers warteten noch ein wenig ab. Schließlich siegte der Hunger. Geschlossen rückten sie an Lorin heran, und ihr Knurren lag als ein einziges, gefahrvolles Geräusch in der Luft.

Als der Erste des Rudels den Jungen erreicht hatte, wurde es plötzlich hell.

Die Wölfe wandten sich zu dem Lichtschein um, zögerten. Lorin hörte unverständliches, zorniges Geschrei.

Ein Armbrustbolzen sirrte dem ersten Raubtier in die Seite, das wie vom Blitz getroffen zusammenbrach. Die übrigen Graupelze traten daraufhin die Flucht an und verschwanden zwischen den Bäumen, als hätte es sie nie gegeben.

Um Lorin herum wurde es immer heller, die Lichtquelle näherte sich. Der zitternde Junge packte den Griff des Dolches fester. *Wenn Soini mir die Haut abziehen will, wird er sich wundern,* schwor er sich.

Schnee knirschte unter den Stiefeln, als der Mann näher kam. Als Erstes entfernte er die Klammer von der Schulter des Jungen und dann die Fußangel vom Unterschenkel, den Lorin schon seit geraumer Zeit nicht mehr spürte. Als er auf den Rücken gedreht wurde, stieß Lorin nach dem Mann, den er nur noch undeutlich erkannte. Fluchend wurde seine Klinge von einer silbernen Hand im letzten Augenblick pariert.

»Knirps, was machst du denn hier draußen?«, hörte er eine polternde Stimme fragen.

»Lass mich, Soini!« Erneut stach Lorin zu.

»So nicht.« Die silberne Hand fegte den Dolch zur Seite und traf ihn kurz darauf genau zwischen die Augen. Der leichte Schlag genügte, um ihn ins Reich der Träume zu befördern.

Als Lorins Bewusstsein wiederkehrte, lehnte er am Stamm einer Tanne, deren dichte Nadeln den Schnee abgehalten und einen freien Platz geschaffen hatten. Seinen Körper umgab eine dicke Schicht Pelze, und um ihn herum brannten mehrere Feuer, die ihm Wärme spendeten. Trotzdem zitterte er immer noch vor Kälte. Ihm gegenüber erkannte er die breite Gestalt seines Waffenlehrmeisters, der soeben einen Schwung dicke Äste und Tannennadeln auf den Feuerstellen verteilte.

»Ich taue dich zuerst auf, bevor wir den Rückweg antreten«, erklärte Waljakov knapp. Auch wenn seine Stimme wenig Gefühl ausdrückte, zeigten die eisgrauen Augen etwas von der Sorge, die er sich um das Wohlergehen des Jungen machte. »Die Wölfe sind weg.«

»Wie hast du mich gefunden?«, fragte Lorin zitternd.

»Ich bin dir gefolgt. Schneeschuhe sind nicht zu übersehen.« Er setzte sich neben die zuckenden Flammen, damit auch er etwas von der Wärme abbekam. »Kannst du mir sagen, was du hier draußen machst, außer dich den Wölfen zum Fraß vorzuwerfen?« Waljakov machte sich nicht die Mühe, seine Ungehaltenheit zu verbergen. »Wenn du dich umbringen willst, Knirps, dann spring ins Wasser oder lass dir etwas Besseres einfallen. Oder frag mich, ob ich dir helfe.«

»Ich will Soini seine Jagdtrophäe nicht gönnen«, sagte Lorin mit klappernden Zähnen. »Er stellt einem Schwarzwolf nach. Zusammen mit Jägern aus Vekhlathi.«

»Ich verstehe«, nickte Waljakov. »Und die Jäger haben inzwischen bemerkt, dass ihnen jemand ins Handwerk pfuscht, und nun dir eine Falle gestellt.« Seine mechanische Hand nahm den mitgebrachten Topf mit Suppe aus dem Feuer, goss Lorin etwas davon in den Becher und hielt ihm diesen hin. »Trink.«

Gehorsam nahm der Junge einen Schluck und verbrannte sich die Lippen an der Suppe. »Eine Falle? Für mich?«

»Die Fußangeln hatten keine Widerhaken, die dich noch stärker verletzt hätten. Man wollte dich lebend. Und der Wolf ... nun, den haben sie vorher hineingesetzt, weil sie vermuteten, dass du ihn befreien würdest.« Der Leibwächter verzog den Mund. »Dummer, unvorsichtiger Junge. Warum hast du mir nichts gesagt?«

»Ich habe niemandem etwas gesagt«, antwortete Lorin. »Ich wollte die Sache allein bewältigen.«

Waljakov lachte böse auf. »Du wärst beinahe gestorben, Knirps. In Zukunft wirst du mir so etwas berichten. Gegen einen kleinen Kampf mit ein paar Vekhlathi hätte ich nichts einzuwenden.«

Lorin schlürfte an der Suppe. »Warum bist du mir wirklich gefolgt?« Seine blauen Augen hefteten sich abschätzend auf das Gesicht des Hünen, der so tat, als hätte er die Frage nicht gehört. »Warum, Waljakov?«

»Ich habe mit Rantsila wegen dieser Türmlergeschichte gesprochen. Da dir die Aufgabe sehr am Herzen liegt, wollte ich eine Vereinbarung mit ihm treffen«, rückte er mit der Sprache heraus. »Er erzählte mir, dass du oft allein im Wald wärst. Und ich wollte herausfinden, was du machst.«

Der Knabe spürte unendliche Enttäuschung. »Du hast gedacht, dass ich mit den Lijoki und anderen gemeinsame Sache mache, um die Bardhasdronda zu verraten?«, fragte er fassungslos.

»Nein, das habe ich nicht gesagt«, wehrte sich der Leibwächter gegen den Vorwurf. »Aber weil du auch mir nichts erzählt hattest, nahm ich an, dass du irgendwas tust, was dich in Schwierigkeiten bringen könnte.« Waljakov grinste. »Damit hatte ich wohl Recht, oder?« Er reckte sich in die Höhe, lauschte und bedeutete dem Jungen, sich nicht zu rühren. Ohne einen Laut von sich zu geben, stand er auf und verschwand zwischen den Tannenbäumen.

Kurz darauf trat ein Mann in weißen Pelzen von der anderen Seite an die Lagerstätte heran, den Dolch grinsend gezückt. Lorin erkannte voller Schrecken einen der Vekhlathi, die er damals zusammen mit Soini bei den Klingenden Steinen beobachtete. »Da haben wir ja unseren Saboteur«, sagte der Jäger zufrieden.

»Und da haben wir seinen großen Freund«, knurrte Waljakov hinter ihm, und die mechanische Hand krallte sich im Genick des entgeisterten Mannes fest. Schwungvoll beförderte er ihn einmal gegen den Stamm des Baumes, sodass der andere zu benommen für eine Gegenwehr wurde. »Einen Laut, und ich breche dir den Hals wie einem Hühnchen. Wie viele seid ihr?«

»Ich bin allein«, behauptete der Jäger und blieb selbst dann noch bei der Auskunft, nachdem ihn der Leibwächter ordentlich geschüttelt und angedroht hatte, mit seinen Wangen die raue Rinde der Tanne abzuraspeln. »Wir haben uns in der Umgebung verteilt, um schneller bei den Fallen zu sein.«

Waljakov riss ihm das Rufhorn vom Gürtel, fasste ihn fester und beförderte ihn aus der Sichtlinie Lorins.

Wenig später kehrte er zurück und wärmte sich eilig am Feuer auf. Von dem Vekhlathi fehlte jede Spur.

»Hast du ihn umgebracht?«, fragte der Junge stockend.

»Viel besser.« Der glatzköpfige Leibwächter setzte das Horn an die Lippen und blies hinein. Weithin drang der Schall durch den stillen Wald. »Wir kaufen uns alle.«

»Ich bin schon völlig aufgetaut!«, rief Lorin, der sich auf den bevorstehenden Tanz freute.

»Du bleibst, wo du bist«, befahl ihm sein Waffenlehrmeister ruppig. »Der Bursche hat mir gesagt, dass sie mindestens eine Stunde benötigen, bis sie hier sind.« Er füllte den Becher des Jungen mit einer nächsten Ladung Suppe. »Bis dahin wirst du Brühe trinken. Deine Hilfe benötige ich nachher noch früh genug. Ich gehe und treffe alle Vorbereitungen.«

Die Aussicht, die Männer zur Rechenschaft zu ziehen und sie sogar Kalfaffel und allen anderen Menschen in Bardhasdronda vorzuführen, heizte seinen Körper noch schneller auf. Lorin vermutete, dass die Magie ihre zusätzliche Wirkung tat und jetzt, da er nicht mehr so erschöpft war, wieder erwachte. »Wo ist der Vekhlathi jetzt?«

»Bis nachher, Knirps. Und ruh dich noch aus.« Boshaft grinsend verschwand Waljakov wieder.

»Wie, bei allen dämlichen Hirschen der Wälder, ist er denn da hineingekommen?« Soini blieb schnaufend stehen und rutschte aus den Halterungen der schmalen, langen Bretter, mit denen man spielend über den Schnee glitt. Schlecht gelaunt blinzelte er in den sich allmählich aufhellenden Himmel, von dem seit zwei Stunden unentwegt Schneeflocken fielen. Er war der Letzte der Jagdgemeinschaft, die sich etwas entfernt vom aufgestellten Käfig versammelte. Deutlich erkannten die fünf Männer ihren Kumpanen, der an den Gitterstäben seines Gefängnisses rüttelte. »Und warum habt ihr ihn noch nicht herausgeholt?«

»Wir dachten, du solltest es dir anschauen«, lachte einer der Männer. »Außerdem sind wir eben erst angekommen.«

»Vom Schwarzwolf natürlich keine Spur. Er hätte ihn wenigstens fressen können«, ärgerte sich der Kalisstrone. »Von unserem unsichtbaren Freund, der uns das Geschäft vermiesen will, ist auch keine Spur zu finden.«

»Ich habe die Biester unterwegs gesehen«, berichtete ein anderer. »Aber die Grauen haben sich verzogen.«

»Wahrscheinlich, weil dieses Stück Speckfleisch da vorn unseren Köder freigelassen hat«, mutmaßte Soini, während er sich wie alle die Schneeschuhe an die Stiefel schnallte. »Los, holen wir den Kerl raus.«

Die fünf Männer schritten auf den von ihnen aufgestellten Hinterhalt zu, wobei sie mit traumwandlerischer Sicherheit den von ihnen platzierten Tretangeln auswichen.

Je näher sie der Falle kamen, desto merkwürdiger schien dem Jäger aus Bardhasdronda die Szenerie. Warum rüttelte der Vekhlathi am Gitter und rief nicht um Hilfe?

»Halt«, befahl er misstrauisch. »Hier stimmt etwas nicht.«

Er nickte dem Mann zu seiner Linken zu, damit er sich den Käfig ansah. Die anderen nahmen ihre Bogen von der Schulter und legten Pfeile auf.

Als der fremde Pelzjäger auf Armlänge heran war, schnappte unvermittelt eine Fußangel unter ihm zu. Erschrocken machte der Mann einen Schritt zur Seite und geriet in eine weitere.

Fluchend und tobend bückte er sich, um sich an dem Mechanismus zu schaffen zu machen. Da sprang, so hatte es zumindest den Anschein, eine dritte aus dem Schnee hervor und schloss sich um die so einladend dargebotenen Hinterbacken.

Der Vekhlathi zu Soinis Rechten brüllte ihm entsetzt ins Ohr und machte einen eckigen Hopser nach vorne. Stählerne Fänge hatten sich auch um sein Hinterteil gelegt und ihn zu der ungewollten Reaktion veranlasst.

»Fliegende Tretangeln! Das ist das Werk des Bösen!«, rief einer der anderen Pelzjäger, bevor die nächste Fußfessel zwischen den Tannen hervorschnellte und an seinem Oberarm zuschnappte.

Von wegen! Soini erkannte sogleich, wem er die Angriffe zu verdanken hatte. Er ließ seine Kumpane im

Stich, hetzte zurück in den Schutz der Tannen, zückte den Dolch und begab sich auf die Suche nach dem Jungen. *Aus deiner Haut, Zwerg, mache ich mir einen Kaminvorleger!*

Lorin hatte es sich auf seinem Beobachtungsposten im Wipfel eines nahen Baumes einigermaßen bequem gemacht und sandte im Morgengrauen eine Fußfalle nach der anderen gegen die Pelzjäger.

Schließlich erschien Waljakovs Gestalt zwischen den Vekhlathi, deren Gegenwehr mit ein paar gezielten Fausthieben der mechanischen Hand buchstäblich niedergeschlagen war.

Erschöpft, aber glücklich machte sich der Junge an den Abstieg, wobei er kleine Lawinen auslöste, die von den schneebehangenen Ästen des Baumes zur Erde rutschten. Er sprang auf den Boden und wollte zu Waljakov laufen, als sich von hinten ein Arm um seinen Hals legte und ihn in den Schwitzkasten nahm.

»So, Zwerg, zählen kannst du nicht«, hörte er Soini sagen. »Du hast mich vergessen.« Eine Schneide legte sich dicht an seinen Hals. »Du hast unsere Fallen sabotiert. Ich habe es mir gleich gedacht, als ich dich mit der kleinen Jarevrån bei den Steinen gesehen habe.« Lorin bewegte sich vorsichtig, legte seine Hände an die Unterarme des Angreifers. Augenblicklich ritzte die Klinge seine Haut ein. »Wenn ich auch nur das leiseste Gefühl habe, dass du etwas mit deinen Kräften unternimmst oder dich anders wehrst, schießt dein Blut in den Schnee.« Er schob ihn vorsichtig nach vorn, damit der Leibwächter, der gerade im Begriff war, die fremden Jäger zu verschnüren, sie sehen konnte.

»Ho, Fremdländler«, machte der Kalisstrone auf sich aufmerksam. »Befreie meine Partner.«

Waljakov stand regungslos im Schnee; das kantige Gesicht war ausdruckslos, aber die eisgrauen Augen versprachen dem Jäger tausend Tode. Bedächtig zerschnitt er die erste Fessel, die er eben erst angelegt hatte. Der Pelzjäger aus Bardhasdronda beobachtete den Hünen genau.

»Du suchst doch diesen Schwarzwolf«, richtete sich der Leibwächter auf, während sich der befreite Vekhlathi erhob und die Handgelenke rieb.

»Was geht dich das an?«, gab Soini zurück.

»Wenn du ihn haben willst«, riet ihm Waljakov, »solltest du dich umdrehen.«

»Darauf falle ich nicht noch einmal herein«, lachte der Pelzjäger verächtlich. Doch die entgeisterte Miene des Mannes neben dem Fremdländler verunsicherte ihn.

»Diese Tiere sind sehr groß. Und sie haben tatsächlich weiße Augen«, meinte der Leibwächter. »Ich bin froh, dass er dich zuerst erwischt. Vielleicht hat er dann keinen Hunger mehr.« Der Vekhlathi wich zurück, seine Jagdgenossen krochen wie die Raupen davon.

Soini brach der Schweiß aus. Letztlich konnte er nicht anders, er benötigte Gewissheit. Langsam drehte er den Kopf nach hinten.

Nicht weiter als zwei Schritt entfernt setzte ein aggressives Knurren ein. Sofort verharrte der Kalisstrone. »Tu was, oder ich schlitze den Jungen auf«, sagte er halblaut zu Waljakov. »Nimm einen Bogen.«

Mit Bedacht, um das Raubtier nicht herauszufordern, nahm Waljakov eine der Fernwaffen auf und betrachtete sie. »Ich kann damit nicht umgehen.«

»Dann nimm deinen verfluchten Säbel und hacke den Wolf in Stücke.« Soinis Stimme klang gereizt. »Auf der Stelle!«

Gellend erklang der Schmerzensschrei des flüchtenden Vekhlathi. Er war auf seinem Rückzug in die nächste Tretangel geraten. Ein schneller, ansatzloser Fausthieb des Leibwächters schickte den Jäger in den Schnee. Dann zog er seinen Säbel und bewegte sich seitwärts auf den Schwarzwolf zu, die Klinge nach vorn gerichtet, um das Raubtier bei einem Angriff aufzuspießen.

Der Wolf fletschte die Zähne und kauerte sich nieder. Aus dieser Lage würde er sofort springen können. Die Frage blieb nur, für welches Opfer sich das mächtige Tier entscheiden würde.

Lorins Kräfte waren am Ende. Er musste sich einzig und allein auf Waljakov verlassen. Der Schwarzwolf drückte sich ab und warf sich gegen den Hünen. Mensch und Tier verschwanden in einer Wolke aus aufgewirbeltem Schnee.

Soini stieß Lorin von sich, rannte an den um Hilfe bettelnden Vekhlathi vorüber, ohne sich weiter um ihr Schicksal zu kümmern, und suchte sein Heil in der Flucht. Lorin war es gelungen, sich so unter Soinis Arm wegzudrehen, dass der Dolch ihm nicht die Ader aufschlitzte, sondern nur einen oberflächlichen Kratzer anrichten konnte. Dennoch troff etwas Blut in den frischen Schnee.

Den Jungen ärgerte es maßlos, dass der Kalisstrone, der eben um ein Haar seinen Tod verantwortet hätte, einfach so davonkommen sollte.

So schwer kann es nicht sein, dachte er und langte eilig nach Pfeil und Bogen, um dem skrupellosen Mann einen Gruß nachzusenden. Das Geschoss traf Soini ins rechte Schulterblatt, bevor er den Schutz der herabhängenden Tannenzweige erreichte.

Eilig wandte sich der Junge um. Waljakov lag im

Schnee; der Schwarzwolf stand über ihm und hatte die entblößten Fänge um die Kehle des Leibwächters gelegt. Lorin warf den Bogen zur Seite und schaute in die weißen Augen des heiligen Tieres.

»Erinnerst du dich an mich?«, sagte er zu dem Wolf, als spräche er mit einem Menschen. »Ich habe bei den Klingenden Steinen Musik gemacht. Und wir haben uns vorher schon einmal gesehen. Ich habe dich vor den Fallen bewahrt, nun musst du mir einen Gefallen tun. Bitte.«

Der Kopf des Wolfes hob sich, das Knurren wurde leiser und verstummte. Der Junge atmete auf. Die Reihe scharfer Reißzähne befand sich nun nicht mehr unmittelbar an der Kehle seines großen Freundes.

»Bitte, lass ihn gehen.«

Der Schwarzwolf schaute herab auf den regungslos verharrenden Mann, dann trabte er in den dichten Wald zurück.

Lorin stieß erleichtert die Luft aus und lief zu Waljakov, der sich aufstemmte und den Geifer des Wolfes angewidert von seiner Kehle wischte. »Früher wäre mir das nicht passiert«, lautete seine einzige Bemerkung.

»Niemand würde gegen einen Schwarzwolf bestehen«, versuchte der Knabe seinen Waffenlehrmeister zu trösten.

»Du musst mich nicht aufmuntern«, wehrte Waljakov nachdenklich ab. »Ich bin älter geworden.« Er verstaute den Säbel in der Hülle. »Bald kommt der Tag, an dem ich Gegner bitten muss, langsamer zu schlagen.«

»So schlimm ist es nicht.« Lorin lächelte und nickte in Richtung des immer noch bewusstlosen Vekhlathi, der von Waljakov niedergeschlagen worden war. »Für den und seine Freunde hat es immer noch gelangt.«

Gegen seinen Willen musste der Tarpoler doch lachen. »Komm, Knirps. Wir packen die Jäger in den Käfig.« Er schaute zu den aufsteigenden Sonnen. »Sie werden ein paar Stunden hier draußen überleben, und bevor sie erfrieren, holen wir sie mit den Milizionären ab.«

»Und was ist mit Soini?« Der Junge half seinem Waffenlehrmeister, die rebellischen Gefangenen in das enge Gefängnis zu bugsieren, wo sie sich gegenseitig wärmten. »Wenn er zurückkommt?«

Ein langes Heulen hallte durch den Wald.

»Der hat wohl andere Schwierigkeiten.« Waljakov ließ das Gitter einrasten und legte dem Jungen die Hand auf die Schulter. »Danke.« Dann drehte er sich um und stapfte in Richtung Bardhasdronda.

»Keine Ursache«, meinte Lorin grinsend und folgte ihm.

Lorin und Waljakov suchten Rantsila und Kalfaffel auf, um ihnen von dem verbrecherischen Vorhaben Soinis und den fremden Jägern zu erzählen.

Der Anführer der Miliz, dessen Auge ein Veilchen, zierte gab den Fremdländlern auf Anweisung des Cerêlers ein Dutzend Männer sowie sechs Hundegespanne mit, damit sie die Gefangenen abholen konnten. Sehr zu Lorins Erleichterung saßen die Vekhlathi immer noch hinter den engen Gitterstäben, keiner von ihnen war erfroren.

Bei ihrer Rückkehr hatte sich bereits eine kleinere Menschenansammlung vor dem Gefängnis Bardhasdrondas eingefunden, welche die Ankunft der ertappten Verbrecher erwartete. Die Milizionäre brachten die Vekhlathi in die Zellen, während Lorin seine Geschichte nun hochoffiziell zu Protokoll gab.

Kalfaffel stellte ab und zu Fragen, Rantsila hielt sich völlig zurück. Ihm schien es sichtlich unangenehm zu sein, dass er den Jungen fälschlicherweise verdächtigt hatte.

Danach war die Reihe an den Männern aus der Nachbarstadt. Der Anführer der Miliz begleitete Lorin humpelnd hinaus.

»Ich muss mich bei dir entschuldigen«, sagte er unterwegs, und seine grünen Augen blickten geradeaus. »Wenn du mir erklärt hättest, was in Wirklichkeit in den Wäldern vorgeht, wäre alles anders gekommen.« Er nickte ihm knapp zu. »Aber bei der Abmachung bleibt es natürlich. Da kann ich keine Ausnahme machen.«

»Sicher«, antwortete Lorin und gab sich Mühe, nicht allzu unwissend zu wirken. »Ich verstehe das.«

Rantsila lächelte erleichtert. »Gut. Aber leichter werde ich es dir auch nicht machen.«

»Das verlange ich auch gar nicht.« *Vermute ich zumindest.* »Ich schaffe das schon.« Der Knabe trat hinaus ins Schneegestöber, das wieder eingesetzt hatte. Waljakov, der allein auf dem Platz gewartet hatte, glich inzwischen mehr einem Schneemann als sich selbst. Die anderen waren wegen des schlechten Wetters in ihre Häuser zurückgekehrt.

»Ich bewundere deinen Mut«, verabschiedete sich Rantsila.

Wenn ich nur wüsste, wovon er spricht. Lorin lief zu seinem Waffenlehrmeister, der sich bereits in Bewegung gesetzt hatte. »Was ist das für eine Abmachung, die du mit Rantsila getroffen hast?«

»Er wird einen Zweikampf mir dir austragen«, erklärte er wortkarg. »Verliert er, hast du deinen Posten wieder.«

»Einen Zweikampf? Mit dem besten Kämpfer der Stadt?«, platzte es aus dem Jungen heraus.

»Zweitbesten«, verbesserte Waljakov. »Die Unterredung mit ihm verlief erfolgreich.«

Lorin hatte plötzlich eine Ahnung, woher die Blessuren des Kalisstronen stammten. »Aber ich weiß nicht, ob ich so weit bin.«

»Bis zum Frühjahr wirst du es sein.« Waljakov steuerte die Gewächshallen an, die in Matucs Obhut lagen. »Ich bringe dich dazu.« Er öffnete die kleine Seitentür. Warme Luft strömte hinaus. »Und nun geh und berichte von deinem Erfolg. Er hat sich Sorgen um dich gemacht. Wir sehen uns morgen, direkt nach deiner Arbeit bei Akrar.«

Gehorsam betrat der Knabe die warme, nach Erde riechende Halle, in der einige Veränderungen vorgenommen worden waren, um die Süßknollen in der kalten Zeit gedeihen zu lassen. Große Feuer sorgten dafür, dass die Temperatur angenehm blieb. Das Schmelzwasser des auf dem Dach tauenden Schnees leiteten die Helfer, die sich Ulldrael dem Gerechten angeschlossen hatten, über ein Innenrohr in ein gewaltiges Fass, um immer genügend Nass zur Bewässerung zu haben.

Als ein kleines Wunder der Landwirtschaft präsentierte sich die mehrstöckige Keimanlage für die jungen Süßknollen. Mannsdicke Baumstämme bildeten die Säulen der vier Ebenen umfassenden Gewächsanlage. Auf einer Fläche von acht auf vier Schritt waren breite Bretter miteinander verbunden worden. Darauf hatten Helfer eine Lage Erde geschüttet, in welche die jungen Erdfrüchte gesetzt und auf die nächste Keimebene gebracht wurden. Erreichten sie diese, bettete man sie in die schwere, lehmige Erde, wo der Reifungsprozess begann. Auf diese Weise sparte man Zeit, und die Süßknollen wurden noch schneller erntereif. In dem menschenfeindlichen, nahrungsarmen Winter war dieses Vorgehen überlebenswichtig geworden.

Lorin entdeckte seinen betagten Ziehvater in einem Kräuterbeet kniend. Matuc hatte den Ehrgeiz, nach den tarpolischen Erdfrüchten nun auch die ein oder andere Kräutersorte im Winter zum Treiben zu bringen. Bisher hatte er jedoch keinen Erfolg zu verzeichnen. Offensichtlich benötigten sie die Kraft der Sonnen.

Lorin räusperte sich.

Matuc hielt kurz inne und warf einen Blick auf den Schatten, den der Knabe warf. Nach der kurzen Unterbrechung setzte er seine Arbeit an den zierlichen Halmen fort.

»Diese verdammten Gräser sind undankbar«, murmelte er, ohne sich umzudrehen. »Zuerst hilft man ihnen, unter den schwierigsten Umständen aufzuwachsen. Aber danken sie es einem? Nein. Sie handeln nur nach ihrem eigenen Willen und machen, was sie wollen, ohne sich um die zu scheren, die sich liebevoll um sie gekümmert haben. Es ist ihnen gleich, wenn man sich sorgt.«

Der Junge wusste, dass der Geistliche nicht wirklich zu den Pflanzen sprach. Er kniete sich neben ihn und fuhr mit den Fingerspitzen über die Spitzen der Kräuter.

»Sie wissen es schon, wenn man sich um sie sorgt. Aber es fällt ihnen erst hinterher auf, wenn sie anderen durch ihr Verhalten Verdruss bereitet haben.« Er sah seinen Ziehvater von der Seite her an. »Es tut mir Leid, Matuc. Ich wollte nicht, dass du dir Sorgen machst. Aber diese Unternehmung sollte mein Geheimnis bleiben, bis ich mir ganz sicher war. Ich habe einem Schwarzwolf das Leben bewahrt. Die Vekhlathi haben ihm zusammen mit Soini nachgestellt und ...«

»Das heilige Tier Kalisstras«, brummte der Geistliche. »Warum bin ich nicht überrascht?« Freundlich wandte er sich dem Jungen mit den blauen Augen zu. »Weißt du, dass du deiner Mutter sehr ähnelst? Wenn wir eines Tages nach Ulldart zurückkehren, werden einige Menschen sehr überrascht sein.« *Wenn sie überhaupt noch leben.* Umständlich setzte er sich so hin, dass er die ganze Halle überblicken konnte. »Sieh es dir an, Lorin. Ich habe Ulldrael auf diesen Kontinent gebracht.« Er tippte ihm auf die Brust. »Aber dahinein konnte ich ihn nicht setzen. Warum?«

»Aber ich glaube an den Gerechten«, protestierte der Knabe, doch Matuc hob die Hand.

»Sicher glaubst du an ihn. Du glaubst an ihn, wie du an Kalisstra glaubst. Oder an andere Götter. Aber du bist dir seiner nicht sicher, und damit bist du nicht fest in deinem Glauben. Ich habe einfach Angst, dass dies dir eines Tages zum Verhängnis wird. Deshalb habe ich mich so bemüht, dich voll und ganz mit Ulldraels Lehren zu durchdringen.« Er lächelte schwach. »Ich habe das Unmögliche geschafft und Kalisstri zu bekennenden Ulldraelanhängern gemacht. Dagegen habe ich bei dem Menschen versagt, den ich von Kindesbeinen an erzog.«

»Es stimmt ... ich fühle mich dem Gerechten nicht sonderlich verbunden. Er ist für mich eine Gottheit wie alle anderen auch«, erklärte Lorin, der traurig war, den Mönch zu enttäuschen und nichts dagegen unternehmen zu können. »Sei mir nicht böse. Es ist auch nicht deine Schuld.« Er hob einen Erdklumpen auf und zerbröckelte ihn zwischen seinen Fingern. »Ich bin nichts Ganzes und nichts Halbes. Weder Ulldarter noch Kalisstrone. Meine blauen Augen verraten jedem, dass ich ein Fremdländler bin. Und das andere Land kenne ich nur aus Erzählungen.«

»Es wird dich vielleicht eines Tages brauchen.« Matuc legte dem Jungen einen Arm um die Schulter. »Und du wirst es mögen. Wenn es der Wille des Gerechten ist, findest du dort zu deinem wahren Glauben.« Er benutzte seinen Ziehsohn als Stütze, damit er sich erheben konnte. »Nun aber will ich hören, wo du warst und was du alles getrieben hast. Und wehe, deine Abenteuer waren die Sorgen nicht wert, die ich mir gemacht habe.«

Lorin half Matuc beim Aufstehen, ehe er sich selbst in die Höhe stemmte. »Ich verspreche dir, dass ich dir von nun an alles erzählen werde.«

Gemeinsam verließen sie die umgebaute Lagerhalle und stapften durch die tanzenden Schneeflocken nach Hause. Auf ihrem Weg, während Lorin seinem Ziehvater die jüngsten Ereignisse schilderte, geschah etwas Seltsames.

Zum ersten Mal, seit Lorin in Bardhasdronda war, grüßte ihn einer der Städter, der an ihnen vorüberging.

Verdutzt nickte der Knabe zurück und wäre beinahe mit dem nächsten Passanten kollidiert, wenn ihn sein Ziehvater nicht am Arm zur Seite gezogen hätte.

»Hast du das gesehen?« Der Junge deutete dem Mann hinterher. »Ich glaube, er hat mich gemeint.«

»Es wird sich herumgesprochen haben, dass du einem Schwarzwolf unter Einsatz deines eigenen Lebens gegen die Jäger beigestanden hast«, vermutete Matuc. *Dann hat es ja doch etwas Gutes. Die Leute lehnen ihn nun vielleicht nicht mehr so ab wie früher.*

Lorin achtete genau auf die Gesichter der Menschen, die ihnen begegneten. Zu seiner großen Freude grüßten ihn zwei weitere Bürger der Stadt. Ausgelassen hüpfte er um den Geistlichen herum.

Kaum waren sie am Hausboot angekommen und

legten die schweren Jacken ab, erschien Blafjoll, der vor Neuigkeiten zu platzen schien. Weil Fatja nicht zu Hause war, kümmerte sich Lorin um die Zubereitung des Tees.

»Stellt euch vor, was der Bürgermeister beschlossen hat«, erzählte der bekehrte Walfänger aufgekratzt. »Er hat Soini verstoßen.«

»Das ist doch mal was«, lachte der Junge und reichte die Tassen herum. Die drei stießen zusammen auf das freudige Ereignis an. »Dann haben die Vekhlathi ihn also nicht gedeckt?«

Blafjoll schüttelte den Kopf und rieb sich schadenfroh das Kinnbärtchen. »Sie hatten eine solche Wut auf ihn, weil er sie im Wald im Stich gelassen hatte, dass sie ihm alles in die Schuhe schoben.«

»Und wer war der Auftraggeber Soinis?«, fragte sich Matuc.

»Das wussten sie nicht«, bedauerte er. »Wenn er aus Bardhasdronda wäre, so drohte ihm das gleiche Schicksal wie dem Pelzjäger. Die Verbannung auf Lebenszeit.«

»Die hat er sich auch verdient«, meinte Lorin und setzte sich zu ihnen. Sein Blick wanderte durch das Fenster nach draußen, wo der Schnee sich auf dem schmalen Sims türmte. *Was er wohl gerade tut?*

»Wenn Kalisstra ihm ihre Gnade gewährt, hat ihn der Schwarzwolf erwischt«, gab der Kalisstrone seine Meinung kund. »Alles ist besser, als ein Heimatloser zu sein.«

Matuc schaute, eingedenk der vorhin geführten Unterhaltung, ungewollt zu seinem Ziehsohn. Doch dessen Augen waren immer noch auf die wirbelnden Flocken geheftet. »Was geschieht mit ihm, wenn er sich wieder blicken lässt?«

Blafjoll wischte sich die von der Kälte gerötete Nase am Ärmel ab. »Das wird er nicht wagen. Es bedeutet für ihn das Todesurteil. Dennoch wird er sich rächen wollen. Soini ist ein Hundsfott. Aber leider ein Hundsfott mit einer sicheren Hand, einem guten Auge und einem Bogen.«

Ob er auch der Verräter war, der den Lijoki von der Getreidelieferung erzählt hat? »Wisst ihr, dass Rantsila mich verdächtigt hat, ich könnte gemeinsame Sache mit den Piraten machen?«

»Rantsila ist bei deiner großen Schwester nicht angekommen. Da wird er auf dich auch nicht gut zu sprechen sein«, vermutete der Walfänger grinsend. »Nimm es ihm nicht übel. Er ist eigentlich ein feiner Kerl. Und der beste Kämpfer.«

»Der Zweitbeste«, korrigierte Lorin vergnügt. »Und bald nur noch der Drittbeste.«

»Gibt es da etwas, das ich wissen sollte?«, erkundigte sich Matuc alarmiert. »Wolltest du mir denn nicht alles erzählen?«

Notgedrungen erklärte der Knabe, welche Abmachung Waljakov mit dem Milizionär geschlossen hatte.

»Rantsila wird dich grün und blau schlagen«, schätzte der Kalisstrone. »Und es wird ihm ein besonderes Vergnügen sein.«

»Nein, keine Angst«, beruhigte ihn Lorin feixend. »Wir schlagen uns nicht mit den Fäusten. Soweit ich weiß, wird es ein echter Zweikampf mit Schwertern sein.«

Blafjoll verzog lobend das Gesicht und prostete dem Knaben zu. »Darauf trinke ich.«

»Dem Glatzkopf werde ich gehörig die Meinung sagen. Einen Jungen gegen einen ausgebildeten Soldaten zu schicken«, empörte sich Matuc und wollte aufstehen. »Dem hat die Kälte wohl den Verstand eingefroren!«

»Nein, nein, lieber Ziehvater ...« Lorin drückte ihn mit sanfter Gewalt zurück auf den Stuhl. »Es ist gut so. Endlich werde ich ausprobieren können, was mir meine Ausbildung bei Waljakov gebracht hat. Und bis zum Kampf ist es noch eine Weile hin. Ich werde noch härter üben als bisher.« Er streckte die Finger aus, und wie von Geisterhand bewegt, flog der Teekessel heran, ohne dass auch nur ein Tropfen verschüttet wurde. »Und meine Magie habe ich auch noch.«

Kontinent Ulldart, Großreich Tarpol, Provinz Ker, Burg Angoraja, Winterende 458/59 n. S.

Eine der beiden Gestalten, die im verschneiten Burghof eine Waffenübung abhielten, warf plötzlich den Schild zur Seite, packte das Schwert mit beiden Händen und drang brüllend auf den Gegner ein, der sich aus Angst vor Prügel vollständig hinter die Deckung seiner Paradewaffe zurückzog und es nicht einmal mehr wagte, den Kopf hervorzustrecken. Ein Tritt seines Gegners gegen das metallbeschlagene Holz warf ihn schließlich in den Schnee.

»Er hat eine furchtbare Technik.« Herodin, der vom Fenster des Durchgangs aus den Übungskampf verfolgt hatte, schüttelte den Kopf. »Und er beherrscht sich noch nicht gut genug. Wildes Drauflosstürmen ist schlecht und gegen alles, was Angor von uns verlangt. Disziplin ist nach wie vor ein Fremdwort für ihn.«

»Was erwartet Ihr, Seneschall?«, verteidigte Nerestro

von Kuraschka den Gewinner des Gefechtes. »Alles, was er über Schwerter weiß, haben ihm Gesetzlose beigebracht, die sich auf ungezieltes Hauen und Stechen beschränken.« Seine Hand fuhr über die blond gefärbte Bartsträhne. »Ich finde, er hat große Fortschritte gemacht. Wenn es Frühling wird, schicke ich ihn zu einem Turnier. Er wird verlieren, aber Erfahrung sammeln.«

Ohne ein weiteres Wort wandte sich der Großmeister der Hohen Schwerter vom Fenster ab, um seinen Weg in Richtung des Waffensaals fortzusetzen. Die Schmerzen, die er beim Gehen in seinem Rücken spürte, zeigte er nicht. Doch die langen Jahre im Sattel und das Tragen der schweren Rüstungen forderten im fortgeschrittenen Alter ihren Tribut.

Schweigend gingen die Männer nebeneinander her, bis sie die breite Eichentür erreichten.

»Es sieht nicht gut aus, oder?«, fragte Nerestro, ehe er öffnete und eintrat. »Rodmor von Pandroc hat merkwürdige Andeutungen gemacht.«

»Er hatte wohl Recht, Großmeister«, sagte Herodin mit verkniffenem Gesicht. »Aber lasst es Euch selbst erzählen.«

Der Oberste des Ordens trat in den Saal, dessen Wände mit Schwertern, Morgensternen, Äxten, Beilen und anderen Waffen geschmückt war. Auch verschiedene Schilde mit den unterschiedlichsten Wappen waren dort aufgehängt worden. Während er zu seinem Platz am Kopfende der schwarzen Tafel schritt, betrachtete er die ältesten Schilde, die einst Zeugnis seiner überlegenen Kampfkunst gewesen waren. Nun erinnerten sie ihn mehr an Mahnmale denn an Trophäen. Keiner von denen, die einst die Schilde besessen hatten, war noch am Leben. Die meisten waren bei Telmaran elend zu Grunde gegangen.

Ähnlichen Charakter besaß das Sammelsurium an Flaggen, Standarten und Fahnen, die von einer Balustrade herabhingen – Andenken an gute Freunde oder geschätzte Gegner.

Erst als er sich auf den geschnitzten Lehnstuhl setzte, hatte er Augen für die Anwesenden. Sieben Ritter, gerüstet in Kettenhemden und mit kostbaren Pelzen zum Wärmen, warteten darauf, dass ihr Großmeister das Treffen eröffnete. Auf dem Tisch lagen drei Schilde.

»Wir leben und dienen Angor, dem Gott des Krieges und des Kampfes, der Jagd, der Ehrenhaftigkeit und der Anständigkeit«, begann Nerestro, zog seine aldoreelische Klinge und küsste die Blutrinne. Behutsam legte er das kostbare Schwert vor sich, die Spitze von sich weg zeigend. »Wir haben uns eine neue Bestimmung gesucht, indem wir diese Waffen vor dem Zugriff eines Unbekannten zu schützen suchen.« Er erhob sich. »Und was haben wir erreicht? Berichtet!«

»Es ist so, dass unsere Suche einerseits erfolglos war«, gab Kaleíman von Attabo Auskunft. »Wir haben weder in der ehemaligen Burg von König Tarm noch in den Besitztümern des verstorbenen Herrschers Mennebar Hinweise auf die aldoreelischen Klingen gefunden. Angeblich sei, so sagte uns die Dienerschaft, niemals eine solch kostbare Waffe zu sehen gewesen.« Kaleímans Unterkiefer mahlten. »Dafür haben wir zwei unserer Brüder und eine Schwester verloren, die den Besitzer in der Baronie Serinka beschützen wollten. Wir wissen nicht, was sie getötet hat. Ihre Leichen wurden zusammen mit dem Vasruc in dem Raum gefunden, in dem das Schwert aufbewahrt worden war.«

»Die ilfaritische Klinge ging mit der Festung Windtrutz schon vor längerer Zeit verloren«, ergänzte der

Großmeister die schlechten Nachrichten. »Unser Orden besitzt demnach also die letzten vier.«

»Und es bleiben jene zwei, die mächtigsten aller Klingen, die ausschließlich für den Kampf gegen Sinured angefertigt wurden und an einem geheimen Ort vor dem Bösen versteckt liegen«, erinnerte der Seneschall. »Wissen wir über ihren Aufenthaltsort bereits Genaueres?«

»Angor hat sie dummerweise so gut versteckt, dass wir noch keinerlei Erkenntnisse über ihren Verbleib haben. Die Archive, die wir durchforsten ließen, ergaben nichts außer Verweise auf ältere Sammlungen.« Kaleíman wirkte unzufrieden. »Damit ist ungewiss, ob das Böse sie nicht schon lange in ihrem Besitz hat. Aber selbst wenn es lästerlich klingen mag: Wer sagt uns, dass die beiden letzten, besonderen Schwerter überhaupt existieren?« Ein Murren lief durch die Reihen der Anwesenden. Der Ritter fühlte sich sofort angegriffen. »Ich weiß, dass es einigen nicht passt, wenn ich so denke. Es mag daran liegen, dass wir eine Generation der neuen Ritterschaft sind. Dennoch, diese Gedanken sind berechtigt.«

Herodin nickte aufmunternd, und Kaleíman fuhr fort. »Diese beiden Klingen sind nur aus der Legende bekannt. Was ist, wenn sie sich bereits unter denen befinden, die wir an den Unbekannten verloren haben? Wenn sie gar nicht versteckt waren? Oder wenn eine von ihnen gerade vor uns auf dem Tisch liegt? Ich habe die Aufzeichnungen studiert, und darin steht nichts darüber, wie die Klingen beschaffen sein sollen. Wie, so frage ich die Anwesenden, sollen wir sie dann von den anderen unterscheiden?«

Die Ritter schauten ihren Ordensführer abwartend an.

»Es wird Zeit, dass ich den Kabcar in Kenntnis setze«, entschied Nerestro. Gedankenverloren fuhren seine Finger über den Griff der aldoreelischen Klinge. »Wir dürfen uns nicht dadurch schwächen, dass wir uns über den ganzen Kontinent verteilen. Die anderen beiden Träger der Schwerter sollen unverzüglich in meine Burg kommen. Wenn immer einer von uns über die anderen wacht, wird der, der die Klingen einsammelt, keine Gelegenheit erhalten, uns zu überraschen. Und dann töten wir den, der es gewagt hat, sich mit den Hohen Schwertern in die Schranken zu wagen.«

Mit einer Geste bedeutete er den Versammelten, sich zu erheben. Eigenhändig brachte er die Schilde der gefallenen Kriegerin und der Krieger an der Wand an, während die Ritter niederknieten und Gebete zu Angor sprachen, damit er die Ordenszugehörigen bei sich aufnahm. Mehr als zwei Stunden verharrten sie so im Waffensaal, bevor sich Nerestro erhob.

»Zwei Dutzend unserer Ritter behalte ich hier bei mir, den Rest teilt Ihr in zwei Gruppen, die den Besitzern der aldoreelischen Klingen entgegenreiten sollen, um ihnen wenigstens etwas Schutz zu vermitteln«, befahl er seinem Seneschall. *Auch wenn ich nicht glaube, dass unsere Gegner sich dadurch aufhalten lassen werden.*

»Habt Ihr einen Verdacht, wer die Schwerter an sich nimmt, Großmeister?«, fragte Kaleíman.

»Keinen, den ich beweisen kann«, deutete Nerestro an. »Und es würde Euch nichts nützen, wenn ich ihn äußerte.« Sein Blick schweifte über die Gesichter seiner Untergebenen. »Ihr wisst, was auf dem Spiel steht. Wenn diese letzten vier Waffen verschwinden, gibt es nichts, was Sinured und seine Verbündeten, an welcher Stelle sie auch sitzen, aufhalten kann, nicht einmal die vom Kabcar so viel gepriesene Magie. Über alles andere, was Ihr zu den besonderen Schwertern gesagt habt, werde ich nachdenken, Kaleíman von Attabo.«

Die Gerüsteten verließen den Waffensaal.

Müde sank Nerestro auf seinen Stuhl. »Ach, Ihr meint, ich habe mich lange genug zum Narren halten lassen?«, sprach er müde in die leere Luft. »Ich habe geschworen, mich nicht mehr in die Politik einzumischen, und ich werde mein Wort halten. Dem Hause Bardri¢ bin ich treu ergeben; so lautete die Vereinbarung, die ich damals mit dem Kabcar traf, um den Orden vor dem Untergang zu bewahren.« Er schwieg einige Zeit, sein Gesicht zeigte Wut. »Mich zu beleidigen fruchtet nicht, Rodmor von Pandroc! Verschwindet!« Er legte sich die Hände auf die Ohren und schloss die Augen. »Ich sage dem Kabcar Bescheid, mehr werde ich nicht tun. Und nun lasst mich in Ruhe!«

Die Sonnen sanken; ihr warmer, goldener Schein fiel durch die Fenster, legte sich auf den Großmeister und wärmte ihn. Seufzend nahm er die Hände herunter und ließ den Kopf kreisen, dass seine Nackenwirbel knackten.

Dann öffnete er die Augen, die einen entschlossenen Ausdruck trugen. *Es wird Zeit, etwas zu tun.*

Er verließ den Waffensaal und begab sich in seine Schreibstube, um einen Brief aufzusetzen, den er durch einen Boten dem Kabcar persönlich aushändigen lassen wollte.

Ausführlich schilderte er die bisherigen Ereignisse rund um die aldoreelischen Klingen und verschwieg auch nicht, dass Meister Hetrál, wie ihm zugetragen worden war, von Hemeròc angegriffen worden sei. Ferner legte er in dem Schreiben die Vermutung nahe, dass entweder Hemeròc oder eine noch vertrautere Person im Umfeld des Herrschers ein doppeltes Spiel trieb. Ausdrücklich wies er darauf hin, dass das Böse etwas vorbereitete, er aber nicht wüsste, was es beabsichtige. *Das sollte ausreichen, um den Kabcar ein wenig aufmerksamer zu machen,* schätzte er.

Nach einigem Zögern fügte er weitere Zeilen an, in denen nur der Herrscher eine besondere Bedeutung erkennen würde, und siegelte den Umschlag.

Kurz danach preschte ein Botenreiter zum Burgtor hinaus.

Prustend tauchte Albugast aus dem Zuber auf und wischte sich die verbliebene Seife aus den blonden Haarstoppeln, die auf dem ansonsten kahl rasierten Kopf standen. Entspannt ließ er sich in dem riesigen Behälter treiben und genoss die Wärme, die ihn von allen Seiten umgab und die verspannten Muskeln lockerte. Die ätherischen Öle, die in das Wasser gegeben worden waren, wirkten zusätzlich wohltuend.

Die Gestalt seines ärgsten Widersachers erschien in der Tür der kleinen Badekammer, dem wärmsten Raum in der ganzen Burg. Selbst in der Kemenate wurde schon lange nicht mehr geheizt; der Herr von Angorjana schien dem weiblichen und dem männlichen Geschlecht gleichermaßen abgeschworen zu haben.

Tokaro warf einen Blick auf Albugast, der ihn wie immer mit Missachtung strafte. *Der hat mir gerade noch gefehlt.*

Der blonde, gut aussehende und vor allem äußerst ehrgeizige Mann hätte der nächste Knappe des Großmeisters werden sollen, doch das Auftauchen des einstigen Gesetzlosen machte seine Pläne zunichte. Er war einem anderen Ordensritter zugeteilt worden, der bei weitem nicht das Prestige eines Nerestro von Kuraschka vorzuweisen hatte. Dafür verabscheute Albugast den

Konkurrenten, feindete ihn an, wo es nur ging, und ließ seit dem Erscheinen auf der Burg keine Gelegenheit aus, Tokaro bloßzustellen.

Zu allem Überfluss schien der Großmeister die Ausbildung des unbekannten Jungen, den er eines Tages wie ein Findelkind mitgebracht hatte, aus irgendeinem Grund mit Gewalt voranzutreiben. Die Aufmerksamkeit, die auf seine täglichen Übungen gelegt wurde, war ungleich höher als bei allen anderen. Auf der anderen Seite erfuhr man nichts über die Vergangenheit des Neulings, niemand wusste etwas Genaues über ihn zu sagen. Adliger Herkunft, da war sich Albugast sicher, konnte er bei den fehlenden Manieren nicht sein. Der Neid nagte an ihm, und er konzentrierte seine Wut über die Zurücksetzung voll und ganz auf seinen Widersacher.

»Verschwinde, Filzlaus«, begrüßte er Tokaro unfreundlich. »Der Zuber ist voll.«

»Ich will gar nicht hinein. Es schwimmt genug Dreck darin herum, dass man danach noch mal baden müsste«, lachte der Junge mit den leuchtend dunkelblauen Augen, der mehr und mehr zum Mann geworden war.

Ohne auf das Fluchen des Knappen zu achten, zog er sich grinsend zurück, um sich in der Rüstkammer, unbeobachtet von den anderen, zu waschen und umzuziehen. Wenn auch nur einer der Männer sein Brandzeichen entdeckte, wäre sein Leben als ein zukünftiger Ritter Angors zu Ende. Da ihm die Ausbildung gefiel, wollte er das nicht in Kauf nehmen.

Dass er die Nähe der anderen im unbekleideten Zustand mied, machte ihn zu einem Sonderling. Nacktheit gegenüber den eigenen Mitgliedern bedeutete nichts Anstößiges im Orden, und dass ihm diesbezüglich Privilegien eingeräumt wurden, sorgte für Gerüchte. Die Ringerübungen absolvierte er ebenso in einem reißfesten Lederhemd wie das Laufen, Schwimmen oder andere Körperertüchtigungen. Die Ausrede, er trage am gesamten Oberkörper einen hässlichen Hautausschlag, verlor mehr und mehr ihre Wirkung.

In aller Eile streifte Tokaro das Kettenhemd ab und wechselte die verschwitzte Kleidung. Nachdem er den Übungskampf hinter sich gebracht hatte, stand nun das Armbrustschießen an. Der Umgang mit der Fernwaffe fiel ihm leicht, aber noch lieber hätte er seine Büchse zurück. Er vermisste das Donnern, den Rückschlag, der den Schaft gegen die Schulter drückte, und Geruch des Pulverdampfes. Zudem waren die Feuerwaffen, was den Durchschlag auf größere Entfernung anbelangte, der Armbrust überlegen.

Den wattierten Waffenrock darunter und das Hemd aus unzähligen geflochtenen Ringen darüber, trabte er in die Halle, in der die Schießübungen stattfanden. Unterwegs steckte er sich drei eingelagerte Winteräpfel ein, falls er Hunger bekommen sollte. Kurz nach ihm erreichte Albugast den Ort.

Einer der erfahrenen Ritter erschien und koordinierte den Ablauf des Unterrichts. Die aus Stroh geflochtenen Zielkörbe wurden in fünfzig Schritt Entfernung aufgestellt. Hätte Tokaro seine Büchse noch besessen, so wäre er angesichts dieser Entfernung in schallendes Gelächter ausgebrochen. Schweigend und geordnet wiederholten die Jungen im ständigen Wechsel Laden und Schießen. Der Ritter verließ den Saal.

Einfach nur in die Mitte zu treffen war dem Ulsarer zu langweilig. Daher begann er, mit den Bolzen eine gerade Linie von oben nach unten zu ziehen. Der erste Schuss ging in den äußersten der neun unterschiedlich farbigen Ringe, exakt über der mit einem roten Punkt markierten Mitte. Zufrieden lud er nach.

Albugast lachte laut. »Schaut, wie zielsicher unser Frischling ist.« Er betätigte die Winde an seiner Armbrust, um die Sehne nach hinten zu ziehen, legte einen Bolzen in den Schaft und setzte das Geschoss nach kurzem Zielen fast mittig ins Ziel. »So geht das, du Taugenichts.«

»Auf unbewegte Gegenstände zu schießen ist keine große Kunst«, meinte Tokaro abfällig. *Es wird Zeit, ihm zu zeigen, dass ich mir nicht alles gefallen lasse.*

Sein Rivale lächelte. »Und du hast eine Eingebung, woher wir ein anderes Ziel nehmen sollen?«, erkundigte er sich herausfordernd. »Dachtest du dabei an dich?«

»Ja«, nickte der Junge und lud seine Waffe. »Jeder von uns geht bis ans Ende der Halle, ausgestattet mit zehn Bolzen. Und dann laufen wir aufeinander zu und feuern alle drei Schritte auf uns.«

Albugasts Gesicht zeigte seine Verunsicherung über diesen Vorschlag in aller Deutlichkeit. »Hast du den Verstand verloren?«

»Heißt das, du bist feige?«, konterte Tokaro genüsslich, hob den Lauf, ohne sonderlich zu zielen, und drückte den Abzug nach hinten. Der kurze, massive Pfeil bohrte sich ins Zentrum der Scheibe. »Dann machen wir etwas anderes, bis du dich traust, gegen mich anzutreten.« Er nahm einen der Äpfel hervor. »Einer der anderen wird ihn in die Luft werfen. Wer den Apfel erwischt, hat gewonnen und muss einen Tag lang die Aufgaben des anderen mit übernehmen.«

Mittlerweile ruhten die Übungen in der ganzen Halle. Alle wollten sehen, wie der Wettkampf zwischen Albugast und Tokaro enden würde.

»Einverstanden«, stimmte sein Kontrahent zu. »Ich zuerst.« Der erste Bolzen zischte an dem fliegenden

Obststück vorbei, beim zweiten Versuch streifte er es. »Das genügt wohl.«

»Dir vielleicht«, meinte der einstige Rennreiter des Kabcar, hob den Apfel auf und warf ihn hoch in die Luft. Er beschrieb eine Kurve, wie es der junge Mann geplant hatte, und landete genau in den Händen von Albugast.

Die Armbrust richtete sich auf den Apfel, den der überrumpelte Knappe genau vor dem Mittelpunkt seines Oberkörpers hielt. »Ich habe nicht gesagt, dass man ihn während des Fluges treffen muss. Du hättest genauer zuhören sollen.« Die anderen Knappen lachten. Tokaros Augen bohrten sich in die seines Rivalen. »Wenn du noch einmal wagst, mich vor allen anderen einen Taugenichts zu nennen, Albugast, wirst du erfahren, was für ein Gefühl es ist, einen Bolzen zwischen die Rippen zu bekommen. Ich bin ebenso viel wert wie du, Ordensbruder. Du magst älter sein, aber nicht besser als andere. Und nun wirf.«

Verunsichert von der plötzlichen Entschlossenheit und Härte, die er seinem Gegenspieler niemals zugetraut hätte, kam Albugast der Aufforderung nach. Auf dem höchsten Punkt des Fluges zerplatzte der Apfel in mehrere Teile, gesprengt vom zielsicher abgeschossenen Bolzen.

»Was ist hier los?«, herrschte der zurückkehrende Ordensritter die Knappen an. »Euch werde ich lehren, was Disziplin zu Ehren Angors bedeutet.« Er ließ sie die Armbrüste in den Nacken legen und Laufrunden drehen, bis sie vor Anstrengung nur noch keuchten. Danach wurde das Übungsschießen fortgesetzt, immer wieder unterbrochen von Ausdauereinlagen.

An den Blicken der anderen jungen Männer erkannte Tokaro im Lauf des restlichen Tages zwei Dinge. Zum einen war er in ihrem Ansehen um einiges gestiegen, zum anderen aber hatte er sich in Albugast einen vollendeten Feind geschaffen, der ihm das Leben im Orden zur Hölle machen würde.

Was wäre das Leben ohne eine echte Herausforderung?, grinste er. *Da stimmt mir sogar Angor zu. Und wenn die Blechmänner anfangen, mich zu sehr zu quälen, packe ich in einer lauschigen Nacht meine Sachen und verschwinde. Ich werde zum bestausgebildeten Räuber, den Tarpol jemals gesehen hat.*

In Hochstimmung feuerte er einen weiteren Bolzen unmittelbar unter den ersten Treffer und vervollständigte die angefangene Linie aus Geschossen Schuss um Schuss.

Kontinent Ulldart, Großreich Tarpol, Hauptstadt Ulsar, Winterende 458/59 n. S.

So völlig unbeschadet, als läge sie auf dem Boden, ruhte die aldoreelische Klinge auf ihrem Bett aus glühenden Kohlen, die zischend und Funken sprühend in der Esse verteilt waren. Nicht einmal die Diamanten zeigten Spuren von Ruß oder Erscheinungen, die auf die Wirkung der immensen Hitze zurückzuführen waren.

Schlagartig änderte das Feuer seine Farbe.

Die kleinen Flämmchen züngelten orange aus den Kohlestücken hervor. Von unsichtbaren Kräften bewegt, betätigte sich der große Blasebalg und fachte die Temperaturen an, bis das unnatürlich grelle Feuer rund um die kostbare Waffe in die Höhe schoss.

Die Schneide umspielte ein silbernes, unscheinbares Flimmern, das sich rasend schnell über die Parierstange den Griff entlang bis zum Knaufende verbreitete. Die Klinge verlor von oben nach unten unaufhaltsam ihre Form, wurde weicher und zerfloss.

Das glühende Metallrinnsal suchte sich wie eine verzweifelte Schlange einen Ausweg aus der Hitze des Feuers, sickerte zwischen den Kohlen hindurch, lief in einen dünnen Kanal durch ein Sieb, in dem die Diamanten zurückblieben, und wurde letztendlich in einer quadratischen Gussform aufgefangen.

Der faszinierende Vorgang der Schmelze nahm etliche Minuten in Anspruch, dann erinnerte nichts mehr an die aldoreelische Klinge. Die Flammen der Esse erloschen, und die Fackeln in der Schmiede erwachten zum Leben.

»Und so vollendet eine weitere der wundersamen Waffen ihren Weg ins Bedeutungslose«, sagte Mortva Nesreca leise und zufrieden zu sich selbst.

Die Gussform schwebte in einen Bottich mit Eiswasser, in dem sie, dichte Dampfwolken fabrizierend, auf den Grund sank. Nesreca summte ein leises Lied, verschränkte die Arme auf dem Rücken und wartete geduldig. *Fünfzehn Stück besaßen wir, vier haben wir erfolgreich unschädlich gemacht,* überlegte er, während er sich von der Anstrengung der Prozedur erholte.

Mithilfe seiner Magie und der entsprechenden Ritualformeln gelang es ihm, den Schutzzauber der aldoreelischen Klingen zu lockern und die Waffen eine nach der anderen einzuschmelzen. Ganz brechen konnte man die starke Magie nicht, aber als Metallklumpen richteten die einstigen Klingen kein Unheil mehr an. Die schweren Klötze würden zudem schon bald allesamt auf dem tiefsten Meeresgrund liegen.

Eigentlich hatte Nesreca die Geduld bewahren und erst mit der Vernichtung beginnen wollen, wenn er alle einundzwanzig Klingen in seiner Gewalt hätte. Aber ein ungutes Gefühl hatte ihn zur Eile angetrieben. Nichts sollte ihn, Sinured oder die anderen aufhalten können.

Da der Schutzzauber, der um die Klingen lag, überaus machtvoll war, beanspruchte ihn das Einschmelzen dermaßen stark, dass er die Schulung seines Zöglings Govan vorübergehend einstellte. Der Junge war durchaus in der Lage, sich weitere Kenntnisse selbst anzueignen. Den magischen Schild beherrschte er inzwischen ebenso gut wie sein Mentor.

Immer noch summend, nahm Nesreca die erkaltete Gussform aus dem Wasser, öffnete sie und stellte das heiße, quaderförmige Metallgebilde auf dem gepflasterten Boden neben einem schwarzen Lackschrank ab, der demjenigen in seinen Gemächern bis auf die letzte Maserung glich.

Er entriegelte den Schrank, schaltete die magischen Sicherungen aus und öffnete die Flügeltüren. Mit einer gewissen Verachtung stellte er den Klotz, der einst eine aldoreelische Klinge gewesen war, in das untere Regal zu den anderen drei und schloss den Schrank sorgfältig ab.

Die hätte ich beinahe vergessen. Mit bloßen Händen fischte er die Diamanten aus dem Sieb, kratzte die letzten Reste des erkalteten Stahls mit den Fingernägeln von den Steinen und ließ sie in die Tasche seiner tadellos sitzenden Uniformjacke gleiten. *Wie unachtsam von mir.*

Nesreca schüttelte eine weitere Klinge aus dem Lederbeutel, in dem er sie transportiert hatte, und ließ sie auf den Boden poltern. Wegen der rostbraunen Farbe, die er als Blut erkannte, wusste er, dass es sich um die Klinge handelte, die ihm die Zweite Göttin aus der ehemaligen Baronie Serinka mitgebracht hatte.

»Die Nächste bitte«, sagte er freudig und warf sie in die Glut. *Mal sehen, ob es mir gelingt, zwei dieser verfluchten Dinger an einem Tag zu zerstören. Ich habe früher schon ganz andere Dinge vollbracht.*

Während der Blasebalg sich in regelmäßigem Rhythmus hob und senkte und die Flammen wuchsen, versank der Mann mit den silbernen Haaren in tiefe Konzentration. Seine Lippen formten lautlose Beschwörungsformeln, die schlanken Finger zeichneten Symbole in die Luft. Eine Fackel nach der anderen erlosch, und der rötliche Schein der Esse spiegelte sich auf seinem Gesicht.

Die geistige Beanspruchung stieg bei diesem zweiten Versuch derart, dass er die Kontrolle über seine Gestalt verlor und sie ihre menschlichen Konturen nach und nach aufgab.

Ein Horn durchstieß die Kopfhaut und ragte feucht schimmernd aus seinem anwachsenden Schädel. Die Kiefer wurden kräftiger, und auf seinem Rücken bildete sich ein Buckel, unter dem sich Schwingen abzeichneten, die jeden Moment hervorzubrechen drohten. Die Hände verformten sich zu Klauen mit bösartig langen, scharfen Krallen.

Fluchend beendete der Konsultant den Vorgang. Dieses Wagnis wollte er nicht eingehen. Mit Mühe nahm er seine übliche Gestalt wieder an und öffnete die Augen, deren dreifach geschlitzte, magentafarbene Pupillen sich in menschliche zurückverwandelten.

»Was, bei Tzulan, bedeutet das?«, brach es aus ihm hervor, als sein Blick auf die glühenden Kohlen fiel.

Die aldoreelische Klinge zerlief wie Butter in der

Sonne, die angeblichen Edelsteine und Diamanten platzten unter der Hitze der Esse. Fassungslos starrte er auf das zergehende Schwert.

Eine verfluchte Fälschung! Sie hat mir eine verdammte Nachbildung aus Serinka mitgebracht!

»Paktaï!«, sagte er leise, aber befehlend. Die Zweite Göttin trat aus einer dunklen Ecke des Raumes hervor. »Kannst du mir erklären, was du mir da aus der Baronie mitgebracht hast?« Er nickte in Richtung der brodelnden und Blasen schlagenden Metallreste. »Nach was sieht das für dich aus?«

Das Wesen in Gestalt einer Frau schaute teilnahmslos in die Esse. »Es war keine aldoreelische Klinge?«

»Nein!«, platzte es aus Nesreca heraus, und Paktaïs Kopf zuckte zurück. »Man hat dir eine billige Nachbildung angedreht.«

Ihre rot glühenden Augen wurden schmal. »Und warum haben die Menschen die Waffe dann so heldenhaft verteidigt? Sie wurde von drei Ordenskriegern bewacht.«

»Wie wäre es mit einem Ablenkungsmanöver?«, schlug Nesreca vor. »Sie wollten uns glauben machen, wir hätten eine dieser Waffen in unseren Besitz gebracht, während das Original an einem anderen Ort lagert.«

»Den die Hohen Schwerter kennen?«, überlegte Paktaï laut.

»Mit Sicherheit«, stimmte er zu. Den Zeigefinger ans Kinn gelegt, die andere Hand auf dem Rücken, wanderte er in der Schmiede auf und ab. »Jetzt hat mir dieser aufgeblasene Großmeister doch tatsächlich den Krieg erklärt. Er weiß, dass jemand die Klingen einsammelt.«

»Dann sollten wir die Ritter endlich aus dem Weg

räumen«, schlug die Zweite Göttin gelassen vor. »Hemeròc brennt bereits vor Begierde, sein Versprechen am Großmeister einzulösen.«

»So war es aber nicht vorgesehen«, ärgerte sich Nesreca. »Ich hätte die Ritter zu gern zu irgendeinem unserer Zwecke noch eingesetzt, bevor ich sie ächten lasse. Aber es führt wohl kein Weg daran vorbei. Ich werde dem Kabcar sagen müssen, wer unseren genialen Strategen Varèsz wirklich umgebracht hat. Und das ist ein Verstoß gegen den Schwur, den er vor vielen Jahren geleistet hat.«

Paktaï nahm etwas von dem glühenden Metall in die Hand und formte daraus ein kleines, einfaches Schwert. »Wie aber sollen Hemeròc und ich erkennen, was eine echte aldoreelische Klinge ist und was nicht?«

Der Konsultant bückte sich, hob einen feinen Stahlspan auf, den er von dem Diamanten abgekratzt hatte, und rammte ihn dem Wesen mit einer blitzschnellen Bewegung in den Handrücken. Wütend schnaubte Paktaï auf, als der nadelartige Splitter ihre Haut durchbohrte und in ihre Hand drang.

»Nur eine dieser besonderen Waffen ist in der Lage, euch beide zu verletzten, hast du das schon vergessen?«, fragte er in zuckersüßem Ton. »Ich verlange nicht, dass ihr euch zur Probe den Kopf abschlagt oder den Arm abhackt.« Ruckartig zog er den Span heraus; ein Tropfen durchsichtiger Flüssigkeit trat aus der punktgroßen Verletzung. »Ein leichter Schnitt bringt euch die Gewissheit. Und nun geh.«

Paktaï fletschte die Zähne und starrte den Berater des Kabcar an. »Übertreibe es nicht.«

Ruhig erwiderte er ihren herausfordernden Blick, bis sie den Kopf senkte und mit einem Fauchen in den Schatten verschwand.

Nesreca warf sich verärgert den Mantel über und verließ die kleine, halb eingefallene Schmiede, die sich hinter den alten Stallungen des hoheitlichen Palastes befand und gewöhnlich nicht mehr benutzt wurde. Über Umwege kehrte er in das weitläufige Hauptgebäude zurück.

Offiziell galt die Werkstatt als veraltet und nicht mehr benutzbar, doch für seine Zwecke war das kleine Häuschen ideal. Es lag abseits von allen neugierigen Augen und Ohren, sodass er ungestört seinem Tun nachgehen konnte. Niemand käme auf den Gedanken, dass hier die Überreste der mächtigsten Waffen des Kontinents gelagert wurden.

Bei allen Krankheiten Ulldarts, ich hoffe, dass wir nicht noch mehr Fälschungen in der Sammlung haben. Ich muss es sofort überprüfen. Die letzten Flocken fielen aus den grauen Wolken, größtenteils mit Regen vermischt. Im Norden des Großreiches Tarpol herrschte Tauwetter, der Winter näherte sich seinem Ende.

Es wird Zeit, dass wir die Kensustrianer endlich angreifen, überlegte der Konsultant, erklomm die Stufen des Nebeneingangs und warf einem Diener seinen Mantel zu. *Aber zuerst sorge ich dafür, dass die Hohen Schwerter ihre letzte Rolle auf Ulldart gespielt haben. Somit komme ich ganz einfach in den Besitz der nächsten vier aldoreelischen Klingen. Und das werden hoffentlich keine Nachbildungen sein.*

Ohne sich aufzuhalten, schritt er in seine Gemächer, öffnete die beiden Flügeltüren des riesigen schwarzen Lackschranks und betrachtete die verbliebenen zehn Klingen, die in all ihrer meisterlichen Pracht in den Halterungen hingen. Keine der Waffen machte auf ihn den Eindruck, eine raffiniert angefertigte Fälschung zu sein.

Behutsam zog er die erste aldoreelische Klinge aus der Scheide und fuhr prüfend mit dem Daumen über den Stahl. Er schien immens scharf zu sein. Als er sich einen leichten Schnitt an der Hand zufügte, presste er die Zähne zusammen. Dies musste ein Original sein.

Fluchend hing er das Schwert zurück und wiederholte die Prozedur, bis er ein weiteres Mal fündig wurde. Eine Schneide war nicht in der Lage, ihm Schaden zuzufügen.

Grollend schlug er die Klinge mit der flachen Seite gegen die Wand, dass sie knapp oberhalb des Heftes in zwei Teile zersprang. Verächtlich warf er den Griff auf den Boden und verließ seine Unterkunft. Jetzt musste er handeln, bevor ihn die Hohen Schwerter noch mehr zum Narren hielten.

Zwei Fälschungen, bei Tzulan, das ist schlecht, überlegte er unterwegs. *Wo haben die Eisenkrebse die ausgetauschten Klingen verborgen? Ich werde dafür sorgen, dass sie den Ort in den kommenden Verhören herausschreien!* Seine Finger glitten durchs Haar. *Was ist nur los auf Ulldart? Zuerst bricht mir Aljascha aus, und nun fühlen sich die Ritter berufen, nicht länger Helden zu spielen, sondern auch noch Helden sein zu wollen.* Unwillkürlich ballte er die Fäuste. *Was kommt als Nächstes?*

Die vor kurzem fertiggestellte Bardri¢-Oper Ulsars war besetzt bis auf die letzten Ränge. Auf acht Stockwerken verteilten sich die Logen und Emporen mit den Wohlhabenden und neuen Adligen. In den Parkettreihen saß das einfache Volk.

Samt und weitere teure Stoffe verkleideten das Mauerwerk, überall funkelte und glitzerte das Blattgold, riesige Kronleuchter mit geschliffenen Kristallen sorgten für die stimmungsvolle Beleuchtung des Gebäudes.

Es roch nach einer Mischung aus frischem Holz und Apfelblütenduft, der aus dem mit Essenzöl getränkten, porösen Steinen stammte, die über den Lampen angebracht worden waren. Durch die Hitze gaben sie das Aroma frei und sorgten für eine angenehmere Luft in der Oper.

Lodrik saß in der »Kabcar-Loge«, die den besten Blick und das beste Hörerlebnis versprach. Immer wieder nickten ihm Menschen zu, deuteten stummen Applaus an, um ihre Anerkennung und Freude über den Bau, der auf Geheiß des Herrschers entstanden war, zum Ausdruck zu bringen.

Dennoch bemerkte er, dass etliche Ränge leer blieben. Es musste sich um die Plätze der Ulsarer handeln, die zu den engsten Freunden Aljaschas zählten und nun die Rache des Kabcar fürchteten – oder ihr Fehlen als Protest verstanden.

Doch Lodrik sah vorerst von einer Verhaftung ab, auch wenn er sich sehr wohl dachte, dass etliche der Neuen im Adelsstand seiner Gemahlin ihre Unterstützung zugesagt hatten. Sollten sie nur in stetiger Angst und Ungewissheit leben! Vielleicht würde er tatsächlich einen aus ihren Reihen verhaften lassen, nur um ihre Besorgnis neu zu entfachen.

Seine verstoßene Gattin befand sich, wie ihm der Gouverneur in Granburg gemeldet hatte, in der Provinzhauptstadt und schien sich in ihre Strafe zu fügen. Ihre Drohung würde er nicht vergessen, doch im Augenblick konnte ihm die einstige Kabcara gestohlen bleiben. *Wenn Tzulan ein Einsehen hat, nimmt er sie während der Niederkunft zu sich. Es wäre das Beste für das Kind.*

Entspannt räkelte sich der Herrscher in seinem äußerst bequemen Sessel, streckte sich dezent und nahm einen Brief aus dem Ärmelaufschlag seiner Uniform, die nach wie vor eher schlicht als protzig gehalten war, trotz all der Macht, die ihn umgab und die er besaß.

Kurz überflog er den Inhalt ein weiteres Mal und verstaute das Papier, dann langte er nach dem Programmheft auf dem Sitz neben sich, das ihm der Leiter der Oper persönlich überreicht hatte.

Licht im Dunkel lautete der pathetische Titel des Stückes, das an diesem Abend aufgeführt werden sollte. Es drehte sich um einen jungen Mann, der König wurde, zahlreiche Neuerungen in seinem Land zum Wohl der Bevölkerung einführte und nebenbei noch einen Krieg gewann.

Woher kenne ich das nur? Lodrik musste lächeln. Der Name der Oper war die genaue Umkehrung dessen, was der gesamte Kontinent bei seinem Machtantritt gefürchtet hatte.

»Was wird heute Abend gespielt, Hoher Herr?« Sein Konsultant tauchte durch die Vorhänge und ließ sich neben ihm nieder. »Ganz Ulsar muss zur Premiere versammelt sein.«

»Es scheint langweilig zu werden«, gab er gut gelaunt zurück. »Die Geschichte ist schon lange bekannt. Aber wenn die Musik gut komponiert ist, bleibe ich bis zum Schluss.« Er reichte Nesreca das Programmheft. »Danach folgt der Ball in der Eingangshalle, und dann wären die Pflichten für heute erfüllt.«

Nesreca las die Zeilen nur oberflächlich. »Übrigens ein sehr guter Einfall, durch die Eintrittsgelder der Wohlhabenden den einfachen Ulsarern den Besuch der Vorstellung zu ermöglichen, ohne dass sie einen Obolus entrichten müssen.«

Das Stimmen der Instrumente tönte aus dem Orchestergraben und verkündete den baldigen Beginn.

»Bei aller Freude über das Erreichte«, wagte Nesreca einen Vorstoß, um auf die Hohen Schwerter zu sprechen zu kommen, »ich muss Euch etwas mitteilen, Hoher Herr.«

»Wird es meine gute Laune etwa zerstören?«, wollte Lodrik amüsiert wissen. »Ich kann mir nicht vorstellen, dass es im Augenblick etwas gäbe, was dazu in der Lage wäre.«

Das Gesicht seines Beraters wurde bedauernd. »Oh, wie ich wünschte, dass Ihr Recht behieltet«, seufzte er. »Aber ich habe den schlimmen Verdacht, dass der Großmeister der Hohen Schwerter seinen Eid Euch gegenüber brach.«

»Ihr habt einen Verdacht, oder hofft Ihr, dass es sich so verhält?«, meinte Lodrik freundlich und richtete den Blick nun auf seinen Vetter.

Nesreca beschlich das Gefühl, dass der Herrscher wusste, was er zu sagen beabsichtigte. Und dass er mit seinem Vorhaben, den Orden in Misskredit zu bringen, scheitern würde.

»Ich habe erfahren, dass nicht dieser Turît, der Befehlshaber der vernichteten Festung Windtrutz, Osbin Leod Varèsz getötet hat, sondern der Großmeister der Hohen Schwerter selbst – Nerestro von Kuraschka. Der Orden hintergeht Euch, Hoher Herr. Lasst mich eine Untersuchung durchführen.«

Lodrik lächelte verschmitzt. »So, so. Und woher habt Ihr Eure Weisheit, Mortva? Die Insassen der Festung sind alle tot, und soweit mir berichtet wurde, führte Varèsz einen Angriff, von dem keiner seiner Leute zurückkehrte.«

»Nein, nicht ganz«, hielt der Berater dagegen. »Es gab mehrere, die sich im letzten Augenblick zurückziehen konnten, und ...«

Der Arm des Herrschers legte sich beruhigend auf die Schulter seines Konsultanten. »Vetter, ich soll eine Untersuchung anordnen und sie Euch übertragen, weil eine Hand voll Feiglinge den Hergang der Dinge anders schildert, als es der Wirklichkeit entspricht?« Lodrik schüttelte sachte den blonden Schopf. »Ich weiß, dass Ihr Nerestro von Kuraschka nicht leiden könnt. Aber gebt Acht, welchen Eurer Spione Ihr zukünftig vertraut und welchen nicht. Wenn der Großmeister Eure falschen Behauptungen vernimmt, wird er Euch ein weiteres Mal zum Zweikampf fordern.« Er lehnte sich zurück und widmete seine Aufmerksamkeit der Bühne, wo sich soeben der Vorhang öffnete. »Zudem weiß ich, wo er zum Zeitpunkt der Belagerung am Eispass war.« Nesreca starrte seinen Herrn mit großen Augen an. »Ich hatte ein geheimes Treffen mit ihm, um ihn zu überzeugen, doch auf meiner Seite zu kämpfen. Ihr seht, er kann unmöglich in Ilfaris gewesen sein.«

»Er war in Ulsar?«, blinzelte der Berater und fühlte sich, als hätte er einen schlechten Traum. »Aber das kann nicht sein.«

Lodrik wandte sich ruckartig um, sein Blick schien gefroren zu sein. »Ihr wollt mich also als einen Lügner bezeichnen, Mortva? Mich?«

Nesreca schloss für einen Moment die Lider und atmete ein, bevor er antwortete. »Nein, natürlich nicht, hoher Herr«, sagte er schleppend. *Er verschafft dem Großmeister wissentlich einen falschen Anwesenheitsbeweis*, grübelte er. *Aber weshalb?* »Da wäre noch eine Sache, wenn wir schon einmal die Gelegenheit haben, in aller Ruhe …«

Das Orchester schmetterte den Militärmarsch der Bardri¢s. Alle Anwesenden erhoben sich von den Plätzen und schauten zum Kabcar, der langsam aufstand, die Hände an die Balustrade gelegt, und sich strahlend seinem Volk präsentierte.

Mit einem Laut des Unmuts sackte der Konsultant auf seinem Sessel zusammen, stützte die Ellbogen auf die Lehnen und legte die Fingerspitzen zusammen. Gereizt stieß er die Luft aus und wartete notgedrungen, bis die Melodie verklungen war, um das Gespräch wieder aufzunehmen.

Die hoheitliche Musik verklang; vielfaches Rascheln zeigte, dass sich die Besucher setzten.

Mithilfe von Seilwinden wurden die Kristalllüster in die Decke hinaufgezogen, die Luken schlossen sich hinter ihnen und ließen den Opernsaal im Dämmerlicht liegen. Die Ouvertüre begann, Pauken und Blechbläser fluteten den Raum mit martialischem Tongewitter.

»Dem Anlass durchaus entsprechend«, meldete sich Nesreca zu Wort. »Wie weit seid Ihr mit der Bearbeitung Eurer Papiere über die Zukunft Ulldarts?«

»Wenn ich Euren Satz übersetze, lautet die Frage: Wann greifen wir Kensustria an?«, meinte Lodrik spitz. »Meine Gemahlin hat ganze Arbeit geleistet. Ich werde mindestens ein Jahr benötigen, bis ich die Einzelheiten meiner Aufzeichnung rekonstruiert habe. Was sie nicht zu Asche verbrannt hat, ist zumeist unkenntlich geworden.« Er reckte sich, um einen besseren Blick in den Orchestergraben werfen zu können, wo etwas mehr Ruhe eingekehrt war. Leise wechselten sich Fagott, Streicher und Hörner ab und intonierten das Thema der Oper.

»Aber was ist mit Kensustria?«, hakte der Konsultant nach und verschränkte die Hände.

»Wir haben Zeit.« Der Herrscher nahm sein Opernglas und beobachtete die Musiker. »So etwas müsste man können«, meinte er bewundernd. »Mir ist aufgefallen, dass Ihr mich viele magische Dinge gelehrt habt, Mortva. Nur nichts Sinnvolles, wie Menschen zu heilen und dergleichen.« Sein Blick wanderte durch den Saal über die Gesichter der Zuhörer hinweg. »Ihr habt mich nur gelehrt zu zerstören.«

»Zu dem Zeitpunkt, zu dem ich zu Euch kam, brauchtet Ihr nichts dringender als dieses Wissen«, antwortete Nesreca pikiert auf den unterschwelligen Vorwurf. »Und Ihr *habt* es gebraucht, wenn ich Euch daran erinnern darf.«

»Sehr richtig, ich habe es gebraucht«, nickte Lodrik, setzte das Fernglas ab und betrachtete den Mann von der Seite. »Aber weshalb bringt Ihr meinen Sohn und meiner Tochter die gleichen Dinge bei wie mir? Weshalb zeigt Ihr ihnen nur die Zerstörung, nicht das Schöne, das Gute?«

»Wir beginnen mit dem Einfachen«, lächelte der Berater boshaft. »Und danach kümmern wir uns um den Rest. Das verspreche ich Euch, Hoher Herr.« Seine Hände lösten sich voneinander und umschlossen die Lehnenenden. »Also wollt Ihr Kensustria so lange von einem Angriff verschonen, bis Ihr Eure ...«, er beherrschte sich und suchte auf die Schnelle ein anderes Wort, »... Eure Visionen eines neuen Ulldart neu aufgezeichnet habt? Ich rate Euch, zögert nicht länger. Wer weiß, was die Menschenfresser im Süden in der Zwischenzeit alles aushecken. Was tun wir, wenn ihre Flotte zurückkehrt, gewaltiger und stärker als je zuvor? Das Land müsste vorher am Boden liegen und sich Euch ergeben haben.«

Der erste Akt begann, Schauspieler liefen, Arien schmetternd, über die große Bühne und besangen die Not des Landes, das unter der Knute der Brojaken litt.

»Mortva, meine Geduld neigt sich allmählich dem Ende zu«, warnte ihn der Herrscher. »Wenn ich Ulldart einer neuen Form des Miteinanders zuführe, hat alles genau durchdacht zu sein. Gerade die Einplanung der Kensustrianer ist eine Angelegenheit, die mit größtem Fingerspitzengefühl betrieben werden muss, weil sie so völlig andersartig sind als wir. Und dennoch gehören sie dazu.« Er lauschte dem Chor, der auf die Bühne getreten war und ein melancholisches Stück zum Besten gab. »Wenn wir schon gerade beim Fragen sind, Vetter, was wisst Ihr über aldoreelische Klingen?«

Nesreca war froh, dass es so düster in der Loge war und Lodrik seinen erschrockenen Ausdruck, den er für einen unbeherrschten Moment zur Schau trug, nicht erkennen konnte. »Ich?«, fragte er scheinbar ruhig. »Nun, es sind mächtige Waffen, die im Großen und Ganzen wohl im Besitz der Hohen Schwerter sein dürften. Weshalb fragt Ihr?«

»Wenn nun genau diese besonderen Klingen eine nach der anderen verschwänden, welchen Schluss zöget Ihr daraus?«, spann Lodrik den Faden unschuldig weiter.

»Ich würde denken, dass jemand die Waffen einsammelt, um sie in seinen Besitz zu bekommen. Sie sind sehr viel wert. Aber welcher Wahnsinnige würde sich dafür mit dem Orden anlegen?« Nesreca täuschte Verwunderung vor, so gut es ihm möglich war.

»Genau diese Frage sollten wir uns bei nächster Gelegenheit stellen«, empfahl der Herrscher huldvoll. »Die Hohen Schwerter haben es sich zur Aufgabe gemacht, diese einmaligen Klingen zu bewahren, wie mir der Großmeister übermittelte. Und er ließ mir ausrichten, dass sie zu seiner Verwunderung von Unbekannten an sich genommen werden.« Nun lehnte er sich zu seinem Berater hinüber. »Wenn die letzten vier Klingen, die im Besitz der Ritter sind, ebenfalls dem Kontinent verloren gehen sollten oder ihren Besitzern etwas zustößt, werde ich all die zu einer Unterredung bitten, von denen ich glaube, dass sie am ehesten vom Verlust der kostbaren Waffen profitieren. Im Übrigen erwarte ich, dass die bereits gestohlenen Klingen ganz schnell wieder auftauchen. Haben wir uns verstanden, Mortva?«

Der verstimmte Berater erwiderte nichts. Seine Gedanken drehten sich im Kreis, zu unvermittelt konfrontierte ihn sein Herr mit der Drohung.

Die Musik endete, der erste Akt war vorüber.

»Haben wir uns verstanden?«, hallte die nachdrückliche Frage des Kabcar durch die Stille des Opernhauses. Seine Augen leuchteten im Zwielicht.

Alle Köpfe ruckten herum, die Aufmerksamkeit richtete sich auf die schwer einsehbare Loge des Herrschers. Ein allgemeines Gemurmel entstand, Fächer klappten hier und da auf, hinter denen sofort Ansichten und Spekulationen ausgetauscht wurden.

Einer der Diener, die vor der Tür warteten, vernahm den Ruf ebenfalls und reagierte, indem er mit einer hastigen Verbeugung eintrat und die Vorhänge der Loge schloss, um die Männer den Augen der Besucher diskret zu entziehen.

»Ja, Hoher Herr.« Nesreca erhob sich und verneigte sich widerwillig. Die Spannung zwischen den beiden Männern war greifbar, und der Diener wich bis an den Rand des Raumes zurück. »Verzeiht meinen raschen Aufbruch, aber ich habe dem hoheitlichen Tadc versprochen, noch bei ihm vorbeizuschauen, bevor er zu Bett geht.« Fluchtartig stürzte der Mann mit den silbernen Haaren hinaus.

Es sieht so aus, als hätte Nerestro mit seiner Einschätzung die Wahrheit mehr getroffen, als mir lieb ist, seufzte Lodrik und sank im Sessel in sich zusammen. *Ich hätte nicht so deutlich zeigen dürfen, dass ich etwas weiß.*

Niemals im Leben hatte er sich, umringt von Tausenden von Menschen, ähnlich allein gefühlt wie in diesem Augenblick. Er würde sich nicht einmal auf seine Kinder verlassen können, mit Ausnahme vielleicht von Krutor. Govan und Zvatochna aber standen vermutlich auf der Seite des Mannes, den er einst gerufen hatte, um sich gegen seine Feinde durchsetzen zu können. Jetzt würde er wohl bald gegen ihn antreten müssen. Denn Ulldart, sein Ulldart, denen zu überlassen, die für das Schlechte einstanden, allen voran Sinured und seine Soldaten, brachte er nicht übers Herz.

Der zweite Akt begann, und auf ein müdes Zeichen des Kabcar hin öffnete der Diener die Vorhänge und goss ihm von dem bereit stehenden Sekt ein, bevor er sich aus der Loge zurückzog.

Das Kinn auf das Geländer gelegt, verfolgte Lodrik die Ereignisse auf der Bühne, die nichts anderes darstellten als die künstlerische Umsetzung seines Lebens bis zum Zeitpunkt seiner Inthronisation. Zu Lebzeiten bereits der Mittelpunkt einer solchen Aufführung zu sein befremdete ihn ein wenig.

Ohne wirklich auf die Schönheit des Gesangs und die Perfektion der Tänze zu achten, hing er seinen Gedanken nach. Es bereitete ihm keinerlei Schwierigkeiten, für den Großmeister gelogen zu haben, hatte ihm Nerestro doch in dem Schreiben mitgeteilt, dass er einen neuen Knappen in seine Dienste genommen habe. »Einen jungen, wenn auch ungestümen Mann, der einmal der beste Reiter des Landes sein wird und die blauesten Augen hat, wie ich sie bisher nur zweimal in meinem Leben gesehen habe ...« Lodrik hatte die Botschaft des Ordenskriegers sogleich verstanden. Tokaro lebte noch und hatte Unterschlupf bei demjenigen gefunden, der ihn von Anfang an in seine Lehre hatte nehmen wollen.

Natürlich könnte er die Invasion Kensustrias jederzeit befehlen. Er hatte seinem Konsultanten absichtlich verschwiegen, dass seine Dokumente so weit hergerichtet waren und er die Umwandlung des Kontinents vom Ablauf her in Angriff nehmen könnte. Doch er spürte, dass die Eroberung der Grünhaare den Endpunkt einer Entwicklung markierte, deren Ausgang er noch nicht einschätzen konnte.

Der Ausbruch seiner Gemahlin Aljascha aus der jahrelangen Maskerade einer liebenden Gattin trieb sein Misstrauen gegen die, die ihm nahe standen, ins Unendliche. Mit Sicherheit gehörte Mortva zu denen, die der Kabcara als Erste gratuliert hätten, wäre ihr Plan in Erfüllung gegangen. Sein Vertrauen in den rätselhaften Mann, das schon früher erschüttert worden war, war nun vollständig vergangen.

Was nun? Woher bekomme ich Verbündete?

Ulldrael der Gerechte würde sich einen Dreck um ihn scheren, zumal er sich nie dazu herablassen würde, jenes Wesen um Beistand zu bitten, das ihn überhaupt erst in die Arme des Gebrannten Gottes getrieben hatte. Mittlerweile hatte sich der Kult um den Gerechten durch seinen Einfluss so sehr gewandelt, dass Ulldrael es vermutlich mit einem zufriedenen Lächeln zur Kenntnis nähme, sollte er gegen die Mächte des Bösen und die einstigen Verbündeten zu Grunde gehen.

Gegen seinen Willen tauchten die Gesichter derer von seinem inneren Auge auf, die ihm vor Jahren den Rücken zugewendet hatten und die nun alle gestorben waren, abgesehen von seinem einst treuesten Freund und Ratgeber Stoiko, den er nun irgendwo im Süden vermutete.

Mehr und mehr verdichtete sich seine Überzeugung, dass sie alle irgendwie ins Intrigennetz seines Vetters geraten waren. Genau wie er.

Nur durfte die »Fliege« Lodrik im Gegensatz zu den bereits eingesponnenen und vernichteten Beutetieren noch ein wenig zappeln, bevor die »Spinne« Mortva auch ihn umgarnen und auffressen würde. Norina und Waljakov hatten ihn damals vor Sinured und seinem Berater gewarnt, doch er hatte ihnen kein Gehör geschenkt. *Nun brauchte ich euch alle mehr denn je zuvor. Wie töricht ich doch war!*

Die Schuldgefühle, seine Freunde durch die eigene Verblendung in den Tod auf hoher See getrieben zu haben, drohten ihn zu überwältigen. Eine Träne schimmerte im Augenwinkel auf. *Wie wohl mein Stück auf der Bühne des Lebens enden wird?*

Während der Opernheld seinen glorreichen Sieg über alle Schwierigkeiten am Ende des letzten Aktes feierte und die Zeit der Sorglosigkeit unter seiner Führung anbrach, schluchzte der echte Kabcar wie ein kleines Kind in seiner Loge.

Erst nach einer Weile gelang es ihm, sich zusammenzureißen, aufzustehen und den Darstellern Beifall zu spenden. Die Tränen des Herrschers deuteten die Ulsarer als Zeichen der Freude, dass man ihm auf diese besondere Weise huldigte.

Lodrik besah sich die Menge zu seinen Füßen und rund um ihn herum.

Bevor auch nur ein Soldat den Fuß auf kensustrianisches Territorium setzt, werde ich in Ulsar ein wenig durchkehren, beschloss er. All die Menschen, die seit Jahren auf ihn vertrauten, würde er niemals dem Bösen überlassen, das offensichtlich etwas plante. *Wer braucht schon Verbündete?*, schnaubte er in gewohntem Trotz. *Ich habe die Magie und die Macht. Ich bin der Kabcar, der Hohe Herr! Ich werde ihnen zeigen, wer das Sagen hat.*

Sein Applaudieren wurde schneller, lauter, als feuerte er sich selbst an.

»Bravo«, rief er glühend hinunter zu den Musikern und Schauspielern. Er nahm sein Glas Sekt und riss es in die Höhe. »Auf eine erfreuliche Fortsetzung dieser Oper!«

Zvatochna betrachtete ihr überirdisch schönes Antlitz nachdenklich im Spiegel.

Ein Augenaufschlag genügte, und die Männer im Saal, ganz gleich welchen Alters, waren ihr verfallen. Lachte sie, verstummten die Gespräche, weil jeder den Klang ihrer Stimme hören wollte. Ein Lächeln ließ die eisigsten Herzen entflammen und in verheerendem Feuer vergehen.

An diesem Abend jedoch verharrten die Mundwinkel, Freude suchte man bei der Tadca vergebens.

Schweigend griff sie nach dem Kamm und fuhr sich mit schwerfälligen, lustlosen Bewegungen durch die langen schwarzen Haare, ein Privileg, das vor wenigen Monaten ihrer Mutter vorbehalten gewesen war. Doch seit ihr Vater die Kabcara verbannt hatte, musste sie auf gewöhnliche Zofen vertrauen, von denen es ihr keine recht machen konnte.

Sie kämmte immer langsamer, bis sie es schließlich ganz sein ließ, sich erhob und aus ihrem Kleid schlüpfte.

Nackt huschte sie durch ihr Gemach und begutachtete sich von allen Seiten im vollständig verspiegelten

Paravent, der in einer Ecke des luxuriös eingerichteten Raumes stand.

Sie war körperlich zur Frau gereift, die reflektierende Oberfläche ließ daran keinen Zweifel aufkommen. Die äußerliche Perfektion, die sie von ihrer Mutter geerbt hatte, konnte Männern den Verstand rauben, wie sie des Öfteren feststellte. Sie verführte die unterschiedlichsten Männer mit Worten und Gesten, doch sobald sie mehr von ihr wollten, wies sie die Bittsteller rigoros zurück. Ihre Jungfräulichkeit würde sie gewiss nicht an einen einfachen Offizier, Adligen oder Mundschenk verschleudern.

Seit einiger Zeit wusste sie, dass sie einen weiteren Verehrer auf ihrer schier endlosen Liste verzeichnen durfte. Und er beobachtete sie in diesem Augenblick; sie spürte seine Anwesenheit.

»Govan, lass den Unsinn«, gab sich Zvatochna vorwurfsvoll. »Wie kann man nur seiner eigenen Schwester nachstellen?« Schnell griff sie nach ihrem seidenen Nachthemd und warf es sich über. Die Umrisse ihres Körpers blieben weiterhin sichtbar, jede noch so kleine Einzelheit zeichnete sich durch den fließenden Stoff ab. Die gelockten Haare umrahmten ihr Antlitz und fielen sanft auf ihre Schultern.

Ein leises Lachen kam aus der Richtung des Eingangs.

»Verzeih mir, aber nenne mir einen Mann in Ulsar, der dir widerstehen könnte, Schwester!« Der Tadc streckte den Kopf durch den Türspalt. »Und die Gelegenheit war gerade so günstig.« Er lief auf sie zu und umarmte sie; glücklich drückte er sie an sich und stöhnte auf. »Es tut gut, dich zu sehen. Wir müssen zusammenhalten, nachdem der Kabcar unsere Mutter nach Granburg verbannt hat.«

Sie entwand sich elegant seiner aufdringlichen, ganz und gar nicht brüderlichen Liebkosung. Doch sie würde nicht den Fehler begehen und es sich mit ihrem Bruder verderben, dafür war sie zu berechnend. Govan, das war ihrer Ansicht nach unvermeidlich, würde als Erstgeborener den Thron Tarpols besteigen. Und sie hatte nicht vor, jenen Augenblick irgendwo in der Verbannung zu verbringen. Daher nutzte sie seine Schwäche ihr gegenüber für sich aus. »Ich wollte zu Bett gehen und noch ein wenig in den Büchern lesen, die Mortva mir gegeben hat.«

Sie eilte zum Bett und verschwand bis zur Hüfte zwischen den Laken.

Der junge Mann schlenderte ihr hinterher, setzte sich zu ihr auf die Bettkante und nahm eines der Werke zur Hand. »›Moderne Abhandlung über Feldschlachten‹«, las er den Titel und reichte ihr das Buch. »Wird dir diese Lektüre süße Träume bescheren, geliebte Schwester? Wie viele Bücher dieser Art hast du gelesen?«

Zvatochna lächelte ihn an, ein gewinnendes Strahlen, das wie das Geschoss eines Meisterschützen mitten ins Ziel traf und einen Scheit mehr in das Feuer legte, das im Herzen ihres Bruders für sie brannte. »Es dürften ihrer um die dreißig sein«, schätzte sie, während ihre Finger über seinen Handrücken streichelten. »Aber sie sind veraltet. Unser Heer verfügt über Waffen, die in keinem Standardwerk aufgeführt sind. Ich werde also eine völlig neue Strategie gegen die Kensustrianer aufstellen müssen.« Sie zuckte mit den Schultern, woraufhin das Nachthemd links ein wenig mehr herabrutschte. »Aber das ist kein Problem.«

»Vater hat beschlossen, den Grünhaaren noch eine Frist zu geben, bis er seine unsinnigen Gedanken über das neue Ulldart geordnet hat«, erklärte Govan, dessen braune Augen sich auf die weiße Haut seiner Schwester hefteten. »Du wirst dir alle Zeit nehmen können, die du brauchst.«

»Ich weiß nicht, ob ich es überhaupt tun soll«, sagte sie verärgert. Sie öffnete die Hand, und der Kamm bewegte sich mittels Magie durch die Luft zu ihr. »Ich soll die Truppen zum Sieg führen, damit wir anschließend all unsere Macht verlieren, die wir uns mit so viel Blut erkämpft haben? Dafür hat unsere Mutter sich nicht all die Jahre mit dem Kabcar geplagt.«

Aber ehe der Kamm sie erreichte, umschlossen Govans Finger den Griff. Wortlos machte er sich daran, die schwarzen Locken seiner Schwester zu pflegen. »Ich weiß, wie du empfindest«, stimmte er Zvatochna schmeichelnd zu. »Und auch ich bin nicht einverstanden mit dem, was unser Erzeuger beabsichtigt.«

Ihre Blicke trafen sich, und beide lasen bei ihrem Gegenüber die gleichen Gedanken. In stillem Einvernehmen lächelten sie sich an. Der Tod ihres Vaters war beschlossen.

»Und wie sollen wir es bewerkstelligen?« Die Tadca drehte ihrem Bruder den Rücken zu, damit er besser an ihre Haare herankam. »Er ist kein Anfänger, was den Umgang mit Magie anbelangt.«

»Er ist mächtig. Ich bin ihm jedoch überlegen«, beruhigte Govan sie, der völlig in seiner Arbeit versunken war. »Tzulan ist mit mir.« Beinahe andächtig führte er den Kamm durch die Strähnen, berührte die Haare feierlich und nahm ihren Geruch in sich auf.

»Wir können ihn nicht einfach vernichten«, warf Zvatochna ein. »Wir müssen uns etwas ausdenken, was ihn uns für alle Zeiten vom Hals schafft und uns dabei nicht als Vatermörder vor dem Volk dastehen lässt. Er ist eine verehrte, ja geradezu vergötterte Berühmtheit im Reich, eine Ikone, und sein Tod wird die Menschen zunächst lähmen. Fordern wir ihren Zorn und ihren Hass auf uns heraus, so wird uns alle Magie der Welt nichts nutzen.«

Govan schwieg, nur das Geräusch der Kammzähne, die durch ihre Haarpracht glitten, war zu hören. »Du hast Recht«, sagte er nach einer Weile. »Ich habe vergessen, dass du von uns beiden die Strategin bist. Also werde ich es dir überlassen, wie wir vorgehen.« Er senkte die Lippen auf die weiche, duftende Haut ihres Schulterblatts. »Ich bewundere alles an dir. Deine Intelligenz, deine Skrupellosigkeit.« Wieder küsste er sie, diesmal auf den Nacken. »Und deine Schönheit.«

Sie lachte auf und setzte sich wieder richtig hin. »Wir beide werden Ulldart fest in unserer Hand halten und es nie mehr loslassen.«

Govan fasste aufgeregt ihre Hand und presste sie an seine Brust. »Warum sich nur mit dem Kontinent abgeben, wenn wir unsere Macht ausdehnen können?« Er rutschte näher heran, seine Augen funkelten vor Begeisterung. »Meine Magie, deine Feldherrenkunst und unsere Soldaten sollten sich nach neuen Herausforderungen umsehen. Das Kaiserreich Angor lag mit uns im Krieg, warum sollten wir nicht da weitermachen, wo wir aufgehört haben? Und Kalisstron liegt so nahe, dass wir mit den Schiffen innerhalb weniger Wochen dort sind. Der Gebrannte Gott unterstützt uns, seine Anhänger stehen uns zu Diensten, wie mir Mortva sagte.«

»Oh, mein ehrgeiziger Bruder«, lächelte sie ihn an. »Lass uns zuerst Kensustria erobern und den letzten Widerstand in Karet und auf Rogogard brechen, danach nehmen wir uns die ganze Welt.«

»Versprochen, Zvatochna?«, fragte er atemlos.

»Versprochen.« Sie küsste seine Fingerspitzen und bannte seinen Blick mit ihren faszinierenden haselnussbraunen Augen.

Der Tadc schluckte nervös. »Was machen wir mit Krutor?«

Zvatochna rutschte ein wenig mehr unter die Bettdecke als Zeichen, dass von ihrer Seite aus das Gespräch bald beendet sein würde und sie schlafen wollte. »Unser Bruder ist ein Kind im Geiste. Er wird sich mit Freuden in die Reihen unserer Soldaten stellen und mit seinen Kräften Angst und Schrecken verbreiten. Um ihn mache ich mir keine Sorgen, wir halten ihn gefügig.« Zvatochna streichelte seine rechte Wange und berührte seine Lippen. »Doch wie wird sich Mortva verhalten, wenn wir uns an die Macht begeben?«

»Er ist mehr, als er zu sein vorgibt, das ist gewiss.« Mit geschlossenen Lidern genoss Govan die schmetterlingsgleiche Berührung. »In ihm finden wir Rückhalt für alle weitere Vorhaben. In ihm und Tzulan.«

»Dennoch müssen wir seine Macht beschneiden«, beharrte sie. »Er denkt sonst, wir ließen uns von ihm ebenso etwas vormachen wie unser Vater und unsere Mutter. Doch auch er wird magisch äußerst gefährlich sein.«

»Mach dir um ihn keine Sorgen, geliebte Schwester«, säuselte Govan und legte den Kopf auf ihren Bauch. »Er steht auf unserer Seite.«

Sie strich ihm durch das dunkelblonde Haar. »Wie du meinst. Ich werde mich fortan damit beschäftigen, wie wir unseren Vater loswerden.« Ihre Hand hielt plötzlich inne. »Und ich weiß auch schon, wie.«

»Schon?« Govan schnellte in die Höhe. »Du bist mir unheimlich.«

»Aber nicht doch«, wehrte sie ab. »Ich werde eine

Nacht darüber schlafen, und morgen sage ich dir alles Weitere. Wir werden ihn bei seinem Tod zu einem Helden machen, das ist sicher. Wir geben dem Volk jemanden, den es hassen kann, so wie ich ihn dafür hasse, dass er mir Mutter genommen und sie entstellt hat.«
Sie wird in einem Siegeszug nach Ulsar zurückkehren.

»Ich brenne schon darauf.« Govan erhob sich, winkte ihr von der Tür aus noch einmal zu und verschwand. Klackend rastete das Schloss ein.

Zvatochnas Mundwinkel wanderten in die Höhe. Mit einem stillen Lächeln auf den Lippen schlief sie ein, in Gedanken bereits bei ihrem neuen Leben als Mitherrscherin über das größte Reich, das diese Welt jemals sehen würde.

Doch damit endete sie nicht.

Die Visionen sprachen weiter zu ihr.

›Es wird ein Junge werden, ein ganz besonderer Junge, dem die Macht gegeben wurde, sich gegen das Dunkel in all seiner Gestalt zu stellen, weil er es mit seinen eigenen Waffen schlägt. Deshalb trägt er eine Art Fluch auf sich. Und nur zusammen mit seinem Bruder wird er Licht in die Düsternis bringen.‹

Doch sie hatte auch eine schlechte Botschaft für die Mutter des Seskahin.

›Aber er wird Licht in die Düsternis erst nach Eurem Tode bringen.‹

Und das grämte die Seherin sehr.«

BUCH DER SEHERIN
Kapitel XI

Kontinent Ulldart, Königreich Barkis
(ehemals Tûris),
Ammtára (ehemals die Verbotene Stadt),
Winterende 458/59 n. S.

Nachdenklich drehte und wendete Pashtak das beigefarbene Stück Stoff, das er in der Grabkammer gefunden hatte, in seiner Hand. Der schwache Geruch von Verwesung, der anfangs von dem Leinen ausgegangen war, war verflogen.

Der Inquisitor hatte zunächst angenommen, der Duft stamme von dem Toten, doch mehr und mehr erinnerte er sich an eine ganz bestimmte Besonderheit, die ihm bei anderer Gelegenheit aufgefallen war – an einer lebenden Person, die in der Versammlung der Wahren nur einige Plätze von ihm entfernt saß.

Damit untermauerte sich seine These, dass Lakastre etwas mit dem Fleischraub an den Leichen zu tun hatte. Pashtak glaubte nicht daran, dass die Witwe dem Kadaver ihres Mannes in aller Heimlichkeit ihre Ehre erwies, indem sie nachts ins Mausoleum schlich und um ihn weinte. Das passte nicht zu ihr.

Blieben die Morde, die vermutlich von einem anderen begangen wurden und die er stets einem kultischen Datum zu Ehren eines der Zweiten Götter zuordnen konnte. Drei solcher Termine waren bisher vergangen, ohne dass sich etwas ereignet hätte. Jedenfalls nicht in Ammtára.

Und so beschloss der Inquisitor, sich in den Nachbarstädten der Nackthäute umzuhören, ob sich dort etwas Unerklärliches zugetragen hatte. Mit Braunfeld wollte er beginnen.

Diese Entscheidung führte zu langen Disputen mit

seiner Gefährtin, die ihn bereits am Galgen oder an einer Stadtmauer baumeln sah, aufgeknüpft von aufgebrachten Nackthäuten. Zu allem Unglück verfügte Pashtak über eine Statur, die sich nicht eben dazu eignete, sich unerkannt und unbehelligt zwischen den Städtern zu bewegen. Dennoch musste er es wagen, wollte er seine Theorie über die Ritualmorde bestätigt sehen.

Mit Anbruch des neuen Tages machte er sich auf den Weg und marschierte durch die letzten Überreste des tauenden Schnees. Um ihn herum gluckerte und tropfte es; das Schmelzwasser rann in kleinen Bächen durch die Abflussrinnen und floss ab, ohne Schaden anzurichten. So erhielt das trocken gelegte Moor nicht mehr Wasser, als sich vermeiden ließ. Die Rückkehr der Mückenschwärme im Frühjahr und ein neuerlicher Ausbruch des Sumpffiebers sollten auf diese Weise vermieden werden.

Bis zum Abend bewältigte er die halbe Strecke und rastete am Rand einer Weggabelung im Schutz eines Baumes. Er entfachte ein Feuer und packte das gebratene Fleisch aus, das ihm die besorgte Shui mitgegeben hatte. Hungrig wärmte er es kurz an und schlug die spitzen Zähne in das Stück. Kauend stellte er sich die Frage, was an Menschenfleisch so besonders war, dass man es unbedingt essen musste. Versuchen wollte er es nicht, denn ihm spukte die Angst im Kopf herum, er könnte wie die Nymnis Gefallen am Geschmack finden.

Grübelnd verzehrte er seine Ration. Da er noch immer nicht ganz satt war, fing er sich ohne viel Aufwand einen unvorsichtigen Schneehasen und röstete ihn über den Flammen. Seine Jagdinstinkte nutzten ihm immer noch, auch wenn das bequeme Leben in Ammtára ihn träge werden ließ. Da er zu hungrig war, um länger zu warten, machte er sich über die halbgare Beute her. Dunkler Bratensaft lief ihm das Kinn herab.

Ein einzelner Reiter näherte sich im Halbdunkel und zügelte das Pferd, als er den Feuerschein sah.

»Verzeih, kannst du mir sagen …« Der Mann, der ganz den Eindruck eines Boten machte, wollte sich nach dem Weg erkundigen und zuckte erschrocken zusammen, als er erkannte, was er da vor sich hatte. Seine Blicke hefteten sich auf den blutigen Schnee, die linke Hand ruckte an den Griff seines Rapiers.

Pashtak wollte etwas erwidern und öffnete den Mund. Zwischen den spitzen Zahnreihen hingen noch Reste des Hasen.

Das Pferd, vom Eigengeruch des Inquisitors verschreckt, machte einen Satz zur Seite. Mit Mühe hielt sich der Reiter im Sattel. »Verdammte Bestie«, fluchte er und preschte die Straße entlang.

»Ich hoffe, du hast deinen Gaul gemeint«, rief Pashtak ihm hinterher und sprang auf die Beine. Mit einer Hand wischte er sich die dunkelrote Flüssigkeit von den Lippen und vom Fell. *Das hat ja hervorragend gepasst*, ärgerte er sich. *Die dumme Bestie sitzt fressend im Schnee.* Gleichzeitig empfand er die Reaktion des Unbekannten als unangemessen. »Ich bin ein Bürger Tarpols wie du!« *Mögen ihn irgendwelche Menschenfresser erwischen.*

Die Nacht verlief ereignislos, nur gelegentlich rollten und rumpelten Fuhrwerke an seinem Schlafplatz vorüber, die offenbar zum Markt der Stadt wollten, um ihre Waren anzubieten.

Am Morgen, als Pashtak sich auf den Weg machte, sprach ihn einer der Kutscher freundlich an, wohin er denn wolle und ob er ihn mitnehme solle. Dankend und überrascht nahm Pashtak die Mitfahrgelegenheit wahr und saß bald zwischen schaukelnden und hüpfenden Sauerkrautfässern, aus deren Deckeln ein penetranter Geruch entwich.

Braunfeld, das er von einer kleinen Anhöhe aus betrachtete, wirkte im Schein der nachmittäglichen Sonnen kleiner als Ammtára. Die dicken Mauern, die einer Festung alle Ehre gemacht hätten, bewiesen ihm, wie sehr die Menschen seine Art gefürchtet hatten und wohl noch immer fürchteten. Daran konnten alle Gesetze und Erlasse des großmütigen, fortschrittlichen Kabcar nichts ändern. Zu lange hatten die Turîten Jagd auf seinesgleichen gemacht, zu lange waren sie selbst von seinesgleichen gejagt und überfallen worden.

Der Wächter in der Uniform der hoheitlichen Truppen machte dem Inquisitor beim Betreten Braunfelds keinerlei Scherereien. Vom Tor aus wollte Pashtak zu Fuß gehen, um sich einen Eindruck zu verschaffen. Sein letzter Besuch in einer Siedlung von Nackthäuten musste Jahrzehnte her sein; es war in Tarpol gewesen, wo er einer Nackthaut namens Torben Rudgass in Ludvosnik das Leben bewahrt hatte. *Was er wohl macht?*, fragte er sich in Gedanken.

Sein zufälliger Weg führte ihn durch Straßen und Gassen, vorüber an Menschen, die ihn entweder ignorierten oder ihm einen misstrauischen Blick zuwarfen. Früher wäre er gewiss nicht einmal durchs Tor gekommen.

Schließlich kam er an einem Haus vorbei, bei dessen Anblick ihn ein Schauder überlief. Es war ein Fachwerkhaus; an den Balken des untersten Stockwerks hatte der Besitzer die skelettierten Schädel seiner Artgenossen genagelt. Die Köpfe der »Nimmersatten« waren ebenso vertreten wie die der Nymnis und weiterer Sumpfkreaturen.

Pashtaks Schritte wurden langsamer. In dem unsäglichen Schrecken lag eine Faszination, der er sich nicht erwehren konnte.

Wie lange er so dastand und auf die bleichen Knochen starrte, wusste er nicht. Irgendwann öffnete sich die Tür. Ein kräftiger Mann in einem ramponierten Kettenhemd und mit einem Schwert um die Hüfte trat heraus, sah den Inquisitor und stockte.

Pashtak roch das Adrenalin, das durch die Adern des Unbekannten pumpte, und die Aggression, die schlagartig von ihm ausging. Wenn gleich ein Angriff erfolgen würde, so wäre er nicht verwundert. Nach mehreren Augenblicken entspannte sich der Körper des Mannes. Er spuckte in die Gosse und betrachtete abschätzend das Gesicht des Inquisitors, um daraufhin zur Hauswand zu schauen. Sein Zeigefinger ruckte nach rechts.

»Deine Sorte hängt da drüben«, rief er ihm verächtlich zu. »Und es würden noch mehr da angenagelt sein, wenn es nach mir ginge.« Lachend schritt er die Straße hinab.

Pashtak schüttelte sich und lief in die entgegengesetzte Richtung. *Was sie wohl sagen würden, wenn wir Ammtára mit ihren Köpfen statt mit Steinen pflasterten?*

Schließlich fand er das Quartier der hoheitlichen Wache und trat ein. Am Ende eines langen Korridors thronte ein Beamter auf einem erhöht stehenden Schreibtisch, die Füße aufs Pult gelegt, und schnarchte. Nach rechts zweigte eine Tür ab.

Lautlos pirschte sich der Inquisitor an den Mann heran. »Verzeiht, seid Ihr der Kommandeur?«

Der Mann in der grauen Uniform zuckte zusammen und blickte sich suchend um. Die gedrungene Gestalt der Sumpfkreatur machte es ihm unmöglich, den Besucher sofort zu entdecken. Erst als Pashtak seine Frage wiederholte, bemerkte ihn der erstaunte Beamte.

»Wenn es darum geht, Beschwerden wegen Belästigungen, Beschimpfungen oder andere Verletzungen des Gleichstellungsediktes durch den hoheitlichen Kabcar des Großreichs Tarpol, Lodrik Bardriç, aufzunehmen, bist du bei mir an der richtigen Stelle«, leierte er seine anscheinend auswendig gelernte und wenig engagiert vorgetragene Passage herunter, zückte dabei eine Schreibfeder und nahm ein neues Blatt aus der Schublade. »Art und Ort des Vorfalls?«

»Nein, nein, Ihr versteht mich falsch«, erklärte Pashtak freundlich und bemühte sich zu lächeln, ohne dass die Reißzähne allzu weit hervorstanden. »Ich bin Inquisitor Pashtak von der Versammlung der Wahren aus Ammtára und nach Braunfeld gereist, um Untersuchungen anzustellen.«

»Ist denn das die Möglichkeit?« Erheitert legte der Beamte das Schreibgerät zur Seite, stützte die Unterarme auf die Holzplatte und schaute von oben auf den Besucher herab. »Du bist also ein Inquisitor, mein Kleiner. Was suchst du denn, mh? Deine Mama?«

Ein Grollen entwich Pashtaks Kehle. »Einen Mörder. Oder mehrere.«

»Darfst du denn das schon allein?«, amüsierte sich der Mann weiter über ihn. »Mörder sind böse, böse Leute, die haben nur darauf gewartet, kleinen, schwachen Kreaturen wie dir wehzutun.« Er lachte, bis ihm die Tränen die Wangen hinabliefen. »Und nun lauf nach Hause.«

»Seid Ihr fertig?«, erkundigte sich Pashtak.

»Mit dir? Ja.« Seelenruhig legte der Beamte die polierten Stiefel wieder auf den Tisch. »Verzieh dich endlich.«

Die kräftigen Klauenhände des Inquisitors umfassten ein Bein des Schreibtischs und brachen es mit spielerischer Leichtigkeit durch. Das aus dem Gleichgewicht geratene Pult kippte zur Seite und riss den Beamten mit sich. Mann und Tisch verschwanden polternd hinter dem Podest, ein Stiefel des lautstark schimpfenden Mannes ragte aus dem Durcheinander in die Luft. Blätter flogen umher, und das Tintenfass spritzte seinen Inhalt gegen die Wand, die Uniform und auf den Boden.

Schnell legte Pashtak das Tischbein auf den Boden, da flog die Tür rechts neben ihm auf. Ein weiterer Uniformierter erschien, dessen Gesicht kein bisschen nett wirkte. »Was ist hier los?«

»Seid Ihr der Hauptmann? Ich bin Inquisitor Pashtak von der Versammlung der Wahren aus Ammtára und nach Braunfeld gereist, um Untersuchungen anzustellen. Es geht um Mord.« Nun kam er sich sehr wichtig und souverän vor, zumal das Exemplar einer typischen männlichen Nackthaut etwas überfordert schien.

»Ich bin Obrist Ozunopopp. Tragt Ihr eine Legitimation bei Euch?«, wollte der Mann wissen und streckte die Hand aus. Pashtak holte die Urkunde hervor, die ihm durch die Kanzlei des Kabcar zugegangen war, schaute zu dem anderen Beamten, der sich ächzend aus den Trümmern wühlte, und reichte sie dem Offizier. Er nickte knapp. »Kommt in meine Amtsstube«, bat er und ließ ihm den Vortritt. »Ich muss hier noch ein paar Dinge regeln. Geduldet Euch einen Augenblick.«

Der Inquisitor machte es sich in dem karg eingerichteten Raum bequem. Ein Samowarkessel brodelte leise.

Was auch immer Ozunopopp mit seinem Untergebenen verhandelte, er tat es sehr leise. Ein wenig enttäuscht nahm Pashtak auf dem Stuhl Platz und wartete.

Der Obrist kehrte zurück. »Ihr nehmt einen Tee?«, bot er seinem Gast an.

»Nein, danke«, lehnte Pashtak ab. »Ich vertrage das starke Zeug nicht sonderlich gut. Ich bevorzuge die Kräuter.«

»Wie Ihr möchtet. Für das Verhalten meines Beamten möchte ich mich bei Euch entschuldigen. Er ist ein Städter, der hier aufgewachsen ist, und hat im Gegensatz zu mir anscheinend noch Schwierigkeiten, sich korrekt gegenüber allen Bürgern zu verhalten.« Ozunopopp, ein Mann um die dreißig mit dichtem Schnurrbart und kurzen Haaren, nippte an seiner Tasse. »Dann beginnt Eure Erzählung, Inquisitor«, forderte er ihn auf.

Pashtak fasste sofort Vertrauen zu dem noch recht jungen Offizier und erklärte ihm die Theorie von den Ritualmorden, wobei er die Zahl von einhundertdreiunddreißig Toten nicht erwähnte. »Und da es bei uns in der Stadt bereits dreimal ruhig blieb, frage ich mich, ob die Mörder nicht einen anderen Platz gewählt haben, um ihr Unwesen zu treiben«, schloss er.

»Es ist immer das Gleiche mit der Brut. Man wird die Unvernünftigen niemals ausrotten können. Aber wir können ihnen wenigstens das Handwerk legen. Mit Eurer Hilfe.« Der Obrist betrachtete den Inquisitor durch den Teedampf hindurch. »Ich wünschte, meine Mitarbeiter hätten auch nur einen Funken Eures kriminalistischen Verstandes«, meinte er anerkennend. »Ich habt Euch viel Mühe gegeben, nicht wahr?« Behutsam stellte er die Tasse ab und blätterte in seinen Unterlagen. »Ich trage die Berichte der Wachmänner alle zusammen und vermerke, wenn etwas Ungewöhnliches entdeckt wurde.« Er reichte Pashtak den Ordner. »Da ich nicht weiß, wonach ich suchen müsste, lasse ich Euch selbst schauen. Um es aber vorab zu sagen, es wurde mir nichts Außergewöhnliches gemeldet.«

Die Eintragungen huschten an Pashtaks Augen vorüber. Ohne zu wissen, worauf er achten sollte, wälzte er die fraglichen Tage vor und zurück. Der Beamte hatte Recht, Pashtak fand nichts, was ihm auf den ersten Blick verdächtig erschien. *Dann versuche ich es auf den zweiten,* beschloss er und untersuchte den Wortlaut eines jeden Satzes, was einige Zeit in Anspruch nahm.

»Ihr könnt doch lesen?«, erkundigte sich Ozunopopp irgendwann vorsichtig. »Wenn ich Euch etwas vorlesen soll, so sagt es nur.«

Der Inquisitor lächelte. »Nein, danke. Ich kann lesen, schreiben, rechnen und sprechen.«

Der Mann wirkte peinlich berührt. »Ich wollte Euch nicht zu nahe treten. Ich dachte nur ...« Hilflos hob er die Schultern.

»Wisst Ihr, Ihr seid insgesamt der dritte Mensch, der mich außerhalb von Ammtára beinahe normal behandelt.« Er klappte die Aufzeichnungen zusammen. »Der erste Mensch war ein Seeräuber, der zweite ein Fuhrwerker. Ich sehe es als eine gewisse Steigerung, dass nun ein Obrist des hoheitlichen Kabcar mir etwas vorlesen möchte. Ich bedanke mich für das freundliche Angebot. Und es muss Euch nicht unangenehm sein, dass Ihr mich gefragt habt. Die meisten meiner Artgenossen wären froh darüber gewesen.« Klatschend landete das Buch auf dem Schreibtisch. »Was ist das eigentlich für ein Haus, das sich mit den Schädeln der Toten schmückt?«

»Ach, das ist die ehemalige Annahmestelle«, erklärte der Offizier, der von einem heiklen Gesprächsgegenstand zum nächsten zu stolpern schien. »Das Kopfhaus. Es stammt aus der Zeit von König Mennebar, als es für jedes ... als es noch Trophäengeld gab.« Hastig nahm er einen Schluck Tee. »Ihr solltet Dokalusch, dem ehemaligen Leiter der Annahmestelle, aus dem Weg gehen. Er hat durch das Edikt seine Arbeit verloren und wird kaum gut auf Euch zu sprechen sein.«

»Ich hatte bereits das Vergnügen«, Pashtak breitete die Arme aus, »und lebe noch, wie Ihr seht.«

»Wann wird das nächste Datum sein?«, fragte Ozunopopp. »Ich würde meine Leute gern darauf vorbereiten, sodass sie in diesen Nächten besonders aufmerksam sind, ohne ihnen aber den Hintergrund darzulegen. Eine Sekte, die die Zweiten Götter anbetet, das käme einigen Hitzköpfen als Einwand gegen die Verb... gegen Ammtára gerade recht. Als Stellvertreter des Kabcar, der ich hier im weitesten Sinne bin, ist mir gewiss nicht daran gelegen, dass die Einwohner ihr altes Misstrauen zu neuen Ehren bringen. Wir regeln das Problem auf unsere Weise, Inquisitor, einverstanden?« Er hielt ihm die Hand hin.

Pashtak schlug behutsam ein, er wollte die empfindliche Haut des Menschen nicht verletzen. »Ich suche mir eine Unterkunft, Obrist. Und sagt Euren Leuten, sie sollen heute schon auf der Hut sein. Es steht unter Umständen etwas zu befürchten.«

»Gut. Ich lasse Brieftauben an die anderen Städte aufsteigen, um die Wachen zu größter Aufmerksamkeit zu veranlassen, falls diese Sektierer nicht hier zuschlagen sollten.« Ozunopopp brachte seinen »Kollegen« bis zur Eingangstür der Wache. »Wenn Ihr meine Empfehlung hören möchtet, nehmt das *Weinhaus* als Herberge. Richtet dem Wirt einen Gruß von mir aus, und Ihr dürftet keinerlei Schwierigkeiten bekommen.

Geht die Straße hinunter und bei der dritten Gasse rechts.«

Der Inquisitor bedankte sich und schlenderte los, sein Reisegepäck über die Schulter geworfen.

Wenige Schritte vom *Weinhaus* entfernt bemerkte er ein Haus, dessen Fensterläden geschlossen waren. Das angebrachte Schild verriet, dass es sich um das Anwesen eines Kaufmanns handelte. Es hätte ihn nicht stutzig gemacht, wenn die Fenster des Erdgeschosses nicht einsehbar gewesen wären, aber dass gleich alle verriegelt waren, weckte sein Misstrauen.

Im *Weinhaus* begegnete ihm der Wirt mit großer Freundlichkeit, und so erkundigte er sich beiläufig bei ihm nach dem Grund für die völlige Abschottung.

»Das erstaunt mich kein bisschen«, gab der Wirt freimütig Auskunft. »Er ist schon seit drei Wochen auf Geschäftsreise und wird sich neue Möglichkeiten im Großreich eröffnen wollen. Seit die Ontarianer nichts mehr zu sagen haben, versucht sich ja jeder als Einfuhrhändler.«

»Und den Dienstboten hat er für diese Zeit frei gegeben?«, hakte Pashtak nach. »Er wird kaum Umsatz machen, wenn er den Laden geschlossen hält.«

Der Inhaber des *Weinhauses* dachte nach. »Wenn ich es recht bedenke, habe ich keinen seiner Leute in letzter Zeit gesehen. Sie müssen ihn wohl begleiten.« Er führte seinen Gast die schmale Stiege hinauf und zeigte ihm den Raum. »Da wird er einen großen Fisch an der Angel haben. Braucht Ihr noch etwas Besonderes?«

Wenn ihn mal bloß kein dickerer geschluckt hat. Das ist das ideale Versteck für die Mörder. Zentral gelegen, und keiner schöpft Verdacht, dachte Pashtak und registrierte mit Zufriedenheit, dass er den besten Ausblick auf das Kaufmannshaus besaß. »Nur das leicht angedünstete

Hirn eines Neugeborenen, abgeschmeckt mit ein wenig Speck und Zwiebeln«, bestellte er todernst. »Ihr kennt ja die Absonderlichkeiten unserer Art.«

»Ich werde sehen, was sich machen lässt. Gut, dass Ihr keine Jungfrauen geordert habt. Die sind gerade aus«, entgegnete der Wirt trocken und ging hinaus.

Jetzt war es an der Reihe des Inquisitors, vom abgebrühten Humor eines anderen überrumpelt zu sein.

Pashtak musste sich beherrschen, nicht die leise girrenden Laute auszustoßen, die immer dann aus seiner Kehle stiegen, wenn ihm etwas hochgradig unangenehm oder peinlich war.

Von seinem eigenen Mut angespornt, schlich er zum Hintereingang des Kaufmannshauses, wo die Lieferungen abgeladen wurden, und drückte versuchsweise gegen das Tor, das natürlich abgeschlossen war.

Seine ausgezeichnete Nachtsicht lieferte ihm gestochen scharfe Bilder von der Umgebung, so als schienen die Sonnen. Das bisschen Licht, das durch die Fenster der umliegenden Häuser fiel, reichte ihm aus, die Dunkelheit zu kompensieren.

Noch schien niemand seine verdächtigen Unternehmungen zu bemerken. Mithilfe zweier leerer Fässer stieg der Inquisitor zu den Fensterläden des ersten Stocks hinauf, pfriemelte für sein Ermessen unendlich lange an der Verriegelung herum und öffnete sie schließlich ungeschickt.

Kraftvoll drückte er sich von den Fässern ab und sprang gewandt auf das schmale Sims. Da das Fenster allen sanften Versuchen widerstand, es zu öffnen, drückte er so lange mit der Hand dagegen, bis die Scheibe knackend nachgab und zersplitterte. Für seine empfindlichen Ohren klang das Klirren so laut wie ein

Wasserfall. Schnell langte er durch das Loch und öffnete das Fenster von innen.

Im Haus gegenüber wanderte der Schein einer Kerze in Richtung der Fenster. Im letzten Augenblick gelang es Pashtak, durch die Öffnung zu steigen und den Laden zu schließen, um sich vor den Blicken der aufmerksamen Nachbarn in Deckung zu bringen.

Während er noch an der Wand lehnte und sich zu beruhigen versuchte, meldete ihm seine Nase, dass er mit der Vermutung, die Mörder könnten sich in Braunfeld eine Bleibe gesucht haben, richtig lag. Es roch nach Tod. Nach sehr lange zurückliegendem Tod.

Der Gestank führte ihn in den Keller des Hauses, wo er fünf verrottende Leichen, von denen er annahm, dass es sich um die Bediensteten oder Familienangehörigen des Händlers handelte, in einem großen Bottich fand. Die Hälse waren durchtrennt, aber ihr Fleisch war nicht angetastet worden.

Auf dem Boden waren mehrere Schriftzeichen und Symbole aus Kreide zu sehen, die von einer rotbraunen Farbe bedeckt waren.

Hier habt ihr euch also vor mir verkrochen, ihr Mörder, dachte der Inquisitor in einer Mischung aus Freude und Sorge. Die Hoffnungen, er könnte Schlimmeres verhindern, musste er angesichts der Opfer begraben. *Wie die Städter es wohl aufnehmen werden? Ich werde dem Obristen Bescheid geben, damit wir ihnen auflauern können.*

Nachdem er das Untergeschoss flüchtig durchsucht hatte, stieß er in einem großen Wandschrank auf die ordentlich gesäuberten Tatwaffen der Sektierer; sie waren hinter Marmeladengläsern und Eingemachtem verborgen. Es waren ungewöhnlich schwere Dolche mit geschwungenen Klingen und tiefen Blutrinnen; die Schriftzeichen auf dem Stichblatt waren ihm fremd.

Eilig nahm er ein Blatt Papier und ein Stück Kohle aus seiner Umhängetasche, in der er alle möglichen Utensilien aufbewahrte, die ihm bei seinen Ermittlungen von Nutzen sein konnten. Das Papier legte er auf die Gravuren und rieb mit der Kohle darüber, bis er eine Kopie der Schriftzeichen besaß. Dann verstaute er die Dolche wieder hinter den Marmeladengläsern.

Plötzlich hörte er das Knarren einer Tür im Erdgeschoss. Schritte polterten die Stiege in den Keller hinab.

Seine Gedanken überschlugen sich. In heller Aufregung versteckte er sich im Wandschrank. Zu spät fiel ihm ein, dass die Sektierer diesen mit großer Sicherheit öffnen würden. Er drückte sich in die hinterste Ecke und machte sich ganz klein; seine Nackenhaare und das Fell am Rückgrat sträubten sich. Angespannt hockte er da und wartete, was geschehen würde.

Mehrere Menschen, das roch er, betraten den Keller; ihre Unterhaltung führten sie in der Dunklen Sprache. Zwischendurch hörte Pashtak das erstickte Schluchzen eines Kindes, das wohl als Opfergabe für einen der Zweiten Götter dienen sollte.

»Und so haben wir uns in dieser Nacht zusammengefunden, um Kantrill das Blut eines Ungläubigen darzubieten, auf dass seine Macht wachse und gedeihe«, intonierte eine männliche Stimme. »Möge er eines nicht mehr allzu fernen Tages zurückkehren, um zusammen mit seinen Brüdern und Schwestern die Rückkehr ihres Vaters und unseres Gottes Tzulan vorzubereiten.«

Das Ritual schien eröffnet, die Begleiter des Sektierers murmelten Beschwörungsformeln.

Schritte näherten sich dem Wandschrank. Knarrend klappte eine der Türen auf.

Pashtak erkannte durch die Lücke, dass es insgesamt vier identisch maskierte Männer in einfacher, unauffälliger Kleidung waren, die am Boden knieten und das Kind, das sie geknebelt hatten, in die Mitte der Symbole gelegt hatten. Einer der Männer roch für ihn vage bekannt.

Der Fünfte, eine Nackthaut, stand zum Greifen nah vor ihm und nahm nach winzigem Zögern den Dolch aus dem Regal. Ehrfürchtig wandte er sich wieder der Gruppe zu und ließ die Tür des Wandschranks einen Spalt offen, sodass der Inquisitor in der Lage war, jede Einzelheit des Schauspiels zu verfolgen.

Offenbar war der Ablauf des Rituals wesentlich komplizierter, als Pashtak es vermutet hätte. Dem Opfer einfach nur die Gurgel zu durchtrennen genügte augenscheinlich nicht.

Eine gute halbe Stunde lang ereignete sich nichts außer den sich ständig wiederholenden Gebeten, adressiert an einen der Zweiten Götter. Das Kind, ein Mädchen von geschätzten acht Jahren, hatte das Jammern aufgegeben und lag teilnahmslos auf dem kalten Steinboden. Plötzlich stockte einer der Maskierten und verfiel in Schweigen. Schließlich seufzte er und hieb mit der Faust auf den Boden. »Ich entschuldige mich.«

»Wegen deines Fehlers müssen wir von vorn beginnen«, sagte der Mann mit dem Dolch verärgert und erhob sich von seinem Platz.

»Seht ihr? Ich habe gleich gesagt, wir sollten keine Anfänger zu einer Zeremonie mitnehmen«, meinte ein anderer besserwisserisch; seine Stimme klang dumpf und verzerrt hinter der Verhüllung. »Er mag seine Tochter opfern, aber es war einfach zu früh, ihn hierher zu bringen.«

»Schweig«, herrschte ihn der Anführer an. »Es kann uns allen passieren. Die Textpassagen sind anspruchsvoll.« Er wandte sich dem Versager zu. »Aber es war dein letzter Fehltritt. Einen weiteren werden wir und Kantrill dir nicht mehr verzeihen. Wir beginnen nach einer kurzen Pause wieder von vorn.«

Der Besserwisser sah in Richtung des Bottichs. »Wir sollten die vergammelnden Körper aus dem Haus schaffen, bevor der Geruch noch übler wird und die Nachbarn aufmerksam werden. Das Versteck ist zu gut, um es zu verlieren.«

»Da haben es unsere Brüder und Schwestern in Ulsar wesentlich einfacher«, lachte ihr Ritualmeister. »Wenn der Kabcar wüsste, dass viele der Kranken, die in die Kathedrale zum Beten gehen, in gewisser Weise direkt zu Gott finden ... Ich glaube nicht, dass der Herrscher von der ständigen Benutzung des Opferlochs auch nur einen blassen Schimmer hat. Unsere Tarnung ist ausgezeichnet.« Die Sektierer lachten zufrieden.

Pashtaks Aufregung wuchs. Diese Neuigkeiten mussten zum Herrscher gelangen, damit er wusste, was die Tzulani ohne sein Wissen trieben – und das nicht nur in Ammtára oder in Braunfeld.

»Wie lange wird es noch dauern, bis er mit den Lehren Ulldraels endgültig bricht?«, fragte der Versager. »Wann ist unsere Zeit im Verborgenen beendet?«

»Wir müssen noch Geduld haben«, erklärte der Mann und betrachtete versonnen den Ritualwerkdolch. »Noch ist der Kabcar nicht so weit, auch wenn wir uns bereithalten. Aber die Prophezeiung hat sich nun schon in so vielen Punkten erfüllt, dass der endgültige Anbruch der Dunklen Zeit nicht mehr fern sein kann.« Die Klinge wurde ruckartig aus der Scheide gerissen. »Es ist der Vorabend, Brüder. Die Nacht benötigt immer ein wenig Zeit, bis sie sich über das Land erstreckt, doch es wird stets finster. Wenn wir keinerlei Fehler machen«, seine Augen richteten sich auf den Versager, »und unseren

Teil dazu beitragen, unsere Fürsprecher, die Zweiten Götter, zufrieden zu stellen, werden wir schon bald als Diener Tzulans über alle anderen herrschen, wie er es uns einst in seinen Schriften versprach. Und diese Dunkle Zeit wird keine Sonne kennen.« Er bedeutete den anderen, sich zurück an ihre Positionen zu begeben. »Fangen wir an.«

Das ist eine Verschwörung! Pashtak schüttelte sich. *Ich stelle Mördern nach, und auf wen stoße ich? Auf hinterhältige und widerliche Verschwörer, die danach trachten, das Böse nach Ulldart zu bringen. Sie geben einen Dreck auf all die Neuerungen und den Frieden. Das darf nicht sein! Es würde alles zerstören, was der Kabcar erreicht hat.*

Pashtak hatte keinerlei Schwierigkeiten damit, wenn jemand einen der Zweiten Götter verehrte; auch er selbst dankte Tzulan gelegentlich für die wunderbare Zeit, die er zusammen mit den anderen in Ammtára verbrachte. Doch wenn sich diese Wahnsinnigen mit ihren Anschauungen durchsetzten, hatte Ulldart die längste Zeit ein beschauliches Antlitz getragen.

Widerwillig erinnerte er sich an die Zeit, als die Opferfeuer noch lichterloh in der Nacht brannten und die Priester dank Sinureds Hilfe die Weibchen der Nackthäute gleich dutzendweise zu Asche werden ließen.

Das darf sich nicht wiederholen. Ich werde etwas dagegen unternehmen. Und hier im Keller werde ich anfangen. Der Gedanke daran, dass die Tzulani in Ammtára sich an dem weitreichenden Komplott beteiligten, machte ihn wütend. Ein Grollen entfuhr ihm, das sich zu einem Knurren steigerte.

Die Maske des Versagers ruckte herum, der Mann betrachtete den Wandschrank. »Da war etwas. Vielleicht eine große Ratte oder etwas anderes, das Bedarf nach Fleisch hat.«

Der Inquisitor spreizte die Finger ab und krümmte sie. *Dieser Vergleich kostet dich dein Gesicht.* Er spannte die Muskeln seines gedrungenen Körpers, um bereit zu sein, aus seinem Versteck hervorzuschnellen und die Verräter zu stellen. Und natürlich das Kind zu retten, das vom eigenen Vater in den Tod geschickt werden sollte. *Gleich werden wir sehen, wer hinter der Maskerade steckt.* Im letzten Augenblick änderte er seinen ursprünglichen Angriffsplan und langte nach einem der schweren Marmeladengläser. *Himbeere* lautete die Aufschrift. Zögerlich stellte er das Glas zurück und suchte sich eine Sorte aus, die er weniger leiden konnte.

Als der Ritualmeister sich in tiefer Trance befand und den Ritualdolch hob, zerschellte ein Glas mit eingemachten Birnen an seinem Kopf. Wie vom Blitz getroffen brach er zusammen und blieb regungslos liegen; die Früchte ergossen sich um in herum.

Die anderen Maskierten verstanden nicht, was eben geschehen war; benommen sahen sie sich an, in Gedanken noch völlig bei der Anbetung. Und so trafen die eingeweckten Pflaumen ein weiteres unbewegliches Ziel. Der Versager ging ächzend zu Boden.

Nun war der Bann gebrochen, die restlichen drei Männer sprangen auf. Der Inquisitor ergriff die Gelegenheit und schleuderte noch schnell ein Behältnis mit Zwetschgenkompott gegen die Sektierer, das dem Besserwisser in den Schritt prallte. Nach Luft ringend, sank der Mann auf die Knie.

Pashtak aber eröffnete Zähne fletschend den Nahkampf. Gegen die leichte, unbewaffnete Beute vertraute er voll und ganz auf seine Körperkräfte, die Krallen und seine Schnelligkeit.

Dass ihnen ausgerechnet eine Kreatur auflauerte, die der Legende nach von Tzulan selbst erschaffen worden war, und nun mit brachialer Gewalt auf sie eindrang, überraschte die Maskierten dermaßen, dass sie ihr Heil in der Flucht suchten und sich erst gar nicht auf eine Prügelei mit dem Angreifer einlassen wollten. Sich gegenseitig in ihrer Hast behindernd, fielen sie mehr die Stiegen hinauf, als dass sie liefen. Mit Getöse trampelten sie durch das Haus und rannten hinaus.

Ihre Flucht weckte sämtliche Bewohner der Umgebung auf. Der Inquisitor, der bereits zur Verfolgung ansetzte, blieb verunsichert auf der Schwelle stehen, als die vielen Lichter hinter den Fenstern aufleuchteten.

Die leisen Schritte hinter sich hörte er zu spät. Etwas Hartes landete in seinem Genick.

Benommen taumelte er nach vorn, da packten ihn mehrere Hände, hoben ihn hoch und warfen ihn über das Geländer und die Kellertreppe hinab. Halb ohnmächtig blieb er am Fuß der Treppe liegen. Von draußen drang der Ruf »Mörder!« an sein Ohr. Die Auswirkungen des Sturzes machten ihn benommen, alles drehte sich um ihn herum. Vergeblich versuchte er, auf die Beine zu kommen.

Wie er durch den Schleier vor seinen Augen erkannte, stiegen mehrere Menschen vorsichtig die Stufen hinab. Einige rannten sofort wieder davon, als sie sahen, was sich im Keller verbarg, doch die Mehrzahl der Menschen drängte weiter nach unten.

»Habt ihr sie erwischt?«, stöhnte er. »Sie sind euch entgegengelaufen, sie haben …«

Ein Tritt in den Magen ließ ihn vor Schmerzen verstummen, ein Knüppel sauste mehrfach auf seinen knochigen Kopf hernieder. »Nimm das, du Vieh!«, schrie ein Mann ihn an. »Wir sollten denen den Garaus machen, so wie wir es früher gehalten haben!«, brüllte er. Pashtak erkannte Dokalusch, den Bewohner des

Schädelhauses. »Er hat sogar das Kind umgebracht.« Ein Schrei der Wut und Empörung hallte durch das Gewölbe.

Das Mädchen? Sie haben es wirklich noch getötet!, zuckte es Pashtak durch den Sinn, als ihn die genagelte Sohle eines Stiefels ins Kreuz traf. Eine Schlinge legte sich um seinen Hals.

»Los, wir brechen ihm die Beine und schleifen ihn durch die Straßen, bis er erstickt ist!«, forderte jemand. Das Seil straffte sich, schnürte Pashtaks Hals zu und brachte ihn zum Würgen. Seine Gegenwehr erlahmte, während ihn die Menge auf diese Weise die Treppe hinaufzerrte.

Dann wurde es plötzlich still, die Menschen schwiegen wie auf ein Kommando. Die Spannung des Seils ließ abrupt nach. Keuchend füllte Pashtak seine Lungen mit Luft.

Es klatschte vernehmlich, und ein schwerer Körper stürzte neben ihm zu Boden. Verwundert erkannte er Dokalusch, dem das Blut aus einer Platzwunde unter dem Auge lief.

»Das Gesetz verbietet es, dass die Bürger von Braunfeld eigenmächtig Exekutionen vornehmen«, hörte er Ozunopopp herrisch zu den Bewohnern sagen. »Ich bin Obrist im Heer des hoheitlichen Kabcar, nur ich darf auf Geheiß des Vizekönigs und des Gouverneurs Verbrecher ihrer Strafe zuführen.«

»Aber wir haben doch alles im Keller gesehen, Obrist!«, protestierte einer aus dem Schutz der Menge heraus.

»Geht in den Keller, Ozunopopp, und schaut Euch an, was dieses Ungeheuer angerichtet hat«, sagte Dokalusch schneidend und stemmte sich in die Höhe. »Er hat einem unschuldigen Kind die Kehle aufgeschlitzt.«

»Demnach warst du also dabei, als der *Bürger*«, betonte der Beamte ausdrücklich, »diese Tat begangen hat? Demnach kannst du alles bei deinem Leben beschwören und beeiden?«

Dokalusch zögerte, betastete das ramponierte Auge und warf dem Obristen einen tödlichen Blick zu. »Nein, das kann ich nicht«, meinte er widerwillig.

»Dann geh deiner Wege und warte ab, was die Untersuchung ans Licht bringt«, empfahl Ozunopopp drohend. »Und ihr alle trollt euch ebenfalls. Geht zu Bett. Morgen wird der Ausrufer alles Wichtige verkünden.«

Murrend löste sich die Versammlung vor dem Haus des Kaufmanns auf.

»Seid Euch nicht zu sicher, dass Euch diese Uniform vor allem beschützt, Ozunopopp«, riet ihm Dokalusch zum Abschied. »Sich gegen uns zu stellen, um diese Bestie zu beschützen, war kein guter Einfall.«

»Es ist vielleicht auch kein so guter Einfall, dich für diesen Einschüchterungsversuch an einem Beamten des hoheitlichen Kabcar eine Woche lang in Arrest zu nehmen«, erwiderte der Offizier gelassen. »Aber ich kann damit leben.« Auf ein Zeichen von ihm führten zwei Wachen den erbosten Mann ab. Ozunopopp half Pashtak beim Aufstehen und befreite ihn von dem Strick. »Ich nehme Euch mit zur Wache, dort seid Ihr sicher. Ihr werdet mir alles erzählen, was vorgefallen ist.«

»Aber natürlich«, hustete der Inquisitor mehr als er antwortete. »Danke für Euer Eingreifen. Ohne Euch …«

Der Obrist wehrte ab. »Ich habe nur meine Pflicht getan. Der ich übrigens auch nachgekommen wäre, wenn ich nicht wüsste, dass Ihr diese Morde untersucht, in die Ihr mitten hineingeschlittert seid.« Er richtete sich auf und betrachtete die Straße, die sich beinahe vollständig geleert hatte.

»Seid Ihr fündig geworden ... ich meine, außer den Leichen?«, erkundigte sich der Beamte, der den Inquisitor bei seinem Besuch im Quartier der Wachen so herablassend behandelt hatte.

»Das erzähle ich alles später«, murmelte Pashtak heiser. »Ich muss erst ein wenig verschnaufen. Und dann werden wir den Kabcar von ein paar Dingen in Kenntnis setzen müssen, die ihm nicht gefallen werden, fürchte ich.«

Fauchend richtete sich Pashtak auf der Pritsche auf, die Klauen zum Schlag erhoben, die Reißzähne gebleckt. Es dauerte eine Weile, bis er sich von seinem Albtraum befreite und begriff, wo er war und dass ihm hier drinnen nichts geschehen konnte. Licht fiel durch das schmale Fenster in die Zelle.

Was für eine Ironie! Er kratzte sich am Bart, während sein Blick über die kahlen Mauern wanderte, die ihm Schutz boten. *Nun muss man schon ins Gefängnis, um vor den verrückten Nackthäuten sicher zu sein.*

Obwohl er alle Knochen im Leib spürte und seine Kehle sich immer noch anfühlte, als hätte man ihm ein Stück glühendes Eisen in den Schlund geschoben, stand er auf und rief nach der Wache. Als er keine Antwort erhielt und schließlich an der Tür rüttelte, stellte er fest, dass sie nicht verschlossen war.

Pashtak verließ die Zelle und stieg die Treppe hinauf ins Erdgeschoss der Wache. Unweigerlich musste er an die Erlebnisse im Kaufmannshaus denken.

Ein Beamter begrüßte ihn und brachte ihn sofort zu Ozunopopp, in dessen Schreibstube ein Frühstück auf Pashtak wartete. Dankbar setzte er sich und schob sich nacheinander Brot, Wurst und Schinken in den Mund, wobei es ihm ein bisschen peinlich war, dass ihm eine Nackthaut beim Essen zusah.

Pashtak gehörte nicht zu den Wesen, die leise kauen konnten, was Ozunopopp jedoch keine Probleme zu bereiten schien. Er berichtete ihm ungerührt, was er inzwischen entdeckt hatte.

»Die Leichen im Bottich haben wir als die Frau des Händlers sowie die Bediensteten identifiziert«, begann er. »Ich hoffe, es stört Euch nicht, dass ich darüber rede, während Ihr mit Essen beschäftigt seid?« Der Inquisitor wedelte mit seiner freien Hand, mit der anderen fischte er Schinkenstreifen zwischen den Zähnen hervor. »Dem Mädchen wurde die Kehle im Gegensatz zu den anderen Leichen geradezu unfachmännisch durchschnitten, was auf die große Eile der Mörder zurückzuführen ist. Wir versuchen noch herauszufinden, wer das arme Ding war. Die Zeichnungen am Boden wurden größtenteils durch den Saft des Eingemachten verwischt, sodass wir sie nicht mehr vollständig kopieren konnten.«

»Ich entschuldige mich dafür«, sagte Pashtak bedauernd und reichte dem Obristen den Zettel mit den Abdrücken der Symbole, die sich auf der Klinge des Ritualdolches befanden. »Ihr fertigt Euch ein Duplikat hiervon an, und ich mache mir eine Nachbildung von den Zeichnungen am Boden des Kellers, einverstanden?« Er schenkte sich Wasser ein. »Nun haben die Leute einen Fehler begangen, indem sie ein Kind umgebracht haben, das offensichtlich zur Stadt gehört. Wenn Ihr herausfinden könnt, wer sie war, so habt Ihr in dem Vater einen aus der Bande. Vermutlich werdet Ihr durch ihn die Namen der anderen erfahren können.«

»Das sehe ich genau so«, bestätigte Ozunopopp. »Im Übrigen besaß einer der Mörder die Dreistigkeit, sich unter die Zuschauer zu mischen, die Eurer improvisierten Hinrichtung beiwohnen wollten.« Er langte neben sich und brachte eine Maske zum Vorschein. »Die haben wir im Keller gefunden. Wenn ich mit meinen Vermutungen richtig liege, hat er sich irgendwo dort versteckt gehalten und gewartet, bis andere Bürger angerannt kamen, um nach dem Rechten zu schauen.«

»Leichen«, murmelte Pashtak grüblerisch, schnüffelte an der aus Holz gefertigten Larve und nahm den Geruch ihres Trägers auf. Er kam ihm bekannt vor.

»Hatte ich es nicht erwähnt?«, fragte der Offizier, der dachte, die Bemerkung richte sich an ihn.

»Nein, nein, Obrist«, sagte der Inquisitor schnell. »Euer Beamter, der mich gestern so freundlich empfing ...«

»Wogoca«, ergänzte sein Gegenüber.

»... fragte mich gestern, ob ich denn etwas anderes entdeckt hätte außer *den Leichen*.«

»Und?«

»Mir ist es zunächst auch nicht aufgefallen.« Pashtak freute sich insgeheim ein wenig über das Unverständnis des Mannes. »*Leichen*«, wiederholte er betont. »Wenn ich mich recht erinnere, so hat niemand in der Menge ein Wort davon gesagt, dass mehr als eine Tote im Keller liegt.«

Der Gesichtsausdruck Ozunopopps änderte sich langsam, wechselte von fragend zu ungläubig. »Sie haben mir nur gesagt, ich solle mir etwas im Keller ansehen. Das bedeutet ...«

»Wo war Wogoca, als Ihr am Tatort eintraft?«, wollte der Inquisitor wissen und versenkte seine Zähne mit Wonne in einem Stück Brot. »Überlegt gut, Obrist.«

Die Stirn des Mannes zog sich in Falten, er lehnte sich auf seinem Stuhl zurück und dachte nach. »Ich weiß es nicht. Er stand plötzlich neben mir.« Mit der flachen Hand schlug er auf den Schreibtisch. »Das wäre aber ungeheuerlich.«

»Es kommt noch viel besser«, kündigte Pashtak an und erzählte all die Einzelheiten, die er aus seinem Versteck heraus vernommen hatte. »Somit ist stark anzunehmen, dass die Tzulani die letzten Jahre genutzt haben, um in alle wichtigen Ämter einzudringen«, beendete er seine Ausführungen. Er fühlte sich großartig, dem Obristen Dinge zu erklären, die er – ein Wesen, das von den wenigsten Menschen geachtet wurde – eigenständig herausgefunden hatte.

Ozunopopp saß wie vom Donner gerührt, stocksteif und blass. »Das wird Euch einen Orden bringen«, vermutete er. »Diese Verschwörung aufzudecken ist eine Meisterleistung, die nicht zu überbieten ist, Inquisitor. Der Kabcar wird Euch sehen wollen, Ihr werdet nach Ulsar reisen und ihm persönlich die Hand schütteln.« Er nahm die Platte mit dem Schinken und hielt sie ihm hin. »Und ich kenne Euch, ich kenne den … Mann, wenn Euch diese Bezeichnung genehm ist, der den Herrscher von Tarpol vor den Intrigen der Tzulani bewahrt hat. Ihr werdet dem Kabcar doch meinen Namen nennen, wenn Ihr ihm begegnet?«

Pashtak lachte, auch wenn ihm die Kehle wehtat. »Ihr seid sehr voreilig. Zunächst muss die Nachricht nach Ulsar gelangen. Und wie kommen wir an den Verschwörern am Hof vorbei, von denen ich annehme, dass sie existieren? Wer sagt uns letztendlich, ob er uns überhaupt glauben wird?«

»Wenn wir es nicht versuchen, können wir es auch nicht wissen.« Ozunopopp gab sich zuversichtlich und schenkte sich Tee ein. »Der Herrscher ist ein sehr misstrauischer Mensch, wie man sich erzählt, und nach der Geschichte mit seiner Gattin ... Nun ja, er wird bestimmt von der Verschwörung in Kenntnis gesetzt werden wollen. Und außerdem haben wir einen Zeugen, dessen Aussage ich nach Ulsar entsenden werde. Passt auf ...« Er erhob die Stimme. »Wogoca, kommt einen Augenblick bitte zu mir!«

Es dauerte nicht lange, und der Beamte trat ein. Die feine Nase des Inquisitors erkannte den vagen Geruch wieder, der ihm im nächtlichen Keller aufgefallen war. *Damit hätten wir schon mal einen aus der Bande.* Mit einem grollenden Laut musterte er den Beamten.

»Obrist?« Wogoca knallte die Hacken zusammen, wobei er Pashtak nicht aus den Augen ließ.

»Der Inquisitor und ich haben uns eben über die gestrige Nacht unterhalten«, eröffnete er seinem Untergebenen. »Er hat ganz bemerkenswerte Dinge gehört, als er sich in diesem Schrank verbarg. Glücklicherweise hat sich vorhin jemand gemeldet, der das Kind erkannt hat. Ein paar Wachen sind auf dem Weg zum Haus des Vaters, um ihn zu überprüfen.«

»Aber warum habt Ihr mich nicht geschickt?«

Wortlos hob Pashtak die Maske und witterte lautstark in Richtung des Beamten. Unbehagen mischte sich zu den üblichen Gerüchen einer Nackthaut. »Wisst Ihr, wie leicht es ist, menschlichen Schweiß nach seiner Herkunft einzuordnen?«, erkundigte er sich in aller Freundlichkeit. Auch wenn er sich entspannt gab, war er jederzeit bereit, auf das Verhalten des Verhörten zu reagieren. »Gerade hinter solchen Masken staut sich die Körperwärme schnell. Und nun denkt nach, weshalb Euch der Obrist nicht geschickt hat.«

Wogoca stank plötzlich nach Adrenalin. Seine Hand

ruckte an den Griff des Säbels, doch der Inquisitor hatte sich schon aus seinem Sessel abgedrückt. Er riss den Mann zu Boden und presste die Knie auf die Oberschenkel des Mannes, damit er sich nicht wehren konnte.

»Welches Ungeheuer hat sein eigenes Kind dem Tod überlassen?«, schnarrte er. »Und wer hat mich die Treppe hinuntergestoßen?«

Der überrumpelte Beamte wand sich unter ihm, ohne ihn abwerfen zu können. »Wir wollen doch das Gleiche«, raunte er ihm dabei zu. »Lass mich gehen. Ich warne schnell noch Uiwasso und die anderen. Dann flüchten wir zu euch in die Verbotene Stadt und unterstützen unsere Tzulanibrüder in dem kommenden Kampf.« Er hob den Kopf ein wenig. »Du musst den Obristen töten. Kein anderer darf von der Verschwörung erfahren. Sonst gerät alles in Gefahr.«

Ohne Zögern spuckte Pashtak Wogoca ins Gesicht. »So etwas Dreistes. Der wollte mich tatsächlich auf die Seite dieser Mörder ziehen.«

»Tzulan wird eines Tages nach Ulldart zurückkehren. Alle seine Kinder, die Zweiten Götter, werden ihm den Weg ebnen, nachdem wir sie durch unsere Opfer herbei beschworen haben.« Wogoca wandte die Augen ab. »Ich werde nichts mehr sagen.«

»Im weitesten Sinne bin auch ich sein Kind, aber von mir aus kann er bleiben, wo er ist, wenn er den Frieden unserer Welt zerstören will«, hielt der Inquisitor verärgert dagegen, während er sich erhob und der Obrist dem Mann Handeisen anlegte. »Einer aus der Bande heißt Uiwasso, wie er mir eben sagte.«

»Sehr gut.« Ozunopopp zerrte Wogoca auf die Beine, um ihn in eine Zelle zu sperren. »Ich werde einen Henker kommen lassen, damit die Verhöre zu einem schnellen Ergebnis führen und der Bericht nach Ulsar geschickt werden kann.« Er dachte kurz nach. »Am besten reite ich selbst. Eine solche Angelegenheit will ich keinem anderen anvertrauen.«

»Wartet«, bat Pashtak, als sie an der Treppe zum Keller angekommen waren, und trat dem überführten Beamten in die Kniekehle, dass er kopfüber die Stufen hinabstürzte. »Somit ist wenigstens etwas Gerechtigkeit geschaffen worden«, meinte er dann zufrieden, schnurrte und grinste gleichzeitig.

Stöhnend richtete sich Wogoca am Fuß der Treppe auf.

Der Offizier hob die Augenbrauen. »Ich sollte die Stufen unbedingt überprüfen lassen. Da kann man sich im ungünstigsten Fall das Genick brechen.«

»Im günstigsten, meintet Ihr«, verbesserte der Inquisitor.

Drei Tage später befand sich Pashtak wieder an der Kreuzung, eine weitere Tagesreise von Ammtára entfernt. Zwei Tage war er in Braunfeld geblieben, um den Ausrufern die Gelegenheit zu geben, seine Unschuld zu verkünden. Ansonsten, so vermutete der Obrist, würde sein Schädel sich bald zu Dokaluschs übrigen Trophäen gesellen.

Tatsächlich verhielten sich die Menschen ihm gegenüber völlig normal, als er die Stadt verließ. Das bedeutete, sie würdigten ihn keines Blickes oder wichen ihm aus.

Der Wache war es gelungen, den Vater des toten Kindes festzunehmen, als dieser die Stadt verlassen wollte. Nach ein paar harten Worten, ganz ohne Folter, gestand der aufgelöste Mann alles.

Dummerweise war er ein Neuling in der Sekte und nicht mit deren Struktur vertraut. Er kannte auch keine

Namen. Wogoca aber verschied noch während des Verhörs, was sich der Folterknecht nicht erklären konnte.

Ozunopopp ärgerte sich über diesen Umstand, aber er fertigte aus den bisherigen Aussagen einen Bericht an, den er persönlich nach Ulsar bringen wollte. Der Inquisitor und der Obrist verließen Braunfeld am selben Tag.

Pashtak spürte eine gewisse Befriedigung, wenigstens zwei Mitglieder der Mördersekte in die Hände der Justiz gespielt zu haben. Mindestens drei von ihnen liefen noch durch die Gegend und würden, wenn er sie richtig einschätzte, ihre Taten nicht sein lassen. Sie würden sich einen anderen Ort suchen und da weitermachen, wo sie aufgehört hatten. *Und ich stehe mit Sicherheit auf ihrer Liste der Opfer nun ganz oben.* Der Gedanke beunruhigte ihn nicht so sehr; weit mehr sorgte er sich um seine Familie. Wenn die Tzulani ihnen auch nur drohten, würde er sie alle einzeln zur Strecke bringen und sie eigenhändig Ulldrael dem Gerechten opfern. *Etwas Schlimmeres kann ihnen nicht passieren,* dachte er bösartig.

Nach einer guten Stunde Marsch nahm er einen schwachen Geruch nach verwesendem Fleisch wahr.

Neugierig folgte er der Spur, verließ die Straße und stieß nur wenige Schritte neben der befestigten Strecke auf die Überreste eines Pferdes und seines Reiters. Allem Anschein nach war es der unfreundliche Mann, der ihn auf seiner Hinreise eine verdammte Bestie genannt hatte. Dank der herrschenden Kälte waren die Körper noch nicht stark verwest, doch aus ihren Leibern waren Stücke Fleisch geschnitten worden.

Mein Wunsch, dass die Menschenfresser ihn erwischen, ist wohl Wirklichkeit geworden, dachte Pashtak und ging in die Hocke, um sich die Leichname genauer anzusehen.

Die Versuchung sprang ihn regelrecht an. Günstiger würde er nie mehr an eine Gelegenheit geraten, das Fleisch der Nackthäute zu probieren, ohne dass es jemand erführe. Vielleicht käme er dann dahinter, weshalb seine Artgenossen bereit waren zu morden.

So schlecht riecht es gar nicht, fand er. *Was könnte ein winziges Stück schon anrichten?*

Doch er fühlte sich hin- und hergerissen. Die Angst, selbst zu einem Menschenfresser zu werden, kämpfte mit der Aussicht auf ein neues, unvergleichbares Geschmackserlebnis und der nüchternen Überlegung eines Inquisitors, ein Experiment zu wagen, um sich in die Rolle der Täter versetzen zu können. Selbst wenn Letzteres nur ein vorgeschobenes Argument war ...

Sein Magen grummelte, der Speichel sammelte sich in seiner Mundhöhle, und langsam wanderte seine Hand an den Griff seines Dolches.

Plötzlich hörte er Schritte, die sich durch das Unterholz näherten. Dem Geruch nach handelte es sich um ein Sumpfwesen. Beinahe schon erleichtert, dass ihm somit eine Entscheidung abgenommen und Schlimmeres verhindert wurde, stand er auf und wartete, dass der Besucher sich zeigte.

Die Spezies des Wesens, das aus dem Unterholz trat und angesichts des Inquisitors erschrocken stehen blieb, war Pashtak bekannt. Es war humanoid, etwas größer und behaarter als er selbst und gehörte seiner Einschätzung nach zu den »Gelegentlichen«, denen Menschenfleisch eine willkommene Abwechselung bedeutete.

Abschätzend schaute er zu dem Ankömmling hinüber. »Wie sollen sich Nackthäute jemals uns gegenüber friedlich verhalten, wenn wir sie weiterhin umbringen? Du wirst dich dafür vor der Versammlung der Wahren rechtfertigen müssen.«

»Ah, ich verstehe. Du bist der, der die Morde untersucht«, entgegnete das Wesen mit leiser Stimme. Gelassen wischte es den Schnee von einem Baumstumpf und nahm Platz. »Aber was kann ein Wolf dafür, dass er die Schafe frisst? Es liegt in seiner Natur. Soll er Gras fressen und eingehen?«

»Das wird gewiss kein Streitgespräch werden«, entgegnete der Inquisitor. »Du weißt, dass es verboten ist, die Nackthäute zu töten.«

Gleichmütig betrachtete das Wesen die Kadaver. »Sie halten sich auch nicht daran.«

»Deshalb müssen wir es ihnen nicht nachtun.« Langsam bewegte er sich auf die Kreatur zu. Er beschloss, die Gelegenheit zu nutzen und eine Frage zu stellen, die ihm vielleicht etwas Klarheit brachte, weshalb seine Verwandten die Menschen verspeisten. »Was ist so Besonderes an ihrem Fleisch?«

Das Wesen lachte leise. »Wenn du es nicht gekostet hast, wirst du es nicht verstehen.« Die Klinge des Dolches funkelte auf. »Es ist dieser Beigeschmack, den keine andere Beute hat. Soll ich dir ein Stück von ihm abschneiden?«

»Nein, danke«, lehnte der Inquisitor beherrscht ab, auch wenn es ihn einiges an Überwindung kostete. »Steck die Waffe weg und komm mit mir. Es wird eine ordentliche Verhandlung geben. Doch um die Strafe wirst du nicht herumkommen. Du weißt, was mit Wölfen geschieht, die ständig Schafe reißen, obwohl man sie gewarnt hat.«

»Und wenn das Tier schon tot war, als der Wolf hinzukam?«, meinte das Wesen. »Wenn du Pferd und Reiter untersuchst, wirst du feststellen, dass sie sich beide das Genick gebrochen haben. Ich habe sie gefunden und zusammen mit meiner Familie von der Straße geschleppt, damit wir sie in aller Ruhe ...« Er hob den Dolch. »Wir wollten die anderen Nackthäute doch nicht beunruhigen.« Ruhig wartete er ab, bis Pashtak seine Prüfung abgeschlossen hatte. Die girrenden Laute, die der Inquisitor als Zeichen seiner Verlegenheit ausstieß, erkannte er als Entschuldigung an.

»Du kannst gehen, ich habe dich zu Unrecht verdächtigt«, sagte Pashtak. »Wenn der Wolf Aas frisst, kann es den anderen Schafen egal sein.« Das Wesen nickte ihm zu und verschwand im Dickicht. *Vor allem dann, wenn es die anderen Schafe nicht wissen.* Der Blick des Inquisitors blieb an den Satteltaschen des toten Pferdes hängen. *Wo der Unglückliche wohl hinwollte? Man sollte wenigstens seine Verwandten davon in Kenntnis setzen, dass er verschieden ist, ohne Einzelheiten zu nennen.* Um einen Aufschluss über die Herkunft des Verunglückten zu erhalten, durchsuchte er dessen Kleider und Satteltaschen. In einem Hohlraum unter dem Sitzpolster des Sattels entdeckte er eine wasserdichte, verplombte Lederröhre, in der Dokumente transportiert wurden, adressiert an Leconuc, den Tzulani, der die Versammlung der Wahren leitete.

Er pfiff leise durch die spitzen Zähne. *Das nenne ich doch mal einen Fund!* Abschätzend wog er das Behältnis in der Hand. *Ich bin Inquisitor, und ich habe die Pflicht, alle Vorgänge zu untersuchen,* sagte er zu sich selbst, während er es einsteckte und seine Inspektion fortsetzte. Aber außer ein paar Münzen fand er nichts, was ihm verdächtig erschien.

Gedankenversunken machte er sich auf den Marsch. Die Rolle unter seinem Gewand wurde mit jedem Schritt schwerer und schien laut den Namen des Empfängers zu rufen.

Ganz wohl war ihm nicht dabei, dass er sich das

Dokument angeeignet hatte und nicht sofort abgeben würde. Aber nach den Vorkommnissen in Braunfeld musste er so handeln. Wenn Leconuc sich mit den restlichen Tzulani verbündete oder gar schon verbündet war, stand das friedliche Miteinander in Ammtára vermutlich vor dem Ende. Die Anhänger würden die Opferungen zu Ehren des Gebrannten Gottes fortsetzen und sich die Feindschaft der übrigen Städte zuziehen.

Oder ist das vielleicht sogar beabsichtigt?, fragte er sich. *Wird unser Zuhause erneut zum Stammsitz Sinureds, von dem nur Tod und Verderben für die Nackthäute ausgehen? Wenn die Dunkle Zeit anbricht, wird es so kommen.*

Pashtak verfiel in einen leichten Dauerlauf, um schneller bei Shui und den Kindern zu sein.

Kurz vor Einbruch der Nacht erreichte er die Tore Ammtáras.

Seine Pflicht wäre es gewesen, die Versammlung umgehend von den Ereignissen in Braunfeld in Kenntnis zu setzen. Aber solange er sich nicht sicher sein konnte, dass die Tzulani mit der Sache nichts zu tun hatten, wollte er keine Aussage machen. Notfalls würde er alle anderen Sumpfwesen zusammentrommeln, um die Nackthäute aus Ammtára zu werfen, sollten sie wirklich an den Umtrieben ihrer Freunde in Ulsar beteiligt sein.

Verschwitzt und hechelnd betrat er sein Haus, begrüßte seine Gefährtin und seine Kinder ausgiebig, verteilte die Geschenke unter der zeternden Meute, um sich dann in sein Arbeitszimmer zu verkriechen. Shui spürte, dass er mit etwas Wichtigem beschäftigt war, sagte aber nichts zu ihm.

Er entzündete mehrere Kerzen, legte die Rolle vor sich auf den Tisch und machte es sich in seinem Stuhl gemütlich. Scheu betrachtete er das Lederbehältnis, als wartete er darauf, dass die Tür auflöge und ein erboster Leconuc hereinstürmte, um sein Eigentum zu verlangen.

Seine krallenbewehrte Hand nahm das Dokument zögerlich auf. Er benötigte die Gewissheit, und so brach er die Versiegelung, entfernte den Verschluss und zog das Stück Pergament hervor. Gespannt überflog er die Zeilen, ohne jedoch etwas Verfängliches zu entdecken. Ein Tzulani aus Ulsar, dessen Name ihm nichts sagte, richtete die besten Grüße aus, erzählte von den imposanten Bauwerken, allen voran der Kathedrale, der Hauptstadt und davon, dass alle guter Dinge seien und dass der Krieg gegen die Kensustrianer gewiss bald beendet wäre, sollte er erst einmal begonnen haben. »Möge das Feuer der brennenden Augen Tzulans uns die Wahrheit zeigen«, schloss der Brief.

Ein wenig enttäuscht senkte er das Blatt, nur um es kurz darauf näher zu untersuchen.

Er las die Anfangsbuchstaben der einzelnen Wörter, las die Reihen von oben nach unten, las Abschnitte rückwärts und gab sich alle erdenkliche Mühe, um einem möglichen Geheimnis auf die Spur zu kommen. Doch ihm fiel lediglich auf, dass der Schreiber kurz zuvor Süßknollen geschält haben musste, das Papier roch danach.

Stutzig geworden über die letzten Worte des Schreibers, hielt er das Dokument über eine der Kerzen.

Das Dokument färbte sich dunkelbraun. Dann aber gab es dem Inquisitor sein Geheimnis preis. Durch die Hitze der Flamme zeichnete sich eine zweite Botschaft ab.

Aufgeregt erwärmte Pashtak den ganzen Bogen, bis er die Nachricht vollständig sichtbar gemacht hatte. Aber der Verfasser hatte sie verschlüsselt; zu lesen waren nur seltsame Zeichen und Symbole.

Das finde ich auch noch heraus, schwor sich der Inquisitor zufrieden. Gleich morgen würde er in die Bibliothek gehen und sich auf die Suche machen. Vielleicht fand sich ein Hinweis, mit dessen Hilfe er die geheime Mitteilung verstehen würde. Vorher sollte Leconuc diese Nachricht nicht erhalten. Er würde der Versammlung irgendein Märchen auftischen, was seine Erlebnisse in Braunfeld anbelangte. Die Wahrheit würde unter diesen Umständen nicht über seine Lippen kommen.

Kontinent Ulldart, Meddohâr, Südostküste Kensustrias, Winterende 458/59 n. S.

In ihrem Traum hörte sie ein Rauschen, ein ständiges Auf und Ab, wie ein Flüstern angenehmer Worte, das mal lauter, mal leiser wurde.

Ihr Verstand driftete durch schillernde Sphären, sie flog um den gesamten Kontinent, betrachtete voller Verwunderung den Palast des Kabcar in Ulsar und sah die einstige Verbotene Stadt. Kurz darauf glitt sie über das offene Meer; Rogogards belagerte Inselfestungen huschten unter ihr vorüber, bevor sie zum ersten Mal in ihrem Leben die Gestade eines anderen Landes sah, von dem sie annahm, dass es Kalisstron war.

Urplötzlich schwebte sie steil nach oben, sie stieg höher und höher, den Sonnen entgegen, ehe sie vor sich die Rot glühenden, Angst einflößenden Sterne Arkas und Tulm entdeckte.

Ihr Geist drehte abrupt ab, zog eine Schleife und kehrte im Sturzflug nach Ulldart zurück. Sie versuchte, sich an den Wolken festzukrallen, um ihren Fall zu bremsen, doch die Gebilde zerstoben unter der Berührung zu nichts. Unaufhaltsam raste sie hinab.

Sie erkannte die vertraute Silhouette der Stadt Meddohâr und schoss genau auf das Dach eines Hauses zu. Instinktiv wollte sie die Arme vors Gesicht legen, als könnte das den Aufprall dämpfen, der einen Lidschlag später erfolgte ...

Soscha riss die Augen auf und erkannte die intakten Deckenbalken über sich. *Was ...?*

Von rechts schob sich das überglückliche Gesicht Stoikos in ihr Blickfeld, von links das misstrauische des Hofnarren, das sich augenblicklich in eine fröhliche Fratze verwandelte. Das Klingeln von Schellen tönte in ihren Ohren.

Ihr Ziehvater nahm sie mit einem Schluchzen in die Arme und drückte sie an sich, während Soscha selbst immer noch über ihre »Fahrt« nachdachte. Sie musste kichern, als sein stattlicher Schnurrbart kitzelnd über ihre Wange strich.

»Kind, da bist du wieder!«, sagte Stoiko mit erstickter Stimme; die Rührung verschlug ihm die Sprache. »Ich wusste es! Ich wusste es die ganze Zeit über.«

»Gar nichts wusste er, aber gehofft haben wir alle«, gab Fiorell seinen Kommentar dazu ab, drückte sich auf ihrer Bettkante in den einarmigen Handstand und betrachtete kopfüber das Gesicht der jungen Frau mit fröhlichem Feixen. »Tatsächlich, kein bisschen verwest.«

»Bitte?«, raunte Soscha. Ihre Kehle war trocken, der Geschmack in ihrem Mund fürchterlich. Sie wollte sich bewegen, fühlte sich aber dermaßen matt, dass es gerade ausreichte, sich ein wenig zur Seite zu drehen, wo Stoiko stand.

»Warte.« Er setzte ein Glas Wasser an ihre aufgesprungenen Lippen. Kühl und erfrischend rann das

Nass ihre Kehle hinunter. »Ist es jetzt besser?«, erkundigte er sich sorgenvoll, nachdem sie das Glas geleert hatte. Sanft strich er ihr über das Haar. »Ulldrael der Gerechte und alle Götter Kensustrias müssen dir beigestanden haben.«

»Und das sind wahrlich viele«, meinte der Spaßmacher und setzte elegant auf dem Boden auf. »Es sind so viele, dass man ein Jahr braucht, um für jeden ein Gebet aufzusagen.« Er absolvierte einen Luftsprung und schlug die Hacken zusammen; mit seinem Narrenstab rasselte er laut dazu. »Ich lasse Eure Grube wieder zuschaufeln und sage dem Pralinigen Bescheid. Das Dickerchen wird vor Freude dahinschmelzen wie ein Stück Konfekt in seinem Mund.« Schon war Fiorell verschwunden.

Soscha schaute ihm hinterher und richtete dann den Blick auf ihren Mentor. »Wie hat er das gemeint ... das mit der Grube?«

Stoiko fasste ihre Hand und drückte sie leicht. »Du warst drei Monate lang wie tot. Wir haben dich neben Sabins Überresten gefunden. Du hast nicht mehr geatmet, dein Herz war nicht mehr zu hören. Wir legten dich ins Bett und warteten ab, was geschehen würde. Niemand, selbst die Cerêler nicht, konnte sich eine Vorstellung davon machen, was sich ereignet hatte.«

»Und was geschah dann?«, forschte sie kraftlos nach.

»Nichts. Du lagst im Bett, und es geschah nichts.« Stoiko schauderte. »Es war furchtbar, weil niemand wusste, was man unternehmen konnte. Einige Gelehrte, die wir befragten, wollten dich aufschneiden und in deinem Innern nachsehen, was passiert ist. Wie gut, dass wir es nicht zugelassen haben.«

»Ich wäre euch in der Tat sehr böse, wenn meine Innereien nun neben meinem Bett in einem Eimer lägen«, meinte die junge Frau mit einem Lächeln. Dann wurde sie wieder ernst. »Drei Monate?«

Ihr Mentor nickte. »Du lagst einfach nur im Bett, und weil dein Körper nicht verfiel, beschlossen wir so lange zu warten, bis die Verwesung einsetzen würde. Vorher wollten wir nichts unternehmen. Einer der Diener blieb immer Tag und Nacht an deiner Seite, und vor drei Nächten zuckten deine Augenlider.«

Ihr fiel auf, wie müde der ältere Mann wirkte. »Und seitdem sitzt du hier?«

»Das war es wert«, gab er glücklich zurück. »Aber verzeih mir, wenn ich mich bald zurückziehe. Meine Knochen sehnen sich nach Schlaf.« Besorgt fuhr er ihr über die Stirn. »Weißt du, was damals geschah? Kannst du es mir erzählen?«

In aller Kürze berichtete Soscha, wie es zu dem Unglück gekommen war, dass zu Sabins Tod geführt hatte. Danach war sie so erschöpft, dass sie in einen ruhigen Schlaf sank.

Als sie erwachte, musste es Nachmittag sein. Warm fielen die goldenen Sonnenstrahlen in ihr Gemach.

Wie lange ich wohl diesmal geschlafen habe?, wunderte sie sich. *Bitte, Ulldrael und Ioweshbra, lasst es nicht wieder drei Monate gewesen sein.* Sie fühlte sich wesentlich kräftiger und wollte es wagen, sich von ihrem Lager zu erheben. *Was ich wohl getan hätte, wenn ich in einer Gruft oder Ähnlichem zu mir gekommen wäre?* Sie erschauderte. *Das wäre fürchterlich gewesen ... nach langer Zeit ins Leben zurückzukehren, nur um zu ersticken.*

Vorsichtig stützte sie sich auf die Ellenbogen und arbeitete ihren Oberkörper langsam in eine aufrechte Haltung. Als ihr Blick dabei auf ihre rechte Hand fiel, keuchte sie erschrocken auf. Sie schimmerte in einem dunklen Blau. Dieses Leuchten umgab auch ihre Linke, sogar den ganzen Leib, wie sie feststellen musste. Es war das gleiche Blau, in dem einst der Tersioner gestrahlt hatte.

Soscha sank zurück in die Federn. *Ich bin magisch. Ich trage diese Kraft, die einst Sabin gehörte, nun in mir.* Jetzt verstand sie, was sich vor Monaten im Raum nebenan abgespielt hatte. Der ehemalige Minenarbeiter hatte ihr seine Fertigkeiten übertragen und war danach gestorben. Ihr Körper und ihr Verstand hatten ganz offensichtlich eine Phase der Ruhe benötigt, um das »Geschenk« des Mannes zu verarbeiten.

Ungläubig hob sie die Hand vors Gesicht, um sie zu betrachten. Das blaue Flirren und Schimmern wich nicht. *Er war ein Intuitiver. Ob ich das auch übernommen habe?* Sie setzte sich ruckartig auf, wobei sie nicht auf den leichten Schwindel achtete, der sie kurzzeitig befiel. Dann streckte sie die Linke aus und konzentrierte sich darauf, mithilfe der Magie ein Fenster zu öffnen. Am Rande nahm sie wahr, wie das Blau sich intensivierte. Dann zuckte ein blauer Faden von dem Leuchten und legte sich um den Griff.

Die Klinke am Rahmen zitterte leicht und drehte sich langsam, bis sich der Schließmechanismus mit einem Klicken löste. Nun musste sie das Fenster nur noch aufziehen, aber es widersetzte sich dem Versuch aus der Ferne.

»Verdammt, geh auf«, zischte sie erbost. Das Blau um sie herum strahlte auf, Dutzende Energiestrahlen stoben von ihr weg.

Krachend rissen die Fensterflügel aus der Verankerung. Die Scheiben flogen aus dem Rahmen und klirrten auf den Boden, und die Scherben verteilten sich im ganzen Raum.

Verdutzt über das Ergebnis, musste Soscha lachen. *Danke, Sabin,* dachte sie. *Ich werde dein Opfer und deine Gabe in Ehren halten.*

Moolpár hob den Kopf, die bernsteinfarbenen Augen zeigten deutlich seine Überraschung. »Ich wusste nicht, dass unsere Anführer magisch begabt sind«, gestand er dem abwartenden Perdór. »Woher auch? Von uns hat niemand die Fähigkeit, diese Kräfte zu sehen. Soscha ist die einzige Person, die ich kenne und die dazu im Stande ist.«

Stoiko und Perdór tauschten einen schnellen Blick. Der kensustrianische Krieger und Diplomat rief bei den Männern nicht den Eindruck hervor, die Unwahrheit zu sagen.

Soscha schaute aus dem Fenster, um die Schönheit von Meddohâr im Schein der Monde zu bewundern, ehe sie sich Moolpár zuwandte. »Euer König und seine Begleiter verfügen allerdings über eine Magie, wie ich sie bisher noch nie gesehen habe. Es könnte daran liegen, dass Euer Volk nicht von Ulldart stammt. Deshalb ist es wohl mit anderen Gaben ausgestattet.«

»Daraus ergibt sich doch die spannende Frage«, hakte der dickliche König ein, »ob somit auf anderen Kontinenten Magie noch vorhanden ist beziehungsweise stärker genutzt wird als bei uns. Das Kaiserreich Angor können wir getrost außen vor lassen. Hätten sie dem Kabcar etwas Ebenbürtiges entgegenzusetzen gehabt, wäre es gewiss zum Einsatz gekommen.«

»Und mit allen anderen Reichen hatten wir in der jüngsten Vergangenheit nur wenig zu schaffen«, sagte Stoiko bedauernd. »Die Palestaner und die Agarsiener, die mit ihren Schiffen weit herumkommen, haben nie etwas davon erwähnt, selbst in friedlichen Zeiten nicht.«

Perdór spielte an den Korkenzieherlocken seines Bartes herum, die gedrehten Strähnen hüpften auf und nieder. Ganz nebenbei gönnte er sich eines dieser kleinen Gebäckstücke, die er zu seiner neuen Leibspeise erkoren hatte. Seine Zähne brachen den schützenden Teigmantel auf, und sein Mund wurde geflutet mit dem Aroma von Vanille und herber Schokolade; dann stieß er auf das süße Innenleben des Törtchens: einen Klecks Johannisbeermarmelade. Die herabrieselnden Krümel verteilten sich auf seinem brokatenen Rock.

»Wir sollten uns ein paar kleine Vögel zulegen«, schlug Fiorell amüsiert vor. »Sie würden Euch den Pelz sauber halten. Bei der Menge an Bröseln, die Ihr produziert, wärt Ihr von Piepmätzen nur so bedeckt. Dann hättet Ihr nicht immer nur einen Vogel ...« Er schlug mit den Armen. »Und, schwupps, könntet Ihr zudem fliegen, Majestät.« Er zwinkerte. »Vorausgesetzt, es wären sehr, sehr viele Vögel. Oder Geier, die Euer Gewicht hochhievten. Das wäre ein Mahl! Anschließend würden sie an Überzuckerung sterben.«

Kauend warf ihm Perdór einen erbosten Blick zu. Ein Wurfgeschoss war leider nicht zur Hand, mit dem er den Hofnarren zum Schweigen hätte bringen können. Moolpár musste seine Gedanken erraten haben und bot ihm wortlos seinen Dolch an, was der König grinsend ablehnte. »Vielleicht brauchen wir ihn noch.«

»Wenn Ihr seiner überdrüssig seid, gebt mir Bescheid. Ich erledige das für Euch«, sagte der Kensustrianer todernst. Die Anwesenden schauten ihn entgeistert an. Die Mundwinkel des Kriegers wanderten langsam in die Höhe, die spitzen Eckzähne wurden sichtbar. »Ich lerne Euren Humor allmählich, nicht wahr?«

Fiorell entspannte sich und balancierte seinen Schellenstab auf der Spitze des kleinen Fingers aus. »Ein

Grünhaar mit Empfinden für Heiterkeit, wie nett. Jetzt kann es nur aufwärts gehen.«

Stoiko räusperte sich. »Moolpár, vielleicht finden wir eine Lösung des Rätsels darin, wenn Ihr uns berichtet, woher Euer Volk stammt.«

»Erstens denke ich nicht, dass es von Bedeutung ist«, wehrte er diplomatisch ab, »und zweitens weiß ich es nicht. Ich bin als Krieger erzogen worden, nicht als Geschichtswissenschaftler. Ich kenne die Traditionen unserer Kaste, die von unserer Heimat mitgegeben wurden, aber wo sie ist, das hat mich nicht zu kümmern. Wenn es jemand weiß, dann ein Angehöriger der Kaste der Gelehrten.« Aufrecht saß er auf dem Stuhl, die Haltung drückte sein Standesbewusstsein aus. »Doch auch sie würden es Euch nicht sagen. Niemand soll unsere Heimat finden, niemand soll sie betreten, wenn wir ihn nicht eingeladen haben.« Behutsam nahm er die Schwerter vom Rücken und legte sie vor sich auf den Boden. »Und was die Farben der Magie anbelangt: Kann es nicht auch daran liegen, dass Ihr bisher einfach nur wenig Magienutzer gesehen habt? Ihr steht, wenn ich Euch daran erinnern darf, mit Euren Forschungen nach zwei Jahren noch am Anfang.« Er wandte sich Soscha zu. »Aber da Ihr nun selbst diese Gabe nutzen könnt, werdet Ihr schneller vorankommen, nehme ich an.«

»Unwahrscheinlich ist beides nicht.« Soscha zögerte. »Moolpár, wäre es möglich, dass ich mit Eurem König sprechen dürfte? Mit seiner Hilfe wäre es vielleicht möglich, die Gabe der Magie besser zu verstehen«, bat sie eindringlich. »Wenn er die Kräfte nutzt, so weiß er, wie man sie handhabt.«

»Sicher, sie könnte auch zu Nesreca gehen und ihn bewundern, wenn er seine Fähigkeiten einsetzt, um sie knusprig zu grillen. Dummerweise wäre das eine einmalige Erfahrung«, steuerte Fiorell bei. »Aber wir brauchen sie und ihr hübsches Köpfchen noch. Und daher wäre es schon gut, wenn Ihr sie zu diesem Finsterling bringen könntet.« Sofort schlug er sich die Hand vor den Mund. »Entschuldigung, das ist mir so herausgerutscht. Aber Vertrauen erweckend schien er mir in diesem Gebäude beim besten Willen nicht.« Er warf sich in übertriebener Manier auf die Knie. »Bitte, bitte, lasst mich leben. Diese Majestätsbeleidigung war ausnahmsweise nicht beabsichtigt.«

»Ich betrachte Euch als einen der Unfreien«, erklärte Moolpár ruhig. »Und diese sind nicht in der Lage, die Ehre des Königs zu beschmutzen, es sei denn, sie berührten ihn. Dann müsstet Ihr sterben. Aber Worte treffen ihn nicht.« Seine Augen verengten sich. »Kommt jedoch nicht auf den Gedanken, dass dies bei mir ebenso zutrifft. Auf Beleidigungen reagiere ich empfindlich.«

»Immer noch?«, erkundigte sich der Spaßmacher traurig. »Obwohl wir uns schon so lange kennen?« Er klimperte mit den Wimpern.

»Ich habe bisher keinen Grund gesehen, Euch deshalb alles zu erlauben, auch wenn Euch Perdór dafür entlohnt, dass Ihr Euch alles erlauben dürft«, erläuterte der Kensustrianer. »Den Sinn dieses Geschäfts werde ich niemals verstehen.« Er nahm die Schwerter, stand auf und wandte sich der jungen Frau zu. »Ich werde beim König anfragen, ob er Euch empfängt. Es wäre vermutlich für beide Seiten von Vorteil«, sagte er und empfahl sich.

»Das ging aber gerade noch mal gut, mein lieber Fiorell«, meinte Perdór und wollte sich das letzte Törtchen nehmen. »Irgendwann wird er ausprobieren, wie viele Scheibchen man aus deinem dürren Körper hobeln kann.«

»Dürr, ja? Es muss ja nicht jeder so einen Wanst haben wie Ihr, Eure Schwergewichtigkeit. Aber wartet.« Der Hofnarr trat von unten gegen die Tischplatte, dass das Gebäckstück in die Luft flog und er es im Flug schnappen konnte. Feixend stopfte er es sich auf einmal in den Mund und kaute mit dicken Backen. »Ich bin jeder Gefahr gewachsen«, nuschelte er, und die Krümel regneten zu Boden.

»Seit Ihr mir von Eurem Treffen mit Tobáar ail S'Diapán erzählt habt«, warf Stoiko ein und fuhr sich über den Schnauzbart, »muss ich die ganze Zeit über an diese andere Kensustrianerin denken, Belkala, so hieß sie doch? Die Priesterin, die mit dem jetzigen Großmeister liiert war. Was wohl aus ihr geworden ist?«

»In Berichten über den Orden taucht sie jedenfalls nicht mehr auf. Nach Telmaran ging sie wohl verschollen«, verkündete der ilfaritische Exilkönig und wuchtete sich hoch. »Ich mag zwar nicht mehr in meinem geliebten Reich weilen, aber meine Spione arbeiten noch immer. Nun ja, so gut sie eben können. Nesreca hat ein Netz von Gegenspionen und Geheimdienstlern geschaffen, die wie die Wühlmäuse tätig waren, um meine besten Spürnasen in Ulsar auszuschalten. Die Hohen Schwerter sind übrigens die Besitzer der letzten vier aldoreelischen Klingen auf Ulldart, alle anderen sind verschwunden oder gestohlen worden.«

»Verfluchter Nesreca«, ärgerte sich Stoiko. »Nur er kann dahinterstecken. Dass Lodrik nach wie vor so blind sein kann, verwundert mich sehr.«

»Was erwartet Ihr, wo er den Einflüsterungen des silberhaarigen Dämons jahrelang schutzlos ausgeliefert war?«, meinte Fiorell ernsthaft. »Immerhin hat er sich seine Alte vom Leib geschafft. Eine Intrigantin weniger am Hof.«

»Warum zögert er?«, murmelte Perdór, nahm sich ein Stück Konfekt aus der mit Eis gefüllten Schale auf dem Schrank und versenkte eine weiße Praline in seinem Mund. »Der Kabcar hat Kensustria von allen Seiten eingeschlossen, er hat die Schwarze Flotte versenkt, er hat überlegene ...«

»Vermutlich überlegene«, präzisierte der Spaßmacher, während er Eisstücke aus der Schüssel klaubte und damit jonglierte.

»... Truppen und verfügt mit seinen magischen Fertigkeiten und denen seiner Kinder über ein ungeheures Zerstörungspotenzial.« Vorsichtig zerbiss er die mit geschlagener Sahne gefüllte Köstlichkeit; Erdbeerlikör verteilte sich an seinem Gaumen. »Was hält ihn von einem Angriff ab? Ich bewundere die Fertigkeiten der Kriegerkaste und die ihrer Ingenieure, aber rein zahlenmäßig sind sie den Truppen des Kabcar unterlegen.«

»Vielleicht will er erst alle aldoreelischen Klingen in seinem Besitz bringen«, meinte Soscha.

»Glaube ich nicht.« Perdór schüttelte den Kopf, dass die Locken wippten. »Die Schwerter sind für die Einnahme von Kensustria nicht wichtig. Irgendetwas hat ihn dazu bewogen, vorerst von einem Einmarsch abzusehen. Es gibt Berichte aus Ulsar, dass er sich in aller Öffentlichkeit mit seinem Berater gestritten habe. Womöglich hat es etwas damit zu tun?«

»Und wenn er endlich aufwacht?«, hoffte Stoiko. »Das würde doch nur Gutes für uns bedeuten.«

Perdór seufzte. »Wenn der Kabcar die Befehlsgewalt über das Heer hätte, ja. Aber ich zweifle daran. Über die Hälfte der Soldaten sind Tzulandrier und Sinured treu ergeben. Selbst wenn er versuchen würde, das Steuer herumzureißen und Ulldart von dem Bösen zu befreien, stünde er vor der Schwierigkeit, im schlimmsten Fall eine unkontrollierbar große Streitmacht gegen sich stehen zu haben.« Kurz musterte er die Schale mit Konfekt, dann verschwand auch schon die nächste Praline in seinem Mund. »Wäre es möglich, dass er nach einem Ausweg sucht, wie er sich von den Geistern, die er rief, befreien kann, ohne dass der Kontinent in eine wahrlich Dunkle Zeit gerät?«

»Kann er das erreichen?«, raunte Soscha abwesend. »Wird am Ende nicht er die Dunkle Zeit bringen, sondern die, die ihm im Augenblick noch dienend zur Seite stehen?«

»Wenn Nesreca an reiner Macht gelegen wäre, hätte er den Kabcar schon lange vom Thron gestoßen, dessen Kinder umgebracht und als entfernter Vetter die Regentschaft übernommen«, hielt Perdór dagegen. »Betrachten wir das Ganze im Zusammenhang mit dem Raub der aldoreelischen Klingen, wird das Ereignis, das sich da zusammenbraut, noch erschreckender. Keine Waffen, kein Hindernis für das Böse.«

»Und seine Magie?«, gab Soscha zu bedenken.

»Er ist allein«, meinte Stoiko niedergeschlagen. »Vielleicht hat er noch seine Kinder hinter sich. Aber wozu Nesreca und seine beiden übermächtigen Helfershelfer alles in der Lage sind, können wir nur erahnen.« Mit Schaudern dachte er an seine Befreiung zurück, bei der er um ein Haar das Opfer von Hemeròc geworden wäre. »Die drei sind allemal mächtiger als er«, sagte er zu seiner Ziehtochter.

»Wenn Sinured schon da ist und sich wohl auch einige der Zweiten Götter auf Ulldart aufhalten, was könnte dann noch schlimmer kommen?«, hielt Soscha dagegen.

Keiner wagte es, darauf zu antworten.

Aber aller Augen wanderten zum Fenster, um die rot

glühenden Doppelgestirne Arkas und Tulm zu betrachten, um die herum sich der Sternenhimmel so drastisch gewandelt hatte.

Zwei Stunden später betrat Soscha staunend die hohe, von Säulen getragene Halle. Das Licht der Monde fiel durch das offene Kuppeldach und beschien das lange, mannshohe Steinrechteck in der Mitte des riesigen Gebäudetrakts.

Wie Perdór ihr erzählt hatte, saßen neun Kriegerinnen und zehn Krieger mit übereinander geschlagen Beinen und geschlossenen Augen auf dem riesigen Podest. Für die Ulsarin hatte es den Anschein, als badeten die statuengleichen Kämpfer in den silbrigen Strahlen der Nachtgestirne, wie sich die Menschen an der Wärme der Sonnen erfreuten.

Es waren die Männer und Frauen, die sie vor mehr als drei Monaten durch das nächtliche Meddohâr hatte gehen sehen. Auf der Brustseite aller Panzerungen prangten die goldenen Intarsien in einem unbekannten Muster. Auch wenn das fahle Mondlicht sie beleuchtete, erkannte die junge Frau ihr magisches Glühen.

»Setz dich.« Einer der Kensustrianer deutete auf ein Kissen vor ihm. »Ich bin Tobáar ail S'Diapán, wie du sicher weißt.« Neugierig betrachtete er sie. »Du hast Moolpár gesagt, du wollest mich sprechen und es drehe sich um Magie?«

Erst nach einem inneren Anlauf schaffte sie es, auf die Frage zu antworten. Zu eindrucksvoll präsentierte sich ihr das Wesen, das an der Spitze des kensustrianischen Reiches stand. »Ich bin in der Lage, die Energien zu sehen, wenn welche vorhanden sind. Bei Euch erscheint mir die Magie ebenso stark wie fremd.« Soscha senkte ihr Haupt. »Wenn Ihr willens seid, mich zu unterrichten, dann bitte ich Euch inständig, mir die Geheimnisse der Magie zu weisen. Ich kenne niemanden sonst, den ich fragen könnte.«

»Außer deinen Feinden«, meinte Tobáar gelassen. Kalt schimmerten die Reißzähne. »Wenn ich es täte, welchen Lohn könntest du mir bieten?«

»Ich unterstütze Euch im Kampf gegen die Angreifer«, beeilte sich Soscha zu versichern.

»Du bist keine Kriegerin, Soscha«, sagte der Kensustrianer mit seiner tiefen Stimme. »Du wärst uns dabei nicht von Nutzen.« Die Abfuhr wirkte für die junge Frau, in der schon Hoffnung gekeimt hatte, wie ein Schlag ins Gesicht. »Hast du eine Ahnung, welcher Erfahrung es bedarf, um diese Gabe zu beherrschen? Vollständig zu beherrschen?«

»Ich denke, es wird mehrere Jahre dauern«, schätzte sie vorsichtig.

Ein dunkles, gutmütiges Lachen drang aus Tobáars Kehle. »Dann gebrauchen wir wohl unterschiedliche Arten der Magie.« Er deutete auf die Reihen seiner Kriegerinnen und Krieger. »Was denkst du, wie alt sie sind?« Soscha hatte nicht die leiseste Vorstellung von der Lebenserwartung eines Kensustrianers, daher zuckte sie hilflos mit den Achseln. »Nach eurer Zeitrechnung etwa 230 Jahre«, lüftete der Herrscher das Rätsel. Sein ernstes Gesicht näherte sich dem der jungen Frau. »Und nun errate mein Alter, Mensch.«

Soschas Herzschlag beschleunigte sich, sie wurde nervös und rang mit aller Kraft gegen den Befehl ihres Instinkts, die Beine in die Hand zu nehmen und vor dem Wesen zu flüchten, das vor ihr saß. Ihr Verstand dagegen wirkte wie gelähmt, und sie brachte kein Wort über die Lippen.

Der Kensustrianer lachte wieder. »Ich vermute, du

kannst dir denken, dass ich älter als meine Begleiter bin. Und etwa die Hälfte meines Lebens habe ich damit zugebracht, die Magie, wie du sie nennst, zu verstehen.«

»Sie zu verstehen?« Soscha begriff nicht.

»Ich erteile dir nun deine erste und einzige Lektion«, eröffnete ihr Tobáar. »Die meisten begehen den Fehler, die Magie einfach nur anzuwenden, ohne ihrer Stimme zu lauschen. Sie benutzen sie. Aber die Kraft wehrt sich dagegen, indem sie unkontrolliert ausbricht, stärker wird und den anderen dabei völlig auszehrt. Der Vermessene wird dazu gebracht, sie immer häufiger anzuwenden, und jedes Mal verliert er dabei von seiner Lebenszeit. Nur wer sie respektiert, wird ein langes Dasein haben.« Er neigte den Kopf nach hinten, schloss die Augen und genoss das silbrige Licht der Monde auf seiner Haut. »Hast du dich jemals gefragt, weshalb die Cerêler niemals alt werden?«

»Und der Kabcar?«, flüsterte sie.

»Er hat einen guten Lehrmeister. Dennoch bezweifle ich, dass sich Nesreca die Zeit genommen hat, ihn auf die Nebeneffekte seiner Gabe hinzuweisen«, antwortete Tobáar. »Das war auch der Grund, weshalb ich zunächst nicht einschritt. Ich dachte, die Magie frisst ihn auf, bevor er zu einer wirklichen Gefahr für uns wird. Aber ich habe mich getäuscht.« Ruckartig öffnete er die Lider und wandte sich Soscha zu. »Nun werden wir ihm zeigen, was es bedeutet, sich mit uns in einen Krieg einzulassen. Selbst wenn es ihm und seinen Soldaten gelingt, uns zu besiegen, sie werden nichts von Kensustria abbekommen. Kein Stein wird auf dem anderen bleiben.« Er lächelte sie an. »Die Zeit, dich auszubilden, haben wir nicht. Ich werde bald dorthin gehen, wo ich die größten Übel finde, um mich ihnen zu stellen und sie zu vernichten. Du wirst dich selbst unterweisen müssen. Aber erinnere dich immer daran: Höre auf die Stimme der Magie.«

Er schloss die Augen, und Soscha verstand es als Hinweis, dass die Unterredung beendet sei. Sie stieg die Stufen hinunter und machte sich auf den Weg zum Ausgang.

»Moolpár ist schon von mir gewarnt worden. Wenn du oder deine Freunde jemandem verraten sollten, dass wir über Magie verfügen«, hörte sie die Stimme Tobáars, »werden wir euch alle zur Rechenschaft ziehen. Dieses Geheimnis ist unsere größte Waffe gegen den Kabcar und seine Verbündeten.«

Soscha wandte sich um, um ihr Schweigen zu beteuern, und erstarrte. Alle Kensustrianer blickten sie an; um ihre Pupillen glühte es in grellem Gelb. Der Ausdruck auf ihren Gesichtern bedeutete ein gnadenloses Versprechen.

Eine Welle der Angst schlug bei diesem Anblick über ihr zusammen, spülte sie fort. Ohne sich um die Etikette zu scheren, ließ sie sich diesmal von ihren Instinkten mitreißen, drehte sich auf dem Absatz um und rannte los.

V.

Zu einem Teil bewahrheiteten sich die Visionen der Seherin.

Die Schiffe kamen wirklich und versenkten den Kahn, auf dem sich die Mutter des Seskahin zusammen mit ihr und dem Zweifler befanden.

Doch eines sah sie damals falsch.

Nicht die Mutter des Seskahin saß zusammen mit dem Zweifler in der Hütte, sondern sich selbst hatte sie in den Augen der Mutter des Seskahin betrachtet.

Die Furcht vor den Botschaften des Kommenden brachte sie dazu, nichts mehr zu sehen.

Und so verging die Zeit in der Fremde.«

BUCH DER SEHERIN
Kapitel XII

Kontinent Kalisstron, Bardhasdronda, Frühjahr 459 n. S.

Den Schwertarm höher, verdammt!«, fluchte Waljakov. »Genau das Gleiche habe ich schon zu deinem Vater gesagt, Knirps.« Wuchtig landete die stumpfe Schneide des Übungsschwerts auf Lorins Säbel. Die parierende Klinge federte zurück und traf den Jungen an der Stirn. Benommen fiel er auf den Fußboden von Waljakovs Unterkunft. »Wie sein Vater«, murmelte der Leibwächter.

Stöhnend kam der Junge auf die Beine. Die leichte Platzwunde dicht unterhalb des Haaransatzes schloss sich von selbst, nur der dünne, rote Faden blieb auf der Stirn zurück. »Es kann weitergehen«, meldete er und packte den Griff des Säbels fester. *Ich muss Rantsila übermorgen schlagen.*

»Du bist zäh«, lobte ihn der Hüne, »aber du wirst es auf diese Weise nicht schaffen, dich gegen den Milizionär zu behaupten.« Ansatzlos zuckte seine Waffe von unten nach oben. Lorin schlug sie zur Seite und rammte seinem Mentor den Ellbogen gegen die Brust.

Schnaufend taumelte Waljakov einen Schritt zurück. »Das war gut«, lobte er gepresst. *Ich bin wirklich zu alt, um Kindermädchen zu spielen.* Die flache Seite seiner Klinge schnellte vorwärts. Zwar wurde sie pariert, nutzte aber den Schwung, um Lorin knapp unterhalb des Schultergelenks schmerzvoll zu touchieren. Sein Arm wurde augenblicklich taub; seine Finger öffneten sich, die Waffe polterte auf die Dielen. »Aber höre erst mit deinem Angriff auf, wenn du sicher bist, dass du deinen Gegner kampfunfähig gemacht hast. Alles andere führt zu deinem Tod.« Die eisgrauen Augen wurden etwas milder. »Du wirst Rantsila jedenfalls schwer in

Verlegenheit bringen. Mach mir in zwei Tagen keine Schande, Knirps.«

Wie ein Stück totes Fleisch hing der Arm an Lorins Seite herab. »Wie hast du das gemacht?«, erkundigte er sich überrascht. »Ich hätte nicht gedacht, dass du empfindliche Stellen so genau treffen kannst.« Kribbelnd meldete sich sein Arm ins Leben zurück.

»Ich schneide dir eine einzelne Wimper ab, wenn ich möchte«, warnte ihn der Leibwächter. Er nahm sich einen Becher Wasser und trank ihn in einem Zug leer; danach wischte er sich mit einem Tuch über die schweißnasse Glatze. »Du wirst deine Magie nicht einsetzen, hast du verstanden, Knirps? Nur Schwerter, kein Hokuspokus.«

»Was glaubst du, weshalb ich so hart mit dir übe?«, gab der Junge beleidigt zurück. »Wenn ich meine Gabe einsetzen dürfte, wäre der Kampf nach zweimaligem Klingenkreuzen vorüber.« Grinsend verstaute er den Säbel in der Hülle, legte ihn auf den Tisch und setzte sich. »Ich würde ihn mit seinem eigenen Schwert vertrimmen, dabei in der Ecke stehen und zuschauen.«

»Ein andermal«, meinte Waljakov mürrisch. »Aber nicht in zwei Tagen. Ich verlasse mich auf dein Wort, Knirps.« Aufatmend ließ auch er sich auf einen Stuhl fallen.

»Dann gehe ich nun zu Jarevrân«, verabschiedete sich Lorin.

Sein Waffenlehrmeister betrachtete ihn gütig; Melancholie schlich sich in das ansonsten so unnahbare, kalte Grau seiner Augen. Die mechanische Hand legte sich mit einem dumpfen Laut auf die Tischplatte, die künstlichen Fingerglieder bewegten sich klackend und ballten sich zu einer stählernen Faust, die der Hüne nachdenklich betrachtete. »Es ist schade, dass du sie nicht kennen gelernt hast.« Beinahe glaubte Lorin, dass Waljakov ihm etwas sagen wollte, das über den üblichen Gesprächsstoff während der nachmittaglichen Übungsstunden hinausging. Doch dann verfinsterte sich die Miene des stattlichen Mannes, krachend schlug die Faust auf das Holz. »Geh jetzt, Knirps. Und morgen will ich dich in aller Frühe hier sehen.«

»Du mochtest meine Mutter, nicht wahr?« Lorin erriet Waljakovs Gedanken. »Ihr mochtet euch sehr – Stoiko, meine Mutter und du.«

Langsam hoben sich die breiten Schultern des Leibwächters. »Ja. Sehr. Wir haben viel zusammen erlebt. Nur leider war es einmal etwas zu viel.« Er fuhr Lorin grob durch die kurzen Haare, dann nickte er wortlos in Richtung der Tür.

Der Junge schenkte seinem Freund ein aufmunterndes Lächeln und lief hinaus.

Die alte Gebetsmühle Matuc hat Recht. Waljakov kniff die Lippen zusammen. *Er sieht ihr so furchtbar ähnlich. Bei allen Göttern, lasst Norina gesund sein und irgendwo ein glückliches Leben führen.*

Wie immer führte Lorin der Weg zu Jarevrån durch die Gasse, in der er damals durch eine unglückliche Fügung mit der Kalisstra-Priesterin zusammengestoßen war. *Ich werde mein Verspechen halten und ihr den Diamanten wiederbringen, der damals verloren ging,* dachte Lorin. Fasste man all die Zeit zusammen, die er hier schon nach dem Stein aus dem Anhänger der Hohepriesterin gesucht hatte, so waren es Monate, die er auf den Knien verbracht hatte. Nur bei strengstem Frost gönnte er sich eine Pause, aber durch die Schneemassen grub er sich mit Leidenschaft, um den Boden der kleinen Straße regelrecht umzupflügen.

Die Kalisstri beobachteten seine vergeblichen, nichtsdestoweniger hartnäckigen Versuche mit Respekt, hielten ihn insgeheim wegen dieser besonderen Obsession aber für mehr als merkwürdig. Doch Lorin fühlte sich an sein Versprechen gebunden, das er Kiurikka einst gegeben hatte. Mit Sieben und Rechen ging er zu Werke, die dünnsten Drahtgeflechte fertigte er, alles nur, um den winzigen Edelstein aus dem Erdreich zu filtern. Die Erfolglosigkeit, die ihm beschieden war, entmutigte ihn nicht etwa. Der Junge betrachtete es als eine Prüfung von Kalisstra, die ihm den getöteten Gamur erst vergeben würde, wenn er der Hohepriesterin das Schmuckstück überreichte, das sein Ziehvater der Frau versehentlich vom Hals gerissen hatte.

Als er an diesem Tag in die Gasse trat, hielt er inne, lehnte sich an eine Mauer und ließ den Blick umherschweifen. Da er jedes noch so kleine Körnchen in diesem Gebiet inzwischen in- und auswendig kannte, bezweifelte er, dass sich der Diamant hier befand. Es gab keine Stelle, an der er nicht mit Rechen und Sieb zu Gange gewesen war.

Zufällig bemerkte er, wie zwei Männer im Vorübergehen Münzen tauschten und eines der kleineren Geldstücke unbemerkt zu Boden fiel.

Lorin löste sich von der Wand und wollte die beiden Kalisstronen auf den Verlust hinweisen, als er ein kleines vierbeiniges Tier mit braungrauem Fell sah, das aus dem Schatten eines Hauses herbeihuschte. Zaudernd näherte es sich der Münze und beschnupperte den Fund, während es nach allen Seiten Ausschau hielt, ob sich jemand näherte, der ihm die Beute streitig machen könnte. Blitzschnell packte es mit der Schnauze zu und rannte davon.

Unfassbar!, dachte Lorin überrascht. *Ich habe so eine Ahnung, wo das Schmuckstück abgeblieben sein könnte.*

Er nahm die Verfolgung des Tieres auf, sprang über Hindernisse und wand sich zwischen Passanten hindurch, um dem flinken Räuber auf der Spur zu bleiben.

Zielstrebig jagte das Pelzwesen durch die Gassen und stellte die Reaktionsschnelligkeit und die Beobachtungsgabe des Jungen auf eine harte Probe. Doch Lorin ließ sich nicht abschütteln. Schließlich hielt der Dieb auf vier Pfoten in einer Gasse an. Mit der Beute voraus, zwängte er sich durch einen Spalt und verschwand im Keller eines Hauses.

Lorin kam langsam näher, rang nach Luft und besah sich den Schlitz, in dem das Tier Schutz suchte. Bei näherem Abtasten entdeckte er, dass der Stein der Mauer nur hineingeschoben und nicht durch Mörtel mit den anderen Quadern verbunden war. Er wartete, bis niemand in der Gasse zu sehen war, und drückte den Stein mit seinen magischen Fertigkeiten nach innen, um anschließend durch die Lücke zu kriechen. So nahe an der Lösung des Rätsels wollte er sich nicht mehr aufhalten lassen.

Im Innern des Hauses, in dem er sich befand, war es dunkel; nur durch die Lücke in der Mauer fiel ein schwacher Lichtschein. Lorin erkannte, dass er wohl in einer streng riechenden Abstellkammer gelandet war. Um keinen Verdacht zu erwecken, schob er den Stein zurück in die Lücke, ehe er sich zur Tür tastete.

Vorsichtig öffnete er sie und glitt hinaus. Seinem ersten Eindruck nach zu urteilen befand er sich in einem recht kostspielig eingerichteten Haus.

Kein Wunder, dachte Lorin. *Hier kann sich der pelzige Dieb in Hülle und Fülle bedienen.* Staunend setzte er den Weg fort und gelangte in eine geräumige Halle. Der Reichtum der Familie, die in diesem Gebäude lebte, war nicht zu übersehen.

Ein leises Tippeln ließ ihn herumfahren, gerade noch rechtzeitig, dass er das Tier in einem Durchgang unter der Treppe verschwinden sah.

Inständig hoffte der Knabe, dass keiner der Hausbewohner erschien. Er würde sein Erscheinen kaum glaubhaft erklären können; der Verdacht, dass der nicht eben betuchte Fremdländler eingebrochen war, um sich am Besitz anderer gütlich zu tun, lag wesentlich näher als der wahre Grund.

Lorin folgte dem Tier und erreichte eine Tür, an der unten eine Klappe angebracht war, durch die das Tier hindurchgehuscht war. Er ging weiter, stieg eine Wendeltreppe in den Keller hinab und bemerkte einen recht unangenehmen, aufdringlichen Geruch, wie ihn tierische Fäkalien verursachten.

Nach der letzten Windung blickte er in Gewölbe, in dem sich die Käfige reihten. Hinter den Gittern saßen noch mehr Exemplare wie dieses, dem er nachgestellt hatte.

Der Dieb hopste eine kleine Rampe hinauf, ließ die Münze in eine Schale fallen, in der sich bereits weitere Geldstücke befanden, und zog daraufhin an einer Leine, die in der Nähe des Behältnisses von der Decke baumelte. Aus weiter Entfernung vernahm der Junge ein Glöckchen.

Jemand hat sich eine Truppe aus Dieben zusammengestellt! Schlagartig begriff Lorin, was er ausfindig gemacht hatte. *Jemand schickt sie los, damit sie ihm alles beschaffen, was die Menschen in Bardhasdronda an Wertvollem verlieren.*

Als er Schritte hörte, die die Wendeltreppe hinabkamen, suchte er sich ein Versteck hinter einer dicken Tonne, in der das Futter für die Tiere aufbewahrt wurde. Nicht lange darauf betrat ein Mann fröhlich summend das Gewölbe, ging zur Schale und begutachtete den Inhalt. Seine gute Laune verflog.

»Silber«, brummte er enttäuscht. »Na, es kann nicht jeden Tag Gold sein, was, ihr fleißigen Helfer?« Er streichelte und liebkoste den pelzigen Räuber, setzte ihn in den Käfig und warf etwas hinein, über das sich das Tier gierig hermachte. Nachdem er fünf neue der rattenähnlichen Wesen auf die Suche geschickt hatte, verließ er schlurfend den Raum. Lorin, der das Geschehen aufmerksam beobachtet hatte, pirschte leise hinterher.

Heimlich verfolgte er den Besitzer der Tiere bis ins obere Stockwerk, wo er in einem Zimmer verschwand. Lorin drückte sich in den Schatten am Ende des Ganges und wartete mit pochendem Herzen.

Nach einiger Zeit trat der Mann in den Flur hinaus, seine Hände waren leer. Ohne dass ihm der ungeladene Besucher auffiel, kehrte er in das Stockwerk darunter zurück.

Lorin hielt sich sicherheitshalber noch im Verborgenen und lauschte auf Schritte; erst als sich eine Tür mit deutlich hörbarem Geräusch geschlossen hatte, wagte er sich aus dem Dunkel, öffnete die Zimmertür und huschte hinein. In aller Eile durchsuchte er den Raum.

Hinter dem Bild eines grobschlächtigen Mannes, der wohl ein Ahne des Hausbesitzers sein musste, fand er ein verborgenes Fach in der Holztäfelung.

Darin lagerten kleine Säckchen, in denen unterschiedliche Wertobjekte verstaut lagen. Ihr Inhalt reichte von Münzen, streng geordnet nach ihrer Wertigkeit, bis hin zu Schmuckstücken. Ringe, Broschen, Anstecknadeln, kleine Kettchen, kostbare Haarnadeln ... das Sammelsurium an Kleinodien überwältigte Lorin.

Wem dies wohl alles gehört?, fragte er sich. *Nennt man das nun Diebstahl oder nicht, wenn ich etwas Gefundenes behalte?*

In einem der letzten Säckchen entdeckte er das, wonach er so lange schon in der Gasse gesucht hatte. *Wie die Träne der Bleichen Göttin*, staunte er über das gleißende Funkeln des Diamanten. Da er keine weiteren Steine dieser Art entdeckte, vermutete er, den richtigen in Händen zu halten.

Damit er den wertvollen, winzigen Stein nicht verlor, kramte er eine Schnupftabaksdose aus einem anderen Beutel hervor und gab den Diamanten hinein.

Noch bevor er sich weiter umsehen konnte, hörte er das Klingeln des hellen Glöckchens, das die Ankunft eines weiteren Beutestücks verkündete. Das Tier musste schnell fündig geworden sein. Das bedeutete jedoch auch, dass der Mann nach oben kommen würde, um das nächste Kleinod in dem Versteck abzulegen.

Schnell verstaute Lorin die Schnupftabaksdose und lief leise aus dem Zimmer, um sich woanders verbergen zu können. Vermutlich wäre der Mann nicht sonderlich erfreut, ihn hier anzutreffen. Und da er kaum nach der Stadtwache rufen würde, malte sich der Knabe sein Schicksal angesichts einer möglichen Entdeckung in den schlimmsten Farben aus.

Er hörte die Schritte des Tierbesitzers im Flur unter sich, als jemand laut an die Eingangstür klopfte.

Brummelnd änderte der Mann seinen Weg und tappte zum Hauseingang, um nach den Bittstellern zu sehen. Lorin hörte, wie mehrere Riegel zurückgeschoben wurden.

»Was kann ich für Euch tun?«, fragte der Hauseigentümer unwirsch.

»Du kannst uns unseren Besitz zurückgeben«, erwiderte eine Frauenstimme freundlich. »Wir haben eine von diesen seltsamen Ratten bis hierher verfolgt und würden uns gern deinen Keller anschauen, ob das Biest, das uns eine wertvolle Münze gestohlen hat, dort sein Nest hat.«

»Nein«, schnauzte der Mann. »Welch ein Unsinn! Eine Ratte, die etwas stiehlt, das nicht essbar ist.«

»Es ist aber wichtig. Wir stören nicht lange«, drängte die Frau, und ihre Höflichkeit schlug um in einen kühlen Befehlston. »Setzt Euch irgendwo still in eine Ecke und wartet ab.«

»Verschwindet«, verlangte der Besitzer der Tiere nun wütend. »Das ist mein Haus.« Die Türangeln knarrten, doch das Schloss rastete nicht ein. »Nehmt Euren Stock aus der Tür, oder ...«

»Oder?«, wollte die weibliche Stimme angriffslustig wissen.

»Oder ich erhebe die Hand gegen eine Frau.«

Es rumpelte, ein Mann stöhnte auf, etwas klapperte auf den Marmorboden.

»Ihr seht, nicht jede Frau ist wehrlos.« Die nächste Anweisung musste wohl ihren Begleitern gelten. »Tragt ihn dort zur Säule. Die anderen sehen sich um. Beginnt im Keller.«

Den Geräuschen nach zu urteilen, kamen die Helfer dem Befehl nach. Drei liefen durch Lorins Blickfeld, der sich über die Brüstung gelehnt hatte, um einen vorsichtigen Blick nach unten werfen zu können. Flugs zog er den Kopf zurück. Die unbekannten Männer, die zielstrebig in den Keller liefen, wirkten wie typische Kalisstri, gehüllt in herkömmliche Kleider. Nichts an ihnen war auffällig.

Es dauerte nicht lange, da kehrte einer der drei aufgeregt aus dem Gewölbe zurück. »Da ist alles voller

Käfige. Er muss sie abgerichtet haben.« Er hielt eine Münze hoch. »Aber das andere fehlt.«

»Ach? Sieh an, ein schlauer Bursche, wie mir scheint. Würde man bei deiner Visage gar nicht denken. Und wo bewahrst du auf, was dir die Viecher bringen?« Es klatschte, der Mann keuchte auf. »Ich werde dich so lange schlagen, bis du mir sagst, was es mit den Tieren auf sich hat«, erklärte die Frauenstimme bedrohlich. Die Hiebe folgten in einem gleichmäßigen Rhythmus aufeinander. »Wo bewahrst du deine restliche Beute auf?«

»Oben, oben«, jammerte der Mann, dessen Widerstand zusammenbrach. »Schaut hinter dem Bild nach. Dort ist eine kleine Geheimkammer, hinter der vierten Vertäfelung. Nehmt von mir aus alles.«

»Als ob du dir das aussuchen könntest«, lachte die Frau böse. »Los, seht nach, ob unser pfiffiger Dieb und Rattenmeister die Wahrheit gesprochen hat.«

Ihre Helfer stürmten die Stufen hinauf, doch Lorin gelang es, sich vor ihnen in Sicherheit zu bringen. Er schlüpfte in ein Nebenzimmer und öffnete die Tür zum Beuteraum ein wenig, damit er erfuhr, was die drei Männer nebenan trieben.

Sie stellten das ganze Zimmer auf den Kopf, anscheinend gaben sie nicht viel auf die Worte des drangsalierten Mannes. Sie fanden das kleine Fach, schütteten den Inhalt aller Säckchen auf einen Tisch und wühlten darin herum. Einer aus dem Trio stieß einen Fluch aus und sagte etwas in einem Dialekt, den Lorin nicht einordnen konnte, auch wenn ihm der Unterton der Frau vage bekannt vorkam. Als der Handlanger etwas nach unten brüllte, erschienen wenig später die Frau und der Hausbesitzer in dem Raum. Die Wangen des malträtierten Mannes glühten knallrot, ein Auge war blutunterlaufen.

»Wir suchen etwas, was uns eine deiner Ratten gestohlen hat«, erklärte die Frau. »Es ist ein altes Erbstück, das einem Freund gehört, und ich will es nicht missen. Aber anscheinend«, sie nickte in Richtung des Tisches, »ist es nicht dabei.« Sie packte den Mann beim Ohr und zückte einen Dolch. »An wen hast du die Tabaksdose verkauft?«

Lorin überlief es eiskalt.

»Ich verkaufe doch nichts, ich sammele alles für mich. Sie müsste dabei sein«, wimmerte er. »Lasst mich suchen. Ich kann mich noch genau an sie erinnern.« Mit zittrigen Fingern sortierte er die wertvollen Kleinodien auseinander. Einige Stücke fielen zu Boden, und der Ausdruck auf dem Gesicht des Mannes wurde immer verzweifelter. Die Angst hielt ihn umklammert. »Ich weiß nicht, wo sie ist«, sagte er schließlich und sank elend in sich zusammen. »Sie muss mir gestohlen worden sein.«

»Erzähl mir kein Seemannsgarn«, zischte die Frau, und die Spitze des Dolches legte sich an die Ohrmuschel des Tierbesitzers. »Wo ist die Dose?«

Nun wird es Zeit für mich zu gehen, dachte Lorin, dem die Entwicklung der Ereignisse so gar nicht gefiel. Einerseits war der Mann durch ihn in diese Lage geraten, andererseits wäre das alles nicht geschehen, wenn er seine Tiere nicht abgerichtet hätte. Der Junge beschloss, heimlich zu flüchten und die Miliz zu benachrichtigen. Gegen vier Gegner gleichzeitig hatte er noch nie gekämpft, und bei allem Vertrauen in seine Magie wollte er unter diesen Umständen lieber nicht versuchen, wie gut er abschneiden würde.

Da er sich zurückzog, bekam er das Geschehen im Nachbarzimmer nicht mehr mit. Als er aus dem Türspalt auf den Gang lugte, sah er voller Entsetzen, wie die drei Handlanger der Frau den Hausbesitzer kopfüber die Brüstung hinabstießen. Schreiend stürzte der Mann in die Tiefe und prallte dumpf auf dem Marmorboden auf.

Seine Mörder unterhielten sich lautstark, offenbar berieten sie, was nun zu tun sei. Und da sie direkt vor seiner Tür standen, versperrten sie ihm den Fluchtweg.

Kalisstra schütze mich, richtete er ein Stoßgebet an die Bleiche Göttin, stahl sich zum Fenster und schaute hinaus.

Das zweite Stockwerk schien ihm von hier oben aus ziemlich hoch, dennoch musste er es wagen.

Vorsichtig öffnete er einen Flügel, wagte sich auf den Sims und ließ sich an den Armen hinabhängen. Mit der Fußspitze fand er Halt auf einem Balken des Fachwerks, griff um und arbeitete sich an der Fassade weiter nach unten.

Über ihm klapperte es, ein Windzug hatte das Fenster zufallen lassen. Kurz darauf erschien das Gesicht eines der Männer, das sich zu einem üblen Grinsen verzog, als er den Knaben an der Wand hängen sah. Er rief etwas nach hinten.

Nun hangelte sich der Junge in heller Kopflosigkeit weiter nach unten. Als er die Höhe des Fensters im Erdgeschoss erreichte und sich gerade von der Wand lösen wollte, flogen die Scheiben auf. Zwei kräftige Arme schlossen sich um seine Taille, um ihn zurück ins Innere des Hauses zu ziehen.

Lorin hielt sich mit aller Gewalt am Rahmen fest und brüllte um Hilfe. Schließlich war die Kraft des Gegners zu groß, seine Finger gaben nach.

Der Mann warf ihn achtlos zu Boden und wollte das Fenster schließen, was Lorin dazu nutzte, den Angreifer mit seinen Kräften hinauszubefördern. Da war schon der nächste Mann heran und schnappte nach dem Jungen.

Lorin unterlief die greifenden Hände und rammte dem Mann die Spitze des Ellbogens in die Körpermitte, wie er es bei Waljakov getan hatte. Nach Luft ringend, ging sein Gegner in die Knie; Lorin schlug ihn daraufhin mit dem Knauf seines Dolches bewusstlos. *Wenn sie artig nacheinander auftauchen, ist das alles kein Problem,* dachte er euphorisch. *Könnte Waljakov mich doch nur sehen!*

Als der letzte der Handlanger im Eingang erschien und ihn lauernd beobachtete, knallte er ihm mit seiner Magie einfach die Tür gegen den Schädel. Während der Mann benommen zurücktaumelte, geriet ihm die Scheide seines Schwertes zwischen die Beine; er verhedderte sich und kam ins Straucheln. Triumphierend setzte Lorin nach, um ihn richtig unschädlich zu machen. Die Frau vergaß er dabei nur für einen winzigen Augenblick.

Dieser reichte der Unbekannten aus, um Lorin hinterrücks zu attackieren und ihren Stab in sein Genick sausen zu lassen. Etwas bremste den Aufprall, aber trotzdem reichte der Hieb aus, Lorin Sterne vor die Augen zu zaubern. Schon legte sich die Spitze ihres Dolches an seine Kehle.

»Nun sag mir schnell, Junge, ob du etwas in der Tasche hast, was dir nicht gehört«, verlangte sie. »Oder du hast in deinem Hals gleich einen zweiten Mund, aus dem dir das Blut schießt.«

Glücklicherweise sah Lorin ihre Hand, in der sie die Waffe hielt. Die Konzentration fiel ihm zwar nicht mehr ganz so leicht, doch sie genügte, um ihr den kleinen Finger ruckartig nach hinten zu biegen. Ein leises Knacken war zu hören.

Sie heulte auf. Lorin hielt ihr den Arm fest, damit sie nicht zustach, trat ihr auf den Spann und tauchte ab. Dann rannte er in Richtung Ausgang, um nach Beistand zu rufen und für allgemeines Aufsehen zu sorgen, sollte ihm das bisher nicht gelungen sein.

Er füllte die Lungen mit Luft, riss die Tür auf und starrte auf den grinsenden, wenn auch etwas ramponierten Mann, den er zuvor aus dem Fenster geworfen hatte. Doch seinen Schrei konnte er nicht mehr zurückhalten, zumal der Schreck über das unverhoffte Wiedersehen sein Übriges tat.

Der Angreifer verzog bei der lautstarken Begrüßung das Gesicht.

Die ersten Stadtbewohner kamen angerannt, um nach dem Grund für den Aufruhr zu sehen.

»Du hast blaue Augen, Kleiner. Du musst dann wohl der geschätzte Freund von Soini sein, was?«, stellte der Mann fest und trat nach Lorin. Der Junge wich der Stiefelsohle behände aus und schlug mit dem Dolchknauf auf das Schienbein; augenblicklich verzerrte sich die Miene des Kontrahenten. »Ich werde dich an die Rahe hängen oder Kiel holen«, versprach der Mann erstickt.

»Lasst uns verschwinden«, rief die Frau durchs Haus. »Es kommen zu viele Menschen.«

»Das ist deine letzte Gelegenheit, mir die Dose zu geben. Oder wir kehren zurück und holen sie uns«, warnte ihr Handlanger den Jungen.

»Ich habe so schreckliche Angst vor euch. Und weißt du, was ich deshalb mache?« Lorin grinste nur. »Zu Hilfe!«, schallte sein Ruf. »Mörder! Hier sind vier Mörder!«

Fluchend zog sich der Mann zurück. Keine Sekunde zu früh, denn die ersten Milizionäre betraten das Haus, um nach dem Rechten zu sehen. Als sie den Toten auf den marmornen Fliesen entdeckten, riefen sie Rantsila herbei. Lorin wartete geduldig ab.

»Es scheint so, als bedeutete deine Anwesenheit ständig Ärger«, begrüßte ihn der Mann, ohne seine Worte vorwurfsvoll klingen zu lassen.

»Ich habe mit der Sache nichts zu tun«, verteidigte sich der Junge. »Ich habe gesehen, dass die Tür offen stand, und wollte den Besitzer darauf aufmerksam machen. Also trat ich ins Haus, da fiel er mir vor die Füße, und ich musste mich gegen drei Männer und eine Frau zur Wehr setzen, bis endlich Hilfe nahte.«

»Weißt du, was sie von ihm wollten?«, hakte Rantsila nach. Da erschienen mehrere Angehörige der Stadtwache, die sich umgesehen hatten, und berichteten von den Wertgegenständen im ersten Stock und den Tieren im Keller. Doch einen Zusammenhang konnten sie zwischen den beiden Dingen nicht herstellen. Ihre Schlussfolgerung fiel daher so aus, wie Lorin es erwartet hatte.

»Es sieht so aus, als hätten sie Pirnaba überfallen, um an seine Ersparnisse zu kommen«, meinte Rantsila. »Du hast sie gestört, sie sind geflüchtet und waren dämlich genug, ihre Beute liegen zu lassen. Kannst du die Mörder beschreiben?« Lorin schilderte die völlig durchschnittlichen Gesichter der Männer und der Frau sowie ihre Kleidung. »Nein, das bringt nichts. Die Wächter an den Toren würden damit nichts anfangen können.«

»Tut mir Leid«, bedauerte Lorin, der seinen Fund nicht preisgeben wollte. *Dem Rätsel komme ich selbst auf die Spur. Und diesmal benötige ich niemanden, der mich aus einer brenzligen Situation befreit.*

»Ist bei dir alles soweit in Ordnung?«, fragte der Milizionär nach. »Willst du morgen immer noch gegen mich antreten?«

»Aber natürlich«, kam es sofort aus Lorins Mund. »Und ich werde siegen.«

Rantsila lachte gutmütig. »Da bin ich aber mal gespannt, wie du das ohne deine Fertigkeiten anstellen willst. Waljakov ist ein guter Lehrmeister, aber ich glaube nicht, dass er es fertig gebracht hat, aus einem Kunstschnitzer wie dir einen vorzeigbaren Kämpfer zu machen.« Prüfend kniffen seine Finger in den Oberarm des Jungen. »Du wirst meinen Schlägen nichts entgegenzusetzen haben, Lorin. Noch kannst du zurückziehen.«

»Ich setze vier Münzen auf den Kleinen«, lachte einer der Milizionäre. »Nur, um dich zu ärgern, Rantsila.«

»Verdienst du so viel Geld, dass du es aus dem Fenster werfen kannst?«, meinte der Soldat höhnisch. »Sag im Tempel Bescheid, sie sollen jemanden vorbeischicken, der die Bestattung von Pirnaba übernimmt. Seine Schätze können sie mitnehmen, um damit Brot zu kaufen und es an die Armen zu verteilen.«

Lorin verließ beleidigt das Haus, ohne seinen Gegner von morgen zu grüßen, was eine grobe Unhöflichkeit darstellte. Aber die Sticheleien empfand er als erniedrigend, und er wollte seine Verärgerung darüber dem Milizionär deutlich vor Augen führen. Er hörte Rantsilas Lachen hinter sich, drehte sich aber nicht mehr um. *Ich zeige dir morgen, was mir Waljakov alles beigebracht hat!*

Sein Weg führte ihn direkt zum Tempel der Kalisstra. Das kleine Gebäude mit der ausladenden Freitreppe war aus weißem Stein erbaut, der die Kälte der Bleichen Göttin und damit des Landes versinnbildlichen sollte. Dass es so klein war, hatte seinen Grund. Sobald der strenge Frost sich über das Land legte, füllten die

Priester und Priesterinnen viereckige Formen mit Wasser, ließen es gefrieren und errichteten aus den Eisblöcken einen Palast rund um das Haupthaus. Funkelnd hielt das wunderschön anmutende Gebilde bis zum Frühjahr, bis es Stück für Stück abtaute. Das gleiche Schicksal erlitt die aus Eis geschlagene Statue der Göttin im Inneren des Hauses. Geheizt wurde nur in den Versammlungs- und Wohnräumen, im Heiligtum dagegen herrschten Temperaturen um den Gefrierpunkt – für kalisstronische Verhältnisse immer noch milde.

Nun waren die Eisblöcke geschmolzen, ihr Tauwasser rann durch die Gossen in Richtung Hafen. Lorin betrat das Heiligtum und verlangte nach einem knappen Gebet danach, Kiurikka zu sprechen.

Die Hohepriesterin mit den leuchtend grünen Augen ließ ihn eine geraume Zeit warten, bis sie erschien, umringt von einigen ihrer niederen Predigerinnen. Die Kette mit dem fehlenden Stein trug sie wie stets um ihren Hals, eine stumme Anklage gegen Matuc und damit gegen Ulldrael, der auf indirekte Weise seine Schwester Kalisstra schmähte.

Die Gläubigen, die sich zur Andacht und für die Darbietung von Opfern in Form von Farbpulver in der Halle befanden, wurden unfreiwillig Zeugen des Geschehens.

»Du wolltest mich sprechen, Lorin?«, fragte Kiurikka huldvoll.

»Hohepriesterin, ich habe etwas für Euch, was Euch zeigt, dass die Bleiche Göttin meinem Ziehvater und mir die Verfehlungen vergeben hat«, sprach er. Nur mühsam unterdrückte er die Überschwänglichkeit in seinem Innersten. Am liebsten hätte er die Frau umarmt. Er langte in die Hosentasche, nahm die Dose heraus und schüttelte den Diamanten auf die Handfläche. Glitzernd brachen sich die Sonnenstrahlen in dem Stein. »Seht, die Bleiche Göttin hat mich den Stein finden lassen, den Ihr vor langer, langer Zeit durch das unbeabsichtigte Tun meines Ziehvaters verloren hattet.«

»Zeig her«, befahl die Hohepriesterin schnell und zweifelnd. Sie warf den Diamanten auf den Boden, die Spitze ihres silberverzierten Gehstabes hämmerte auf den Edelstein.

Jede Imitation wäre in tausend Splitter zersprungen, doch die Unversehrtheit des Steins bewies, dass es sich um einen echten Diamanten handelte. Mit zusammengezogenen Augenbrauen bedeutete Kiurikka einer ihrer Begleiterinnen, das funkelnde Kleinod aufzuheben.

Mit zittrigen Fingern setzte die Frau den Diamanten in die leere Fassung; er passte haargenau. Ein Raunen lief durch die Menge der Anwesenden; einige rückten sogar schüchtern nach vorn, um selbst Zeuge des Wunders zu sein.

Die Hohepriesterin wirkte keineswegs glücklich; mit aller Gewalt rang sie sich ein freudloses Lächeln ab. Ihre Rolle einer Märtyrerin war durch den Fund zu einem Ende gekommen. Nun konnte sie nicht anders, als dem »Fremdländler« seine Taten zu vergeben, wollte sie sich in Bardhasdronda nicht als unwürdig für ihr Amt erweisen.

»Da Kalisstra dir vergeben hat, verzeihe ich dir auch, Lorin. Und deinem Vater. Von nun an werde ich euch beiden mit dem gleichen Respekt begegnen, den ich allen anderen in der Stadt zeige.« Abrupt wandte sie sich um und verschwand durch den seitlichen Ausgang.

Das war alles? Der Junge stand im Heiligtum und konnte es nicht fassen. Diese schlichte Übergabe des Steins beendete die jahrelange Ausgrenzung, machte das zufällige Ereignis, das Matuc damals in Misskredit gebracht hatte, nun endlich vergessen.

»Habt ihr es gesehen?«, rief er und drehte sich erleichtert zu den Kalisstri um. »Die Göttin hat uns vergeben! Ich werde ihr die schönste Farbe opfern, die ich finden kann«, versprach er der Eisstatue und rannte hinaus.

Er konnte sich sicher sein, dass die Menschen, die alles mit angesehen hatten, die Kunde verbreiten würden. Und da manche ihm ohnehin schon freundlich zunickten, seit sein Einsatz für den Schwarzwolf bekannt geworden war, würden ihn nun gewiss alle Städter als normalen Jungen ansehen. *Mal abgesehen von meiner Magie. Aber das ist nicht schlimm. Nun gehören wir richtig in die Stadt,* freute er sich und lief zum Hausboot, um die Neuigkeit zu erzählen.

Matuc, der sich im Sessel von der Arbeit in den Gewächshäusern ausruhte und im Kreis seiner Anhänger über die Lehren Ulldraels referierte, wirkte erleichtert über den Erfolg seines Ziehsohnes.

»Es ist gut, dass du den Diamanten gefunden hast«, meinte er. »Denn es zeigt den Menschen, dass sich Ulldrael und Kalisstra verstehen. Somit wird es ihnen leichter fallen, sich mit dem Gott zu beschäftigen, der sie den Winter ohne Hunger überstehen ließ. Und dich werden sie ebenfalls mit anderen Augen betrachten.«

»Das wird noch besser, wenn ich erst Türmler geworden bin«, nickte Lorin begeistert; die Hochstimmung, in der er sich befand, fühlte sich unbeschreiblich an. Seine Siegessicherheit in Anbetracht des bevorstehenden Kampfes würde ihm niemand ausreden können. »Rantsila zu schlagen wird nicht leicht, aber ich schaffe es.« Und weil er gerade am Berichten war, musste er seinem Ziehvater noch die Begebenheit in dem fremden Haus erzählen, die der Mönch lediglich mit einem Seufzen quittierte.

Um sich im Gegenzug nicht eine Lobpreisung Ulldraels anhören zu müssen, täuschte Lorin Müdigkeit vor und zog sich in seine Schlafkammer zurück. Dort entzündete er eine Lampe und besah sich die Tabaksdose genauer. *Welches Geheimnis verbirgst du, dass man Menschen dafür tötet?*, fragte er den Gegenstand in Gedanken. Er kam zu der vagen Überzeugung, dass es sich bei den Mördern um Lijoki handelte, jedenfalls wenn er die Ausdrucksweise und den leichten Zungenschlag in Betracht zog. Außerdem kannten sie Soini, und das allein sprach Bände über die Herkunft der vier. Warum sie aber einen solchen Aufstand wegen einer Tabaksdose machten, darüber spekulierte der Junge noch.

Nach einer oberflächlichen Inspizierung der Dose, bei der er nichts entdeckte, ging er sorgfältiger zu Werke und drückte und klopfte so lange daran herum, bis sich eine flache Metallscheibe aus dem Verschluss löste und ein kleines Versteck offen legte. Darin befand sich ein sorgsam gefalteter Zettel mit Notizen, die in krakeliger Schrift verfasst worden waren.

Zum einen waren es Zahlenangaben, zum anderen erkannte Lorin eine Zeichnung, die er für einen Ausschnitt aus Bardhasdronda hielt. Wenn er alles richtig entschlüsselte, so stellten die hastig gemalten Striche den Markplatz und den Brunnen dar. Um die eingefasste Quelle hatte der Zeichner einen doppelten Kringel sowie die Zahl 15 und daneben die Zahl 34 geschrieben.

Das ergab einfach keinen Sinn.

Wenn ich erst einmal zu Miliz gehöre, gehe ich der Sache nach, dachte er, legte Dose und Zettel auf den Tisch neben sich und kroch unter die Decke. Nun musste er schlafen, um für den Zweikampf mit Rantsila ausgeruht zu sein.

Lorin durchlebte eine furchtbare Nacht.

Er träumte, dass sich ein Fremder auf dem Boot zu schaffen machte. Als er die Augen aufschlug, blickte er in das Gesicht des Handlangers, der ihm die Rückkehr angedroht hatte.

Der Junge wollte etwas unternehmen, sammelte seine Magie, da durchschnitt der Dolch des Angreifers ihm die Kehle. Gnädigerweise wandelte sich der Traum wieder in einen unruhigen Schlummer.

Geweckt wurde Lorin vom Schrei seines Ziehvaters. »Was, bei Ulldrael dem Gerechten, ist hier nur geschehen?«

Schlaftrunken stemmte sich Lorin in seinem Bett in die Höhe und betrachtete das getrocknete Blut, das sich auf dem Laken um ihn herum verteilt hatte.

Das Sprechen gelang ihm nicht, das Schlucken bereitete ihm unendliche Mühe und Schmerzen. In einem Reflex wanderte seine Hand zur Kehle, wo er verkrustetes Blut ertastete.

»Nasenbluten«, krächzte er und wollte aufstehen, um sich zu waschen. *Es war kein Traum,* begriff er. *Sie waren hier drinnen und haben …* Nach ein paar Schritten befiel ihn ein starker Schwindel; die Kammer drehte sich um ihn, und er verlor das Bewusstsein.

Als er wach wurde, schaute er in die besorgten Gesichter von Fatja, Matuc und Waljakov. Er lag in seinem Bett, das neu bezogen worden war.

»Nasenbluten?«, schnaubte der Leibwächter. »Ziemlich viel Blut für die Nase eines Knirpses.«

»Was ist geschehen, kleiner Bruder?«, erkundigte

sich Fatja und legte ihm ein Kissen unter den Kopf, ehe sie ihm sanft über die schwarzen Haare strich.

Sein Kopf schnellte herum, denn er wollte nach der Dose sehen. Doch sie war ebenso verschwunden wie der Zettel.

Stockend berichtete er nun die Wahrheit über die Abenteuer, die er im Haus erlebt hatte. Dann zeichnete er die Angaben auf dem Zettel getreu auf ein Stück Papier, das ihm Matuc sofort aus der Hand schnappte und es an Fatja weiterreichte.

»Bring das zu Rantsila, er soll sich den Kopf zerbrechen«, wies er sie an. »Und du, Lorin, wirst liegen bleiben, bis du dich erholt hast.«

»Ohne die Magie wärst du jetzt tot«, brummte Waljakov. »Was die See, Nesrecas Helfer, die Wölfe und die Kälte nicht erreicht haben, hätten ein paar Halsabschneider um ein Haar geschafft.«

»Nicht auszudenken, wenn du wirklich ums Leben gekommen wärst«, seufzte Fatja und drückte ihn an sich. *Nicht nur, dass ich meinen Bruder verloren hätte,* erschauderte sie, wenn sie an ihre Visionen zurückdachte.

Aber das alles lag so lange zurück, dass sie nur noch entfernte Erinnerungen daran besaß, was sie in den Augen der Brojakin damals, in der Kneipe vor Tularky, für die Zukunft gesehen hatte. Auch Matucs Schicksal sprach davon, dass der Knabe Großes vollbringen sollte. Dunkel erinnerte sie sich noch daran, dass sie etwas an ihrer Prophezeiung gestört hatte – oder sie zumindest ins Grübeln gebracht hatte, wie die Dinge eines Tages zusammenlaufen sollten.

War da nicht von einem Bruder die Rede?, überlegte sie. Aber wie sollte das möglich sein, wenn Norina tot auf dem Grund der See lag? *Ist damit alles verloren, oder wird diese eine Zukunft sich nicht so erfüllen, wie ich sie gesehen habe?* Sie lächelte den leichenblassen Lorin an und stand auf. »Erhole dich. Ich sage Rantsila Bescheid.«

»Der Zweikampf«, erinnerte sich der Knabe und war schon im Begriff aufzuspringen. »Ich muss aufstehen und mich ihm stellen. Wie sieht es denn aus, wenn ich so lange um eine Gelegenheit bettele und dann nicht erscheine? Rantsila muss mich für einen ausgemachten Feigling halten.«

»Wenn er diese Geschichte hört, wird er dich für alles andere als einen Feigling halten«, grummelte der Leibwächter, dessen mechanische Hand seinen Schützling zurück in die Kissen drückte. »Erstaunlich, dass du überhaupt noch Blut in dir hast.«

Mit einem unglücklichen Seufzen gab Lorin dem Druck von Waljakovs Hand nach. »Aber ich werde dem Rätsel auf den Grund gehen«, versprach er sich und allen Anwesenden, was Matuc zu einem Kopfschütteln veranlasste.

»Dass du immer noch nicht genug hast! Kalisstra hat uns gnädig auf ihrem Kontinent aufgenommen und uns haufenweise Proben oder Abenteuer bestehen lassen. Es ist genug, würde ich sagen. Lass Rantsila die Sache in die Hand nehmen.«

»Aber es kommt doch auf ein Abenteuer mehr oder weniger auch nicht mehr an«, grinste Lorin schwach und drehte die Argumentation seines Ziehvaters einfach um. »Vielleicht ist das der Abschluss der Prüfungen?« *Und ich werde zum Helden, so wie ich es Rantsila vorhergesagt habe. Er wird um die Aufnahme in die Miliz nicht mehr drum herumkommen.*

»Werde gesund, Knirps, dann sehen wir weiter«, gab der Hüne seinen knappen Kommentar. Dann zwinkerte er ihm zu. »Unter Umständen sollte ich noch einmal mit dem Milizionär reden, was meinst du?«

»Ihr geht jetzt alle und lasst meinen kleinen Bruder schlafen«, befahl Fatja energisch, scheuchte die Männer mit der unwiderstehlichen Autorität einer Frau hinaus und deckte Lorin zu. Draußen führten die Männer eine leise Unterhaltung, die nur als Gemurmel zu verstehen war. »Und du halte deine vorwitzige Nase aus Sachen heraus, die dich nichts angehen.« Ihre braunen Augen blickten ernst, sorgenerfüllt. »Das meine ich so, wie ich es sage. Bring dich nicht in Gefahr. Es mag sein, dass deine Heimat dich für Größeres benötigt. Mit diesen paar Lijoki wird die Stadtwache auch ohne deine magische Hilfe fertig.« Sie strich ihm über den Kopf. »Ich werde dich notfalls im Bett festbinden.«

»Aber die Piraten hätten noch einfacheres Spiel mit mir«, widersprach der Knabe müde. Die Schläfrigkeit, die wohl auf den starken Blutverlust und die regenerierende Wirkung seiner Magie zurückzuführen war, kehrte zurück und machte seinen Verstand langsam.

»An mir kommen sie nicht vorbei«, scherzte sie. »Ich passe auf dich auf. Mit einer Borasgotanerin legt man sich nicht an. Wir haben das Feuer im Blut.«

Lorin glitt in einen erholsamen Schlaf.

Die junge Frau verließ die Koje des Jungen und gesellte sich zu Matuc und Waljakov. »Und nun?«, wollte sie wissen.

Der Leibwächter schaute sie an. »Ich werde hier übernachten, falls die Mörder noch einmal zurückkommen sollten. Er ist noch zu schwach, um sich wehren zu können.«

»Bestimmt hat Soini damit zu tun. Was immer der Pelzjäger beabsichtigt, es wird nichts Gutes sein, wenn er sich mit den Erzfeinden der Städter zusammengetan hat«, schätzte Matuc. »Er wird sich für die Verstoßung rächen wollen.«

»Ich hoffe sehr, dass Rantsila aus dem Gekrakel schlau wird«, sagte Fatja zweifelnd, während sie die Skizze betrachtete.

»Der Knirps hatte Recht.« Waljakovs metallene Hand nahm den Zettel; seine eisgrauen Augen ruhten auf den Strichen, und seine Stirn legte sich in Falten. »Wir müssen der Sache selbst auf den Grund gehen.«

»Was?«, entfuhr es den beiden anderen beinahe gleichzeitig.

Waljakov spannte die Muskeln – ein untrügliches Zeichen, dass er keinen Widerspruch duldete. »Wir haben mit Sicherheit einen Verräter in der Stadt, dem die Dose gestohlen wurde. Wenn er nun mitbekommt, dass der Junge noch lebt, wird er sich denken können, dass er sein Geheimnis an andere verraten hat. Die Lijoki werden daraufhin ihr Vorhaben fallen lassen, um irgendwann zuzuschlagen, wenn keiner mehr daran denkt.«

Matuc verstand Waljakovs Gedanken. »Wenn sie glauben, dass Lorin tot ist, wähnen sich die Piraten in Sicherheit.«

»Die Kunst besteht für uns aber darin herauszufinden, was sie überhaupt planen«, warf Fatja unwirsch ein. »Ansonsten bringen wir Bardhasdronda eher in Gefahr, als dass wir hilfreich sind, ihr Meistergehirne.«

»Dann denk nach, kleine Hexe.« Waljakov drückte ihr den Zettel in die Hand. »Ich hole Arnarvaten und Blafjoll, sie sollen uns helfen.« Er stapfte hinaus. Die Aussprache war für ihn beendet und die Entscheidung gefallen.

Verwirrt schauten Matuc und die junge Frau dem resoluten Kämpfer durchs Fenster nach.

»Ist wusste ja, dass alte Menschen schwirig werden«, sagte Fatja belustigt und ging in die Küche, um

Tee zu kochen, damit die Besucher etwas zu trinken hatten. »Aber dass sich der Altersstarrsinn schon so früh bei ihm einstellt, hätte ich nicht geglaubt.«

»Was soll das heißen?« Matuc fühlte sich in die Gruppe der »Alten« eingeschlossen. »Bin ich etwa auch starrsinnig geworden?«

Ihr Lachen drang aus dem hinteren Teil des Hausbootes. »Nein, Matuc.« Nun erschien ihr Gesicht wieder im Türrahmen, ihre Mandelaugen blitzten schelmisch. »Du warst es schon immer.«

Kontinent Ulldart, Inselreich Rogogard, Frühjahr 459 n. S.

Die fünf Dharkas nahmen die Ladung auf, die sie bei ihrer letzten Fahrt an die tarpolische Nordwestküste an die Aufständischen in der Provinz Karet liefern sollten.

Ausgerechnet im Stammland des mächtigsten Mannes auf Ulldart leisteten die eigenen Leute erbitterten Widerstand gegen seine Herrschaft und wehrten sich gegen die Anordnungen des Gouverneurs mit solcher Inbrunst, Waffengewalt und Verschlagenheit, dass die Soldaten nichts tun konnten, als der langen Liste von Überfällen einen weiteren auf eine Garnison oder eine Abgabensammelstelle aufzunehmen.

Die Steilhänge und Berge der Provinz machten es den Häschern, die sich nicht wenigstens genauso gut wie die Einheimischen auskannten, völlig unmöglich, die Verantwortlichen zu verfolgen und zur Rechenschaft zu ziehen. In Ulsar schien man genug von den Unternehmungen der Abtrünnigen zu haben, die

Gangart gegenüber den Aufständischen hatte sich verschärft.

Die unbeteiligten Dörfer, die zum eigenen Schutz die Fahnen des Kabcar aus den Fenstern ihrer Gebäude hängen hatten, um sich durch die offen gezeigte Loyalität vor Übergriffen der Soldaten zu schützen, berichteten den Rogogardern von riesigen Ansammlungen von Beobachtern.

Die fliegenden Wesen kreisten auffällig oft um die Hänge. Lautlos hielten sie Ausschau, aber nicht wie früher, still, bewegungslos auf den Dächern der Häuser: Sie flatterten geschäftig umher, lauschten an Kaminen und an Scheiben. Bald setzte sich die Ansicht durch, dass diese uralten Wesen auf der Suche nach Hinweisen seien, wie man die Rebellen finden und zur Strecke bringen könnte.

Gleichzeitig erschienen immer häufiger Wachschiffe in den Gewässern der Küste, meist ein Bombardenträger zusammen mit drei kleineren, schnelleren Seglern, die eine Hetzjagd auf die von den Geschützen beschädigten Feinde veranstalteten. Ein Dutzend Segler hatte das Inselreich Rogogard auf diese Weise bereits verloren, und nur noch die Dharkas unter dem Kommando von Torben Rudgass waren in der Lage, der Gefahr zu entgehen.

Doch der Gouverneur stellte Posten an Land auf, die jedes fremde Segel am Horizont aufspürten und meldeten. So geriet das Löschen der Ladung zu einem Wettrennen gegen die Zeit und gegen die berittenen Truppen des Kabcar.

Zu allem Unglück lag der Blockadegürtel fest um Kensustria, womit keine weiteren Güter mehr aus dem Land herbeigeschafft werden konnten. Gelegentliche todesmutige Schmuggler ermöglichten keine dauerhafte Versorgung der Kareter, und weil auch auf Rogogard keine unendlichen Vorräte an Getreide, Gemüse und Fleisch lagerten, musste nach diesem letzten Konvoi die Fahrt zu den Aufständischen eingestellt werden.

Der offizielle Pakt mit dem Inselstaat Tarvin war nicht zustande gekommen, die drei Könige konnten sich nicht auf ein solches Wagnis einigen, und daher wurde die Bitte von Torben Rudgass abgelehnt. Hinzu kam die nicht eben geringe Entfernung zu Ulldart.

Hinter vorgehaltener Hand hatte Varla erfahren, dass man in Wahrheit viel zu viel Angst vor dem mächtigen Großreich Tarpol und einem Vergeltungsschlag hatte. Die Leichtigkeit, mit der die Nachbarn, die Angorjaner, aus Tersion vertrieben worden waren, steigerte die Bedenken der tarvinischen Könige. Und so blieb Rogogard für den Augenblick völlig auf sich allein gestellt.

Torben schritt über das Deck seiner Dharka und legte mal hier, mal da die Hand aufs Holz, um das Schiff an seiner Haut zu fühlen. Sämtliche Schadstellen waren ausgebessert. Der Zustand des Seglers hätte besser nicht sein können.

Nur um die Mannschaft sorgte er sich. Die Männer verloren allmählich den Mut, und im Grunde konnte er sie verstehen. Sollte Kensustria in naher Zukunft fallen, wären die Inselfestungen westlich von Ulldarts Festland der einzige Flecken, der nicht dem Kabcar gehörte. *Wenn er erst einmal die Grünhaare bezwungen hat, wird er all seine Macht gegen uns werfen,* grübelte er, während er den Großmast tätschelte und nach oben zum Krähennest schaute.

»Das Schiff ist kein Pferd«, sagte Varla belustigt. Sie trug im Gegensatz zu ihm bereits ihre leichte Rüstung

und schien gewappnet für den baldigen Aufbruch.
»Du musst es nicht aufmuntern. Es verrichtet seinen Dienst auch ohne Handauflegen, Striegeln oder Bürsten.« Sie kam näher und küsste ihn sanft auf den Mund.

»Ich bilde mir aber ein, dass es dann besser durchs Wasser gleitet«, erklärte der Freibeuter und betrachtete sie. »Das ist eine Art Aberglaube.« Torbens wettergegerbtes Gesicht wandte sich der Mole zu, wo die Arbeiter die Lastkräne bedienten und den Laderaum seines Schiffes füllten. »Das wird die letzte Fahrt sein. Und dann?«, murmelte er.

Die Tarvinin legte eine Hand auf seine Schulter. »Du hast zwei Möglichkeiten. Du kommst mit mir in meine Heimat, wenn die Flotte des Kabcar in euren Gewässern kreuzt.« Torben schaute sie mit seinen graugrünen Augen an, als hätte sie den Verstand verloren. »Ich weiß, ich weiß, du stolzer Pirat«, lächelte sie. »Ich wollte dich nur daran erinnern, dass du um den sicheren Untergang herumkommen kannst.«

»Unsere Festungen halten jeden Beschuss aus«, meinte er knapp.

Varla blieb unerbittlich, ihre Miene wurde ernst. »Glaubt ihr wirklich, dass ihr gegen die Truppen und Flotten des Kabcar bestehen werdet? Was haben sie euch ins Essen getan? Wie kann man nur so verbohrt sein?« Sie setzte sich auf die Reling und nahm seine Hände. »Die tarvinischen Könige haben euch doch gesagt, dass ihr Zuflucht nehmen könnt. Packt eure Sachen und verschwindet von den Inseln, bevor dieser Bardriç auftaucht und euch ebenso zu Brei verarbeitet, wie er das mit den Soldaten bei Dujulev, bei Telmaran oder auf allen anderen Schlachtfeldern getan hat. Ihr werdet ihn nicht aufhalten können.«

»Wir werden uns nicht ergeben.« Torben blickte sie entschlossen an. »Wir haben erfahren, dass auch die Kensustrianer bis zum letzten Krieger bleiben und kämpfen werden.«

»Dann haben sie's dem Kabcar aber ganz schön gezeigt«, spottete die Kapitänin, und ihre braunen Augen blitzten wütend auf. »Er ist sicherlich so von eurem Widerstand beeindruckt, dass er sich zurückziehen wird.« Sie seufzte, ihr Zorn wandelte sich in Bedrücktheit. »Das wird euer Ende sein.«

Der Freibeuter schluckte, wischte sich mit dem Ärmel über die Nase. »Dann wird es eben so sein. Vielleicht geschieht ein Wunder, wie damals am Eispass.«

Varla stand auf und nahm ihn in die Arme. »Ich werde mit dir warten, Torben.«

Sein Gesicht verfinsterte sich. »Und wenn das Wunder nicht kommt?«

Varla zuckte mit den Schultern. »Hatten wir eine wunderbare Zeit zusammen, die wir gemeinsam beschließen.«

Eng umschlungen standen sie an Deck und hielten sich gegenseitig fest, Kraft aus der Nähe und Wärme des anderen schöpfend.

»Verzeihung, Kapitänens«, räusperte sich der erste Maat etwas verlegen neben ihnen. »Der Hetmann will euch beide sehen.«

»Die Pflicht ruft.« Torben machte sich von Varla los. »Obwohl ich mich nicht erinnern kann, eine Besprechung geplant zu haben.« Varla schien genauso überrascht.

Als sie die Stube von Hetmann Jonkill betraten, des militärischen Führers der rogogardischen Flotte, sahen sie, dass sich fast alle großen Obmänner des Inselreiches versammelt hatten. Ein jeder von ihnen war für eine Insel zuständig und sorgte als Schiedsmann für gütliche Einigungen unter den Einwohnern. Im Notfall musste er auch die Verteidigung organisieren, und genau darum, so schätzte Torben, würde es sich gleich drehen.

Auf dem Tisch lag eine Karte mit dem Seegebiet rund um die Inseln.

»Gut, dass ihr beide gleich erschienen seid«, begrüßte Jonkill sie. Wie alle anderen Männer im Raum trug er einfache, leichte Kleidung aus Wollstoff in gedeckten Farben. Lediglich die Spange, mit der sein Umhang zusammengehalten wurde, wies ihn in seinem hohen Amt aus. »Wir wollen euch auch nicht lange aufhalten. Wir möchten, dass ihr auf eurer Rückfahrt von Karet unsere sechs vorgelagerten Inseln benachrichtigt. Sie mögen sich mit all ihrem beweglichen Hab und Gut auf die westliche Hauptinsel, Verbroog, zurückziehen. Wir werden dort unsere Verteidigung konzentrieren.«

»Rechnen wir denn bereits mit einem Angriff?«, wunderte sich Torben. »Oder ist es lediglich eine Vorsichtsmaßnahme?«

»Wenn wir schnell weichen müssen, verlieren wir zu viel kostbaren Proviant«, erklärte der Hetmann ruhig. »Daher meine Anordnung. Ich möchte uns die Gelegenheit verschaffen, so lange wie möglich einer Belagerung standzuhalten.« Er stützte sich auf den Tisch, als wöge sein Körper Tonnen. »Wenn wir Glück haben, bereiten die Kensustrianer dem Kabcar dermaßen Magenschmerzen, dass er uns vorerst in Ruhe lässt, um all seine Soldaten gen Süden zu hetzen. Und wer weiß, was bis dahin alles zu unseren Gunsten eintreten kann.«

»Und wenn nicht?«, wagte Varla einen Einwurf. »Es ist vor allem in Kriegszeiten sehr unvernünftig, auf ein göttliches Wunder zu warten. Und der Gott, der dem Kabcar die Wünsche erfüllt, steht nicht auf unserer Seite.«

Jonkill lächelte. »Wir Rogogarder sind ein äußerst freiheitsliebendes und eigenwilliges Völkchen. Der Kabcar kann an unsere Tür pochen, aber freiwillig werden wir ihn nicht hineinlassen. Sollte er wirklich all unsere Bastionen bezwingen, verhandeln wir neu. Hat er nicht mehr als Unterjochung anzubieten, wird der Kampf erst mit unserem letzten Mann enden.«

»Was für Schädel hat Ulldrael der Gerechte eigentlich geschaffen?«, schüttelte Varla den Kopf. »Ganz Ulldart muss von ihm gemacht worden sein, als der Lehm besonders hart gewesen ist. Und im Innern hat er euch weich gelassen, wie mir scheint.«

Die Rogogarder lachten und fassten den verzweifelten Ausruf als Kompliment auf.

»Ich rechne nicht damit, dass Kensustria innerhalb eines Jahres fällt, dafür sind die Krieger zu stark und zu gut ausgebildet. Schließlich hat er es mit Gegnern zu tun, die auf seine Soldaten völlig anders reagieren als die Truppen, die sich ihm bisher in den Weg gestellt haben. Selbst die Magie bringt, wenn ich die kensustrianische Wesensart richtig einschätze, sie nicht so sehr aus dem Gleichgewicht wie andere.« Der Hetmann reckte sich in die Höhe. »Und diese Zeit nutzen wir, um uns einzugraben und die Festungen auf Verbroog so zu verbessern, dass die Bombardenkugeln an ihren Mauern zerplatzen. Außerdem reichen unsere Katapulte weit.« Jonkill nickte zum Ausgang. »Und nun hurtig, Kapitän, damit wir unsere Leute schnell von den Inseln schaffen. Ich habe gehört, dass der Thronfolger sich in der Nähe von Karet aufhalten soll. Und ich meine nicht den Krüppel.«

»Bei Taralea«, sagte Torben erschrocken. »Wir wissen ja noch alle, was sein Auftauchen am Eispass zur Folge hatte.«

»Eben«, gab ihm der Hetmann Recht, dem die Sorge ins Gesicht geschrieben stand. »Beeilt Euch.«

Varla und der Freibeuter gingen rasch zum Hafenbecken zurück, wo soeben die letzten Kisten an Bord gehievt wurden.

»Lass die Schiffe zum Auslaufen klarmachen, ich komme gleich«, rief Torben der Frau zu.

»Du willst dich noch verabschieden, nicht wahr?« Varlas Tonfall verdeutlichte, dass sie über sein Vorhaben nicht sonderlich begeistert war. »Aber mach es kurz, sonst verpassen wir die Flut.« Abrupt wandte sie sich um und lief zu ihrer Dharka, dem einzigen Segler, der durch und durch aus tarvinischem Material bestand.

Torben verzog den Mund und sah ihr hinterher. *Allmählich müsste sie doch wissen, dass meine Gefühle für sie unerschütterlich sind.* Er trabte die Straße entlang zu der kleinen Hütte, klopfte an und trat ein.

Die ältere Frau, die er als Pflegerin in Lohn genommen hatte, kniff die Lippen zusammen, als sie ihn sah, und schüttelte nur leicht das graue Haupt, wie sie es immer tat, wenn der Rogogarder zu Besuch kam.

»Wenn ich Euch nur einmal nicht den Kopf schütteln sähe«, seufzte Torben.

»Nichts wünschte ich mir sehnlicher, Kapitän Rudgass«, gab die Frau nicht minder betrübt zurück. »Ich denke, es ist ein hoffnungsloser Fall. Die Götter müssen ihren Verstand genommen und nichts zurückgelassen haben als Luft.« Sie stand auf, stellte die Schale mit dem Essen ab und zog sich ein wenig zurück.

Norina saß mit ausdruckslosem Blick im Sessel, starrte durch Torben hindurch und wischte sich ganz langsam den Brei von den Lippen. Sie wirkte dabei völlig gedankenversunken und nahm anscheinend nichts von alledem wahr, was um sie herum geschah.

Der Freibeuter ging in die Hocke und versuchte, ihre Aufmerksamkeit zu erlangen. Doch sie reagierte nicht auf seine Bemühungen und starrte nach vorn, als sähen ihre Augen eine andere Welt.

Was hatte er nicht alles versucht, um den Geist der Brojakin zurückzuholen. Seit ihrer »Befreiung« oder wie immer man die Vorkommnisse in Jökolmur nennen wollte, sprach sie nicht mehr. Gelegentlich wiederholte sie den Namen, den sie von den Lijoki bekommen hatte, dann brabbelte sie etwas, was entfernt an »Norina« erinnerte. Aber klare Wörter kamen nicht aus ihrem Mund.

Torben vermutete, dass die Erfahrungen in Kalisstron ihren Verstand angegriffen hatten und sie deshalb nicht in der Lage war, sich mitzuteilen. Und damit enthüllte sich leider auch nicht, was aus den anderen an Bord der *Grazie* geworden war. Die Zeit, die ganze kalisstronische Küste abzusuchen, hatte er nicht. Doch die Hoffnung, dass auch die anderen überlebt hätten, erhielt durch Norina neue Nahrung.

»Kümmert Euch gut um sie, so wie Ihr es immer haltet«, sagte Torben niedergeschlagen und erhob sich. »Vergesst nicht, die ...«

»... Namen der anderen ständig zu wiederholen«, beendete die Pflegerin seinen Satz. »Kapitän Rudgass, ich tue seit einem Jahr nichts anderes. Ich werde die Namen Norina, Waljakov, Matuc und Fatja mein Leben lang nicht mehr vergessen.«

»Verzeiht«, entschuldigte sich der Freibeuter.

»Schon gut. Ich weiß, wie sehr Ihr um das Schicksal und das Wohl der Dame besorgt seid.«

Norina stand auf, ging bedächtig zu dem kleinen Lackkästchen und klappte den Deckel auf. Sofort ertönte die Melodie, und die beiden tarpolischen Figürchen tanzten umeinander herum. Dann kehrte sie schweigend an ihren Platz zurück und summte das Lied mit. Es war die einzige Verhaltensweise, abgesehen von den Grundbedürfnissen eines Menschen, die zeigte, dass noch etwas Geist in ihrem Kopf vorhanden sein musste.

Torben verließ die Hütte und begab sich mit wenig fröhlichen Gedanken zur Anlegestelle, wo die *Varla* im Wasser dümpelte. Seine Dharka lag als Einzige noch vertäut an der Mole.

»Leinen los«, befahl er beim Betreten der Planke, die ans Deck führte. »Den Kurs kennt ihr ja.«

Varla legte ihre Hand auf die seine, und Torben zuckte ertappt zusammen. »Wo warst du mit deinen Gedanken, mein Pirat?«, neckte sie ihn und schenkte ihm mit der freien Hand Wein in das Kristallglas. »Doch nicht etwa bei der Brojakin?«

Der Rogogarder war nicht so wahnsinnig, es zuzugeben. Sie würde ihm niemals abnehmen, dass er sich wirklich nur Sorgen um die Brojakin machte. »Ich habe über die Aufständischen nachgedacht und was wohl mit ihnen geschieht, wenn der Tadc seine Wut an ihnen auslässt. Wenn es sich wirklich so verhält, dass die Beobachter die Rebellen aufspüren, dürfte es für den Jungen keine Schwierigkeit bedeuten, ihre Versammlungsorte zu Staub werden zu lassen«, flüchtete er sich in eine recht passable Ausrede.

Die Tarvinin fiel darauf herein. »Vermutlich werden sie ebenso schnell sterben wie die tapferen Männer in Ilfaris.« Sie nippte an ihrem Glas. »Aber wenn es sein muss, dass auch die Piraten sich in die Reihe der toten Helden eingliedern, wird eine Frau unter ihnen sein.«

Torben küsste ihre Fingerspitzen, stand auf und zog sie mit sich zu seiner Koje.

Eng umschlungen legten sie sich auf die Laken und sahen sich in die Augen. Ihre Lippen trafen aufeinander, zuerst zurückhaltend und sanft, dann steigerten sich die Liebkosungen ins Leidenschaftliche.

»Ich habe mir etwas überlegt«, sagte Varla atemlos und schob den Rogogarder von sich. »Wenn wir auch Bombarden hätten, könnten wir die Festungen effektiver verteidigen.«

»Die Fracht aus Kensustria wurde aber versenkt«, raunte Torben und rückte augenblicklich wieder näher an sie heran. Seine Finger fanden die Schnüre ihrer dunkelbraunen Lederkorsage, die sie über der weißen Bluse trug.

»Hände weg, du aufdringlicher Seeräuber«, befahl sie scherzend und schlug nach ihm. »Ich meinte, wir könnten einen von ihren Bombardenträgern entern.«

Der Kapitän löste den Verschluss und öffnete bereits die ersten Knöpfe ihrer Wäsche. »Aber natürlich.« Sanft landeten seine Lippen auf ihren freigelegten Schultern und wanderten bis zum Dekolletee. »Warum nehmen wir uns nicht drei oder vier, rudern damit den Repol aufwärts bis kurz vor Ulsar und schießen die Hauptstadt in kleine Steinbröckchen?«

Varla packte ihn bei den Ohren und zog seinen Kopf in die Höhe. »Warum schaltet ihr Männer immer den Verstand aus, wenn ihr nackte Frauenhaut seht?«

»Es könnte daran liegen, dass so viel Verführung jegliches Denken im Keim erstickt«, erwiderte Torben, und sein Gesicht verzog sich zu einer Grimasse. »Autsch. Findest du lange Ohren ansprechend, oder weshalb tust du mir das an?«

»Der Schmerz soll dich zur Vernunft bringen«, lachte

sie. »Ich meinte das eben völig ernst.« Sie ließ seine Ohrmuscheln los und zog ihre Bluse hoch, damit die Schultern wieder bedeckt waren. »Wir wollen doch nicht, dass du schon wieder aufhörst zu denken.«

»Danke.« Der Rogogarder setzte sich auf und lehnte sich gegen den Pfosten der Koje. »Die Nachbauten der turîtischen Galeeren zu knacken ist zu verlustreich. Sie würden uns aus dem Wasser pusten, bevor wir uns auf sie schwingen und sie entern könnten. Ganz zu schweigen von den schnellen Seglern, die sie begleiten. Diesen Aufwand sind sie nicht wert.«

»Es sind sechzig dieser kleineren Bombarden, Torben«, erinnerte ihn seine Gefährtin. »Das ist eine Feuerkraft, die von einer Festung aus mehr als tödlich ist. Erinnere dich, was sie damals alles angerichtet hat.« Ihr Lächeln wurde listig. »Mit ein wenig Einfallsreichtum kommt man weiter als mit brachialer Gewalt.«

»Nun bin ich aber wirklich neugierig geworden«, gestand der Mann.

Varla spielte mit seinen eingeflochtenen Muscheln im Bart und stieß die goldenen Kreolen an seinen Ohren an. »Angenommen, eine dieser schwimmenden Festungen würde auf eines unserer Schiffe treffen.« Sie packte ihn bei den Oberarmen, ihr Tonfall wurde mitreißend. »Eine wilde Jagd beginnt! Und unser Schiff wirft in heller Furcht alles über Bord, um schneller als der Verfolger zu sein.«

»Unsinn«, winkte Torben ab. »Die Dharkas sind doch ohnehin schneller als …« Sein sonnengebräuntes Antlitz hellte sich auf. Lachend warf er sich auf sie und küsste sie wild auf den Mund. »Du bist ja ein ganz schön schlaues Weibsbild. Darf ich sagen, es wäre mein Einfall gewesen?« Er zerzauste ihre kurzen schwarzen Haare.

»Untersteh dich«, warnte sie. Mit einer leichten, verführerischen Bewegung ließ sie die Bluse von der Schulter rutschen. »Du darfst dafür etwas ganz anderes, Kapitän Rudgass.«

»Dann will ich mal nicht so sein«, feixte er und nahm ihr Angebot an.

Da es bei ihrem Liebesspiel recht turbulent zuging, bemerkten die beiden zunächst nicht, dass auch die Bewegungen der Dharka heftiger wurden. Erst als sie ein heftiges Rollen in einem ungünstigen Moment überraschte und sie aus dem Bett fielen, begraben unter einem Berg von Laken und Decken, unterbrachen sie die Zweisamkeit.

»Ich dachte schon, du wärst das, die meine Umgebung zum Drehen bringt«, bemerkte Torben außer Atem und suchte eilig seine Kleider zusammen.

»Du siehst niedlich aus, wenn du so ohne alles durch die Kajüte hüpfst«, lachte die Tarvinin und kleidete sich ebenfalls an.

Der Seegang nahm unvermindert zu. Alle losen Gegenstände rollten und rutschten durch die Behausung des Kapitäns. Fluchend warf Torben einen Blick durch das Heckfenster. Der vorabendliche Himmel auf dieser Seite der Dharka schimmerte in den schönsten Farben. Nichts deutete auf einen Sturm hin.

Kurz darauf pochte es an der Tür, ein Matrose verlangte die Anwesenheit des Kapitäns an Deck.

Varla und Torben polterten die wenigen Stufen hinauf und traten hinaus.

Ein ungetrübter Blick auf den Horizont ließ beide an einem Unwetter zweifeln. Und dennoch schäumte die See, und der Bug des Seglers hob und senkte sich wie ein bockiges Pferd, Gischtschleier stoben den Großmast hinauf. Die Rückkehr der Tarvinin an Bord ihrer eigenen Dharka gestaltete sich unter diesen Bedingungen unmöglich.

»Seit wann ist das so?«, wollte Torben von seinem Maat wissen, den er am Ruder fand. Zu viert hielten die Männer das Steuerrad, ihre Gesichter zeigten die Anstrengung.

»Es kam ganz plötzlich, als wir die zweite der vorgelagerten Inseln passierten«, gab der Offizier ratlos Antwort. »Ein unsichtbarer Sturm, Kapitän?«

»Wie soll denn das zugehen?«

»Was geschieht hier?«, flüsterte Varla und spähte auf die Wasserfläche. Die Arbeiten ruhten, und die Seeleute warteten gebannt, was sich ereignen würde.

Urplötzlich beruhigte sich das Meer, und die Bastsegel hingen erschlafft an den Rahen. Etwas Glitzerndes erhob sich in breiter Front am Horizont. Ein leises Rauschen drang zur Besatzung, wurde lauter und lauter.

»Flutwelle!«, brüllte der Mann im Krähennest unvermittelt in die Stille, die an Bord der Dharka eingetreten war. »Flutwelle voraus!«

Sein Schrei löste die Starre der Menschen. Der Kapitän gab fieberhaft Befehle, ließ alle Segel reffen und den Bug der *Varla* in spitzem Winkel zur anrollenden Welle stellen. Die übrigen Schiffe taten es ihm nach.

»Und nun sollten wir alle beten«, sagte Torben heiser, den Blick auf die Wand aus Wasser geheftet, die sich vernichtend auftürmte. Ihre Höhe übertraf alles, was er in seinen Jahren als Freibeuter gesehen hatte.

Gischt und Schaum wehten heran, von einem eiskalten Wind über das Deck gefegt, die Vorboten des kommenden Unheils. Der Bug hob sich knarrend an und setzte sich auf den ersten Ausläufer der Flutwelle. Ihr Schatten legte sich rasend schnell von vorn nach hinten auf die Planken. Torbens Hand fasste unwillkürlich nach der seiner Gefährtin. »Taralea sei uns gnädig!«

Die *Varla* überstand die Flutwelle, doch sie büßte zwei Dutzend Matrosen, sämtliche Ladung, die sich an Deck befunden hatte, sowie den kleineren der Masten ein. Zumindest hatten sie mehr Glück als andere aus ihrem Verband. Die Naturgewalt war über sie hinweggerollt und hatte eines der Schiffe aus Rogogard fortgespült oder in tausend Stücke zerschlagen. Jetzt bestand ihre Flotte nur noch aus vier Seglern.

Zwei der Dharkas wiesen starke Beschädigungen auf, und bei dem tarvinischen Original stand der Laderaum unter Wasser, nachdem irgendein Gegenstand ein Leck geschlagen hatte. Inzwischen war das Leck abgedichtet, und nun mussten die Pumpen bedient werden.

Torben befand es als das Beste, unter diesen Umständen zuerst die Insel Lofjaar anzulaufen und die Schäden beheben zu lassen. Alles andere ergab wenig Sinn; die Gefahr, von Bombardenträgern und den Seglern des Kabcar aufgebracht zu werden, war zu groß. Nicht mal die Aufständischen in Karet konnten von ihm verlangen, die wertvollen Dharkas auf diese Weise aufs Spiel zu setzen.

Varla kehrte an Bord ihres Schiffes zurück, während Torben Vollzeug setzte und mit dem Segler vorfahren wollte, um auf Lofjaar alles für eine schnelle Reparatur in die Wege zu leiten. Notfalls würde er persönlich ein paar Dachstühle einreißen, um an Holz für die Planken und Masten zu kommen.

Lofjaars Einwohnerzahl schwankte zwischen sechs- und siebentausend, so genau konnte man das nie sagen. Doch die Befestigungen galten, da es die erste der rogogardischen Inseln war und sich in Sichtweite des tarpolischen Festlandes befand, als besonders beständig. Hier würden dem Kabcar gehörige Wunden geschlagen werden. Ansonsten diente Lofjaar wie alle anderen vorgelagerten Inseln als Ort für die Schafzucht.

Im Morgengrauen erreichte die *Varla* die Küste.

Die Oberfläche des Meeres war übersät mit Trümmerstücken, die von Schiffen wie auch von Behausungen stammten. Gelegentlich trieb ein Toter am Rumpf der Dharka vorüber. Aus Torbens schlimmsten, wenn auch verdrängten Befürchtungen wurde Gewissheit. Die Flutwelle musste Lofjaar mit ihrer ganzen Macht heimgesucht haben.

»Schiffe voraus!«, verkündete der Ausguck, der sich auf dem kleineren Mast platziert hatte. »Zehn palestanische Kriegskoggen, zehn tzulandrische Segler und fünf Bombardenträger liegen im Hafen von Lofjaarsgrund.«

»Wie kann das sein?«, entfuhr es Torben entsetzt. »Wieso haben sie die Flutwelle überstanden und die Menschen nicht?«

»Kapitän«, rief der Mann aus dem improvisierten Krähennest aufgeregt hinab, »das eine ist kein Bombardenträger. Es ist eine ähnliche Bauart, nur größer.«

Der Freibeuter lief zum Bug, klappte das Fernrohr auf und beobachtete die mächtigste der fünf Galeeren. Eine Gestalt wie aus einem Albtraum trat soeben an Deck. Torbens Hände fingen an zu zittern.

So groß wie drei Männer, erhob sich ein gepanzertes Wesen an Bord, dessen lange schlohweiße Haare sachte im Wind wehten. Der teilnahmslose, unmenschliche Blick schien sich durch die geschliffenen Linsen des Fernrohrs direkt in seine Pupille zu bohren. Der riesige Mund öffnete sich zu einem lautlosen Lachen, die Reißzähne wurden deutlich sichtbar.

Sinured!

Die eisenbeschlagene Deichsel ruckte in die Höhe. Der einstige barkidische Kriegsfürst wandte den Schädel zur Seite und erteilte offensichtlich Anweisungen.

»Ruder hart Steuerbord, abdrehen und Vollzeug setzen«, befahl der Rogogarder sofort. »Nichts wie weg von hier. Jetzt müssen wir uns nicht nur mit übermächtigen Waffen, sondern auch noch mit übermächtigen Wesen herumschlagen. Das ist ein bisschen zu viel für meinen Geschmack.«

»Die Invasion hat also begonnen?«, meinte sein Maat dumpf.

»Und das schneller, als wir alle gedacht haben. Jetzt weiß ich auch, woher diese Flutwelle aus heiterem Himmel kam.« Mit Wucht schob Torben das Fernrohr zusammen. Die Hände krampften sich um das Messing, dass die Knöchel weiß wurden. »Der Tadc selbst hat sie uns mit seiner verfluchten Magie geschickt.«

»Was können wir dagegen tun?«, wollte der Offizier wissen.

Nichts. Überhaupt nichts. Torben kehrte zum Ruder zurück und blieb ihm die Antwort schuldig.

Die Kareter würden die Ladung nicht erhalten, nun hatte Rogogard Vorrang. Die anderen Inseln mussten gewarnt, der Widerstand zügig organisiert werden. Selbst wenn es nur wie das verzweifelte Zappeln eines Fisches in der Pfanne sein sollte … Vielleicht konnte man dem Koch wenigstens ein paar Finger abbeißen.

Sinured legte eine Hand auf die Deichsel, ein Bein stemmte er auf die Bordwand seiner Galeere. In dieser entspannten Haltung beobachtete er das unbekannte Segelschiff, das sich trotz eines fehlenden Mastes rasch von Lofjaarsgrund weg bewegte. Ein leises Lachen stieg in ihm auf.

Es fügt sich alles, wie es soll. Sie werden vom Schicksal der Insel berichten und die anderen noch mehr beunruhigen, als sie ohnehin schon sind. Wie ein Unwetter würde er zusammen mit seinen Leuten über die Rogogarder hereinbrechen, wie ein Sturm würde er alles packen, zu Boden reißen und zerschlagen, was sich ihm nicht beugte.

Er freute sich darauf, seiner endlosen Zerstörungswut an den Festungen freien Lauf zu lassen, wie es ihm der Hohe Herr erlaubt hatte.

Die Bestückung seines fliegenden Kampfschiffes mit Bombarden hatte er den Ingenieuren des Hohen Herrn auch weiterhin untersagt, so etwas Neumodisches wollte er nicht an Bord haben. Einfache Katapulte und die richtigen Soldaten genügten ihm vollkommen, und Sinured wusste sehr wohl um die Wirkung seiner Galeere bei den Feinden. Auch die Piraten von Rogogard würden gegen die Angst, die sie verströmte, nicht gefeit sein.

Der Kriegsfürst nahm den Fuß von der Bordwand und ging zur landwärts gewandten Seite des Schiffes. »Sucht mir Überlebende und opfert sie unserem Beschützer. Tzulan hat uns leichtes Spiel verschafft, und so soll es bleiben«, rief er dröhnend zu seinen Leuten hinunter. »Der Rest legt in einer Stunde mit mir zusammen ab. Der Hohe Herr verlangt, dass überall auf der Karte von Ulldart sein Name steht. Und ich werde ihn nicht enttäuschen.«

Das geschäftige Treiben am Ufer verstärkte sich. Die Besatzungen zweier Kriegskoggen blieben auf Lofjaarsgrund, um Jagd auf unversehrte Einwohner zu machen, der Rest bereitete sich auf das Ablegen der Invasionsflotte vor.

Als die von Sinured angegebene Zeit verstrichen war, befand sich die Armada in breiter Formation auf See.

Nichts sollte ihnen entkommen. Ihr Kurs führte sie zielstrebig zur zweiten der vorgelagerten Inseln. Über ihnen schwebte die riesige Galeere des auferstandenen barkidischen Kriegsfürsten. Die Trommel schlug dumpf, die Ruder hoben und senkten sich in ruhigem Takt, als bewegten sie tatsächlich die Luft.

Hinter ihnen stiegen dicke, schwarze Rauchwolken in den Himmel. Die ersten Opferfeuer auf Lofjaarsgrund waren entfacht worden.

Kontinent Ulldart, Großreich Tarpol, Hauptstadt Ulsar, Frühjahr 459 n. S.

Wartet, ich helfe Euch«, sagte Krutor gutmütig, bückte sich und half dem Diener dabei, die Scherben des Geschirrs aufzulesen, die sich auf den schwarz marmorierten Steinplatten des Fechtsaals verteilt hatten.

»Hoheitlicher Tadc, ich bin nicht hochwohlgeboren wie Ihr«, machte ihn der Livrierte auf die falsche Anrede aufmerksam.

»Entschuldige bitte. Ich wollte nur höflich sein.« Der missgestaltete Junge sammelte die Bruchstücke in seiner übermenschlich großen Handfläche, wo sie wie zierliche Splitter wirkten, und kippte sie auf das Tablett, das der Diener ihm hinhielt. »Schon sind wir fertig.«

Beide richteten sich auf. Der freundlich grinsende Krutor überragte den Mann um mehr als die Hälfte. Das Wachstum seines verkrüppelten Körpers schien noch immer nicht abgeschlossen zu sein. Unter dem Einfluss von Hemeròc war aus ihm ein gefährlicher, furchtloser Kämpfer geworden, der mit seiner überlegenen Stärke jeden Gegner bezwang.

Beobachtete man ihn im Alltag am Hofe, wo er sich in einer Mischung aus Hopsen und Laufen vorwärts bewegte, so traute man ihm die präzisen Schläge und schnellen Reaktionen niemals zu, die er bei den Übungen gegen seinen Lehrmeister an den Tag legte.

Wer in der Lage war, über seine Furcht einflößende Gestalt mit den unterschiedlich hohen Schultern, den schiefen Gliedmaßen, verkrümmten Beinen sowie dem symmetrielosen Schädel und dem abstoßenden Gesicht hinwegzusehen, entdeckte in dem Tadc ein Gemüt von unglaublicher Wärme. Doch nur den wenigsten gelang es, das Zerrbild zu durchschauen und die wahre, durch und durch gutherzige Natur Krutors zu erkennen.

Die Bediensteten, die schon lange mit ihm zu tun hatten, wussten es.

Den Mägden und Dienern tat es in der Seele weh. So bemühte sich Krutor beispielsweise vergeblich, sich einem Pferd zu nähern, ohne dass es voller Angst davonstob. Ulldrael hatte ihm aber nicht nur das menschliche Äußere genommen. Der Verstand des Thronfolgers war irgendwann in seiner Entwicklung stehen geblieben, während sich um seine Knochen mächtige Muskeln gelegt hatten. Niemand bestand gegen ihn im Kampf, aber wenn es um einfaches Rechnen, Lesen und Schreiben ging, benötigte der missgestaltete Spross des Kabcar eine kleine Ewigkeit, bis er etwas zu Stande brachte.

Ganz so einfältig, wie die meisten annahmen, war der Krüppel jedoch nicht. Das Denken fiel ihm allmählich leichter, dennoch behielt er nach außen seine naive Art bei. So wurden in seiner Gegenwart leichtfertigerweise Dinge geäußert, über die man sonst nur hinter vorgehaltener Hand sprach. Auf diesem Weg gelang es Krutor sehr zügig herauszufinden, welche von den Dienern es ehrlich mit ihm meinten und welche nicht.

Alle, die Krutor kannten, verstanden den Hass, den der Herrscher von Tarpol gegen Ulldrael hegte, erst recht. Das Volk liebte den Kabcar und befolgte den abgeänderten Wortlaut der Lobpreisungen zu Ehren des Gerechten; nur vereinzelt weigerten sich Leute, von den alten Sprüchen und Riten abzuweichen. Sie verschwanden irgendwo im Dunkel, ohne dass sich jemand um ihr Schicksal kümmerte.

»Ich bringe Euch gleich eine neue Kanne mit Wasser, hoheitlicher Tadc«, verabschiedete sich der Livrierte.

»Nein, lass nur«, rief Krutor hinterher, »ich kann es mir selbst holen. Der Brunnen ist gleich im Garten.«

»Nein, hoheitlicher Tadc. Ich bin dazu da, um Euch Eure Wünsche zu erfüllen«, beharrte der Diener nachsichtig lächelnd. »Und es war meine Ungeschicktheit, dass Ihr nun dursten müsst.«

»Ich hätte die Tür auch weniger schnell aufmachen können«, entgegnete Krutor. »Klirr, klirr. Meine Schuld. Geh nur.«

Der Mann verbeugte sich und verschwand.

Der Thronfolger lief hinüber zu den großen, gläsernen Flügeltüren und öffnete sie vorsichtig, um den Griff nicht zu beschädigen. Obwohl die Ausgänge sehr hoch gestaltet waren, musste er sich bücken, um ins Freie zu gelangen.

Singend lief er durch den sonnendurchfluteten Garten, und dass er die Töne dabei nur selten traf, störte ihn nicht weiter. Krutor blieb gelegentlich stehen, sah Vögeln beim Nestbau zu und versuchte, ihre bezaubernden Lockrufe zu imitieren. Wenn eines der Tiere scheinbar antwortete, klatschte er vor Freude in die Hände und hüpfte weiter den Weg entlang, bis er schließlich beim kleinen Teich angelangt war.

Da er sich unbeobachtet glaubte, watete er ein paar Schritte in das Gewässer und ließ sich das Quellwasser aus dem Springbrunnen in den Mund schießen. Lachend schluckte er das Nass, und als er genug hatte, füllte er sich damit die Backen, stellte sich in eine heldenhafte Positur, wie er es bei Statuen sah, und spuckte einen dünnen Strahl in hohem Bogen aus.

»Du kannst das sehr gut, Bruder«, lobte ihn eine bekannte Stimme in seinem Rücken.

Ertappt und rot vor Scham drehte er sich um, um sich Govan zuzuwenden. »Ich wollte nur was trinken. Und da ist mir eingefallen, wie die steinernen Männer immer aussehen. Das wollte ich auch einmal versuchen.« Planschend kehrte er ans Ufer zurück und schaute auf den Erstgeborenen herab. Verschiedener hätten die Brüder nicht sein können. »Du verrätst mich nicht?«

»Ach, was, Bruder«, winkte Govan großzügig ab. »Ist das nicht ein herrlicher Tag?«

»Ja!«, rief der Krüppel glücklich und lachte hohl. »Sollen wir üben, Govan?«

»O nein, danke«, wehrte er ab. »Mir steckt der Schwertschlag, den ich von dir erhalten habe, immer noch in den Knochen.«

Entsetzt starrte ihn Krutor an. »Das wollte ich nicht«, stotterte er. »Ich wollte nicht, dass dir mein Schwert im Knochen steckt. Warst du schon bei einem Cerêler?«

Geduldig schüttelte Govan den dunkelblonden Schopf. »Das ist nur so eine Redensart. Es bedeutet, dass du ein zu harter Gegner für mich bist.«

»Ach, so ist das?!« Zufrieden grinste Krutor. »Auch wenn ich keine Magie kann, bin ich in einigem doch besser.« Stolz setzte er sich vor seinem Bruder auf die Erde, um mit ihm auf gleicher Augenhöhe zu sein. »Mir widersteht keiner, sagt Hemeròc. Auch wenn ich ihn nicht leiden kann.« Er reckte einen Zeigefinger in die Luft. »Aber er macht mir schon lange keine Angst mehr. Nichts macht mir mehr Angst.«

»Ich bewundere dich«, lobte ihn Govan und klopfte ihm auf die schiefe Schulter. »Aber was stellst du eigentlich mit deinen Fertigkeiten an? Willst du nicht einmal in den Krieg ziehen, um Vater bei seinen Plänen zu unterstützen, wie deine Schwester und ich es tun?«

»Darf ich das denn?« Das Gesicht des Krüppels wurde sehr aufmerksam, die Augenbrauen wanderten in die Höhe. »Patsch, patsch! Das würde mir bestimmt gefallen.«

»Würdest du auch deiner Schwester und mir zur Seite stehen, wenn wir auf dem Thron sitzen?« Govan tastete sich einen Schritt weiter vor mit seinen Fragen.

Krutor sah ihn so überrascht an, als hätte er sich in einen Haufen Schmetterlinge verwandelt. »Aber natürlich. Ihr seid doch meine Geschwister.« Seine Stirn legte sich in Falten. »Will Vater denn nicht mehr regieren? Ist er krank? Hat er keine Lust mehr?«

»Aber nicht doch. Vater wird bestimmt noch sehr lange Kabcar sein«, beschwichtigte ihn Govan augenblicklich, nutzte jedoch zugleich die letzte Bemerkung seines Bruders. »Andererseits, du hast sicherlich auch bemerkt, dass er sich immer mehr zurückzieht. Die Diener sagen, manchmal brabbele er vor sich hin wie ein kleines Kind. Ich glaube, sein Verstand hat Schaden genommen, als Mutter ihn vergiften wollte.« Zufrieden registrierte er, dass Krutor gebannt an seinen Lippen hing. »Es muss nichts bedeuten. Aber es kann. Notfalls müssen wir bereit sein, die Regentschaft über unser geliebtes Land schnell zu ergreifen, um unseren Feinden keine Gelegenheit zum Erstarken zu geben. Man sollte stets an das denken, was vor einem liegt.«

Suchend betrachtete Krutor den Boden. »Da ist nichts«, verkündete er. »Warum soll man an etwas denken, was nicht da ist?«

»Du armes Geschöpf«, seufzte der Thronfolger und streichelte ihm über die entstellte Hälfte seines Gesichts. »Was hat dir Ulldrael, der so genannte Gerechte, nur angetan?« An dem fragenden Ausdruck in Krutors Augen erkannte er, dass dieser nicht wusste, wovon er sprach.

»Ist das einer der Diener?«, erkundigte sich der Krüppel unsicher. »Darf man denn heißen wie ein Gott?«

Govan lächelte ihn nachsichtig an und stand auf. »Ulldrael wird bald keine Rolle mehr spielen. Überhaupt werden die so genannten Götter kaum noch eine Bedeutung haben, wenn ich mit allem fertig bin. Aber das dauert noch. Eines nach dem anderen.« Er schlenderte den gepflasterten Weg zurück zum Palast, den er gekommen war. »Du wirst niemandem von dieser Unterredung erzählen, und ich sage keiner Seele etwas über dein Bad im Teich. Kann ich auf deine Unterstützung zählen, Bruder?«, fragte er über die Schulter.

»Tausendmal ja«, bestätigte Krutor und nickte überschwänglich.

Der Thronfolger schenkte ihm ein Lächeln. »Das wird auch Zvatochna sehr freuen. Wir werden immer zueinander stehen. Drei geeinte Geschwister, was sollte uns da noch aufhalten?« Er ging weiter und verschwand um die Ecke hinter einem großen Nadelbusch.

Krutor sprang auf. Sein schwacher Geist versuchte, die seltsamen, geheimnisvollen Worte seines Bruders näher zu erkunden. Govans Behauptung in Bezug auf ihren Vater verstand er beispielsweise ganz und gar nicht. *Vater arbeitet an seinen Papieren. Und ich habe noch nie erlebt, dass er wirres Zeug redet. Er ist der Einzige, der sich ständig um mich kümmert und mich normal behandelt.* Die recht derben Späße Govans auf seine Kosten hatte er hingegen sehr genau im Gedächtnis. Die magischen Strahlen schmerzten. Krutor beschloss, nicht zu viel auf das Gerede über die Krankheit des Vaters zu geben. *Aber wenn er nun doch etwas hat?*

Abwesend streifte er durch den Garten; die Vögel um ihn herum, die surrenden Insekten und die wunderschön blühenden Blumen kümmerten ihn nicht mehr. *Wenn ich nur einen hätte, mit dem ich spielen könnte. Wo Tokaro wohl ist?*, fragte er sich. Niemand hatte ihm vom Tod des ehemaligen Rennreiters erzählt, und so nahm er an, den Jungen, der ihn damals im Stall so schwer beeindruckt hatte, eines Tages wieder zu sehen.

»Patsch, patsch«, lachte er laut und übermütig, als er sich an die Prügel erinnerte, die Govan bei all seinen magischen Fertigkeiten von dem Jungen mit den blauen Augen hatte einstecken müssen. *Ihm würde ich gern noch mal begegnen. Oh, und das schöne Pferd, Treskor. Am besten, ich frage Mortva. Er weiß doch sonst auch alles. Und danach gehe ich zu Vater und kümmere mich um ihn. Wenn er wirklich krank ist, braucht er mich.*

Summend kehrte Krutor in den Fechtsaal zurück.

Lodrik ordnete die Unterlagen über die Neuordnung des Kontinents ein weiteres Mal und legte sie neben sich auf den Schreibtisch. Seine Vorstellungen zum Wohle aller umzusetzen würde nicht leicht werden.

Und dennoch, ein Einzelner durfte über solche Macht nicht auf Dauer verfügen. Das würde nur zu Übermut, Hochmut und Selbstüberschätzung führen, wie er sie bei sich selbst in der Vergangenheit schon des Öfteren entdeckt hatte. *Bevor es schlimmer wird, läute ich eine neue Zeitrechnung unter den Völkern ein. Eine neue, gemeinschaftliche Form des Zusammenlebens, bei der niemand übervorteilt oder unterdrückt wird.*

Stolz strich er über den ansehnlichen Berg von Blättern, mit deren Ausarbeitung er Jahre seines Lebens verbracht hatte. Dabei hatte er zuerst nur aus Trotz gegenüber der Behandlung der anderen Reiche über sie herrschen wollen. Als spukte der Geist Norinas in seinem Kopf, hatte er seine Absichten überdacht. Die Vernunft hatte Einzug gehalten.

Doch den alten Zustand, der nur wieder zu den alten Streitigkeiten und dem alten Hass führen würde, wollte er nicht wieder herstellen. Es musste etwas Großes, Neues her.

An dem Gelingen seines Planes, den er in mehreren Stufen einführen wollte, zweifelte er nicht. Dafür war alles zu gut durchdacht. Keiner der Menschen und auch keine der Sumpfkreaturen würde sich seinen Ideen verschließen können, die einleuchtender nicht sein könnten. Bis all seine Anweisungen in die Tat umgesetzt wären, würde er die Funktion des beschützenden Beobachters übernehmen.

Zu diesem »Schutz« gehörte, dass er sich zunächst einiges vom Hals schaffte, das auf seinem Kontinent nichts zu suchen hatte und alle Veränderungen nur blockieren würde. Die Worte des Großmeisters und das Schreiben eines Obristen aus dem ehemaligen Tûris über eine Verschwörung der Tzulani hatten ihm die Augen für das Offensichtliche endgültig geöffnet.

Ein Diener trat nach kurzem Klopfen ein und verkündete die Ankunft von Zvatochna und Govan. Lodrik ließ sie hereinbitten.

Sehr selbstbewusst betraten seine beiden Kinder das Arbeitszimmer. Zvatochna trug eines der Kleider ihrer Mutter, leicht gekürzt, dennoch zierte es sie ungemein und unterstrich ihre aufblühende Weiblichkeit.

Lodrik wusste, dass seine Tochter ihn damit treffen wollte. Seit er die Mutter verstoßen hatte, befand sich ihr Verhältnis auf dem Tiefstpunkt.

Govan, gekleidet in die typische tarpolische Uniform mit allem, was dazugehörte, verband mehr mit Mortva als mit seinem leiblichen Erzeuger. Wie auch immer Lodrik es betrachtete, diese beiden würden ihm kaum mit großem Einsatz zur Seite stehen.

Beide verneigten sich vor ihm, wie es die Etikette befahl, doch etwas weniger, als man hätte erwarten können. Der Kabcar registrierte es ohne große Verwunderung. *Wenn ich ihnen erst meine Ideen dargelegt habe, werden sie mich keines Blickes mehr würdigen.* Auf einen Wink von ihm nahmen sie auf den bereitgestellten Stühlen Platz und warteten schweigend ab, was ihr Vater ihnen eröffnen wollte.

»Ich möchte euch beide in meine Absichten einweihen, bevor jemand anderes sie hören wird«, begann er und ließ, da sie sich im privaten Rahmen befanden, die Anredefloskeln beiseite. »Nicht einmal Mortva kennt meine Anordnungen bezüglich der Umstrukturierung des Kontinents. Da ich euch beide sozusagen um den Thron bringen werde, denke ich, dass es nur gerecht ist, wenn ihr es zuerst erfahrt.«

»Ich brenne schon darauf zu vernehmen, worüber du so lange gebrütet hast, Vater«, meinte Zvatochna mit einem liebevollen Lächeln. Die Blicke ihres Bruders, die auf dem Stapel mit Aufzeichnungen ruhten, schienen diesen hingegen einen jähen Untergang im Kamin zu wünschen.

Eigenhändig goss Lodrik seinen Kindern Tee ein. »Ich weiß, dass ihr keinen besonderen Bezug zu mir habt, ich habe euch vernachlässigt und stets das Wohl meiner Untertanen über die Familie gestellt, statt die Zeit mit euch zu verbringen«, sagte er nach einigem Ringen. »Nun nehme ich euch auch noch etwas fort, auf das ihr womöglich schon Hoffnungen hegtet. Jeder von euch, auch Krutor, erhält eine großzügige Aussteuer, die euch ein angenehmes Leben ermöglichen wird, auch ohne den Thron. Die Macht, die ich schon bald, so die Götter es wollen, nicht mehr besitzen werde, werdet ihr nicht benötigen. Euch kommt lediglich die Aufgabe zu, euch an meiner Vision eines friedlichen Ulldart zu beteiligen.«

»Vater, wie soll das angehen?«, warf Govan ungeduldig ein. »Ich kann mir nicht vorstellen, dass man sich groß um deine Anweisungen schert. Du wirst wenig Zustimmung für all die Veränderungen erhalten. Die Leute klammern sich an das, was sie besitzen«, fügte er hinzu.

»Wie Recht du hast, mein Sohn«, sagte Lodrik nickend. »Sie werden ebenso überzeugt werden müssen wie du.« Govan wurde knallrot, weil sein Vater ihn durchschaut hatte. »Du magst ein ausgezeichneter Magier sein, aber das Schauspielern gelingt dir mir gegenüber einfach nicht. Darum höre mir nun gut zu und lasse dich von meiner Idee begeistern.«

Zvatochna nahm eine Tasse, reichte sie ihrem Bruder und warf ihm dabei einen warnenden Blick zu. Anschließend langte sie selbst nach einem der filigranen Porzellangefäße und nickte ihrem Vater zu. »Wir beide sind ganz Ohr und glücklich darüber, dass wir es als Erste hören dürfen«, versicherte sie aufrichtig.

Lodrik atmete auf und begann in groben Zügen seinen Traum zu erläutern, den er in verschiedenen Stufen erfüllen wollte. Zwischendurch machte er seinen Kindern Skizzen, um seine Gedankengänge zu verdeutlichen, und redete sich so warm, dass seine Wangen vor Aufregung glühten und die dunkelblauen Augen glänzten.

In seiner Besessenheit bemerkte er nicht, dass die leidenschaftlich vorgetragenen Worte von Govan und Zvatochna abglitten und in ihren Köpfen auf drei Konsequenzen hin gefiltert wurden: Untertanenverlust, Herrschaftsverlust, Machtverlust. Unter den Voraussetzungen würden sie niemals diesem Unsinn zustimmen.

Hölzern rührte der Tadc in seinem Tee. Zvatochna lauschte den Ausführungen, ohne deren Sinn zu erfassen, doch ihre Mimik täuschte die vollkommene Fassade von Aufmerksamkeit vor.

Über eine Stunde redete Lodrik, bis er endlich zum Schluss fand. Er gönnte sich einen großzügigen Schluck Schnaps und blickte dann gespannt und ein wenig erschöpft in die Gesichter seiner Kinder. »Was haltet ihr davon?«

»Ich bin erstaunt und zutiefst beeindruckt von dem, was du da geleistet hast, Vater«, gab Zvatochna mit großen Augen ihr diplomatisches und durchaus mehrdeutiges Urteil ab. »Nicht in meinen kühnsten Vermutungen hätte ich mir vorstellen können, dass du ein solcher Philosoph, ein solcher Menschenkenner und zu so etwas im Stande bist.«

»Ja. Wer außer dir wäre dazu in der Lage gewesen?«, sagte Govan durch die Zähne.

Der Kabcar ließ sich in seinen Sessel fallen, er wirkte

enttäuscht. *Ich habe sie nicht erreicht,* dachte er mit tiefem Bedauern. *Meine Visionen bedeuten ihnen nichts.* »Ihr müsst mir nichts vorspielen. Ihr lehnt meine Pläne ab, das lese ich auf euren Gesichtern.« Er sah zu seinem Sohn. »Jedenfalls auf deinem Gesicht. Deine Schwester beherrscht die Schauspielerei noch besser als eure Mutter, daher kann ich nicht sagen, was sie davon hält. Aber ich vermute, sie wird eher dir zustimmen als mir.«

»Du schätzt uns völlig falsch ein. Sieh, lieber Vater, unsere Meinung ist nicht maßgebend«, erwiderte die Tadca sanft, und ihre braunen Augen verstrahlten Wärme und Ehrlichkeit. »Wir sind … wir waren die Thronfolger. Du bestimmst die Geschicke der Menschen, und wir beugen uns ebenso deinem Willen wie sie. Wenn du möchtest, dass Ulldart zu etwas Neuem wird, soll es eben so sein.«

Lodrik geriet ins Schwanken. Das bezaubernde Antlitz seiner Tochter schien frei von Lüge. Auch wenn die überirdische Schönheit des reifenden Mädchens auf ihn nicht so wirkte wie auf andere Männer, dem beeinflussenden Braun ihrer Augen konnte er sich nicht entziehen. Nur mit Mühe erinnerte er sich an die Falschheit von Aljascha und daran, dass seine Tochter schon bei mehreren Gelegenheiten ihr Talent zu lügen und zu betrügen unter Beweis gestellt hatte. *Oder sollte wenigstens sie meine Vision verstanden haben?*

»Und da du nun fertig bist, sollten wir uns darüber unterhalten, wie wir die Grünhaare so schnell wie möglich erobern«, holte ihn Govan aus seinen Überlegungen. »Meine verehrte und geliebte Schwester hat sich bereits Strategien ausgedacht, wie wir ein unnötig langes Kämpfen vermeiden.« Zvatochna nahm einen kleinen Stapel von Papieren aus der mitgebrachten Dokumententasche und reichte sie ihrem Vater, der sie auf der Stelle überflog. »Nach den ersten vernichtenden Siegen von Sinured im Norden gegen die Rogogarder wird die Moral der Kensustrianer nicht unbedingt besser werden.«

Abwesend hob der Kabcar den Kopf. »Was macht Sinured auf Rogogard?«, wollte er wissen. Er gab die Aufzeichnungen an die Tadca zurück. »Brillant ausgedacht, aber es ist mir zu hart. Ich will das Land nicht so zurichten, wie du es vorsiehst. Trotzdem danke, Tochter.« Lodrik wandte sich seinem ältesten Sohn zu. »Was ist mit Sinured?«, wiederholte er nachdrücklich.

»Nun, dein Verbündeter hat einen Vorstoß gegen das Inselreich unternommen«, berichtete er verblüfft. Mit einer Hand rückte er sich den Kragen seiner Uniform zurecht. »Ich dachte, er hätte den Befehl von dir erhalten? Zwei Inseln befinden sich, wenn ich richtig gehört habe, bereits in der Hand seiner Truppen, die den Einwohnern keinerlei Gnade gewähren.«

»Nun ist es endgültig genug«, brach es aus dem Herrscher hervor, und seine Fäuste ballten sich.

»Soll das heißen, der Kriegsfürst hat ohne deine Anweisungen gehandelt?«, hakte Zvatochna nach. »Wie kommt dieses impertinente Wesen dazu? Es muss ihm wohl zu lange gedauert haben.«

Oder jemand hat den Hund von der Kette gelassen, zu der ich sonst nur allein Zugang habe. »Das wird es sein«, nickte Lodrik beherrscht. »Aber wenn er gedacht hat, dass ich ihm das durchgehen lasse, hat er sich getäuscht. Ich werde ihn auf der Stelle nach Ulsar beordern.« *Und dann beginne ich mit dem, was ich schon viel früher hätte tun sollen. Er zerstört mir sonst alles.*

Lodrik stemmte sich aus seinem Sessel hoch. Seine Miene verdüsterte sich zusehends, und er rief lautstark einen Diener herbei.

In aller Eile kritzelte er eine Notiz an Mortva auf einen Fetzen Papier und wies den Livrierten an, diese auf der Stelle zu überbringen. Danach setzte er sich wieder und versank, die Stirn in die gefalteten Hände gestützt, in dumpfes Brüten.

»Wie geht es nun weiter, Vater?«, fragte Zvatochna süß. »Was beabsichtigst du?«

»Er wird herkommen«, antwortete der Kabcar, und der Tonfall verhieß dem Kriegsfürsten, den er mit seiner Bitte vom Meeresgrund heraufbeschworen hatte, nichts Gutes. »Alles Weitere sehen wir dann. Bis es so weit ist, sind alle Angriffe eingestellt.« Er nickte zur Tür. »Geht nun bitte.«

Als die Tür hinter ihnen ins Schloss fiel, huschte ein Grinsen über das Gesicht des Tadc. Er fasste nach der Hand seiner Schwester und küsste sie behutsam. Hand in Hand liefen sie den Korridor entlang. Zvatochnas Plan schien aufzugehen.

»Du musst lernen, dich zu gedulden«, schärfte sie ihm freundlich, aber bestimmt ein und löste ihre Hand aus der seinen. Es war ein Zeichen der Ungnade. »Es ist uns gelungen, seine Aufmerksamkeit auf andere zu lenken. Also verdirb uns nicht alles, nur weil du dein Gemüt nicht im Zaum halten kannst.«

»Verzeih mir«, bat Govan flehend. Er blieb dicht vor ihr stehen, um sie zum Anhalten zu bringen. »Es wird nicht mehr geschehen, geliebte Schwester.«

Die junge Frau schenkte ihm noch einen missbilligenden Blick, bevor ihre Mandelaugen freundlicher wurden. Elegant reckte sie ihm den linken Arm entgegen, den der Tadc beinahe gierig ergriff, um einen inbrünstigen Kuss auf die Fingerknöchel pressen.

»Vergeben und vergessen«, ließ sie ihn wissen und

strich über seine dunkelblonden Haare. »Nun lass uns gehen und uns auf den Tag vorbereiten, an dem die große Abrechnung mit Sinured bevorsteht.« Sie überlegte kurz. »Ich habe Krutor vorhin aus dem Garten kommen sehen. Du hast doch nicht etwa mit ihm über unsere Pläne gesprochen? Diesem Dummkopf etwas anzuvertrauen wäre mehr als töricht.«

Govan, sich seines gemachten Fehlers bewusst, schüttelte knapp den Kopf, ohne dabei die Hand seiner Schwester freizugeben. Zärtlich strich er über die Pulsader. »Nein.«

»Sehr gut. Dann wird alles so geschehen, wie es soll.«

Die Geschwister setzten ihren Weg fort und zogen sich in die Gemächer zurück.

»Hast du Zeit, Vater?«

Überrascht schaute Lodrik auf. »Krutor«, rief er freudig und erhob sich. Die Zeit war über seiner Grübelei rasch vergangen, und die untergehenden Sonnen warfen bereits lange Schatten in seinem Arbeitszimmer. »Komm herein. Was möchtest du?«

Der monströse Junge humpelte herein, eine Hand hinter dem schiefen Rücken verborgen. »Ich habe etwas für dich.« Als er vor dem Kabcar stand, hielt er ihm einen Strauß Blumen hin. »Selbst gepflückt.«

Der Herrscher lächelte und nahm den Strauß entgegen, um ihn in eine Vase zu stellen. »Das ist sehr lieb von dir, Krutor.« Unschlüssig stand der Tadc vor dem Schreibtisch, als wollte er noch etwas sagen, wagte es aber nicht, sein Anliegen vorzubringen. »Du hast doch etwas«, erleichterte Lodrik seinem zweiten Sohn den Anlauf.

»Ich«, druckste der junge Mann etwas verlegen herum, »ich wollte nur wissen, was du mit Govan und Zvatochna besprochen hast.«

»Ach so. Ich habe ihnen erklärt, was in Zukunft auf Ulldart alles anders sein wird«, meinte der Kabcar leichthin und nahm einen Scheit, um ihn ins Kaminfeuer zu legen.

»Erklärst du es mir bitte auch, Vater?«, bat Krutor schüchtern. »Ich möchte es gern wissen.«

Lodrik ging vor der Feuerstelle in die Hocke und blickte nachdenklich in die Flammen. »Warum nicht?« *Selbst wenn er es nicht versteht, er hat ein ebensolches Recht wie die anderen beiden, aus meinem Mund die Wahrheit zu hören.* Polternd landete der Scheit in den Flammen. Kleine Funken stoben in die Höhe und tanzten den Schlot hinauf. »Setz dich zu mir«, lud er den Tadc ein, während er es sich auf dem Kullac-Fell bequem machte.

Krutor hopste lachend herbei und begab sich in den Schneidersitz, stemmte die Ellbogen auf die Knie und stützte den asymmetrischen Schädel darauf, als wäre sein Rückgrat nicht in der Lage, das Gewicht des Kopfes zu tragen. Betrachtete man nur die Schatten, welche die beiden Menschen an die Wand warfen, hätte man Lodrik für das Kind halten können.

Der Herrscher wiederholte seine Ausführungen geduldig, zeichnete noch mehr Skizzen als zuvor und hoffte auf irgendeine Äußerung, die ihm zeigte, dass Krutor wenigstens einen Bruchteil von dem begriff, was er ihm liebevoll erklärte.

Der Tadc lauschte mit angestrengtem Gesichtsausdruck. Offensichtlich gab er sich Mühe, das Gesagte mit seinen beschränkten geistigen Möglichkeiten zu verarbeiten. Nach zwei Stunden endete Lodrik.

»Ich glaube, ich habe nicht alles kapiert«, sagte Krutor langsam. »Aber manches.« Das schiefe Gesicht klarte sich auf. »Wir sind dann alle gleich? Niemand muss mehr kämpfen?«

»Ganz recht, mein Sohn«, stimmte ihm der Kabcar zu. »Gut! Sehr gut!«

»Aber warum habe ich dann gelernt, wie man kämpft?« Er winkelte die Beine an und schaute in das Feuer.

»Du wirst mit mir zusammen dafür sorgen, dass die Ulldarter Frieden untereinander halten, bis alle den Sinn der Neuordnung verstanden haben«, versprach ihm Lodrik, völlig verwundert, wie sein Sohn mitgedacht hatte. »Da kann es nicht schaden, sich seiner Haut erwehren zu können, auch wenn es gewiss nicht notwendig ist.« *Außerdem hatte ich früher ganz andere Pläne.*

Krutor lachte auf. »Wir beide halten zusammen.« In einem Anflug von starken Gefühlen, schloss er Lodrik in die Arme und drückte ihn an sich. »Ich bin glücklich, dass du nicht dumm bist wie ich.«

»Du bist nicht dumm«, widersprach ihm der Kabcar. »Wer sagt denn so etwas?«, erkundigte er sich, wobei er sofort ein Mitglied der Dienerschaft in Verdacht hatte, es könnte etwas Despektierliches geäußert haben. Doch an dem erschrockenen Gesichtsausdruck Krutors erkannte er, dass anscheinend mehr dahintersteckte als nur eine unhöfliche und unangebrachte Hänselei.

»Nein, nein, niemand sagt so etwas«, wiegelte der Junge haspelnd ab und machte die Sache für den Herrscher nur noch unglaubwürdiger.

Behutsam stand Lodrik auf und schaute seinem Sohn in die Augen. Krutor wich dem Blick nervös aus und senkte letztendlich den Kopf. Der Herrscher aber drückte sein Kinn nach oben. »Sag mir die Wahrheit.«

»Ich habe es doch versprochen«, jammerte Krutor

und sprang auf. »Vater, ich soll den Mund halten, sonst verrät er dir, dass ich im Teich gestanden ...« Mit einem Laut der Verzweiflung schlug er sich eine Hand vor den Mund, mit der anderen hieb er sich gegen die Stirn. »Ich bin doch dumm!« Krutor zitterte vor lauter Aufregung am ganzen Leib.

»Beruhige dich, mein Sohn«, sagte der Kabcar und versuchte eine List. »Was hast du Govan versprochen?«

»Du weißt es ja!«, staunte sein Spross. »Hast du uns belauscht? Oh, bitte, schimpfe nicht, dass ich im Teich stand. Aber ich hatte Durst und wollte etwas trinken, und dann wollte ich so sein wie eine Statue, so hübsch, dass alle nach mir schauen, und ...«

Beschwichtigend hob Lodrik die Hände. »Vergiss den Teich, Krutor. Das ist nicht schlimm. Aber was hat dein Bruder über mich gesagt?«

»Du hast zu weit weg gestanden, nicht wahr?« Der Junge gab auf. »Er sagte, du bist merkwürdig und brabbelst, seit Mutter versucht hat, dich zu töten«, seufzte er, und seine schiefen Schultern hingen herab. »Aber ich habe ihm nicht geglaubt. Du bist ganz normal.« Er kniff die Mundwinkel zusammen. »Ich bin dämlich.«

»Nein, mein Sohn«, lächelte Lodrik und schlang die Arme um den Oberkörper seines Sohnes. *Govan verbreitet also Märchen über mich. Es sieht so aus, als hätte Mortva mehr als nur einfache Erziehungsarbeit geleistet. Aber denen werde ich die Flausen austreiben.* »Du bist ein wunderbarer Mensch, den die Rache eines Gottes traf, weil er mich nicht bekommen konnte.« Zärtlich streckte er den Arm in die Höhe und strich über das entstellte Gesicht. »Oder weil er mich umso stärker treffen wollte. Ulldrael ist ungerecht, merke dir das. Und weil alle Götter ungerecht sind, werden wir sie in dem neuen Ulldart abschaffen. Niemand braucht sie. Stattdessen sollten wir uns mehr umeinander kümmern, nicht wahr?«

»Wird das denn den Göttern recht sein?«, wagte Krutor einen vorsichtigen Einwand.

»Wir fragen sie einfach nicht.« Lodrik lachte böse. »Aber zuerst beseitigen wir das greifbare Übel, das sich auf diesem Stück Land ausbreitet. Wenn das erreicht ist, halten bessere Zeiten Einzug.« Er schritt zu seinem Arbeitstisch und legte sich das Henkersschwert um. »Genug für heute. Lass uns zu Bett gehen. Und kein Wort darüber zu Govan.«

»Schon wieder ein Geheimnis?«, meinte Krutor unglücklich, während er neben seinem Vater zum Ausgang hopste.

»Es ist kein Geheimnis«, stellte der Kabcar fest. »Wir sagen es ihm einfach nur nicht. Noch nicht.« Lodrik löschte eine Lampe nach der anderen und verließ als Letzter den Raum.

In einer schattigen Ecke aber wurden plötzlich zwei rote, augengroße Punkte sichtbar.

VI.

Die Seherin reifte in der Fremde heran, die man gemeinhin Kalisstron nennt.

Zusammen mit dem Zweifler, der zum wahren Glauben zurückfand und sich voller Hingabe für die Sache Ulldraels des Gerechten einsetzte, um seine Lehre zu verbreiten, verbrachte sie Jahr um Jahr fern von der Heimat.

Sie wurde zu einer Frau und wählte sich einen Mann an ihrer Seite. Zu jener Zeit verdingte sie sich als Erzählerin, ohne auf die leisen Bilder in ihrem Geiste zu achten. Bis die Bilder in ihr nicht länger im Verborgenen bleiben wollten, sondern mit aller Macht hervordrängten.

Und die Seherin sah.«

BUCH DER SEHERIN
Kapitel XIII

Kontinent Ulldart, Großreich Tarpol, Provinz Ker, Burg Angoraja, Frühjahr 459 n. S.

Eine Gestalt schlich sich in den frühmorgendlichen Stall und blieb vor der Box stehen, in der der wertvollste Schimmel des Ordens einen Platz erhalten hatte. Der Hengst hob den Kopf und schnaubte leise, die Ohren standen senkrecht nach oben.

»Ist ja gut, Treskor«, beruhigte ihn Tokaro flüsternd. »Ich bin's. Mach bloß keinen Aufruhr.«

Er öffnete die Tür, führte den Hengst heraus, legte ihm den Halfter um und sattelte ihn in der Dunkelheit.

Der einstige Rennreiter hatte genug von der Ausbildung bei den Hohen Schwertern; sollten sich die »Blechsoldaten«, wie er sie im Stillen nannte, nur jemand anderen suchen. Ehe er sich noch einen weiteren Tag von den Rittern und Knappen quälen ließ, suchte er lieber das Weite und kehrte zu ehrlicher, handfester und vor allem einträglicher Räuberei zurück. Als Erstes würde er sich wieder eine der Büchsen besorgen, die er so schmerzlich vermisste. Die Waffe hatte es ihm angetan.

Tokaro legte keinen Wert mehr darauf, von Sonnenaufgang bis Sonnenuntergang zu rennen, zu schwimmen und zu fechten, zumal er nicht unbedingt ein Naturtalent im Umgang mit den langen, sperrigen Schwertern der Ordenskrieger war. Weil er allen anderen im Reiten und im Umgang mit der Lanze wie auch der Armbrust überlegen war, musste er zum Ausgleich in den anderen Disziplinen mehr üben, was ihm keinen Spaß bereitete.

Nerestro von Kuraschka hatte die Absicht, ihn innerhalb eines Jahres reif für die Schwertleite zu machen, aber das bedeutete für den Jungen ein gnadenloses Schleifen. Mitleid zeigte keiner der Ausbilder, die vom Großmeister persönlich gemaßregelt wurden, wenn sie Milde walten ließen oder Tokaro längere Pausen gönnten.

Und so starb seine Lust am Dasein eines Ordensritters sehr rasch.

Da er sich an Nerestros Drohung erinnerte, aus dem Märchen über seinen Tod die Wahrheit werden zu lassen, zog es Tokaro vor, die Burg in aller Ruhe und Heimlichkeit zu verlassen. Anschließend gedachte er dem Gouverneur von Ulsar den Krieg zu erklären, der den Tod der Mitglieder seiner Räuberbande befohlen hatte, wie er inzwischen erfahren hatte. Im Kampf zu sterben war eines, unwürdig am Galgen zu baumeln etwas anderes.

In einem Brief an Nerestro, den er unter der Schlafzimmertür des Großmeisters durchgeschoben hatte, hatte er kurz seine Gründe dargelegt und sich für die »Milde« bedankt, die ihm widerfahren war.

Treskor wieherte leise und hob und senkte den Kopf, um seinen Herrn auf den Besucher aufmerksam zu machen, der soeben den Stall betrat. Leise klingend schlugen die Ringe eines Kettenhemds aneinander.

Tokaro fluchte unterdrückt. Die Situation gestaltete sich als zu offensichtlich, eine Lüge würde ihm niemand abnehmen.

Etwas Flaches, Quadratisches flog durch die Luft und segelte Tokaro vor die Füße. Er erkannte den gesiegelten Umschlag, den er dem Großmeister hinterlassen hatte.

»Du gönnst Albugast also seinen Triumph«, sagte eine bekannte Stimme. Der Seneschall musste sein Tun beobachtet haben und ihm gefolgt sein. Locker lehnte er sich an einen der Pfeiler, die das Dach des Stalls trugen. »So sei es denn. Schwing dich auf dein Pferd, Tokaro. Reite weg und komme nie mehr wieder.« Herodin klang beinahe freudig. »Damit hast du alle Vorurteile deiner Gegner und Neider bestätigt.«

»Na und?« Tokaro zuckte mit den Schultern und fädelte energisch die Laschen des Sattelgurtes ein. »Es ist mir gleich, was ihr alle von mir denkt. Ich habe es satt. Ich wollte niemals einer von euch sein.« Er wandte sich Herodin zu, dessen Gesicht er in der Dunkelheit nicht richtig erkennen konnte. »Ich stand vor der Wahl, zu sterben oder mitzukommen. Was hätte ich tun sollen?«

»Und welche Wahl hast du nun, Tokaro Balasy?«
»Wie meint Ihr das?«
»Du kannst Treskor absatteln, hier bleiben und vielleicht einmal einer der berühmtesten Männer unseres Ordens werden oder davonreiten und irgendwann als Räuber an einem Baum baumelnd enden, weil der Gouverneur von Ulsar dich doch erwischt hat ... Der Großmeister glaubt an dich, Junge. Er glaubt fest daran, dass in dir etwas Besonderes steckt, was eines Tages von großem Nutzen für die Geschicke des Kontinents sein mag. Er hat dich in sein Herz geschlossen wie einen Sohn.«

»Der Großmeister spricht auch mit einem gewissen Rodmor von Pandroc, den niemand sieht außer ihm«, entgegnete Tokaro abfällig und stellte einen Fuß in den Steigbügel. »Er hat sich in mir getäuscht.« Mit Schwung zog er sich auf den Rücken seines Schimmels. »Sagt ihm, ich trüge das Brandzeichen zu Recht.«

»Das werde ich mit Freuden tun.« Herodin fasste nach dem Halfter. »Ich werde der Erste sein, der applaudiert, wenn du uns verlässt. Und ich werde deinen Tod am Strang beklatschen. Du bist es nicht würdig, einer unseres Ordens zu sein. Aber was will man von einem dahergelaufenen, unehelich gezeugten Verbrecher anderes erwarten? Ich habe es Nerestro von Anfang an gesagt, aber er wollte nicht auf mich hören.«

Tokaros feste Absicht, nichts auf die Worte des Seneschalls zu geben, schwand. »Ich mag das Brandzeichen eines Diebes tragen, Herodin von Batastoia, aber ganz ohne Ehre bin ich nicht.«

»Ach? Ist das so?«, lachte der Mann herablassend. »Nun, welche Ehre könnte das sein? Die eines Versagers? Einer feigen Memme, wie du eine bist?« Sein Tonfall wurde schneidend. »Diebe haben keine Ehre. Ich kann dich beschimpfen, wie ich will, Tokaro. Und allein diese Worte sind schon eine Verschwendung.«

Mit einem Satz war der Junge am Boden, eine Hand lag am Griff seines Schwertes. »Hütet Euch«, drohte er knurrend.

Die Geste brachte den Seneschall zum Lachen, noch immer hielten seine Finger den Halfter umfasst. »Du wärst innerhalb eines Lidschlags eine Leiche, Tokaro. Ich würde dich mit meinen Fäusten erschlagen, weil ich meine kostbare aldoreelische Klinge nicht mit deinem Blut beschmutzen wollte.« Er deutete auf Treskor. »Geh, Junge. Ich wusste, dass du es nicht schaffen würdest.« Seine Hand gab den Halfter frei. Dann wandte er sich um und schritt zum Ausgang. So leise, wie er gekommen war, verschwand Herodin wieder. »Ich werde morgen mit Albugast eine Flasche Wein darauf trinken, dass du verschwunden bist«, rief er zum Abschied.

Tokaros Kiefer mahlten, und der Druck hätte gewiss ausgereicht, um Steine zum Bersten zu bringen. Wütend zog er das Schwert und hieb auf den Stützpfeiler ein, bis sich sein Zorn entladen hatte.

Kurz entschlossen machte er sich daran, dem verdutzt blickenden Streitross den Sattel und die Reitdecke abzunehmen.

»Denen zeigen wir's«, versprach er Treskor. »Denen soll der Wein im Schlund stecken bleiben und Essig werden, damit sie drei Tage lang kotzen.«

In aller Eile brachte Tokaro den Hengst zurück in seine Box und nahm den Rucksack mit dem Proviant auf. Dabei entdeckte er seinen Brief an Nerestro am Boden. Er nahm ihn auf, zerriss ihn nach kurzem Zögern in kleine Fetzen und warf die Schnipsel auf den Mist. *So leicht werdet ihr mich nicht los,* dachte er. *Und ein Versager bin ich noch viel weniger.* Aufgewühlt von den Worten des Seneschalls, entging ihm, dass das Siegel seines Schreibens nicht aufgebrochen war.

Ohne sich sonderlich darum zu scheren, wie laut er sich durch die großzügigen Bogengänge der morgendlichen Burg bewegte, die jeden seiner Schritte als Echo zurückwarfen, kehrte er zu seiner Stube zurück.

Bei der letzten Biegung wäre er um ein Haar auf eine Gruppe von Kriegern geprallt, die in diesem Augenblick aus der Waffenkammer heraufstiegen.

Mitten unter ihnen erkannte er den Seneschall, der wie die anderen eine schwere Metall- und Lederrüstung am Leib trug. Diesen Schutz konnte er sich unmöglich in der kurzen Zeitspanne seit seinem Verschwinden aus dem Stall angelegt haben. *Eben noch sah ich ein Kettenhemd!*

Entgeistert starrte Tokaro auf Herodin, der den Jungen von unten bis oben musterte. »So zeitig schon auf den Beinen? Wolltest du uns etwa Gesellschaft bei unseren morgendlichen Übungen leisten?«

Völlig durcheinander gebracht, schüttelte der Junge nur den Kopf, hob den Rucksack und murmelte etwas von »laufen« und »Gewichten«.

Ansatzlos schnappte der Seneschall den Rucksack und wog dessen Schwere prüfend in der Hand. »Was ist da drin? Schwämme?«, verlangte er barsch zu wissen. »Pack etwas hinein, das auch etwas wiegt. Aber dein Vorhaben ehrt dich.« Mit diesen Worten ließ er ihn stehen und zog mit seinen Übungspartnern weiter.

»Danke, Seneschall«, rief Tokaro ihm verspätet hinterher und setzte den Weg fort. Mit wem auch immer er im Stall geredet hatte, Herodin war es nicht gewesen.

In den folgenden zwei Wochen widmete sich Tokaro seiner Ausbildung, dass alle auf der Burg mehr oder weniger offen staunten. Er stand als Erster auf und legte sich als Letzter zur Ruhe, und die Waffenübungen absolvierte er mit einer Disziplin, dass die Lehrer beinahe an ein Wunder Angors glaubten. Seine größten Stärken lagen in der unfassbaren Treffsicherheit mit der Armbrust und dem unglaublichen Geschick im Umgang mit seinem Hengst in allen reiterischen Übungen.

Tokaro beäugte alle, die von der Statur her in etwa dem Seneschall glichen, um herauszufinden, wer ihm im Stall begegnet sein mochte. Allerdings entdeckte er niemanden, dessen Stimme Herodins ähnelte.

Wenig später rief der Seneschall auf Geheiß des Großmeisters ein kleines Turnier aus, bei dem sich alle angehenden Ritter im Lanzenstechen messen sollten. Dabei war nicht mehr vom Ringfischen und anderen harmlosen Spielen die Rede. Die Übungslanzen mit den kronenförmigen Enden wurden bereitgelegt, und die Knappen legten die schweren Turnierrüstungen an, die auf größtmöglichen Schutz und geringe Bewegungsfreiheit ausgerichtet waren. Für einen echten

Kampf taugten sie nichts, aber sie sorgten dafür, dass der ritterliche Nachwuchs die Lanzengänge bei einem Sturz weitgehend unbeschadet überstand – von kleineren Brüchen, Prellungen und Verstauchungen einmal abgesehen.

Aufgeregt saß auch Tokaro im Sattel, eingezwängt in die eiserne Schutzhülle, in einer Hand den Schild, in der anderen die schwere Lanze.

Durch den schmalen Schlitz im Helm, unter dem die Luft rasch stickig wurde, konnte er gerade noch den Gegner erkennen. *Da sieht ein Pferd mit Scheuklappen ja mehr!* Treskor musste er allein über den Druck der Schenkel und den Einsatz der stählernen Fersen lenken. Auf Sporen hatte er verzichtet, das wollte er dem Hengst nicht antun.

Sein Gegner wurde im letzten Augenblick ausgewechselt. Ihm gegenüber hievten die Knappen Albugast in den Sattel.

Die Art, wie der blonde junge Mann sein Visier schloss, machte Tokaro deutlich, dass der Zusammenprall äußerst schmerzhaft enden würde, wenn er nicht auf der Hut wäre.

Das Trompetensignal ertönte, die Bahn galt als freigegeben.

Tokaro ließ das Streitross antraben. Die Lanze aus vollem Galopp zu führen ergab wenig Sinn; wegen der starken Bewegungen des Pferdeleibes war es unmöglich, ein Ziel genau anzuvisieren, jedenfalls nicht in dieser starren, klappernden Rüstung. Das Scheppern machte Treskor nichts aus, er fühlte sich eher beleidigt, dass sein Herr ihm nicht die volle Geschwindigkeit abverlangte.

Albugast donnerte heran, als müsste er die Lanze durch eine Mauer rammen. Die Spitze wippte gefährlich auf und nieder, pendelte und schlug aus. Tokaro gewann dabei den Eindruck, als richtete sich das eigentlich ungefährliche Ende gegen seinen Kopf. Doch bei einem Aufprall in dieser Geschwindigkeit würde sein Genick umknicken wie ein Strohalm, wenn nicht die Lanze seinen Schädel zu Brei verarbeitet hätte. So beugte er sich ein wenig vor und zog den Arm mit dem Schild in die Höhe. Keinen Lidschlag zu früh, denn der gegnerische Knappe preschte dicht heran. Das Ende seiner Waffe rutschte an dem schräg gehaltenen Schutz ab und hinterließ eine tiefe Furche, bis der Druck so groß wurde, dass das Holz barst.

Tokaro wurde in seinem Sattel nach hinten geschleudert. Die hohe Lehne verhinderte, dass er einfach über den Rücken und Hintern seines Schimmels abrutschte. Die eigene Lanze verfehlte ihr Ziel.

Die Ritter, Knappen und Bediensteten der Burg klatschten begeistert und priesen Angor.

Am Ende der Bahn angekommen, entfernten die Knappen die Lederriemen und Bruchstücke des Schildes und schnallten ihm einen neuen an. Tokaros Rücken schmerzte, und sein Schildarm fühlte sich taub an. *Ich werde dir zeigen, wie man zielt.*

Während Albugast noch damit beschäftigt war, sich eine neue Lanze reichen zu lassen, setzte Tokaro seinen Hengst in Bewegung. Und diesmal steigerte er das Tempo zu einem lockeren Galopp.

Hastig schlug sein Gegner das Visier zu, stieß seinem Pferd die Sporen in die Flanken und stürmte ebenfalls los.

»Der eine will beweisen, dass er etwas taugt, und der andere, dass er noch mehr taugt«, kommentierte Herodin, der neben Nerestro stand und die Kampfhähne aufmerksam verfolgte.

Die Augen des Großmeisters leuchteten vor Freude. »Das sind zwei Knappen, die zu den Besten der Hohen Schwerter werden.«

»Wenn sie den Zusammenprall überstehen«, warf der Seneschall ein.

Doch erst beim vierten Mal trafen beide Spitzen krachend ins Ziel, die Schäfte der Lanzen zerbarsten und sandten die Splitter weit durch die Luft. Albugast hatte das Nachsehen der beiden und landete im Staub der Turnierbahn. Mehr hängend als sitzend blieb Tokaro im Sattel; seine verkrümmte Haltung deutete an, dass er sich eine Verletzung zugezogen haben musste.

Die Knappen holten ihn vom Pferd, ein Feldscher eilte herbei und untersuchte den Sieger des Duells. Nach einiger Zeit erhob er sich und bedeutete mit einem Zeichen, dass alles in Ordnung sei.

Nerestro entwich ein erleichtertes Seufzen und machte sich auf, die beiden Gegner persönlich für ihre Tapferkeit zu loben. Schwankend und mit verzerrten Gesichtern standen sie vor dem Oberhaupt des Ordens, die Helme unter den Arm geklemmt.

»Albugast, ich erkenne deine Fertigkeiten an und zolle ihnen Respekt«, begann der Großmeister. »Du wirst einmal zu denen unseres Ordens zählen, an die man sich wegen ihrer Tapferkeit, ihres Mutes und ihres Könnens im ganzen Reich erinnern wird.« Dann wandte er sich Tokaro zu. »Du hast einen Knappen im Lanzengang besiegt, der dir in der Ausbildung zeitlich weit voraus war. Angor muss dir bei deiner Geburt gnädig gewesen sein, dass er aus dir einen solchen Reiter werden ließ. Wenn noch ein paar Monate ins Land gezogen sind, so soll deiner Schwertleite nichts im Wege stehen. Daher will ich dir eine wichtige Voraussetzung erfüllen.«

Der Ordensritter zog seinen Dolch, ritzte sich damit den Handrücken und ließ etwas Blut auf die Klinge laufen. Auffordernd hielt er Tokaro die Schneide hin. »Koste davon.«

Herodin verfolgte den Vorgang mit großen Augen, Albugast schien der Ohnmacht nahe.

Behutsam kam der einstige Rennreiter dem Befehl nach, ohne genau zu wissen, welche rituelle Handlung Nerestro vollzog. Er konnte sich nicht erinnern, dass etwas darüber in den Maßregeln der Hohen Schwerter geschrieben stand. Doch vor aller Augen zu fragen, was hier vorging, oder gar den Gehorsam zu verweigern, wagte er nicht.

»Nun gib mir etwas von deinem Blut«, verlangte der Großmeister, was Tokaro umgehend tat. Die Prozedur wiederholte sich nun umgekehrt.

»In mir ist ein Teil von dir, in dir fließt etwas von mir«, erklärte Nerestro feierlich und hob den Dolch hoch. »Hiermit bist du mein Sohn und von heute an Tokaro von Kuraschka. Du bist der Erbe, den ich nicht bekam, dir werden einmal meine Burg und alle meine Ländereien gehören. Vermögend, wie du von diesem Augenblick an bist, ist es dir erlaubt, die höheren Weihen des Ordens zu erhalten.« Er schloss den Jungen in die Arme, drückte ihn an sich und gab ihm einen Kuss auf die Wangen und die Stirn. »Mein Sohn.«

Tokaro schluckte und folgte dem Beispiel des Großmeisters. Seine Knie zitterten, und das nicht nur wegen des Gewichts der Rüstung, die immer schwerer zu werden schien. *Er hat mich überrumpelt.* Und dennoch, ein Gefühl der Dankbarkeit und der Rührung stieg in ihm auf. *Er kennt mich nicht einmal wirklich, und dennoch nimmt er mich als seinen Sohn an.* Forschend schaute er in die Augen seines neuen Vaters und fand dort reine Freude. Nichts deutete auf etwas Gespieltes hin.

Die Ritter brachten Hochrufe aus. Zur Feier des Ereignisses war der Rest des Tages zur freien Verfügung, und am Abend sollte ein Festessen stattfinden.

»Komm, mein Sohn. Ich denke, du wirst einige Fragen haben«, sagte der Großmeister leise und bedeutete ihm, ihn zu begleiten. »Du wirst alles wissen dürfen und ehrliche Antworten erhalten. Danke mir nicht für meine Milde, die ich dir zuteil werden ließ.«

Albugast starrte den beiden hasserfüllt nach. *Er hat mich ausgestochen. Ein einfacher Tölpel hat mich beim Großmeister ausgestochen und meinen Platz eingenommen. Das wird er mir büßen.*

»Ich würde dich zu meinem Knappen machen«, bot ihm Herodin an, der im Gegensatz zum Großmeister die Verbitterung und maßlose Enttäuschung des Jungen bemerkte.

»Bei allem Respekt, Seneschall, aber ich lehne ab.« Albugast verneigte sich tief. *Deine Almosen nehme ich nicht an. Ich will keinen Trostpreis, ich will die Trophäe, auf die ich hingearbeitet habe.* »Ich werde ebenfalls bald zum Ritter werden. Mein jetziger Herr ist mir gut genug. Trotzdem, habt meinen aufrichtigen Dank für Euer großzügiges Angebot.« Nach einer weiteren Verbeugung lief er in Richtung der Unterkünfte, um sich aus der Rüstung helfen zu lassen.

Herodin beschlich das ungute Gefühl, dass der Großmeister mit der Adoption des einstigen Rennreiters einen schweren Fehler begangen hatte. Albugasts Ehrgeiz schätzte er turmhoch ein, seinen Stolz sogar noch höher. Es lief dem Geltungsdrang des blonden Knappen zuwider, in der zweiten Reihe zu stehen.

Der Seneschall hoffte, dass Albugast aus verletztem

Stolz heraus nichts plante, was dem Orden und dem Zusammenhalt schaden würde. Zwist in den eigenen Reihen war wohl das Letzte, was die Hohen Schwerter brauchen konnten.

Gerade jetzt, wo das Böse die Krallen nach den letzten vier aldoreelischen Klingen ausstreckte, die sich im Besitz des Ordens befanden, durfte niemand die Kämpfer gegeneinander aufwiegeln. Das würde den Raub der kostbaren Waffen nur erleichtern.

Herodin beschloss, ein wachsames Auge auf Albugast zu haben.

Tokaro saß an dem schwarzen, langen Tisch des Wappensaales neben Nerestro. Der Großmeister hielt einen schweren Silberpokal mit dunklem Wein erhoben und schob seinem angenommenen Sohn ebenfalls einen Kelch hin.

Der Jüngling nahm einen Schluck und verzog anerkennend die Mundwinkel. »Ein guter Tropfen.«

Der Großmeister prostete ihm zu und lachte leise. »Damals, im Gestüt des Kabcar, hast du den Wein auf den Teppich gespuckt«, erinnerte er sich. »Du hattest mein Angebot ausgeschlagen, und es wäre dir beinahe zum Verhängnis geworden. Freue dich über den Ausgang des Abenteuers. Du wirst noch einiges erleben, wenn du Ritter geworden bist. Rodmor von Pandroc hat mir gesagt, dass man bei den Jenseitigen große Stücke auf dich hält.«

»Wie schmeichelnd«, meinte Tokaro. »Sagt, ist Rodmor auch der Grund, weshalb Ihr mich adoptiert habt?«

»Es kamen mehrere Umstände zusammen«, antwortete der imposante Großmeister nach einer Weile versonnen und strich sich über die goldene Bartsträhne.

»Ich will, dass du Ritter wirst. Über deine Verfehlungen der Vergangenheit sehe ich hinweg. Danke mir nicht für meine Milde.« Nerestro stand auf und blieb vor dem Sammelsurium an Flaggen und Schilden stehen. »Die Zeit kennt keine Gnade. Du kannst sie nicht bekämpfen. Da auch mein Leben keine Unendlichkeit währt, ist es an der Zeit, dass ich meine Besitztümer in guten Händen weiß.«

»Ich bin ein verurteilter Dieb«, brach es aus dem jungen Mann heraus.

»Und ein Räuber«, ergänzte der Großmeister. »Aber du hast mit den Armen geteilt. Du hast mit deiner ...«, er suchte nach dem passenden Wort, »Büchse niemals einen Menschen getötet. Du hast selbst mich verschont, als ich dir auf dem Weg gegenüberstand.«

»Ich habe verzogen«, log Tokaro brummend.

Lächelnd wandte sich der Ritter ihm zu. »Du bist ein besserer Schütze als Meister Hetrál. Du hättest mir genau in die Pupille schießen können, Tokaro.« Er stellte sich an die Seite des jungen Ulsarers und legte eine Hand auf dessen Schulter. »Du bist im Innern ein guter Mensch. Ich habe deinen wahren Kern erkannt, und auf das Brandzeichen gebe ich einen morschen Schild. Das allein wäre schon Grund genug gewesen, dich als meinen Sohn anzunehmen.«

»Und was kam noch dazu?«

»Die Empfehlung Rodmors«, meinte Nerestro trocken. »Und mein Trotz, weil so viele immer noch denken, du wärst es nicht würdig, ein Ritter der Hohen Schwerter zu werden.« Er schenkte sich vom Wein nach. »Du hast davon gehört, dass die aldoreelischen Klingen geraubt werden.« Seine Hand legte sich um die Parierstange der kostbaren Waffe, die er an der Hüfte trug. »Die Besitzer sind bisher alle gestorben, hingemetzelt von denjenigen, die sie im Namen eines anderen einsammeln. Ich stehe somit ebenfalls auf ihrer Liste. Es wird nur eine Frage der Zeit sein, wann ich ihren Besuch erhalte.«

»Wissen wir denn, wer verantwortlich dafür ist? Es macht auf mich ganz den Eindruck, als wäre es ein offenes Geheimnis.«

Der Großmeister nahm Platz und schaute in Tokaros blaue Augen. »Ich erzähle dir nun ein paar Geschichten aus meinem Leben. Und ich will, dass du aufmerksam zuhörst, mein Sohn. Wer weiß, wann meine Stunde schlägt und alles zu spät ist.«

Nach einem weiteren Schluck begann Nerestro alle Begebenheiten zu schildern, die sich seit dem Auftauchen von Matuc und Belkala ereignet hatten. Mehr als einmal stiegen dem gealterten Großmeister die Tränen in die Augen, als er von der Kensustrianerin und der Liebe zu ihr sprach.

Gebannt lauschte Tokaro den Worten des Ritters, und so verpassten sie das Fest, verpassten den Untergang der Sonnen und den Aufgang der Monde.

Erst als der Morgen dämmerte, endeten Nerestros Ausführungen, die er in keiner Weise geschönt oder geschmälert hatte.

Schweigend legte der Junge seine Hand auf die seines Ziehvaters und drückte sie sanft.

Kontinent Ulldart, Königreich Barkis (ehemals Tûris), Ammtára (ehemals die Verbotene Stadt), Frühjahr 459 n. S.

Der Tzulani näherte sich zögernd dem Inquisitor. »Ich würde nun gern nach Hause gehen.«

Pashtak zog blitzartig sein Notizheft über die Kopie der Zeichen, die den Ritualdolch in Braunfeld geschmückt hatten, und studierte dabei weiter den Folianten, den er in einem entlegenen Regal gefunden hatte. »Gebt mir den Schlüssel zur Bibliothek. Ich sperre sie ab, wenn ich gehe. Und ich werde morgen sowieso wieder vor Euch hier sein.«

Der Mann reichte ihm den Bund, murmelte einen Gruß und verschwand die Treppe hinunter. Wenig später fiel das große Tor dröhnend ins Schloss.

Pashtak war nun allein mit dem mitunter verschollenen Wissen von Jahrhunderten, das in dem inzwischen renovierten Gebäude bewahrt wurde. An seinem Platz stapelten sich Bücher, Nachschlagewerke und Abhandlungen. An vielen Stellen hatte er Lesezeichen eingehängt; farbige Schnürchen klassifizierten die Brauchbarkeit der gefundenen Informationen. Mitunter zerfielen Bücher in seinen Händen zu Staub, weil sie seit Jahrzehnten nicht richtig aufbewahrt und die Seiten nur durch Buchdeckel zusammengehalten worden waren.

Seit der Rückkehr aus Braunfeld verbrachte er Tage und Nächte in diesem Gebäude. Seine Augen brannten mittlerweile, als hätte jemand Pfeffer hineingestreut. *Sie sind nicht zum Lesen gemacht worden,* versuchte sich der Inquisitor das Gefühl zu erklären. Vorsichtig rieb er die überanstrengten Augen und schloss sie für eine

Weile, um ihnen Erholung zu gönnen. Dabei sog er den Geruch der Bücher in sich auf. Das viele Papier und Pergament erzeugten einen charakteristischen Duft, der Wissen für ihn sehr gegenständlich machte.

Plötzlich mischte sich ein bekannteres Odeur darunter. *Der Tod*, dachte er, und seine Nackenhaare stellten sich auf.

Als er die Augen öffnete, stand Lakastre unmittelbar neben ihm und beugte sich halb über ihn.

Knurrend fuhr er zurück, seine Hände krümmten sich und hoben sich zur Abwehr.

»Das sind sehr aufschlussreiche Aufzeichnungen, die du da gefunden hast«, lächelte sie ihn an und zeigte ihre Reißzähne. »Nanu?! Du bist aber sehr schreckhaft für jemanden, der einen Mörder fangen soll.«

Pashtak zwang sich dazu, die begonnene Abwehrbewegung abzubrechen und sich stattdessen durch das Nackenhaar zu fahren. »Sagen wir, es ist ein Berufsleiden, ständig zu erschrecken.« Er bemerkte, dass die so stark wie noch nie nach Verwesung roch. Ihre dunkelgrünen Haare hingen wie gefärbtes Stroh vom Kopf, die bernsteinfarbenen Augen flackerten unstet, ein aggressives Gelb schimmerte durch. »Du siehst furchtbar aus. Wechselst du das Fell?«

Sie lachte rau. »Danke, Inquisitor. Sehr liebreizend von dir. Ich leide in der Tat ein wenig unter dem Übergang der Jahreszeiten.« Lakastre wandte ihre Aufmerksamkeit seinen Unterlagen zu. »Was suchst du in den ganzen Büchern? Meinst du, der Name des Mörders steht bereits irgendwo niedergeschrieben?«

Ihre Nähe und vor allem ihre abartigen Ausdünstungen machten ihn nervös, und so stand er auf, umrundete den Tisch und nahm auf der gegenüberliegenden Seite Aufstellung. Die Luft wurde augenblicklich besser. »Ich gehe Spuren nach. Sagen wir, es gibt da ein paar Anhaltspunkte, die ich überprüfen muss.« *Ich könnte sie um Beistand bitten,* überlegte er. *Zu den Tzulani gehört sie nicht, also kann es ihr egal sein, was ich herausfinde. Außerdem fühlt sie sich dadurch vielleicht sicherer und begeht bei ihrem nächsten Mord einen Fehler, anhand dessen ich sie überführen kann.* Er deutete auf sein Notizheft. »Heb es hoch und sieh dir die Zeichnung an. Ich versuche sie zu entschlüsseln. Ich bin noch nicht allzu weit, aber wenn ich das bisher Gefundene richtig ausgewertet habe, handelt es sich dabei um alte Symbole, die ganz bestimmte Tzulanipriester gebrauchten, wenn sie dem Gebrannten Gott Menschenopfer darbrachten. Jeder Priester hatte dabei seinen eigenen Dolch. Aber es ist mir noch nicht gelungen, Näheres über diese Sekte herauszufinden.«

Schweigend kam Lakastre seiner Aufforderung nach und betrachtete die Skizzen. »Nein, es tut mir Leid«, sagte sie nach einer Weile bedauernd. »Nichts davon ist mir bekannt.« Ihre Augen wanderten über die verstreuten Bücher.

»Dann versuch einmal, das unterste Heftchen des vierten Stapels zu entziffern«, bat er sie. »Mir ist es nicht möglich, etwas daraus zu verstehen. Das Einzige, was ich zu erkennen glaube, ist die Zeichnung einer Steinsäule. Mir scheint es, als wären das hastige Aufzeichnungen, die nur durch Zufall in die Bibliothek gelangt sind.«

Neugierig griff sie nach dem fleckigen Einband und zog ihn mit einem kurzen Ruck heraus, ohne die aufgetürmten Werke zum Umstürzen zu bringen. Als sie auf den Buchdeckel schaute, entschlüpfte ihr ein überraschtes Schauben. »Ich hätte nicht gedacht, dass ich in Ammtára dergleichen finde«, sagte sie mehr zu sich selbst als zu Pashtak. Behutsam schlug sie das Heft auf, setzte sich auf den Stuhl und begann augenscheinlich zu lesen, als wäre es eine Selbstverständlichkeit.

»Wärst du so freundlich und würdest mir sagen, was da steht?«, erkundigte er sich, und ein aufgeregtes Girren entwich ihm. »Du scheinst es zu verstehen, nicht wahr?«

»Der Ausdruck ›verstehen‹ wäre zu übertrieben«, gab sie abwesend zurück, voll und ganz auf die Zeilen und Zeichnungen konzentriert. »Es ist sehr anstrengend und sehr mühsam.« Sie blätterte rasch hin und her. »Es sind handschriftliche Bemerkungen, die tatsächlich nicht für den Verbleib in einer Bibliothek gedacht waren. Es ist die Rede von einem Palast und einem Sarkophag, mit dem es etwas Besonderes auf sich hat, wenn ich das Gekritzel richtig deute.« Sie hob das Heft hoch und schleuderte es achtlos auf den Tisch. »Mir scheint, es handelt sich um einen Bericht, der dringend an einem anderen Ort erwartet wurde.«

»Hast du herausfinden können, von wann diese Notizen stammen?«, wollte der Inquisitor wissen. »Und du bist mir immer noch eine Antwort schuldig, um welche Sprache es sich dabei handelt.«

Lakastre senkte den Kopf ein wenig, ihre Zunge leckte über die Lippen, ihre Augen ruhten auf ihm. »Es ist alt«, sagte sie ausweichend. Geschmeidig stand sie auf und umrundete den Tisch, während Pashtak in die entgegengesetzte Richtung eilte. »Wo willst du denn hin?«, fragte sie spöttisch. »Hast du Angst vor mir, Inquisitor?«

»Mir ist nur eingefallen, dass ich noch etwas in einem der Bücher nachschauen wollte«, log er und kramte auf dem Tisch herum, wobei er immer darauf achtete, dass sich der Abstand zwischen Lakastre und ihm nicht verringerte. Der Vergleich zu einem pirschenden Raubtier und seiner Beute drängte sich ihm auf.

»Das ist albern«, sagte sie ärgerlich. »Bleib doch stehen.«

»Ich suche«, meinte er und wich ihr aus; der Verwesungsgeruch schlug ihm auf die empfindliche Nase. »Das Buch kann überall sein. Ich werde in den Regalen suchen, vielleicht hat eine Nackthaut es zurückgestellt.« Er deutete über die Schulter in den rückwärtigen Bereich. Lange Korridore ermöglichten es ihm, bei einer eventuellen Flucht seine Geschwindigkeit voll auszunutzen.

Als hätte sie seine Gedanken gespürt, sprang sie mit einem Satz auf die Arbeitsfläche des Tisches und kauerte sich zusammen, alle Muskeln ihres Körpers gespannt. Pashtak kannte das Verhalten nur zu genau. Ihr Gesicht hatte sich verändert, war grober, maskuliner geworden. Grellgelb glühten ihre Augen.

Was sich da zum Angriff bereit machte, glich dem Wesen, das ihn damals vor dem herabstürzenden Steinbrocken bewahrt hatte, bis aufs Haar. Das musste die andere Seite von Lakastre sein. Die Seite, die für die Morde verantwortlich war, die nicht in den Verantwortungsbereich der Sektierer fielen.

Auf alle Fälle werde ich gleich herausfinden, wie stark sie ist, dachte er in einem Anflug von Galgenhumor. *Laufen oder kämpfen?*

»Mutter!«, schallte es durch das Gebäude. Der Kopf eines Mädchens im Alter von knapp fünfzehn Jahren erschien am Treppenaufgang. Ihre langen dunkelbraunen Haare wehten hinter ihr her, als sie die letzten Stufen in riesigen Schritten nahm und sich vor den Inquisitor stellte. »Da bist du ja. Wir waren doch verabredet, hast du das vergessen?« Sie bewegte sich auf die Frau zu und streckte eine Hand nach ihr aus. »Komm herunter. Was soll denn der Inquisitor von dir denken?«

Das Leuchten riss abrupt ab, das Bernsteinfarbene ihrer Augen kam wieder zum Vorschein, und ihre Körperhaltung lockerte sich. Beschämt stieg sie von den Büchern und hüpfte auf den Boden. Nach einem flüchtigen Blick zu Pashtak floh sie über die Treppe.

»Mutter, warte!«, rief das Mädchen. »Bitte verzeiht Ihr, Inquisitor«, bat sie. »Sie hatte einen fürchterlichen Albtraum, der sie wohl ein wenig durcheinander brachte.« Schon nahm sie die Verfolgung Lakastres auf. Ihre Schritte verklangen rasch in der Halle, und wieder fiel krachend die Tür ins Schloss.

Pashtak zuckte bei diesem Geräusch zusammen, die lähmende Wirkung, die von den gelben Pupillen ausgegangen war, fiel von ihm ab.

Hat mir ihre Tochter etwa gerade das Leben gerettet?, überlegte er. Er kannte das Mädchen nicht sonderlich gut, denn es hielt sich in der Öffentlichkeit vornehm zurück. Er konnte nicht einmal sagen, welche Tätigkeit Boktors Tochter ausübte oder welchen Namen sie trug. Am Rande hatte er bemerkt, dass sie weder mit ihrem Vater noch mit der Mutter viel gemein hatte.

Sein Unterbewusstsein meldete ihm aber noch etwas.

Das Mädchen trug über ihrer Kleidung eine beigefarbene Robe, aus der ein Stückchen Stoff an der Schulter fehlte. Girrend suchte er den Fetzen hervor, den er in Boktors Grabkammer gefunden hatte. Die Farben stimmten zumindest überein.

Dann war sie es am Ende, die sich an der Leiche zu schaffen machte? Oder helfen sich Mutter und Tochter gegenseitig?

Nachdenklich kehrte er an den Tisch zurück und

schichtete die Bücher aufeinander, die durch Lakastres Sprung umgefallen waren.

Das kleine Notizheftchen konnte er allerdings nirgends entdecken. Die Frau musste es mitgenommen haben.

Tatsächlich betrat er die Bibliothek in den frühesten Morgenstunden wieder als Erster. Der Tzulani wartete noch nicht einmal vor der Tür.

Ausgestattet hatte sich Pashtak mit einem Beutel voller Proviant und einem Kurzschwert, das er nun immer bei sich tragen wollte. Keiner der Mörder, weder Lakastre noch die Sektierer, würden ihn bekommen, ohne nicht mindestens ein paar Stiche zu kassieren.

Als er summend die letzten Stiegen ins obere Stockwerk hinaufstapfte und den Blick hob, prallte er zurück und wäre um ein Haar die Treppe hinuntergefallen.

»Guten Morgen, Inquisitor«, grüßte ihn Lakastre, die auf dem Stuhl saß und ihn offensichtlich erwartete. Heute wirkte sie im Gegensatz zur gestrigen Nacht hübsch, ausgeruht und ausgeglichen. Boktors Witwe präsentierte sich zumindest dem Äußeren nach wie ein ganz herkömmliches Weibchen, selbst der Geruch passte. Unschlüssig verharrte Pashtak auf dem Absatz und knurrte leise.

Sie erhob sich und entfernte sich von seinem Platz. »Ich kann deine Abneigung und dein Verhalten sehr gut verstehen. Ich bin hier, um mit dir zu reden.«

»Du willst mir wieder drohen, wie du es schon einmal getan hast«, vermutete er. *Wie ist sie hereingekommen?* »Damals, unmittelbar nach der Ratssitzung, hast du Bemerkungen über meine Familie gemacht. Erspar es dir und mir.«

Lakastre schüttelte zaghaft den Kopf. »Nein, deshalb bin ich nicht hier. Ich mache selten die gleichen Fehler zweimal. Ich wollte dir das Heft zurückbringen.« Sie nahm das Büchlein aus einer Falte ihrer Robe und legte es auf den Tisch. »Du findest auf der ersten Seite einen Zettel mit Übersetzungen von dem, was ich verstanden habe, auch wenn es nicht sehr viel war. Es ist ein sehr alter Dialekt, der nicht mehr verwendet wird. Die Qualität des Papiers ist nicht die Beste, das kam erschwerend hinzu.«

Aufmerksam musterte er sie. »Was war mit dir gestern? Deine Tochter sagte, du würdest unter den Nachwirkungen eines Albtraums leiden. Du aber meintest, es sei der Wechsel der Jahreszeiten.« Hart schaute er sie an. »Wenn ihr lügt, dann stimmt euch wenigstens vorher ab. Alles andere lässt Ausreden nur unglaubwürdig erscheinen.«

Sie öffnete den Mund, als wollte sie etwas sagen, entschied sich dann aber anders. Sie nickte ihm zu, ging an ihm vorbei und verließ die Bibliothek. Kein Verwesungsgeruch, nicht einmal ein Hauch davon, blieb zurück.

Pashtak setzte sich an seinen Tisch und las die Übersetzung, die Lakastre noch in der Nacht angefertigt hatte. Ihre Handschrift war deutlich, klar und schön geschwungen.

»Es muss ein gewaltiger Krieg stattgefunden haben.

Ich bin auf ein altes Schlachtfeld gestoßen, das die Menschen ›Blutfeld‹ nennen.

Es ist immer noch eine stinkende, morastige Ebene zwischen zwei Hügeln, übersät mit den verrottenden Knochen von Mensch und Tier, faulende Schäfte von Spießen und Lanzen stehen aus der gärenden Erde hervor.

Vor nicht allzu langer Zeit endete Fürst Sinureds Herrschaft und damit auch die Epoche, die heute die Dunkle Zeit genannt wird. Die vereinigten Heere von Ulldart und göttliche Hilfe, was immer das auch heißen mag, schlugen die überraschten Seestreitkräfte Sinureds vor der Küste Sinurestans.

Das Ende des Kriegsfürsten ist ungewiss, obwohl die Rogogarder behaupten, sie hätten das Flaggschiff des Tyrannen vernichtet. Die übrigen sinuredischen Truppen flüchten oder werden erschlagen.

Mitläufer, Denunzianten und Kollaborateure werden mithilfe der Bevölkerung schnell ausfindig gemacht, festgesetzt und verurteilt. Je nach Schwere ihres Vergehens müssen sie lebenslänglich Zwangsarbeit verrichten, oder sie baumeln am Strick.

Die ehemaligen Königreiche, die Sinured zu einem einzigen, gigantischen Reich zusammengefasst hatte, formieren sich wieder nach den alten Grenzen, die vor Sinureds Machtergreifung Gültigkeit hatten.

Ein eigener Kriegsrat ist ins Leben gerufen worden, der sich über das Schicksal von Sinurestan Gedanken machen soll. Der Rat hat 1. eine Entmilitarisierung auf viertausend Mann zu Wasser und zu Lande beschlossen, 2. die Reduzierung der Landfläche um ein Drittel zugunsten Aldoreels, Tarpols und Palestans sowie 3. die Umbenennung des Landes nach dem Mann, der die Seestreitkräfte Sinureds so famos überlistet hatte: Admiral Tûris aus Rogogard.

Noch ist eine Ansiedlung nicht empfehlenswert. Man sollte warten, bis die Dinge sich festigen.«

Der Inquisitor ließ das Blatt sinken. Wenn es sich hierbei wirklich um einen Augenzeugenbericht handelte, betrug das Alter der Schrift geschätzte vierhundertachtundfünfzig Jahre. *So schlecht kann die Qualität des*

Papiers demnach nicht sein, fand er und nahm sich die nächste Seite vor.

»*Die Königreiche entfernen alles, was an den verhassten Kriegsfürsten erinnert, der Wiederaufbau auf Ulldart beginnt.*
Die ehemalige Hauptstadt sowie die schweren Wehranlagen werden bis auf die Grundmauern abgerissen, der Zutritt in die Ruinen wird den Soldaten und den Bewohnern bei Todesstrafe untersagt.
Die inneren politischen Wirren sind noch nicht beendet.
Wie ich heute erfuhr, hat die Baronie Jarzewo die Zeit der Verwirrungen genutzt und sich von Borasgotan losgesagt. Und Baronin Eltra die Blutige, eines von Sinureds einundzwanzig Kindern, sichert sich mit einer Hand voll Getreuen das Gebiet der heutigen Baronie Kasan, bestehend aus Territorien Tarpols, Borasgotans und Hustrabans.
Neue Kämpfe werden meiner Einschätzung nach aber kaum zu befürchten sein, die Reiche sind noch zu schwach.«

Pashtak nahm sich etwas zu essen aus seinem Proviantbeutel, goss sich Wasser aus der Flasche in einen Becher und legte die Füße hoch, um in die Aufzeichnungen der Vergangenheit einzutauchen.

»*Die Menschen Ulldarts glauben an die Macht besonderer Waffen.*
Zwei davon, angeblich die stärksten …, die als … bezeichnet werden, sollen dorthin gebracht und aufbewahrt werden, wo das Böse am Schlimmsten wütete, eingeschlossen in Sarkophage aus Stein, um sie gegen Diebstahl zu schützen.
Von ihrer Gegenwart versprechen sich die Menschen, dass allein diese alles Böse abschreckt.
Heute haben sie eine davon in die Trümmer des sinuredischen Palastes gebracht. Die andere Waffe soll, ebenfalls in

einem Sarkophag aus Stein, nach Ulsar in ein Gotteshaus gebracht werden.

Ich halte das für einen Aberglauben, den man als Beweis für die Rückständigkeit der Bewohner betrachten kann, wenn man, wie ich, nur auf Messbares und Sichtbares vertraut.

Meine Empfehlung an den Gelehrten ist, noch abzuwarten, bis sich alles in geordneten Bahnen bewegt.

Unser Zuzug wäre zu diesem Zeitpunkt eher unpassend.

Ich werde mich weiter umsehen und Berichte senden, sobald es mir möglich ist.«

»Rätsel über Rätsel«, sagte Pashtak halblaut und legte das Blatt zur Seite. Für die Aufklärung der Morde brachten die Zeilen eines seit langem verstorbenen Unbekannten nichts, aber es gefiel ihm, einen Blick zurückzuwerfen, als sich auf dem Kontinent noch alles im Aufbruch befand.

Wer er wohl war?, fragte sich der Inquisitor und wandte sich wieder den Symbolen der Sektierer zu. Die Aufzeichnungen klangen nüchtern und distanziert, als hätte der Schreiber so gar nichts mit den Ereignissen auf Ulldart zu tun gehabt. Wahrscheinlich, so vermutete Pashtak anhand des Wortlauts, handelte es sich um einen Menschen, der nach einer Bleibe für sich und weitere seines Schlages Ausschau gehalten hatte. Dabei konnten es sehr wohl Gebildete gewesen sein, die durch Sinureds Heer ihre eigentliche Heimat verloren hatten und auf der Suche nach einem ruhigen Flecken Land gewesen waren.

Andererseits konnte er sich nicht vorstellen, dass der Verfasser wirklich nichts von den Ereignissen im Vorfeld der Schlacht auf dem »Blutfeld« mitbekommen hatte, wenngleich die Formulierung des ersten Satzes ganz den Eindruck machte. *Wahrscheinlich waren es irgendwelche Mönche, die abgeschieden in einem Tal lebten und wegen einer Überschwemmung wegziehen mussten.*

Sollten die Beobachtungen des Schreibers richtig sein, befand sich einst irgendwo in Ammtára eine »mächtige Waffe« in einem »Sarkophag aus Stein«. *Vielleicht tut sie das immer noch?* Wenn er diese Morde endlich aufgeklärt und alle Hintermänner entlarvt hätte und dann noch am Leben wäre, würde er sich um das neue Rätsel kümmern.

Doch im Augenblick hatte die Gegenwart Vorrang vor allem anderen.

Konzentriert machte sich der Inquisitor an das Nachschlagen und Bücherwälzen, um die Zeichen auf dem Dolch und die Botschaft an Leconuc zu entschlüsseln.

Als sich der Tag mit einem prächtigen Farbenspiel am Himmel verabschiedete und die »Augen Tzulans« glutrot über Ulldart aufgingen, betrachtete Pashtak die Früchte seiner geistigen Arbeit.

Dass er endlich die Botschaft an Leconuc mithilfe alter Aufzeichnungen in eine entzifferbare Sprache übertragen hatte, bereitete ihm eine verständliche Befriedigung. Gleichwohl, was er zu lesen bekam, schmeckte ihm gar nicht.

Die Nachricht bestätigte das, was er im Keller von Braunfeld schon gehört hatte. Die Tzulani, und keineswegs nur irgendwelche Sektierer, schienen sich unter dem Deckmantel loyaler Untertanen in allen wichtigen Bereichen auszubreiten und hochzudienen, bis sie sich in verantwortlichen Positionen befanden. Die Billigung des Kabcar fände das mit Sicherheit nicht, der zwar die Lehren Ulldraels mehr und mehr in den Hintergrund drängte, sich aber auch nicht offen zu Tzulan oder seinen Kindern bekannte.

Pashtak erinnerte sich an die Bemerkung, dass in Ulsar ohne das Wissen des Herrschers regelmäßig Menschenopfer dargebracht würden. Und genau darum drehte sich die Botschaft an Leconuc.

Ein Tzulani aus der Hauptstadt wollte wissen, ob die Opfer in der Umgebung von Ammtára in ausreichender Zahl vorhanden seien oder ob man noch welche rechtzeitig zum Termin »anliefern« solle. »Wir können nicht riskieren, eine derart große Anzahl von Ungläubigen dem Tod zu übergeben, das Verschwinden würde selbst im gewachsenen Ulsar Aufmerksamkeit erregen und unangenehme Nachfragen hervorrufen«, lautete eine Zeile. »Fünfzig könnten wir jedoch abgeben, den Rest beschaffen wir euch aus den umliegenden Totendörfern. Hinzu kommen dreißig Freiwillige aus unseren Reihen, die ihr Leben für die Stärkung Tzulans und der Zweiten Götter gerne geben.«

Der Inquisitor berechnete das Datum des besonderen Tages und stieß auf einen Zeitpunkt in drei Monaten, der dem Gebrannten Gott allein geweiht war. Ihm zu Ehren sollten anscheinend so viele Menschen wie möglich sterben, damit die »Dunkle Zeit« anbräche. »Unsere Seher haben verkündet, dass sie unmittelbar bevorsteht«, endete der Brief, und Pashtak sah den Schreiber vor seinem inneren Auge, wie er freudig die Feder führte, es kaum noch erwarten konnte, bis die Jahre des wachsenden Friedens endlich vorüber waren.

Angewidert warf er das Stück Papier auf den Tisch und knurrte es an.

Was mache ich nun?, grübelte er. *Das Einfachste wäre, ich ließe Leconuc eine von mir überarbeitete Fassung des Briefes zukommen.* Das eigentliche Problem, nämlich die Absicht der Tzulani, hätte er damit nicht aus der Welt geschafft. Vermutlich wäre er allein auch nicht dazu in der Lage. *Hoffentlich stößt Ozunopopp bei dem Kabcar auf offene Ohren. Das ist das Einzige, was dem Treiben dieser Verblendeten Einhalt gebieten kann.*

Nichtsdestotrotz würde er die Mitglieder der Versammlung einbestellen, die sich nicht dem Glauben an den Gebrannten Gott verschrieben hatten.

Pashtak wollte den Widerstand gegen die Pläne der Tzulani organisieren, und wenn er dazu alle Nackthäute aus Ammtára werfen müsste. Die Stadt und das geordnete Zusammenleben erschienen ihm wichtiger als der Anbruch der »Dunklen Zeit«, von der er und seine Artgenossen ohnehin nichts hätten. Das Erreichte würde er nicht aufgeben, sondern mit Zähnen und Klauen verteidigen. Was wohl geschähe, wenn er seine Erkenntnisse in der Versammlung vortrüge? *Mord und Totschlag in der Stadt oder stilles Einverständnis zwischen seinen Artgenossen und den Nackthäuten?*

Die Verantwortung lastete schwer auf ihm, denn schon längst ging es nicht mehr nur um die Aufklärung mehrerer grausamer Morde. Er musste sein Vorgehen genau durchdenken, um eine Möglichkeit zu finden, die den geringsten Schaden in der Gemeinschaft anrichtete.

»Das hat aber Zeit bis morgen«, gähnte er und brachte sein eindrucksvolles Gebiss zum Vorschein. Er streckte sich in seinem Stuhl, kratzte sich hinterm Ohr und stand auf, um die Unterlagen zu ordnen und einzupacken.

Er wollte zurück zu Shui und den Kindern. Beim wilden, ausgelassenen Spiel mit seinen Sprösslingen wichen die Sorgen und schweren Gedanken, die ihn belasteten, wenigstens für kurze Zeit dem glücklichen Beisammensein.

Er trat an die Balustrade, um von oben einen Blick

auf das hallenähnliche Gebäude zu werfen, das mit Büchern nur so voll gestopft war. Regal stand an Regal; die Werke waren nur ihren Anfangsbuchstaben nach geordnet, eine durchgehende Sortierung nach der Thematik existierte nicht. Deshalb benötigte er auch so lange, um die richtigen Bücher zu finden, von denen vermutlich nicht einmal der Bibliothekar ahnte, welchen Inhalts sie waren, sonst hätte man sie dem öffentlichen Zugriff schon längst entzogen.

Meist war Pashtak allein in der Bibliothek, doch an diesem Abend entdeckte er auf Anhieb zwei recht junge männliche Nackthäute, die er noch nie hier zu Gesicht bekommen hatte.

Der eine blätterte unmittelbar am Fuß der Treppe lustlos in einem vergilbten Atlas, der andere unterhielt sich mit dem Tzulani, der ansonsten die Verantwortung für das Gebäude trug. Beide Neulinge rochen nach Weihrauch, wie er im Tempel verwendet wurde, wie Pashtaks feine Nase mühelos feststellte. Und seine Augen bemerkten die Dolche, die sie griffbereit am Gürtel aufbewahrten.

Na, wenn die nicht gekommen sind, um den Inquisitor zur endgültigen Aufgabe seines Amtes zu überreden, fresse ich eine Nackthaut, ohne sie vorher zu waschen, dachte Pashtak grinsend. Da sie in der Überzahl waren und er den Bibliothekar vorsichtshalber als möglichen Gehilfen einrechnete, wollte er sich einen kleinen Vorteil verschaffen.

Er wanderte im zweiten Stock von Fenster zu Fenster und schloss die Vorhänge, damit auch das schwache Licht der Dämmerung keine Helligkeit spendete. Anschließend betätigte er die Kurbel, die den Löschmechanismus an den drei großen Leuchtern in Gang setzte, die von der Decke hingen.

Als die Kerzen verglommen, herrschte fast vollständige Dunkelheit in dem Gebäude. Die Nackthäute mussten nun so gut wie blind sein, während seine Augen kaum Schwierigkeiten hatten, die Umgebung zu erkennen. Die Tatsache, dass sich keiner der Besucher über sein Tun beschwerte, zeigte ihm, dass sie nicht wegen des Studierens erschienen waren.

Bei aller Ungeheuerlichkeit, die ein Anschlag auf sein Leben bedeutete, empfand er einen gewissen Nervenkitzel; dies kam seinem Jagdinstinkt sehr entgegen. Ein wenig Abwechslung zum trockenen Lesen tat nur gut. Außerdem war dieser »Besuch« die Bestätigung dafür, dass er sich auf der richtigen Spur befand. Stellte er sich geschickt an, könnte er einen der Männer später sogar noch verhören und Weiteres herausfinden.

Sie werden sehr bald feststellen, dass sie einen Fehler gemacht haben. Leise zog er sein Schwert. Alle seine Instinkte arbeiteten im Einklang und machten aus dem Inquisitor Pashtak das Sumpfwesen, das ein tödlicher Jäger sein konnte.

Ohne sich um die Stufen nach unten zu scheren, beförderte er sich mit einem gewaltigen Sprung auf eines der hohen Regale unter sich und ging sogleich in die Hocke, um zu lauschen. Einen der Angreifer machte er zehn Schritt von sich entfernt aus; der Bibliothekar stand am Ausgang, und der dritte Mann polterte soeben die Stufen zum ersten Stock hinauf. Zu seiner Verwunderung hörte er eine weitere Nackthaut, die sich unmittelbar unter ihm befand.

Pashtak drückte sich so ab, dass er das Regal umstieß und dieses auf seinen Gegner stürzen musste, was es auch tat.

Schreiend verschwand der Mann unter einer Flut

von Büchern und dem schweren Holzgestell, während der Inquisitor feixend auf dem nächsten Regal saß.

»Mach einer Licht«, forderte der Sektierer auf der Balustrade ärgerlich und riss den Vorhang auf. Das Licht der vollen Monde strahlte herein und sorgte für etwas Beleuchtung. »Dort! Auf dem dritten Regal, da sitzt er!«, rief der Angreifer auf der Balustrade und schwang sich über das Geländer, um den gleichen Weg zu nehmen wie der Inquisitor.

Die beiden lieferten sich ein Wettspringen, wobei Pashtak dem Mann an Kraft in den Beinen weit überlegen war. Er erlaubte sich sogar den Spaß, nach einem der Leuchter zu greifen und sich daran seinem Verfolger entgegenzuschwingen. Er traf den Tzulani, als dieser sich in der Luft zwischen zwei Büchergestellen befand; ein Tritt stieß ihn hinunter in die Regalschlucht. Mit einem dumpfen Laut schlug er auf dem Boden auf.

Die übrigen beiden Gegner folgten einer anderen Taktik und stemmten eines der schweren Gestelle um.

Wie Dominosteine klappten die Regale eines nach dem anderen rumpelnd um und näherten sich Pashtak, dem nichts anderes übrig blieb, als auf die Erde zu springen. Das Rumoren der umfallenden Büchergestelle machte es ihm unmöglich, die Angreifer dem Getrappel ihrer Fußsohlen nach zu orten. Da zwang ihn der wirbelnde Staub zu einem verräterischen Niesen.

Schon tauchte einer der Tzulani neben ihm auf und schwang seinen Dolch.

Pashtak parierte die Waffe mit seinem Kurzschwert und fuhr dem Mann mit der Klaue übers Gesicht. Brüllend taumelte der Getroffene zur Seite und hielt sich die verletzte Wange. Sein übrig gebliebener Begleiter schlug von hinten zu, doch Pashtak warnte sein feines Gehör. Die Klinge seines kraftvoll geführten Schwertes traf den Kontrahenten in den Unterarm; klirrend landete der Dolch auf dem Boden.

Die Regale kamen zur Ruhe, und so hörte der Inquisitor, wie der Bibliothekar zum Ausgang lief und die Tür öffnete. »Haltet durch, ich hole Hilfe!«, rief er und huschte nach draußen.

»Nur keine Eile«, sagte Pashtak gut gelaunt, und die Kampfeslust rauschte durch seine Adern. »Ich könnte noch mal so viele besiegen.«

»Dein Wunsch wird dir nicht gewährt«, entgegnete der Mann, der sich soeben durch die Tür schob, gefolgt von vier weiteren.

Der Bibliothekar grinste Pashtak über die Schultern der Verstärkung hinweg an. »Ich habe nicht gesagt, dass ich dich meine, Inquisitor.«

Ganz großartig. Knurrend wich Pashtak zurück und hob die Klinge.

Im Licht der Nachtgestirne betrachtet, sahen die neuen Angreifer allesamt erfahrener und besser bewaffnet aus als ihre drei Vorgänger. Offenbar hatte es sich vorher um eine Art Mutprobe gehandelt, und nun kamen die zum Zuge, die sich ihre Sporen im Töten bereits verdient hatten.

Fünf Gegner erschienen dem Inquisitor doch etwas viel, und so rannte er unter dem hämischen Gelächter der Angreifer in die dunklen Tiefen der Regale, in der Hoffnung, sich durch Austricksen der Männer unbemerkt aus dem Gebäude zurückziehen zu können.

Die Tzulani verteilten sich und setzten ihm nach.

Als er am anderen Ende der Bibliothek angelangte und aufgeregt nach einem weiteren Ausgang aus der Falle suchte, die man ihm hier bereitete, hörte er plötzlich, wie die Tür dröhnend zufiel.

Die verwunderten Rufe eines Gegners gingen über

in Schreie des Entsetzens, die gurgelnd verstummten. Der schwache, metallische Geruch von Blut lag unvermittelt in der Luft.

Was geht da vor? Der Inquisitor presste sich mit dem Rücken an die Wand, rutschte in die dunkelste Ecke, die er finden konnte, und wartete ab.

Noch viermal wurde in rascher Folge aus angsterfülltem Brüllen ein ersticktes Röcheln. Schwerter und Leiber fielen nacheinander auf den Boden.

Schließlich kehrte Stille ein; die Eingangstür öffnete sich, und Fußschritte entfernten sich.

Kampfbereit wagte sich Pashtak aus seiner Deckung und pirschte nach vorn. Schon nach wenigen Schritten entdeckte er einen der fünf Tzulani, der mit zerrissener Kehle in seinem eigenen Blut lag. Der Inquisitor sparte sich die Mühe, die anderen Angreifer zu suchen, ihr Schicksal war gewiss das gleiche. Irgendjemand hatte ihm das Leben gerettet und hielt es nicht für notwendig, sich den gebührenden Dank abzuholen.

Dafür hatte sein Schutzwesen sich etwas anderes genommen. Als Hilfe kam, entdeckten die Wärter, die mit ihm die Bibliothek durchsuchten, nur sechs Leichen.

Weil sich Pashtak sehr genau denken konnte, wer ihm wohl zur Hand gegangen war, sagte er nichts von der ursprünglichen Zahl der Angreifer.

Er ging sogar so weit zu behaupten, dass er die Mörder selbst gestellt und getötet habe.

Warum er sich so schützend verhielt, wusste er selbst nicht. Vielleicht aus Dankbarkeit oder aus einer Ahnung heraus, dass er seine Leibwächterin vielleicht noch häufiger benötigen würde.

Kontinent Kalisstron, Bardhasdronda, Frühjahr 459 n. S.

Mit einem letzten, hohen Ton, der leiser und leiser wurde, endete das Konzert, und der kleinste der Klingenden Steine verlor sein blaues Glühen.

Jarevrån wischte sich eine Träne aus dem Augenwinkel. »Das war wunderschön, Lorin«, bedankte sie sich flüsternd und schaute den Jungen an. Er lächelte und atmete tief aus. Nun konnte er die Konzentration fallen lassen, die Magie hatte ihre Aufgabe erfüllt. Sie fasste seine Hand, ohne den Blick von seinem Gesicht abzuwenden.

Lorin schluckte und neigte den Kopf vorsichtig nach vorn. Ihre Lippen trafen sich sanft, und ein warmes Gefühl durchflutete seinen Körper bei der Berührung.

Wieder und wieder küssten sie sich, voller Verwunderung über das, was sie dabei empfanden. Zu neu, zu unbekannt und doch so wunderbar gestaltete sich die Zweisamkeit auf der Lichtung der Klingenden Steine, ihrem geheimen Platz, weitab von Bardhasdronda mit seinen neugierigen Augen und geschwätzigen Mündern.

Das Moos unter ihnen war weich und grün. Die Natur zeigte dem Winter, dass es ihm einmal mehr nicht gelungen war, sie mithilfe von Eis und Frost zu vernichten.

Um die beiden jungen, verliebten Menschen herum pulsierte das Leben, Pflanzen reckten sich den Sonnen entgegen und trugen neue Knospen, die Nadelbäume verbreiteten ihren frischen Geruch, und Insekten summten durch die warme Luft auf der Suche nach einer ersten mutigen Blüte, die ihnen Nektar geben könnte. Dennoch trog der Schein; des Nachts kehrte die Eiseskälte zurück und vernichtete große Teile der Blütenpracht. Es würde noch dauern, bis der Winter besiegt war, aber der Tag gehörte bereits dem Frühling.

Seufzend ließ sich Lorin ins Moos sinken und kreuzte die Arme als Kissen hinter dem Kopf. Er genoss das Nichtstun und gönnte sich einen Tag voller Entspannung zusammen mit dem Mädchen, dem er sein Herz geschenkt hatte.

Ihr lachendes Gesicht tauchte groß vor ihm auf, mit einem Halm kitzelte sie ihn am Ohr. Grinsend hielt er ihre Hand fest und drehte sie so nach hinten, dass ihre Nase Opfer des Grashalms wurde. Sie zog Grimassen, während er seine Angriffe fortsetzte und lachend mit ihr auf dem Erdboden herumrollte.

Als sich ihre Blicke trafen, wich die kindische Heiterkeit etwas Tieferem, und sie schwiegen unvermittelt. Während ein jeder in den Augen des anderen versank, näherten sich ihre Gesichter, und ihre Lippen fanden zu einem leidenschaftlichen Kuss zusammen. Hände glitten über den Stoff und erkundeten behutsam die Haut, die darunter verborgen war. Schließlich streiften sie sich wie auf ein geheimes Signal hin die störenden Kleider ab, zeigten einander verführerisch, verletzlich und voller Vertrauen.

»Meinst du, es ist gut, was wir vorhaben?«, fragte Jarevrån leise und schaute direkt in die strahlend blauen Augen des jungen Mannes, während sie ihm das Hemd abstreifte.

»Möchtest du es genauso sehr wie ich?«, hielt Lorin ernst dagegen. Sie nickte ohne Zögern. »Dann kann nichts Schlechtes daran sein.«

Nackt wie bei ihrer Geburt lagen sie nebeneinander und berührten sich scheu, als fürchteten sie, sich die

Finger zu verbrennen. Doch nichts dergleichen geschah, und weil die Strafe für ihr Tun ausblieb, steigerten sich die Liebkosungen, bis sie im Strudel der Ekstase versanken.

Erschöpft lagen sie geraume Zeit später nebeneinander, Jarevrån schmiegte sich an Lorin, den Kopf auf seine Brust gelegt. Er spürte, dass sie weinte, ihre Tränen trafen heiß auf seine Haut.

»Habe ich dir wehgetan?«, wollte er erschrocken wissen und strich ihr über die langen schwarzen Haare.

»Nein, es ist nichts«, schniefte sie und lächelte ihn ein wenig gequält an. »Es war wunderschön. Für das erste Mal.«

»Das finde ich auch«, gestand er ihr, ein wenig verlegen, dass sie seine erste Frau gewesen war. »Ich habe doch alles richtig gemacht?«

»Ich vermute es«, grinste sie. »Es fühlte sich auf alle Fälle an, als müsste es so sein.« Jarevrån wischte sich die Tränen von der Wange, stützte das Kinn auf seinen Bauch und beobachtete ihn aufmerksam. Das pechschwarze Haare umrahmte ihr Gesicht und betonte ihre grünen Augen. »Bereust du es?«

»Nicht im Geringsten.« Lorin schüttelte den Schopf. »Ich frage mich nur, ob dein Vater damit einverstanden sein wird, dass seine Tochter den ›Fremdländler‹ zum Mann gewählt hat.«

»Er hat es zu akzeptieren«, meinte sie ernsthaft. »Ich treffe meine Entscheidung selbst, wen ich ein Leben lang an meiner Seite haben möchte. Schließlich muss ich es mit dir aushalten und nicht er. Und dass Kalisstra dir vergeben hat, daran zweifelt niemand mehr in der Stadt. Du bist ein Mann wie alle anderen auch, zumindest beinahe.« Sie küsste ihren Zeigefinger und drückte ihn Lorin auf die Lippen. »Du bist ein begnadeter Schnitzer und Feinschmied, fischen kannst du auch, und du wirst einmal Mitglied der Miliz werden, so wahr wir hier liegen. Rantsila wird das Nachsehen haben, wenn es endlich zu eurem Duell kommt.«

Er küsste ihre Stirn und zog sie näher heran. »Somit sind es schon mindestens zwei, die an mich glauben. Waljakov und du gegen den Rest Kalisstrons«, schmunzelte er.

Die angenehme Wärme ihrer nackten Haut und ihre weichen Brüste erregten ihn aufs Neue. Er drückte sie an sich, und ihre Hand glitt liebkosend über ihn.

Nachdem sie sich ein zweites Mal ihrer Leidenschaft ergeben hatten, machten sie sich auf den Rückweg nach Bardhasdronda. Jarevrân hatte Räder an den Schlitten montiert, um über die vom Schnee befreiten Wege fahren zu können. Lorin verbarg sich unter einer großen Plane.

Unterwegs erzählte er ihr, was sich auf dem Hausboot ereignet hatte. Nur seinen Fähigkeiten hatten sie es zu verdanken, dass sie einander in den Armen hatten halten dürfen. Jarevrân reagierte mit großer Überraschung und mit heftigen Beschimpfungen, weil Lorin ihr es nicht schon viel früher gesagt hatte. Selbst das Argument, er habe sie nicht beunruhigen wollen, ließ sie nicht gelten. Sobald sie in der schwimmenden Bleibe des Jungen angelangt wären, wollte sie die Skizze sehen, die er aus dem Gedächtnis anfertigt hatte.

In zügigem Tempo trabten die hechelnden Hunde durch die Gassen zum Hafen. Lorin stieg in aller Heimlichkeit unter der Plane hervor und betrat mit ihr zusammen das Hausboot, wo sie Matuc, Waljakov, Fatja und Blafjoll antrafen, die gerade über der Karte brüteten.

»Wo kommst du her? Was will das Mädchen hier?«, begrüßte Waljakov ihn unfreundlich; die mechanische Hand fiel auf den Zettel.

Lorin verzog das Gesicht und zerrte die eingeschüchterte Jarevrån, die schon wieder halb auf dem Weg nach draußen war, neben sich. »Sie weiß alles. Und sie wird uns helfen«, verkündete er trotzig.

»Das wird wahrscheinlich nicht mehr notwendig sein, jetzt, wo alle Welt dich lebendig durch die Straßen hat springen sehen«, brummte Waljakov barsch. »Der Verräter ...«

»Ich habe Acht gegeben, dass uns niemand sieht.« Eisern hielt der Junge dem vernichtenden Blick seines Waffenlehrmeisters stand. Jarevrån pflückte ihm beiläufig etwas Moos aus dem Haar und zog anschließend ihr Kleid zurecht.

»Mir scheint, es wird Frühling«, feixte Fatja und rempelte Blafjoll in die Seite.

Waljakov stöhnte auf, und Matuc machte ein Gesicht, als verstünde er überhaupt nicht, wovon die Frau sprach.

Jarevråns Antlitz färbte sich so rot wie ein gekochter Krebs. Es war ihr äußerst unangenehm, dass fast jeder in diesem Raum wusste, was sich auf der Lichtung bei den Klingenden Steinen ereignet hatte.

Waljakov zwinkerte Lorin zu und erklärte dann: »Es gibt Neuigkeiten. Ich habe herausgefunden, was dieser Vermerk bedeuten soll. Es sind Navigationsangaben, die allerdings nicht aufs offene Meer weisen, sondern einen Punkt an der Küste markieren, etwa zehn Meilen von hier entfernt.«

Blafjoll steckte sich eine Pfeife an und wedelte den Qualm zur Seite. Fatja nahm ihm die Pfeife wieder aus dem Mund und klopfte sie wortlos aus. »Ich kenne den

Ort. Dort gibt es nichts außer ein paar Steilhängen und unterseeischen Grotten.«

»Sind diese Grotten ständig mit Wasser geflutet?«, hakte der Hüne augenblicklich ein. »Hat sie jemand von euch erforscht?« Jarevrån und Blafjoll schauten sich an und schüttelten beide den Kopf. Ein böses Grinsen stahl sich in Waljakovs Gesicht. »Dann sollten wir das schleunigst nachholen.«

»Und was ist mit den Zahlen?«, wollte Lorin wissen, nahm den Zettel und hielt ihn Jarevrån hin, damit sie einen Blick auf seine Skizze werfen konnte. »Sagt dir das etwas?«

Die junge Frau spitzte den Mund. »Das scheint der Marktplatz zu sein, oder?« Die anderen nickten. »Die Fünfzehn kann ich nicht einordnen. Aber vierunddreißig ... Wenn das ein Tag sein soll, so fällt mir dazu die Nacht des Winters ein. Das ist in einer Woche.«

»Aber natürlich!« Der Walfänger schlug sich gegen die Stirn. »Darauf hätte ich auch kommen können.«

»Das liegt an dem Tabakqualm. Der benebelt das Hirn«, sagte Fatja freundlich und sprach dabei, als hätte sie es mit einem Geistesschwachen zu tun.

»Die Nacht des Winters«, wiederholte Matuc. »Die Nacht, in der kein Kalisstri vor die Tür darf, weil der Geist des Winters ein letztes Mal über das Land streift und die für immer zeichnet, die ihm dabei begegnen.«

»Seitdem vor einundvierzig Jahren einer es gewagt hat, sich nicht an das Gesetz der Bleichen Göttin zu halten, und am nächsten Morgen erfroren aufgefunden wurde, wird niemand in Bardhasdronda in jener Nacht aus dem Haus gehen«, erklärte Jarevrån. »Meine Großmutter hat mir die Geschichte immer wieder erzählt. Ihr solltet sie in eure Sammlung aufnehmen«, empfahl sie Fatja.

»Das ist wirklich der beste Zeitpunkt für einen Überfall, den ich mir vorstellen kann«, meinte Waljakov. »Wenn ich mich richtig erinnere, wagt sich nicht einmal die Miliz in diesen Stunden hinaus.«

»Soll das bedeuten, dass in dieser Nacht auch niemand gegen die Lijoki vorgehen wird?«, fragte Lorin.

»Ha«, stieß Matuc zufrieden aus und stampfte mit seinem Stock auf. »Würden die Kalisstri an Ulldrael den Gerechten glauben, hätten wir diese Schwierigkeiten nicht.«

»Niemand verlässt in der Nacht seine Behausung«, sagte Jarevrån nachdrücklich. »Es ist Kalisstras Gesetz. Wer es bricht, der stirbt.«

»Sie packen uns beim Glauben. Wer hätte gedacht, dass die Lijoki ein so schlaues Völkchen sind?« Blafjoll kratzte sich am Bart. »Nun, damit kämen zur Verteidigung nur die infrage, die auf die Seite des Gerechten übergewechselt sind, nicht wahr?«

»Pah«, kam es verächtlich aus dem Mund des Leibwächters. »Wenn Ihr die Angreifer totreden wollt, dann stellt Matuc, die alte Gebetsmühle, ganz vorn mit auf. Und die kleine Hexe direkt daneben. Aber echte Krieger hat es darunter keine.«

»Ich bin auch noch da«, protestierte Lorin. »Zusammen mit den anderen schaffen wir es.«

»Über die Mauern werden sie nicht kommen, denn die Miliz wird die Wachtürme besetzt halten«, überlegte Waljakov. »Aber wie wollen sie sich Eintritt verschaffen?«

Jarevrån legte den Zettel zurück auf den Tisch. »Mit fünfzehn Mann durch den Brunnen«, sagte sie halblaut.

»Natürlich!«, rief der Glatzköpfige und starrte die junge Frau entgeistert an. »Wäre es möglich, dass zwischen dem Brunnen und diesen Grotten ein Verbindungsgang besteht? Dann könnten sie ins Herz der Stadt gelangen, ohne dass es jemand bemerkte; sie würden die Wachposten der Miliz überwältigen und die Tore für den Rest der Mörderbande öffnen.«

»Aber sie haben nicht mit uns gerechnet«, meinte Fatja aufgeregt. »Wir schlagen sie in die Flucht.«

»Eine Woche ist nicht sehr viel«, überlegte Waljakov. »Und wir haben einen Verräter in der Stadt, der ebenfalls Schwierigkeiten machen wird, wenn wir allzu offensichtlich Vorbereitungen treffen.«

Und so berieten sie sich, was zu tun sei.

Waljakov und Lorin wollten in aller Heimlichkeit die Grotten untersuchen, ob sich dort wirklich so etwas wie ein geheimer Gang auftat. Die anderen, einschließlich Jarevrån, die von nun an zum Kreis der Verschworenen zählte, würden in aller Besonnenheit den Brunnen überprüfen und die Umgebung beobachten, ob sich erste Anzeichen auf den Überfall zeigten. Der Leibwächter ging davon aus, dass der Verbindungsmann der Seeräuber seit dem Diebstahl der Dose sehr vorsichtig und misstrauisch war.

Als alles beredet war, brachte Lorin Jarevrån noch bis zur Tür und küsste sie, bevor er ihr den Eingang öffnete. Sie huschte hinaus.

»Wie süß«, sagte Fatja hingerissen. »Wie verliebt die beiden sind.«

»Ja, ja, die Jugend«, meinte Matuc und klang dabei sehr wissend.

»Und die Jugend unternimmt leichtsinnige Dinge, habe ich Recht? Mir scheint, das steht nun ein echter Mann und nicht mehr der kleine Bruder vor uns«, blinzelte Fatja Lorin zu. »Du solltest dir das nächste Mal das Moos aus den Haaren klauben, bevor du hereinkommst.«

Matuc schaute verwirrt zu Fatja. »Was meinst du denn damit?«

»Ich muss ins Bett«, gähnte Lorin übertrieben und lief eilig nach hinten in seine Kammer.

»Turteln macht müde«, grinste Fatja ihm nach.

»Und die viele frische Luft«, ergänzte Blafjoll todernst, »tut beim Turteln ihr Übriges.«

»Wovon redet ihr? Waljakov, hast du einen Schimmer, was sie faseln?«

»Ich muss weg«, murmelte der Hüne und verschwand fluchtartig. Diese Themen hatte er schon bei Lodrik gehasst.

Lachend verabschiedete sich der Walfänger. Fatja huschte in die Küche, um das Abendbrot für sich, ihren Ziehvater und Arnarvaten herzurichten.

»Oh!«, fiel es Matuc nach einer Weile wie Schuppen von den Augen. »*Davon* haben sie gesprochen!«

Fatja näherte sich dem Bett ihres kleinen Bruders auf Zehenspitzen. »Du schläfst nicht, das sehe ich.«

Lorin drehte sich um und warf ihr einen bösen Blick zu. »Du hättest es vorhin für dich behalten können. Es war Jarevrån peinlich, und ich fand es auch nicht gerade angenehm.«

»Beschwere dich nicht bei mir«, wehrte sie ab und setzte sich zu ihm. »Ich habe nur gesagt, was ich vermutet habe. Eure Reaktion hat euch verraten, nicht ich. Bis dahin habe ich nichts gewusst.« Fatja betrachtete ihn auf eine Weise, wie sie es vorher noch nie getan hatte. »Du bist also zum Mann geworden. Ich hoffe, Jarevrån und du habt euch die Sache vorher gut überlegt.«

»Ich werde mein Leben mit ihr verbringen«, erklärte er und setzte sich auf. »Sie ist das großartigste Mädchen ... die großartigste Frau, die ich mir wünschen kann. Als ich von allen anderen noch wie ein Ausgestoßener behandelt wurde, hat sie auf die Meinung der Menschen in Bardhasdronda gepfiffen und sich um mich gekümmert. Gäbe es eine Bessere als sie?«

»Nein, wahrlich nicht«, bestätigte Fatja.

»Es verbindet uns mehr. Verstehst du, was ich meine?« Groß schaute er sie mit seinen blauen Augen an.

Sie erwiderte den Blick.

Unvermittelt stellte sich das Gefühl ein, das sie schon so lange nicht mehr verspürt hatte. *Jetzt?*, erschrak sie ein wenig. Allzu plötzlich erwachten ihre Fertigkeiten zum Leben.

Lorins Gesichtsausdruck entspannte sich, die Muskulatur erschlaffte, seine Pupillen weiteten sich und verdrängten das Blau bis auf einen schmalen Rand. Der Geist der Schicksalsleserin schien durch die schwarzen Kreise wie durch ein Tor in eine mögliche Zukunft des jungen Mannes zu fahren.

Durch einen Nebel sah sie einen riesigen Raum, in den nur vereinzelt ein Lichtstahl durch die Gitterstäbe fiel. Dutzende verwahrloste Menschen lagen in Ketten, manche hingen an den Wänden, und mittendrin entdeckte sie die Gestalt Lorins, der sich um ein Stück Brot mit einem Gefangenen prügelte.

Plötzlich stand sie neben Lorin auf einem tobenden, dunklen Schlachtfeld. Rechts von ihrem Bruder befand sich ein anderer junger Mann, der einen langen Eisenstab in der Hand hielt und etwas schrie. Um sie herum hieben und stachen Menschen aufeinander ein, sie erkannte Kalisstri, Ulldarter und Wesen mit fremdartigeren Gesichtern und grünen Haaren. Es donnerte unablässig, und die Erde hob sich gelegentlich, als stürzte etwas heulend vom Himmel und schlüge gewaltvoll in den Dreck. Krater taten sich auf, und Mensch und Tier in der unmittelbaren Umgebung brachen zusammen. Schreien und das Klirren von Waffen erfüllte die Luft, es rumpelte um sie herum, Funken und magische Blitze stoben. Die Welt schien unterzugehen.

In der Dunkelheit durchbrach ein Lichtschein die düsteren Wolken und fiel auf ein ungleiches Kämpferpaar.

Fatja erkannte den Jungen von damals wieder, dessen furchtbare Bestimmung sie vor vielen Jahren in Granburg bereits gesehen hatte. Er taumelte nun als Mann vor Sinured hin und her und reckte kraftlos ein herrlich gearbeitetes Schwert gegen das Ungeheuer, bevor er zusammensackte. In einiger Entfernung hörte sie Lorin etwas rufen.

Die Szenerie wechselte; sie sah die schrecklichen Umrisse Sinureds, der lachend auf sie zukam, hörte das Sausen der eisenbeschlagenen Deichsel, die herabfuhr und sie traf. Es wurde finster.

Mit verklärtem Blick und pochendem Herzen kehrte die Seherin in die Gegenwart zurück. Sie schnaufte wie nach einem anstrengenden Lauf. Orientierungslos schaute sie sich in der kleinen Kabine um.

Ihr Verstand benötigte einige Zeit, um wahrzunehmen, dass keinerlei Gefahr drohte, weder ihr noch Lorin.

Das hatte ich schon seit Jahren nicht mehr, wunderte sie sich. Schnell lehnte sie sich gegen die Wand, um wegen des Schwindelgefühls nicht vom Bett zu fallen.

Ihr Bruder regte sich ganz langsam, die Pupillen zogen sich zusammen und schlossen den Durchgang, den sie für ihre Ausflüge in das Schicksal eines Menschen nutzte.

»Was«, stammelte er, nicht minder konfus als Fatja, »was ist eben geschehen?« Erschrocken betrachtete er das weiße Gesicht der jungen Frau. »Habe ich etwas mit meiner Magie gemacht? Wurdest du verletzt?«

»Nein, nein«, wehrte sie schwach ab. »Es hat nichts mit deinen Kräften zu tun. Es ist nur so, dass wohl meine eigenen Fähigkeiten nach langer Zeit erwacht sind, und das ist ziemlich überraschend für mich.«

»Du hattest eine Vision?«, fragte Lorin aufgeregt. »Hast du etwa meine Bestimmung gesehen?«

Fatja nickte langsam, ihr Schädel fühlte sich an, als wäre er so zerbrechlich wie eine Eierschale. »Gib mir Zeit bis morgen, damit ich mich erholen kann«, bat sie ihn. »Würdest du mich bitte in mein Bett bringen? Und kümmere dich um das Essen, sonst brennt es an.«

Lorin half seiner großen Schwester zu ihrer Lagerstätte, wo sie innerhalb weniger Lidschläge einschlief.

»Fatja hat eben eine Vision gehabt«, verkündete er Matuc und Arnarvaten, die am gedeckten Tisch saßen. »Sie ist sehr erschöpft.« Sofort stand der Geschichtenerzähler auf, um nach ihr zu schauen. »Sie hat wohl etwas aus meiner Zukunft gesehen.«

Es scheint so, als gerieten die Dinge in Bewegung, schätzte der Geistliche. »Dann hoffen wir, dass es nur Gutes ist, das wir zu hören bekommen, wenn sie sich erholt hat«, sagte er laut.

Dichter, schwarzer Qualm drang aus der Küche.

»Verflucht, das Abendessen«, rief Lorin und stürmte in die kleine Kammer, um zu retten, was noch zu retten war. Mit der Pfanne, in der sich die verkohlten Reste eines Fisches befanden, kehrte er ärgerlich zurück. »Das war wohl nichts.«

»Aber im Gegenteil. Das sieht ja ganz köstlich aus«, freute sich Matuc und zückte die Gabel. »Los, her damit.«

Ein wenig erschüttert blickte Lorin auf das schwarze Etwas. »Du willst das essen?«

»Ja, und? Fatja kocht doch immer so«, sagte Matuc amüsiert und kratzte die verbrannte Kruste ab. »Ah, innen ist es herrlich geraten.« In fragwürdigem Genuss schwelgend, machte sich der abgehärtete Geistliche über die Überbleibsel her, während sich Lorin mit Brot und etwas Trockenfisch zufrieden gab.

Er konnte es kaum erwarten zu hören, welches Schicksal die Götter ihm vorbehielten. Daran, dass es etwas Schlechtes sein könnte, dachte er nicht einmal.

Tosend rollten die Wogen heran, brachen sich an den Klippen und sandten die Gischt hoch in die Luft; als salzige, feuchte Schauer ging sie auf Waljakov und Lorin nieder. Der Junge hatte den Eindruck, dass selbst die uralten Felsen auf Dauer diesem zermürbenden Ansturm würden weichen müssen.

Unaufhörlich warf sich die See gegen die Gestade Kalisstrons. Röhrend rannte das Wasser gegen die Kliffe an, und so weit unten, nur auf dünnen Vorsprüngen sich bewegend, schien der Stein unter der Macht des Meeres mit jeder Welle zu erzittern.

»Die Ebbe kommt«, brüllte Waljakov Lorin zu. Schaumflocken bedeckten ihn, und auf der Glatze sammelte sich der feine Schleier zu kleinen Tropfen. »Noch ein wenig Geduld, Knirps.«

Lorin machte das Warten nichts aus. Das Schauspiel der brechenden See an der rauen Küste, der Geruch nach Salz und Algen, das niemals endende Rumpeln der Wogen und die schillernden Bogen aus farbigem Licht, die gelegentlich in der Luft erschienen, faszinierten ihn nach wie vor. *Man müsste es so malen können*, dachte er. *Mit allen Geräuschen und Gerüchen.*

Mit klammen Händen hingen er und sein großer Freund an dem Seil, das sie mithilfe von zwei Spreizklemmen in Felsspalten verankert hatten, und warteten, um bei gesunkenem Meeresspiegel in die Grotten klettern zu können. Wenn Flut war, standen diese Höhlen unter Wasser, daher erforderte ihre Unternehmung eine genaue Abstimmung, wollten sie nicht Opfer der See werden. In wasserdichten Rucksäcken führten sie genügend Fackeln und Vorräte mit, um unterwegs weder an Licht noch an Essen sparen zu müssen, denn immerhin stand ihnen ein anstrengender unterirdischer Marsch bevor. Auch Kletterhaken fehlten nicht. Der Leibwächter hatte sich in den Kopf gesetzt, das Ende des Ganges genau zu erkunden, um eine Falle für die Lijoki vorzubereiten.

Im Augenblick fluchte er jedoch, weil die feinen Sprühnebel in die metallenen Gelenke seiner mechanischen Hand krochen und eine gründliche Pflege notwendig machten.

»Es geht los«, rief er und begann mit dem Abstieg. Lorin folgte und landete neben Waljakov auf einem kleinen Plateau, das als Eingang in die Grotte diente.

Wasser schwappte ihnen um die Füße, Krebse und anderes Meeresgetier krochen an ihnen vorbei, um der flüchtenden See zu folgen. Um sie herum tropfte es lautstark, der Geruch nach Meer hing in der Luft. Waljakov entzündete eine Fackel und drückte sie dem Jungen in die Hand, danach steckte er seine an. Ohne eine weitere Bemerkung setzte er sich in Bewegung, darauf vertrauend, dass sein Schützling ihm folgte.

Nach etlichen Schritten durch hohe, von der Natur geschaffene Hallen, an deren Wänden ein seltsam anmutender Bewuchs haftete, verjüngte sich die Grotte. Nach kurzer Suche stießen sie tatsächlich auf einen schmalen Gang, der von Menschenhand geschaffen worden war. Waljakov übernahm die Spitze des Zuges.

»Was hältst du von Jarevrån?«, wollte Lorin von seinem Waffenlehrmeister wissen, weil ihm das stille Laufen wenig Freude bereitete.

»Sie ist nett«, lautete die knappe Antwort.

»Und meinst du, wir wären ein gutes Paar?«, fragte Lorin.

Ein kurzes, trockenes Lachen erklang. »Wie ich die Sache sehe, seid ihr bereits Mann und Frau«, kam es ein wenig gedämpft von vorne.

Lorin sah nur den breiten Rücken und die spiegelnde Glatze seines Begleiters. »Wir alle haben jemanden auf Kalisstron gefunden«, fuhr er fort. »Fatja hat Arnarvaten, ich habe Jarevrån, Matuc findet seine Erfüllung bei Ulldrael«, zählte er auf, »nur du, du hast niemanden, der sich um dich kümmert.«

Diesmal erfolgte keine Entgegnung.

»Willst du niemanden an deiner Seite?« Lorin ließ nicht locker.

Ein langes Seufzen war zu hören. »Da trage ich einen Säbel, Knirps. Und weißt du, welchen Vorteil so ein Säbel hat? Er spricht nicht, er bewahrt dir dein Leben, und er ist immer zur Stelle.«

Lorin lachte. »Ich habe mir schon oft Gedanken gemacht, warum du allein bist. Weißt du vielleicht nicht, wie man das Herz einer Frau einnimmt?«

»Der kürzeste Weg zum Herzen einer Frau führt durch die Rippen«, brummte der Krieger. »Es funktioniert nur, wenn du die Klinge waagrecht beim Stich hältst, sonst bleibst du in den Knochen stecken. Und es hinterlässt eine ziemliche Sauerei.«

»Du hast keine besonders guten Erfahrungen mit

Frauen gemacht, was?«, setzte Lorin unerbittlich nach. »Oder liegen deine Vorlieben woanders?«

Jäh blieb der Leibwächter stehen, der Junge lief auf und prallte schmerzhaft gegen den stählernen Harnisch. »Sei endlich still, Knirps. Ich hätte deine Schwester mitnehmen sollen.« Er wandte sich entnervt um. »Weiber sind eine nette Angelegenheit, aber mir zu anstrengend.« Er setzte den Weg fort. »Zuerst wollen sie deine ganze Aufmerksamkeit, danach lassen sie dich nicht mehr aus ihren Fängen, und ehe du dich versiehst, machen sie einen Narren aus dir. Das ist alles.«

»Du hast nur noch nicht die Richtige gefunden«, meinte Lorin überzeugt.

»Halt die Klappe.«

Nach einer halben Stunde strammen Marsches, bei dem sich Lorin nicht mehr getraute, den Mund aufzumachen, gelangten sie zu einer Stelle, an der es fast senkrecht nach unten ging. Nur ein schmaler Sims ermöglichte es ihnen, den Stollen, aus dem sie kamen, wieder zu verlassen. Die Schlucht von knapp fünf Manneslängen wurde durch zwei straff gespannte, nagelneue Seile überbrückt. Auf dem unteren sollte man gehen, an dem oberen hielt man sich fest.

Waljakov zog Luft durch die Zähne. »Das nenne ich ein Abenteuer.« Nach eingehender Prüfung der Taue und der eisernen Halteringe kletterte er vorsichtig los und erreichte sicher die andere Seite. Lorin folgte ihm, auch wenn die Schwärze unter seinen Füßen alles andere als Vertrauen erweckend war.

Das Herz klopfte ihm bis zum Hals, und bis er endlich bei seinem Waffenlehrmeister angelangte, rann ihm der Schweiß in Strömen unter dem dicken Lederhemd hinab. Zwei Schritt von ihnen entfernt rauschte ein Strom entlang. In dem Gang lagen mehrere leere Tonnen gestapelt.

»Lust auf eine Bootsfahrt, Knirps?« Waljakov bleckte die Zähne und rollte eine der Tonnen ins Wasser. Einen Kletterhaken band er an einem mitgebrachten Seil fest, um notfalls mit dessen Hilfe bremsen zu können.

Die rasche, angenehme und Kräfte sparende Reise endete nach geraumer Zeit in einer Tropfsteinhöhle. Der Strom drückte sich durch einen schmalen Spalt und machte ein Weiterkommen unmöglich. Waljakov warf den Eisenanker aus, und sie hielten an.

»Wir sind da«, verkündete er und nickte hinauf zu einem weiteren Durchgang. »Da entlang.«

Der kleine Durchgang führte sie zu einer gemauerten Backsteinwand.

»Dahinter muss der Brunnenschacht sein«, mutmaßte Lorin aufgeregt und half dem Leibwächter, die Steine abzutragen. Und tatsächlich verbarg sich hinter der Mauer eine senkrechte Röhre, in deren Mitte ein Seil baumelte. Jemand holte soeben Wasser herauf.

»Nachdem wir das herausgefunden haben, frage ich mich, wie wir wieder zurückkommen?«, überlegte Lorin bei aller Freude über die Entdeckung des Geheimgangs.

Wortlos beugte sich Waljakov vor und spähte hinauf zu dem kleinen, kreisrunden Ausschnitt weit über ihnen.

»Machbar. Anstrengend, aber machbar.« Er ließ Lorin mit offenem Mund stehen und kehrte in die Tropfsteinhöhle zurück, wo er sich niederließ und etwas aß.

»Der Schacht ist doch viel zu glatt«, begehrte der Junge auf.

»Dann flieg doch hinauf. Mit deiner Magie wirst du es schon schaffen«, meinte der Glatzkopf und schnitt sich Käse ab. »Ich komme jedenfalls ohne diese Macht hinauf. Und werde vorher noch die Mauer wieder aufbauen, damit niemand Verdacht schöpft.«

»Und die Tonne?«

Kauend stand Waljakov auf, zog seine Waffe und stemmte die Eisenringe, die die Bretter zusammenhielten, auseinander. Die Ringe verbog er, zwei der Bretter zerschlug er und verteilte die Trümmer neben dem Spalt, in dem das Wasser verschwand. Zufrieden setzte er sich wieder hin, lehnte sich gegen die Wand und schloss die Augen. »Sie werden denken, die Tonne sei davongerollt, abgetrieben und zerschellt.«

»Und jetzt?«

»Warten wir, bis es Nacht wird, und klettern hinauf. Du wirst deine Kraft benötigen, also leg dich ein wenig hin und ruhe dich aus«, empfahl er seinem Schützling. *Hoffentlich fängt er nicht schon wieder mit den Frauengeschichten an.*

»Hast du dich überhaupt schon mal in Bardhasdronda nach einem Mädchen umgeschaut?«, nahm Lorin sein Verhör wieder auf.

Lass ihn stumm werden, Taralea, bat der Krieger, doch die Allmächtige erfüllte sein Begehren nicht. *Das Talent muss er von seinem Vater geerbt haben.*

Nach einem kräftigen Schluck aus seiner Feldflasche und einem anständigen Rülpsen machte Lorin es sich bequem, soweit es die Umgebung zuließ. »Jetzt weiß ich es. Du hast noch jemanden, der in Tarpol auf dich wartet.«

»Genau, Knirps«, sagte Waljakov, um endlich Ruhe zu haben, doch Lorin schöpfte Verdacht.

»Das kam viel zu schnell«, erwiderte er und betrachtete das markige Gesicht seines großen Freundes, das im Schein der Fackeln älter wirkte als je zuvor. Die Falten warfen kleine Schatten. *Jede Falte für einen getöteten*

Feind, erinnerte er sich an die Erklärung, die sein Lehrer einmal hatte verlauten lassen. *Demnach muss er Dutzenden Menschen siegreich im Kampf gegenübergestanden haben.* An den regelmäßigen Atemzügen erkannte er, dass der Hüne eingeschlummert war. Lorin lächelte. *Schlaf nur, alter Haudegen. Ich wache über dich, so wie du über mich und meine Mutter gewacht hast.* Er betrachtete das Gesicht genauer. *Ob er sie geliebt hat? Gab es da vielleicht ein Band zwischen den beiden, das viel stärker hielt als eine herkömmliche Freundschaft? Betrachtet er mich vielleicht als den Sohn, den er nie hatte?* Prüfend wanderten seine Augen über die Züge des Schlafenden. *Bin ich am Ende sein Sohn, und die Geschichte von der Flucht aus Ulldart ist nur erfunden?*

Waljakovs Lider öffneten sich, die eiskalten grauen Augen starrten beinahe feindselig in die blauen des Jungen. »Was denn noch?«

Lorins Kopf zuckte zurück. »Verzeih, ich dachte, du schläfst.«

»Wie denn, wenn mich jemand so anstiert?«, knurrte der Hüne. »Ist da eine Spinne in meinem Gesicht, oder welchen Grund hast du, mich zu begaffen, Knirps? Du kennst mich lange genug, da ist nichts Neues zu entdecken.« Etwas versöhnlicher gestimmt, klopfte er seinem Schützling auf die Schulter. »Nun ruh dich aus. Du wirst bald genug Aufregung bekommen.« Mit diesen Worten drehte er sich auf die Seite.

Lorin musste an Fatjas Worte denken. Was sie ihm über seine Zukunft gesagt hatte, war auch nur vage gewesen. Auf alle Fälle würde er in einem großen Kampf eine wichtige Rolle spielen. *Damit kann sie nur die Lijoki gemeint haben. Den Piraten werde ich schon zeigen, was es bedeutet, sich ein weiteres Mal mit mir anzulegen. Und ich erhalte die Gelegenheit, mich für das Schicksal meiner Mut-*

ter an ihnen zu rächen. Es dauerte nicht lange, da befand er sich im Reich der Träume.

Waljakov hob den Kopf, um nach ihm zu sehen, und ein väterliches Lächeln huschte über sein Gesicht.

Eine dunkle Gestalt tastete sich von Deckung zu Deckung über den Marktplatz, bis sie den Brunnen erreichte. Aus einem Umhängebeutel nahm sie einen Lederschlauch und goss Lebertran als Schmiermittel über die Zapfen der Winde; alle beweglichen Teile außer der Rolle erfuhren die gleiche Behandlung. Dann kauerte die Gestalt sich hinter der Ummauerung nieder und lauschte ins nächtliche Bardhasdronda.

In einigen Häusern brannten noch Kerzen, doch auf die Straße wagte sich keiner der Bewohner. Auch wenn der Frühling schon Einzug hielt, wirbelte des Nachts der leibhaftige Frost mit seinen Vettern tödlichen Schnee und Eis um die Häuserecken; und so setzte man in dieser Nacht keinen Fuß vor die Tür, sondern stellte kleine Opfergaben auf die Schwelle, auf dass man von der Wut von Schnee, Eis und Frost verschont bliebe.

Der Schemen erhob sich vorsichtig und setzte die Winde in Gang. Ohne ein verräterisches Geräusch zu verursachen, rollte sich das Seil mit dem Eimer ab.

Dann packte jemand den Behälter von unten, und das Abspulen beschleunigte sich dermaßen, dass die Gestalt die Finger von der Kurbel nahm. Als das letzte Stück abgerollt worden war, straffte sich das Tau.

»Ihr könnt hinaufkommen«, wisperte der Mann am Brunnen in den Schacht. »Die Luft ist rein, die einfältigen Idioten sind alle in ihren Häusern und machen sich vor Angst in die Hosen.«

Ein breites Stück Holz erhob sich von einem der leeren Auslagentische, schwebte an den Schemen heran und traf ihn hart am Hinterkopf. Wie vom Blitz getroffen, brach der Mann zusammen.

Sofort huschten andere Gestalten herbei, um ihn von der gemauerten Einfassung wegzuziehen. Die breiteste von ihnen warf sich den Mantel über und positionierte sich neben der Winde, die Kapuze ins Gesicht gezogen.

»Das war leicht«, kicherte Lorin und betrachtete das Gesicht des Verräters, der mit den Lijoki gemeinsame Sache machte. Doch er kannte den Mann nicht. »Weiß jemand, wer das ist?«

»Er heißt Ljarallf«, erklärte Blafjoll, dessen kräftige Hände sich um den Griff des Schmiedehammers schlossen. Er richtete den Blick auf den Brunnen; das Seil, das in die Tiefe hing, pendelte hin und der. »Er ist einer der ärmeren Fischer, der sein Boot verlor und seitdem als Tagelöhner und Muschelsammler sein Brot verdient. Anscheinend wollte er schnell reich werden.«

Kurz darauf schwang sich der erste der Piraten geduckt über den Brunnenrand. Waljakov, der sich unter der Robe des Verräters verbarg, half ihm und schlug mit der Stahlhand zu, kaum dass die Füße des anderen den Boden berührten.

Matucs Anhänger zerrten den Betäubten vom Platz und fesselten ihn mit Stricken. Der Hüne winkte ihnen zu und wandte sich um, damit er den nächsten der Seeräuber begrüßen konnte, wie es ihm gebührte.

»Ich glaube, wir sind ziemlich überflüssig«, grinste Lorin. »Er macht das ganz gut. Und in wenigen Minuten wird Matuc bei den Wachen sein, um sie vor der Meute zu warnen, die mit großer Wahrscheinlichkeit vor dem Tor lauert. Wenn man sie bis zum Morgengrauen zum Bleiben bewegen könnte, würden die Lijoki eine Niederlage erleiden, dass ihnen Hören und Sehen vergeht.«

Wieder fiel einer der Eindringlinge in den Staub und wurde verschnürt. Es schien alles nach Plan zu laufen.

Auf Fallen innerhalb des Geheimgangs hatten sie verzichtet, um das Misstrauen der Angreifer nicht frühzeitig zu erregen. Da es nur diesen einen Ausgang gab, wie die Überprüfung von Lorin und Waljakov ergeben hatte, beschränkten sie sich auf das Abfangen der Piraten, sobald sie aus dem Brunnen kamen, und die Warnung an die Wachen, die Tore von den Türmen aus besonders im Auge zu behalten.

Gerade schlug der Leibwächter den fünften der Piraten nieder.

Blafjoll packte den Jungen aufgeregt am Arm. »Verdammt, mir ist eben etwas eingefallen. Es muss noch jemand in der Stadt sein, der mit ihnen zusammenarbeitet.«

»Wieso?«

»Ljarallf kann nicht schreiben. Wie also hätte er den Plan zeichnen und beschriften können?«

Der junge Mann nickte. »Ihr habt hier alles unter Kontrolle. Ich werde vorsichtshalber nach Matuc sehen. Den anderen Verräter bekommen wir nicht wach, mit einer Auskunft müssen wir also erst gar nicht rechnen. Und er würde bestimmt auch nichts sagen.«

Eilig lief er davon, während bereits der siebte Eindringling ungewollt die metallenen Knöchel Waljakovs küsste.

Matuc machte sich auf Weg; vorsichtshalber nahm er den Gehstock mit, um sich abzustützen. Das Alter machte ihn nicht unbedingt sicherer beim Gehen, auch wenn das künstliche Bein hervorragende Dienste leistete.

Die »Bewahrer von Bardhasdronda«, wie Arnarvaten die Gruppe in einem poetischen Augenblick genannt hatte, hatten ihm die ungefährliche Aufgabe übertragen, Rantsila von den Lijoki außerhalb der Stadt in Kenntnis zu setzen, sobald die Nacht anbrach. Alle anderen befanden sich beim Brunnen. Nur der Geschichtenerzähler saß auf dem Hausboot und dichtete bereits eine Ballade über die Tapferen.

Vor dem umherziehenden Winter mit seinen Vettern Eis, Schnee und Frost fürchtete sich der Tarpoler nicht. Zwar zollte er Kalisstra einen gewissen Respekt, der ihr als Göttin zustand, dennoch tat er die Fleischwerdung von Naturelementen als Unfug ab. *Einen Schneemann lasse ich mir noch gefallen, aber den haben dann Kinder gebaut,* dachte er, als er an den Häuserfronten entlanghumpelte.

Es dauerte nicht lange, und er fühlte sich in den einsamen Gassen verfolgt.

Zuerst hatte er die Fußschritte hinter sich für sein Echo gehalten, aber die Unregelmäßigkeit machte diesen Schluss unmöglich. Jemand hatte sich an seine Fersen geheftet.

Vermutlich sind es Priester des Kalisstratempels, die die Opfergaben vor den Häusern einsammeln, schätzte er. Er sah vor seinem inneren Auge, wie eine als »Frost« verkleidete Kiurikka von Anwesen zu Anwesen sprang, seltsame Töne ausstieß und die Schalen leerte. *Kinderkram.* Glucksend bog er in die nächste Straße ein und blieb wie angewurzelt stehen.

In einigem Abstand schwebten drei durchsichtige, weiße Wesen mit menschlichen, wenn auch übergroßen Proportionen. Eines davon bestand aus wirbelnden Schneeflocken, das zweite schien von einem Bildhauer aus grobem Eis geschlagen worden zu sein, und die gesamte Oberfläche des dritten war mit Reifblumen überzogen.

»Bei Ulldrael dem Gerechten!«, entfuhr es ihm.

Dämonische Fratzen wandten sich ihm zu. Ein eisiger Lufthauch umspielte ihn, der Boden unter seinen Füßen gefror zu Eis, und eine unvorstellbare Kälte kroch an ihm hinauf.

Lorin hetzte die Straße hinunter und nahm den Weg, den Matuc vermutlich wählen würde, um zum Haupthaus der Wachen zu gelangen.

Auf halber Strecke erkannte er die Umrisse eines Fremden, der wohl seine lauten Schritte hörte und hastig in eine schmale Gasse abbog.

Wenn ich ihn verfolge, bleibt Matuc unbehelligt. Also setzte er sich auf die Spur des Unbekannten und zog im Laufen seine Waffe, um auf alles vorbereitet zu sein.

Als er die Abzweigung erreichte, fehlte von dem anderen jeder Hinweis. Lorin vermutete einen Hinterhalt und pirschte sich vorsichtig in die schummrige Gasse hinein, die Klinge halb vor den Leib gehalten. Gleichzeitig sammelte er seine magischen Kräfte, um sie ohne besondere Vorbereitung einsetzen zu können, sollte es die Lage erforderlich machen.

Aus der Dunkelheit zischte etwas Blitzendes heran.

Lorins Kräfte reagierten sofort. Eine blau leuchtende Halbkugel entstand für einen Lidschlag um ihn herum und bremste den geworfenen Dolch ab. Wie eingefroren stand er eine Armlänge vor dem Jungen mit der Spitze voran in der Luft, ehe er klirrend aufs Pflaster fiel. Aus dem finsteren Abschnitt der Gasse ertönte ein unterdrückter Fluch, jemand rannte davon.

Mehr im Affekt als gewollt, richtete Lorin eine Hand auf den Flüchtenden und sandte ihm aus gespreizten Fingern ein Bündel knisternder Entladungen nach.

Die vernichtenden Energien leckten die Hauswände

und die Steine entlang und hinterließen schwarze Brandspuren. Den Unbekannten verfehlten sie um Haaresbreite; nur ein einzelner Blitz erwischte ihn am Rücken, der Rest jagte in eine Mauer. Putzbrocken und Gesteinsmehl rieselten zu Boden.

Ungläubig starrte der Junge auf seine Hand. *Was war das?* Es dauerte eine Weile, bis er seine Fassung wieder erlangt hatte und die Verfolgung aufnahm. *Über meine Magie kann ich mir auch nachher Gedanken machen. Ich muss Matuc vor diesem Widerling retten.* Immer noch aufgebracht, weil der unbekannte zweite Verräter ihn ohne mit der Wimper zu zucken getötet hätte, spurtete er los.

Doch er hatte die Fährte des heimtückischen Mannes verloren.

Mit aller Anstrengung gelang es Matuc, sich umzudrehen. Die dünne Eisschicht, die zwischen seinen Schuhsohlen und dem Boden entstanden war, brach knackend.

Es gibt sie wirklich! Seine Gedanken überschlugen sich, während er eilig aus der Seitenstraße lief, so gut es seine Gehbehinderung und sein Alter ihm erlaubten.

Weil er vor dem Reißaus nahm, was hinter ihm war, achtete er nicht auf das, was ihm von vorn entgegenkam, und so rannte er in den Mann hinein. Durch den Aufprall gingen beide zu Boden.

Ehe sich Matuc von dem Sturz erholt hatte, hockte der unbekannte Kalisstrone auf ihm und zückte ein Messer. Den Kleidern nach zu urteilen hatte er es mit einem Pelzjäger zu tun.

»Ihr werdet unseren Plan nicht vereiteln, Fremdländler! Erst erledige ich dich, und dann lasse ich unsere Freunde in die Stadt. Soini wird sich freuen, wenn er sich an euch allen rächen darf.«

Matuc bekam ächzend seinen Stock zu fassen und schlug dem Angreifer den Griff ins Gesicht, doch der Pelzjäger blockte das Holz ab und drosch es dem Geistlichen gegen die Stirn.

Doch ehe er zum tödlichen Schnitt ansetzte, war er unvermittelt von weißen Schatten umgeben.

»Nein! Geht weg!«, brüllte er mit angstverzerrtem Gesicht und stach nach ihnen. »Es gibt euch nicht! Soini hat gesagt, es gibt ...«

Die nebelhaften Wesen durchdrangen ihn wispernd, ein Schneesturm toste aus dem Nichts um die beiden Männer herum und hüllte sie in dicke, weiße Flocken, die ihnen Sicht und Atem raubten.

Eiseskälte kroch an Matuc hinauf, der die Arme zum Schutz erhob und unentwegt zu Ulldrael betete.

Zähneklappernd lag er am Boden, sein Verstand schien einzufrieren.

Lorin hörte das Geschrei eines Mannes und das Toben eines heftigen Windes. Als er den Geräuschen folgte und den Ort des Geschehens erreichte, erkannte er in der Straße nichts als eine tanzende Wand aus Schneekristallen, die sich einige Manneslängen hoch erstreckte.

Mit einem letzten Heulen legte sich der Sturm und gab den Blick frei. Vor ihm befand sich eine Schneedecke, die bis zu den Dächern reichte.

Wie konnte denn das geschehen? Sollte an der Geschichte, die uns Jarevrân erzählt hat, gar etwas dran sein? Wenn sie stimmte, musste jemand unter dieser Schicht begraben sein. Der böse Verdacht, sein Ziehvater könnte sich unter dem weißen Berg befinden, beschlich Lorin. Mit seinen Händen allein würde er gegen diese Schneemassen nichts ausrichten.

Wiederum nahm er seine Fertigkeiten in Anspruch, bildete die magische Schutzglocke um sich herum und lief in den Schnee.

Tatsächlich schmolz das Weiß, wo sich Magie und Substanz berührten, und rann als Wasser von der flirrenden Wand ab.

Lorin bahnte sich auf diese Weise einen Tunnel durch den Schnee und konzentrierte sich darauf, seinen Schutzschild so zu gestalten, dass er für Menschen durchlässig war. Auf diese Weise legte er in der Mitte des Schneegebirges den Kopf des blassen Mönchs frei.

Auf dessen Brustkorb saß ein Mann aus Eis, ein Messer in der Hand haltend, das Gesicht vor Angst entstellt. Sein Leib war vollkommen durchsichtig, als hätte er schon immer aus diesem Element bestanden, nur in der Mitte schlug ein rotes, menschliches Herz.

Matuc schlug die Augen auf. »Ist das kalt«, schnatterte er. Sein Blick fiel auf den verwandelten Angreifer. »Dank sei Ulldrael dem Gerechten. Er hat mich vor diesem Schicksal bewahrt.«

»Kalisstra lässt nicht mit sich spaßen«, meinte der Junge angestrengt; die Aufrechterhaltung des Schildes zehrte an ihm. Wenn dieser zusammenbräche, würden sie unter Tonnen von Schnee ersticken. Er packte Matuc, warf sich ihn über die Schulter und machte sich auf den Weg zurück. Im Freien angelangt, musste er die Magie aufgeben, die blaue Kugel erlosch.

»Dich hat Ulldrael geschickt«, rief Matuc, als Lorin ihn vorsichtig auf den Boden stellte. Er hielt sich an der Schulter seines Zöglings fest, der ihm den Schnee von den Kleidern klopfte. »Was hätte es mir genutzt, die Kälte zu überstehen, wenn ich erstickt wäre?«

»Was ist passiert?«, wollte Lorin wissen. »Ist der Mann aus Eis der Verräter?«

»Komm, das erkläre ich dir auf dem Weg zur Wache«, forderte ihn der Mönch zum Gehen auf. »Wer weiß, was die Lijoki im Sinn haben. Aber Kalisstra verdient mehr Respekt von uns. Was immer sie uns heute und in allen Nächten des Winters sandte, es sind Wesen von unvorstellbarer Stärke. Nur die echten Ulldraelgläubigen bestehen gegen sie.«

Dann wäre ich ihnen wohl zum Opfer gefallen, dachte Lorin und stützte Matuc, während sie sich zu Rantsila begaben. *Oder ich hätte herausgefunden, ob sich meine Fertigkeiten mit denen der göttlichen Wesen messen lassen.*

Die Nacht brachte den Piraten eine blutige, wenn auch nicht unbedingt vernichtende Niederlage.

Rantsila blieb durch und durch ein Kalisstrone und setzte keinen Fuß ins Freie, schon gar nicht nach den Schilderungen Lorins und Matucs. Immerhin hielt ihn und die Milizionäre nichts davon ab, durch die Fenster und Schießscharten zu spähen.

Waljakov öffnete zum Schein die kleine Tür im großen Stadttor Bardhasdrondas. Sofort sammelten sich rund hundert Angreifer, die in einiger Entfernung gewartet hatten, vor dem schmalen Durchgang und wollten in die Siedlung drängen, um die Menschen im Schlaf zu überfallen.

Doch diejenigen, die sich hindurchzwängten, wurden mit Pfeilen und Bolzen empfangen, und die erste Welle der Lijoki, die beutegierig durch die Straßen schwappen wollte, versickerte unter dem Beschuss der Verteidiger zu einem unbedeutenden Rinnsal. Nur eine Hand voll entkam den Geschossen, und die Seeräuber zogen sich zurück.

Am nächsten Morgen startete eine Expedition unter der Führung von Lorin und Waljakov zu der Grotte, um nach dem Rechten zu sehen. Der Eingang wurde nach der Überprüfung zum Einsturz gebracht, der Gang vom Brunnenschacht bis zur Tropfsteinhöhle mit Steinen gefüllt.

Das Verhör der sechzehn Gefangenen erbrachte, dass die Bewohner Bardhasdrondas knapp einer Katastrophe entgangen waren. Die Lijoki hatten nicht vorgehabt, auch nur einen der Menschen am Leben zu lassen. Soini fanden sie nicht unter den Toten, er musste sich rechtzeitig abgesetzt haben.

Ein Sturm der Begeisterung fegte durch Bardhasdronda. Die Menschen ließen die Fremdländler hochleben, weil diese sie vor dem sicheren Ende bewahrt hatten. Die Beteuerungen Kiurikkas, die Bleiche Göttin sei mit Frost, Eis und Schnee zur Stelle gewesen, um alle zu retten, wurde zwar zur Kenntnis genommen, doch das eigentliche Lob für die tapfere Tat ernteten Lorin und seine Freunde. Dabei begingen sie nicht den Fehler zuzugeben, dass sie seit einer Woche von dem Vorhaben der Seeräuber gewusst hatten.

Fatja und Arnarvaten verkauften es den Einwohnern als eine glückliche Fügung, dass die Piraten bei ihrem Ausstieg gesehen worden waren und der Widerstand so rasch hatte organisiert werden können. Dass Kalisstra zu Matucs Unterstützung eingegriffen hatte, überzeugte selbst den letzten Zweifler von dem friedlichen, respektvollen Nebeneinander der beiden Gottheiten.

Der von der Bleichen Göttin bestrafte Verräter schmolz im Schein der warmen Frühlingssonnen langsam, aber unaufhörlich dahin. Letztlich lag nur noch das Herz in einer Pfütze kalten Wassers, das sich ein paar Hunde schnappten und verschlangen.

Schon am nächsten Tag gab Kalfaffel ein Fest. Die letzten Vorräte wurden angebrochen, und man feierte die Rettung Bardhasdrondas ausgiebig, aber mit der stets üblichen kalisstronischen Beherrschtheit.

Lorin und Jarevrån zeigten ihre Zuneigung nun offen, während sie auf dem Marktplatz zwischen den Ständen umherliefen und von den zubereiteten Köstlichkeiten probierten. Der junge Mann mit den auffallend blauen Augen musste nicht ein einziges Mal in die Tasche greifen, um nach einer Münze zu suchen. Alles, was er, Jarevrån und seine Freunde aßen und tranken, ging auf Kosten der dankbaren Bürger.

Plötzlich stand Rantsila vor Lorin und zog sein Schwert. »Es ist an der Zeit.«

»Jetzt?«, fragte der Junge und drückte dem Mädchen seinen Becher in die Hand.

»Gäbe es einen besseren Augenblick als die Stunde eines Triumphes? Wir konnten vorher nicht miteinander fechten, da du offiziell als tot galtest.« Er hob die Stimme. »Hört her, Leute aus Bardhasdronda. Lorin wird nun einen Strauß gegen mich auszutragen haben. Schlägt er mich, wird ihm die Ausnahme gewährt, als Fremdländler in die Miliz unserer Stadt eintreten zu dürfen und für das Wohl der Bürger zu streiten.« Er schaute Lorin an. »Keine Magie, Junge, denk an die Abmachung«, sagte er leise, aber bestimmt. »In keinster Form.«

»Ich halte mich daran«, bestätigte Lorin und zog sein Schwert.

Die Bürger bildeten einen Kreis um die beiden Kämpfer, in dessen Runde der Junge die Gesichter von Waljakov, Matuc und allen anderen erkannte, die ihm etwas bedeuteten. Kalfaffel begab sich auf seinen Balkon, um von oben einen besseren Überblick zu haben. Die Gespräche verstummten.

Rantsila eröffnete den Zweikampf mit einer Folge von

Schlägen, die Lorin als bloße Finten erkannte, woraufhin er sich wenig Mühe mit ihrer Parade gab. Mochte sein Gegner denken, der Kampf bereite ihm Schwierigkeiten, das war ihm nur recht.

Schnell wie eine Schlange stieß der Junge seinerseits vor und erwischte den Milizionär um ein Haar am Arm. Fluchend gelang es Rantsila, die Klinge im letzten Augenblick abzuwehren und sich wegzudrehen.

Doch Lorin setzte nach, hing wie ein bissiger Terrier an dem Soldaten und brachte ihn bald in arge Bedrängnis. Einen Gegner derart dicht auf dem Pelz zu haben verwirrte Rantsila, der den Jungen bei der nächsten Gelegenheit mit einem Hieb des Griffschutzes gegen den Kopf zurückschleuderte.

Der Junge schwankte ein wenig, doch die kleine Platzwunde schloss sich beinahe augenblicklich. Wütend schüttelte er seine Benommenheit ab und attackierte seinen Gegner flammend, wobei er alle Ratschläge Waljakovs beherzigte.

Die ungewöhnliche Art zu kämpfen brachte Rantsila erneut in Verlegenheit, bis Lorins Schneide endlich einen Weg durch die Deckung fand und das Hemd des Milizionärs an der Schulter schlitzte.

Als der Soldat verblüfft nach dem Treffer sah, schoss Lorins geballte Faust vor und hieb dem Kontrahenten wuchtig in den Magen, dass Rantsila keuchend in die Knie brach und sich den Bauch hielt.

Am Kribbeln im Arm erkannte der Junge, dass er sich vor lauter Aufregung hatte verleiten lassen, Magie zur Verstärkung seines Schlages einzusetzen. Enttäuscht von sich selbst schloss er die Augen, während ihn der Bürgermeister als Sieger ausrief.

»Nein«, rief er und hob abwehrend die Arme, »nein. Ich bin nicht der Sieger. Die Wucht des Fausthiebs stammte von meinen Fertigkeiten, nicht von meinen Muskeln.« Beschämt sah er zu seinem Waffenlehrmeister, der ihn ausdruckslos anschaute.

»Aber der Schnitt an der Schulter geschah doch ohne Magie?«, schnaubte Rantsila hinter ihm und reckte sich vorsichtig.

»Ja, aber ...«

»Dann hast du gewonnen, Lorin. Was danach geschah, ist zweitrangig.« Er warf dem Jungen ein Lächeln zu, das ihm wegen der Schmerzen im Unterleib ein wenig schief geriet.

»Wenn Rantsila das so sagt, wer wollte schon dagegen sein?«, fragte Stápa in die schweigende Runde. »Ich sage, nehmt den Bengel in die Miliz auf.« Sie zwinkerte ihm zu. »Wir wären ja mit Muschelschalen gepudert, würden wir auf so einen Kämpfer verzichten.«

Die Menschen applaudierten begeistert, nahmen Lorin auf die Schultern und trugen ihn unter den Balkon, um ihn hinauf zum Bürgermeister zu hieven. Vor dem Cerêler kniete der überwältigte Junge nieder.

»Heute macht die Stadt zum ersten Mal in ihrer langen Geschichte eine Ausnahme«, sagte Kalfaffel feierlich. »Zum einen, weil du und deine Freunde dafür gesorgt haben, dass unsere Geschichte überhaupt weitergeht, und zum anderen, weil du die Auflagen erfüllt hast, die dir zur Bedingung gemacht wurden.« Auf ein Zeichen hin reichte ihm ein Bediensteter eine Urkunde, an deren Ende zahlreiche Siegel baumelten. »Hiermit, Lorin, wirst du in den Reihen der Bürgerwehr zugelassen und hast von jetzt an die gleichen Rechte und Pflichten, die ein Kalisstrone in unserem Land hat. Du bist in die Gemeinschaft der Kalisstri aufgenommen. Als äußeres Zeichen für diese Aufnahme sei dein Name von dem heutigen Abend an Lorin Seskahin.«

Lorin stand auf, er umklammerte das Geländer des Vorbaus, und sein Blick schweifte freudig über die vielen Gesichter, die ihm anerkennend zunickten. Weil ihm ein Kloß im Hals steckte, winkte er einfach nur und rannte hinunter, um Jarevrån vor aller Augen in die Arme zu schließen.

»Willst du für immer an meiner Seite bleiben?«, raunte er ihr mit belegter Stimme ins Ohr und beobachtete erwartungsvoll ihr Gesicht.

Ihre grünen Augen schimmerten. »Ja, Lorin«, antwortete sie und drückte ihn fest an sich. »Ich werde dich nie mehr hergeben.«

»Ulldrael sei gepriesen«, murmelte Matuc und wischte sich eine Träne aus dem Auge. »Wer hätte gedacht, dass der Junge auch etwas anderes tut, als Schwierigkeiten zu verursachen?«

»Wir können eine Doppelhochzeit daraus machen«, schlug Fatja vor. Liebevoll sah sie zu Arnarvaten.

Waljakov aber trat mit Verschwörermiene an Rantsila heran. »Danke, dass Ihr den Knirps aufgenommen habt.«

»Er hat es verdient«, stöhnte der Milizionär mehr als er sprach.

»Wenn Ihr ihm böse gewollt hättet, wäre er nach Eurem Schlag mit dem Griffschutz bereits aus dem Rennen gewesen«, sagte der Leibwächter und tippte sich an die Stirn. »Er hat seine Magie benutzt, um sich zu heilen.«

»Ach, das.« Rantsila grinste verzerrt. »Wie sagte die alte Stápa vorhin? Wir wären ja mit Muschelschalen gepudert, würden wir auf so einen Kämpfer verzichten.« Waljakov wollte ihm wohlwollend auf die Schulter schlagen, aber der Mann hob zur Abwehr eine Hand. »Nein, ich verzichte, weiß aber die Geste zu schätzen.

Wenn mir jemand auf die Schulter schlägt, falle ich wie ein Sack zu Boden.«

»Daran will ich nicht Schuld sein«, lachte der Hüne.

»Und wann seid Ihr wieder in der Lage zu kämpfen?«

»Wieso?«, erkundigte sich der Milizionär alarmiert. »Rechnet Ihr mit neuen Schwierigkeiten durch die Lijoki?«

»Nein«, grinste Waljakov gehässig. Klackend schloss sich die mechanische Hand des Hünen um die Gürtelschnalle, und die Oberarmmuskulatur schwoll zu einem Gebirge an. »Ich wollte auch zur Bürgerwehr. Die Konditionen sind mir bekannt. Und so ein kleiner Säbeltanz mit Euch ...«

»Da drüben ist jemand, mit dem ich sprechen muss«, entschuldigte sich Rantsila hastig und verschwand in der Menge.

VII.

*N*achdem die Seherin ihre Fähigkeiten wieder zum Leben erwachen ließ, grübelte sie darüber, was sie in ihren Visionen gesehen hatte und was es bedeuten mochte.

Sie hegte Befürchtungen, dass der Seskahin Angst vor dem bekommen könnte, was sie schaute.

Und dass er daraufhin seine ihm bestimmte Aufgabe nicht mehr erfüllen würde.

Die Seherin wich dem Seskahin aus und erzählte nur Vages.

Und so blieb das Schicksalskind guten Mutes.«

BUCH DER SEHERIN
Kapitel XIII

Kontinent Ulldart, Meddohâr, Südostküste Kensustrias, Frühjahr 459 n. S.

Soscha atmete tief ein, sammelte sich innerlich und fixierte das Holzstück in der Mitte des schmucklosen und ansonsten leeren Raumes. Ihre Hand öffnete sich, und sie nahm wahr, wie sich das blaue Leuchten um ihre Finger verstärkte.

Ein dünner, fadendicker Ausläufer reckte sich blitzartig zu dem Holzstück. Er zog es mit sich zurück und beförderte es genau in die Hand der jungen Ulsarin. Dann endete das Glühen.

Soscha nahm das Heft hervor, auf das sie sich sicherheitshalber gesetzt hatte, um zu verhindern, dass die Magie das Büchlein aus Versehen in tausend Schnipsel zerriss, zückte Feder und Tintenfass, die in einer speziellen Halterung an ihrem Gürtel baumelten, und notierte sich den Versuchsablauf. Dann betrachtete sie kritisch die Hautoberfläche, ob Falten zu sehen waren. *Wann wohl die Alterung einsetzt, von der Tobáar sprach?,* fragte sie sich.

Seit dem Gespräch mit dem mächtigen Kensustrianer saß ihr die Angst vor ihren eigenen Fertigkeiten im Nacken, die sie wider ihren Willen erworben hatte. Was der jahrhundertealte Krieger ihr von der Magie erzählt hatte, hatte sie in ihrem Wunsch bestärkt, diese Macht so schnell wie möglich loszuwerden, wenn auch nicht unkontrolliert, wie das bei dem bedauernswerten Sabin der Fall gewesen war.

Bei jedem Experiment, das sie durchführte, schrie alles in ihr, den Versuch abzubrechen, um nichts heraufzubeschwören, was aus dem Ruder laufen könnte. Sie wollte nicht wie der Tersioner enden.

»Die Stimme der Magie«, raunte sie und starrte gedankenverloren auf das beschriebene Blatt Papier. *Für mich bleibt sie stumm.* Wie sollte es ihr gelingen, dass sie die Magie nicht einfach nur sah, sondern auch hörte? Gelang dieses Kunststück bei der Anwendung oder in einer Phase tiefster Ruhe?

Seufzend erhob sie sich und verließ das Zimmer, um sich auf den riesigen, flachen Balkon zu begeben und von ihrer Liege aus die faszinierende Stadt zu betrachten, wie sie es so gern tat.

Die Frühlingssonnen schienen voller Kraft auf das südlich gelegene Land, sodass sich Soscha bald ihrer dicksten Kleider entledigte. Grübelnd schweifte ihr Blick über Meddohâr, bis sich ihre Lider senkten und sie eindöste.

Im Dämmerschlaf hatte sie das Gefühl, unendlich leicht zu sein. Ihr Körper schien von dem Polster abzuheben wie eine Feder und wie als Spielball des warmen Windes über die Bauten zu wirbeln. In diesem Zustand der Entspannung, zwischen Traum und Wirklichkeit, ließ sie die Gedanken schweifen, ohne ihrem Unterbewusstsein irgendein Hindernis entgegenzustellen.

Dann spürte Soscha das Blau, die Magie, die in ihr war.

Wie ein scheues Tier, das sich in der Dämmerung aus dem Wald auf die Wiese wagte und nach allen Seiten Ausschau nach möglichen Feinden hält, so vorsichtig signalisierte die Macht ihre Anwesenheit, stets bereit, sich in die Tiefen zurückzuziehen, aus der sie kam.

Was soll ich tun?, huschte es durch ihren Verstand.

Das fremde Gefühl verstärkte sich, die Magie wollte ihr etwas zu verstehen geben – nahm sie zumindest an.

Soscha lauschte in sich hinein.

Eine Woge von behaglichen Empfindungen umspülte ihren Geist, sie schwamm in einem Meer aus Herzlichkeit und Geborgenheit. Das Blau strich um sie herum, benahm sich wie ein schüchterner Liebhaber, der nicht recht wusste, wie weit er bei der ersten Verabredung gehen durfte.

Kannst du sprechen oder dich irgendwie äußern?, versuchte Soscha es auf diesem Weg.

Zur Antwort erhielt sie eine Reihe wunderschöner Töne, die unglaubliche Gemütsbewegungen in ihr auslösten. Der Klang wirkte freundschaftlich, neugierig. Auch wenn es keine Worte waren, die die Magie gebrauchte, ging diese Art von Unterhaltung tiefer als jedes Gespräch, das Soscha je geführt hatte.

Es wird für dich das erste Mal sein, dass dich jemand wahrnimmt, dachte sie. *Du bist ein fester Teil von mir, nicht wahr? Aber wie kann ich dich verstehen?*

»Soscha?«, fragte eine Männerstimme nachdrücklich.

Der Zustand der Leichtigkeit wurde von dem Laut unterbrochen, denn ihr eigentliches Bewusstsein antwortete auf den äußeren Reiz mit der Rückkehr in die Welt um sie herum.

Das Blau verschwand ohne Vorwarnung und hinterließ ein Gefühl von Verlassenheit bei der jungen Frau. Ein wenig verärgert öffnete sie die braunen Augen und warf dem ungebetenen Besucher einen bösen Blick zu. »Ja?«

Stoiko zuckte erschrocken zurück. »Entschuldige, dass ich deinen Schlaf störe. Aber es gibt Neuigkeiten, die ich mit dir teilen wollte.« Er schaute sie prüfend an. »Ist alles in Ordnung mit dir?«

Soscha strich sich über die halblangen braunen Haare und hörte in sich hinein. Die Magie war verschwunden. »Ja, doch. Kein Grund zur Besorgnis. Ich hatte nur einen spannenden Traum, das war alles.« Sie lächelte ihn an. »Da fällt das Aufwachen besonders schwer, und deshalb war ich ein wenig gereizt.« In aller Eile zog sie ihre dicken Kleider über und erhob sich von der Liege. »Welche Neuigkeiten bringst du? Gute, oder?«

Stoiko begleitete sie ins Haus, wo ihnen ein Diener etwas zu trinken brachte.

»Perdór hat mir erzählt, dass Torben Rudgass Norina gefunden hat«, berichtete er glücklich, auch wenn sein Unterton verriet, dass der Anlass zur Freude nicht ungetrübt war.

»Das ist doch hervorragend!«, rief Soscha fröhlich und warf sich ihrem Ziehvater an die Brust. »Wo war sie denn all die Jahre? Dann wirst du sie bald wieder sehen?«

Traurig schüttelte der gealterte Mann den Kopf. »Bei den gegenwärtigen Umständen wäre es unverantwortlich, ihr oder mir eine Schiffsreise nach Rogogard zuzumuten. Wenn der Kabcar erfährt, dass sie noch lebt, wird er alles daran setzen, sie in seine Gewalt zu bringen. Hinzu kommt ...« Er stockte und nahm einen Schluck Wasser. »Hinzu kommt, dass sie wohl ihr Gedächtnis verloren hat. Torben befreite sie in Jökolmur aus der Hand eines Menschen, der sie als Sklavin von Strandräubern gekauft hatte.« Seine Hand zitterte. »Wer weiß, was sie ihr angetan haben. Oder ihrem Kind, das entweder auf dem Grund des Meeres ruht oder irgendwo in Kalisstron sitzt. Es ist schrecklich, dass die Ungewissheit niemals endet.«

»Das bedeutet doch gleichzeitig Hoffnung.« Beruhigend strich Soscha über die ergrauten Haare des Mannes. »Sie wird ihr Gedächtnis vielleicht wieder finden, wenn sie dich sieht. Aber du hast Recht, in einer Zeit wie dieser wäre es ein schlechter Einfall, ins Inselreich zu segeln. Hat man denn eine Spur von den anderen, die dir so am Herzen liegen?«

Stoiko stand auf und schaute hinaus auf das Meer, als könnte er über das Wasser nach Kalisstron blicken und das Schicksal seiner verschollenen Freunde erkunden. Doch der Kontinent lag weit entfernt und geographisch an einer völlig anderen Stelle.

»Nein«, antwortete er nach einer Weile. »Torben ist mit der Kriegführung zu sehr beschäftigt, als dass er ein weiteres Mal in See stechen und sie suchen könnte. Und es gibt keinerlei Gewähr, dass die anderen ebenso überlebt haben wie Norina.« Ein kurzes, freudloses Lachen erklang. »Vielleicht ist sie besser bedient als wir alle. Was würde ich dafür geben, nichts von dem zu wissen, was in der Vergangenheit geschah und immer noch um uns herum geschieht. Da hat sie es doch wesentlich einfacher.«

Die Ulsarin erhob sich. Sie stellte sich neben den Mann und lehnte den Kopf an seine Schulter. »Es wird gewiss nicht alles so schlimm enden, wie es begonnen hat«, versuchte sie ihn aufzurichten. »Die magischen Fertigkeiten der Kensustrianer werden dem Kabcar und seiner Brut zu schaffen machen. Und bis dahin habe auch ich meine Magie im Griff, sodass ich ihnen helfen kann.

Stoiko schenkte ihr ein Lächeln. »Ich wünsche dir, dass es dir gelingt. Wenn du aber nach dem Tod des armen Sabin lieber die Finger von diesen Energien lassen willst, können wir alle es verstehen. Es ist wohl ein bisschen so, als ließe man sich mit einem dressierten Bären ein. Die Tiere sind kräftig und stark, anscheinend tanzen sie nach der Pfeife der Dompteure. Aber so manch einen haben die Pranken ohne ersichtlichen Grund ganz plötzlich erschlagen.« Ihre Blicke trafen sich, und Soscha erkannte die Sorge ihres Ziehvaters. »Niemand ist dir böse, wenn du deine Versuche beendest.«

»Es kann sein, dass ich einen Schritt weiter gekommen bin«, deutete die Ulsarin an. *Vielleicht war es aber auch nur ein Traum.*

Stoiko gähnte herzhaft und wischte sich über den braunen Schnauzbart. »Ich gehe zu Bett und bin bei aller Hoffnungslosigkeit Ulldrael vor dem Einschlafen erst einmal dankbar, dass er Norina unter den Lebenden weilen ließ. Er wird einen Grund gehabt haben. Ich sollte mir angewöhnen, ähnlich zuversichtlich zu denken wie du, Soscha.« Er ging zur Tür. »Es wird der Anfang einer Schicksalswende sein. Gute Nacht.«

»Gute Nacht«, erwiderte sie freundlich und nahm wieder Platz, um in aller Ruhe ihr Glas zu leeren.

Ans Ausruhen dachte sie allerdings noch lange nicht.

Sie wollte sehen, ob sich die Magie bei einem nächsten Experiment zeigen würde. Der Vergleich mit dem Tanzbären haftete in ihrem Gedächtnis.

Sollte Stoiko damit ins Schwarze getroffen haben?, fragte sie sich, lehnte sich zurück und schaute zur Decke. *Wenn die Magie ihren freien Willen hat, wie würde sie handeln, wenn man sie zu etwas zwingt? Zwinge ich sie, oder bitte ich sie, wenn ich meine dilettantischen Versuche unternehme?*

Soscha überlegte, wie sie aus dem »Tanzbären« Magie etwas formen konnte, das mit ihr freiwillig zusammenarbeitete. Ein anderes Bild entstand in ihrem Kopf. *Es wird wie beim Streicheln eines Fells sein*, sinnierte sie und glitt mit den Fingern über den Teppich zu ihren Füßen. *Gegen den Strich empfindet es das Tier als unangenehm, aber achte ich auf die Wuchsrichtung, hält es still und genießt die Berührung.*

Ein Tier zeigte allerdings unmissverständlich, was es mochte und was nicht. Nun galt es, auf die noch so geringsten Hinweise der Kräfte zu achten, die mit ihr auf rätselhafte Art und Weise verwoben waren.

Eilig betrat sie den Versuchsraum, legte das Stück Holz in die Mitte und konzentrierte sich.

Das Blau um ihre Hand verstärkte sich wie immer. In Gedanken versuchte sie, weniger befehlend, sondern freundlich bittend mit ihren Kräften umzugehen.

Zuerst änderte sich nichts, das magische Leuchten schimmerte auf, ein einzelner, dünner Strang schnellte hervor und fasste das Holzstück, um es in Soschas Hand zu befördern.

Aber im Gegensatz zu dem üblichen Vorgang, bei dem sie meist nur ein Kribbeln spürte, stellte sich nun ein sehr angenehmes Gefühl ein, so als führte die Energie ihre Aufgabe mit Freude aus und ließe die Ulsarin dies auch spüren.

Doch der Augenblick war zu schnell wieder verflogen, als dass sich Soscha sicher sein konnte. Dennoch glaubte sie sich in ihrer Annahme bestätigt, es bei der Magie mit etwas zu tun zu haben, das weit mehr war als ein simples Werkzeug einiger Privilegierter.

Nachdenklich betrachtete sie das dunkle Blau, in dem sie sachte schimmerte. Ihre Zuversicht, mit dieser besonderen Macht doch noch vertrauter zu werden, wuchs. Und sie würde sicherlich nicht so lange benötigen wie Tobáar und sein Gefolge.

Sehr zufrieden begab sie sich in ihr Schlafzimmer, um sich für den kommenden Tag auszuruhen.

Die Angst vor der Magie, die sie in den letzten Tagen und Wochen verspürt hatte, war einem gewissen Respekt gewichen. Soscha verstand nun, dass sie es nicht mit einem Feind zu tun hatte, der nur darauf wartete, dass sie in ihren Versuchen einen Fehler beging.

»Ich werde dir nicht meinen Willen aufzwingen, und

du wirst mich weder älter machen noch umbringen«, sagte sie halblaut, während sie sich unter die dünnen Seidenlaken legte, als verstünde die Macht ihre Worte.

Es war ein enormer Vorteil gegenüber dem Kabcar und den Seinen, von der Schädlichkeit der Magie zu wissen, die sich offenbarte, wenn man ihr Gewalt antat. *Vielleicht verweigert sie ja irgendwann ihren Dienst, wenn man sie über Gebühr benutzt und immer Stärkeres von ihr verlangt?*, hoffte sie. *Oder sie bringt den Anwender einfach um und befreit sich von dem Joch.* Soscha hielt sich die Hände vor die Augen und betrachtete das marineblaue Leuchten versonnen. *Schlaf gut, was auch immer du bist.*

Ob es nun ein Trugbild war oder nicht, die junge Frau glaubte, so etwas wie ein Flimmern bemerkt zu haben, als wollte die unglaubliche Energie ihr auf diesem Weg antworten.

»Wie putzig. Da kommt der kleine Koloss von Meddohâr«, grinste Fiorell, als er Perdór die Stufen erklimmen sah. »Oder wäre ›Kloß‹ besser geeignet?«

Schnaufend lehnte sich der ilfaritische Herrscher gegen eine Säule, unfähig, etwas zu entgegnen, so sehr rang er nach Luft. Aber seine Gesten sprachen für sich.

In diesem Augenblick stürmte der Hofnarr auf die andere Seite und stemmte sich gegen den Pfeiler, als müsste er ihn vor dem Umstürzen bewahren. »Bringt die Frauen und Kinder weg. Ich kann ihn nicht mehr lange halten!«, sagte er gepresst und mit knallrotem Kopf. Sein Spiel war wie immer sehr glaubhaft.

Die umstehenden Kensustrianer bedachten den Mann mit irritierten Blicken und zogen sich aus der unmittelbaren Umgebung des längst stadtbekannten Duos zurück, als hätten die beiden eine ansteckende Krankheit.

»Hervorragend«, lobte Perdór ironisch. Mit einem Taschentuch wischte er sich den Schweißfilm von der Stirn. »Wieder ein Steinchen mehr im Mosaik, das am Tag unserer Abreise das Bild eines vollkommen idiotischen, peinlichen Herrschers mit seinem Spaßmacher hinterlassen wird.« Er reckte sich und nahm ein Fernglas, um einen Blick auf den Hafen zu werfen. Eine kleine Flotte machte sich zum Auslaufen bereit.

»Den Göttern sei Dank, ich habe Meddohâr vor dem sicheren Untergang bewahrt!« Fiorell ließ die Säule los, die zusammen mit achtzehn weiteren das steinerne Dach über dem Aussichtspunkt trug. Auf einem Berg gelegen und nur durch eintausendeinhundertelf Stufen zu erreichen, bot diese Stelle einen unvergleichlichen Blick auf die gesamte Pracht kensustrianischer Architektur. »Nicht auszudenken, wenn dieses riesige Marmordach den Hang hinabgedonnert wäre und die Bürger der Stadt in den Tod gerissen hätte.«

»Ein Hurra auf den Hofnarren«, merkte Perdór ohne jegliche Begeisterung an. »Generationen von kleinen Kensustrianern werden aus Dankbarkeit auf deinen lächerlichen Namen hören, wenn du deine Heldentat publik machst. Die Mütter werden die Kinder durchnummerieren müssen, um Verwechselungen zu vermeiden.« Er schüttelte sich, die Augen noch immer auf den Hafen geheftet. »Welch eine grausame Vorstellung, dein Name könnte tausendfach erschallen.«

»Mir gefällt die Idee recht gut«, grinste Fiorell und gesellte sich an die Seite seines Herrn. »Heute soll es wirklich geschehen?«

»Meine Quellen, deren Vertrauen ich gewann ...«

»Gekauft habt Ihr sie Euch, Majestät, gekauft. Mit Pralinen und anderem Naschwerk, das die Kensustrianer bis dahin noch nicht kannten«, fiel er Perdór ins

Wort. »Ihr führt sie geradewegs in die Schokoladenabhängigkeit. Pfui, schämt Euch.«

»... haben sich nicht getäuscht«, vollendete Perdór seinen Satz. Er war die Unterbrechungen aus dem Mund des Hofnarren seit Jahren gewohnt. »Es legen zehn Schiffe ab, mit Kurs auf das Heimatland der Kensustrianer.« Eine Hand wanderte zu seiner Gürteltasche und fischte eine Praline heraus, die er sich in dem Mund schob.

»Da hat der Mensch mal ein wenig geschwitzt, und schon stopft er sich wieder mit dem süßen Zeug voll«, meckerte der Spaßmacher vorwurfsvoll.

»Glaubst du, dass ein Sturz die tausendeinhundertelf Stufen hinab tödlich wäre?«, erkundigte sich Perdór liebenswürdig und ließ das Fernrohr sinken.

Abschätzend betrachtete Fiorell die Tiefe und das Gefälle. »Vermutlich.« Dann begriff er den Grund für die Nachfrage und machte hastig einen Schritt nach hinten, weg von der ersten Stufe.

»Wir haben uns verstanden«, meinte Perdór mit einem boshaften Grinsen und widmete sich dem Geschehen im Hafen. »Nimm dir lieber dein Fernglas und beobachte mit, du Spaßpraline. Vier Augen entdecken mehr als zwei.«

»Wenn Euch der Zucker und der Kakao nicht die Pupillen getrübt haben«, brummte der Hofnarr und zückte sein Fernrohr mit einer übertriebenen Geste.

Die kensustrianischen Segler, alles kleinere, wendige und sehr windschnittige Zweimaster, verließen den schützenden Hafen und näherten sich in Keilformation der Blockadekette, die rings um die Küste lag. Sie bestand aus einigen Bombardenträgern und kleineren Segelschiffen, die jeglichen Wasserverkehr durch Beschuss und Aufbringen zum Erliegen bringen sollten.

Die Ruder des Bombardenträgers bewegten sich und drehten die schwere Galeere in eine günstigere Schussposition. Das Donnern eines ersten Warnschusses grollte zu den beiden Beobachtern hinauf, eine Fontäne spritzte eine Viertelmeile vor dem Bug des ersten Seglers in die Höhe.

»Da, Majestät!«, rief Fiorell aufgeregt. »Etwa zwanzig Säbellängen neben der Galeere schwimmt ein Algenteppich.«

»Gute Tarnung, ihr Grünhaare«, freute sich Perdór. »Damit werden die Feinde ihr Lebtag nicht rechnen.«

Der grüne Bewuchs dümpelte in den sanften Wellen und trieb scheinbar zufällig immer näher an das Kriegsschiff heran, an dem nun die Luken der Backbordseite aufklappten und die Mündungen der Bombarden erschienen.

Die kensustrianischen Segler setzten Vollzeug und fächerten auseinander.

Plötzlich entstand hektische Betriebsamkeit an Deck der Galeere, die Rumpfseite mit den ausgefahrenen Geschützen hob sich Stückchen für Stückchen. Irgendwo unterhalb der Wasserlinie musste ein Leck entstanden sein.

Eine schnell abgefeuerte Salve verfehlte ihr Ziel, die Kugeln klatschten ins Wasser, ohne Schaden anzurichten. Das Kriegsschiff drehte sich um hundertachtzig Grad, stellte sich mit dem Heck nach oben auf und versank. Das Meer um die Galeere brodelte und blubberte, als Wasser in das Schiff strömte und die Luft aus dem hölzernen Leib drückte.

Die kensustrianischen Segler passierten die Stelle mit voller Geschwindigkeit, noch ehe die anderen Schiffe der Blockadekette recht verstanden, was soeben geschehen war.

Eine palestanische Kriegskogge bekam ebenfalls Schlagseite und versank innerhalb weniger Minuten. Alle Schiffe der Kette, die längere Zeit an einem Ort ankerten, erlitten das gleiche Schicksal, nur die kreuzenden feindlichen Segler, die vergeblich versuchten, die wagemutigen Kensustrianer einzuholen, schienen immun gegen die rätselhaften Vorgänge zu sein.

»Diese kensustrianischen Ingenieure sind echte Meister ihres Faches.« Perdór drehte am Linsenkarussell und wählte eine stärkere Vergrößerung.

»Schade, wenn diese Tauchtonnen nur genauso schnell wie ein Segler sein könnten, wäre die Belagerung zur See innerhalb eines Monats aufgegeben«, sagte Fiorell bedauernd.

»Tauchtonnen«, wiederholte der ilfaritische König vorwurfsvoll. »Wie kann man eine solche technische Leistung mit einem derart despektierlichen Ausdruck belegen?«

»Und wie, bitte schön, lautet die korrekte Bezeichnung, Ihro allwissende Pralinigkeit?«, verlangte der Hofnarr zu wissen.

Perdór schwieg einen Moment.

»Da haben wir's«, tönte Fiorell triumphierend. Es ist nicht weit her mit Eurem Wissen, was?«

»Es ist ein unterseeisches Tauch-Sabotage-Schiff«, sagte der exilierte Herrscher etwas unsicher. »So oder so ähnlich hat es der Ingenieur genannt. Auf alle Fälle klang es besser als Tauchtonne.« Demonstrativ schob er sich das nächste Konfektstück in den Mund. »Wo ist eigentlich der Picknickkorb abgeblieben, den du hierher bringen solltest, Bursche?«, erkundigte er sich. »Ich hätte wahnsinnigen Appetit auf ein belegtes Brot.«

»Den habe ich am Fuß der Treppe stehen lassen«, verkündete der Hofnarr beiläufig. »So seid Ihr gezwungen, Euch zu bewegen, wenn Euer nimmersatter Magen knurrt und geifert. Ich bin ganz schön gemein, oder?«, grinste er seinen Herrn an.

»Boshaft, tzulanesk durch und durch«, knurrte Perdór ihn an. Das Fernglas ruckte vor seine Augen. »Oh, sie sind schon wieder dabei, die Lücken zu schließen und den Blockadegürtel enger zu schnallen. Ich hoffe, unsere kensustrianischen Verbündeten schaffen es, diese Unternehmung ohne Verluste durchzuführen.«

»So, wie es aussieht, haben die zehn Segler es tatsächlich geschafft. Ab nun werden nur noch Stürme verhindern können, dass sie ihre Heimat erreichen«, schätzte der Spaßmacher die Situation ein. »Wo auch immer das sein mag.«

»Was noch viel spannender ist, dürfte die Frage sein, womit sie von dort zurückkehren.« Der König schlenderte unter den Säulen entlang. »Niemand hat mir gesagt, welche Aufgabe diese zehn Schiffe haben. Ob sie über das Schicksal der schwarzen Flotte berichten? Ich weiß nur, dass sich an Bord in erster Linie Gelehrte befinden und noch ein paar Handwerker.«

»Wenn sie einen kensustrianischen Hilferuf transportieren, dann bin ich sehr auf das Echo gespannt«, meinte Fiorell und schloss mit einer Reihe Flickflacks zu Perdór auf.

»Was auch immer wir zu hören bekommen – es wird dem Kabcar hoffentlich mächtig aufs Gehör schlagen«, lachte der Herrscher und verstaute das Fernglas. »Es zeichnet sich ein handfester Disput zwischen ihm und Sinured ab. Allem Anschein nach hat dieses Ungeheuer gegen den Willen Bardri¢s gehandelt, und dummerweise ist es dieses Mal aufgeflogen. Ich will nicht wissen ...« Er hielt inne und hob den Zeigefinger. »Falsch, ich weiß es ja, was dieses Relikt aus den schlimmsten

Tagen Ulldarts während der Eroberungskriege alles angestellt hat. Und dieser Nesreca wird jede Kunde über seine Gräueltaten abgefangen haben, wie ich ihn einschätze.«

»Hoffen wir einmal, dass es der letzte Fehler von Sinured war und der Kabcar echte Konsequenzen daraus zieht. Seine Tochter soll die Stelle seines Strategen einnehmen, und da käme es doch gerade recht, wenn sein Sohn Sinureds Platz bei den Truppen anstrebte«, vermutete Fiorell.

»Ach so? Du meinst, er plant eine Ablösung, um über eine besser kontrollierbare Spitze zu verfügen?« Seine wulstigen Finger wühlten in den Korkenzieherlocken seines Bartes. »Es könnte möglich sein. Und weil Sinured aufsässig war, zieht er den Wachwechsel einfach vor, um diesen Unsicherheitsfaktor auszuschalten.«

»Ob das ein Glück für Rogogard ist, muss sich noch herausstellen«, warnte der Hofnarr. »Den Gerüchten zufolge geht die vernichtende Flutwelle, die über das Inselreich rollte und die vorgelagerten Eilande schwer traf, einzig und allein auf das Eingreifen des Thronfolgers zurück und nicht auf eine Laune der Natur. Und wenn er von seinem Vater geschickt wurde, die Seeräuber zu befrieden, fürchte ich nicht nur um das Leben der Schafe auf den Felsbrocken.«

»Die Brojakin sollte wirklich weggebracht werden, bevor der Kabcar erfährt, wo sie sich aufhält. Im Grunde war sie auf Kalisstron sicherer aufgehoben als in der stärksten Festung der Freibeuter. Der Kabcar wird ein schnelles Ende im Norden haben wollen, um seine vereinten Kräfte Richtung Kensustria zu verlagern. Und das wiederum bedeutet, jedenfalls wenn ich der Herrscher des Großreiches und genauso rücksichtslos wäre, dass die Rogogarder die volle magische Breitseite abbekommen werden.«

»Ich hoffe mal, die Langbärte sind vernünftig und suchen das Weite, statt wie unsere kensustrianischen Freunde hier den heldenhaften Niedergang zu bevorzugen.« Fiorell kratzte sich am Kopf. »Wie sehen denn unsere Reisepläne aus, Majestät? Oder malen wir uns schon im Voraus Fähnchen mit dem tarpolischen Wappen, um die Eroberer herzlich willkommen zu heißen?«

»Niemals, mein bester Fiorell«, versicherte der König und blieb im Schatten stehen. »Andererseits empfände ich unseren Tod doch als sehr sinnlos. Daher schlage ich vor, wir tauchen bei passender Gelegenheit unter, um uns mithilfe eines Schiffes in die nähere Umgebung abzusetzen. Ich fände Kalisstron wirklich reizvoll. Es wäre natürlich auch eine außerordentlich neue kulinarische Erfahrung für mich. Das ist nicht zu verachten.«

»König ohne Land sucht Gegend zum Regieren«, schlug der Spaßmacher vor, »so müsstet Ihr Euch bei den Kalisstri vorstellen. Aber soweit wir wissen, haben sie keine Könige.«

»Wie ärgerlich«, grummelte Perdór. »Ich werde mich als Pralinenmeister verdingen. Das ist etwas, was ich ebenfalls sehr gut beherrsche. Aber zuerst warten wir mit Spannung ab, was denn die militärischen Fähigkeiten der Krieger alles bewirken.«

»In den letzten Tagen sind eine ganze Reihe Karren aus Meddohâr gerollt, wenn ich es richtig gesehen habe«, erinnerte ihn Fiorell. »Weiß Taralea, woher sie diese seltsamen, haushohen Tiere haben, die sie zum Ziehen der Wagen und zum Reiten hernehmen. Die Mauern der städtischen Festung jedenfalls sind mit

Bombarden bestückt worden, wie ich sie noch nie gesehen habe. Kleinere Exemplare davon lagerten auf den gepanzerten Kutschen.«

Perdór hatte am Fuß des Berges Moolpár ausgemacht und winkte ihm. »Bringt bitte den Korb mit hoch!«, brüllte er hinab. Der Kensustrianer schien nicht zu verstehen. »Korb! Es eilt!«

Moolpár blickte sich suchend um, entdeckte den Behälter mit den vielen Leckereien und verteilte zur Bestürzung des Königs den Inhalt an spielende Kinder, die lachend ihre Beute verspeisten.

»Ich glaube, er hat Euch falsch verstanden, Majestät«, gluckste Fiorell, der seine Schadenfreude nicht zurückhalten konnte. »Noch ein Verbündeter im Kampf gegen Eure überflüssigen Pfunde, das ist sehr beruhigend.«

»Da ist nichts, aber auch gar nichts überflüssig. Jedes Gramm an mir entstand nur aus den besten Delikatessen«, begehrte der Herrscher traurig auf. Tief seufzte er, als Moolpár im Korb herumkramte und nichts mehr fand außer einem Apfel und eines der superben Miniaturküchlein, das er kurz in die Höhe reckte und sich dann selbst in den Mund steckte.

Perdórs Magen rumorte protestierend gegen die sträfliche Vernachlässigung.

Ohne dass ihn der Weg über die Stufen sonderlich angestrengt hätte, erreichte der Kensustrianer die beiden Ilfariten.

»Hier, Euer Korb. Ich habe den Inhalt verteilt, ganz wie Ihr wolltet.« Das letzte Stück Apfel verschwand in seinem Mund. Beinahe sehnsuchtsvoll hingen die Blicke des Königs an dem bis auf das Kerngehäuse abgenagten Rest, den Moolpár in den begrünten Hang beförderte. »Das war vermutlich die teuerste Sorte Apfel, die Ihr auf dem Markt finden konntet, wie ich annehme. Ein exquisites Aroma.« Sein Gesicht nahm einen verwunderten Ausdruck an. »Und diese kleinen Gebäckstücke, umwerfend! Ich verstehe Eure Vorliebe für das Süße mehr und mehr.«

Müde winkte der Herrscher ab, die grauen Locken hingen betrübt von Kopf und Kinn. »Streut nicht Salz in meine Wunde, guter Moolpár. Lasst uns über etwas anderes reden. Wir hatten es gerade mit der Situation auf Rogogard.«

»Die Seeräuber sind weit weg und völlig auf sich allein gestellt«, fasste der Krieger die Lage unbarmherzig zusammen. »Sie werden in wenigen Wochen nichts mehr an Widerstand aufzubieten haben. Danach werden die Nester der Rebellen in Karet fallen. Anschließend wird der Kampf gegen uns beginnen. Die erste Woche wird ihn mehr Soldaten kosten als sämtliche Schlachten seiner Truppen der letzten Jahre.«

»Ihr habt doch hoffentlich niemandem erzählt, dass Tobáar magisch befähigt ist?«, vergewisserte sich Perdór und senkte dabei die Stimme zu einem Flüstern.

»Wo denkt Ihr hin?« Der Kensustrianer legte den unteren seiner Haarzöpfe zurecht, damit er nicht vor den Griffen der Schwerter baumelte. »Im Übrigen ist das eine Neuigkeit, die auch beim kensustrianischen Volk alles andere als Freude auslösen würde.« Fiorell und sein Herr horchten auf. Aber zu weiteren Erklärungen ließ sich Moolpár nicht hinreißen. Stattdessen schwärmte er von dem gelungenen Ausfall. Die Aufgabe der zehn Schiffe ließ auch er unerwähnt, Fragen über das Vorgehen und spezielle Angriffspläne wich er aus. »Versteht es bitte nicht falsch«, entschuldigte er sich knapp. »Aber Tobáar will es so.«

»Natürlich, bester Moolpár«, nickte Perdór huldvoll.

»Ich kenne meinen Ruf als Spion, und einem solchen Mann freiwillig Geheimnisse anzuvertrauen wäre schon reichlich seltsam.« *Also muss ich es selbst herausfinden, wenn mir danach ist. Oder es zumindest versuchen.*

»Gibt es Meldungen darüber, wie das restliche Reich zu dem Eroberungsdrang des Kabcar steht?«, erkundigte sich der Kensustrianer, während sie sich gemeinsam an den Abstieg machten.

»Das ist ein Phänomen, wie es in keinem Buch steht«, lachte Fiorell bitter auf. »Nesrecas Bänkelsänger und Schauergeschichtenerzähler leisten nach wie vor gute Arbeit. Und dementsprechend wenig Vorbehalte hat man gegen einen Angriff aus Kensustria, einmal abgesehen von den Ilfariten, die ein wenig vertrauter mit Eurer Kultur sind. Die Lügenmären, die man von Dorf zu Dorf weiterträgt, sind ungeheuerlich.« Er zwinkerte dem Krieger zu. »Wusstet Ihr, dass alle Kensustrianer heimlich Menschen fressen und sich in mordende Bestien verwandeln, wenn man ihnen nach dem Tod nicht den Kopf abschlägt?«

Vor lauter Heiterkeit entging dem Spaßmacher, dass Moolpárs Bernsteinaugen für einen winzigen Moment zu Schlitzen wurden und der Kensustrianer sich verkrampfte. Sein Lachen klang künstlich.

»Dann sollte man uns wohl besser alle zu den Ungeheuern in die Verbotene Stadt bringen«, feixte er.

»Ihr seid nicht auf dem Laufenden«, rügte ihn der König scherzhaft. »Die Kreaturen, die eine ganz erstaunliche Art von Zusammenleben und disziplinierter Ordnung geschaffen haben, nennen sie inzwischen Ammtára.«

»Ammtára«, echote der Kensustrianer ungläubig und wurde langsamer.

»Weshalb beschleicht mich allmählich der Gedanke,

dass Ihr so einiges vor uns verbergt, mein geschätzter Moolpár?«, bohrte der dickliche Herrscher nach. »Ist etwas Besonderes an dem Namen? Angeblich bedeutet das Wort ›Freundschaft‹.«

»Freundschaft«, wiederholte Moolpár auch dieses Wort. »Dass ich nicht lache.«

»Ich glaube, er war in seinem vorherigen Leben ein sprechender Vogel. Diese Arten, die alles nachplappern, was man ihnen vorspricht«, warf Fiorell ein.

»Und du warst ein Vogel, der von seinem Besitzer höchstwahrscheinlich in die Pfanne gehauen wurde«, schätzte Perdór. »Halte deinen vorlauten Schnabel und gib unserem Freund die Gelegenheit, sich von deinem Geschwätz und seiner Überraschung zu erholen.«

Aber der kensustrianische Kämpfer ging nicht auf die Späße ein. Er schaute zu Perdór und dann zu seinem Hofnarren, der prompt grinste und mit den Augenbrauen wackelte, wofür er einen Rempler von seinem Herrn kassierte.

»Hier ist nicht der richtige Ort, um die Angelegenheit zu besprechen«, beschied Moolpár. »Folgt mir.«

Neugierig begleiteten die beiden Ilfariten den Krieger in sein Haus, wo er ihnen etwas zu trinken und dem König wortlos einen halben Laib Brot, kaltes Fleisch und Käse vor die Nase stellte. Dankbar langte Perdór zu.

»Ich habe die Geschichte schon einmal erzählt«, begann Moolpár. »Damals hörte sie ein Ritter namens Nerestro von Kuraschka, den ich unterwegs in Patamanza traf. Er erzählte mir von der Ausgestoßenen der Priesterkaste, Belkala, die sich in Tarpol aufhalten sollte. Sie war vor vielen Mondumläufen die Hohepriesterin des Gottes Lakastra und belebte seinen Kult in Kensustria von neuem. Dank ihrer Energie fand der

Glaube an ihn großen Zulauf. Doch sie veränderte seine Lehre, was wiederum den Widerstand der gesamten Priesterkaste auf den Plan rief. Ihr wurde vorgeworfen, die Leute durch falsche Visionen zum Glauben gerufen zu haben. Nach dem Beschluss der Priesterkaste verwies man sie wegen Frevels des Landes und der Kaste. Sie beherrscht Künste, die nicht rechtens sind, und wer ihr einmal verfallen war, kommt nie wieder über sie hinweg. Ich traf sie kurze Zeit darauf in Patamanza.«

Kauend lauschten die beiden Männer den Schilderungen. Jedes Mal, wenn der Hofnarr seine Finger nach Essen ausstreckte, stach der König mit einer Gabel nach ihm.

»Mein Schüler und ich stellten die Lügnerin und fanden heraus, dass der Fluch, mit dem sie belegt wurde, in Erfüllung gegangen war. Sie hatte sich nach ihrem Tod zu einem Wesen verwandelt, das alle Kensustrianer verabscheuen.«

»Was hat das mit der Verbotenen Stadt zu tun?« Fiorells Neugier brach durch und führte zu einem Tritt gegen das Schienbein durch den ilfaritischen König.

»Geduld«, mahnte Moolpár. An seiner Miene erkannten beide, dass es ihm sichtlich Schwierigkeiten bereitete, über die Angelegenheit zu sprechen. Etwas Ungewöhnliches musste der Zurückhaltung zu Grunde liegen. »Das erkläre ich noch. Auf alle Fälle entkam sie uns an diesem Tag, und wir hatten wichtigere Dinge zu erledigen, als eine verfluchte Verstoßene für immer von dem Kontinent zu schicken.«

»Was ist das Besondere?«, hakte Perdór vorsichtig ein. »Warum ist den Kensustrianern dieses Wesen zuwider?«

»Sie wurde zur …«, er suchte nach einem passenden Begriff, »›Fresserin‹. Sie verzehrt das Fleisch ihrer Artgenossen und der Menschen.« Der Ekel stand ihm ins Gesicht geschrieben. »Etwas Schlimmeres gibt es unserer Vorstellung nach nicht.«

»Das klingt beinahe so, als hätte es diese Fresser einst öfter gegeben?«, mutmaßte der König behutsam.

»Nur die widerlichsten Frevler sind dazu verdammt, nach ihrem Tod in dieser Gestalt zurückzukehren. Und sie sind üblicherweise auszumerzen.« Der Kensustrianer schluckte. »Bisher habe ich immer angenommen, es träfe nur die Abtrünnigen. Sie verwandeln sich, ihre Augen leuchten gelb, sie werden schlimmer als Tiere.«

In Perdórs Verstand keimte ein ungeheuerlicher Gedanke auf. Der Anblick von Tobáar und seinen Gefolgsleuten und die Eindrücke, die ihm Soscha nach ihrer Rückkehr zitternd berichtet hatte, waren ihm noch bestens in Erinnerung. *Sollte Tobáar, der Anführer der kensustrianischen Kriegerkaste, ebenfalls ein solches Wesen sein?* Doch er scheute sich, seinen Verdacht laut auszusprechen. Zu unsicher erschien ihm die mögliche Reaktion Moolpárs, in dessen Innerem ein Kampf tobte. Einem Wesen in die Schlacht zu folgen, das er normalerweise zu vernichten hatte ... Allein der Gedanke musste einen Zwiespalt in ihm auslösen, um den der König ihn nicht beneidete.

Moolpár räusperte sich. »Wie auch immer ... Belkalas Versprechungen nach, so erzählte man sich, sollte Lakastra zu Ehren eine Stadt errichtet werden, die sie Ammtára nennen wollte.«

»Und es bedeutet nicht Freundschaft?«, fragte Fiorell, der es gerade noch rechtzeitig schaffte, seinen Mittelfinger vor den Zinken der Gabel in Sicherheit zu bringen.

»Es bedeutet ...«, wieder suchte Moolpár nach einer passenden Übersetzung für das kensustrianische Wort, diesmal allerdings vergebens. »Ich finde nichts, was dem gleich kommt. Ich werde nachdenken und es Euch wissen lassen.«

»Nun scheint es, dass die ehemalige Priesterin ihren Weg bis nach Tûris gemacht hat«, schloss Perdór aus dem Gehörten. »Dann hat sie die Schlacht bei Telmaran überstanden und den Ritter verlassen, um sich inmitten der Wesen eine neue Existenz aufzubauen, wo sie am wenigsten auffällt.«

»Aber sie besitzt noch so viel Trotz, dass sie die Stadt mit einem kensustrianischen Namen versehen lässt.« Fiorell schürzte die Lippen. »Das muss eine ganz schön eigenwillige Frau sein.«

»Sie ist keine Frau. Sie ist eine tödliche Bestie«, stellte der Krieger unwirsch richtig. »Wenn die Sache mit dem Kabcar ausgestanden ist, trage ich unserer Kaste diesen Umstand vor. Wir werden nach Tûris ziehen und die Fresserin vernichten.«

»Wie kann das geschehen, wenn sie doch bereits tot ist?«, wollte der Spaßmacher wissen.

»Ich werde ihr den Kopf von den Schultern trennen und sie verbrennen«, schwor Moolpár. Er stand auf. »Ihr habt gehört, weshalb ich vorhin so seltsam reagierte. Ich bitte Euch, behaltet die Kunde über Ammtára für Euch. Es wäre möglich, dass sich einige verpflichtet fühlten, einen zweiten Kriegsschauplatz zu eröffnen – einzig von dem Wunsch beseelt, jene Stadt dem Erdboden gleichzumachen, deren Name eine einzige Herausforderung an alle Kensustrianer ist, die an Lakastra glauben. Oder die von religiösem Fanatismus beseelt sind. Nun wünsche ich Euch beiden eine gute Nacht.« Er nickte dem Herrscher zu. »Den Schinken dürft Ihr gern mitnehmen, wenn Euch noch nach Fleisch gelüstet.«

»Dem vergeht der Appetit nicht so schnell«, winkte Fiorell beruhigend ab, während sie zum Ausgang schritten. Nach einer kurzen Verabschiedung begaben sie sich schweigend auf den Rückmarsch zu ihrer Unterkunft. Ein jeder hing eigenen Gedanken nach.

»Was denkst du über Tobáar?«, fragte Perdór abwesend, als ein Diener ihnen die Tür öffnete.

Fiorell überlegte kurz, bevor er antwortete. »Seit ungefähr einer Stunde das Gleiche wie Ihr, Majestät.«

»Und was denkst du über die Kensustrianer?«, meinte der Herrscher.

»Ihr denkt vermutlich an die Sagen, die man sich in Tarpol über die Grünhaare erzählt. Ich würde sagen, dass sich wiederum eine alte Volksweisheit als zutreffend herausstellt: Jede Legende birgt einen wahren Kern in sich.« Der Hofnarr begab sich in sein Zimmer.

»Fiorell?«

Sein Kopf erschien im Türrahmen. »Ja, Majestät?«

»Verschließe die Tür und die Fenster gut. Und achte auf deinen Hals.«

Wortlos reckte der Spaßmacher eine massive Holzlatte in die Höhe. »Davon habe ich sieben Stück; sie sind dazu da, um alle möglichen Eingänge zu verbarrikadieren«, erklärte er. »Ich habe auf Volksweisheiten schon immer viel gegeben.«

Kontinent Ulldart, Inselreich Rogogard, Frühsommer 459 n. S.

Einen Schuss vor den Bug, Adjutant«, befahl Commodore Lucari Baraldino, Befehlshaber der *Güldenstern*, »und jedes Stückchen Leinwand an die Rahen. Ich will dieses verdammte Schiff da vorne haben.« Sorgsam tupfte er den Schönheitsfleck an seiner rechten Wange fest. *Wenn ich Glück habe, ist tatsächlich dieser Rudgass an Bord*, dachte er. *Das brächte mich auf Anhieb ganz nach oben beim Kaufmannsrat. Nach dem peinlichen Abstieg meines Cousins Parai käme mir das gerade recht. Immerhin verdankt unsere Familie es diesem Idioten, dass wir an den entlegensten Stellen der Meere Dienst verrichten dürfen.*

Die Bauweise der Schiffe, welche die Rogogarder bei den Tarvinern abgeschaut hatten, machte es nach wie vor schwer, die Blockade um die eroberten rogogardischen Inseln lückenlos zu schließen.

Die Dharkas erreichten bei geringen Windstärken ganz erstaunliche Geschwindigkeiten, während die Kriegskoggen wie lahme Enten hinterherdümpelten. Aber die Reichweite der Bombarden machte den Vorteil halbwegs wett.

Nun jagten sie wiederum eines der verhassten Schiffe, das aus lauter Angst, in die Hände der Gegner zu geraten, sämtliche Ladung über Bord warf, um durch weniger Ballast noch schneller flüchten zu können.

Der Warnschuss, der Baraldino erschrocken zusammenzucken ließ, verfehlte seine Wirkung als Aufforderung zum Beidrehen. Die Rogogarder suchten lieber das Weite.

»Ruder hart steuerbord, Freigabe für Breitseite, wenn bereit«, hallte die erboste Stimme des palestanischen Offiziers, der seinem inhaftierten Cousin wie aus dem Gesicht geschnitten war, über das Deck. »Erster Bombardier«, brüllte er nach unten, »ich will, dass aus den gegnerischen Masten Streichhölzer werden, verstanden?!«

Das Schiff wendete abrupt um 45 Grad, das Dutzend Bombarden röhrte ohrenbetäubend und sandte einen Regen aus Blei zu den Freibeutern hinüber.

Doch die Schäden hielten sich in Grenzen, die Masten blieben heil. Für einen zweiten Schuss blieb keine Zeit mehr.

»Bei allen falschen Wechseln!« Commodore Baraldino schlug gegen das Geländer des Oberdecks. »Ihr feuert wie die Blinden.« Der prächtige Federbusch auf seinem bestickten Dreispitz wippte im Takt zu seinen Schritten, als er wütend die Stufen hinunterpolterte und zum Batteriedeck stakste, wo ihm dicker Pulverdampf entgegenschlug.

Schnell hatte er den Ersten Bombardier erreicht und malträtierte ihn mit einem Schlag seines Handschuhs. »Das habt Ihr Euch für Eure Unfähigkeit verdient. Wie kann man nur ein solches Ziel verfehlen?«

»Unser Schiff schwankte noch vom Wendemanöver«, rechtfertigte sich der Mann mit dem rußigen Gesicht. »Zum besseren Zielen blieb keine Zeit, Commodore.«

»Ich gebe eine falsche Münze auf Eure Ausrede«, schrie Baraldino ihn an und deutete mit einem Finger durch die Luke zum Horizont, wo die Dharka kleiner und kleiner wurde. »Wenn an Bord dieser Rudgass war, habt Ihr mich und die Mannschaft um eine Belohnung gebracht.« Wieder klatschte der Handschuh ins Gesicht des Bombardiers. Dann wandte sich der palestanische Offizier um und kletterte erbost die Stiegen hinauf an Deck.

»Sammelt die verdammte Ladung ein, bevor sie uns absäuft«, blaffte er seinen Adjutanten an, als die nicht zu verleugnende Seele eines Kaufmanns bei ihm durchbrach. »Immerhin haben wir uns ein paar Kisten mit irgendwas verdient.« Ärgerlich entfernte er kleine Rußflöckchen von seinem teuren Brokatrock und der Perücke.

Als sie die Hälfte des Treibgutes an Bord verstaut hatten, meldete der Ausguck die Rückkehr der Dharka. Ohne lange nach dem Inhalt der Behältnisse zu schauen, ließ Commodore Baraldino seine Männer den Rest einladen und unter Deck verstauen. *Wenn die Ladung so wertvoll für euch ist, dann müsst ihr sie euch schon holen.*

Das Piratenschiff umkreiste die Kogge und hielt Abstand zum Gegner, nur auf eine Gelegenheit wartend.

Die *Güldenstern* konterte, indem sie ihre Fahrt so manövrierte, dass sie jederzeit das Feuer eröffnen konnte, sollte die Dharka ein überraschendes Entern versuchen.

Lucari Baraldino zog den Mantel enger und drückte den Hut fest an seinen Kopf. Der Wind frischte zu allem Unglück auf, was den Rogogardern einen für die Palestaner unerreichbaren Bewegungsvorteil bescherte.

Der Offizier stellte sich dicht an die Reling und betrachtete die Seeräuber durch sein Fernrohr. An Deck des Zweimasters herrschte unverschämte Ruhe, der Feind verfügte nicht einmal über Gefechtsbereitschaft.

»Die wollen uns nur foppen!« Der Palestaner entdeckte einen Mann, der ihn wiederum mit einem Fernrohr beobachtete und ihm ausgelassen zuwinkte. *Das schlägt dem Fass den Boden aus.* Er ließ sich zu einigen obszönen Gesten hinreißen, was der Rogogarder mit dem Zeigen seines Gemächts retournierte. Empört fuhr Baraldino zurück und schob das Fernrohr mit einer energischen Bewegung zusammen. »Sie machen sich einen Spaß daraus, uns an der Nase herumzuführen. Wo sind unsere verfluchten Segler?«

»Commodore, sie setzen Vollzeug und nehmen Kurs auf uns!«, meldete der Ausguck.

»Ha!«, schrie der bunt herausgeputzte Palestaner und reckte der heranfliegenden Dharka die Faust entgegen. »Euch blase ich aus dem Wasser. Sägemehl machen meine Bombarden aus euren Planken, feinstes Sägemehl!«

Er hielt das Fernrohr wieder vor sein rechtes Auge, damit er die Wirkung der Treffer besser sehen konnte. Noch befanden sich die Seeräuber nicht innerhalb der Reichweite.

Dafür erschien der Rogogarder wieder, ebenfalls ein Fernrohr haltend. *Warte, Freundchen, dich durchbohre ich der Länge nach mit meinem Rapier. Dein bestes Stück wird an der Rahe flattern.* Der Pirat hatte ihn entdeckt und wedelte mithilfe von zwei Wimpeln eine Nachricht.

»*Güldenstern*, ergib dich«, übersetzte Baraldino ungläubig Buchstabe für Buchstabe. »Den Säufern haben sie wohl was in den Rum getan«, schnaufte er. »Batteriedeck, Feuer!« Eilig steckte er sich einen Finger ins Ohr.

Nichts geschah.

Hinter ihm rannten zahlreiche Männer umher, um ihre Posten zu besetzen, und erzeugten einen erheblichen Lärmpegel.

Der Commodore räusperte sich. »Feuer, verdammt noch eins, ihr tranigen Fischköpfe!«, brüllte er, den Blick in freudiger Erwartung auf den Bug des Angreifers gerichtet, den er unter den Bombardengeschossen bersten sehen wollte.

Stattdessen signalisierte ihm der feixende Rogogarder eine neue Botschaft.

»*Dreh dich um*«, übersetzte er zunächst, ohne den Sinn zu erfassen. »Dreh dich um? Was ist denn das für eine schwachsinnige Anweisung?« Baraldino wandte sich zur Seite, um seinen Adjutanten ins Geschützdeck zu schicken, damit er nach dem Rechten sähe.

Neben ihm stand jedoch ein Rogogarder wie aus

dem Bilderbuch, die Bartsträhnen geflochten und mit kleinen Muschelschalen verziert; goldene Ohrringe baumelten rechts und links. Er lehnte entspannt an der Brüstung, breitete die Arme aus und atmete übertrieben die Seeluft ein.

»Ist das nicht ein wunderbares Wetter zum Aufgeben, Commodore Baraldino?«, grinste er und zeigte ein nur schwach bestücktes Gebiss.

»Bei allen verdammten Geldfälschern, Ihr seid Rudgass!«, stieß der Palestaner verdutzt hervor und langte nach dem Griff seines Rapiers.

»Genau.« Torben zog ihm blitzartig die Perücke ins Gesicht, schnappte sich die schlanke Waffe und warf sie über Bord. »Wenn Ihr den Zahnstocher wieder haben wollt, dann müsst Ihr tauchen. Meine Männer befördern Euch gern hinunter.«

Wutschnaubend riss sich der Befehlshaber der *Güldenstern* die falschen Haare vom spärlichen Schopf. »Das ist eine Frechheit sondergleichen!«, begehrte er auf. Der prominente Rogogarder aber nahm ihm die Perücke aus der Hand und schleuderte sie ebenfalls ins Meer.

»Das war mit Sicherheit eine weitere Frechheit sondergleichen.«

Um Baraldino erklang mehrfaches Lachen, das nicht von seinen Leuten stammte.

Als er sich rasch umschaute, standen zwei Dutzend Piraten an Deck, die Waffen gezückt und kampfbereit.

Keiner aus seiner Mannschaft wagte es, gegen die unvermutete Kaperung aufzubegehren. Zumal das Blut an mancher Klinge deutlich machte, dass sie unter Deck den ein oder anderen Helden mit Gewalt zur Vernunft gebracht hatten.

Die Dharka segelte heran und kam längsseits, Enterhaken flogen durch die Luft und verbanden die beiden

Schiffe. Varla stand neben dem Ruder und warf ihrem Geliebten eine Kusshand zu.

»Ihr habt Euch in den Kisten verborgen!« Endlich begriff der bebende Palestaner.

»Und weil wir wussten, dass Eure Krämerseele diesem Geschenk nicht widerstehen würde, musste unsere Mission ein Erfolg werden«, fügte Torben feixend hinzu. »Eure eigene Gier ist Euch zum Verhängnis geworden. Aber seht es so, Ihr habt das Leben Eurer Männer bewahrt.«

»Ich pfeife auf das Leben meiner Männer!«, zeterte Baraldino. Schon gellten die Pfiffe und Drohungen seiner Matrosen über das Deck. »Ich meine natürlich Eure Männer.« Die Rogogarder machten drohend einige Schritte auf ihn zu. »Oh, nein, ein Missverständnis«, beeilte sich der Palestaner zu sagen. »Ich meinte … das Leben des Kaufmannsrates«, wich er schwitzend aus.

»So, so«, lachte der Freibeuter. »Na, wie auch immer. Ich danke Euch für die Übergabe der *Güldenstern*. Sie wird uns unschätzbare Dienste erweisen, wenn unsere Pläne gelingen.«

Baraldino bemühte sich um die arrogante Haltung, wie sie fast jedem palestanischen Offizier eigen war, und wedelte sich sinnlos mit einem Spitzentaschentuch frische Luft zu. Augenblicklich verströmte er einen aufdringlichen Parfümgeruch. »Mit Euch auch nur ein weiteres Wort zu wechseln ist reine Verschwendung. Ihr werdet den Möwen ein willkommenes Mahl sein, wenn ich Euch dort an der Rahe aufknüpfen lasse«, meinte er mit einem geringschätzigen Blick auf Torben.

»Und wann soll das sein, Commodore?«, erkundigte sich der Rogogarder belustigt. »Nur, damit ich mich schon mal ängstigen kann und die Tage zähle.« Die übrigen Piraten grölten.

»Sobald ich eine Waffe in der Hand halte und Euch im Zweikampf besiegt habe«, lautete die herablassende Antwort.

Auf ein Nicken des Kapitäns hin hielt einer der Freibeuter dem Palestaner seinen Entersäbel unter die Nase.

Betroffen starrte Baraldino auf die Schneide. »Oh, das ist zu aufdringlich von Euch, aber ich gebrauche niemals eine fremde Waffe«, wehrte er dankend ab und drückte den Säbel mit dem kleinen Finger von sich. »Und da mein Rapier ja leider, leider auf dem Grund des Meeres ruht, werdet Ihr demnach vom Schicksal noch eine Gnadenfrist erhalten, Rudgass.«

Torben spielte pantomimisch den Erleichterten, und seine Männer schlugen sich vor Lachen auf die Schenkel. Dann stelzte Baraldino los.

»Wo will denn der geschniegelte Pfau hin?«, fragte ihn einer der Rogogarder und trat ihm in den Weg.

»In die Segelkammer, wenn's recht ist. Dort muss ich wenigstens den Anblick Eurer hässlichen Visagen nicht ertragen«, entgegnete der Palestaner süßsauer und scheuchte den Mann mit einer Bewegung des Taschentuchs zur Seite.

»Lass ihn durch. Zufällig kennt er sich hier aus«, rief der rogogardische Kapitän.

Unter dem dröhnenden Gelächter der Freibeuter hielt der piekfeine Commodore Einzug in sein neues Quartier. Nachdem er das Tuch über der groben Bank ausgebreitet hatte, setzte er sich stocksteif darauf.

Torben folgte ihm, den Zeigefinger ausgestreckt. »Ihr habt dies hier eingebüßt.« Er tippte auf die Nase des Commodore und hinterließ einen schwarzen Fleck. »Ihr habt Euren Schönheitsfleck im Eifer des Wortgefechts verloren. Ihr solltet weniger Grimassen schneiden.«

Baraldino schielte auf den Punkt. »Danke, Pirat. Und nun raus aus meiner beschaulichen Zelle.«

»Ich werde Euch sofort allein lassen«, grinste der Rogogarder. »Der Hetmann freut sich schon sehr darauf, Euch zu verhören. Und ich auch.«

»Ich werde keinen Ton sagen, das musste ich dem Kaufmannsrat schwören«, verkündete der Palestaner. »Eher nehme ich den Schuldschein eines Bettlers.«

»Ihr werdet reden«, beruhigte ihn der Kapitän. »Schon zu Eurer eigenen Sicherheit. Wir werden nämlich mit diesem schwerfälligen Vogel«, er klopfte gegen das Holz des Türrahmens, »gegen einen Bombardenträger in See stechen. Und wenn wir keine weiteren Neuigkeiten von Euch über diese Schiffe zu hören bekommen, werden wir versenkt werden.« Er näherte sich dem Offizier und kniff die Augen zusammen. »Dann werdet Ihr mit uns untergehen.«

»Wenn das so ist«, lenkte Baraldino ein. »Warum habt Ihr das nicht gleich gesagt? Hättet Ihr Papier und Federkiel für mich?«

»Wäre es nicht einfacher, Ihr würdet es mir jetzt sagen?«, verlangte Torben.

»Es ist eine rechtliche Frage«, klärte ihn der Palestaner auf und versetzte den Schönheitsfleck von der Nase auf die rechte Wange. »Wenn ich Euch alles aufnotiere, habe ich Euch nichts gesagt und der Kaufmannsrat kann mir gar nichts.«

Bald flog die Spitze des Schreibinstruments nur so über das Blatt und lieferte Linie für Linie alles, was für einen Überfall auf einen Geschützträger von Nutzen sein konnte.

Die *Güldenstern* segelte im Schein der vollen Monde durch die Wellen und kam dem Objekt der rogogardischen Begierde immer näher. Flach drückte sich die Silhouette des eindrucksvollen Bombardenträgers, der den Namen *Schalmei* trug und den verbesserten Nachbau einer turîtischen Iurdumgaleere darstellte, an die Wasseroberfläche; die Ruder waren eingezogen, die Positionslampen flackerten im Windzug. Die Eroberer machten keinen Hehl daraus, wo sie waren.

Dickes Holz, Eisenbleche und ein verstärkter Rumpf sorgten dafür, dass sie bei einem herkömmlichen Angriff unverwundbar waren. Als Schutz gegen Beschuss durch Brandsätze hatten die Konstrukteure das Deck nachträglich mit Blechen versehen, die Galeere fing dadurch schlechter Feuer.

»Schiff voraus«, meldete die Wache im Krähennest, als sie die Laternen der palestanischen Kriegskogge sah.

Der wachhabende Offizier, Hamando Nelisso, erschien auf der Brücke und betrachtete den Ankömmling durch das Fernrohr »Es scheint eine Patrouille zu sein, die zurückkehrt«, meldete er der zehn Mann starken Wache, die hinter ihm angetreten war. Im hellen Licht der Gestirne gelang es ihm, den Namen am Bug zu lesen. »Sieh an. Baraldino wird die Lust vergangen sein, die leere See zu betrachten«, lachte er leise.

Dem Schiffsjungen befahl er, eine Mahlzeit für die Offiziere in der Messe herrichten zu lassen, ohne dabei die anderen an Bord zu wecken.

»Wenn Ihr auch nur falsch mit der Wimper zuckt oder eine verräterische Geste macht, seid Ihr der erste von vielen Toten, die diese Nacht bringen würde«, schärfte Torben dem Offizier ein und rückte sich das Halstuch zurecht, um seinen Bart darunter zu verbergen.

»Ich werde mir größte Mühe geben, Pirat, den besten

Verrat an meinen Landsleuten zu begehen, zu dem ich im Stande bin«, entgegnete Baraldino verdrießlich.

Seit Stunden dachte er darüber nach, wie er seine Leute warnen konnte, ohne sich dabei auf irgendeine Art und Weise in Gefahr zu bringen; weder wollte er im Geschützfeuer enden, noch den Säbel des Rogogarders der Länge nach schlucken. Aber es fiel ihm keine befriedigende Lösung ein.

»Die *Schalmei* wendet auf der Stelle und zeigt uns die Breitseite«, raunte der Mann am Bug nach hinten weiter. »Die Klappen sind offen.«

Torben schaute mit ernstem Gesicht zu seinem Gefangenen, doch der Palestaner zuckte gelassen mit den Achseln. »Das ist eine völlig normale Vorgehensweise. Gleich geben sie Lichtsignale.« Er hielt eine Hand hin. »Ich brauche eine Blendlaterne, um mit der passenden Losung zu antworten. Ich möchte nicht versenkt werden.«

Tatsächlich blinzelte auf der Brücke des Bombardenträgers ein weißes Auge in scheinbar wirrer Reihenfolge. Der rogogardische Befehlshaber jedenfalls konnte mit den Zeichen nichts anfangen.

Baraldino stelzte, ausgestattet mit der verlangten Blendlaterne, zur Spitze der *Güldenstern* und betätigte die Signalvorrichtung an der Lampe. Die Metallscheibe vor dem Docht klapperte hektisch auf und nieder.

»Was immer er jetzt auch sendet, ich habe keine Ahnung, Käpt'n«, flüsterte ihm sein Maat Negis ins Ohr.

»Mir ist genauso unbehaglich wie dir, alter Seebär. Aber ich setze voll darauf, dass er wie alle anderen Palestaner ist. Wenn es um den eigenen Vorteil geht, kennen sie nur wenig, vor dem sie zurückschrecken. Er wird sich sein Leben bewahren wollen.« Torben spuckte aus und schaute an sich herab.

Wie alle anderen, die sichtbar an Deck standen, steckte er in einer palestanischen Uniform, um die Täuschung möglichst lange aufrecht zu erhalten. Im Bauch der Kogge warteten auf engstem Raum zusammengepfercht vierhundert Soldaten, um sich die Galeere und damit die sechzig Geschütze unter den Nagel zu reißen. Wenn die *Schalmei* ihre Töne aus den Bombarden erklingen ließe, würde das ohnehin geschwächte Inselreich einen herben Verlust erleiden, einmal abgesehen von der Galionsfigur Torben Rudgass.

Der palestanische Offizier stellte die Lampe ab und kehrte zurück.

»Der Name Baraldino sagt mir irgendetwas«, fiel Negis ein. »Hat nicht einer mit diesem Namen sich die Hosen vor der Regentin Alana der Zweiten voll geschissen?«

»Das war mein Cousin«, antwortete der Commodore gekränkt. »Eigentlich ist er ein ganz entfernter Verwandter. Ich kenne ihn nicht.«

»So einen Cousin würde ich auch nicht kennen wollen«, lachte der Maat. »Das muss mehr als peinlich gewesen sein, was?« Ein Strahl Tabaksaft klatschte auf die Planken.

Angewidert zog Baraldino den Schuh zurück. »Es ist in erster Linie eklig. So wie du, Pirat.«

»Freibeuter, mein Freundchen«, verbesserte Negis mit erhobenem Zeigefinger und geriet dabei in die gelockten Haare der weißen Perücke, sodass er sie beinahe vom Kopf gerissen hätte. Fluchend befreite er sich aus dem feinen Gespinst. »Wie kann man das nur auf dem Schädel tragen? Irgendein Gaul muss jetzt ohne Schweif auskommen, nur weil den Pfeffersäcken die Haare ausfallen.«

»Es ist eine Frage des Stils«, belehrte ihn der Commodore. »Menschen, die etwas auf sich geben, tragen dergleichen.«

»Ich kann dir mal was auf die Mütze geben«, schlug der Maat vergnügt vor und zog den Uniformärmel nach oben.

»Schluss jetzt, das hier ist keine Vergnügungsfahrt«, unterbrach Torben den palestanisch-rogogardischen Kulturaustausch. »Wie geht es weiter, Baraldino?«

»Wir beschreiben einen Halbkreis, nähern uns, wie besprochen, mit gerefften Segeln der *Schalmei* und treiben von Steuerbord heran«, wiederholte er gelangweilt das vorgeschriebene Anlegeprozedere. »Jede noch so kleinste Änderung bedeutet eine Salve aus allen Rohren.«

»Dann wollen wir mal«, nickte Negis und erteilte die Anweisungen, um längsseits zum Bombardenträger zu gehen.

Aufmerksam verfolgte die Wache die Bewegungen der Kogge. »Das Protokoll wird eingehalten«, lautete die Meldung über den Ablauf der Annäherung. »Nichts Ungewöhnliches, Commodore.«

Ein Glück, die Geschütze sind ohnehin nicht besetzt. Er hatte die Luken nur öffnen lassen, um den Anschein zu erwecken, dass er sich an alle Punkte der Kriegsordnung hielt.

Da es sich aber um ein bekanntes Schiff handelte, wollte er sich die Mühe sparen, mitten in der Nacht für eine störende Aufregung zu sorgen. Die Rudersklaven aus dem Schlaf zu reißen reichte ihm schon aus. Das Kettengerassel enervierte ihn.

Nachdenklich fixierte der palestanische Offizier das Gefährt. *Es liegt ziemlich tief im Wasser. Baraldino wird doch nicht etwa einen Fang gemacht haben?*

»Es liegt ziemlich tief im Wasser«, sagte eine bekannte Stimme neben ihm, und Nelisso wirbelte herum.

Verdammt, der Barbar hat mir gerade noch gefehlt, dachte er.

Der Tzulandrier Forkúta, dem das Kommando des Geschützträgers oblag, stand an seiner Seite. Der Rang des Mannes lautete »Magodan« und lag knapp über der Stellung eines Commodore. Er trug eine dunkelbraune Lederrüstung mit seltsamen eingebrannten Mustern, Runen und Zeichen, die bis auf die Oberschenkel reichte; aufgesetzte Eisenringe verstärkten den dünnen Panzer. Die Beine wurden durch einen ebenso gestalteten langen Lederrock geschützt. In seinem Waffengürtel steckten zwei bizarr geformte Beile. Den Kopf zierten lediglich drei schwarze Haarlinien, so breit und hoch wie ein Finger; zwei verliefen waagrecht über den Ohren, die dritte befand sich oben auf dem ansonsten kahlen Schädel. Die schimmernden Monde beschienen das harte, glatt rasierte Gesicht des Magodan.

Auf den ersten Blick unterschied diese Menschen nichts Wesentliches von Ulldartern, aber es lag eine Wildheit in ihren Augen, vor der man Angst bekam.

Der Palestaner musste immer an gezähmte Wölfe denken, die ihre wahre Natur nicht verbergen konnten. Unterschiedlicher hätten die Verbündeten vom Äußeren her nicht sein können.

»Das ist mir auch schon aufgefallen, Forkúta Magodan«, antwortete Nelisso freundlichst. »Commodore Baraldino scheint eine Prise mit nach Hause zu bringen.«

Schweigend schaute der Tzulandrier zu der Kogge.

»Signalisiert der *Güldenstern* anzuhalten. Setzt ein Beiboot aus, Commodore«, befahl er nach einer Weile. »Ich will, dass sich die Mannschaft umsieht, bevor die

Kogge näher kommt. Einer meiner Leute nimmt eine Blendlaterne mit hinüber.« Der Blick aus den gelbbraunen Augen legte sich auf Baraldino. »Wenn er etwas entdeckt, soll er die Lampe löschen.«

»Sehr wohl, Magodan«, bestätigte der Commodore, seine falsche Haarpracht zurechtrückend. »Und was machen wir, wenn sich Euer Verdacht bestätigt?«

»Lasst die Geschütze feuerbereit machen, wie es von Euch verlangt wird, und dann setzt mit über. Ich erwarte Euren Bericht.«

»Du dreckiger, widerlicher Stinkfisch!«, knurrte Negis den Gefangenen an und holte mit der Faust aus, um Baraldino einen Schlag auf die Nase zu verpassen. »Du hinterfotzige Krämerseele hast uns verpfiffen!«

»Nein, warte!« Torben hielt seine Hand fest, während der Commodore ängstlich die Augen schloss und in verkrümmter Haltung den Aufprall der Knöchel in seinem Gesicht erwartete. »Wenn er den anderen Pfeffersäcken Bescheid gegeben hätte, würden wir als kleine, blutige Fetzen in der See treiben. Irgendetwas muss ihre Aufmerksamkeit erregt haben, aber sie sind sich nicht sicher mit ihrer Annahme«, schätzte er.

Vorsichtig zwinkerte Baraldino, um nach dem rogogardischen Maat zu sehen. Dann wurde er nach vorn gerufen, um die Signale der *Schalmei* zu übersetzen.

»Wir sollen anhalten und die Besatzung des Beiboots an Bord kommen lassen«, rief er. »Sie schauen sich um, ob alles in Ordnung ist.«

Der Kapitän sah sich in seiner Vermutung bestätigt. »Ich erwarte von allen eine bühnenreife Leistung. Ihr seid Palestaner, Männer, verstanden?!« Er wandte sich dem Commodore zu. »Wie genau sind die Männer der *Güldenstern* bekannt?«

»Mich und meine Offiziere kennt man, weil wir des Öfteren dort drüben diniert haben«, erklärte Baraldino und öffnete ein Riechfläschchen, um sich einen klaren Kopf zu verschaffen. »Aber ich werde die Bedenken zu zerstreuen wissen.«

»Sie haben die Bombarden ausgefahren«, verkündete der Mann im Ausguck. Mit bloßem Auge konnte man die glühenden Enden der Lunten in der Dunkelheit des Batteriedecks erkennen.

Ein langes Beiboot, besetzt mit einem halben Dutzend Ruderern, vier palestanischen Soldaten und einem fremdartig wirkenden Kämpfer, wurde zu Wasser gelassen.

Der Palestaner atmete auf. »Den Offizier kenne ich, er ist der zweite Befehlshaber der *Schalmei*. Das wird ein Kinderspiel.«

Als Commodore Nelisso das Deck betrat, begann der »Balztanz der Pfaue«, wie der rogogardische Maat das Gehabe der Palestaner nannte.

Zur Begrüßung zeigten beide Seiten tiefe, formvollendete Kratzfüße, es folgte eine Reihe von belanglosen Komplimenten über das Aussehen, bei denen die Offiziere ihre Taschentücher schwenkten, und schließlich endete die Vorstellung mit einem erhabenen Kopfnicken.

Die Kleidung des Commodore der *Schalmei* musste Unsummen von Münzen verschlungen haben, Steine waren eingewoben worden, Orden prangten auf dem Brokatstoff und gingen durch die Vielzahl der optischen Eindrücke beinahe verloren. Selbst der Dreispitz funkelte im Mondlicht auf. Der Neid stand Baraldino ins Gesicht geschrieben.

»Entschuldigt, verehrter Freund, dass ich Euch mit

diesem Brimborium aufhalte«, bat Nelisso, »aber der Wilde«, er rollte mit den Augen, um sein Missfallen zum Ausdruck zu bringen, »scheint schlecht geschlafen zu haben und verlangt eine Durchsuchung Eurer Kogge.« Er lachte schief, Baraldino stimmte mit ein.

»Wie absurd, nicht wahr?!« Seine vorgetäuschte Heiterkeit hielt an. »Nun denn, so lauft ein wenig auf und ab und tut so, als suchtet Ihr, verehrter Freund, und genießt den Wein, den ich Euch bringen lassen werde.«

»Vermutlich aus dem Bestand des Rogogarders, was?«, meinte Nelisso.

Baraldinos Augen wurden groß. »Welchen Rogogarder meint Ihr? Hier gibt es keine Piraten, keinen einzigen.«

Der Commodore zwinkerte ihm zu und wedelte mit dem Tuch in seine Richtung. »Aber natürlich nicht. Euer Schiff hat indes einen solchen Tiefgang, dass Ihr eine fette Prise gemacht haben müsst.« Er drehte sich um und betrachtete oberflächlich einen der falschen palestanischen Matrosen. »Schaue ich mir die Gesichter so an, muss ich dennoch bemerken, dass es einige Eurer Leute nicht mehr ganz so ernst mit der Rasur nehmen. Seht Euch den an, zerzaust wie ein Rogogarder.«

Baraldino gackerte nervös, packte den Offizier am Ellbogen und beförderte ihn mit sanfter Gewalt weg von der Strickleiter.

Torben und Negis folgten ihnen, dahinter liefen drei Soldaten, die sich gelangweilt umsahen, ohne aber wirklich auf etwas zu achten. Einzig der Tzulandrier in der merkwürdigen Lederrüstung besah sich das Deck sehr genau. In der Hand hielt er eine Blendlaterne.

»Kann ich denn mal einen Blick auf Eure Schätze werfen?«, erkundigte sich Nelisso neugierig. »Was habt Ihr aufgebracht?«

»Oh, ich habe den berühmten Torben Rudgass an Bord«, erklärte Baraldino. Negis legte eine Hand auf den Messergriff. »Gehabt, meinte ich. Ich hatte Rudgass an Bord, ehe ich ihn dann aufknüpfte, ihm den Kopf abschlug, ihm die Zunge in den Hals steckte und ihn den Seeungeheuern zum Fraß überließ.« Er bedachte den Rogogarder mit einem überheblichen Grinsen. »Es war mir eine überaus große Freude, kann ich Euch sagen, verehrter Freund. Was gäbe ich dafür, es noch einmal tun zu dürfen.«

Die Enttäuschung im Gesicht seines Gegenübers war offensichtlich. »Ihr habt diese Pest der Meere einfach so umgebracht und ins Wasser geworfen? Wisst Ihr, was für eine schöne Kopfprämie Euch da entgangen ist?«

Baraldino seufzte und nickte traurig. »Ja, ja. Aber nach dem Zweikampf mit dem Bastard, diesem Auswurf einer kranken Kuh, dem Stück Dreck, in dem sich die Schweine wälzen«, er betonte jedes einzelne Wort genüsslich, »befand sich mein erregtes Gemüt derart in Wallung, dass ich mich nicht im Zaum hatte.«

»Donnerwetter, verehrter Baraldino«, staunte Nelisso ehrlich. »Ihr seid ein großer Kämpfer geworden.«

Ein Matrose kam und reichte den Offizieren den versprochenen Wein.

»Tja, das hat selbst den räudigen Pirat überrascht, der wimmernd und winselnd vor mir um Gnade flehte. Doch ich blieb erbarmungslos.« Baraldino nahm einen Schluck. »Und die Schätze lagern im Bauch der Kogge. Wir wollten sie schnell umladen, um beweglicher zu sein«, rundete er seine Lügengeschichte ab, die ihm sichtlich Spaß bereitete – vor allem die Passagen über seine Heldentaten. »Wisst Ihr, diese Dharkas sind nicht halb so schnell, wie man sich immer erzählt. Als Nächstes knöpfe ich mir dieses Weib vor, diese Tarvinin. Sie soll ja so hässlich sein, dass Pferde kotzen, wusstet Ihr das?«

»Ich werde es nicht wagen, einem solchen tatendurstigen Helden länger bei seinen Unternehmungen im Weg zu stehen. Auf Euch.« Der Commodore der *Schalmei* leerte sein Glas in einem Zug. »Männer, wir rücken ab. Hier gibt es nichts, was uns Anlass zur Beunruhigung geben könnte.«

»Noch auf ein Wort«, hielt ihn Baraldino zurück und nickte in Richtung des Tzulandriers, der auf eigene Faust an Deck umherging und sich zielstrebig in Richtung der Ladeluke bewegte. »Was macht dieser Barbar da? Und warum hat er eine Lampe dabei?«

»Ha, stellt Euch vor, der Wilde hat befohlen, dass unsere Bombarden die *Güldenstern* grüßen sollen, wenn seine Laterne erlischt. Und ich rede nicht von einem Salut zu Ehren eines Kriegshelden, der Ihr nun wohl schon seid, verehrter Baraldino«, verriet Nelisso.

»Und da seid Ihr so ruhig? Die Geschütze würden Euch mit auf den Grund des Meeres schicken.«

»Ich wusste ja, dass Ihr es seid, Baraldino.«

»Ach, bitte, noch auf ein weiteres Wort«, hinderte ihn sein Kamerad ein weiteres Mal am Abrücken. Dann senkte er die Stimme und neigte sich etwas nach vorn. »Wollt Ihr am Leben bleiben?«

»Bitte? Ich verstehe nicht ganz?«, wunderte sich Nelisso.

Torben gesellte sich dazu und zog das Halstuch nach unten, um seinen Bart zu präsentieren. »Was der Commodore damit sagen möchte, ist, dass der Argwohn berechtigt war.«

»Pah, von wegen tot«, wandte sich Nelisso an den gehetzt wirkenden Baraldino. »Das ist doch Rudgass, oder? Und er sieht sehr lebendig aus. Ihr habt Euch von ihm übertölpeln lassen, Ihr Lügenheld und Aufschneidermeister.«

»So wie Ihr, Commodore«, gab der Befehlshaber der *Güldenstern* trotzig zurück und bleckte die Zähne.

»Die Frage ist, wie wir die Situation für uns alle zu einem guten Ende bringen«, schaltete sich der Rogogarder ein, der sich trotz allem ein Grinsen nicht verkneifen konnte. Wie Schuljungen standen sie tuschelnd auf dem Oberdeck und verhandelten darüber, was man aus der Lage machen konnte. *Hätten die Krämerseelen nur ein bisschen Rückgrat, wären wir alle tot, aber Rogogard stünde ohne seinen vermutlich besten Mann da. Danke, Ulldrael, dass du die Palestaner mit einem Gewissen so biegsam wie Weichfische schufst.*

»Freies Geleit für alle Palestaner?«, schlug Nelisso sogleich vor. »Und eine kleine Entschädigung?«

»Ich setze Euch in Küstennähe in den Beibooten aus«, meinte Torben.

»Abgemacht«, klang es gleichzeitig aus den Mündern der Palestaner.

Wie auf ein Kommando richteten sich die drei Männer auf und lachten unverbindlich, als hätte einer der Gruppe einen Scherz gemacht.

»Was fangen wir mit dem Tzulandrier an?«, warf Nelisso beunruhigt ein und äugte zu seinem Befehlshaber. »Er scheint ohnehin Verdacht geschöpft zu haben. Wenn die Laterne erlischt, ist es mit unserem Leben vorüber.«

»Herrschaften, hier kommt mein Plan«, sagte Torben fröhlich.

Der Magodan beobachtete, wie sich die Palestaner unterhielten. Im Gegensatz zu den nachlässigen Händlern schaute sich sein tzulandrischer Soldat genauer um. An der Art, wie er sich auf der *Güldenstern* bewegte, erkannte Forkúta, dass er dem Frieden an Bord nicht traute. Nun verschwand er hinter dem Großmast und blieb eine Weile verschwunden, bis er auf der anderen Seite wieder auftauchte. Die Lampe brannte noch.

Die Palestaner machten sich zum Aufbruch bereit und gingen in Richtung der Strickleiter.

Nelisso und Baraldino verhandelten anscheinend miteinander. Zwei Matrosen rollten ein Fass heran, das offensichtlich mithilfe des Lastenkrans an Bord des Beibootes gebracht werden sollte.

Der Tzulandrier hängte sich die Laterne an den Gürtel und kletterte die Strickleiter hinunter.

Im nächsten Moment riss das Seil, an dem das Fass baumelte. Der Behälter rauschte in die Tiefe und schlug ein Loch in den Boden des Beibootes, das umgehend sank.

Vor Schreck verlor der Soldat den Halt an der Strickleiter und fiel ins Meer. Mann und Lampe verschwanden in den Fluten.

»Nicht feuern, auch wenn die Laterne verloschen ist! Diese Komödianten sollen die Ruderer an Bord nehmen und längsseits kommen«, befahl Forkúta Kopf schüttelnd. *Für diese Vorstellung sollte man sie versenken.* »Ich will Nelisso umgehend in meiner Kabine sprechen, wenn er zurück ist. Die Kampfbereitschaft ist aufgehoben.«

Einer der Unteroffiziere salutierte und gab die Befehle weiter, während der Magodan in seine Unterkunft ging. Dort entrollte er eine Seekarte und platzierte zur Befestigung jeweils rechts und links an den Rändern eines seiner Beile.

Alle vorgelagerten Inseln befanden sich in der Hand

Sinureds. Die Flotte wäre bestimmt schon lange mit der erfolgreichen Eroberung der Hauptinseln beschäftigt, hätte der Kabcar den Seestreitkräften nicht sofortigen Einhalt geboten. Sinured war nach Ulsar beordert worden, was niemand aus den Reihen der Offiziere verstand.

In der Zwischenzeit würden sich die zähen Rogogarder aus den seltsamsten Quellen Nachschub besorgen oder vielleicht sogar einen tollkühnen Streich wagen, um das verlorene Land zurückzuerobern.

Deshalb herrschte bei Forkúta ein gesundes Misstrauen gegen alles Ungewöhnliche, und sei es auch noch so gering. Und genau dieses Misstrauen meldete sich jetzt und machte ihn nachträglich auf etwas aufmerksam. Seit der tzulandrische Soldat hinter dem Großmast der *Güldenstern* verschwunden war, hatte er dessen Gesicht nicht mehr genau gesehen.

Ein harter Fluch kam über seine Lippen. Er packte die Beile und lief zur Kabinentür.

Als er sie öffnete, machte die Kogge soeben an der Steuerbordseite fest. Drei breite Fallreepe wurden ausgeklappt, über die sich ein beinahe lautloser Strom von unbekannten Kriegern auf die Galeere ergoss. Allen voran stürmte ein Rogogarder, der dem Äußeren und dem gesamten Vorgehen nach nur Torben Rudgass sein konnte.

Auf dem Oberdeck des palestanischen Schiffes standen Baraldino und Nelisso, Wein trinkend, als ginge sie die ganze Angelegenheit nichts an. Neben ihnen befanden sich ihre drei Begleiter sowie die Rudermannschaft des Beibootes. Kein Wort der Warnung an die Besatzung der *Schalmei* drang aus ihrem Mund.

Der Magodan kehrte um, rannte zurück in seine Unterkunft und verbarrikadierte den Eingang, dann schloss er die massiven Fensterläden. Seine Anweisungen für den Fall der unabwendbaren Kaperung waren unmissverständlich.

Forkúta kniete sich neben den Kartentisch auf den Boden, schlug den Teppich zur Seite und öffnete die darunter verborgene Klappe, von der nur die höchsten Offiziere an Bord der Galeere wussten.

Etwas Schweres wurde gegen die Tür gerammt, die in den Angeln erbebte. Die Piraten versuchten, den Eingang mit Gewalt zu öffnen. Nelisso musste ihnen gesagt haben, was geschehen würde, sollte ihnen die Eroberung der Kapitänskajüte nicht gelingen.

Er griff in das Loch und zog ein Bündel Lunten hervor. Hastig entfernte er das wasserabweisende Wachstuch und nahm die Kerze vom Tisch.

Berstend gaben die Scharniere nach, der Riegel knickte zusammen. Die Tür wurde durch die Wucht der Ramme in den Raum katapultiert und krachte auf den Kartentisch, der unter der Last einstürzte.

Torben sprang hinein, gefolgt von seinem Maat Negis und anderen Mutigen, um die drohende Katastrophe zu verhindern. Er kam gerade noch rechtzeitig.

Jedenfalls rechtzeitig genug, um mit ansehen zu müssen, wie Forkúta die Funken sprühenden Zündschnüre zurück in das Loch schob, die Klappe schloss und sich darauf stellte, die Beile kampfbereit in den Händen haltend. »Ihr werdet meine Galeere nicht bekommen!«, grollte er.

»Wir werden sehen. Für Rogogard!«, rief der Freibeuter entschlossen und warf sich dem Tzulandrier entgegen.

Varla starrte fassungslos auf die Ausläufer der glitzernden Bugwellen. Immer wieder trieben geschwärzte Holztrümmer vorbei. *Taralea, lass es nicht wahr sein!*

Das Bastsegel lag prall gefüllt in der Brise und jagte die Dharka mit höchster Geschwindigkeit über die Wellen, um sich der Stelle zu nähern, an der die Galeere nach den Angaben des Palestaners liegen sollte.

Torben hatte sie von seinem Plan zwar in Kenntnis gesetzt, sie aber nicht dabeihaben wollen, falls sein Vorhaben misslänge. Allerdings hatte er ihr niemals untersagt, ihm nach eigenem Ermessen zu Hilfe zu eilen.

Schließlich hielt es Varla nicht länger aus und erklomm die Wanten, um sich zu dem Mann im Krähennest zu gesellen. Wortlos reichte er ihr das Fernrohr und zeigte nach vorn.

Die Stelle, an der das Kriegsschiff des Kabcar liegen sollte, präsentierte sich einsam und verlassen. Wrackteile schaukelten in den Wellen.

»Das kann er mir nicht angetan haben«, flüsterte sie und gab von oben den Befehl, die Geschwindigkeit zu drosseln. Fieberhaft suchte sie die Meeresoberfläche ab, bis sie schließlich einen Leichnam zwischen dem Treibgut ausmachte.

Die Dharka steuerte darauf zu, und Matrosen hievten den Toten an Bord, der die Kleider und die Rüstung eines Rogogarders trug. Ein Stich in den Unterleib hatte seinem Leben ein Ende bereitet.

Die Tarvinin schluckte schwer. Das musste bedeuten, dass auch die anderen Männer an Bord der *Güldenstern* ein Opfer der See geworden waren. Vor ihrem inneren Auge sah sie, wie die Kogge im Geschützfeuer der Galeere auseinander riss. Dennoch wollte sie den Tod ihres Gefährten nicht wahrhaben.

»Galeere voraus!«, rief der Posten im Ausguck.

Vielleicht haben sie ihn gefangen genommen, und ich kann ihn befreien. »Alle Mann in Gefechtsposition«, befahl sie tonlos. »Katapulte laden. Wir werden den Tzulandriern und den Pfeffersäcken zeigen, wie man in Tarvin Probleme löst.«

Der Zweimaster durchschnitt die See und jagte seinem Ziel entgegen. Die Fernwaffen wurden gespannt, das unlöschbare Feuer vorbereitet. Varlas Taktik würde darin bestehen, in größtmöglichem Abstand um das Heck des gepanzerten Schiffs zu kreuzen und dabei immer wieder einen mit Pech und anderen Substanzen gefüllten Lederbeutel gegen die Galeere zu schleudern, um das Schiff damit zu tränken und das Meer um den Rumpf herum vollständig zu bedecken. Dann würde sie verhandeln, und wenn sie Torben getötet haben sollten, würde ein brennender Speer den Feind in ein flammendes Inferno verwandeln.

Als die Dharka bald darauf in Schussweite gelangte und die Tarvinin den Befehl zum Einsatz der Katapulte geben wollte, schnellte die rogogardische Fahne am Mast in die Höhe. Torben erklomm das Geländer am Heck der Galeere und winkte mit beiden Armen.

»Dieser verschlagene Pirat!« Varlas Gefühlswelt erlebte ein unbeschreibliches Auf und Ab. *Den kaufe ich mir. Mich so leiden zu lassen! Ungestraft kommt er mir nicht davon.*

Und so geschah es, dass der rogogardische Kapitän bei ihrem Wiedersehen anstelle einer Liebkosung die Faust auf den Lippen spürte, nur um einen Lidschlag darauf heftigst geküsst zu werden.

Leicht benommen schaute er in die vor Wut sprühenden Augen der Tarvinin.

»Wie konntest du mich glauben machen, die Palestaner hätten dich versenkt?«, schimpfte sie erbost, während sie vorsichtig seine Nase betastete. »Davon hatten wir nie gesprochen!«

»Das waren die Reste von zwei tzulandrischen Segelschiffen«, erläuterte er und verzog vorwurfsvoll das Gesicht. »Sie haben uns angegriffen, nachdem wir nicht mit den passenden Flaggenzeichen antworteten. Es muss eine Absprache mit dem Magodan gewesen sein. Offenbar traute er den Palestanern nicht sonderlich.«

Torben führte Varla über das Deck der *Schalmei* direkt in die Kapitänskajüte und erzählte in aller Kürze von den aufregenden Ereignissen der letzten Nacht. »Nachdem es uns gelungen war, Forkúta unschädlich zu machen«, sein Blick wanderte auf den großen, roten Fleck und die Fingerabdrücke neben dem Teppich, »löschten wir die Lunten und verhinderten, dass die Galeere durch Sprengladungen in die Luft flog. Der Kabcar würde uns nicht eine einzige Bombarde gönnen, habe ich den Eindruck.«

»Wie habt ihr sie auf die Schnelle ausgemacht?«, wunderte sich die Tarvinin, die immer noch einen Groll gegen den Rogogarder hegte.

»Wie echte Männer«, feixte Torben und deutete auf den Schritt. »Glücklicherweise hatten wir alle genügend getrunken. Die Sklaven haben wir wählen lassen. Nun rudern sie unter der Flagge Rogogards, freiwillig und für einen guten Lohn.«

»Und wo ist die *Güldenstern* abgeblieben?«, erkundigte sich die Kapitänin.

»Sie segelt die Palestaner in die Nähe des Festlands und setzt sie dort aus. Ich wollte die Krämer keinen Lidschlag länger um mich herum haben, sonst hätte mich ihr Verhandlungseifer zusammen mit ihrer Überheblichkeit noch in den Wahnsinn getrieben. Und nicht zuletzt sind es Feinde, damals wie heute. Meine Leute hätten sie am liebsten alle kielgeholt, aber mein Bedarf an Toten ist vorerst gedeckt.« Suchend blickte er sich in der Kabine um. »Hier steht tatsächlich nichts Flüssiges herum. Wir werden beim Entern der nächsten Galeere entweder einen Weinschlauch dabeihaben oder vorher wieder alle mindestens drei Liter trinken. Stell dir vor, es hätte keiner von uns, na ja, das passende Wasser in sich gehabt und sich erleichtern können.«

Nun musste Varla lachen und schloss den Freibeuter erleichtert in die Arme. Ihre Heiterkeit wandelte sich, als sie in die graugrünen Augen des Mannes schaute. »Ich hätte nicht gewusst, was ich ohne dich machen sollte, du elender Pirat«, gestand sie ihm. »Für einen Augenblick glaubte ich wirklich, du seiest tot, bevor sich alles in mir gegen diesen Gedanken sträubte. Und das war das schrecklichste Gefühl, das ich jemals hatte.«

»Du meinst, ich kann mir darauf etwas einbilden?«, lächelte er und strich ihr durch das kurze schwarze Haar.

Sie packte sein Gesicht und gab ihm einen wilden Kuss. »Ich will dich nicht verlieren, verstehst du das, Torben Rudgass? Versprich mir, dass du dich nicht sinnlos den Truppen des Kabcar als Zielscheibe opferst! Rogogard und mir nützt du mehr, wenn du am Leben bleibst.«

»Warum sollte ich am Leben bleiben, wenn wir den Krieg verlieren?«, meinte er ruhig. »Rogogard wäre am Ende. Du hast gesehen, dass sie uns wegspülen wie lästige Insekten. Es geht nur ums Vernichten.«

»Sieh nicht alles zu schwarz. Und wenn der Krieg verloren geht, entern wir zusammen mit denen, die übrig bleiben, alles, was wir auf den Meeren finden. Auch das ist ein Krieg. Und der wird von uns gewonnen werden«, sagte sie eindringlich.

»Du hast Recht.« Seine Lippen berührten sanft ihre

Stirn. »Jetzt bringen wir die Bombarden nach Verbroog, anschließend besorgen wir uns noch ein paar Galeeren. Wir wissen ja jetzt, wie es geht und auf was man achten muss.«

»Aber zuerst«, schnurrte Varla und stieß ihn auf das Lager, »möchte ich sehen, welche Qualität eine tzulandrische Koje hat.«

Der Rogogarder öffnete die Schnalle ihres Waffengurtes, Rapier und Langdolch polterten zu Boden. »Und weil ich so etwas vermutet habe, habe ich das gute Stück neu bezogen.«

Die Trommeln, die den Ruderern als Takthilfe dienten, erklangen gedämpft, die *Schalmei* setzte sich in Bewegung.

Doch davon bemerkten die beiden Liebenden nichts.

Kontinent Ulldart, Inselreich Rogogard, Verbroog, Frühsommer 459 n. S.

Der Schein der nachmittäglichen Sonnen fiel durch die dicken gelben Butzenscheiben in das Zimmer und tauchte den Raum in goldenes Licht. Inmitten der überirdisch wirkenden Strahlen saß Norina auf einem Stuhl, die Hände im Schoß gefaltet, die Augen auf die Scheiben gerichtet, um die beiden hellen Gestirne zu betrachten.

Auf dem Tisch neben ihr stand die Spieluhr. Die kleinen Figürchen vollführten ihre letzten Bewegungen, die Melodie wurde langsamer und langsamer, bis sie endlich mit einem letzten zögerlichen Ton abbrach.

Die Brojakin erwachte aus ihrer Apathie. Beinahe

mechanisch hoben sich ihre Hände und langten nach dem seitlich angebrachten Schlüssel, um mit kurzen, knappen Drehungen die Feder des Mechanismus neu aufzuziehen. Gleich darauf hüpfte der kleine hölzerne Brojak um die Tänzerin herum, und das Lied erklang zum wiederholten Mal.

Norina schloss lächelnd die Lider und genoss die Wärme der Sonnen.

Leise öffnete sich die Tür, und Torben betrat das Zimmer.

Wie immer. Verflucht, es ist wie immer. Seufzend näherte er sich der Frau, die in ihrer eigenen Welt versunken war, ging vor ihr in die Hocke und betrachtete sie betrübt. Es hatte sich während seiner Abwesenheit nichts an ihrem Verhalten geändert.

»Hört Ihr mich?«, fragte er leise. Er ergriff ihre Hände und drückte sie sanft. »Norina, was auch immer Euch angetan wurde, verschließt Eueren Verstand nicht länger vor mir. Wenn Ihr wisst, was aus den anderen geworden ist, wo sich Euer Kind befindet, dann erzählt es mir endlich. Sie sind doch wichtig für Ulldart, wenn es alles stimmt, was Ihr und die anderen mir damals berichtet habt.«

Die Tarpolin lächelte weiterhin still vor sich hin.

»Verdammt!«, rief der Rogogarder verzweifelt, ließ ihre Finger los und knallte den Deckel des Kästchens zu. Mit einem Misston, als wäre die Spieluhr über die Behandlung empört, endete das Stück. Torben stand auf und lehnte die Stirn ächzend gegen die Wand.

Norina riss die Augen auf und sah sich verunsichert um. Sie erhob sich und öffnete die Fensterflügel. Vor ihr lag eine Straße, die sie nicht kannte und an die sie sich nicht erinnern konnte.

»Wir sind nicht mehr auf See, oder?«

Torben fuhr überrascht herum und starrte die Frau an, die am Sims stand und sich neugierig nach vorn lehnte, um hinauszuschauen. Er war derart verblüfft, dass er keinen Ton hervorbrachte.

Norina wandte sich ihm zu. »Ihr seid in den paar Wochen rapide älter geworden, Kapitän Rudgass«, sagte sie freundlich. »Euren Bart tragt Ihr auch anders als sonst.« Ihr Gesicht verzog sich für einen Moment voller Schmerzen, ihre Hand wanderte an den Kopf. »Habe ich die Überfahrt nach Rogogard verschlafen? Und wo ist mein Junge?«

»Norina, ich ...«, stammelte der Freibeuter freudig, und ein Leuchten legte sich auf sein Gesicht, als er in ihre klaren Mandelaugen sah. »Ihr erinnert Euch wieder?«

Sie runzelte die Stirn. »Was soll das heißen? Wir waren an Bord der *Grazie*, und ein Balken schlug gegen meinen Kopf.« Sie hielt inne und schien zu überlegen. »Ich kann mich nicht entsinnen, was danach geschah.« Ihre Finger fuhren prüfend über die Stelle, an der sie damals der Balken getroffen hatte, und sie sah Torben entsetzt an. »Wo sind die anderen? Wo ist mein Kind?« Sie ließ sich auf den Stuhl fallen.

»Ihr seid in Verbroog und in meiner Obhut«, erklärte Torben vorsichtig. »Was wisst Ihr denn noch von damals?«

Die Tarpolin betrachtete ihre Hand. »Ich bin auch älter geworden«, murmelte sie dumpf. »Welches Jahr schreiben wir?« Torben schwieg. »Welches Jahr?«, verlangte sie nachdrücklich zu wissen.

»Vierhundertneunundfünfzig«, antwortete er knapp.

»Bei Ulldrael!« Ihre Augen weiteten sich. »Dann sind seit jener Sturmnacht mehr als ... fünfzehn Jahre vergangen. Fünfzehn Jahre.« Sie warf einen Blick hinaus.

»Holt meinen Sohn. Er muss inzwischen ein junger Mann sein. Ich möchte ihn sehen, bitte! Und Matuc, Fatja und Waljakov, all die treuen Freunde. Sie sind doch wohlauf? Oder?«

Torben wusste nicht, was er sagen sollte; er wich dem forschenden Blick aus und schaute auf die Holzdielen. *Wie soll ich ihr nur klar machen, dass wir keine Ahnung haben, was aus den anderen wurde?*, überlegte er krampfhaft.

»Ich …«, setzte sie an, doch dann entwich ihr ein Laut des Schmerzes, und beide Hände fuhren an ihre Stirn. »Ein Strand«, stöhnte sie, »ich sehe einen Strand, an dem Matuc und Fatja liegen. Ich habe meinen Jungen in die Kleidertruhe gelegt und bin den Strand entlanggegangen.« Sie keuchte auf. »Männer in einem Boot. Sie nehmen mich mit, und …« Klar schaute sie in seine Augen. »Ihr müsst ihn finden, Torben. Er ist wichtig für das Schicksal Ulldarts.« Abrupt verstummte sie.

Augenblicklich eilte der Mann an ihre Seite. »Norina, bleibt hier mit Eurem Verstand, ich flehe Euch an!«

Eine Träne rann über ihre Wange und tropfte zu Boden. Ihr Blick ging plötzlich durch den Freibeuter hindurch; sie klappte vorsichtig den Deckel des Kästchens auf, um das Lied ertönen zu lassen.

»Norina!«, rief Torben verzweifelt und schüttelte sie.

Aber der Geist der Brojakin befand sich an einem eigenen, für ihn unerreichbaren Ort.

»Sie hat mit mir gesprochen. Und sie hat sich teilweise daran erinnert, was sich in Kalisstron zutrug.« Der Kapitän setzte seinen Grog auf einer Zinne ab und schaute Varla an, die sich mit ihm zusammen in der Inselfestung traf, um die Montage der Bombarden zu begutachten. Unter ihnen erstreckte sich die schmale Hafeneinfahrt zur rogogardischen Stadt. »Das bedeutet, dass die anderen noch am Leben sind. Ist das nicht großartig?«

»Das bedeutet, dass sie vor fünfzehn Jahren noch am Leben waren, Torben«, dämpfte Varla seine Zuversicht. Ihr Geliebter verzog das Gesicht und winkte ab. »Da gibt es nichts zu wedeln«, wies sie ihn zurecht. »Bei aller Freude, die ich gut verstehe, musst du dennoch fürchten, dass deine anderen Freunde nicht mehr unter den Lebenden weilen.« Sie strich ihm über die Wange. »Ich will doch nur nicht, dass du dir falsche Hoffnungen machst.«

»Sie sitzen irgendwo auf Kalisstron und warten nur darauf, dass wir sie abholen«, entgegnete er trotzig. »Wir brauchen ihren Sohn, um gegen das Übel zu kämpfen, das sich unter dem Deckmantel der Freundlichkeit ausgebreitet hat. Wir benötigen alle, die schon einmal mit Lodrik Bardri¢ zu tun hatten.«

»Meinst du nicht, dass der Kabcar inzwischen erfahren hat, wen du auf Verbroog als deinen Gast beherbergst?«, fragte Varla vorsichtig. »Wenn es stimmt, was du mir über das Verhältnis zwischen ihr und dem Herrscher berichtet hast, wird er sie vielleicht auch jetzt noch, nach all der Zeit, fangen wollen, um sich an ihr für den Verrat zu rächen.«

»Verrat?!« Torben lachte bitter und leerte sein Glas. »Ich sehe es umgekehrt. Der Kabcar hat all die verjagt und verraten, die sich wirklich um ihn sorgten. Geflüchtet ist sie. Geflüchtet vor einem Mann, der nicht mehr klar denken konnte und dessen Verstand von den Einflüsterungen eines Ungeheuers beeinflusst wurde.« Er beobachtete, wie die Arbeiter des ersten Mauerrings die schweren Geschütze mithilfe von Flaschenzügen in die Wiegen betteten. »Du warst damals nicht dabei, als Paktaï uns angriff.«

»Entschuldige mal, aber mich hat sie kurzerhand über Bord meines eigenen Schiffes geworfen«, protestierte sie.

»Das ist nicht das Gleiche. Du hättest sie so sehen müssen wie Waljakov und ich. Ich habe sie mit Speeren an den Turm der Kogge genagelt, aber sie lebte immer noch und tobte wie ein rasendes Tier. Wenn mich alle Berichte nicht überzeugt hätten: der Kampf gegen dieses Ungeheuer, das im Namen des Kabcar handelte, hat mir die Augen restlos geöffnet. Wir brauchen mehr als Bombarden und Mut, um gegen die Gesellen aus Tarpol zu bestehen. Und Norina hat gesagt, dass ihr Sohn diesen Beistand leisten soll. Nicht zuletzt deswegen muss man nach ihnen suchen.«

Als die Erste der Bombarden einen donnernden Schuss abgab, schreckten die beiden zusammen.

»Soll das heißen, wir haben die Geschütze umsonst gestohlen?«, hakte Varla ein. »Brauchen wir den Jungen, wenn wir siegen wollen?«

»Du verstehst mich falsch. Ich glaube nicht, dass wir siegen können, wir können uns lediglich behaupten. Du hattest Recht mit deinen Worten.« Der Rogogarder nickte zur Stadt hinunter. »Ich habe mir einige Nächte den Kopf zerbrochen. All unsere Geschütze und Mauern bringen uns nichts, solange wir gegen einen Gegner antreten, der eine überlegene Waffe hat. Von Kensustria kann keiner nach Kalisstron aufbrechen, sie sind eingekesselt. Einzig wir sind dazu in der Lage.«

Die Tarvinin legte eine Hand auf die von den Sonnen erwärmte steinerne Brustwehr. »Du meinst die magischen Fertigkeiten? Und ihr Sohn soll sie besitzen?«

»Das weiß ich nicht«, gab er zu. »Aber wenn er schon

so wichtig für Ulldart sein soll, muss ja etwas an ihm sein. Vielleicht vernichtet er auch diese Energien? Dann sähe es schon wieder viel besser aus. Die Tzulandrier, Palestaner und Tarpoler würden sich an den rogogardischen Felsen aufreiben wie ein Stück Schnur.«

»Die Folgerung aus deinen Worten ist, dass wir uns auf die Suche machen müssen«, murmelte sie. »Wir sollten aber wenigstens herausfinden, wo wir zu suchen haben.«

»Den ungefähren Ort, an dem wir gesunken sind, habe ich bereits errechnet«, erklärte er, plötzlich von Unruhe ergriffen. »Ich spreche mit dem Hetmann, dass er mir die Erlaubnis gibt, mich ans Aufspüren zu machen.«

»Er wird sie dir nicht geben, Torben«, schätzte die Tarvinin. »Du bist der Held von Rogogard.«

»Dann soll es sich einen neuen Helden suchen«, brummte er und zog sie mit sich zur Treppe. »Außerdem schickt man nur die Besten auf solche Missionen.«

»Und mit meiner Dharka haben wir Kalisstron im Handumdrehen erreicht«, fügte sie hinzu. »Oder hast du geglaubt, ich würde dich allein ziehen lassen?«

Torben blieb stehen, umfasste ihre Hüften und sah ihr in die Augen. »Nein«, antwortete er ernst. »So wenig, wie ich dich allein gehen ließe. Ich kenne deine Sorge, du denkst, dass mein Herz noch für Norina schlägt.« Varla wollte etwas erwidern, doch er legte ihr den Zeigefinger auf die Lippen. »Ja, mein Herz schlägt noch für sie, wie es für alle guten Freunde schlägt.« Er nahm ihre Hand und legte sie auf seine Brust. »Aber für dich hege ich ganz andere Empfindungen. Solltest du jemals einen wirklichen Grund haben, an meiner Aufrichtigkeit zu zweifeln«, der Rogogarder zückte seinen Dolch und drückte ihn Varla in die Hand, »so töte mich. Ich hätte nichts anderes verdient, würde ich dich belügen.«

Die Tarvinin schluckte und küsste ihn wortlos. Dann reichte sie ihm den Dolch zurück, grinste und tippte auf den Griff ihres eigenen Messers. »Danke für das Angebot. Ich bin bestens gerüstet und zugleich zuversichtlich, es niemals annehmen zu müssen.«

VIII.

Die Geschehnisse im fernen Kalisstron wandten sich für alle zum Guten, während auf Ulldart die Mächte der Dunkelheit mit aller Stärke am Gelingen ihrer finsteren Absichten schmiedeten.

Doch auch im Land der Bleichen Göttin wirkte das Böse, wenn auch in anderer Gestalt.

Was die Seherin aber bei all ihrer hohen Kunst nicht vorhersah, war die Gefahr, in der sie schwebte.

Die Visionen warnten sie nicht, oder aber sie übersah die Hinweise, die ihr gegeben wurden.

Und so kam es, dass die Seherin völlig von dem Angriff überrascht wurde, der sie aus dem Hinterhalt und mit aller Heimtücke traf ...«

BUCH DER SEHERIN
Kapitel XIV

Kontinent Ulldart, Großreich Tarpol,
vier Warst nördlich der Hauptstadt Ulsar,
Frühsommer 459 n. S.

Die Natur scheint sich gegen mich verschworen zu haben, dachte Lodrik schwermütig und blickte zu den dunklen Wolken hinauf. Blitze zuckten am Himmel und entluden sich knisternd in die Erde. Ein unheilvolles Kribbeln lief sein Rückgrat entlang, und er meinte, jeden einzelnen Schlag zu spüren. *Oder aber es endet etwas, wie es vor vielen Jahren einst begann.*

Er kannte das Licht, das die kahlen Wände des alten Steinbruchs, an dessen oberem Rand er stand und den er für das Zusammentreffen mit Sinured gewählt hatte, in ein schmutziges Orange tauchte. Er kannte diese besondere Stimmung aus Granburg, er kannte sie aus Dujulev.

Weder das eine noch das andere verband er mit freudigen Erinnerungen.

Er stieg von seinem Pferd, was seine Begleiter als Signal verstanden, ebenfalls abzusitzen. Zwanzig seiner besten Leibwächter hatten ihn unterwegs vor möglichen Bittstellern bewahren sollen, die sich aber gar nicht hatten blicken lassen. Ganz Ulsar befand sich in Erwartung des kommenden Unwetters, das sich unmissverständlich ankündigte, innerhalb der Stadtmauern.

Der Kabcar schritt zusammen mit vier seiner Soldaten zu dem großen Prunkzelt, das am Rand des Steinbruchs aufgestellt worden war, um nicht im Freien auf die Ankunft des Wesens zu warten, das Verrat an ihm begangen hatte. Und das heute für dieses und alle weiteren Vergehen bezahlen sollte.

Als er ins Innere des Zelts trat, erhoben sich Govan

und Zvatochna von ihren Sitzen und verneigten sich. Mortva wandte sich um und deutete, unverbindlich lächelnd, eine Verbeugung an.

Ein Schlangennest, zuckte es Lodrik durch den Kopf, während er den Helm abnahm und die halblangen Haare zu einem Zopf flocht. Den prunkvollen Reisemantel warf er unachtsam über den Stuhl.

Im Gegensatz zu sonst lag ein Brustpanzer schützend um seinen Oberkörper, darunter trug er ein dicht geflochtenes Kettenhemd. Mit der Hand am Hinrichtungsschwert, die blauen Augen energisch auf die Wartenden gerichtet, wirkte Lodrik auf ungewöhnliche Weise herrisch und Respekt einflößend, wie man es schon lange nicht mehr von ihm gewohnt war. Die Verunsicherung der kleinen Versammlung über seine Ausstrahlung genoss er.

»Wo ist Krutor?«, verlangte er zu wissen.

»Vater, er ließ ausrichten, ihm sei schlecht und er werde nachkommen, sobald sein Befinden sich bessert«, gab seine Tochter beflissen Auskunft.

Der Kabcar warf sich in seinen Sessel, sein Blick wanderte von einem zum anderen. »Wir werden es auch ohne seine Hilfe schaffen.«

»Was denn ›schaffen‹, Hoher Herr?« Nesreca nahm ebenfalls Platz. »Traurigerweise habt Ihr niemanden in Kenntnis gesetzt, was genau wir hier sollen. Es geht um die anberaumte Unterredung mit Sinured, vermute ich?«

Govan starrte ausdruckslos auf den Tisch, seine Gleichgültigkeit offen zur Schau stellend.

Zvatochna hingegen lächelte den Vater liebevoll an. »Was beabsichtigst du zu tun, Vater?«

Lodrik zog die Handschuhe fester und ballte die Rechte zur Faust. »Heute unternehme ich einige erste Schritte, die den Kontinent unweigerlich in eine neue

Zeit führen werden«, eröffnete er. Dass sein Sohn mürrisch schnaubte, entging ihm nicht. »Sinured hat bei so vielen Gelegenheiten mein Vertrauen missbraucht, dass er eine Lehre verdient.«

Mortvas silberne Haare schimmerten auf, als wollten sie einen Geistesblitz nach außen sichtbar machen. Er neigte den Kopf ein wenig nach vorn, das graue und das grüne Auge flackerten. »Habt Ihr Euch diesen ›Schritt‹ sehr genau überlegt, Hoher Herr? Ihr wisst, dass mehr als die Hälfte unserer Truppen aus Tzulandriern besteht, die dem Kriegsfürsten treu ergeben sind?« Seine schmeichelnde Stimme nahm einen mahnenden Unterton an. »Ihr solltet die Lehre nicht zu streng ausfallen lassen, wenn Ihr versteht, was ich meine. Eine Rebellion innerhalb des eigenen Heeres niederzuschlagen kostet unnötig viele Ressourcen und stärkt nur unsere Feinde.«

»Danke, Vetter«, erwiderte der Herrscher lakonisch und machte keinerlei Anstalten, sich näher zu seinen Plänen zu äußern. Stattdessen nahm er seine Pistolen aus dem Gürtel und überprüfte sie mit routinierten Handgriffen.

Mortva blinzelte irritiert und wechselte einen schnellen Blick mit Zvatochna, Govan stierte weiterhin auf den Tisch. Langsam streckte er die Hand aus und schlürfte von dem aromatisierten Wasser, das sich in einem großen Pokal befand.

Der Konsultant holte Luft. »Haben die Gouverneure schon Anweisungen erhalten, dass sie ein wachsames Auge auf die Truppenteile in ihrer Nähe haben sollten? Wenn nicht, dann sollten wir …«

Lodriks Arm schnellte in die Höhe, Mortva verstummte. »Verehrter Vetter, entspannt Euch. Die Lage meines Reiches und seine Geschicke sollen von nun an

Euer Ressort nicht mehr sein«, sagte er ruhig und vollführte eine Geste.

Einer der Leibwächter zog ein Dokument aus der Ledertasche und reichte es dem Herrscher.

Der Kabcar entrollte es und breitete es auf der Arbeitsfläche aus. Ein Diener brachte Tintenfass und Feder. Ausladend unterschrieb Lodrik und presste seinen Siegelring in die angehängte kleine Wachstafel. Anschließend schob er das Schriftstück schwungvoll über den Tisch, sodass es vor Mortva zum Liegen kam.

»Was ist das?«, wunderte sich der Mann mit den silbernen Haaren und drehte das Papier so, dass er es lesen konnte. Seine Augen wurden groß, als er die ersten Zeilen entzifferte.

»Euere Entlassungsurkunde, treuer Vetter und Konsultant«, antwortete Lodrik gelassen. »Ich benötige Eure ...«, beinahe wäre ihm das Wort ›Einflüsterungen‹ entschlüpft, »Ratschläge nicht mehr. Echte Feinde habe ich keine mehr, die letzten Schlachten können meine Kinder führen, die von Euch unterrichtet wurden. Daher will ich Eure kostbare Zeit nicht länger verschwenden.« Voller Schadenfreude, dass ihm die erste Überrumpelung gelungen war, lachte er. »Ich habe Euch die Leitung der Universität in Berfor übertragen, wo Ihr doch so fleißig Militärgeschichte studiert habt. Ihr seid nun Dozent mit einem stattlichen Einkommen.« Er legte die Fingerspitzen zusammen und ließ seinen Berater, der fassungslos auf das Blatt starrte, nicht einen Lidschlag aus den Augen. »Ich dachte mir, dies wäre der günstigste Zeitpunkt. Vielleicht nimmt Euch Sinured mit, und Ihr vergeudet keinerlei Kräfte bei dem anstrengenden Marsch.«

»Das ist ...«, stammelte Mortva, hob die Urkunde und klatschte mit dem Handrücken gegen das Papier.

»Sehr großzügig, ich weiß«, nickte der Kabcar, der sich an der ungewohnten Sprachlosigkeit seines Konsultanten labte. »Wenn Ihr aber lieber an einem anderen Ort zugegen sein wollt, um Menschen zu helfen, wie Ihr es bei mir getan habt, will ich Euch nicht aufhalten. Ich zahle Euch dann eine gehörige Summe in bar aus.«

Nesreca räusperte sich. »Hoher Herr, darf ich mir Bedenkzeit ausbitten?«

Lodrik lächelte scheinbar verständnisvoll. »Aber sicherlich, Mortva. Nehmt Euch bis morgen früh so viel Zeit. Und dann geht.«

Mit einem Knall landete der Pokalfuß auf dem Tisch. Govans Blick bohrte sich hasserfüllt in die Gestalt seines Vaters.

Der Kabcar übersah die Entgleisung absichtlich. »Das war der erste Schritt«, verkündete er zufrieden. »Und sobald Sinured angekommen ist, werdet Ihr Zeuge des nächsten. Ich will, dass ihr beide«, er wandte sich seinen Sprösslingen zu, »seht und versteht, dass ich meine Pläne durchsetzen werde. Und dabei eure Unterstützung erwarte. Ich rechne nicht damit, dass ihr sie mir verweigert.«

»Niemals, Vater«, bestätigte Zvatochna augenblicklich. »Wir haben dir bereits im Arbeitszimmer gesagt, dass wir uns dem Wohl des Kontinents unterordnen werden. Was auch geschieht, wir werden hinter dir stehen. Nicht wahr, Govan?«

»Natürlich«, knurrte der Tadc. »Wir werden immer hinter dir stehen, geliebter Vater.« Der junge Mann lächelte grimmig bei der Vorstellung, wie eine von ihm geführte Klinge von hinten in den Hals seines Erzeugers eindrang und den Lebensfaden kappte.

Ein warmer Wind, der den Geruch nach Meer, Verwesung und Fäulnis mit sich trug, brachte die Stoffwände zum Flattern. Eine der Leibwachen stürmte ins das Zelt. »Er kommt, hoheitlicher Kabcar.«

»Nun wird es Zeit für den zweiten Schritt«, sagte Lodrik, setzte sich den Helm auf und forderte die Anwesenden mit einer knappen Geste auf, die Unterkunft zu verlassen. »Ihr dürft gern mit nach draußen kommen, Vetter. Auch wenn Ihr Euch nicht mehr in meinen Diensten befindet.«

»Zu gütig, Hoher Herr. Gern nehme ich das Angebot an. Diesen Spaß möchte ich nicht versäumen.« Der Konsultant erhob sich elegant; seine diplomatische Gewandtheit war zurückgekehrt, und das ansprechende Gesicht zeigte eine Maske vollendeter Freundlichkeit.

Gemeinsam traten sie vor das Zelt. Die Wolken wirbelten umeinander und stoben am Himmel entlang, als flüchteten sie vor dem, was aus ihnen hervorstieß.

Ein langes, gewaltiges Schiff senkte sich aus Schwindel erregender Höhe nieder, gleißende Blitze umspielten den Leib der Galeere, die dem felsigen Untergrund immer näher kam und mit einem Knirschen aufsetzte. Planken wurden von unsichtbaren Kräften ausgelegt; die seltsam anzuschauenden Krieger schritten mit bleichen, leblosen Gesichtern und stumpfen Augen über das dunkle Holz und bildeten ein Spalier.

Auf dem Deck des Schiffes reckte sich eine riesige Gestalt in die Höhe, dreimal so groß wie ein ausgewachsener Mann. Die langen schlohweißen Haare reflektierten die unaufhörlich aus den Wolken herabfahrenden Energiebahnen, und Licht und Schatten wechselten sich auf Sinureds grausamem Gesicht ab.

Das »Tier«, jenes monströse Wesen mit der schwarzen, verbrannt wirkenden Haut, setzte einen Fuß auf die Planken und schritt die Rampe hinab. Hände wie

Pranken umfassten Eisendeichsel und Schild. Die muskelbesetzten Arme und Beine des Kriegsfürsten, die stellenweise mit grünlichem Belag bedeckte Panzerung, in der immer noch die Löcher sichtbar waren, welche die Speere der rogogardischen Katapulte hinterlassen hatten, das alles wirkte auf die Tadca wie auf Hunderte von Menschen vor ihr: Sie machte unwillkürlich einen Schritt zurück.

Die Soldaten Sinureds nahmen Habachtstellung ein. Wie ein wandelnder Turm walzte das Wesen heran; die roten Augen glommen geradezu spöttisch auf, als es den Kabcar erreichte und zwei Schritt vor ihm stehen blieb. »Hoher Herr.« Die gigantische Deichsel stieß mit dem Ende auf den Boden, dann sank der barkidische Kriegsfürst vor Lodrik auf die Knie und beugte den schlohweißen Schopf. »Lang lebe der Kabcar von Tarpol mit all seinen Ländern.«

»Du hast mir einst vor vielen Jahren einen Eid geleistet«, erinnerte ihn der Herrscher. Sein Tonfall verriet keine Spur von Angst oder Besorgnis, er sprach mit ihm wie zu einem seiner gewöhnlichen Untergebenen. »Du hast geschworen, mir immer zu gehorchen und all meinen Befehlen zu folgen, die ich dir und deinen Truppen erteile. Du hast geschworen, das tarpolische Reich und sein Volk gegen alle Feinde zu beschützen und die Menschen, Sitten und Gebräuche zu achten.«

Sinured hob den Kopf. »Ich habe Euch, hoheitlicher Kabcar, eben dieses Gelübde geleistet.« Voller Neugier funkelten die rot glühenden Augen den Kabcar an, spitze Reißzähne wurden im riesenhaften Mund sichtbar.

Mit denen würde er einem ausgewachsenen Menschen den Kopf von den Schultern beißen können, schätzte Lodrik. »Nun, im Verlauf der Befreiungen habe ich etliche

Geschichten über dich und deine Leute gehört«, sagte er kühl, »die ich lange Zeit für Lügenmärchen des Feindes gehalten habe. Das Verbrennen von Städten, die Opferung von Unschuldigen und die unnötigen Grausamkeiten, die du in meinem Namen begangen haben sollst, erscheinen mir inzwischen jedoch nicht mehr als Hirngespinste. Lange Zeit habe ich blind auf dein Wort vertraut. Und die Worte anderer. Dennoch habe ich bei meinen Nachforschungen feststellen müssen, dass sich vieles so zutrug, wie es mir zu Ohren kam.«

Nesreca schaute zu den Wolken, die von dem einsetzenden Sturm über den Himmel gepeitscht wurden. *Ich habe ihn tatsächlich unterschätzt. Ein Fehler, den es zu korrigieren gilt. Ich werde es wohl auf einen Machtkampf zwischen ihm und mir hinauslaufen lassen müssen.* Sein Blick huschte über die Kinder des Kabcar, die er erzogen hatte. *Sie werden mir beistehen und dankbar sein, wenn ich ihnen den Thron zusichere. Ich bekomme meine Dunkle Zeit, so oder so.*

Sinureds Augen verengten sich zu Schlitzen. »Ich habe das Land für Euch erobert, wie Ihr es wolltet, Hoher Herr. Diejenigen, die starben, verdienten den Tod. Und bedenkt, dass Ihr meine Hilfe nicht Eurem Ruf verdankt. Andere Mächte sind verantwortlich für meine Rückkehr.«

»Aber ohne mein Gesuch um Hilfe lägest du immer noch tot auf dem Meeresgrund und wärst Fischfutter«, unterbrach ihn Lodrik energisch. »Dennoch ist das nicht der Grund, weshalb ich dich kommen ließ. Du hast eine Verfehlung begangen, die sämtliche von dir geleisteten Schwüre bricht. Und das muss geahndet werden.«

Sinureds lauernder Gesichtsausdruck wandelte sich zu Ratlosigkeit. Er schien sich keiner Schuld bewusst sein.

»Vielleicht war es ein Fehler, dir die Verwaltung deiner Heimat Barkis zu überlassen. Dir gefiel vermutlich der Gedanke, selbst ein Herrschender zu sein und nach Jahren der Dienerschaft in eigener Verantwortlichkeit zu erobern«, fuhr der Kabcar fort.

»Hoher Herr, wovon sprecht Ihr?«, verlangte der Beschuldigte zu wissen.

»Ich spreche davon, dass du ohne meine Erlaubnis vernichtend über Rogogard hereinbrachst, wie dieser Sturm über die Weizenfelder braust«, spie ihm Lodrik entgegen. »Dein Platz ist der eines Hundes, der seinem Herrn zu dienen hat, nicht mehr und nicht weniger. So weit habe ich dich nicht von der Kette gelassen, dass du mir durchgehst und zu eigenen Fahrten aufbrichst.« Eine scheinbar flüchtige Handbewegung, und die titanische Gestalt war in einer schillernden Sphäre gefangen. »Es wird Zeit, dass ich den Hund erschlage, der anscheinend die Tollwut hat, bevor er noch mehr Unheil anrichtet und ich ihn selbst mit meinen magischen Kräften nicht mehr aufhalten kann.« Die schimmernde Kugel zog sich Stückchen für Stückchen zusammen. »Ich werde dich auf ein normales Maß schrumpfen, und dann wollen wir sehen, ob du immer noch das Furcht einflößende Tier aus den Legenden bist.«

»Aber ich handelte auf Euren Befehl hin, Hoher Herr«, protestierte Sinured polternd und schaute gehetzt zu der immer enger werdenden, durchsichtigen Blase. Die eisenbeschlagene Deichsel, die den Knienden überragte, bog sich gefährlich unter dem magischen Druck und barst.

»Nun windet sich der Hund und kläfft, weil er die Schmerzen fürchtet«, meinte der Kabcar mitleidlos. Die Sphäre verringerte ihren Durchmesser stetig, sodass sich der grausame Riese zusammenkrümmen musste.

Sinured versuchte, sich mit seinen gewaltigen, übermenschlichen Kräften gegen die flirrenden Wände zu stemmen, nur um einsehen zu müssen, dass er den magischen Fertigkeiten seines Herrn unterlegen war.

»Seht in der Galeere nach, Hoher Herr. Dort liegt Euer Schreiben.«

Die Kugel schrumpfte nicht länger.

Lodrik nickte einem seiner Wächter zu, der an Bord des Schiffes eilte, um nach einer Weile mit einem Schriftstück in der Hand zurückzukommen.

Der Kabcar griff danach und las die Zeilen, die in seiner Handschrift verfasst worden waren. *Wer wagt es, mich nachzuahmen?*, fragte er sich. Augenblicklich flog sein Kopf zu seinem Konsultanten herum, dessen Gesichtsausdruck Staunen widerspiegelte.

»Seht nicht mich an, Hoher Herr«, verteidigte er sich. »Damit habe ich nichts zu tun.« *Und das ist ausnahmsweise einmal die Wahrheit*, dachte er.

Langsam zerriss Lodrik das Schreiben. Der Sturm nahm die Fetzen mit sich und verteilte sie in der Umgebung. Seine Finger zuckten, eine zweite Blase entstand wie aus dem Nichts und hüllte den Berater ein.

»Ich habe mir die Sache mit der Stelle eines Dozenten in Berfor anders überlegt, Mortva. Was auch immer Ihr seid, ich benötige Eure Art ebenso wenig auf dem neuen Ulldart wie dieses Ungeheuer aus einer längst vergangenen, schrecklichen Zeit«, sagte er bedächtig. »Zu viele Intrigen und Erfindungen, zu viel Leid geht auf Euch zurück. Ich weiß, dass Ihr die aldoreelischen Klingen sammelt und Schlimmstes im Schilde führt. Aber es wird Euch nicht gelingen. Euch beide für immer von dieser Welt zu entfernen ist das Beste, was ich tun kann, bevor die neue Ära anbricht.«

Die Hände des Konsultanten vollführten Gesten und

Symbole, doch gegen den magischen Käfig half es nicht. *Ich habe ihn mehr als nur unterschätzt. Ich habe seine Kontrolle sträflich vernachlässigt. Er hat mich so sehr abgeschirmt, dass ich weder Paktaï noch Hemeròc erreiche,* ärgerte er sich und begann damit, die Barrieren aufzuheben, die seine ursprüngliche Gestalt daran hinderten, aus der dünnen, menschlichen Hülle um ihn herum hervorzubrechen. *Es ist an der Zeit, dass ich meinem Zauberlehrling meine wahre Macht und Gestalt zeige.*

Die bleichen Soldaten, die regungslos an der Rampe gestanden hatten, ruckten herum und stürmten lautlos auf den Kabcar zu. Ihre Absicht erschien unmissverständlich.

Sie hatten gerade einmal ein paar Schritte zurückgelegt, als aus Lodriks Fingern Blitze hervorschossen. Die Energien durchdrangen die schon seit Jahrhunderten toten Leiber und zerfetzten sie.

Das war allerdings noch nicht alles; Lodriks lange gezügelte Fertigkeiten drängten mit aller Gewalt nach draußen.

»Zerfalle!«, stieß er hervor und richtete die Finger gegen die Galeere. Eine marinefarbene Aura hüllte ihn ein, und zwei armdicke Strahlen verließen die ausgestreckten Hände, die innerhalb weniger Lidschläge und in einer donnernden Detonation aus dem Rumpf ein Häufchen Asche machten. Die Druckwelle verteilte die schwarzen, stinkenden Flocken in der Umgebung, der heftige Wind trug sie weiter davon. Nicht ein einziges Mal zeigte ein Flackern der Blasen um Sinured und Mortva, dass die Konzentration des Kabcar abnahm.

Die Pferde waren schon lange durchgegangen, das Zelt lag ineinander gefallen am Boden des Steinbruchs. Die Leibwache stemmte sich gegen den immer stärker werdenden Sturm und wusste nicht, was sie unternehmen sollte.

»Das werde ich mit allen tun, die es wagen, sich an meinen Untertanen zu vergreifen!«, sprach Lodrik. Das Blut rauschte in seinen Ohren, und das Gefühl der Unverwundbarkeit, der Stärke und des Triumphes verschaffte ihm eine grenzenlos euphorische Stimmung.

Das Licht der Umgebung änderte sich zu einem dunklen Gelb, als das Unwetter sich zu seinem Höhepunkt steigerte. Blitz um Blitz stieß herab und schlug in die magischen Zellen ein. Die beiden Insassen vollführten die absurdesten Zuckungen, als die Gewalten der Natur ihnen sichtlich Schmerzen bereiteten.

»Das soll euer Ende sein«, verkündete Lodrik entrückt. »Ihr habt mich hintergangen, ihr habt meine Untertanen hintergangen. Damit ist nun ein für alle Mal Schluss. Als Sühne für all die Untaten werdet ihr leidend aus dem Leben scheiden. Und es wird sich keiner mehr finden, der einem von euch beiden nachtrauert.« *Oder so wahnsinnig ist, sich mit diesen Mächten einzulassen.*

Eine Hand legte sich auf seine erhitzte Schulter. »Vater, das werde ich nicht zulassen.«

Der Kabcar drehte sich langsam um und schaute in die braunen Augen seines Sohnes. »Wie kannst du es wagen? Hat Mortva dich dermaßen verdorben, dass du dich sogar gegen den stellst, der dich zeugte? Dem du deine Existenz verdankst?«

Als Antwort flutete Govan den Körper seines Vaters mit unendlichen Schmerzen. Schreiend brach Lodrik in die Knie. Seine eigenen magischen Schutzfertigkeiten versagten bei dem unvermittelten Angriff. Vergleichbares war ihm bisher niemals widerfahren. Die Marter wirkte lähmend, seine Aufmerksamkeit geriet ins Wanken, und die Sphären um seine Gefangenen flimmerten.

Der Tadc betrachtete seinen Erzeuger mit gleichgültiger Miene und ging in die Hocke.

»Ich lasse mir den Thron nicht nehmen, Vater. Er gehört mir.« Scheinbar zärtlich legte er die Hand auf die Stirn des Herrschers. »Lass die beiden frei.« Wieder jagte ein Gefühl durch Lodrik, als rönne glühende Säure in seinen Adern, und erstickte den geringsten Ansatz von geistigem Widerstand im Keim. Er versuchte, sein Schwert zu ziehen, doch Krämpfe zwangen ihn dazu, die Waffe fallen zu lassen. »Bitte, Vater.« Aus den kurzen Attacken wurde eine sich steigernde Qual, die ihn der letzten Konzentration beraubte. Sein Verstand verlor die intuitive Beherrschung seiner magischen Fertigkeiten.

Die Blasen lösten sich auf, Sinured und der Konsultant waren befreit.

»Zvatochna«, presste Lodrik mühevoll flehend durch die Zähne.

Doch die schöne junge Frau hatte nur ein helles, höhnisches Lachen für ihren Vater übrig. »Glaubst du wirklich, ich würde dir auch nur einen Finger reichen, nach allem, was du Mutter antatest und was du uns antun wolltest? Warum sollte ich einem Menschen meinen Beistand gewähren, dessen wirre Vorstellungen uns alles nehmen würden, auf das wir sehnsüchtig warten?« Sie trat an die Seite ihres Bruders und küsste ihn sanft auf die Schläfe. »Govan und ich sind uns einig. Ulldart benötigt einen neuen Kabcar.«

Ohne sichtliche Anstrengung hielt der junge Mann die magische Fessel um seinen Vater aufrecht. »Wir haben alles arrangiert«, sagte er unberührt. »Wir wollten das Zusammentreffen mit Sinured und sehen, was sich daraus ergibt.«

»Es hat sich alles so entwickelt, wie wir es voraussahen«, lächelte die Tadca, stellte sich hinter den hockenden Bruder und legte die schlanken Finger auf dessen Schultern.

»Sei nicht so bescheiden«, verbesserte Govan sie genüsslich. »Sag ihm ruhig, dass der Plan von dir stammt. Wie auch der Angriffsbefehl auf Rogogard.«

Lodrik keuchte auf, unfähig, sich gegen die Zauberkunst seines Sohnes zu wehren.

Er hatte sich zu sehr gegen Mortva und den zurückgekehrten Barkiden verausgabt, nun fühlte er nur noch einen schwachen Rest von Magie in sich. Zumal ihn das Gefühl überkam, dass ein nicht geringer Teil einfach so verschwunden war. Und die magische Entkräftung nahm zu. *Es muss an Govans Berührung liegen*, vermutete er. *Solche Schmerzen habe ich niemals zuvor empfunden. Außer an jenem Tag, als mich in Granburg der Blitz Tzulans traf.*

Die Leibwachen standen steif wie Porzellanpuppen.

»Nun denn, Vater. Ich nehme mir deine Magie. Du wirst sie nicht mehr benötigen, wenn du tot bist«, eröffnete ihm Govan. »Ich bin gespannt, was eintritt, wenn man dir deine Fertigkeiten entzieht.« Sein Gesicht näherte sich Lodriks und drückte ihm angewidert einen schmatzenden Kuss auf die Wange. »Und nun mach Platz für den neuen Kabcar, dem Ulldart viel zu klein ist.«

Eine unvorstellbare Gewalt riss an Lodriks Innerstem.

Die Welt um ihn herum verschwamm, die Gesichter verwischten zu rosafarbenen Flecken. Krämpfe schüttelten ihn, er verlor jegliche Kontrolle über seinen Körper, während etwas anderes, Unbeschreibliches, das seit etlichen Jahren ein Teil von ihm war, schonungslos von ihm gelöst wurde. Er fühlte sich, als weidete ihn sein Sohn bei lebendigem Leib aus, als nähme er ihm jedes einzelne Organ.

Und die Magie.

Seine Sicht verdunkelte sich.

Die Augen des Kabcar brachen.

Govan sog ächzend wie ein Erstickender die Luft ein, schwankte gegen seine Schwester und taumelte dann nach vorn, bevor er einknickte und zu Boden sank. Die magischen Kräfte, die er sich angeeignet hatte, waren kurz davor, ihn zu überwältigen.

Der Tadc spürte förmlich, wie »seine« und die »fremde« Magie miteinander rangen. Sie trugen einen Machtkampf aus, wer von ihnen beiden die dominierende Kraft sein sollte. Keuchend presste er die Hände auf den Leib, der in Flammen zu stehen schien.

»Govan!«, rief Zvatochna besorgt und wollte zu ihm eilen, aber Nesrecas Finger schlossen sich um ihre Schulter.

»Bleibt, Hohe Herrin«, empfahl er bestimmend. »Wartet ab, wie es endet.«

»Wie was endet, Mortva?«, fragte sie aufgebracht. Erschrocken bemerkte sie, dass sein sonst so ansprechendes Gesicht grober wirkte. Unter der Haut zeichnete sich etwas anderes, Gefährlicheres ab, und seine eher durchschnittliche Statur war angewachsen.

Der seltsam veränderte Mentor wies mit einem Nicken zu Govan.

Der junge Mann schien mit zerstörerischen Energien geradezu überladen zu sein. Die Luft um ihn herum flimmerte, und sein Körper strahlte die Hitze eines Freudenfeuers aus, ohne dass sich auch nur eine einzige Brandblase bildete. Die Uniform dagegen verging ansatzlos zu Nichts, und selbst die Asche verbrannte bei den Temperaturen auf der Haut des Tadc.

Eine gleißende Aura entstand um ihn herum, die rasch ihre Farben wechselte, mal strahlte sie blau, danach orange, bis der rötliche Ton schließlich die Oberhand gewann. Aus der Hand, mit der sich Govan auf dem Boden abstützte, löste sich ein türkisfarbenes Flirren, das sich innerhalb eines Lidschlags auffächerte und spinnennetzartig ausbreitete.

Der Steinbruch erbebte, zuerst kaum spürbar, dann immer stärker, bis einzelne Brocken abbrachen und in die Mulde stürzten. Risse und Furchen entstanden unter den Füßen der Tadca, während die Erdstöße an Heftigkeit zunahmen.

»Wir müssen hier weg, Hohe Herrin«, entschied der Konsultant und zerrte Zvatochna hinter sich her. Sinured folgte ihm.

»Aber was wird aus meinem Bruder?« Sie versuchte, sich aus dem Griff zu befreien. Einen Augenblick lang dachte sie darüber nach, ihre eigenen magischen Fertigkeiten einzusetzen, doch das Kalkül siegte. Sollte Govan es nicht schaffen, würde sie als Kabcara allein auf dem Thron des Großreichs sitzen. Immer noch die Widerstrebende spielend, ließ sie sich von Nesreca wegziehen.

Die Risse im bebenden Fels wuchsen an, verbreiterten sich zu Spalten. Der massive Stein gab den magischen Kräften nach. Gewaltige Gesteinsbrocken und Schuttmassen rumpelten in das von Bergarbeitern geschaffene Tal, wo sie zum Erliegen kamen.

Auch die Fläche unter Govan rutschte ab.

Doch genau wie einst sein Vater auf dem Balkon in Ulsar fiel auch er nicht. Eine schützende, flimmernde Kugel entstand um ihn herum und bewahrte ihn vor dem Sturz in die Tiefe.

In der Sphäre richtete sich der Thronfolger auf und blickte unter sich, wo die Leiche seines Vaters zusammen mit den Felsbrocken in den Staubwolken der Lawine verschwand.

Die Leibwache erlitt das gleiche Schicksal und endete wie ihr Herr irgendwo zwischen und unter Tonnen von Gestein. Pferde, Zelt, Teile der Ausrüstung gingen denselben Weg und wurden verschüttet.

Govan glitt in seiner Blase majestätisch durch die tosende Luft, senkte sich vor den Wartenden herab und hob den magischen Schild auf.

Sofort sank Nesreca auf die Knie. »Der Kabcar ist tot. Es lebe der Kabcar.« Auch Sinured beugte das Haupt vor dem jungen Mann.

Govan lachte. »So schnell habt Ihr die Seiten gewechselt, Mortva?«

»Ich habe die Seiten nicht gewechselt, Hoher Herr«, entgegnete der Konsultant und hob einen langen, staubigen Reisemantel auf, den der Wind herbeitrug. Beiläufig erkannte er darin Lodriks Umhang wieder. »Ich habe nur auf Euch gewartet, Hoher Herr.«

Der Tadc nahm den Mantel seines Vaters aus der Hand seines Mentors und bedeckte seine Blöße. »Und Ihr denkt, das Warten habe sich gelohnt?«, erkundigte er sich spöttisch.

»Das Warten hat sich, wie mir scheint, für alle gelohnt«, hielt Nesreca amüsiert dagegen. Er deutete hinab zu den sich auftürmenden Geröllmassen. »Ihr habt eine ganz erstaunliche Vorliebe dafür, das Gewaltigste, was die Natur hervorbrachte, mit Eurer Magie zum Einsturz zu bringen. Zuerst Windtrutz und nun das.«

»Ja«, sagte Govan leise, dann lachte er auf. »Nichts kann mir standhalten. Ich hatte den besten Lehrer, den es gibt, Mortva. Und Eure Leistungen sollen nicht vergessen werden.« Nachdenklich blickte er auf seine Hände. »Ich hatte das Gefühl zu vergehen, mich unter den magischen Kräften aufzulösen. Kann es sein, dass die Magie meines Vaters mit mir rang? Dass sie sich widersetzte?«

»Das ist möglich«, nickte der Konsultant. »Aber Ihr habt bewiesen, dass Ihr sie zähmen könnt.«

Der junge Mann überlegte, horchte in sich hinein.

Auch wenn seinem magischen Potenzial ungeheure Energien hinzugefügt worden waren, blieb der Eindruck, dass ihm ein winziger Teil aus dem Bestand seines Vaters entschlüpft war.

»Was geschieht nun?«, wollte der Tadc nach einer Weile wissen und wandte sich dem eingestürzten Steinbruch zu. »Wie erklären wir das dem Volk?«

»Um den Menschen endlich wieder ein Gefühl der Wut und des Hasses auf jemanden zu geben, schlage ich vor, wie immer die Schuld den Kensustrianern zuzuschieben«, regte der Konsultant spöttisch an. »Ein Anschlag käme gerade recht und würde uns die Sammelstellen mit Freiwilligen nur so überschwemmen, die gegen die Grünhaare ins Feld ziehen wollen.«

»Wie könnt ihr beide es wagen? Ihr wollt einfache Untertanen in den Tod schicken? Wenn Vater das wüsste«, empörte sich Zvatochna und funkelte sie wütend an. Eine einsame Träne rann über ihr Gesicht und tropfte vom bebenden Kinn. Dann aber fiel ihre Maskerade der Trauer, und ein boshaftes Gelächter schallte den Männern entgegen. »Ich habe Euch wirklich unsicher gemacht, nicht wahr?«

»Schwesterherz, du bist unerreicht«, lobte ihr Bruder, nahm ihre Hand und küsste sie sanft. »Es wird mir eine Freude sein, ein solch begnadete Mimin und Strategin an meiner Seite zu wissen.«

Zvatochna fuhr ihm zärtlich über die Haare. »Mit meinen Angriffsplänen wird die Offensive gegen Kensustria ein Kinderspiel sein. Oder findest du sie ebenfalls zu hart, zu rücksichtslos?«, heuchelte sie Skrupel.

»Aber ganz im Gegenteil«, beschwichtigte der Tadc sie vergnügt. »Nach einer gewissen Trauerphase werden sich einige Dinge tun, die manch einer durchaus als zu hart empfinden könnte. Aber ich schere mich nicht im Geringsten um meine zukünftigen Kritiker. Schließlich weiß ich, wie man sie zum Verstummen bringt.« Der Sturm ließ nach, Regen setzte ein und drückte die Staubwolken nach unten. »Seht ihr, selbst die Elemente sind auf meiner Seite.«

»Vielleicht sind es die Tränen Ulldraels?«, scherzte Nesreca. »Er wird den Tod des Kabcar und den Anbruch der neuen Ära beweinen.«

»Ich wüsste nicht, was es zu heulen gäbe«, meinte Govan geringschätzig. »Noch nicht. Ich werde die Lehren des Gerechten schon bald einer neuen Bedeutungslosigkeit zuführen, dann kann er meinetwegen jammern. Aber noch ist die Zeit dafür nicht gekommen.« Der Tadc drehte sich zu Sinured um. »Und nun zu dir. Du wirst die Truppen weiterhin führen, wie du es zu meines Vaters Zeiten getan hast. Du wirst in aller Eile Rogogards Widerstand für mich brechen und dann in den Süden ziehen, um gegen Kensustria zu kämpfen.« Das »Tier« deutete eine devote Verbeugung an. »Ich verspreche dir, dass nach dem Fall Kensustrias die Eroberungen noch lange nicht abgeschlossen sein werden. Unsere Welt hat so viel mehr zu bieten als nur Ulldart«, eröffnete er. »Wenn ich mit dir zufrieden bin, Sinured, könntest du mein Heer und meine Flotte anführen. Es mag sein, dass ich dir sogar einen eigenen Kontinent schenke. Tzulandrien würde dir sicherlich gefallen, nehme ich an. Sollte ich dagegen einen Grund finden, etwas an deinem Verhalten oder deinen Erfolgen auszusetzen zu haben, überlasse ich es deiner Phantasie, was ich mit dir anstelle. Die Männer werden mir auch unabhängig von dir gehorchen, darauf kannst du dich verlassen.«

Ein letztes, beinahe zaghaftes Donnergrollen ertönte in der Ferne. Der Regen fiel nun dichter aus den Wolken.

»Lasst uns nach Ulsar zurückkehren«, verlangte die Tadca wehleidig. »Der Regen durchnässt mir die Kleider.«

»Sinured, besorge uns eine Kutsche«, verlangte Govan. »Wir laufen ihr auf der Hauptstraße entgegen.« Er reichte seiner Schwester den Arm, den sie mit einem viel versprechenden Augenaufschlag nahm. Gemeinsam machten sie sich auf den Weg.

Der Kriegsfürst eilte mit weit ausholenden Schritten voraus. Nesreca hingegen schlenderte an den Rand des Steinbruchs und sah die Klippe hinab, wo Tonnen von Gestein das imposante Grab seines einstigen Schützlings bildeten.

Ein Jammer, wenn ich an die Jahre denke, die ich in dich investiert habe. Nur ein bisschen mehr Verdorbenheit, und ich hätte dich zum mächtigsten Mann unserer Welt gemacht, dachte er. *Du hast einen besseren Nachfolger. Dein Sohn ist um Längen schlechter als du. Ich muss ihn nicht einmal zu etwas anstiften. Er tut die abscheulichsten Dinge ganz von sich aus.* Der Konsultant lächelte versonnen. *Dir gebührt dennoch Dank. Ohne dich würde es die Dunkle Zeit niemals geben. Man hätte dich rechtzeitig töten sollen, wie es Ulldrael der Gerechte prophezeien ließ.*

Ein wenig abseits entdeckte er das Hinrichtungsschwert, das der Kabcar noch aus seiner Zeit in Granburg besaß. Der Mann mit den silbernen Haaren nahm es auf und betrachtete die Gravuren.

»Kommt Ihr, Mortva?«, rief Govan aus einiger Entfernung.

»Sogleich, Hoher Herr«, antwortete er über die Schulter. *Keine Sorge, wir machen einen Helden aus dir, Lodrik. Du bekommst eine noch schönere Statue, als du sie damals von deinem Vater anfertigen ließest. Und danach wird man dich schon bald vergessen, wie man ihn vergessen hat.* Er hob das Schwert. *Geh zu deinem Besitzer.* Schwungvoll holte er aus und warf es hinunter in die Schuttmassen, wo es klirrend zwischen Felsbrocken verschwand. *Schlagen wir nun das nächste Kapitel der Geschichte auf, Tzulan.*

Nesreca drehte sich um und beeilte sich, zu seinem neuen Herrn aufzuschließen.

Das laute Weinen und Schluchzen, das durch die Räume des Palastes hallte, rührte jeden der Bediensteten bis ins Mark. Nur selten ebbten die Töne ab, doch dann schwollen sie umso lauter an und glichen dem Heulen eines einsamen, verletzten Tieres.

Krutor trauerte seit Tagen auf diese erschütternde, ergreifende Weise um seinen Vater. Beinahe ununterbrochen war seine Klage zu vernehmen, und er verweigerte Nahrung ebenso gleichgültig wie Flüssigkeit.

Hatten Govan und Zvatochna eher mit einem Anfall unendlicher Wut und großflächiger Zerstörung des Palastes gerechnet, überraschte sie die Empfindsamkeit des missgestalteten Bruders, dessen kindliches Gemüt den Schmerz nur auf diese Weise auszudrücken vermochte. Der Hass auf diejenigen, die Lodrik angeblich getötet hatten, würde unweigerlich folgen.

Der Zustand der Ohnmacht legte sich über alle Untertanen des Reiches. Die Erschütterung über den Verlust des geliebten, ja, beinahe vergötterten Herrschers, der in all den Jahren der Regierung Wohlstand und Ausgleich zwischen Arm und Reich geschaffen hatte, lähmte das Land. Niemand konnte es fassen, dass der Kabcar tatsächlich einem Anschlag der Kensustrianer zum Opfer gefallen sein sollte, und nur ganz allmählich setzte sich die Erkenntnis bei den Untertanen durch.

Dieses Verständnis für die Lage fehlte Krutor allerdings noch, er gab sich ganz seinem seelischen Schmerz hin.

Lediglich wenn Zvatochna in seinem Zimmer erschien und ihm tröstend die Hände auf den Kopf legte, dämmte sich der Strom der Tränen etwas ein.

»Du musst begreifen, dass Vater nicht mehr zurückkommt«, sagte sie leise und legte seinen deformierten Schädel auf ihre Knie. »Wir sind jetzt diejenigen, die die Fürsorge für die Menschen auf dem Kontinent übernehmen müssen. Und wir rechnen dabei fest mit dir, lieber Bruder.«

Aus der fassgroßen Brust des Heranwachsenden drang ein Schluchzen als Antwort. »Ich will nicht regieren. Vater soll das machen.«

Die Tadca strich ihm beruhigend über das Haar. »Vater ist tot, Krutor. Er wird niemals mehr zurückkehren. Die Kensustrianer haben ihn umgebracht, nun liegt er begraben unter Tonnen von Felsen.«

»Wir lassen ihn aber nicht dort liegen?« Sein Kopf ruckte hoch, flehend schaute er seine hübsche Schwester an.

»Wir haben schon Hunderte von Arbeitern in den Steinbruch geschickt, die nach ihm suchen sollen«, erklärte sie beschwichtigend. »Und er erhält ein würdiges Begräbnis, wie es einem Helden, der er war, gebührt.«

»Und wir machen alle gleich?« Nur zu gut erinnerte sich der Krüppel an Lodriks Pläne. »Vater wollte das doch.«

Zvatochna schenkte ihm ein wehmütiges Lächeln und strich ihm über die Stirn. »Ja, das machen wir. Wir sorgen dafür, dass sich Vaters Wille erfüllt.« Sie nahm seine Hände. »Aber noch nicht gleich. Erst müssen wir die letzten Widerstrebenden besiegen, damit wir Vaters Idee von einem besseren Reich in die Tat umsetzen können.« Ihre Hand langte nach dem Tablett, nahm vom Brot und hielt es ihm hin. »Dazu brauchen wir dich. Gesund und bei Kräften. Du bist doch unser bester Kämpfer, lieber Krutor.«

»Ich werde die Grünhaare zu Brei zerstampfen«, grollte er und nahm Zvatochna den halben Laib Brot ab. Ohne großen Genuss biss er ein Stück ab und kaute zäh. »Ich habe keinen Hunger. Wie kommt das?«

»Du bist voller Trauer. Deshalb willst du nichts essen«, erklärte seine Schwester teilnahmsvoll.

Ein wenig unsicher und erstaunt zugleich blickte er sie an. »Und du nicht?«

»Doch, aber ...« Die Tadca nickte hastig, eine Träne quoll aus ihrem Augenwinkel, ihre Schultern bebten unter einem gespielten Anfall von Verzweiflung. »Aber sicher«, sagte sie mit erstickter Stimme und holte ein Taschentuch hervor. »Ich zwinge mich dazu, nicht unter meiner Trauer zusammenzubrechen. Denn ich will Kensustria nicht die Genugtuung geben, dass sie die Kinder des Kabcar durch Gram töten.« Sie warf sich an seinen Hals und drückte ihn. »Govan, du und ich, wir zeigen es ihnen, nicht wahr?«, flehte sie.

»Natürlich«, versprach Krutor ihr sofort und begann von neuem zu schluchzen. Vorsichtig erwiderte er ihre Umarmung; die Angst, seine Schwester mit seinen enormen Kräften zu verletzen, saß tief. »Govan wird Kabcar?«

»Er ist der Älteste von uns«, stimmte sie ihm zu und löste sich aus seinen Armen. »Das Volk wird ihn bald ebenso lieben wie Vater.« Sie stand auf und schob ihm das Speisetablett hin. »Hier, vergiss nicht zu essen.«

Eilig grabschte der Krüppel nach einem gebratenen Huhn und schlug die Zähne hinein. »Ich werde essen. Und wie ich essen werde. Und gleich morgen fahre ich nach Kensustria, um mit den Soldaten gegen die Mörder zu kämpfen.«

»Darüber reden wir noch einmal«, sagte sie ruhig von der Tür aus. »Wir dürfen nichts überstürzen, das würde dem Feind nur helfen.« Sie tippte sich gegen die Schläfe. »Mit Köpfchen, Krutor, kommen wir viel weiter. Verstehst du?«

Er nickte grimmig und imitierte die Bewegung seiner Schwester. »Ja. Mit Köpfchen.«

Zvatochna verließ das Zimmer, ihr von Trauer tief bewegtes Antlitz wandelte sich und zeigte Freude. Sie war mit dem Ergebnis ihrer Lügen mehr als zufrieden.

Tarpol und große Teile der angeschlossenen Königreiche schrien nach Vergeltung für den Tod ihres Vaters, die Rekrutierstellen quollen über, die Schlangen wuchsen schier ins Unermessliche.

Währenddessen fuhren die Waffenschmieden ihre Produktion auf die höchste Stufe. Das gewonnene Erz bekam fast keine Gelegenheit abzukühlen, die Gussformen für Bombarden standen parat, die Hämmer machten aus dem Stahl in aller Eile Schwerter. Die Zahl der Krieger, die Govan unterstanden, wuchs mit jedem Lidschlag. Sollte ihr eigentlicher Plan scheitern, würden sie Kensustria mit Menschen überschwemmen können. Von einer solchen Wendung ging Zvatochna allerdings nicht aus.

Während sie die letzten falschen Tränen abtupfte, betrat sie das Arbeitszimmer ihres Vaters.

Govan, die Uniformjacke und das Hemd geöffnet, hockte vor dem knisternden Kamin, einen Stapel Papiere auf der einen Seite, eine halbvolle Flasche Schaumwein auf der anderen, das volle Glas vor sich. »Stell dir vor, ich verbrenne jeden einzelnen Fetzen seiner wirren Gedanken«, begrüßte er sie voller Behagen. »Langsam, ganz langsam. Und ich hoffe, sein Geist, oder was immer von ihm übrig ist, verspürt dabei Schmerzen.« Genüsslich nahm er das nächste Blatt mit den handschriftlichen Aufzeichnungen und ließ es in die gierigen Flammen segeln. Dann leerte er das Glas, um sich anschließend lachend zurücksinken zu lassen. »Ach, welch eine Last ist von mir genommen. Bald bin ich Kabcar, ich habe die Frau an meiner Seite, die ich verehre, und zum Auftakt herrsche ich bald über einen ganzen Kontinent.« Er hob die Flasche und ließ sich den perlenden Wein in den Mund laufen. »Heute Ulldart, morgen das nächste Reich.« Govan schluckte geräuschvoll und schaute zu seiner Schwester, die sich an den Tisch gesetzt hatte. »Was, meinst du, sollen wir zuerst einnehmen? Angor oder Kalisstron?« Seine Augen wanderten hinauf zur Decke, die ein Gemälde zierte. »Angor ist schön warm, aber Kalisstron beheimatet die besseren Pelztiere. Dafür sollen sie noch kältere Winter haben als wir.«

Zvatochna zog die Schublade auf und nahm die Schreibutensilien hervor, die ihr Vater benutzt hatte. »Du bist zu voreilig.«

»Falsch«, hob er einen Finger und verbesserte sie, »ich bin zuversichtlich und setze mein ganzes Vertrauen in deine militärischen Fähigkeiten.«

Die junge Frau nahm ein Blatt Papier und malte

zufällige Muster darauf, während sie in Gedanken die Eroberungspläne durchging. »Wir werden den Kensustrianern Gelegenheit geben, sich im Kampf mit uns zu messen. Sie werden rasch erkennen, dass sie weder gegen unsere Bombarden noch gegen unsere Truppen bestehen können. Auch ihre technischen Kniffe werden ihnen nichts bringen. Diesmal sind wir auf alles vorbereitet, was sie uns entgegenwerfen könnten.«

»Und die Vorgehensweise, verehrte Schwester, wird wie aussehen?«

»Ich habe mir zehn Stellen entlang ihrer Grenze ausgesucht, die ich als sehr leicht einzunehmen betrachte. Dort werden wir Scheininvasionen durchführen. Doch in Wirklichkeit brechen wir andernorts durch. Ich setze voll und ganz auf die Kavallerie, die in Kensustria recht gute Einsatzbedingungen vorfindet. Zusammen mit den Geschützbatterien werden sie die Grünhaare schnell in den Schlachten bezwungen haben.« Sie zerknüllte das Papier. »Nehme ich an.«

Govans Augenbrauen wanderten erstaunt in die Höhe. »Nimmst du an? Wie darf ich denn das verstehen?« Ein weiteres Blatt flog in den Kamin und verging in den Flammen. »Selbstzweifel oder kein Vertrauen in unsere Soldaten?«, erkundigte er sich.

Die Tadca schüttelte den Kopf. »Die Kensustrianer haben sich noch nie an einer Feldschlacht beteiligt, oder jedenfalls gibt es keine Aufzeichnung darüber, wie sie vorgehen. Es kann sein, dass wir mit unserer Strategie völlig falsch liegen. Deshalb werde ich notgedrungen mitreisen, um direkt auf die Manöver des Gegners reagieren zu können. Die Wege sind zu lang. Bis die Nachrichten in Ulsar angekommen sind, könnten die Einheiten schon längst aufgerieben sein.«

Der zukünftige Kabcar machte ein unzufriedenes

Gesicht. »Das passt mir nicht.« *Ich wäre von ihr getrennt,* dachte er im Stillen. »Womöglich stößt dir dabei noch etwas zu.«

Lächelnd stand sie auf und ließ sich neben ihrem Bruder vor dem Kamin nieder; eine Hand legte sie auf seine Schulter. Ihr Anblick und die Nähe besänftigten das Gemüt des jungen Mannes augenblicklich. »Ich weiß deine Fürsorge zu schätzen. Aber wenn wir rasch siegen wollen, muss ich mit dem Heer ziehen. Außerdem habe ich neben meiner Leibwache meine Magie, die, auch wenn sie nicht so stark ist wie deine, gewiss ausreicht, mich gegen andere spielend zu verteidigen.« Sie küsste ihn sanft auf die Wange. »Du wirst sehen, ich bin bald wieder zurück und bringe dem neuen Kabcar einen ersten Triumph. Den ersten von vielen.«

Govan zeigte unmissverständlich, dass er keine große Begeisterung empfand. Dennoch sah er den Sinn in den Worten seiner Schwester. Ein langer Krieg im Süden war das Letzte, was er brauchen konnte.

»Krutor wird auf dich aufpassen. Einen besseren Beschützer wirst du nirgends finden.« Sein Kopf bewegte sich nach vorn, ihre Gesichter näherten sich. »Ich würde Ulldart in ein Meer aus Feuer verwandeln, wenn dir ein Leid geschähe«, raunte er und leckte sich über die trockenen Lippen.

Zvatochna erkannte seine Absicht und wich ihm elegant aus; sie nahm die Schaumweinflasche und hielt sie mit einem Laut des Bedauerns vor seine Nase. »Leer! Dabei hätte ich so gern mit dir auf den Erfolg im Süden angestoßen.«

»Am Getränk soll es nicht scheitern.« Der Tadc benutzte seine Magie, um die Schnur zu betätigen, die den Dienern signalisierte, dass ihre Anwesenheit gewünscht wurde.

Als er seine Fertigkeiten einsetzte, spürte er, wie die Energien auszubrechen versuchten. Sie warteten, lauerten, wisperten und bettelten, dass er sie zu allen möglichen und unmöglichen Gelegenheiten zur Anwendung bringen sollte.

Manchmal wurde ihm die Magie etwas unheimlich, doch er war zu stolz, um Mortva um Rat zu fragen. Seit dem magischen Raub, den er an seinem Vater begangen hatte, wuchs sein Verlangen, die zerstörenden Kräfte zu entfesseln, mit ihnen zu experimentieren. *Nichts ist mir auf diesem Kontinent ebenbürtig.*

Während er eine neue Flasche orderte, erhob sich Zvatochna und richtete ihr Gewand, ein umgeschneidertes, noch mehr auf Figur gestaltetes fliederfarbenes Kleid der Kabcara, vor dem großen Spiegel.

»Er müsste bei so viel Schönheit augenblicklich in tausend Teile zerspringen«, sagte Govan fasziniert, der ihre Bewegungen und Handgriffe voller Bewunderung beobachtete. *Wie gern würde ich dir mehr zuteil werden lassen als meine brüderliche Liebe,* dachte er. An ihren Reaktionen meinte er zwar zu erkennen, dass auch sie ihm nicht abgeneigt war, dennoch scheute sie vor einem entscheidenden Gunstbeweis zurück. Wohl auch deshalb, weil Verbindungen unter Geschwistern im Volk Ablehnung fanden; Herrscherfamilien bildeten dabei keine Ausnahme. *Ich werde schon bald auf die Meinung des Pöbels pfeifen,* dachte er.

Wortlos hielt sie ihm eine Bürste hin. Mit glühenden Wangen machte er sich daran, ihr das Haar zu kämmen.

Zvatochna betrachtete im Spiegel das selige Gesicht ihres Bruders, wie er Strähne für Strähne bürstete, ohne ihr wehzutun. *Er ist mir verfallen. Und das soll so bleiben.* Sie streichelte kurz über seinen Handrücken. »Wie wäre es, wenn wir Mutter als Wiedergutmachung zurück an den Hof nehmen würden?«, schlug sie beiläufig vor. Der Ton ihrer Stimme wurde bezirzend, die schlanken, ringgeschmückten Finger ruhten auf seinem Unterarm. Sie drehte sich ganz zu ihm um, sodass sein Blick zwangsläufig auf ihren nackten Hals, die Schultern und die Ansätze der Brüste fallen musste. »Sie würde sich sehr freuen, Govan.«

Der Tadc schreckte zusammen. »Nein«, schoss es sofort aus seinem Mund. Alle Reize seiner Schwester verloren bei dem Gedanken daran, dass ihre Mutter unter Umständen Ansprüche auf den Thron geltend machen könnte, ihre Wirkung. »Sie bleibt vorerst in Granburg, und zwar zu den Bedingungen, wie unser Vater sie in seinem Urteil festschrieb.« Govan zeigte sich unnachgiebig. »Bedenke, sie hat sich des versuchten Mordes am Kabcar schuldig gemacht. Vor Zeugen.«

Die junge Frau lachte ihrem Bruder ungläubig ins Gesicht. »Und das sagt mir derjenige, der den Kabcar umgebracht hat?«

»Von mir weiß es das Volk aber nicht«, hielt er dagegen. »Und deshalb sage ich, sie bleibt, wo sie ist. Aber besuchen darfst du sie jederzeit, wenn du möchtest.«

»Danke, mein hoheitlicher Kabcar«, erwiderte sie bitter und machte einen übertriebenen Knicks. »Ich werde Eure Großmut vor dem Volk bis in die Himmel hinauf rühmen.« *Und sie wird nach Ulsar zurückkehren,* schwor sie im Stillen. *Ich werde ihr eine Heimkehr bereiten, wie sie es verdient hat.*

»Sei mir doch nicht böse, geliebte Schwester«, seufzte Govan, den sofort die Angst packte, er könnte auf Dauer in Ungnade fallen. Er zog sie am Ellbogen zu sich und blickte sie entschuldigend an. »Ich werde dir alle Wünsche erfüllen, wenn wir auf dem Thron sitzen.

Die Zeremonien sind bereits organisiert. In drei Wochen gebe ich dem Land einen neuen Kabcar.«

Es klopfte, der bestellte Schaumwein wurde gebracht. Kurz nach dem Diener trat Mortva ins Zimmer und verneigte sich. Das lange silberne Haar rutschte nach vorn und schmeichelte sich beim Aufrichten des Oberkörpers eng an die perfekt sitzende Uniform. »Ich wünsche dem Hohen Herrn und der Hohen Herrin einen angenehmen Abend.«

»Mortva, schön, Euch zu sehen«, begrüßte Govan ihn beinahe überschwänglich und schenkte ihm ein Glas ein. »Trinkt mit uns auf den anstehenden Erfolg im Süden.«

»Nur zu gern«, sagte ihr Mentor und langte nach dem Schaumwein.

»Wie weit seid Ihr mit dem Sammeln der Schwerter?«, erkundigte sich Zvatochna, nippte an ihrem Glas und ließ den Mann dabei nicht aus den Augen. »Vater machte da eine recht aufschlussreiche Andeutung. Was habt Ihr mit diesen Wunderklingen vor?«

Der Konsultant hob leicht die Schultern. »Das war lediglich eine Verdächtigung Eures Vaters. Ich habe keine Ahnung, was er damit meinte.«

»Noch so eine Lüge, Mortva, und ich suche mir einen anderen Berater«, unterbrach ihn der Tadc gespielt vorwurfsvoll und erhob rügend den Finger. »Und das, obwohl ich Euch mehr als alle anderen schätze.« Er lächelte seine Schwester kurz an. »Mit einer Ausnahme, natürlich.«

»Um mich zu entlassen, müsstet Ihr mich erst wieder einstellen, Hoher Herr«, entgegnete Mortva und spielte auf den Umstand an, dass der Kabcar ihn aus dem Amt geworfen hatte.

»Spaß beiseite«, sagte Govan hart. »Was macht Ihr

mit den aldoreelischen Klingen, Mortva?« Er nahm den Waffengürtel, an dem ein schmuckloses Schwert befestigt war, vom Sessel und schnallte ihn etwas ungeschickt um. Der süße, aber dennoch starke Alkohol benebelte seinen Verstand.

Der Berater schien verstanden zu haben, dass er dem Tadc nichts vormachen konnte. »Nun«, er setzte das Glas ab, »sie sind für unsere Absichten gefährlich, weil sie alle aufhalten könnten, die auf unserer Seite kämpfen. Und deshalb horte und vernichte ich sie.«

»Aha. Also hatte Vater Recht«, nickte der Tadc. »Und wie sollte man wohl die beständigste Waffe Ulldarts vernichten können?«

»Es gibt Mittel und Wege, Hoher Herr«, antwortete Nesreca ausweichend. »Ich habe sie zu Klumpen geschmolzen. Vier fehlen uns allerdings noch. Sie sind im Besitz der Angorritter.«

»Und Ihr setzt vermutlich Paktaï und Hemeròc ein, um baldmöglichst an die Schwerter zu kommen?«, verlangte Govan zu wissen. Mortva neigte den Kopf. Der Thronfolger kicherte und setzte sich auf den Arbeitstisch; seine Füße baumelten hin und her. »Meine Neugier ist mehr als geweckt. Ruft mir Paktaï.«

Die Kerzen flackerten. In einer dunklen Ecke des Raumes glommen die Augen der unheimlichen Frau rot auf, die aus den Schatten trat und sich vor den Geschwistern verneigte. Sie hatte ihr Äußeres ebenso wie Nesreca in all den Jahren nicht geändert. Von der Alterung blieben Statur und Gesicht unberührt, auch die Art der Panzerung variierte nicht einmal um einen Hauch.

»Du wirst also von meinem Mentor zusammen mit Hemeròc quer durch alle Reiche gehetzt, um die aldoreelischen Klingen zu suchen, habe ich Recht?« Das Wesen in Gestalt einer Frau wechselte einen schnellen

Blick mit dem Berater. »Nein, schau nicht zu ihm.« Govan hüpfte unbeholfen von der Arbeitsplatte und stellte sich vor sie. »Ich bin der Hohe Herr. Er ist nur Mortva.« Musternd glitten seine Augen über die Figur seines Mentors. »Oder was auch immer.«

»So ist es, Hoher Herr«, krächzte Paktaï.

Govan schnappte sich den Brieföffner und rammte ihn seinem Gegenüber seitlich in den Hals. Ungerührt blickte sie auf die Stelle, als der Tadc den spitzen Gegenstand herauszog; sie hatte nicht einmal gezuckt.

»So, so, nicht nur, dass sie durch Wände geht, sie ist auch noch unverwundbar«, sagte der junge Mann halblaut und mit schwerer Zunge. »Eine ganz erstaunliche Brut.«

Zvatochna beobachtete das Schauspiel mit einem ungutem Gefühl. Ihr Bruder war aufbrausend und durch die Auswirkungen des Schaumweins unberechenbar. *Er überschätzt seine magischen Fähigkeiten*, befürchtete sie. Oder wollte er sich einfach mit einem Gegner messen, der ihn mehr forderte als die Auseinandersetzung mit dem Vater?

»Ihr seht, Hoher Herr, als Gehilfen sind sie sehr nützlich«, sagte Mortva erheitert. Paktaï warf ihm einen mörderischen Blick zu.

»Und nur eine aldoreelische Klinge vermag sie oder Hemeròc zu verletzen?«, vergewisserte sich Govan erneut, während er die Einstichstelle prüfend begutachtete. Die Frau nahm die Behandlung teilnahmslos hin. »Und das gilt auch für Euch, Mortva, oder?« Lauernd schaute er zu dem Mann mit den silbernen Haaren.

»Vielleicht«, lächelte der Konsultant knapp und verschränkte die Arme hinter dem Rücken.

»Ja«, bestätigte Paktaï mit einem gehässigen Grinsen.

Ansatzlos zog Govan sein Schwert aus der Scheide,

holte in einem großen Bogen beidhändig aus und richtete den kraftvollen Stich gegen die Körpermitte des Wesens.

Die Klinge fuhr in den Leib der unheimlichen Frau wie eine heiße Nadel in Wachs.

Paktaï starrte entsetzt auf die Waffe und wollte nach dem Tadc greifen, der sich jedoch mit einer magischen Barriere vor ihrer Berührung schützte.

Zufrieden besah er das verzerrte Gesicht von Mortvas Helferin. »Es stimmt tatsächlich. Die aldoreelischen Klingen taugen mehr als jedes andere Schwert.«

»Hoher Herr«, keuchte die Frau. »Was ...«

»Ein Test. Nur ein Test.« Der Thronfolger wackelte am Griff, die Schneide bewegte sich in der Wunde, Paktaï stöhnte auf. »Seht genau her, Mortva, geliebter Mentor«, empfahl Govan eisig und angestrengt zugleich. »Ich empfinde Dankbarkeit Euch gegenüber, ich betrachte Euch als mein Vorbild. Aber Ihr dürft keine Geheimnisse vor mir haben. Solltet Ihr versuchen, mit mir das gleiche Spiel zu treiben wie mit meinem Vater, werdet Ihr dieser Kreatur bald folgen.«

Mit einem Ruck zog er die Schneide aus dem Körper und trennte der Zweiten Göttin mit einem sauberen Schlag den Kopf von den Schultern, bevor sein Konsultant oder seine Schwester protestieren oder gar eingreifen konnten.

Paktaïs Kopf rollte über den Teppich und hinterließ eine Spur aus durchsichtiger Flüssigkeit. Der Torso stürzte zu Boden und verlor seine Proportionen. Knirschend dehnte und streckte er sich um mehr als das Doppelte, die Haut brach auf, weil sie dem schnellen Wachstum nicht folgen konnte. Aus der menschlichen Hülle schlüpfte etwas Größeres, Mächtigeres.

Zwei weitere Arme wurden sichtbar, der kräftige

Körper schien mit einer schimmeligen Kruste überzogen zu sein. Der abgeschlagene Schädel vergrößerte sich ebenfalls, zwei gekrümmte, spitze Hörner stießen aus den Schläfen hervor, die Kiefer schwollen an, enorme Zähne wurden sichtbar. Klauen mit fingerlangen Nägeln zerfetzten im Todeskampf den Teppich und hinterließen tiefe Kratzer im Marmor darunter.

Dann flackerte das bedrohlich rote Glimmen in den Augenhöhlen auf. Das Ende des Wesens schien gekommen.

Ohne darüber nachzudenken, was er tat, kniete sich der Tadc neben die sterbende Zweite Göttin, legte eine Hand auf den Brustkorb und suchte nach möglicher Magie, die er sich aneignen konnte.

Weil die Erfahrung, die er bei der Aufnahme der Fähigkeiten seines Vaters gewonnen hatte, noch sehr frisch war, wusste er genau, was er tun musste. Die Übernahme gelang ohne Schwierigkeiten, die Magie schien zu ahnen, dass das Wesen, in dem sie saß, dabei war zu vergehen. Mühelos nahm er die Energien in sich auf, der befürchtete Kampf und die Schmerzen in seinem persönlichsten Winkel blieben aus. Er gewann lediglich den Eindruck, körperlich größer und stärker geworden zu sein. Als er sich aufrichtete, ereilte ihn ein leichter Schwindelanfall, der glücklicherweise rasch vorüberging. Selbst das Beschwipste war verflogen.

Govan reinigte die Klinge an den Resten des toten Wesens, bevor er die Waffe in der Scheide verstaute und sich seiner Schwester und dem Berater zuwandte. »Ich habe mir erlaubt, mir ebenfalls eine aldoreelische Klinge zu besorgen. Ich bin der Meinung, man sollte für alles gerüstet sein«, sagte er lächelnd zu Mortva. »Und damit sie nicht jeder gleich erkennt, ließ ich den Griff ein wenig verändern.«

»Ihr habt Euch Zugang zu meinen Gemächern verschafft, Hoher Herr?« Der Konsultant konnte es nicht fassen.

»Es sind, wenn man es genau nimmt, *meine* Gemächer, Mortva, ich bin Tadc und Kabcar. Also kann ich die Räume nach Lust und Laune betreten«, korrigierte ihn Govan und funkelte ihn an. »Keine Geheimnisse mehr, versprochen?«

»Ich verspreche es Euch«, beteuerte Nesreca und blickte erschüttert auf die Überbleibsel seiner Gehilfin. »Aber Ihr hättet sie nicht vernichten müssen.«

»Wie rührend«, seufzte der Thronfolger.

»Nein, ich denke lediglich pragmatisch. Uns fehlt nun eine wichtige Unterstützung«, meinte Mortva säuerlich. »Hemeròc allein wird im Kampf gegen die Ritter keine überragenden Chancen haben, dafür sind die Schwerter zu mächtig. Und mit List erreicht man bei den ohnehin argwöhnischen Blechsoldaten auch nichts mehr.«

»Es kommt auf die List an«, meldete sich Zvatochna zu Wort, die sich von ihrer Überraschung erholt hatte. Suchend glitt ihr Blick über ihr Kleid, ob es von dem vergehenden Körper beschmutzt worden war. »Wenn wir sie hierher nach Ulsar einladen, um zu Ehren des großen Lodrik Bardriç ein paar Lanzengänge zu reiten, müssen sie kommen. Auf die entsprechende Formulierung der Einladung kommt es an, beispielsweise versehen mit dem Hinweis, dass er es war, der trotz der Irrungen des Ordens diesen nicht verbot, sondern ihm erlaubte, neu zu erstehen. Einem Turnier können sie wohl kaum widerstehen. Wir haben die Schwerter direkt vor der Pforte und müssen sie Hemeròc nur noch bei günstiger Gelegenheit pflücken lassen.«

»Warum sollten wir uns nur mit den Schwertern zufrieden geben, wenn wir den ganzen Orden einkassieren können?«, warf Mortva ein. »Erstens sind die Besitztümer der Mitglieder nicht zu verachten, zweitens verursachen die Ritter mit ihrer Starrköpfigkeit nur Scherereien. Sie werden sich einem neuen Kurs niemals unterwerfen. Ulldart den Gerechten haben sie toleriert, aber solltet Ihr eines Tages Tzulan als die Gottheit Ulldarts ausrufen, werdet Ihr mit Ihrem Widerstand rechnen müssen.«

»Und da ich damit nicht allzu lange warten möchte, sollten wir die Ritter schnell abschaffen«, beschloss der Tadc. Er setzte sich wieder auf den Schreibtisch und schenkte sich von dem perlenden Getränk nach.

»Wir könnten das eine tun, ohne das andere zu lassen.« Die Tadca stellte sich an die Seite ihres Bruders und erhaschte sich sehr elegant sein Glas, um einen Schluck zu nehmen. »Lade sie zu einem Turnier ein, und Mortva fertigt in der Zwischenzeit eine Anklageschrift gegen die Hohen Schwerter an. Verrat, Mitwisserschaft an Feindesvorhaben, Mittäterschaft oder dergleichen, aber bitte nicht zu überzogen.« Sie wartete auf eine Reaktion des Konsultanten. »Mit ein paar Münzen müssten sich genügend Zeugen finden lassen, die falsche Aussagen machen. Das Turnier nutzen wir, um vielleicht sogar einen Anschlag vorzutäuschen, den wir ihnen in die Schuhe schieben. Und damit sind die Hohen Schwerter, nachdem sie ihre Waffen verloren haben, gleichzeitig rechtlich Geschichte.«

Mortva applaudierte begeistert. »Ich müsste bei Euch gelegentlich in die Lehre gehen, Hohe Herrin. Ihr seid mir mehr als ebenbürtig.«

»Hört, hört«, lachte Govan. »Das war soeben ein Eingeständnis. Und nun geht, geliebter Mentor, und zerbrecht Euch ein wenig den Kopf über weitere Schandtaten gegen die Ritter.«

Der Konsultant verneigte sich und stieg ungerührt über den Leichnam von Paktaï hinweg.

»Was sollen wir mit der Unglückseligen tun?«, rief ihn der Tadc zurück.

»Oh«, sagte der Berater von der Tür aus und wandte sich um. »Zweite Götter benötigen eine Ewigkeit, bevor sie restlos zerfallen. Ich lasse sie, mit Eurer Erlaubnis, später wegschaffen und in einer Gruft ablegen. In Hunderten von Jahren kann jemand ihren Staub zusammen kehren.« Auf Govans Nicken hin entfernte er sich.

Kaum fiel die Tür ins Schloss, fasste Zvatochna ihren Bruder am Arm. »Das war äußerst gefährlich, beinahe töricht von dir.«

Trotzig blickte er sie an. »Du hast selbst gesagt, wir sollen seine Macht beschneiden. Ich habe ihm eine Warnung gegeben, und die hat er mit Sicherheit verstanden. Mehr werde ich nicht gegen ihn unternehmen.« *Dafür verdanke ich ihm zu viel.*

Ihr Zeigefinger tauchte ins Glas, die feuchte Spitze fuhr seine Unterlippe entlang und benetzte sie mit Alkohol. »Du bist zu impulsiv, Govan. Du wirst an dir arbeiten müssen, ehe du einmal etwas wirklich Dummes anstellst«, rügte sie ihn halb scherzhaft. »Was wäre gewesen, wenn die aldoreelische Klinge gegen Paktaï versagt hätte?«

Er schnappte nach ihrer Hand, lachend zog Zvatochna sie zurück.

»Du hast keine Vorstellung, welche Kräfte in mir schlummern, Schwesterherz«, gestand er ihr. »Ich fühle mich beinahe bis zum Bersten mit Magie gefüllt, sie drängt nach draußen und möchte sich mir zeigen. Möchte zerstören.« Govan packte ihr Handgelenk und zog sie zu sich heran, die Gier glänzte in der Schwärze seiner Pupillen. »Ich trage die Magie eines Geschöpfes in mir, das Tzulan selbst formte. Diese Empfindung ist unbeschreiblich.« Er senkte die Stimme, sein Gesicht rückte näher an das seiner Schwester. »Ich fühle mich beinahe selbst wie ein Gott.« Sein Adamsapfel ruckte hoch und wieder runter. »Möchtest du einen Gott küssen, Zvatochna?«

»Es reicht mir schon aus, wenn ein Gott mich berührt.« Sie streichelte ihm über die Wange, er schloss die Augen und genoss die sanfte Liebkosung, schmiegte sich der Hand entgegen. »Und mehr wage ich nicht zu wollen.« Zvatochna entwand sich seinem Griff. »Wir sehen uns morgen, Bruder.«

Als das charakteristische Klacken der Tür ertönte, ruckten Govans Lider nach oben, und eine Welle der Wut schwappte über seinen Geist. *Sie hat mich ein weiteres Mal zurückgewiesen!* Die neu gewonnenen Kräfte schienen dieses Gefühl noch zu verstärken und bis in den letzten Winkel seines Verstandes zu tragen.

Er wollte seine Enttäuschung über die Abfuhr mit einem Fluch herausschreien, doch stattdessen schossen purpurne Flammen aus seinem Mund, verbrannten den Schreibtisch, den Stuhl und alles, was dem unnatürlichen Feuer im Weg stand, ja selbst das metallene Kaminbesteck zerfloss zu einem Bach geschmolzenen Eisens.

Was war das? Sollte ich am Ende mehr von Paktaï übernommen haben als die Magie? Govan betastete seine Lippen, denen das Feuer nichts zu Leide getan hatte. Um seinen Verdacht zu bestätigen, zog er den Uniformrock aus, rollte die Hemdsärmel nach oben und zückte den Dolch. Die Spitze setzte er senkrecht auf den Unterarm.

Nach einem letzten Zögern und einem tiefen Durchatmen, spannte er die Muskeln an und trieb in Erwartung eines immensen Schmerzes die Klinge in das eigene Fleisch.

Mortva schritt die Korridore entlang, fuhr sich über das Gesicht und betrachtete sich prüfend vor einer verspiegelten Wand, an der er vorüberging.

So war es zwar keinesfalls geplant, dachte er, *aber Govan übertrifft all meine Erwartungen. Als hätte Tzulan selbst ihn gezeugt. Dennoch sollte ich mich wieder zurückbegeben, bevor ich das Schicksal von Paktaï teile. Sobald Ulldart an Tzulan gefallen ist, gehe ich.*

Der Konsultant betrat sein Gemach, öffnete den großen Schrank und nahm die restlichen aldoreelischen Klingen heraus, um sich schnurgerade in die kleine Schmiede zu begeben.

Je eher ich sie vernichte, desto besser. Der Gedanke, dass sein überaus gelehriger Schüler womöglich mehr als eine der Klingen gestohlen hatte, gefiel ihm nicht. Dadurch gelangte der Junge in den Besitz von Druckmitteln, denen selbst er sich beugen musste. *Ich bin selbst daran schuld, ich habe nicht genug aufgepasst.* Er hoffte darauf, bei passender Gelegenheit die Waffe des Thronfolgers gegen eine Attrappe austauschen zu können. *Was der Junge kann, kann ich schon lange.*

Noch hatten andere Dinge Vorrang. Als er die halb eingestürzte Hütte erreichte, warf er die kostbaren Schwerter achtlos zu Boden. In Windeseile traf er seine Vorkehrungen, fachte die Esse an und vollzog die Beschwörung.

Die Zeit und die Anstrengung vernachlässigte er, denn er gedachte sein Werk nicht zu beenden, bis die letzte aldoreelische Klinge zu einem unansehnlichen Klumpen geworden war.

So schnell wie nie zuvor murmelte er die rituellen Formeln, seine Hände malten magische Zeichen in die Luft, eine Waffe nach der anderen schmolz und verwandelte sich zu einem Block unscheinbaren Metalls.

Alles andere wurde nebensächlich; er benötigte jeden Rest an Magie, sodass er schließlich sogar die Barriere aufhob, die seine wahre Gestalt verbarg.

Zuerst verwandelte sich sein Schatten, der hinter ihm über die kahlen Wände tanzte; danach folgte sein Körper. Wie eine Raupe entpuppte er sich, das menschliche Äußere platzte ab und fiel wie ein unnötiger Kokon zu Boden. Einzig die Haare blieben erhalten, Strähnen aus festem Quecksilber gleich.

Sein Leib, seine Gliedmaßen schossen in die Höhe, die Muskeln schwollen an und machten aus dem Berater ein furchterregendes Wesen, das drei Hörner auf dem Schädel und ein Paar schillernder, transparenter Schwingen auf dem Rücken trug.

Ein knielanger Lendenschurz aus schwarzem Stoff bedeckte den Unterleib, um den Körper spannten sich kreuz und quer Eisenketten, Stahlbänder saßen an den Unterarmen und Schenkeln, die das Rot der Glut zurückwarfen.

Die Augen erhielten dreifach geschlitzte, magentafarbene Pupillen, mitten auf der Stirn prangte ein kreisrundes, tätowiertes Zeichen. Nichts deutete mehr auf den Konsultanten hin, und jeder zufällige Betrachter wäre schreiend vor Furcht davongelaufen.

Die Kraft, sich beim Aufgang der Sonnen in die bekannte Gestalt des Beraters zurückzuverwandeln, fehlte ihm.

Also zog er sich in die dunkelste Ecke der verlassenen Schmiede zurück, legte die Schwingen um sich und ruhte sich aus. Zwei Tage arbeitete er ohne Unterlass, schließlich war das Werk der Zerstörung vollendet.

Erst als die Nacht anbrach, fühlte er sich so weit erholt, dass er das vertraute, harmlose Äußere von Mortva Nesreca annehmen konnte.

Immer noch erschöpft, klaubte er die Diamanten aus dem Sieb und verwahrte sie in der Rocktasche.

Nachdenklich betrachtete er die grob geformten, ausgekühlten Brocken, die aufgereiht in dem dunklen Schrank standen und einmal aldoreelische Klingen gewesen waren.

Mortva wollte sie an einem Ort wissen, wo sie niemand mehr fand, um ihnen die ursprüngliche, selbst für ihn tödliche Form wiedergeben zu können. Gleichzeitig sollten er und Hemeròc diese Orte nicht kennen, um zu vermeiden, dass man ihnen das Geheimnis bei einer ungünstigen Gelegenheit entlocken könnte, auf welche Art auch immer. *Sie müssen irgendwo verschwinden. Am besten an den tiefsten Stellen der Meere.*

Auf dem Rückweg zum Palast kam ihm eine Idee.

Und so geschah es, dass noch am gleichen Tag mehrere Fuhrunternehmen in Ulsar Aufträge erhielten, unscheinbare, aber äußerst schwere Kisten samt eines Begleitbriefes in die unterschiedlichsten Küstenstädte des Kontinents zu transportieren …

Von Markus Heitz liegen in der Serie Piper vor:
Schatten über Ulldart. Ulldart – Die Dunkle Zeit 1
Der Orden der Schwerter. Ulldart – Die Dunkle Zeit 2
Das Zeichen des Dunklen Gottes. Ulldart – Die Dunkle Zeit 3
Unter den Augen Tzulans. Ulldart – Die Dunkle Zeit 4
Die Magie des Herrschers. Ulldart – Die Dunkle Zeit 5
Die Quellen des Bösen. Ulldart – Die Dunkle Zeit 6
Trügerischer Friede. Ulldart – Zeit des Neuen 1
Brennende Kontinente. Ulldart – Zeit des Neuen 2
Fatales Vermächtnis. Ulldart – Zeit des Neuen 3

Als Hardcover-Broschur bei Piper:
Die Zwerge
Der Krieg der Zwerge
Die Rache der Zwerge

Als Hardcover bei Piper:
Die Mächte des Feuers